JEAN VAUTRIN

Un grand pas vers le Bon Dieu

ROMAN

Prix Goncourt 1989

BERNARD GRASSET

UN GRAND PAS VERS LE BON DIEU

*Jean Vautrin, c'est aussi Jean Herman. Il est né en 1933 en Lorraine. Venu à Paris pour commencer une licence de Lettres, il est finalement entré à l'IDHEC. Successivement lecteur de littérature française à l'Université de Bombay, dessinateur humoristique pour l'*Illustrated Weekly *et photographe, il devient l'assistant de Roberto Rossellini en Inde. Pendant la guerre d'Algérie, il est affecté au Service Cinéma des Armées. Démobilisé, il est assistant de Minnelli et de Rivette. Après une trentaine de courts métrages et de films de télévision, il réalise son premier long métrage :* Le Dimanche de la Vie, *d'après Raymond Queneau (Prix Marilyn Monroe). Suivent cinq longs métrages, dont* Adieu l'Ami *avec Alain Delon et Charles Bronson. A partir de 1973, Herman et Vautrin coexistent. Le premier est scénariste-dialoguiste* (Flic ou Voyou, Garde à vue, Rue Barbare, Charlie Dingo), *l'autre romancier et nouvelliste, auteur notamment de :* Billy-ze-Kick, Bloody-Mary *(Prix Fictions 1979, Prix Mystère de la Critique 1980),* Canicule, Patchwork *(Prix des Deux Magots 1983),* Baby-Boom *(Prix Goncourt de la Nouvelle 1986),* La Vie Ripolin *(Grand Prix du roman de la Société des Gens de Lettres 1987),* Un grand pas vers le Bon Dieu *a obtenu le Prix Goncourt 1989.*

Celui qui ouvrira ce grand roman partira pour la Louisiane. Il visitera les Cadjins, fera provision de songes et de mélancolie, passera sans cesse d'un esprit de gaieté à la souffrance des jours. Il partagera le destin de trois générations de personnages forts, libres et excessifs. L'action débute en 1893 et se termine en 1920. On verra ainsi, et d'abord, Edius Raquin, le père, opiniâtre, rusé, têtu, l'exemple même de ces pionniers coureurs de bois qui, en ces temps, n'hésitaient pas à faire confiance à la nature et au Bon Dieu. Puis apparaîtra le futur gendre d'Edius, ce fameux Farouche Ferraille Crowley, l'homme aux yeux d'ardoise, l'*outlaw* qui dégaine vite, et le lecteur lancé à ses trousses de découvrir les pillages de banques, les chasseurs de primes et leurs légendes! Est-ce tout? Non, car Palestine Northwood, le marin de Nantucket, un ancien harponneur, est lui aussi de la fête et du drame. Jusqu'où? Et pourquoi?
C'est le secret de ce livre où chacun, venu du Poitou ou d'Irlande, issu d'Allemagne ou d'Acadie, Indien, créole ou yankee, souvent noir cousin des esclaves, parle français pour tailler son chemin dans le monde. Il faut savoir, encore, que

(Suite au verso.)

l'on rencontrera ici Jim, le petit-fils d'Edius Raquin, et que l'enfant découvert au fond d'une poubelle de La Nouvelle-Orléans, va nous conduire, par enchantement, vers la naissance du ragtime et du blues dont il deviendra un symbole sous le nom de Jimmy Trompette. C'est avec tous ces héros, possédés par des mots et des fureurs, que Jean Vautrin a écrit son roman « aventureux ». Le tumulte y est grand. Aussi vaste que son amour de la vie. Aussi impressionnant que l'accomplissement littéraire de ce livre.

Paru dans Le Livre de Poche :

BLOODY MARY.
BABY BOOM.
LA VIE RIPOLIN.

A Jan Doat,
qui fut mon appui, mon axe, mon centre de gravité, qui toute sa vie écrivit « avec son doigt sur l'eau calme du lac » et demeure, selon sa volonté, « une main tendue à travers le silence ».

Je tiens à rendre un hommage reconnaissant à Patrick Griolet dont le travail minutieux et patient m'a aidé à donner aux héros de ce livre la vérité sensuelle et jaillissante de la langue et des chansons cadjines. Ses ouvrages Mots de Louisiane, étude lexicale d'une francophonie *et* Cadjins et créoles en Louisiane *constituent un tableau essentiel et vivant de ce rameau de la langue française sans lequel ce roman n'aurait pas vu le jour.*

« C'est dans ce que les hommes ont de plus commun qu'ils se différencient le plus. »

Blaise CENDRARS,
Aujourd'hui.

« Mais l'homme ne doit jamais s'avouer vaincu, dit-il. Un homme, ça peut être détruit, mais pas vaincu. »

Ernest HEMINGWAY,
Le Vieil Homme et la Mer.

« Un chasseur eskimo demande au missionnaire :

« " Si je n'avais jamais entendu parler de Dieu ni du péché, est-ce que j'irais en enfer ?

« – Non, puisque tu serais alors dans l'ignorance !

« – Alors pourquoi m'en avez-vous parlé ? " »

Relevé dans *La Vie eskimo*, XXX.

1

JUSQU'À pas trop longtemps passé, Edius Raquin avait cru que la vie était un mouchoir marqué avec trois nœuds d'éternité. Un et deux pour la naissance et le mariage. Le troisième pour la mort se souvenir.

En bon Cadjin de la paroisse Évangéline, il faisait confiance au Bon Djeu, chérissait sa terre juste avant sa famille, persuadé que c'était mieux vivre qu'exister, mieux pour un époux et sa femme de se fier l'un à l'autre que de se faire la guerre ou d'avoir doutance du monde qui vous entoure.

Raquin avait choisi de rouler son temps au fond des bois, des marigots et des vasières. Il n'appréciait pas trop l'autorité. Il s'accordait bien avec la nature, pratiquait ses petites affaires tranquille. Aimait autant être seul que plusieurs, recherchait la compagnie de son chien Hip et ne se connaissait pas d'ennemis. Plutôt que l'anglais, héritage de la guerre confédérée, Edius parlait toujours la vieille langue des Normands, mâtinée, il est vrai, de petits ajouts red-necks, mais gardait jalousement les traditions de son père, Télesphore Raquin, enterré dans sa tombe, au boute du jardin.

Pour le souvenir du vieux, il fréquentait la messe, connaissait pas les différences de peau, partant du principe qu'icite, dans le sud-ouest de la

Louisiane, les gensses pouvaient être riches ou pauvres, catholiques ou baptistes, blancs ou marron, ils se mangeraient quand même pas le coton sur les épaules. C'est comme cil-là qu'était bien savant dans les livres ou pas capable de signer son nom, il avait le droit de respirer tout pareil. Que le chêne protège le Cadien ou le créole, le couleur ou le Nindien, mon vieux! Que l'écrevisse soit dans leurs filets et le gombo dans leurs marmites! Le beau soleil, la grande pluie, le retour des saisons donnaient assez la mesure et la continuation du bon vivre.

Aujourd'hui et demain la valse battrait encore à trois temps : un pour la lutte, l'autre pour l'amusement et le troisième pour la chasse.

Fils de piégeur, Raquin sortait d'une famille où on avait souvent marié première et seconde cousines. Dans les temps reculés, c'était pas bien la mode de s'épailler trop loin pour lier amitchié d'amour et la jeunesse faisait jamais arien pour mécontenter ses parents qui choisissaient pour elle.

En s'amarrant à la cadette d'un issu de germain de son oncle, Edius n'était, lui non plus, guère sorti du poulailler. Pourtant, il était tombé en amour vrai, séduit par la beauté comme si elle était accourue de loin.

Bazelle était si frayante qu'à peine passé le soir où ils avaient fait *friend*, il lui avait fabriqué une pichonne. C'étaient des jours mystérieux. On aurait pu croire qu'avec toutes les précautions de protéger leurs filles, les parents auraient jamais pu les avoir enceintes. Eh bien, ils les avaient. Comme partout quand on s'aime.

Edius s'était marié avec plaisir.

Dix-huit ans déjà avec Bazelle! Dix-huit ans qu'ensemble ils reviraient la terre, peinaient sur la récolte et qu'entre eux l'ardeur d'aimer s'effaçait pas. Ils avaient inventé une bonne camaraderie.

Parfois, après l'usure du travail dans les champs, l'esprit d'Edius Raquin jonglait dans le vague à propos d'une maison blanche avec une galdrie à piliers qu'il finirait bien par construire avant que sa tite fille Azeline soit en âge et condition d'épouser un vaillant laboureur de ce canton de Bayou Nez Piqué. Quelqu'un comme Euclide Ardouin qui serait un gars d'sa qualité de monde. Ou p't'être même comme Voicy Smith qui, contrairement à ce que pouvait laisser prévoir son nom, ne parlait pas un mot d'américain.

Avec des garçons tels qu'eux, on resterait pur Cadjin dans la clique de la famille. Et tant pis pour l'argent. Pas question de faire une bonne vie grâce à la chérité d'un Cou-Rouge sorti de Boston ou de Rochester. N'importe si l'élu serait pas un fringant jeune mister afistolé en gants beurre-frais, roulant boguet et équipage à deux chevaux de tire. Dans les mèches et étangs de la Louisiane, les résidents étaient contents de faire alliance entre eux et de toute façon, pensait Edius, mieux vaut aider notre voisin avec le ventre d'une pure jeune fille qu'attrapera forcément les mayères de son homme, plutôt que d'aller la mariocher à un gros richard de la ville.

Construire une vraie maison en bousillage avec un toit en tuiles de bois était un rêve éveillé qui prenait souvent Edius Raquin sous le chapeau. Souventes fois, il en discutait avec Bazelle, sa femme devant le Bon Djeu.

Bazelle l'écoutait les yeux grands ouverts, mais sa blouse et sa jupe n'étaient pas assez neuves pour qu'elle entre dans ses contes à dormir sur un pied.

– Mon mari! elle disait, j't'ai jamais refusé de parler avec to et notre amitié est si fort que j'aimerais mourir dans tes bras. Mais tu m'tracasses à vouloir toujours aller du côté de ce que tu pourras pas obtenir...

– J'te comprends pas, Bazelle. Quand je t'ai demandée à ton père, j'ai fini par t'avoir...

– Le moyen de faire autrement, coursailleur! Tu m'avais fait Pâques avant Carême!

– Enfin, ils ont pas dit non...

– Parce que je t'ai aidé, gros nigaud. Les filles s'y connaissent à bloffer leurs parents... Je leur ai dit que t'avais d'quoi!

– J'avais les trente arpents laissés par Nonc Sosthène...

– Tu les avais all right, mais c'était pas les meilleurs clos de la paroisse, reprochait volontiers Bazelle en montrant ses mains rugueuses. Au moins trois ans, il a fallu adoucir les herbes farouches avant de penser au maïs!

Dans ces moments-là, Edius la dévisageait avec des yeux qui découvrent.

– Quo, mon cher bébé?

Il s'étonnait en cajolant sa bassette contre lui.

– Après toutes ces nuitées de bonne adonnance, je t'aurais rendue malhureuse?

– J'ai pas dit ça, Edius Raquin. J'ai dit que tu regardais toujours du côté de l'impossible.

– Je te ferai cette belle habitation, s'entêtait-il. Avec une galdrie à colonnes grecques sur le devant, une salle avec un lustre en cristal et des commodes dans la maison.

– A ouar! Pourvu qu'ce soit pas comme le caraco en pou-de-soie! Vingt ans déjà que je l'attends!

– Fidieu! C'est donc ça la dispute?... Dimanche je t'offrirai une jolie p'tite camisole frayante! Et je t'emmènerai giguer le two-steps au bal de Lapoussière!

Raquin s'échauffait. Donnait un bec à sa compagne. Un autre en pleine bouche. Fouillait sa langue. Elle avait beau essayer de se dégager, elle était prise. Il la tenait embrassée contre lui. Lutinait ses poitrines.

– Arrête, vieux bougue, c'est plus de ton âge! Tu vas faire un imbécile!

Avec des rougeurs de chaleur sur le cou, elle le repoussait à grand force. S'en allait courotant vers sa cuisine. Attrapait son baquet, ramassait son frottoir, prête au grand lavage de la semaine.

Il la poursuivait avec ses mains travailleuses, la figure empourprée comme une crête de guine.

D'un coup de tape, elle esquivait l'assaut sous ses cottes.

– Ote tes pattes de dessous là, malvenant!

Il la serrait dans un coin. Encore roulait des becs. Murmurait dans son oreille :

– Laisse le bon temps rouler, Bazelle! Viens prendre ton p'tit quart d'heure! J'sens que vers toi je r'penche!

– Bestiau, la cabriole est plus de ton âge! Tu vas casser ta pompe à sang!

– Menteries, mon cœur!

Glorieux, il lui donnait à tâter sa racine. Au tour de Bazelle de ricaner pas comme d'habitude.

– Vous z'êtes lourd comme un gros manche de pioche, missieu, elle roucoulait. Un bois si farouche que j'ai peur si vous venez en moi, vous allez me grafigner.

Signe qu'elle était consentante, Bazelle dégrafait son linge. Pas besoin de litage, ils se laissaient tomber là où ils se trouvaient. Le désir était la loi. Ça goûtait bon comme le passé.

– Tu te souviens, catin? demandait Edius. T'as eu une belle nuit de noces, Bazelle! Et une fois le château pris, a-t-on pas profité doucement de nos deux corps?

– Saleté d'homme, elle disait sous son poids, au

lieu d'en jaser, fais-le! Voyage avec boucoup de vitesse!

Elle prenait le restant de cheveux de son marié comme une crinière de mulet, lui redressait la nuque pour le cabrer sur elle, et, les yeux bien écarquillés dans les siens, le regardait s'élancer avec son fer.

– Pique-moi! elle exigeait. Que ça s'arrête qu'avec le fifollet... Une boule de lumière grosse comme une pelote de velours!

Une fois, il l'avait prise dans la pataterie. A même le sol. Il était fou par répétition. L'amour chauvage, on pouvait plus l'arrêter.

Bazelle le laissait faire. D'abord parce qu'elle aimait la lutte et la chevauche, c'est comme ça qu'il l'avait habituée. Mais aussi parce qu'une fois qu'il était allé jusqu'à toute éreinte, elle avait la paix pour un mois. Edius redevenait travailleur. Toujours, il prenait des résolutions.

– Je t'aimerai toute la balance de ma vie, il soufflait.

Il repartait se battre avec sa terre. Elle l'entendait passer dans la cour une fois ses mules attelées.

Encore étourdie, elle regagnait sa chambre par le derrière de la ferme, en essayant de pas rencontrer sa fille. A cette heure où battait le soleil, Azeline devait se trouver devant sa glace.

Bazelle se glissait le long des murs. S'immobilisait de temps à autre pour interroger les bruits en provenance de la maison. Elle conservait en elle, elle cultivait avec délices la sensation troublante d'avoir commis un inavouable péché. D'avoir transgressé l'ordre qui s'impose au devoir des habitudes conjugales. Pourquoi préférait-elle secrètement que son mari la prenne sans ménagements, en des lieux inavouables, plutôt qu'à heures dites, sur leur lit, toujours le même, qui était désigné pour enfanter et pour mourir?

Une fois, l'année précédente, elle avait osé se poser la question différemment.

Elle revenait du bayou où elle avait lavé son linge. Un pédleur nommé Oklie Dodds l'avait abordée du haut de sa haque au croisement de deux chemins. Le colporteur lui avait proposé des sucreries, des doudoucières sorties de sa giberne. Avant qu'elle eût pu faire autrement, il avait sauté du cabriolet et posé son bec de fouine sur ses lèvres. L'homme sentait le bois puyant et son haleine renvoyait une âcre odeur de moonshine. Il était pris de boisson et le temps qu'elle se débarrasse de son fardeau qui lui encombrait les bras, il l'avait poussée contre un arbre. Son corps contre le sien, elle n'avait pas eu peur pour un cent. C'était plutôt l'étonnement d'une peau qu'elle ne connaissait pas qui l'avait retenue sur place, et bien qu'elle eût fait les gestes pour se dégager du bambocheur, un sacré coup de genou dans son entrejambe, elle n'était pas sûre de ne pas avoir ressenti une étrange exaltation, assez proche du désir.

En courant, elle était rentrée chez elle. Elle n'avait pas cherché à revoir l'homme ni pipé mot à Edius de cette drôle d'inconstance. Dans le confus de la lutte, elle avait arraché le bergo que le marchand portait en bandoulière pour sonner la trompe et alerter les chalands en arrivant devant chez eux. Elle s'était retrouvée avec l'instrument de cuivre entre les mains, détalant comme si le Djiable était après elle. Et plus tard, incroyable, elle n'avait jamais jeté le petit clairon. Au contraire, elle l'avait caché dans la bordure d'un champ où elle allait de temps à autre. Là, après s'être assurée qu'elle était bien seulette, elle bergonnait pour retrouver son plaisir enfoui. Jouait de la trompe comme un bateau perdu.

Ainsi vont les secrets qu'on enferme. Ils peuplent la nuit et aident les jours à galoper plus vitement.

En général, après les assauts de son mari, Bazelle filait dans sa chambre. A l'abri, dans la fraîcheur complice des murs blancs, elle baignait son visage. Elle tirait son chignon vers l'arrière, remettait de l'aplomb dans sa coiffure. Puis, en soupirant, elle se dirigeait jusqu'à un coin de la pièce, juste derrière le lit, et dégageait un trou pratiqué entre deux soliveaux. Dans sa main, elle tenait trois cents piasses. Un autre secret. Une autre liberté qu'elle s'était sauvée sur le ménage. Sol après sol. Privation après privation. Hiver après chaleur. Une clé pour s'ouvrir le monde si un jour elle sentait en elle, plus fort que la fidélité, l'envie de sarcher tout quèq'chose du tumulte qu'elle connaissait pas.

La Ville, là-bas, il devait s'en passer!

Doucement, les yeux de Bazelle se perdaient dans le vague. Même pour les honnêtes femmes, il arrive parfois que la vie ne soit plus qu'un long trottoir bordé de boutiques, de vitrines emplies de châles, de jupons, de robes gansées de dentelles et de chapeaux à capeline. Ainsi était le rêve des longs après-midi.

Et le bon temps roulait.

2

Quelquefois, à l'heure où les ouaouarons font leur sérail de bull-frogs au fond des marais, Raquin se grattait le crâne, même il se disait : « Nom d'un saque! Si je prends la pioche demain et que je creuse un trou, j'aurai fait le début d'un commencement d'habitation. J'aurai pas l'air d'un lofeur, d'un pas-rien, d'une limite qui respire au milieu des bois, pas plus ambitieux qu'un faiseur de paniers! » C'était le genre de résolutions qui lui durait bien deux heures entières. Jamais plus. Après, l'cœur lui manquait. C'était le gendre, le bachelier qu'il fallait trouver d'abord. Les bras. La racine. Il s'en voulait que ce soit pas fait.

Azeline était pas laide, jolie frimousse blanche sous son garde-soleil, travaillait dur, pareil qu'un homme. Seulement voilà, la caillette levait jamais les yeux sur les prétendus.

Pourtant, les coqs venaient. S'essayaient à faire leur ronde. Paradaient. Euclide Ardouin, sa belle cravate à pois. Même Voicy Smith, le bégayeur. Et avant eux Nathan Gudley, qui pesait bien cent acres, le fils Fontbas, et Jean Beaufort, tous étaient venus, mangeaient gombo, beuvaient la grègue dit café fort, goûtaient les zaricots rouges, un courbillon, une fricassée ou bien une bisque. Louaient la mayère fine de cuisiner qu'elle avait, la doucette, mais toujours repartaient bredouilles.

Oh, sacré! Bien sûr, on respectait les us. On prenait des précautions. Le père, la mère s'assisaient dans leur berceuse. La fille, à un bout du sofa. Le beau, à l'autre extrémité. Une fois par semaine. Pas de plus! On buvait. On charrait de la récolte. Du temps. Des vilainies que l'oragan avait laissées sur le soja. Et puis, à force de plus rien avoir à cancaner sur les voisins, le bardi-barda s'arrêtait de lui-même. C'était le moment du silence et de l'embarras sur les visages.

– Hummm – hummm, chacun faisait.

A la fin, le garçon remuait sur ses fesses. Annonçait ses au revoir à la famille.

– Il se fait tard. C'est soleil couché. J'veux gone, disait l'amoureux.

Y r'partait sur son cheval! Les femmes étaient

quittes pour la vaisselle. Edius bâillait longtemps. Ce serait pas demain l'habitation blanche. De contrariété, il redoublait sur le whiskey. Cherchait à se faire nuisance pour se punir d'une fille pareille.

Ou alors, au lieu de s'en prendre à lui-même, de se mettre en rosette, de se fabriquer des habitudes de margoteau, de bambocheur qu'il était pas, le vieux bougue sacrait après Azeline, décrochait sa ceinture et lui promettait une rinçure, une rousselée, une torgnole, si elle prenait pas plus d'empressement à donner de l'espoir à quelqu'un.

– Quo faire tu m'casses le cœur comme ça, fille du Djab? commençait invariablement Raquin. Plus je te ramène de coquins, plus tu r'gardes ailleurs!

– Y m'plaisent pas, Dad. J'peux pas m'inventer d'être en amour avec une bûche!

– Comme tu peux dire? Euclide Ardouin est un fier gars! En plus, un fameux planteur...

– C'est un rouleur... un coursailleur de filles... Suffit d'le voir!... i' s'amarre après le premier jupon qui vole...

– Bon! Mais tu peux pas en dire autant de Voicy Smith... En v'là un qu'est bon comme du café doux... et c'est pas un couillon.

– C'est vrai all right, mais il ferait bien d'aller consulter un « leveur de luette »! Trouves-tu pas qu'il bégaye affreux?

– C'est juste qu'il trouve pas la longueur de ses mots... mais il est fou-smart... plus intelligent qu'il paraît. Et sans te couler du beurre dans le dos, y te trouve bien mignonne dans tes souliers rouges!

– On voit bien que c'est pas to qui l'épouses!

– Raisonne pas aujourd'hui et demain! Fais comme je te dis, fille de peu!

– Merci pour le plaisir, Popa! Le temps que Voicy mettrait à me demander de baisser ma petite chemise à coton fine, ça serait déjà l'heure d'aller feeder les poules!

Azeline était piquante. Elle avait la langue bien pendue. Le genre de belle brune élevée sur du vin haigue. Malgré son désir soupirant pour l'amour et l'amusement, chaque fois que son Dad cherchait à la ranger dans le mariage, elle pouffait derrière l'éventail de sa menotte. Finissait par s'éclater d'un rire de roche qui teintait dans le cristal. Edius était frappé de colère bleue. Pouvait pas s'empêcher de vouloir carder la peau de sa fille. Il faisait le tour de la table prestement, rangeait sa babiche de cuir tressé pour pas risquer d'abîmer la beauté si transparente de sa seule lignée et levait le battoir sur la gosseline.

Raide sur ses pattes, il faisait circuler dans l'air une vire-tape d'aller et de retour. L'effrontée, cachée derrière le tuyau du stove, esquivait la poque de son père, s'ensauvait au fond de la salle, se moquait de plus belle avec ses dents d'une brillante clairté...

– Demain, c'est pas encore les épousailles, elle s'ostinait, fille de son père jusque dans l'éclat des yeux. Même si tu m'esquintes sur le carreau!

Achalé par la chamaille, Edius se resservait un filet de *booze*. Bazelle en entendant le flacon couler dans le verre de son homme levait le nez de son ouvrage. Elle se détournait vers sa fille :

– Ecoute ton Poupa et ta famille, maudite! Voicy a sauvé beaucoup d'argent pour sa noce.

Azeline s'approchait d'elle, posait son dodu ventre contre les hanches de sa monman, jouait avec une mèche sortie du chignon, mouillait ses doigts pour en faire une frisure dans son cou.

– Cieux! Laisse donc, coquine! maugréait Bazelle. T'as passé l'âge de faire musette!

Mais la petite lâchait pas sa gentillesse. Parlait doucement :

– Tu t'mets d'l'avis de Pop pour pas avoir la grêle sur ton ménage, mais je sais qu'au fond de toi-même t'es de mon bord, Mommie... La seule chose qui manque à la femme, c'est de vivre leur vie comme elle veut.

Elle dévisageait sa mère bien drouète. Caressait le dedans de sa main usée par la peine. Et murmurait encore :

– C'est ça, je crois.

Après un gros silence, Bazelle la renvoyait avec son coude. Remuait ses aiguilles, passait ses mailles. La jeune fille regardait rêveusement le drôle de soir bleu par la porte ouverte. Elle disait à mi-voix :

– Pour nous, icite, on vit tout bien, mais on connaît toujours travailler. Quo faire on pourrait pas choisir son homme?

– Prends Voicy, grondait Bazelle. Il est pas plus pire qu'un autre.

– Est-ce que tu te vois, Mommie, avec un tac-tac pareil devant ton oreiller?

La mère halait un gros soupir.

– Quo faire pas? Pour nous, on apprend que la malchance est aussi une partie de notre vie que la bonne chance.

Elle refaisait aller son crochet sur la laine. Après trois mailles, elle ajoutait :

– C'est comme ça on faisait l'amour autrefois.

Du coup, on se taisait pour de bon.

Comme toujours dans ces occasions ennuyantes, Edius, les poings noués ainsi que des logues, attendait sonner onze heures à l'horloge et s'allait jeter au lit, laissant le terrain aux femmes.

Et le bon temps roulait.

3

Jusqu'à cet été torride où les ombres étaient à bout de forces.

Edius avait travaillé tard dans les champs. Avec les grandes chaleurs, il était ressorti éreinté, tellement tanné derrière son attelage qu'il pouvait plus stand à force de rabourer la terre. Il avait un bras qui lui faisait mal d'une piqûre de bétaille. Une peine infectée, venimeuse, qui rempirait depuis le bout de la semaine. P't'être bien même une morsure de serpent-mocassin datant de la fois où, à force de malaisance et transpiration, il avait sauté à pleine course dans le lac pour se rafraidir. Ouarjoujoum! il s'était baigné avec tout son linge.

Raquin décolérait plus. Il était chaud sans arrêt. Le temps d'orage rendait milliers les insectes. Par nuées, les maringouins tâtonnaient autour des yeux des mulets, dansaient des rondes infernales, si bien qu'à la fin du compte même les gens devenaient inquiets, nasillaient des querelles sans rime ni raison, agacés de touffeur et de mauditerie.

D'ailleurs, toute la sainte journée, le ciel s'était fabriqué sa bile. Avait jauni sa colère à force de rencontrer de hautes montagnes de nuages, majestiques et formidables. Et maintenant que la follerie de la nuit entourait les pieds des grands chênes, c'était fait : les éclairs s'amusaient avec la mousse espagnole. Ils croisaient le feu-qui-tombe en l'allongeant sur le fil des eaux courantes, sur le croupi des marais de boue. Ils portaient la foudre jusque sur les genoux des cyprès du bayou. Un hourvari de tambours pire que le sassaquoi de Chief Kenny Mo, le dernier chef indien à avoir rendu son tomahawk.

Edius Raquin avait gaboo son dîner du soir. Il se tenait assis sous l'auvent, dans sa grosse chaise bourrée, occupé à chacoter une branche avec son vieux coutelas. Devant lui était son bouteillon de whiskey, posé sur la table en bois rude, et il ne se passait guère de répit dans la colère d'orage sans qu'il tète son plaisir au goulot du flacon. Mélange de fatigue et d'énervement, il se sentait soûl en patate. Mais même dans l'état qu'il vient d'être dit, un peu bite et camphré, Raquin sourissait quand même à la pluie. Par mouillures successives, elle jouait à drum sur la tête des grands copals et musiquait un bon rythme.

Edius avait posé sa branche et son couteau sur le banc derrière lui. Tout en réfléchissant au mariage de sa fille, il avait machinalement remonté sa manche de chemise sur son bras tendu par l'inflammation. Après examen des chairs meurtries, il expédia deux Pater et deux Ave. Il s'adressa à la Vierge Marie avec grand sérieux. Le signe de la croix à peine terminé, il sortit une petite boîte de fer de la poche de son gilet. Il commença à appliquer sur la fluxion le baume recommandé par Pitit Mom'zelle Grand-Doigt, la grosse négresse de la pointe du bayou.

Mom'zelle Grand-Doigt avait hérité une tradition de ses vieux ancêtres mandingo, du temps qu'ils étaient esclaves. Elle savait se débrouiller pas mal avec des clous, de l'acier, de la cendre et même une aragne dans une coquille de noix suspendue au cou. Elle était également habile avec les décoctions de feuilles de mauve, les cataplasses de bouillie de moutarde, le Pauma Christi et l'herbe à coquin. Mais la nigroille se contentait pas de traiter les chouboulures, les verrues ou même les épidémies de « vavite » quand le mal des boyaux faisait courir toute une famille aux cabinets d'aisances, elle distribuait aussi des gris-gris ou promettait la

Tataille aux enfants désobéissants. Bonne catholique avec ça, croyante en Djeu plus que quiconque, si bien que c'était toujours une obligation de prier pour les malades avant que la carbo entreprenne sa médecine. Jusqu'aux commerçants de Fine Prairie ou de Turkey Creek qui s'en venaient la trouver au fond de sa cabane tellement elle avait pas sa meilleure pour traiter le résipère, le mal anglais, ou les mordures de serpent.

L'index et le médius imprégnés d'onguent, Edius faisait entrer dans sa peau le mélange de graisse de cochon et de semence d'oignon blanc. Il sentait que le mal combattait dans tout son bras. Et demain, si l'infection résistait, il irait retrouver la traiteuse comme il avait promis. Avec une poule noire dans un sac. Paraît que Mom'zelle Grand-Doigt avait une qualité de remède infaillible avec le sang d'une galline.

Soudain, frappé par un yatagan de lumière, Edius releva la tête malgré lui. Un éclair autrement plus violent que tous les autres venait de transpercer la nuée. Sa main en visière devant le visage pour pas être aveuglé par cet éclat surnaturel, le laboureur vit crépiter une brisure qui traversait toute la cour. Une sorte de crête bleue et vivante, suractivée par la colère d'en haut, une force comme mille dynamites, crédieu, qui se mit à giguer en zigzags devant la maison.

Croyant sa dernière heure pour tout de suite, Raquin crocha sa main libre sur sa bouteille de whiskey mais avant qu'il eût pu dire bouchon, la boule de feu avait caracolé deux, trois écarts imprévisibles. Sillonnant la terre noire, elle devint comète, prit une touffe de poils d'étincelles en cognant contre un mur, billa plus loin et, attirée par le soc d'une charrue, s'enroula sur elle-même, plus rotonde et secousse qu'une toupie folle. Sans même avoir compté trois, un nouvel éclair l'avait rejointe avant qu'elle s'éteigne et pas seulement la cour fut doublement illuminée mais aussi le hangar et le ouagon dételé, dont les ridelles faisaient les cornes au ciel.

Pas fini! Tout le foliage d'alentour qui faisait mine de s'embraser dessinait un fond de théâtre – ombre et lumière – à la plus incroyable apparition qu'Edius Raquin eût jamais vue : un grand cavalier en cuir, dressé sur son cheval bronque, avec un pistolet dans sa main gauche et le bras droit pendu le long du corps et baignant dans son sang.

Inondé par la clarté vacillante, l'homme, ses cartouchières entrecroisées sur un torse amaigri, poussa son cheval en direction de l'auvent. Les joues creuses de l'étranger étaient mangées par une barbe épaisse comme un buisson de fardoches. Plus près, il avait un regard insoutenable. Dans un élan des guides, il enleva sa monture et, aussi irréelle qu'un cauchemar, la bouche de l'animal déformée par le mors démasqua des dents écumeuses qui approchèrent le visage de Raquin. Au fracas de la foudre déferlante s'ajouta le hennissement du grand bronque, une beuglée si folle, comme un cri de terreur, qu'elle fit venir à Edius un fraide glacial dans tout son corps.

Pour lors, le sang retiré, il ferma les yeux, dernière tentative pour rejeter ce qu'il prenait pour la chimère d'un loup-garotte ou même de quêque fi-follet sorti de l'âme d'un enfant privé de baptême. Caché-frileux sous ses seules paupières, Edius emporta au tréfonds de soi l'image d'un étalon cabré sous la déchirure des racatchas, deux longs éperons mexicains qui fouillaient les flancs du cheval farouche. Rabougri dans sa chaise, il eut une pensée pour sa femme Bazelle qui l'espérait au fond du lit avec la montre de son mari cachée au creux de ses cuisses à cause de l'orage et il attendit la clabaudure.

Comme elle n'arrivait point, il dessertit ses yeux, à peine deux fentes. Les ténèbres s'étaient brusquement refermées autour de la maison. Ebranlés par les derniers spasmes du tonnerre, les nuages s'ouvraient comme des vessies trop pleines. Ils faisaient de l'eau à grosse trempe sur le toit dont la pente pissait par rebonds dans la cour. Une rinçure à grands seaux.

Mais d'apparition, pas. Le cavalier et son garion avaient disparu tout de bon.

Edius n'en croyait pas son entendement. Oublieux de sa bouteille, ses genoux s'entrechoquant comme une sonnaille, il pensait qu'à haler son gratin. Sans quitter l'obscur de la nuit dans sa mire, il partit à reculons vers la porte pour s'engouffrer chez lui. Vite, il loqua la serrure et cléta à deux tours.

Après cinq minutes pour retrouver ses sens, il parvint à allumer la lampe à coloïe et barra l'ouverture avec une planche en travers. Les gestes d'habitude lui revenaient à mesure. Son cœur tapait moins fol. Tout autant, il avait la tête en feu en traversant la salle. Il marqua un temps d'arrêt en passant devant la chambre d'Azeline et entrouvrit sa porte. En entendant la respiration calme et régulière de la jeune fille, il parut rassuré. Il aurait bien bu un filet d'alcohol pour se lever son moral avant de rouler dans les draps, mais plutôt crever que ressortir affronter les esprits malins des rabasilières. Sans bruit, il se glissa donc jusqu'à son lit et se débarrassa de ses artifailles.

Bazelle reposait sur le côté. Elle avait une telle confiance qu'elle ne bougea même pas quand il récupéra sa montre entre ses cuisses à trésor. Elle détenait une chaleur de nid.

Dehors, plus d'orage. Seulement la mouillure qui gouttait au bord du toit. Immobile près de sa femme, Raquin gisait, les paumes en l'air, étendu sur le dos. Doucement, la fièvre s'emparait de lui. Pour oublier la tension de son coude qui battait, il pensa à du marbre et en caressa le fil. Comme la pierre devenait chair tendre, le mystère de la vie aiguisa un moment l'inconscient de la dormeuse. Bazelle poussa un râle, se tourna vers son époux et doucement caressa sa racine dans la tiédeur de sa paume. Puis, tandis qu'à l'insu de l'homme son sexe se gonflait d'importance, l'épaisseur de la fatigue qui venait de le prendre derrière la nuque l'assomma.

Derrière le voile du sommeil s'étendait un paysage de collines rouges survolé par des carencros ou charognards.

« Nous sommes morts depuis toujours, rêva Edius. Dead. »

Et devenu busard à son tour, il prit de la hauteur.

4

C'était une année de mal sort. Ça se voyait à des signes. Tout qu'allait de traviole. Le temps qui ondulait. La terre qui gerçait trop. Et dès que le soleil refroidissait derrière les nuages, c'était la pluie qui se mettait de la partie.

Même les cabinets d'aisances s'étaient engorgés sous la force débordante de la trempe nocturne. Une mouillure de pluie qui infiltrait de partout, et le cacatoir, forcément, qui s'était répandu dans la cour. Ce matin-là, ça sentait pas les maguenolias devant chez les Raquin. Ça puyait formidable.

Mais c'est pas tout. Il y avait d'autres présages pour annoncer la malchance. Le coq avait chanté sous l'escalier au milieu de la nuit. L'horloge s'était arrêtée comme pour saluer un mort. Et le chien Hip, à force de tirer sur sa chaîne par peur inhabituelle, était arrivé à se libérer. Asteure, le taïaut battait la campagne. Un envahissement de cancrelats campait sur l'humide, croquait sous les bottes dans l'obscurité des remises. Mais, plus inexplicable encore, la malice avait fait mourir six gros rats dans la chaudière à bouillir l'eau-de-vie. Au moins cinq gallons de magnane qu'on avait dû jeter dans le marais. Et après qu'Edius eut fait valoir qu'on pouvait bien garder le dessus du tafia pour l'offrir à ceux qu'étaient trop soûlards pour s'apercevoir du goût haigue, v'la t'il pas que Voicy Smith avait fait son arrivée en cabriolet. Tout faraudé, élégant, fier de son beau soute à rayures mis spécialement pour faire sa cour à Azeline, il avait poussé la porte au moment même où femme et fille étaient en train d'écrémer les entrailles des chaouis.

Déjà surpris par le chapelet et l'odeur qu'il venait de traverser dehors, l'amoureux resta coi sur le seuil, amidonné dans sa devanture à cravate. En voyant mieux la crevure sur l'écumoire, sa poche d'estomac se retourna de dégoût sur son cœur. Le prétendu devint pâlot jusqu'aux joues – de grandes marbrures sur le cou – et, avant qu'il eût seulement dessiné O avec sa bouche, commença à salir ses chaussures un peu tchoques.

Edius, qui rentrait de nourrir ses mules, l'assit au plus pressé. Fit un grand geste, plusieurs courades aller et retour sur le plancher :

– Prenez la chaise, Voicy... Une petite goutte de café pour fumer?

Deboute sur l'escabelle, Bazelle le guettait avec un œil sec et vacant. Azeline faisait de son mieux pour redresser son chignon qui guoguait.

Pop Raquin fit ce qui lui restait à faire :

– Ummm-hummm..., toussota-t-il pour improuver la situation.

Voicy Smith après une goulée d'air saisit l'occasion qu'il avait de tout rattraper. Comme Azeline lui servait une jolie révérence en faisant mine de pas trop vouloir regarder ses chaussures toutes gâchées, donnant, donnant, le goguelu ferma les yeux sur la charogne, sur la puanteur extérieure.

Il sourit à sa belle.

– Je boi-boi-boi... rais bien u-u-u-ne bière fraide, bégaya-t-il tout doucement.

Après, il mit le sujet de la conversation ailleurs, avec un savoir-faire sans réserve, parlant des études qu'il aimerait entreprendre.

– J'voudrais bien graduer dans la fi-fi-nance, annonça-t-il avec une voix estompée. M'em-m'em-m'em-ployer dans une banque, bien que je parle pa-pa-pas en anglais aujourd'hui.

Il plongea le plus vite possible son grand nez au fond du verre tendu par Edius. Il additionna sa soif impressionnante avec un profond soupir d'homme malade.

Bazelle Raquin en profita pour sauter de son perchoir. Elle disparut pour jeter ces bestioles qu'il fallait pas voir. Et, bien sûr, avant que le témoin matinal d'une telle déshonorance se fût levé de son siège pour prendre congé, on avait dû déverser le reste du bon beuvrage aux écrevisses. C'était ça ou passer pour des traîneurs. Un risque que pouvait pas prendre une famille cherchant désespérément à s'amarrer un gendre.

Le garçon parti, les apparences sauves, Edius souhaitait se remettre. Il courut jusqu'à l'auvent où, la veille, il se rappelait avoir abandonné sa bouteille de whiskey sur la table en bois de pin. Elle avait disparu.

En massant son sacré bras qui l'élançait plus que jamais, il demanda à sa femme si elle lui avait pas carotté son jus de maïs personnel. Bazelle, en partance pour nourrir ses poules, lui répondit les yeux baissés sur son chemin. Sans s'arrêter ni rien, elle sautait d'une pierre sur l'autre, enjambant la gadoue avec précaution. S'agissait pas de s'étaler dans la cagure.

– Quo faire j'aurais touché à tes affaires, vieux cheval ? demanda-t-elle dans sa lancée.

Encore un bond et une fois à sec elle ajouta :

– Mais j'ai honte d'avoir un mari qu'est bouteille aussi tôt que le soleil se lève !

Edius haussa les épaules. Souvent Bazelle avait le caquet trop long. Il ne répondit pas à la cancane. Il était plus tracassé par la disparition magique de son flacon que par n'importe quoi d'autre au monde. Même avoir raison sur sa femme.

En se hâtant, il descendit les trois marches conduisant jusqu'au devant de la maison. Le nez pincé pour filtrer les odeurs, il commença à patauger en cercles et en huit imprévisibles afin de retrouver au moins les traces de sabots du grand étalon. Mais sa patrouille ne donna rien. Il ne décela aucune empreinte de la veille.

Enervé par l'accumulation de ces choses surnaturelles, il se rabattit sur sa fille au bout du corridor :

– Hier au soir, Fifille, j'ai vu un grand Zombi monté sur un cheval bronque, dit-il comme si l'événement était du domaine du possible. Il m'a menacé d'un pistolet.

La doucette qui vaquait à sa pratique de cuiseuse tenait en main une jug de lait caillé et une brassée de petits ouanions créoles. Elle s'arrêta pour regarder son père bien en face.

– Lâche-toi, Pop ! Depuis huit jours t'es terrassé par cette mordure ! C'est la fièvre qui t'aura fait voir un mort !

– Il était là ! J'en jure ! Et il y a plus trace !

– La sauce de cette nuit aura tout effacé, Pop. Tu ferais mieux d'aller faire tchiquer ton bras par Mom'zelle Grand-Doigt... Qu'elle te donne un charm pour tes visions.

– C'est bien Djeu possible, admit Edius en se grattant pensivement la tête.

Quand elle quitta son popa pour aller peler ses légumes, Azeline remarqua qu'il avait l'air débranché. Les yeux vitrés et la bouche ouverte, il connaissait plus quoi dire. Il était tout escran et misère.

D'habitude, avant de partir aux champs, Raquin serait repassé par la cuisine. Il aurait soulevé le couvercle de la marmite pour respirer le fumet du gombo filé au crabe qui était son plat le plus goûtable. Au lieu de cela, Azeline le vit repasser cinq minutes plus tard devant son fenestron. Il portait un sac de toile sur son épaule et tenait son chapeau de paille enfoncé sur la tête comme s'il s'apprêtait à courir sous le soleil. Une fois qu'il eut franchi la barrière en peline dressée pour arrêter les bêtes, elle le suivit des yeux dans la passe.

En débouchant dans la manche qui descendait au bayou, il devint plus méfiant que celui qui se prépare à un mal faire. Il se retourna souventes fois pour s'assurer qu'on le suivait pas. Après, il se mit à galoper fort et le temps pour Azeline de ciller, sa silhouette blanche avait disparu au croisson de deux sentes. Dans l'air immobile, elle entendit monter le jappement aigu de plusieurs chiens. Rougeâtre entre les pins profilés sur le ciel, la terre des chemins, envahie par la fumée rampante d'un feu d'herbe, achevait de se transformer en mystère.

Soudain oppressée, Azeline enferma ses seins dans la coque de ses mains et s'approcha du foyer où ronchonnait la soupe. Le crépitement des bûches envoyait au sol de capricieuses étincelles.

Elle en effaçait machinalement les braises refroidies en les talochant de la pointe de ses souliers rouges. Elle comprenait mal comment les mauvais pressentiments arrivent. On ne les voyait pas venir et, cependant, ils étaient là.

Depuis peu, elle entendait en elle le chant d'une voix grave et triste. Elle sentait que l'arrivée de quelque chose allait son train. Que des événements s'étaient produits comme des poussières. Qu'elle serait l'enjeu d'une violence. Elle ne savait pas comment se protéger de ce qui n'existait pas encore, mais elle avait la certitude que rien ne la découragerait. Même si le plus grand océan du monde essayait de la noyer.

Elle soupira.

Ses doigts commencèrent à réchauffer avec un léger fourmillement la pointe de ses seins glacés sous sa chemise. Elle attendait que les jambes d'un homme viennent se frotter contre elle. Elle était jeune. Elle avait froid sous le soleil. Elle attendait dans son ventre.

Sa mère l'avait préparée : elle accepterait les nuages.

5

A la chaleur assommante de la route avait succédé l'ombre intime des sous-bois. L'arum blanc aux feuilles en forme de flèche, les pudiques orchidées se partageaient en secret les cachettes de l'amas végétal.

Perdu dans ses pensées, Pop Raquin évitait les embûches du chemin, un bombardement de trous dissimulés sous la perruque ébouriffée des herbes.

Il progressait avec la sûreté d'équilibre d'une chèvre.

Au chêne, à l'hickory, au magnolia, au pacanier des terres plus hautes, non sujettes aux inondations de la rivière en crue, avait succédé la foule frissonnante des cyprès chauves. Avec les chênes des marais et les érables roux ils partageaient l'empire d'un noir limon, gorgé d'eau saumâtre. Parfois, la levée de terre que suivait Edius serpentait au-dessus du niveau du bayou. Apparaissaient alors des îlots aux cernes bruns où s'accrochaient des saules et des platanes torturés par les caprices du flot. Et le ciel bleu cobalt, débarrassé de sa suie d'orage, célébrait entre les futaies le retour des miroirs aquatiques au confluent desquels se mariaient en blanc, en jaune, en mauve, les nénuphars et les iris, les hibiscus et le chèvrefeuille.

Au détour d'un piétinement de boue, dans l'éclairage d'une levée de lances, Edius localisa sa barque, tapie dans les roseaux. C'était un bateau plat, conforme à celui des Indiens, pointu aux deux extrémités, qu'il avait creusé dans un billot, le genre de pirogue capable de naviguer sur la rosée, de marcher sur les nénuphars ou de nager dans un crachat. Amarrée au chicot jaunâtre d'un cype, elle prenait dans les reflets sombres des allures de saurien qui se déguise. Un vrai cocodrie.

Il tira sur le boute pour haler l'embarcation jusqu'à lui, y balança sa poule noire ensacquée à double tour comme avait recommandé de le faire Mom'zelle Grand-Doigt, et, à longs efforts sur sa rame, éloigna la pirogue en direction de la pointe du bayou.

La traiteuse se tenait sous la lumière atténuée d'un grand parasol indigo. Nichée dans sa berceuse pour pas être trop fatiguée, elle se penchait de temps à autre vers un tas de mousse espagnole posé devant elle sur un grand carré d'indienne. Poignée après poignée, en prenant le temps de chanter, elle en bourrait un matelas qu'elle finirait de coudre avant la nuit.

Sa chanson était paresseuse et nostalgique. Sa chanson allait comme ceci :

Femme-la dis mo malheure
Femme-la dis mo malheure
Voyez ya mo malheure
Femme-la dis mo malheure...

Ses mots répétaient inlassablement la mémoire du passé.

Elle s'interrompit en levant la tête. Elle vit apparaître, dansant dans la vapeur de chaleur, la silhouette blanche et incertaine d'un homme qui grimpait la pente de la berge. Elle la laissa approcher jusqu'à elle et, ayant reconnu Edius, attendit qu'il parle le premier. Elle le regardait avec une curiosité mesurée, sans douceur excessive peinte sur le visage. Elle laissait peser le poids de sa poitrine sur le devant de son corps lourd. Elle avait allumé une cigarette et transpirait un peu sous le casque de ses cheveux acajou. Immobile sous sa robe de coton qui moulait les bras et les cuisses, elle était quiète et opulente, environnée d'un filet d'âcre fumée jaune qui se dissolvait imperceptiblement sur fond d'eaux lointaines.

Edius se tenait debout devant elle, mince dans son pantalon de toile, le visage douloureux, le chapeau à la main, les cheveux ébouriffés en couronne.

– Hey, Tite Mom'zelle Grand-Doigt, qu'il fait chaud! finit-il par dire en la fixant de ses yeux rougis par la fièvre.

Il posa son sac devant lui et ajouta en levant son coude comme une aile :

– Vous savez sûrement comment ça se passe... On croirait que le feu a pris par des chandelles autour de mon bras !

La négrette renversa son corps au fond de sa berceuse. Elle posa sur l'homme éreinté par l'infection le sombre de ses prunelles, deux lacs noirs entourés d'une taie blanche, et lut l'inquiétude de la maladie. Elle grogna comme on gronde un enfant :

– Tu connais quelque chose, vieux tête dure ? Y a pas de différence entre toi et un bourrique ! Pourquoi t'as tant tardé avant de retourner me voir ?

– J'croyais que j'allais guérir. Je croyais en la pommade.

Mom'zelle Grand-Doigt fronça la peau de sa figure. Mille fissures la firent ressembler à une fleur oubliée dans un livre.

– C'est la première fois que j'entends un mulet parler avec ses paroles d'homme ! dit-elle en dévisageant Raquin. Tu ne me dis pas toute la vérité.

A part avaler sa salive dans un gosier sec, il n'ajouta rien.

Elle l'observa encore et laissa monter sa main devant ses yeux pour se protéger de l'éclat diagonal du soleil. Il s'efforça de faire bonne figure, de soutenir son regard.

Comme si elle percevait du premier coup le tumulte de son monde intérieur, elle murmura à voix plus soft :

– Hey, tit bougre, ne te crois pas obligé...

Et il eut l'impression qu'elle lui offrait la clé pour ouvrir son désarroi.

– J'ai vu un Zombi sur un cheval bronque, avoua Edius.

D'une traite, il lui raconta ce qui s'était passé le soir de l'oragan et, comme il se taisait soudain, il eut l'impression fugace d'avoir entendu hennir un cheval derrière lui.

La négresse se leva avec beaucoup d'efforts de son fauteuil à bascule. Une fois rendue sur ses pieds nus, elle parut se désintéresser de son visiteur. Elle se pencha pour se saisir d'une poignée de mousse espagnole et contempla avec une grimace son ouvrage interrompu.

– Tchi ! Dipuis ce matin, je me baisse comme une ramasse-coton ! dit-elle en retrouvant sa voix chantante.

Elle enjamba le matelas et sourit faiblement.

– C'est trop cher de travailler, maugréa-t-elle.

Un mauvais nuage passa devant ses yeux. Elle tira sur sa cigarette et, l'instant d'après, elle souriait à nouveau. Toujours, elle était changeante.

Elle s'immobilisa devant Raquin, appuya son pouce sous la paupière inférieure du malade et dégagea son œil infiltré.

– To vini tard, constata-t-elle.

Elle examina l'enflure des chairs à hauteur du coude, fit sourdre un peu d'humeur en appuyant pas fort et caressa le front du patient.

– Mais laisse pas ça te tracasser ! Avec une tisane et des prières, y a pas d'mal qui résiste !...

Sans s'adresser à lui avec trop d'égards, elle lui intima de se mettre à genoux, de retirer son chapeau malgré la brûlure du soleil et de prier le Grand Juge le temps qu'elle aille préparer sa médecine.

De son pas traînant, elle s'éloigna vers sa cabane en roulant des hanches. A part un vasistas, l'unique fenêtre était aveuglée par des volets tirés. Personne alentour ne pouvait se vanter d'avoir jamais franchi le seuil de la négroille.

Tandis qu'il marmonnait ses prières, Edius pouvait entendre chanter Mom'zelle Grand-Doigt. Même si sa voix charnue comme un fruit lui arrivait par bribes, étouffée par la distance, les paroles, il savait, allaient comme ceci, à propos d'une histoire de reptile :

Depuis mo woi toi Adèle
Apès danser Calinda
Mo jamais woi arien qui té plus belle que toi
To semblait serpent Congo
Qui té apès charmer pitit zozo

Au fond du clair-obscur, la traiteuse s'était dirigée vers une série d'étagères sur lesquelles elle entreposait de nombreuses boîtes en fer. Elles en ouvrit plusieurs, soupesant à chaque fois sa décision. Elle reniflait longuement le parfum des herbes, picorait une poudre du bout de son médius, en installait deux grains sur l'extrémité de sa langue exagérément rose et finit par déverser dans une casserole un mélange de clous, de cendre, de bourgeons de plaquemine et d'herbe à coquin. Elle allongea la décoction d'une lampée de whisky camphré et mit l'ensemble à chauffer, abandonnant la gamelle sur un trépied qui coiffait l'âtre.

Avec piété, elle se signa en passant et repassant devant un Sacré-Cœur de Jésus, encadré dans un sous-verre doré et près duquel sommeillait, ainsi qu'un gardien borgne, une minuscule lampe à huile au verre teinté de peinture rouge. Du coin de la prunelle, elle surveilla par la lucarne si Edius priait comme elle le lui avait demandé. En les ponctuant de génuflexions, elle effectua plusieurs déambulations mystérieuses au fond de la pièce. Affairée, elle revint lentement sur ses pas, tenant à la main un petit morceau de viande au travers duquel, à l'aide d'une aiguille à tricoter, elle enfila une cordelette. Elle glissa cet étrange talisman dans la poche de sa robe à fleurs. Avec adresse, elle retira le récipient du feu, en tamisa le contenu au travers d'un mouchoir de cotonnade et s'en retourna à petits pas en direction de son malade.

Concentré sur ses dévotions, Edius la sentit approcher de lui à pas glissés. D'une main, elle tenait un ostensoir argenté, de l'autre une tasse ébréchée qu'elle prenait garde de ne pas renverser. Elle lui tendit la tisane qui était sombre et bouillante. Tandis qu'il commençait à boire en s'empêchant de trop respirer, elle entama une série de déplacements autour de lui. Les paupières mi-closes, elle l'environnait de fumée d'encens et répétait inlassablement la formule qui délivre du Conjo et des autres esprits malins : « L'appé vini, li grand Zombi. L'appé vini, pour toi gris-gris. »

Dès qu'il eut fini, toujours à deux genoux, de boire sa médecine, elle releva Edius et lui fit signe de délivrer la poule qu'il tenait en son sac. Elle lui ordonna de lui tendre la galline en la tenant tête en bas, par les deux pattes. D'un geste preste, elle avait sorti un couteau effilé de sa grande poche et tout vivant elle fendit l'estomac du volatile en son long. Elle mit aussitôt la poule sur le bras du malade et la maintint en contact avec les tissus enflammés aussi longtemps que la volaille se débattit.

– Tu dois la garder toujou' après grouiller, expliqua-t-elle et le sang chaud ragaillardit ton bras!

Quand la poulaille fut raide, elle prit le poignet d'Edius et le fit s'accroupir en face d'elle. Elle tira de sa poche une clochette qu'elle posa près d'eux dans la poussière du chemin. Elle emprisonna les deux mains de l'homme dans les siennes, qui étaient douces et froides. Leurs yeux étaient presque au même niveau. Ils se regardaient sans rien dire et Raquin n'osait pas bouger. Les lèvres de Mom'zelle Grand-Doigt étaient entrouvertes. Une buée de transpiration perlait entre ses seins. Une respiration calme montait de sa poitrine. L'air semblait immobile. Edius attendait, plongé dans une sorte de respect mêlé d'effroi et d'émoi sensuel. Brusquement, la Noire recueillit un peu de sang au creux de sa main droite. Elle dessina une croix sur le front d'Edius, puis ses doigts se lovèrent sous son aisselle et vinrent se poser sur son sexe qu'ils enserrèrent furtivement.

– Voilà, c'est fait, dit la traiteuse. Tu sens comme j'ai froid?

Elle lui donna ses mains à tâter. Exigea qu'à son tour il les emprisonne dans les siennes. Pendant un long moment, elle sembla privée de mouvement et de chaleur. Ses yeux ternes comme des miroirs de glace noircie contemplaient le vide.

– Le mal s'en va, chuchota Mom'zelle Grand-Doigt.

La contrôleuse d'esprits sembla soudain s'éveiller au monde. Son regard avait reconquis cette lueur de vie fuyante et gaie qui lui était familière. Elle agita la petite sonnette posée à portée de main et commanda :

– Hey, garçon, lève-toi.

Elle se dressa à son tour et, tirant le médaillon de viande de sa poche, elle en attacha la cordelette autour du cou de son patient.

– Quand le gri-gri va tomber, le mal va tomber, dit-elle.

Edius ramassa son chapeau dans la poussière et chercha sa voix avant de pouvoir parler. Ayant toussé pour l'éclaircir :

– Combien tu vas me charger? demanda-t-il. Je peux donner une piasse.

Un éclair de colère mauvaise passa dans les yeux de la noiraude.

– Hey! Espèce d'imbécile d'idiot de fou couillon, cria-t-elle à pleine tête, t'es pareil comme tous les Blancs, toi! Un traiteur peut pas prendre d'argent! Son traitement prendrait pas!

Elle le poussa devant elle. Le remit dans la direction de sa pirogue.

– Va-t'en maintenant. Te retourne pas pour ta peine.

Et comme il s'éloignait, Edius entendit clairement, venant de l'ombre du cyprès qui s'élevait en courbe derrière la cabane, le hennissement du cheval bronque.

6

Il s'immobilisa.

Il n'osait pas tourner la tête, ni rien.

– Mom'zelle Grand-Doigt, interrogea-t-il d'une voix tremblante, est-ce que le grand Zombi serait pas descendu de cheval devant vot'porte, par hasard?

– Va-t'en chez toi, retourne à ton camp, Edius Raquin, répondit la traiteuse. Mon sauver mon âme des flammes de l'enfer, et toi rejoindre ta femme.

– Il est là, n'est-ce pas?

– Ne cherche pas à savoir ce qui est derrière toi, j'ai dit.

– Mais il est là, n'est-ce pas? insista-t-il. Le mort avec ses yeux transparents et ses grands racatchas...

– Il est là awright, Edius. Mais c'est p't'être pas un mort, il faut t'habituer.

La nuque de Raquin bougea imperceptiblement.

– C'est un vivant blessé alors? demanda-t-il sourdement.

– Quelqu'un comme ça.

– Avec un pistolet? Mais c'est proche effrayant, non?

– Assez effayable pour faire la Vierge pleurer et le Djable peur!

Il se retourna d'un bloc. Elle se signa bien vitement.

– Qui t'as fait, vieux imbécile, de t'retourner comme ça? Maintenant t'es venu dans le cercle. Tu pourras plus sortir!

Mais rien aurait pu retenir le bougue. Il s'élança dans la chaleur, bouscula la noiraude qui se mettait en travers de son élan et, galopant sur la terrasse de planches qui entourait la cabane, remonta un ruisseau de sang séché. Il arriva de la sorte devant la fenêtre aux volets tirés et, après une courte hésitation, l'ouvrit à deux battants.

Torse nu, le visage partagé en deux par l'ombre et la lumière, l'homme était étendu sur le dos et reposait sur un double oreiller. Son bras droit était bandé. Dans sa main gauche il pointait un colt en direction de la tête de Raquin.

– Maintenant tu as un sacré secret sur la langue, Pop, dit l'étranger. Qu'est-ce que je vais faire de toi?

Bien qu'il fût étendu à même le sol, il se dégageait de toute sa personne une impression de force sauvage. Ses yeux gris-bleu étaient inoubliables. Si pâles qu'ils étaient ceux d'une bête fauve. Quand ils se resserraient sous le pli tranchant des paupières, on y sentait danser la mort.

Edius y lut la promesse implacable de sa fin prochaine et commença à biaiser une reculade.

– C'est pas grave, m'sieu, bredouilla-t-il en découvrant sur le sol le flacon de whiskey qu'on lui avait chapardé la veille. C'est pas grave... J'sais garder un segret.... L'essentiel est que vous soyez pas une apparition. Ça me rassure sur ma fièvre. Et maintenant, je sais que je vais sûrement m'en sortir... Sûr qu'on va s'en sortir tous les deux, m'sieu!

Il dansait sur place, nerveux comme une sauterelle dans un parc de dindes.

L'autre avait toujours son envie de tuer dans le regard.

– Si vous voulez, m'sieu, tenta Edius, demain je vous apporterai du lait caillé et les œufs que mes poules auront ponds le jour même... La nourriture fraîche, c'est bon pour les blessures de sang... Ça vous racoquillera la santé!

L'autre sinoque, encore une fois, avait pas l'air prêt à baisser son arme. Pourtant sa tête dodelinait comme celui qui va dormir. Au prix d'un effort incroyable, il essaya de se dresser sur ses jambes. Il n'avait plus de forces, c'était visible. Et juste comme la traiteuse entrait dans la chambre pour essayer de parlementer, l'homme s'abattit de tout son long, raide évanoui comme un grand cype de pin pris par la hache.

– Il a perdu son meilleur sang, dit Mom'zelle Grand-Doigt. Quand je l'ai vu arriver par le petit pont, cette fameuse nuit, il a même pas eu l'temps que je m'élance vers lui... qu'il était déjà tombé du haut de son cheval. Ses beaux yeux traînaient dans la boue. Alors, comme un sac, je l'ai fait passer par la fenêtre.

– Si c'est un bandit, un voleur de chevaux, vous auriez p't'être pas dû le sauver, commença Edius.

– Et toi, bourrique, j'te sauve peut-être pas?

Il réfléchit tout de même une seconde.

– Moi, j'suis honnête. Vous connaissez la différence.

– Qui honnête? s'emporta la négrette. Crois-tu qu'on sauve le monde en aidant un seul homme à la fois? Lui, c'est un beau garçon.

Pop Raquin se gratta la tête sous son chapeau.

L'affaire lui paraissait des plus ennuyantes. En plus, avec son coude qui recommençait à battre la mesure comme un ti'fer au milieu d'une contredanse, il n'était pas certain de pouvoir s'offrir une querelle avec Mom'zelle Grand-Doigt.

– Je m'tairai, marmonna-t-il. I swear!

– Pas de baragouin! Embrouille pas le français, malpoli! Et que le Couche-Mal vienne t'étouffer dans ton lit si tu la fermes pas!

Mom'zelle Grand-Doigt enjamba le blessé et le hala par-dessous les épaules afin de le faire glisser jusqu'aux oreillers.

– J'veux sauver celui-là, dit-elle en se penchant sur lui. Et j'crois pas que ce soit n'importe qui.

– Demain, je lui apporterai des œufs comme j'ai dit, promit Edius. Mais qu'il exagère pas un peu avec son pistolet... C'est pas parce qu'il m'a pas tiré la première fois qu'il faudra me crimer la deuxième!

Là-dessus, le fermier attendit pas son reste. Il baissa la course jusqu'à l'écore de la rivière et le temps qu'il atteigne l'embarcadère où il avait laissé son bateau, Mom'zelle Grand-Doigt avait même pas fini de rouler sa cigarette.

Accoudée à l'appui de sa fenêtre, elle le regarda s'éloigner dans le fil de l'eau frissonnante. Il se retourna une fois vers la pointe de la presqu'île pour voir caracoler le grand bronque dont la robe, parcourue par des flammèches de nervosité, ondulait en frissons incessants. A la mayère de celui qui veut saluer quelqu'un, il fit tourner son chapeau de paille au bout de son avant-bras bruni, puis, à grandes secousses de sa rame, pirogua sur le canal.

Dans la distance d'une courbe, les silhouettes confondues de la barque et de son passager furent masquées de façon momentanée par la chevelure traînante d'un saule et, après un imperceptible resurgissement, la coque sombre du bateau, nimbée d'une corolle de lumière plus vive, sembla bue par les reflets de l'onde et disparut définitivement.

Exhalant sa fumée qui rejoignait doucement l'espace vacant, Mom'zelle Grand-Doigt repensa à Raquin. Au bout de la rivière, elle contemplait son absence.

Souvent, elle aimait bien appuyer son regard sur le vide laissé par les autres. Dans ces moments-là, elle laissait aller son corps endormi par la solitude et encourageait sans le juger le sentiment qui montait en elle. A cette minute même, elle se sentait débordée par une sensation d'allégresse et de toute-puissance. Un peu comme si elle venait de rapprocher les cendres d'un feu où couvait la braise. Elle avait l'espoir d'assister à la naissance d'un incendie.

Et, peut-être bien, voilà la part du destin : parce que Farouche Ferraille Crowley n'avait pas trouvé la force de tuer Raquin ce jour-là, ce dernier, sans que personne sache, allait devenir le meilleur ami d'un des bandits les plus recherchés de l'Etat du Texas.

7

Plus tard, le vieux monde des habitants du canton de Bayou Nez Piqué raconterait à ses enfants que 1893 avait été l'année des sept oragans.

Encore heureux qu'il y ait eu les nuits, parce qu'on n'aurait jamais su qu'un jour se terminait. Qu'un autre commençait. Toujours la même monotonie de misère et de mal sort. Un soleil brut régnait en maître sur la campagne. Il n'en finissait pas de rassir la croûte de la terre et quand il avait pris toute l'humidité du sol, de nouveau la masse stagnante des nuages s'accumulait, faisait crouler le toit du ciel.

Dans ces périodes où les nuages avaient festonné leur lit, on vivait en permanence sous l'étrange scintillement d'une lumière blanche. On attendait la venue du cyclone. Les gens riaient sans avoir besoin de rire, prenaient prétexte de la moindre des vérités indiscutables pour chercher dispute à leurs voisins, ne pensaient qu'à se battre et à se méfier, ou achalés, perdant leurs nerfs, éclataient en sanglots sans raison de pleurer.

Dans la région, on parlait de plusieurs suicides bien tristes et chagrinants, des Cadjins de l'intérieur des terres qui s'étaient pendus sans crier gare dans leur grange. Simplement par désespoir d'électricité dans l'air. P't'être parce que les récoltes brûlaient sur pied, que le peu qui restait risquait d'être noyé par une nouvelle trombe d'eau, et que c'était trop de malchance de se battre pour une cause morte.

Les bêtes n'étaient pas épargnées. On n'osait plus les sortir pour les soumettre au travail. D'ailleurs quel travail? Chez les Raquin, on ne vivait plus qu'avec l'espoir que la nouvelle lune contiendrait la dernière eau du ciel. Qu'après un ultime oragan viendraient septembre et le retour des oies sauvages.

En attendant, dans les fins fonds du marais où ils étaient résidents, on avait l'impression d'être oublié du monde. Plus personne arrivait plus par la croisée des chemins rougeâtres. Même les amoureux d'Azeline étaient découragés par la distance. A ce train-là, allez donc conserver un esprit de gaieté, une idée riante, un plaisir de boire et manger. A peine si Bazelle sortait nourrir ses poules dans la poussière de la cour. Il n'y avait guère qu'Azeline pour être encore vaillante.

Temps en temps, bravant la chaleur, elle se tannait dans le jardin ou à la cuisine, cuisait un plat pour redonner du goût de vivre à son père dont la piqûre de bétaille arrangeait pas l'humeur.

Edius, la première semaine, s'était persuadé qu'il allait guérir. C'était un haleur d'ouvrage comme on en fait peu. Il était donc reparti porter de l'eau jusqu'à un champ de maïs qu'il espérait sauver. Le grand cerceau mordait comme hell ce jour-là, mais Raquin avait fait cinq allées et venues jusqu'à une mèche pas trop lointaine, sa paire de mulets attelée à une tonne, et, seau après seau, il avait ramené à boire à son clos. Il n'envisageait pas de quitter la place avant soleil couché. Il s'acharnait, la coloquinte écarlate sous son chapeau de travers. Et puis, vers six heures, il avait back. Etait tombé. Bourdoudoum! Les yeux tournés vers l'intérieur de sa cervelle. Raide comme une logue. Il était resté allongé en plein milieu du rang, caché par la hauteur des épis, jusqu'à la nuit tombante. C'est le serein qui l'avait réveillé. Il avait regagné sa cabane par petites étapes. Chaque fois qu'il s'arrêtait, les mulets l'attendaient. Il s'asseyait sur un chicot, reprenait quelques forces et repartait avec aussi peu d'assurance sur ses jambes qu'un type en ouarlalingue de boisson.

Inquiète de l'épaisseur des ténèbres, Bazelle était perchée sur le devant de la porte. Avec Azeline, survenue à l'aide, elle courut au-devant de son pauvre mari dès qu'elle le vit. Une fois porté dans son lit, Edius se mit à gigoter comme un poursuivi par le Djab, corcobiant des gestes en tout sens, luttant sans fin contre un cauchemar où des caillancous le tiraient au pistolet et, après, courbé sous les balles qui ronflaient, il rentrait sa pauvre tête au milieu des seins de sa femme, cherchait un lieu où se mettre à l'abri de ses opponents et battait de la gueule au sujet d'une habitation blanche avec une double allée de cyprès. Sans cesse, il tendait les bras vers la maison de ses visions et chimères. Et comme il la grabait jamais, vu qu'elle n'existait pas, il était amer-déçu et se frappait des poques sur le visage.

Bouleversée, Bazelle regardait se démener son vieux tigre. Elle pouvait pas s'arrêter de tiendre ses mains pour qu'il s'écriche pas trop les joues avec ses ongles. On aurait juré qu'il se voulait du mal. Et c'est seulement au petit matin qu'il commença à rafrédir. Pour le coup, il s'endormit douze heures.

Deux jours après, il demanda à se lever. Il était faible comme une tite branche de printemps. Il alla jusqu'à la fenêtre, scruta le ciel et s'emballa sitôt contre le soleil qui dardait ses rayons. Il demanda des nouvelles de ses mulets, si son chien Hip était rentré de sa fugue. Edius aimait bien les bétailles. Il aimait aussi la nature. Les arbres, les fleurs, la terre. Il avait un grand sentiment pour tout ce qui existait.

Il se tourna vers sa femme. Ses yeux perdus-mouillés fouillant les siens, il toucha sa chère figure avec ses doigts amaigris.

– Prends courage, lui dit-il. J'ai pas encore laissé échapper mon dernier soupir.

Il lui demanda pardon de l'avoir rendue découragée. Elle était lasse et rompue de fatigue. Il but toute sa soif, une cruche d'eau fraide comme un lac.

Et le lendemain, il essaya encore de vivre.

8

Farouche Ferraille Crowley dégaina son colt long comme ça et fit la grimace.

Il remit son arme épouvantable à l'étui, nickel et crosse d'ivoire, plia plusieurs fois son poignet et recommença l'exercice. Il montrait vis-à-vis de lui-même la même patience et la même fermeté qu'un maître d'école rabâchant l'alphabette à des enfants.

Il fit quelques pas dans la poussière. Ses bras pendaient le long de son corps. Il avait une façon un peu voûtée, calme et égale, de marcher dans ses bottes et ses grands racatchas sonnaient comme l'annonce du malheur. Dix jours qu'il était caché dans la cabane de Mom'zelle Grand-Doigt, au tréfonds du monde des eaux et des limons, et ses chairs déchirées par une balle de calibre 44/40 bourgeonnaient déjà autour de sa blessure. Un bruit profond et régulier battait sous son torse. Les murmures de la jeunesse l'encourageaient à vivre.

Il fit surgir son arme une bonne dizaine de fois hors de la gaine de cuir graissée. A chaque jaillissement, ses genoux se pliaient instinctivement, sa main gauche montait en rappel de celle qui tenait le revolver et ses yeux devenaient des meurtrières filtrant le soleil.

Encore, encore, il fallait répéter le geste qui donne le génie de l'invulnérabilité.

Encore.

Le bras de Crowley catapultait le trait de lumière – *trigger, aim, six shots* –, la mort potentielle était en prolongement de lui.

Do it again, Crowley !

Qu'il communique un signal à ses nerfs à vif et,

sous l'impulsion à peine retardée de son index, l'éclair crèverait le centre de sa haine. Transformation violente, instantanée. Le tonnerre cent fois répercuté entrerait par la bouche de son ennemi et ferait fleurir la mort.

Ni cesse. Ni chagrin, ni douleur.

Encore.

Pas d'ami. Pas de répit. Pas d'états d'âme.

Loin de lui, parfois, le souvenir enfoui des nuits où il avait frappé à grands coups à la porte de l'enfer. Au détour d'une chambre de bordel, un rire de femme. Une lourde odeur de gardénia. Un ventre tarifé pour apaiser son corps affamé. Quelques heures de sommeil insécure. Un âpre goût de métal dans la bouche. La chaleur macérée des draps torses. Les ressorts du lit grinçant leur averse mécanique. Une main qui le caressait à l'aube. Réveil en sursaut, les nerfs tendus par cette éternelle question de vie ou de mort.

– Debout, Crowley! Il y a des cavaliers qui mettent pied à terre devant l'hôtel!

Et filtrée par la lumière pourpre d'une lampe à chichis, la première vision du monde : deux fois deux jambons immangeables, ses propres jambes liées à celles d'une inconnue.

C'était donc cela, ressusciter?

Une fois bouclée sa ceinture et nouée la gaine de son arme, il trouvait toujours l'excuse d'un café brûlant pour retarder le départ. Il aimait de plus en plus jongler avec le danger. Il écoutait venir par l'escalier les pas furtifs de ses poursuivants. Il sentait les muscles de ses avant-bras se contracter et sa peau le démanger en permanence. Par défi, il terminait sa tasse de café. Et tandis qu'il buvait le liquide bouillant, il avait douloureusement conscience du tremblement de ses lèvres. Il échangeait un regard avec Linda, Lillian ou Dolorès, leur nom importait peu. Que l'une fût une grosse putain de

Dodge City, l'autre vive et charmante et la troisième une Mexicaine avec un corps de quinze ans ne changeait rien à l'affaire. Pas plus que la salle de bains aux murs nus. La baignoire rouillée, maculée de vomissements séchés. Ou la mèche blonde d'un enfant enfermée derrière un cadre doré. Même le javelot de soleil qui s'effilochait sur le mur en direction du miroir ne méritait pas de retenir l'attention du fuyard. Seul comptait le lent déplacement des chasseurs dans le couloir menant à la chambre. Seuls importaient les yeux brûlants du guetteur qu'ils avaient laissé à l'extérieur.

A cette minute même, Crowley appelait de tous ses vœux une sorte d'apaisement. L'oubli. Parfois, ses propres os semblaient se dissoudre peu à peu. Ses yeux s'emplissaient d'un vide immense. Il se balançait au-dessus d'un gouffre insondable qui se remplissait rapidement de larmes. Dieu sait s'il ne voulait pas s'en aller. Il aurait pu ouvrir la porte à ses ennemis et se laisser cribler de balles. Le temps n'en finissait pas avec ses glissements de vêtements contre les cloisons. Avec ses chuchotements.

La fille peinte, Linda, Lillian ou Dolorès, fouillait aveuglément dans son sac. Elle n'y trouvait jamais rien. Et après ces heures mortes, il fallait bien décamper. Sauter par la fenêtre. Soulever au galop la poussière des chemins en guise de sillage. Redevenir gibier. Toujours. Pour assumer la malédiction. La traque. Fuir.

Huit mois déjà que l'homme et le grand bronque, coureurs de large, foulaient un monde de serpents.

9

Farouche Ferraille Crowley se tenait à l'ombre d'un chêne rouge. Il entailla l'écorce avec la pointe de son coutelas, infligeant à l'arbre une nouvelle cicatrice. Douze barres, douze jours.

Le soleil immobile promettait des orages.

A regarder la silhouette de l'homme dans la distance, Mom'zelle Grand-Doigt hala un fameux soupir.

A part « merci » et « encore de l'eau », son étrange pensionnaire ne lui adressait guère la parole. Au sortir des premières heures de délire et d'inconscience, il avait demandé un calendrier. Depuis, la traiteuse l'avait vu marquer le passage du temps : une encoche pour chaque soleil sur le tronc du chêne rouge. La veille, il avait entouré les sabots de son bronque avec des chiffons et enfermé l'animal dans la remise.

Mom'zelle Grand-Doigt était industrieuse. Dès que le blessé avait été en état de parler, elle avait essayé d'en savoir davantage.

Un jour qu'elle avait cuit plein, elle avait fait un gombo z'herbes : deux grosses bottes de feuilles de moutarde, deux livres de saucisses fumées, une demi-tasse de farine, et comme il avait bien torché son assiette, elle s'était risquée à lui demander si la recette était goûtable.

Il s'était approché de la fenêtre. Dehors, il entendait tourbillonner les geais, avec des piaulements d'alarme. La lumière le prenait par le côté. Toujours ses cheveux d'or lui donnaient des airs d'ange.

– Vous ne goûtez pas ma cuisine? avait-elle insisté.

Il avait retendu son plat.

– *Go ahead*, il avait grogné.

Elle se sentait lapidée par son indifférence. Lorsqu'à ses yeux, hélas! Deux perles froides.

Et tandis qu'il mangeait pour regagner ses forces :

– Sans doute vous avez une mère, avait demandé Mom'zelle Grand-Doigt. Quelqu'un qui vous aime un peu.

Il l'avait nettoyée avec son regard. Une sensation de blanc. Avec lui, on ne faisait jamais un pas.

– Quelqu'un, avait-elle répété.

Il était resté les traits figés. L'œil éblouissant. L'arc de ses lèvres parfaites tendu vers le dédain. Renvoyant l'image de quelqu'un qui aurait été à la fois absent et sur la défensive.

– Je connais pas quoi ça il y a de wrong à être aimé, avait murmuré Mom'zelle Grand-Doigt.

A nouveau, ils étaient passés sur elle, ses yeux aux iris nacrés. C'était un jour qu'on n'oublie pas. Un jour où nulle part aller. La douceur était vide. Mom'zelle Grand-Doigt regardait ses paumes. Elles étaient des collines bronze sur une prairie rose.

– Je crois que je n'espère rien, avait dit Farouche Crowley.

10

Un autre jour de chaleur accablante, Farouche Ferraille Crowley était au pied du chêne rouge. C'est là qu'il se plaisait le plus. A la pointe de l'île.

Un nouveau torrent de vie emplissait le courant de ses veines.

La musique, la voix de son âme, était un galop de bisons, un élan sourd et aveugle que rien, aucun défilé obscur – aussi étroit fût-il – n'aurait su contenir. *Trigger, aim, six shots.* Sa sauvegarde tenait à la précision d'un geste. Une harmonie contenue.

Pull!

Le visage de Palestine Northwood apparut furtivement devant ses yeux hallucinés. C'est lui ou toi. Ce fils de putain est infatigable. Il est après tes tripes. Il n'a jamais soif. Il remontera ta piste.

Un matin cousu d'or, à l'heure où le soleil irise la crinière des chevaux, il apparaîtra au bout du pont. Il te tuera pour une poignée de dollars. Chasseur de prime.

Encore une fois, mon bras!

En dégainant son arme, Farouche Ferraille se sentait désigné pour un destin abominable.

A quoi bon le repentir?

Le revolver pirouetta plusieurs fois dans la main du desperado et retrouva magiquement son logement de cuir. Une ombre passa dans son regard. Une fatigue inattendue appuyait sur ses épaules.

Huit mois avaient passé depuis qu'avec Blondy McAloy ils avaient attaqué leur dernière banque. Huit mois depuis le bain de sang de Tucson. Un siècle depuis qu'il avait fallu abandonner vieux Blondy sur la place d'un village. Le tirer par les bottes jusqu'au porche d'une église, lourd comme un sac, en train de crier de grandes lamentations dans une traînée de son propre sang.

Lentement, cruellement, le rouquin était parti en enfer, boy. Il avait conspué Dieu avec une haine acceptable. Au jour levé, Crowley avait reçu entre ses mains le poids subit de sa tête. Blondy! Un homme sans raison, avec les nuages dans les yeux.

C'était froid le matin. Seulement les chiens errants étaient dans les rues. Et le vent sifflait d'énervement en roulant des ballots d'épines.

Depuis, la fréquentation de la mort obsédait Farouche. Il la reconnaissait au fond de son verre. Dans la promesse des yeux d'un étranger. Au contact d'une peau grise. A cette fade odeur qui se dégage des chairs boursouflées. Peu de temps auparavant, Nat Gudley, son autre compagnon de route, avait lui aussi croisé la Dame. Il s'était laissé surprendre par son agilité féroce. C'était le jour d'un partage de butin qui avait pris en chicane. Il s'était fait planter un couteau dans le ventre à la sortie d'un bal d'accordéon-violon.

Farouche Ferraille était amer. Une paire d'amis, tant de cavalcades, pour des aventures de rien. Des aventures à l'eau.

Droit comme une flèche de sauvage, le revolver réintégra sa gaine.

Encore, Crowley. Le geste. Sec.

Encore.

11

Edius Raquin avait beau prier avec boucoup de constance tous les saints du paradis, le phlegmon s'était infiltré dans sa chair. Il sentait ses gencives se rétrécir au-dessus de ses dents et la fièvre faisait battre ses tempes.

Le teint pâle, la chemise près du corps, l'échine trempée de transpiration, il transportait avec lui une odeur de sur et son regard inquiet le faisait ressembler à un renard gris forcé par les chasseurs. De temps en temps, il tâtait le médaillon que la traiteuse lui avait suspendu autour du col. La viande s'était racornie autour de la ficelle mais ne donnait aucun signe de décomposition.

Dans les jours qui suivirent, l'état d'esprit

d'Edius s'altéra encore davantage. Raquin puisait le seul ressort de ses forces dans une colère sourde et dans l'alcool dont il usait avec excès pour essayer de tenir debout. La hargne de vivre et l'envie de mourir devenaient ses seuls partages.

Le soir venu, croche de la tête aux pieds, il avait la râle et son souffle était bien court. Tout lui devenait souci et contrariété, son chien Hip qu'était toujours pas rentré, le secret de l'étranger qui lui pesait sur la langue, Mom'zelle Grand-Doigt qu'il n'osait plus aller trouver de peur que l'outlaw lui brûle la cervelle et, par-dessus tout, la crainte de voir le peu qu'il avait su préserver de sa récolte être gâché par un dernier feu du ciel.

Une fois, avant dîner, très tracassé après une chamaillerie avec Azeline à propos de Voicy Smith et de tous ses amoureux qu'elle écartait, il avait repoussé son verre. Il s'était dressé sur son corps délabré par le travail. La biture et la fâcherie lui emplissaient la cervelle de miel de bourdon.

Oublieux de son galure, le menton dépassant le bout de son nez, il était sorti, avec son fusil, bon présage pour personne.

Après cinq minutes passées à suivre une manche entre les clôtures, il s'était arrêté dans le bas d'une savane molle, séparée du bayou par juste une levée. Le soleil était encore une boule de cuivre pour une heure environ. Menacé par la fin du jour, le vieux salop jouait à lyre au travers des cheveux des cyprès, dessinait des fils étincelants derrière leurs lianages.

Tremblant de fièvre à cause de la gonflure de son bras, Edius, poursuivi par le maudissement de ce mariage qu'il obtiendrait jamais, s'était mis à trouver l'horizon de son existence trop sombre pour lui.

Sans crier gare, après s'être balancé d'avant

arrière, il avait tombé ses pans, retiré sa chemise aussi, avec l'intention de se neïer dans les eaux qui roulaient à côté. Vieux bougue en caleçons, il claquait des dents, tapi dans le contre-obscur, fantôme blanchâtre au milieu des joncs, des roseaux qu'atteignaient dix à douze pieds d'élévation.

Derrière leur fouillis, le raboureur humait l'odeur pénétrante et légèrement capiteuse de la fermentation végétale et percevait, comme un intime frémissement, la pupiliation du monde animal. Tout un cortège de crabes et de hérons, de chippaux et de sarcelles enveloppés de subtils effluves. Dos-gris, canard-cheval, bec-scie et sac-à-plomb, pas une espèce que le vieux n'eût chassée quand, soleil déclinant, la terre des marais, imprégnée de parfums mûrs, reflète en ses flaques le déclin des bois opulents.

Edius referma ses paupières blêmes.

Soudain, c'était dur d'envisager la mort. D'admettre la demise par excès de dégoûtement. Alors qu'à la saison revenue le soc de la charrue fendrait son rang quoi qu'il advienne. Alors que le royaume des oiseaux s'ouvrirait aux siffleurs, aux aigrettes, aux sauvagines. Alors que même les froumis suivraient une route. Mais quoi, Seigneur? A l'heure du grand chaudron, ça comptait pas beaucoup une seule peau d'homme.

En levant sa pauvre tête hérissée avec deux brins de cheveux qui se battaient en duel, Edius, qui s'apprêtait à maudire les anges du paradis, resta debout comme un poteau fanal. Il venait de découvrir la nuée black qui croulait sur les arbres. Elle devenait à vue d'œil un jus de colère. Prenait la place du bleu cobalt, soudain disparu. Un vent d'humidité, une mouillure annonciatrice de pluie ravivait les herbes et le toupet des arbres. Une sacrée bataille d'orage qui se préparait.

Le vieux tendait passionnément l'oreille. Son cœur battait vitement sous son gilet de peau. A moins qu'un jet de salive du platain où il se trouvait, il percevait déjà le concert de l'oragan qui cherchait prise tout partout. Flairait dans son souffle les plantages de maïs. Craquait les premiers fûts des cypes de pin les plus faibles, soulevait toute la drigaille éparpillée derrière la ferme, des chaînes, des fils d'Alton, tout un pataraf de pièces usées et métalliques qui, emportées dans la bourrée de vent, sonnaillaient plus qu'une ossaille du Jugement dernier par le travers de la campagne.

Partout s'élevait une grinçure. Une plainte d'écorce qui frottait contre les futaies. Cré coup de tonnerre! La vie icite, brutale et batailleuse, qui se remettait en marche. L'horloge du monde!

Raquin n'avait plus envie de se rendre. De passer par la porte en arrière. En moins que rien il avait grab son vieille carabine et, craignant plus la nuit, se jeta au hasard des fardoches. Tant pis les ramponeaux, les griffures des brousailles sur ses mollets de kildi, il sentait pas son sang. Seulement sa juste colère. S'en prenait comme toujours dans ces cas-là au Vieux qu'habite en haut. Jurait le nom du Seigneur. Sacrait qu'il était un créateur sans vergogne, une divinité égoïste qui s'en foutait bien du chagrin des chrétiens du Bon Djeu, pensait qu'à quiller les arbres et les récoltes pour son divertissement.

Boucoup coléreux, son fusil au bout du poing, Edius était arrivé dans sa cour et suite à sa fureur de voir le tourbillon essayer de piler en miettes sa vieille demeure délapidée de vermoulure s'était jeté sur les genoux.

Hésitant entre un chapelet de prières pour tenter d'apaiser l'auragan ou des menaces à celui qui de là-haut tirait les ficelles, il se tordait les mains de misère.

– Vieux barbeu! Vieux salaud! y jurait contre le ciel. Arrête ton carnage! Ecrase pas tout l'maïs!

Avant qu'on puisse dire pistache, il s'était relevé. Il corcobia comme un alezan jusqu'à sa grange et monté sur le toit déchargea son fisil sur le ciel pour essayer de trouver un remède. Au lieu de faire du bien, ça frappait plus mauvais que jamais, le tonnerre, les éclairs. Alors, se rendant compte de l'étendue de sa folie, Edius jeta vite son flingot sur le sol et se replia sous l'auvent.

Là, comme s'il voyait plus le sérail qui abîmait tout sur son passage, il fit mine d'être un bon habitant. Se cala dans sa chaise bourrée. Laissa se calmer son cœur. Et comme pour l'entendre, le Seigneur Djeu envoya la saucée. Une sacrée pluie serrée, une coulée d'eau, capable de faire déborder la rivière.

Et le vieux pour s'apaiser en accord avec la nature fit comme d'habitude. Il ramassa une branche de sassafras et commença à la chacoter avec son couteau. Il répétait sans arrêt la même chose sur un ton pas trop haut.

Il disait encore et encore :

– Hé, Vieux! Vieux! Sois pas trop chocatif! C'qui nous arrive, c'est tout des bêtises! Jamais d'la vie!... j'suis pas fâché! Tu parles!... J't'ai pas juré! J'connais on est bons amis, moi et toi, s'il vous plaît! J'sus qu'un bêtiseur!

Il répétait encore pour être sûr que ce serait bien compris en haut lieu :

– J'sus qu'un bêtiseur de campagne!

Comme par enchantement et sorcellerie, Bazelle était sortie de la maison. Elle tendait à son époux son chapeau.

– Ça pour sûr, t'as l'palais bien fendu, Edius Raquin, elle se plaignait, mais c'est pas une raison pour attraper la pimonie!

Le lendemain de cette longue pluie, Edius Raquin sentit un déchirement pendant son sommeil. Au réveil, il constata que l'humeur qu'enfermait son bras s'était écoulée sur le drap. Un mélange de sang et d'infection. Il sentit un grand relâchement de tout son être et la sensation d'une radieuse légèreté. En portant la main à son cou, il constata que la lockette enfermant le *charm*, s'était détachée. Il sut que le mal venait de le quitter.

Alors, il prit un bain dans le baquet de bois du dimanche. Sourit à son épouse. Et demanda si les poules avaient pond.

La vie asteur avait mis une robe blanche.

12

Encore, ma main. Encore!

Farouche Ferraille Crowley suspendit son geste en plein vol. Il parut tout escran et passa sa main dans ses cheveux de blé mûr pour en effacer le découragement. Comme un écho à sa lassitude, le grand bronque hennit dans le lointain.

En se frottant le poignet, Crowley revint back à l'endroit sous le chêne rouge d'où il était parti.

Il inclina davantage son feutre sur les yeux, un *ten gallons hat* comme en portent les cow-boys dans le Wild West, et, presque face au soleil, renouvela sa tentative de poigner le revolver. Il allait boucoup vite dans son geste, la foudre au bout de son bras. Et Mom'zelle Grand-Doigt, qui était après guetter le bandit derrière sa fenêtre, se demanda si Vieux Victor Vaughn serait capab de faire seulement deux fois moins fort que Farouche Ferraille Crowley.

Vieux Vic était le constable au village de Bayou Nez Piqué. Oh, man, il conduisait l'ordre avec beaucoup de nerf. Il était *bald-headed,* plus un poil sur le crâne, mais même s'il avait pas une grande prestance, il tenait beaucoup la paix dans le village. Il avait pas peur d'à rien. Le mauvais monde le respectait. Même les plus batailleurs qui venaient casser les bals pour le plaisir de se hartchiner, les marais-bouleurs, comme on les appelait. Ils se frottaient pas à Vieux Vaughn. Oh, non! Ils disaient que c'était un *crack-shot.*

Là-bas, dans la distance, Crowley avait tourné le dos à l'habitation. Il était toujours accompagné de ce chien errant qui s'était approché par le pont, pas plus tard qu'il y avait huit jours. Un bétaille maigre comme un chat des bois, la fourrure pelée par des égrignures, qui prenait sa nourriture dans la main du pistolero avec l'air biais d'un coyote et semblait pas vouloir lâcher son nouveau maître.

La nuitée passée, Farouche Ferraille Crowley avait gardé l'œil sec. La négresse l'avait entendu s'escouer sur son matelas, éveillé au moindre jappement de son taïaut, nerveux comme s'il redoutait de la visite.

Il ne sortait jamais plus sans son arme et semblait méfié au moindre bruit. Un glissement d'animal dans une tale d'éronces et ses yeux clairs devenaient vilains. Il guettait le chemin qui suivait l'écore et n'arrêtait pas de plier son avant-bras blessé.

Elle prit une petite boîte en fer posée sur son étagère à médecines et sortit dans la lumière. Elle s'approcha de Ferraille avec boucoup d'ostentation mais il fit comme celui qui la voyait pas venir. Elle avait peur de sa manière d'être un fauve. Elle s'arrêta derrière lui sans qu'il eût bougé.

Comme elle restait piquée sur place, le grand chien dingo se leva du tas de poussière où son restant de pelage servait de savane à des mouches. Il vint flairer tout autour de Mom'zelle Grand-Doigt, elle aimait pas bien ça.

– *Good dog,* elle dit.

Elle posa sa main à plat sur sa gorge. Elle voulait pas ébrécher le silence mais elle sentait l'afflux de son propre sang qui circulait en elle par secousses rapides et fortes.

– J'vous ai apporté cette médecine, dit-elle. C'est une recette que m'a appris un chauvage nommé Big Joe. Dans les vieux temps, il était tombé en amour pour ma tite sœur Jasoline Bee et savait pas quo faire pour nous faire plaisir. Il était chef de médecine chez les Coushattas et usait des plantes et des têtes de buffles. Il disait que c'était ça que je vous donne asteur qui fait du bien pour les muscles, surtout après une blessure par tirage.

Ferraille se retourna lentement, comme un homme qui s'éveille. Il consulta sa montre, la remit dans son gousset et laissa approcher la négrette. Il lui permit même de prendre son bras pour le frictionner avec l'onguent. Elle releva ses jupes et s'assit dans l'herbe. Avec ses six pieds de haut, il s'agenouilla devant elle.

– Soyez pas inquiet! Votre poignet redeviendra souple et vous pourrez tuer les gens aussi bien qu'avant, dit la traiteuse.

Plus elle jasait, plus elle retrouvait son assurance nonchalante. Elle portait une gentille robe bleue en guingan. Elle frottait le bras musculeux de l'homme avec un soin méticuleux et sensuel d'où n'était pas absente une pointe d'espièglerie.

– Merci, Djeu, de m'avoir laissée jouer avec vous, dit-elle en détournant son visage lumineux vers le regard abaissé de Farouche. Je pensais que vous saviez pas que j'étais là.

Elle imprégna ses doigts d'une nouvelle couche de baume et reprit le mouvement coulé de son va-et-vient. Comme les paumes de la Noire façonnaient attentivement le pourtour de sa chair, Farouche Ferraille Crowley se sentit environné d'un lourd et évanescent parfum. Ses yeux impassibles dérivèrent sur la nuque inclinée de la femme. Doucement, elle continuait à courber la ligne de son dos, à reprendre le poids de son corps, mimant au ralenti devant lui une prosternation presque obscène.

Soudain, dans le regard de Crowley se mêlèrent curiosité et répugnance. Il essaya de lui dire quelque chose, mais ses lèvres étaient figées. Il leva la tête et distingua un bourdonnement autour de l'arbre.

Il reprit brusquement son bras. Elle se redressa et lui sourit.

– Vous aimez pas quand une femme vous dirige, dit-elle calmement.

– Les femmes nous dirigent moins à cause de leur adresse qu'à cause de notre maladresse, répondit-il comme à contrecœur.

– Il y a une femme dans votre vie, mussieu Crowley ?

Une lueur fugitive passa dans le regard du bandit.

– Tu connais mon nom ? interrogea-t-il sourdement.

– Je connais partout où vous avez galopé la terre. Et je me vanterai que je suis pas la seule.

– Nom d'un saque ! Qu'est-ce que tu veux dire ? Parle !

Jamais ses yeux n'avaient été d'un blanc aussi lavé.

– A Bayou Nez Piqué, mussieu Crowley, vot'

figure est partout sur les murs, figurez-vous. Shérif Vaughn s'est chargé de l'affichage. Vous êtes wanted pour deux mille piasses.

– Sorcière, comment se fait que tu sois sortie sans que je t'aie vue?

– Hey, missié, sans vous picocher, j'allais pas rester plantée au pied de votre litage à espérer votre recouvrance! rétorqua-t-elle. Surtout que les premiers temps vous étiez toujours après délirer avec une grosse fièvre! Alors, je suis gone à la messe, où je chante avec le chœur.

A peine elle avait fini de pépier sa réponse avec sa bouche enfantine que Farouche fixa son regard sur le bayou auprès duquel il s'était avancé et aperçut la pirogue. Effleurant l'eau, son image brisée par les reflets se détachait progressivement de l'épaisse végétation et remontait en direction de la presqu'île.

– J'crois pas que ce soit de la mauvaise visite, murmura Mom'zelle Grand-Doigt en tirant sur le coin de son œil droit pour y mieux voir. C'est l'vieux bougue de l'aut'fois, cil-là de l'habitation d'à côté.

– C'est le camp le plus proche d'icite?

– Ouais. Juste un bon mile, manière.

Farouche Ferraille Crowley sembla jongler avec une idée pendant un peu de temps et se tourna vers elle.

– J'voudrais que vous me dessiniez un plan de la région.

– Hey, missié! J'aurai vite fini! fit-elle en éclatant d'un rire chaud et égal. A part quèques vieilles demeures privées, j'vas surtout dessiner un grand nombre de bois! Des lacs, boucoup, boucoup... des trous ronds et une rivière. Et pis y a Bayou Nez Piqué où s'trouve notre église. Mais c'est à une demi-heure, comme vous connaissez... *If you ride a good horse.*

– Pourquoi dis-tu que je sais où est la ville? lui demanda-t-il brutalement.

– Parce que je connais que vous êtes pas perdu, mussieu Crowley, dit la Noire. De Ville Platte à Waco, Texas, vous connaissez les tracks. Et aussi le prénom des caissiers d'banque, vous connaissez!

Il ne répondit pas.

Il y avait de petites taches de soleil qui frôlaient ses épaules. Il était de trois quarts perdu. Il écoutait l'eau. Ses poings étaient fermés. Sa mâchoire serrée. Un léger bruissement d'insectes s'éteignait dans les herbes. Il fixait la rivière et ce bateau qui avançait vers eux.

– Lâchez-vous tranquille, dit-elle en sentant qu'il se raidissait.

Il avait un étrange sourire accroché dans la barbe. Elle n'aimait pas quand il cueillait une herbe.

– Si Edius avait dû vous dénoncer au shérif, chanta-t-elle à nouveau, y a beau temps qu'il aurait couru au village. Et mo, j'préférerais go to jail plutôt que de dégoiser sur vous à Vieux Vic.

– Pourquoi vous êtes si bonne pour moi? demanda-t-il en pointant sur elle un air soupçonneux.

Toujours, il suçotait cette herbe. Et maintenant, voilà qu'il la vouvoyait.

Elle prit une expression secrète et rêveuse, puis tout soudain osa le regarder et la lumière attisant le blanc de ses yeux ajouta encore une nuance d'audace insolente à sa détermination.

– Well, p't'être bien parce qu'à la sortie de la messe j'ai charré de vous avec un vieux nèg de Bayou Saint James, répondit-elle sans ciller. Ça l'appelle Noncle Rosémond. Et c'est un vieux homme.

– Qu'est-ce que ça peut bien me faire? gronda

Farouche Ferraille Crowley. D'ailleurs, je n'ai jamais mis les pieds dans ce coin-là.

Mom'zelle Grand-Doigt appuya ses poings fermés sur ses hanches larges comme une bouteille de lait.

– C'est pourtant une histoire que vous avez pas pu rater, dit-elle posément, sinon vous auriez pas eu le bras déchiré. Et pisse qu'il faut vous rafraidir la mémoire autant que vous l'entendiez telle qu'on me l'a dite... Nonc Rosémond avait à peu près dix arpents de terre, jusse une place pour lui-même. Et il gênait personne. Mais deux jours avant votre arrivée par la Spanish Trail, un party de Red-Necks de la clique des Gros Genoux est venu chez lui. Ils ont commencé à rentrer dans sa maison, à fouillasser en dedans, à capoter les matelas et les chaises.

« Vieux Nonc Rosémond s'a fâché bleu : " Non mais, quoi c'est vous autres veut ? " Et les Cous-Rouges ont start à le fouetter s'il donnait pas sa terre. C'était peine à voir, un sassaquoi pareil.

« Sa dernière fille, Ovelia, quinze ans à peine, criait : " Tuez pas mon papa, s'il vous plaît ! " Mais les autres ont fait une jambette à la gamine. La tite a mal tombé sur une fourche. Alors pour se défendre, Vieux Rosémond a chargé le leader avec son couteau de poche. La folie qui commence, y a pas rien pour arrêter ça... Il a embroché un homme par le ventre.

« Après, forcément, tous ils sont restés trop afoulis pour bouger.

« Et pis d'un coup, les Gros Genoux sont partis à se sauver, mais ils sont revenus back avec des fusils et Nonc Rosémond a pas eu assez de temps pour charger son vieux flingot que les Blancs l'avaient déjà pris... Pour punir le nèg effronté, ils ont commencé à le rouler dans le goudron... Ils voulaient l'emplumer vif dans un lit de plumes...

Nonc Rosémond croyait à sa dernière heure... Par vers chez lui, là-bas, du côté de Bayou Saint James, les vieux nègs ont encore plus peur des Cous-Rouges que des morts...

« Il y avait un Gros Genou, Cadjin adopté, qui criait : " Un négro, ça a pas d'défense! Faut tuer ça avec des bâtons!... "

« C'est dans c't'occasion que vous êtes surgi comme un démon avec votre grand pistol... Nonc Rosémond dit que les salops, vous les avez tous tirés... Un grand tuage de malfaicteurs blancs pour défendre une pauv' vie de nèg, ça s'était jamais connu dans c'monde vilain... Si bien qu'asteur vous êtes pas seulement le bandit que toutes les police juries recherchent pour des pillages et des meurtres, vous êtes aussi cil-la qui protège les nègs contre la Vigilance...

– J'ai jamais pu supporter l'idée qu'on humilie un homme, dit sourdement Farouche Crowley. P't'être bien parce que je respire depuis longtemps dans l'intimité de la mort, ajouta-t-il. Vieille truie puante! A force de la croiser sur ma route, elle me fait même plus doutance. Et je connais l'odeur de son suint!

– En tout cas, sûr que si vous avancez un pas dans les rues de Bayou Nez Piqué, il se trouvera plus de cent bras pour vous passer une corde autour de l'avaloir, chanta la voix chaude de Mom'zelle Grand-Doigt.

Il se détourna vers elle. La négrette lut une si profonde lassitude dans son regard qu'elle fit un geste de conjuration derrière elle pour évader les démons.

– Imaginez la folie d'un lynchage, mussieu Crowley, s'entêta-t-elle.

– Et vous, pensez à ma terreur d'aborder un jour neuf. A ma crainte de prolonger la nuit. Au doute que m'inspire chaque nouveau visage.

Elle le regardait avec une grande intensité. C'était comme s'ils s'étaient donné rendez-vous dans les airs. Elle avait de calmes yeux bruns qui répondaient au masque glacé de l'homme. Il se voûta davantage et fit quelques pas, les mains derrière le dos, s'aventurant jusqu'à une pente où le terrain plongeait vers l'ombre d'un fourré touffu de saules et de sureaux. Il dominait l'embarcadère où venait d'accoster la pirogue et, par-delà la surface mobile des feuillages, l'eau ondulait en un imperceptible frémissement redoublant la hauteur des jeunes arbres, fantômes d'eux-mêmes.

– Priez Djeu, sinon la mort violente vous prendra, prédit la contrôleuse des esprits en le rejoignant. Déjà, elle vous gouverne.

– Je l'appelle de tous mes vœux, dit Farouche Ferraille Crowley. J'ai le goût du sang dans la bouche.

Elle trouva qu'il parlait drôle. Sa voix était comme fêlée. Il regardait obstinément en bas, vers le débarcadère.

Alerté par le claquement sourd de la rame sur le flanc du bateau, le chien, achalé dans la poussière, avait ouvert les yeux et s'était dressé sur ses pattes. En trois bonds, il avait glissé son front broussailleux sous la main de son protecteur et, comme il découvrait l'arrivant dans le lointain, sa queue se mit à remuer faiblement.

– Oh, boy! Le vieux bougue a l'air chargé comme une mule, remarqua Mom'zelle Grand-Doigt en voyant la silhouette fluette d'Edius ployer sous la charge d'un sac.

Et se tournant vers Ferraille :

– Sûr qu'il veut vous faire plaisir avec du moonshine et des œufs du jour!

– Je veux pas faire amitié avec personne, murmura Ferraille. Je suis pas destiné pour ça. J'ai trop la poisse au bout des doigts.

– Personne peut pas connaître pour quoi il est fait, mussieu Crowley, dit doucement Mom'zelle Grand-Doigt. Seul le Seigneur a écrit la fin de votre route.

Après avoir suivi la berge pendant une dizaine d'enjambées, Edius venait de disparaître sous les foliages. Il s'était mis à monter vers eux mais il avait une grande pente de bois-de-flèche à galoper avant de déboucher sur le terre-plein. Le dingo s'était mis à japper dans l'aigu. Il aboyait des appels de joie d'une façon beaucoup énervante et s'étant reculé dans les jambes de Crowley semblait quêter l'autorisation de s'élancer au-devant de celui qui approchait dans le couvert des fourrés. Comme il n'obtenait pas quitus de son nouveau maître, le taïaut poussa un jappement désappointé, se détacha et, allongeant sa course, disparut dans une coulée d'herbe.

De son côté, cédant à une impulsion soudaine, Farouche Ferraille Crowley fit mine de vouloir redescendre vers la maison. Mom'zelle Grand-Doigt immobilisa sa fuite en nouant ses deux bras nus autour de son torse. Les paupières closes, un calme de statue peint sur le visage, elle se blottissait derrière l'homme et le tenait embrassé, le bandeau de ses cheveux posé doucement contre son dos.

Il la laissa faire.

Depuis les frondaisons du chêne rouge, un oiseau s'était mis entre eux. Il modula deux ou trois cris aigus, puis se tut.

– Lâchez-vous contre moi, Crowley, lui chuchota-t-elle. Ça vous donnera du repos. C'est ça que vous avez besoin.

Elle sentit brusquement se dénouer la contracture de ses muscles. Il lutta un moment contre la secousse d'un sanglot sec qui traversait son échine et happait vers le profond de lui sa cage thoracique.

Puis, d'un rejet de la main, il dénoua son étreinte.

– Laissez-moi! gronda-t-il d'une voix contenue. Je n'attends plus rien. Et j'abandonne mon corps. Aujourd'hui s'il le faut, je le donne aux rapaces des montagnes et aux bêtes de la terre.

– « Les rapaces passeront l'été dessus et toutes les bêtes de la terre passeront dessus l'hiver », échota Mom'zelle Grand-Doigt. Amen!

Et les herbes s'entrouvrirent sur Edius Raquin.

13

Le grand taïaut n'arrêtait pas de rebondir sur ses pattes. Il dansait des écarts de poussière autour du petit homme. Une cérémonie d'accueil qui claironnait plus de jappements que si cent gueules de chiens pouilleux avaient aboyé à la fois. Un concert repris à gauche, à droite, tout au long des éminences de terre et jusqu'au fond de la rivière par un écho si prolongé que sa résonance faisait de chaque minute un pan d'éternité.

Et le temps était à l'émotion.

Le vieux bougue s'était piqué sur place. Fin comme une aiguille, nageant dans ses overalls rapiécés, il acceptait les macaqueries d'affection de l'animal sans rechigner. Il laissait faire aussi de grosses larmes. Elles séchaient vite sur son chiffon de visage.

Edius disait avec une voix d'eau douce :

– Mais tiens! Hé! Voilà! Tonnerre m'écrase! C'est toi, mon dog?... Qui faire, t'es arrangé comme ça?

En réponse, le chien léchait son maître partout où il avait de la peau. Raquin plissait les paupières, se protégeait même pas de cet arrosage de babouines. Il gardait un poing noué autour du sac jeté en travers de son épaule, l'autre bras embarqué sous l'anse d'un panier garni d'une douzaine d'œufs.

Toujours il répétait :

– Mon pauv' Hip! Quo t'est arrivé? T'as l'air d'un chien qui pend la langue! D'un hobo du fond des marais!

Impuissant à dire plus, il craquait un sourire muet en direction de ceux qu'il visitait, ce grand coquin du Texas, enmanché de son pistol, Mom'zelle Grand-Doigt dans sa jolie robe bleue. Il attendait que l'amour des bétailles ait trouvé ses limites. Il espérait sans bouger, mouillé comme une terre travaillante. Calme. Content. Aboute.

Et puis d'un coup, kararaque! Sans qu'on comprenne comme, tout se détraqua de travers.

Même plus tard passé, Edius aurait été incapable de dire dans quel désordre les choses s'étaient succédé. Vouloir savoir si Shérif Vaughn avait eu le temps de faire traverser le pont à son cheval avant le cri de mise en garde poussé par Mom'zelle Grand-Doigt ou si Farouche Ferraille Crowley, après trois tourneboules, avait déjà stoppé l'avance du cavalier en abattant sa monture, c'était du chinois.

Edius Raquin ne se souvenait que de sa peur. Du hennissement du grand bronque après le premier tirage. De la balle qui avait ronflé à ses oreilles, preuve que Vic Vaughn était pas mort dans une chute de cheval. Et juste après, le vieux Hip, oubliard qu'il était un chien de chasse dressé pour la mitraille, s'était ensauvé, la queue pas trop haute, vers une île de bois pacanier pour pas rester avec la follerie des hommes.

Ferraille s'était placé derrière le chêne rouge. De derrière là, il faisait endurer un mauvais moment à Vieux Vaughn, dont seulement le poignet sortait de temps à autre pour lâcher un coup de feu au jugé. Sa position derrière un rocher était peu enviable et les projectiles du hors-la-loi écrichaient tant la caillasse qu'ils commençaient à lui sculpter des allures de peigne fin.

De même pour Edius, le plus ennuyant à endurer était la géographie de la bataille, vu qu'il se trouvait collé comme une chique de gomme à mi-chemin des deux disputards. Quand c'était pas l'un qui pistolait d'une main, c'était sûr le deuxième qui ripostait de l'aut' bord. Edius avait beau rentrer les oreilles, les balles voïageaient près de sa carcasse, risquaient chaque instant de la trouer.

Rien qu'en pensant à Bazelle si elle pouvait voir son homme, la bile du vieux planteur avait passé dans son sang. Il avait commencé à voir bleu, pis une faiblesse était venue derrière ses genoux. Le sol avait monté vers lui, une buée, un vertige. Il s'était senti doucement giguer le cœur dans la bouche et ploupe, une chute en avant, s'était retrouvé le nez apprivoisé par les herbes. C'était trop pour qu'il casse pas ses œufs sous lui.

Tout raboustin, les mains griffées sur son sac, il resta le ventre enfoncé dans l'omelette. Il osait pas move. Les deux canardeurs s'étaient arrêtés de faire usage de leurs armes.

Dès le début, Mom'zelle Grand-Doigt avait été la plus smarte. A peine elle avait vu paraître Shérif Vaughn, enfourraillé comme un poisson armé, elle avait jugé que l'affaire était partie pour un tuage ou un massacre. La négrette avait ramassé ses pandrioches, pris sa jupette à son cou et avait halé ses chines loin de ces deux batailleurs-là. Vitement, elle s'était loquée chez elle.

Sur le terrain, Vieux Vic rechargeait son pistolet. Conscient qu'il avait en face de lui le genre de démon qu'on fait pas reculer avec un bâton, il s'était mis à jongler avec l'idée d'un duel. Il savait bien dans ce shooting qu'il risquait pire que dans tous les aut' coups durs de sa vie, même affronter douze fisils crachant la poudre à la sortie d'un hall de danse.

Cette fois, la mort serait sûrement d'un côté ou de l'autre du rendez-vous. Elle ferait crédit au plus rapide et emmènerait l'autre au fond des abysses. Ça, encore, Vaughn y était préparé. Mais avant, il y aurait ce moment aigu et lumineux où les yeux s'observent. Où les oreilles, comme celles des animaux, s'égrandissent vers le sens où est le danger. Cette faculté archaïque d'éventer le moment culminant, juste quand la haine, ultime message, devient un vol d'oiseaux aveugles. Et puis, *draw*! Plus revenir en arrière. Jamais! Accepter d'être à la merci d'une vitesse capab de vous expédier bénir en paradis avant que l'escousse de la balle vous ait fait seulement revenir de votre stupeur.

Souventes fois, Vieux Vaughn avait vu des types shoot-down. Des gars farauds sous leur jaquette, bien greyés, gras comme des cochons au parc et qui, deux secondes plus tard, luttaient contre un voile devant les yeux. Une taie épaisse et trouble.

Cil-là qu'avait reçu une colique de plomb, c'était pas chrétien de regarder sa grimace. Son sang vidait dans l'abdomen. Il commençait vite à déparler. Et pas besoin de se détourner par chez le docteur pour le sauver. Tout ce que vous aviez à faire, c'était d'emmener le pauv' fool se faire mesurer le mannequin chez l'entrepreneur de pompes funèbres, l'*undertaker*, en d'autres mots. Toujours le gars était passé au Jugement dernier avant d'arriver pour sa toilette. Toujours, il gardait l'air étonné. C'était une constatation. Comme si sa vie avait été rappelée à la vole.

Vieux Vaughn contempla le barillet de son cinq-coups et le bascula soudain. Il se dit, tiens, que c'était dimanche, demain.

Par la grâce de la pensée, il laissa s'approcher de sa mémoire le son d'une volée de cloches et imagina la robe des dames entrant à l'église de Bayou Nez Piqué. C'était une belle image de paix, de calme, d'ordre et de prière qu'il tenait enfermée. A ce tarif-là, Shérif Vaughn, catholique à gros grain, arrivait pas à tarir son sourire immobile. Le temps pesait si plume qu'il avait beau se sentir un homme résou, une nuée était descendue sur son âme. Il serait bien resté mélancolique.

Mais voilà qu'une balle plus ronflante que les autres perça son chapeau et le rappela à la réalité. C'est dire si le bon sens pour lui était pas à hucher les élégantes qui passeraient demain sur le parvis de l'église. Encore moins à penser au plaisir qu'il aurait eu asteur à manger un blanc de canard-dinde.

Le shérif a essayé de se tourner sur le flanc. Là-dessus, presque aussitôt, bzzz, encore une prune a frisé sa chemise à hauteur de l'épaule. Quand il a vu ça, Vieux Vic s'a dit : « Well! La seule personne qui compte icite, c'est moi! » Pis le moment était à pas se laisser crimer derrière une caillasse.

Alors, il a poigné son arme.

– Crowley! il a bagueulé avec boucoup de force, je vas sortir! Je t'offre un combat loyal! Pour moi, c'est tout pareil... Ta peau est bonne, c'est mort ou vif!

Pour être plus à l'aise dans la bataille, il a mis son doigt dans sa gorge et a vidé son estomac.

Rien ne bougeait dans les fourrés. Le soleil était devant lui. Une boule d'éblouissement.

– Je sors comme j'ai dit ! il a annoncé. Grand rond !

Il s'est redressé avec lenteur. Il plissait les paupières. A contre-jour se silhouettait déjà la carrure démesurée de son adversaire.

Vieux Vic ne connaissait rien de celui qu'il allait affronter, hormis que l'outlaw portait la montre de son père dans la poche de cœur de son gilet. On disait jusqu'à Mamou que Farouche Ferraille Crowley était deux ou troisième sur les cinq doigts de la main des plus crack-shots de tout le Midouest. Un homme comme cil-là, sûr c'était peste et choléra. Même ses yeux, à ce qu'il paraît, avaient manière une couleur de foudre. Mais dans le cas de Vic Vaughn, shérif assermenté, qui faire mieux que de l'affronter ? Quelle meilleure fin envisager ? Comme dites les vieux du coin : « Pissque la peur est un fardeau, rien n'est pire qu'une longue maladie terminale. »

« Si je vire de l'œil, une balle au cœur, j'aurai été un chêne pour des glands et la mer pour du vent. » Ainsi pensait Vaughn.

Il sentait la force dans son bras.

– Rends-toi, Crowley ! gueula-t-il pour avoir l'air de parlementer. Laisse-toi faire prisonnier, pis la loi de Louisiane te donnera un fair trial !

En parlant de la sorte, il se déplaçait un peu, en espoir pour être moins contre le soleil.

– Si t'étais gone au Mexique, t'étais sauve de la loi, poursuivit-il d'une voix très forte, mais sur le territoire de cette paroisse, t'as aucune chance. Surtout suite à c'grand tirage que tu nous as fait.

– Je suis prêt à payer le bill, dit Crowley. Faut seulement trouver l'homme pour me tuer.

– P't'être ça sera moi, continua Vic Vaughn avec sa façon de boulet qui connaît tout. Si le Bon Djeu veut, j's'rai ton tueur !

Il marchait toujours, les mains le long du corps,

l'œil aux aguets. Petit peu à petit peu, sans faire de mousse, il se déplaçait.

Edius avait relevé la tête de son rang d'herbe. Il reluquait le manège du shérif. Plus le trick de Vic Vaughn l'éloignait vers sa gauche, moins le cultivateur se trouvait sous la mire des deux champions.

Dès qu'il le jugea bon, sans demander son compte, avec son sac, ses paraphernalies et son restant d'œufs, le vieux tigre gicla devant lui. Tonnerre Dieu! En se souvenant que « mieux vaut être capon vivant que défunt brave », il s'en rentourna vers le bas de la pente. Çà! Il dévalait vitesse sur ses mollets de coq.

Il se cogna presque dans la traiteuse au point de la renverser. Mom'zelle Grand-Doigt venait jusse de ressortir sur le devant de sa porte. Elle croisait ses mains devant sa poitrine.

– My God, souffla-t-elle au vieux bougue, avec ces deux-là, proches de s'assassiner, nous v'la pire que sur un nique de guêpes!...

Farouche Ferraille Crowley détendit imperceptiblement son bras. Vieux Vic Vaughn fit encore un pas.

– Arrêtez de circuler vot' sulky autour de moi et de me faire des accroires, commanda Farouche. Sinon, je tire sans attendre que vous soyez dans vos marques.

– Tu crois je suis un cheval? plaisanta l'autre.

– Non, mais t'es grandement aussi couillon! Et crois pas que je vais te laisser débiter tes menteries pour m'amuser jusqu'à avoir le soleil contre moi.

Shérif Vaughn s'a arrêté. C'est tout le terrain qu'il pouvait gagner.

Farouche a élevé sa main droite pas loin de sa crosse. Sa respiration était devenue plus longue, plus régulière. Pour se rendurcir, il pensait aux grandes lamentations de son copain Blondy McAloy avant de crever. Autant dire un souvenir qui lui soufflait la haine encore assez. Ça fait tout était prêt pour faire bataille.

Longtemps, les deux hommes se sont étudiés avec une mauvaise regardure. Les bouches tiraient des traits. Les yeux, c'étaient des lacs. Les revolvers attendaient leur tour pour bûchailler. Planqué dans ses nuages, Dieu était un grand planeur. Avez-vous déjà vu la mort déployer son éventail ?

Plus tard, quand il aurait retrouvé l'usage de sa voix, Edius Raquin raconterait que dans toute la parpagne, même les insectes s'étaient mis à faire un silence de jardin. Jusqu'aux rats-de-bois qui se mangeaient les joues pour pas crier.

En glissant, un flocon de nuage s'était étalé en travers de la lumière. Et la demi-seconde d'après, le front emporté par un vol d'oiseaux noirs, Shérif Vaughn était mort.

Soleil éteint, il avait pas souffert.

14

Ce fameux lendemain qui tombait un dimanche, Azeline avait lavé ses cheveux, passé sa gentille robe, enfilé ses bas blancs, posé un châle sur ses épaules.

Elle attendait son père pour la conduire à la messe. Toujours ça il faisait, le vaillant boug', accompagner sa fille, afin qu'il y ait pas du grabeau en ville sur la moralité de la famille Raquin. Du mauvais monde qui serait tenté de nasiller que la caillette était trop livrée à elle-même. Ou plus micmac encore, que la pauvre enfant s'allait faire toucher minette dans les rangs d'coton par un coursailleur. Des jaseries pareilles s'étaient déjà vues dans la paroisse, des goddam parlementages qui abîment les réputations de la jeunesse et souillent l'avenir des demoiselles. Si bien que depuis que sa fille était éligible, Raquin, à la sortie de l'église, était encore plus méfié des saluts appuyés adressés par les gensses sourissant du miel que de l'indifférence de ceux qui ignoraient sa main tendue.

Il était farouche, Edius, sur les principes.

Azeline s'était fait un minois approprié. Elle s'était peinturé juste assez de rouge sur les joues, et laissé les lèvres au naturel. Surtout, elle s'était greffé un petit chapeau incliné coquin sur ses cheveux bien peignés. Elle détestait pas s'afistoler avec un peu d'apprêt quand elle allait à Bayou Nez Piqué.

Manquait que Pop Raquin pour atteler le vieux cheval Tit Noir au wagon à capote, transformé pour l'occasion en carrosse à deux seats. Mais devant sa glace où la jeune fille attendait, l'heure avait beau filer au cadran de la vie, cher Dad était pas là. D'où c'est qu'il pouvait être?

Bravant la chaleur qui tombait pourtant rude, Azeline avait fini par sortir dans la cour. Elle croyait trouver Edius occupé à quêque travaillage dans le clos. Au lieu de cela, elle croisa sa moman qui partait battre son linge fin au lavoir.

– Tiens, remarqua-t-elle, tu laves encore?

Traversées par une gêne, les deux femmes se dévisagèrent furtivement. Bazelle se détourna la première, manière de pas répondre. Une rangée de perles de transpiration ourlait les lèvres de la lavandière. Le regard d'Azeline voleta jusqu'aux corsages et au jupon de sa mère qui bouffaient du panier.

– Look, Mom, dit la petite, t'as une araignée sur

ton linge. Tante Nadée dit que c'est signe d'argent.

Bazelle donna une pichenette sur le bétaille à huit pattes. Elle dit d'assez mauvaise humeur, parce qu'elle prisait guère la veuve de Nonc Sosthène :

– Tante Nadée, c'est une witch ! Sans compter que c'est pas encore aujourd'hui qu'on sera proches millionnaires !

Azeline se mordit les lèvres et s'en voulut d'avoir eu le taquet trop long. Dès qu'on abordait le chapitre de l'argent, elle aurait pourtant dû savoir, Bazelle prenait des couleurs d'excitation.

– Ça m'en fait de te mettre à l'envers, Mommie, s'excusa la jeune fille. C'est Popa que je cherchais... L'aurais-tu pas vu galoper dans la cour ?

– Ton père ? A la barre du jour, il a foutu son camp !

– Et pour la messe ? Il a rien dit ?

– Arien !

Azeline fronça les sourcils. Ses yeux s'emplirent d'une indicible tristesse, faite d'étonnement et de rancœur.

– J'comprends pas quofère il m'a pas avertie, murmura-t-elle.

– Depuis qu'il a été mordu, y a rien à comprendre. Il sort, il vient, il gigouille. C'est son serpent-mocassin qui lui aura mis la coyote à l'envers.

– Hier soir pourtant, quand il est rentré à la brune, il avait l'air si tanné... Une couleur à faire peur.

– Ce matin, tout le contraire ! Mister était chaud comme une cafetière ! Bagouli par-ci, bagouli par-là ! Il disait qu'il allait vendre sa terre pour aller au Grand Texas. Là-dessus, tu sais ce qu'il m'a demandé de faire pour son plaisir ?

– Enlever ton caraco, Mommie ? Et le rejoindre à l'écurie...

– Si c'était ça!...

Le cou de Bazelle s'était empourpré d'une plaque de contrariété. Un archipel qui lui prenait sous l'oreille quand les choses étaient wrong.

– Alors quoi?

– Ramasser des lèches rouges pour empatter son hameçon! Et sans dire merci ni rien, il s'a parti à la pêche!

– A la pêche? Un dimanche matin?

Azeline en croyait pas sa frimousse. Elle avait retiré son chapeau. Lentement, elle en tournait le bord dans ses mains.

– A la pêche au catfish bleu! confirma Bazelle d'une voix ferme et détachée.

Et son frottoir à la main, elle bougeait pas d'un pouce.

L'instant d'après, c'était la petite qui courait à toute éreinte sous le soleil. Elle descendait vers la rivière. Elle n'avait pas pris la peine de remettre son chapeau. Elle galopait, hors d'elle-même. Les épines et les fanes de maïs crissaient avec un bruit si fort sur le bord de sa robe qu'il ressemblait à un rire de moquerie. Sans raison véritable, portée par un élan qu'elle ne mesurait pas, stimulée par une urgence qui dépassait les limites de sa comprenure, elle se soumettait à l'instinct qui la poussait, elle se hâtait à perdre haleine.

Comme elle était rendue à une croisson de chemins et qu'elle hésitait sur la direction à prendre, il lui sembla entendre un éclat de voix. Elle reprit sa course, les cheveux dénoués, une main appuyée sur sa hanche pour contenir un point de côté. Et au débouché d'un chemin méchant, tout au bout d'un platain bas et humide qui longeait la rivière, elle fut bien attrapée par ce qu'elle vit.

Parce que c'était ce qu'elle attendait. Parce qu'aujourd'hui était le Jour.

Oh, yi! Yaïe! Son cœur lui faisait mal! A la veille

de sucer le jus de ce beau printemps d'aventures, voilà que comme une gourde elle était après pleurer!

Et la bouche en feu, elle se dissimula sous les feuillages.

15

Ils étaient venus par la rivière.

Edius Raquin se tenait debout à l'arrière de sa pirogue. Il l'avait embourbée droit dans une tite anse broussaillée par des herbes. A l'avant de l'embarcation, faisant face au vieux agriculturiste, se dressait la silhouette élancée de l'inconnu. Il tournait le dos à la jeune fille, mais comme la doucette avait l'œil sharp, elle remarqua aussitôt l'économie de ses gestes, la largeur de ses épaules, l'étroitesse de ses flancs, battus par la gaine d'un revolver.

Tout de suite, elle fut beaucoup intriguée par les mouvements de ces deux-là. Sûr qu'asteur c'était une drôle de maniquette qui se tramait. Elle était encore à se demander quel sac de charbon ils étaient occupés à soulever, quand elle comprit que c'était un homme mort qu'ils étaient après débarquer. Alors vitement, elle coula entre les fourrés pour avoir une vue plus propice. Tant pis sa robe si l'étoffe moirée y gagnait des échelles, elle coupait par les tales d'éronces. Son châle s'effilochait derrière sa course, elle avait oublié l'heure de la messe. Elle gâchait ses bas en naviguant vers le mystère. Des frissons de feu descendaient en escalier de ses épaules.

Soudain, elle s'immobilisa.

Tapie dans la fraîcheur du sous-bois, elle passa sa langue sur ses lèvres salées. Elle se sentit aussitôt envahie par la familiarité douce et apaisante de la nature. Un état d'harmonie qui la ramenait au temps de son enfance. Une époque pas si lointaine où ses pieds ne faisaient pas de bruit. Où son corps pesait à peine. Elle se retourna comme si on l'avait appelée par son nom. Elle découvrit derrière elle un chemin qui s'enfonçait vers une région de silence et de fonds bruns. Elle imagina la présence d'une eau vive, tapissée d'ombrages et, derrière l'épaisseur d'un couvert de feuillages, l'éblouissement d'une brusque trouée de lumière. Elle retrouva l'allégresse qu'elle avait éprouvée une fois, au hasard d'une promenade solitaire, en tombant sur des corps nus et mouillés partageant, comme en une danse libre et légère, les jeux secrets du soleil. « Quand j'étais une petite fille, murmura Azeline. Quand j'écoutais les sources. »

Et brusquement, en entendant une branche morte craquer dans la proche distance, elle s'écarta du rêve.

Ployés sous leur fardeau, les deux hommes s'étaient rapprochés de la lisière du bois où elle se trouvait. Ils avaient porté le défunt au fond d'un trou préparé à l'avance, l'ensevelissaient pelletée après pelletée avec un accord calme et tranquille et, bons jardiniers, piétinaient la tourbe pour bien qu'elle s'enfonce.

Bien que le spectacle dont elle était témoin fût pénible à supporter, Azeline avait l'impression d'assister à une série d'actes paisibles, effectués par des gens qui faisaient ça qu'était leur duty. Les deux fossoyeurs parlaient de bonne humeur, avec un esprit de gaieté et un feu dans leur poitrine pas ordinaires. Une mayère bizarre que Raquin et son compagnon avaient d'aborder tout, même le plus macabre, avec une idée rieuse de la vie.

Disait Edius Raquin :

– Y a qu'une chose qu'est ennuyante, voyez-vous... Cet homme-là, Vic Vaughn, était un bon catholique. Il faudrait lui jouer manière un petit requiem.

– Tu connais la musique assez pour le faire ?

– J'dis pas que c'est impossible, répondait Edius. Dans le vieux temps, j'ai appris les notes « à l'oreille ». J'ai pratiqué sur un p'tit violon et pis j'ai flûté d'la musique de bouche dans les bals de maison. Du nharmonica américain.

Ça faisait venir un smile sur les lèvres du grand garçon en cuir. Sa bouche à mille dents, c'est tout ce qu'Azeline pouvait voir sous son *ten gallons hat*. Le reste de sa mâchoire était mangé par la barbe et une tache d'ombre partageait son nez. Il planta sa bêche et fit quelques pas. Il avait des allures de fauve. Et toujours ses pistolets.

« Prends garde de ne pas te laisser séduire, pensa Azeline, car celui que tu regardes est un homme de violence. » Elle reporta son attention sur son vieux Dad et ne reconnut pas en lui l'homme de douceur et d'attention qui l'avait tapissée au fond du ventre de sa mère. Elle lut une sauvagerie nouvelle sur son visage amaigri et sut qu'il était emberné par son compagnon. Ainsi vont les choses, pensait Azeline, pendant des années vous croyez que les êtres que vous connaissez le mieux sont faits d'un bois tendre et raboté et un jour, à l'improviste, l'écorce odorante est hérissée d'échardes. A un monde tendre et paresseux succède celui du hasard et de la force brutale. Et cette fureur, ce bruit, ce désordre, cette sensualité qui s'apprêtent à vous engloutir constituent justement les nœuds de la corde que vous avez tressée à votre insu. Vous êtiez prête à acclamer les péripéties.

Vous les appeliez de tous vos souhaits. Votre caractère d'apparence soumise était seulement la jachère de votre âme tourmentée. Et les autres vont devoir vous découvrir différente et audacieuse cependant que vous êtes la même, une jeune fille neuve sous un châle du dimanche.

Dieubon! La caillette frissonnait en regardant l'homme au pistolet s'accroupir sur ses bottes. Elle connaissait intimement qu'elle avait devant elle celui qui ouvrirait le livre de sa jeune vie à une page inconnue. Et pénétrée de cette certitude, elle l'écouta parler avec ravissement.

Disait Farouche Ferraille Crowley :

– J'vous roule une cigarette, Pop?

– Yeap! opinait Edius Raquin. C'matin je m'sens envie assez de goûter l'tabac! P't'être même demain, je me mettrai à la chique!

Et il crachait dans ses mains.

Un homme qui n'avait jamais smoke! Azeline aurait aimé gronder le vieux bougre pour son inconduite.

Disait Edius avec ostination :

– Dès que nouzaut aura fini l'enterrement, j'vous emmènerai pêcher un catfish jaune, long comme mon bras... Je connais un trou de vase où ça grouille!

Et y r'crachait dans ses mains.

– Une fois, il poursuivait avec une excitation montante, dans c't'endroit, j'ai soulevé un goujon-caille de trente-cinq livres! Et on mangera ça sur le feu. Et on arrosera ce niam-niam avec le moonshine que je nous ai pris... Vous serez heureux de votre journée!

Il relevait la tête. Valsait son vieux chapeau et grattait sous la paille :

– Maintenant que le danger est écarté, faut que vous soyez heureux...

Juste le grand gars écoutait. Il avait des manières de chauvage. Une habitude de silence. Il se contentait de cueillir une herbe. Il guettait tout autour. Sûr, il devait avoir un œil.

Poursuivait Edius :

– Vous serez à l'abri dans ce coin-là. Personne vient jamais. Et pis vous serez jamais l'dos à la rivière... J'vas vous laisser ma pirogue.

Ces deux-là s'étaient mis en chaudière d'amitié, c'était visible. Ils se parlaient comme des voisins s'estiment. Echangeaient des regards fiables, prêts à tirer des jokes même si la situation commandait l'affliction. La gosseline reconnaissait plus son père.

A moins qu'ils soient fous liés. Timbrés vifs. Ou pire, mais plus probable, pris en boisson, ce qui aurait expliqué la bonne gueule des deux compères et la force de leurs paroles. Parce qu'enfin, d'habitude, cil-là qu'enterre un mort à la sauvette va pas crier à haute tête. Tandis qu'eux...

– Say, Pop... pourquoi tu t'éreintes à rester dans ce coin qui rapporte que fièvre et misère? interrogeait l'étranger en essuyant son front pour en chasser la sueur.

Et Azeline avait beau se battre pour mieux voir ses traits à ciel ouvert, toujours quand il se trouvait pas de dos par rapport à la fille, c'était l'ombre sous son chapeau qui lui mangeait la figure.

– Pourquoi t'es après graffigner toujours la vieille terre? insistait l'étranger en roulant son copeau de cigarette.

Avant de passer sa langue sur le papier, il pointait un regard invisible vers le vieux qui terminait l'ouvrage.

Disait Edius :

– Ah, bien, c'est comme ça!... Je suis après faire ma vie.

– Tu viens là-bas au Texas, Pop. C'est là qu'il y a de la bonne terre.

Pour pas vexer son nouvel ami, le vieux habitacot faisait la gueule douce. Tout de même, il haussait les épaules en signe de doutance.

– Pourquoi tu me crois pas? se fâchait l'autre.

Riait Edius, en tassant la terre :

– Parce que ça serait pire que l'homme qui jette cinquante sous dans la rivière et que son chien plonge et revient avec un poisson-chat et quinze sous de monnaie. En d'autres mots, ça s'rait du rêve! Et j'appartiens icite!

Pendant ce temps-là, un noyau de moustiques jouait à manivelle dans un rayon de soleil et les sureaux qui entouraient Azeline de leurs bouquets de fleurs menues emplissaient d'un parfum sucré l'haleine plus fraîche de la source voisine. Elle aurait donné cent piasses pour voir le visage de l'inconnu.

Maintenant, c'était fini, le trou était rebouché. Vieux Raquin dansa encore trois minutes sur le sol pour l'affermir. Il le faisait avec beaucoup de sérieux. Un peu comme l'Indien Jody McBrown quand il invoquait les esprits de la pluie pour conjurer la chésseresse. Edius entreprenait jamais arien s'il avait pas la conviction.

Une fois qu'ils eurent tiré un ramassis de fardoches tout au-dessus de la tombe, plus personne aurait pu connaître qu'un homme avait disparu du monde. Azeline se demandait qui bien ce mort-là pouvait être. Elle était pas sûre d'avoir entendu le nom de Shérif Vaughn, mais si par hasard c'était Vieux Vic qui s'était fait bûchailler, l'affaire allait faire encore plus de bruit que la fois où on avait présenté au juge Cleveland Frugé une main d'un humain que quêque coureur des bois avait cuite à la broche.

La brunette hala un gros soupir et se remit à guetter comme un chat dans la cendre.

Là-bas, dans la distance, les deux hommes étaient rentrés dans une cabane couverte de feuilles de latanier. Un petit camp qu'Azeline avait toujours connu. Une baraque qui s'était conservée depuis le temps des bûcheurs de logues. Souventes fois, lorsqu'elle était petite fille, son père l'y avait emmenée. On y laissait des lignes à pêcher, on attrapait du poisson. C'était des temps où on faisait griller quelque patassa ventre-jaune. On étouffait ça aux gros oignons. Et on s'amusait bien.

Comme elle allait sortir de sa cache, Azeline vit ressortir les deux bervocheurs. Ils étaient accompagnés par les jappements du vieux Hip. Le taïaut, qu'ils avaient dû tenir enfermé à cause du cadavre, laissait éclater sa joie de les retrouver. On aurait juré qu'il s'était donné deux maîtres. Un coup d'langue ici, un autre là, le chien partageait son amitchié en deux parts égales.

Ils se fâchèrent en même temps, envoyant une vire-tape contre le bétaille pour lui dire de se taire. Le vieux Hip rentra la tête pour pas encourir leur double colère. Il se contenta de les accompagner d'un air louche. Sa queue trompetait pas dans les hauteurs.

Les deux hommes pénétrèrent à nouveau dans la hutte et presque aussitôt réapparurent. Le chien n'était plus derrière eux.

Preuve qu'ils avaient l'intention de finir la biture qu'ils avaient entreprise, ils tenaient par l'anse chacun un cruchon de moonshine. Ils revirèrent si bien près de l'endroit où se trouvait la jeune fille qu'elle se jeta le nez par terre. Les deux margoteaux étaient tout proches. Il suffisait de pas respirer pour les entendre.

Disait Edius en désignant le platain de roseaux devant eux :

– Un jour, j'frai un valley de c't'endroit!

– Sure enough, Pop! Un valley de moustiques!

Ça faisait couler le moonshine, des projets pareils. Après avoir bu un filet de booze, Raquin s'essuyait la bouche, tapait la langue contre le palais.

– Ah, mais! il faisait, j'aime ma boisson! J'la fais moi-même...

Il laissait l'alcool palpiter dans sa cervelle et l'instant d'après recommençait à jongler avec l'idée de ce beau domaine à construire. Doucement, il s'entêtait :

– Mon vieux bœuf, Dos-Blanc, peut faire l'ouvrage. Mieux qu'un charrue, il peut défouiller toute la terre avec ses cornes! Et sur cette platitude effardochée, j'poserai une grande habitation blanche, avec une galdrie jusqu'au boute!

– Just as you say, Pop! Et la maison s'ra si belle que tous les maringouins du Texas viendront la visiter avec jalousie. Et se curer les dents aussi, avec les lattes de vot' jardin.

Les deux pas-rien s'arrêtaient de parler. Comme ils prenaient prétexte de toutes les sottises qui passaient, ça faisait de nouveau couler le moonshine, cette histoire de moustiques. Coude à coude, ils r'beuvaient comme des sacs.

S'inquiétait Edius :

– C'est gros, ça, ces maringouins, mussieu Crowley?

– Ouiais. C'est des maringouins du Texas. Ils sont à peu près six pieds de haut, à peu près deux cents livres. Ça, c'est des jeunes. Il y en a qui vient plus gros, mais ils ont peur de venir ici par la rivière.

– Quo faire?

L'aut' fool au pistolet ricanait derrière sa main :

– Parce qu'ils sont craintifs de se faire neïer par les alligators !

Et le moonshine coulait. Et le bon temps roulait. Et Azeline restait le nez dans l'herbe. Elle n'osait pas bouger. A peine si derrière un bouquet de myrte elle entrevoyait les deux soûlards, les deux tocks-tocks, assis sur un chicot. Ah, c'était bien le monde des hommes ! Tellement indéracinable. Pourtant, Azeline se sentait respirer en harmonie avec leur quiétude. Aujourd'hui, elle n'avait aucune raison de ne pas croire qu'elle était la personne la plus importante du monde. Dieu l'aimait.

« La vie coule sous ma peau et je veux de toutes mes forces que cet homme me dévisage, pensait-elle. Oh, Seigneur, faites seulement qu'il se retourne. Faites qu'il sente le souffle de ma prière. Car il est celui que je veux partager. Il est tel que je l'ai vu avant qu'il ne vienne. Ses yeux me transperceront et je lui abandonnerai mon ventre. »

Comme s'il avait perçu son appel, Farouche Ferraille venait de rejeter son chapeau vers l'arrière de sa nuque. Il s'était redressé en pivotant sur lui-même. Son mouvement avait été si rapide, un revolver au bout du poing, qu'Azeline avait instinctivement fermé les yeux.

Elle entendit Edius marmonner dans la distance :

– C'est rien qu'arrive, mussieu Crowley ! Ici vient jamais personne...

– Un jour, quelqu'un viendra, dit Farouche Ferraille Crowley, toujours sur la défensive. Quelqu'un qui tient mon destin dans l'ombre de sa main.

En entendant ces mots qui pouvaient aussi bien parler d'elle, Azeline osa rouvrir les paupières. D'un coup, elle découvrit l'or ruisselant d'une crinière fauve où s'inscrivaient les rives d'un front haut et tourmenté.

Farouche Ferraille Crowley était tourné vers elle et la fixait sans la voir avec un rire d'une tristesse infinie.

A l'abri des herbes, dès qu'elle eut déchiffré son regard, elle sut qu'elle était un caillou changé en source.

16

Au bord de l'onde claire où elle aimait à venir, Bazelle se retenait de crier.

Déjà une heure s'était écoulée depuis qu'elle décrassait son linge et frottait sa planche avec une brique de savon de pays. Trois fois elle avait rincé, essoré ses corsages et pareillement tordu son jupon.

Avec emportement elle poursuivait ses gestes, se donnait à nouveau l'élan de celle qui travaille, recommençant une lessive qui n'avait point de raison d'être puisqu'elle était achevée, les yeux écarquillés vers l'eau passante, les reins pliés à la cadence de son éreinte, han, han, elle s'échinait davantage, faisait sourdre des flocons de mousse de la convulsion de l'étoffe, crispait les mains sur la tordure, tapait du battoir, baignait, blanchissait, délavait, purifiait ses hardes comme pour conjurer la noirceur des mauvaises pulsions qui la harcelaient chaque jour davantage, l'acculaient au désespoir, à la hargne contre elle-même, contre les autres aussi, Bazelle inconnue, venue du silence, du dégoût des jours bruts, de cette permanence du combat contre la drigaille quotidienne, une vaine bataille perdue d'avance par son corps de femme.

Jamais les arbres ne ramassent leurs feuilles, savait Bazelle. Automne après automne, elle sentait s'alourdir le poids de ses hanches et tandis que d'âge en âge son esprit ressassait, elle se persuadait qu'à trop oublier qui l'on est, on s'efface, on s'amenuise. Attisé par ces jours de follerie sèche et d'oragans du ciel, elle sentait battre en elle un sursaut que lui commandait la nature. Femme vertueuse et contentée de peu, soudain catin du fond des entrailles, elle s'en allait au bord du lavoir crier l'insatisfaction de ses chaleurs, la dévergonde de ses pensées, la déraison de ses projets. Oh, pas qu'Edius, son cher mari, eût démérité. Le pauvre bougre était resté le même. Bazelle l'aimait d'amour tendre. Mais, plus forte que la raison, une curiosité de visiter le feu et de se rassasier de barbarie nouvelle avait envahi son cœur. Toute sagesse avalée, Bazelle était devenue sa propre tornade. Quand son âme affamée la poussait à la révolte, qu'elle ouvrait les yeux sur l'eau courante de la rivière, elle entendait jusqu'à la mer.

Ce jour-là, lasse de mettre dans sa vie un ordre qui serait toujours le même, elle se déchaussa et, ses cottes remontées à la taille, entra dans le courant pour baigner ses jambes. De cette initiative inhabituelle elle retira une idée de plénitude et de bien-être qui fit venir à ses lèvres un gali macha de mots embrouillés. La tête, elle croyait bien, lui tournait. Elle fredonnait, pas trop sûre de l'air, une chanson à propos d'un mari qui prenait sa pirogue, partait pour des jours, soi-disant à la pêche, et s'en revenait en warlalingue...

Aïe, où tu veux j't'enterre,
Mon bon vieux mari?
Et où tu veux j't'enterre,

Ce qu'on appelle l'amour?
Et où tu veux j't'enterre,
Mon bon vieux mari,
Meilleur buveur du pays?

Toujours en marchant, elle était entrée si loin qu'un filet d'eau s'était mis entre ses cuisses. C'était de la douceur qui passait. Filtré par les ombrages des saules, le soleil dessinait des assiettes de lumière sur la nappe mouvante de la rivière, décorée de jacinthes. Ses bras nus tendus au-dessus du flot, Bazelle progressait à tâtons sur le fond vaseux. Elle n'envisageait pas de revenir sur ses pas avant d'avoir cueilli une fleur mauve...

L'eau, sournoisement, avait abordé son ventre, éveillant jusqu'à la pointe de ses seins un vol d'ailes tumultueuses. Comme une équilibriste fascinée par son propre vertige, elle s'avança encore. Elle sentit frémir au fond d'elle les premières mesures d'une sensation d'autrefois, les échos affaiblis d'une imminence du désir que la caresse de la mouillure encourageait à s'épanouir.

Sans prendre la peine de baisser les yeux, Bazelle fouilla dans sa poche et trouva ce qu'elle y avait dissimulé, le petit bergo dérobé l'année passée au marchand ambulant qui l'avait bousculée contre un arbre.

En se remémorant son haleine de bête puyante et la pression brutale de ses mains courant sur son ventre, elle n'éteignit pas, loin s'en faut, l'irrépressible fièvre qui montait au creux de ses reins et lui donnait un peu mal au cœur. Quelque chose s'était éveillé en hurlant, dont elle était l'enjeu et la demanderesse. Elle avançait dans l'eau qui mordait sa poitrine. Elle serrait l'instrument de musique entre ses doigts aux extrémités fripées par la lavure. Elle progressait avec lenteur en direction d'un remous, là où l'ombre semblait changer l'eau en un abîme couvert et recouvert d'une toison étincelante. Bazelle s'approchait de ce qu'on ne reprend plus. Aussi, plutôt que de se borner à un contentement mesquin, emboucha-t-elle la trompinette de cuivre et, de ses joues gonflées d'air, bergonna une longue plainte. Elle perdit un moment l'équilibre parce que le sol s'ouvrait sous elle, mais se reprit pour quelques pas chancelants, prolongeant d'un souffle obstiné le vagissement nasillard de ce son mouillé qui appelait à l'aide, à la mort, à la vie, et soudain se brisa.

Une fois crevé le vitrail de la cathédrale opalescente, la voûte de la rivière reposait sur une architecture fuyante, arches molles et rosaces irisées, qui s'affaissèrent sur le passage de Bazelle. Délivrée de toute pesanteur, ses cheveux déployés en un vol retardé, elle laissa son corps sombrer au-devant du tracé incertain d'une nef ondulante. Accompagnée par la cacophonie assourdie de l'effondrement des grandes orgues, elle ne fit rien qui pût retarder sa chute et laissa monter vers elle un monde caverneux. Plus de jugement. Plus de recul. Elle ne discernait plus ce qu'elle avait fait.

Les tempes comprimées par la pression de la masse liquide, elle se laissa aller jusqu'à ce point infime qui est la frontière entre le devenir et le néant. Au moment ultime, alors que sa cervelle se tapissait déjà de sombres glacis marbrés de rouge et qu'elle découvrait un champ d'étoiles à l'arrière de ses yeux, elle refusa les couleurs de l'inconscience et, d'une double détente de ses jambes, rendit son corps à la lumière.

La lumière! Bazelle resurgie acclamait cent mille poignards qui ensanglantaient ses yeux. Les pupilles tournées vers le ciel, la bouche ouverte pour happer l'air qui lui faisait encore défaut, elle acceptait de se laisser couronner d'irregardable blancheur. La cruauté du soleil passait par le filtre déformant de chaque gouttelette dévalant sa route depuis son front lisse et luisant. Tandis que s'apaisait le tumulte de son cœur, elle chercha à affronter au travers de la prison de ses cheveux plaqués l'éclat insoutenable, le tournoyant rayonnement de sa réverbération. Elle se sentait si vivante. Elle avait osé si loin se compromettre.

« C'est fait, pensa-t-elle. Je reste de ce côté-ci. Je suis faite pour le suc des fruits. Je rachète la main du fou. J'avale la sagesse. Je veux qu'on me mène dans une ville forte. Qui? Oh, qui me conduira jusqu'à l'apaisement de l'amour? »

En écho risible de sa détermination, une voix pincée comme celle d'un canard lui répondit aussitôt :

– Hé! Vieille! Viens icite plutôt que de mourir... On va faire un petit passe-temps!

Afin de débusquer l'intrus, Bazelle masqua le soleil avec le dos de sa main.

Assis sur l'écore de la rivière, elle aperçut un bonhomme un peu grand qui balançait ses jambes dans le vide. Il avait sur le dos une jaquette à carreaux noirs et jaunes qui faisait une grande tente par-dessus sa maigreur. Et les jambes de son pantalon gris paraissaient vides à cause de la forme de ses mollets, guère plus épais que des toothpicks.

Bazelle commença à s'approcher du rivage. Sa robe était si gonflée d'eau qu'elle avançait à grand-peine. De temps en temps, elle regardait du côté du malfaisant qui l'avait surprise en plein relâchement de ses sens.

Pendant ce temps-là l'aut' outrecuidant charrait des moqueries. Il avait un timbre de voix familier. Il disait des choses comme :

– Hey, babe! Tu vas jamais guess qui est là!

Et plus Bazelle avançait, plus elle distinguait un vilain bétaille à tête sec avec un grand galurin par-dessus. Un canotier haut de forme comme jamais vu, étiqueté d'un ramassis de pendreloches piquées dans la paille. Des broches, des boucles d'oreilles, toutes sortes de pendentifs, des croix de Djeu, et aussi des épingles à chapeau, des poupées de sucre, quelques rubans, un miroir doré, deux p'tits fers à cheval pour porter chance et même un canif à cinq lames.

Maintenant, le fantoche lui tendait la main pour plus qu'elle ressemble à une montgolfière et la hissait près de lui, nez à nez sur la terre ferme, si bien qu'elle pouvait pas faire autrement que de sentir c't'odeur de muguet qui embaumait tout le coquin de la pointe de ses moustaches aux sous-pieds de ses guêtres à boutons. Et là, elle l'a reconnu, forcément, sauf qu'il puyait autrement que la dernière fois. C'était ce méchant pédleur d'Oklie Dodds qu'était toujours après rouler les grands chemins. Comme qui dirait trimbalait derrière lui une espèce de malédiction errante.

– C'est moi ! annonça-t-il en se trémoussant d'un tordion du cul. Oklie-Doddlie ! Vot'prétendu ! J'voulais vous faire une petite passée...

– Ça ! J'vous aurais pas salué, dit Bazelle, si j'avais pas z'eu le nez contre vous.

Le filandrin trémoussa sa tête, fit sonner toute la brocaille qui pendait à la visière de son haut-de-chef et, sachant prendre des airs d'acteur, entama une tite ritournelle.

Juste il fredonnait comme ça :

Mon chapeau aux escopeaux
Ma cravate à zique et zaque
Ma culotte à courte paille...

Et il agitait en musère deux mouchenez en soie qu'il avait sortis de sa poche. Au refrain, il les envolait comme des zozos du ciel.

Forcément, Bazelle s'éclata de rire. Quo faire autrement? Tout de même, embarrassée, elle aurait voulu reprendre sa main que toujours le marchand emprisonnait dans la sienne. Bien sûr, il la lâchait pas.

Sacré fils de putain, il l'avait tournée pour qu'elle ait le soleil dans l'œil. Ça fait elle fronçait le nez. Lui, tout à son calme, la reluquait avec des mines rigouillardes.

Elle demanda maladroitement :

– Avez-vous pas changé? Et quel chapeau rigolo!

Elle ajouta :

– De loin, on reconnaît même pas dans quel sens vous marchez!

– Ma mère disait toujours que j'étais un homme à deux queues, dit Oklie Dodds. Paraît que ça fait je suis comme un éléphant : on ne sait jamais quand je suis en avant ou derrière!

En même temps, il appuyait son gilet contre le giron de la femme. Bazelle pouvait pas se tromper dans quel sens il allait.

– J'veux gone, elle murmura. C'est pas raisonnable de rester icite avec vous.

Rasé bleu, des joues d'enfant, il lui sourissa gentiment, fripé comme une fouine.

– Vous risquiez pas de me reconnaître, murmura-t-il. L'an passé, j'étais broque et haillonné par suite d'un revers de fortune.

Elle le dévisagea plus attentivement.

– C'est vrai ça. Vous avez l'air mieux.

Oklie Dodds prit l'air modeste. Quand il était propre, il savait faire le beau.

– Toute l'année dernière, j'ai fait commerce à la Ville, dit-il.

– A La Fayette?

– A La Nouvelle-Orléans. C'est là que se trouve le meilleur de ma vie.

Il prit l'air préoccupé, frotta soigneusement ses doigts de la main gauche sur le revers de sa veste et contempla les lunules de ses ongles bien faits.

– Vous avez une boutique ? s'enquit-elle.

– De modes et chapeaux.

Bazelle baissa la tête. Elle se sentait ridicule dans ses affûtiaux alourdis par l'eau et couturés de rapiéçages. Sa plaque de rougeur venait de lui remonter à la naissance de l'oreille. Elle se demandait comment elle pourrait bien se sortir de cette chainfourah où elle s'était mise. En même temps, elle était piquée sur place. Pas moyen de se déloger.

Ce malin d'Oklie Dodds lui décerna un smile d'une manière encore plus savante. Il avait une belle dent en or. Quand il parlait sur les graves, elle entendait moins son accent de canard.

Il murmura en la cherchant dans les yeux :

– La terre est pleine de nouveaux parages, mais c'est peu dire que vous êtes une des plus belles femmes que je rencontre.

Bazelle haussa les épaules. Si le colporteur croyait la bercer avec des accroires, c'est pas sur des mots pareils qu'elle allait tomber faible. Sous l'effet de la colère, elle en profita pour dénouer ses doigts qu'il enfermait toujours dans sa poigne.

– C'est des menteries, Oklie Dodds ! cria-t-elle en lui présentant ses mains sous le nez. Y a qu'à regarder ma peau ! J'suis déjà vieille !

Il abaissa ses yeux sur les gerçures. Il avait pas perdu son sourire.

– Ça ? C'est juste les traces du travail, dit-il à mi-voix. Pis, sachez-le, l'malheur s'efface !

Avant qu'elle eût fait pouf, il l'avait agrichée par le poignet et l'entraînait en direction de sa charrette de commerce. La waguine était bien plus spacieuse que celle des années précédentes. Elle possédait une belle bâche neuve et ses flancs étaient décorés d'un cortège de peintures réalistes représentant des scènes de la vie citadine. D'un bord à l'autre, de jolis messieurs se pavanaient en jaquette cintrée et des femmes élégantes traversaient des parcs en robe à volants. Il n'était point de canne, de brodure ou d'éventail qui manquât à l'appel du bon goût et Bazelle marqua malgré elle un temps d'arrêt en passant à hauteur d'un couple. Les mains jointes en une attitude admirative, elle s'exclama :

– Dieubon! On saura jamais assez comme ils sont beaux, ces deux-là, vous ne trouvez pas?

Elle ébaucha le geste de caresser la belle image et ajouta en désignant la jeune dame :

– Plus la peau est blanche et tendre, plus elle est aimable, n'est-ce pas?

Elle jeta un coup d'œil par-dessus son épaule et s'aperçut qu'Oklie Dodds la reluquait avec bonheur.

– Peu de femmes sont aussi aimables que vous, assura-t-il. C'est la vérité que je connais.

Il passa doucement sa main autour de sa taille et expliqua majestueusement :

– Les personnes que vous avez devant vous, Bazelle, tournent le coin des rues Bourbon et de Toulouse. Elles sortent de l'Opéra français...

Elle le regarda avec stupeur. Il s'était mis à parler avec des mots choisis qui trahissaient l'inducation. Ainsi, Oklie Dodds lorsqu'il parlait cadjin se mettait tout bonnement à sa portée! A peine revenue de son trembalisement, Bazelle engloba dans un même regard admiratif les lèvres charnues de son interlocuteur et une grappe de fleurs immobiles suspendue derrière son visage. En se redressant, elle se sentait un peu plus haute que d'habitude. Elle lui sourit imperceptiblement. Et, l'instant d'après, elle humait avec ferveur les couches de parfum que soufflait à nouveau le discours de son guide.

– Le gentleman que vous avez devant vous s'appelle monsieur Witz, pérora Oklie Dodds. C'est le maire de La Nouvelle-Orléans. Il descend des Allemands de Law, figurez-vous. Et la jolie femme qui se pend à son bras, c'est sa nièce... Elle est entrée dans ma boutique comme je vous vois!

– J'adore sa robe rouge! s'enthousiasma Bazelle.

Elle se sentit prendre délicatement par l'aile et son cavalier la fit glisser de côté.

– Montez ces trois marches..., suggéra Oklie Dodds. A la capeline près, j'ai le même modèle à l'intérieur...

Comment osa-t-elle franchir le pas de cette boutique ambulante? Comment se retrouva-t-elle en cette garçonnière qui sentait le voyage, le whiskey et les odeurs de corps, autant dire les parfums de l'enfer? Qui aurait pu penser un seul instant qu'elle oserait butiner les couleurs et palper les étoffes de la garde-robe? Pourquoi se laissa-t-elle aller, soudain volubile, à raconter les rêves qu'elle avait échafaudés sans jamais oser les exposer à personne?

Ses pommettes, sous le coup de l'émotion, s'étaient empourprées de deux macarons dun rouge vif qui soulignaient l'éclat de ses prunelles. Oublieuse du gâchis de sa méchante robe de cotonnade, elle dévalait au milieu des fripes, soulevait avec extase la traîne des robes de marquise, évaluait les décolletages de demi-mondaine, les collets de soubrette, moquait les vêtures des pères nobles, les redingotes de saute-ruisseau, les brandebourgs d'officier, essayait des shakos, des châles, des dominos, les emmanchures, les béguins, les cornettes, parlait comme une pie, ne se rassasiait de rien, sans se douter le moins du monde que toutes ces grègues, aiguillettes et fanfreluches avaient été rachetées à vil prix par son suborneur à un directeur de théâtre impécunieux cherchant à payer son passage pour l'Angleterre, avant que ne le saisissent à la gorge ses créanciers et six comédiens de sa troupe au service de Shakespeare, abandonnés sans subsides dans une pension de famille du côté de Mamou.

– Vous devez rire après moi, confiait imprudemment Bazelle en passant la tête entre les cintres, mais j'aurais tant voulu connaître la Ville !

– Vous étiez faite pour elle, mon cher bébé ! lui répondait l'enjoué Oklie Dodds. Et les toilettes vous vont à ravir.

Il se glissait à ses côtés. Frôlait la chair de son bras sous prétexte de lui proposer une nouvelle parure. La présentait devant elle. S'extasiait sur l'arrondi de sa taille.

Elle le repoussait comme on écarte un camarade trop familier, rude dans ses manières franches de campagnarde, et s'enfonçait à nouveau dans le frou-frou des falbalas, prête à succomber devant la chinure d'un batik, la trame d'une indienne ou le frappé d'un velours d'Utrecht.

Fourbe et inventif, Oklie Dodds lui passait tous ses caprices. De la sorte, sans qu'elle s'en rendît compte, il la déshabillait davantage. Tout au bon déroulement de son piège, le vilain drôle approchait de la perfection. De la coque on passa au ruché. Du cotillon on s'achemina vers la dentelle. De là, bien sûr, il n'y avait qu'un pas jusqu'à la camisole. Au casaquin, à la brassière. Si bien que de bourrage en doublure, de coulisse en œillet, d'effilé en nervure, rien de surprenant à ce que les doigts du farfadel se posent avec le plus fortuit des naturels sur le globe giboyeux des seins de Bazelle.

Sur le moment, à part la bouche ouverte, elle n'y

trouva rien à redire. Elle avait reconnu un picotement. Une chaleur. Et aussitôt après, l'envol des oiseaux fit tressaillir ses épaules.

Sans mot prononcer, elle posa ses propres mains sur celles du bonhomme qui coiffaient sa poitrine abandonnée. Elle ferma les yeux. Elle se tenait serrée contre le grand élingué, deux personnes oubliées au creux de la garde-robe, engoncées dans les étoffes, saturées d'odeurs de linge et de vieilleries. Deux enfants, par le fait. Et la respiration de Bazelle souleva paisiblement l'arceau de ses côtes.

– Si je faisais jamais arien pour bouger, sûr que je serais pas malhureuse, murmura-t-elle.

Oklie Dodds sentait bien comme elle était fragile. Surtout, s'il voulait arriver à la mettre dans son lit, il fallait pas qu'il la réveille. Pis il avait compris qu'elle préférait les chuchotements.

Il se pencha vers les petits cheveux de son cou et murmura dans une pliure de peau :

– Hey, babe, notre amitchié est si fort, si doux et pur comme l'or, qu'il faut rien presser.

Il se détacha d'elle, courut jusqu'à un recoin où il conservait ses affaires de toilette et revint lui passer sous le nez un flacon de parfum.

– C'est du chèvrefeuille qui vient de Paris, susurra-t-il avec espièglerie. Vous pourrez vous essencer avec. Et puis la robe rouge est à côté de vous. La même que celle de la belle dame qui est peinte sur la haque. Elle est à vous, mon cœur. Je vous la donne, hein, qu'est-ce que vous dites ?

Bazelle rouvrit les yeux. Elle jeta un coup d'œil du côté du litage où Oklie Dodds devait faire ses nuits. Comme elle restait silencieuse et grave en fixant les draps sales et froissés, le pédleur se troubla :

– Dégreyez-vous à votre aise, proposa-t-il. Moi je

vais sortir dételer le cheval. Et je reviendrai pour l'essayage, sitôt que vous m'appellerez...

Il avait retrouvé son sourire de fouine. Et Bazelle avait perdu ses couleurs.

– Si je passe la robe, Oklie Dodds, sûr que tu vas vouloir coquer avec moi, dit-elle. Mais j'aime autant t'dire... tu bats une cause morte, vieux salop!

Le pédleur, croyant qu'elle voulait tirer avantage de ses charmes, proposa :

– D'accord! Après le combat, la couronne! J'te donnerai aussi un châle qui va avec. Et une broche en émeraude pour attacher notre amitié.

Hors d'elle-même, Bazelle décrocha la robe rouge de son cintre et la froissa sous le nez du pas-rien.

– Tu crois c'est comme ça l'amour? cria-t-elle. Qu'on peut barguiner un cœur pour du candy et des limons?

Il hocha la tête et la dévisagea avec un étonnement véritable.

– Vous avez quarante ans. C'est quand même pas comme une jeunesse qui va perdre son ruban!

Déjà, il s'avançait pour lui prendre la main et la ceinturer contre lui, mais il s'aperçut qu'elle avait des grosses larmes dans les yeux.

– Laisse-moi, Oklie Doddlie, sanglota-t-elle. J'vois bien t'as rien compris!

– Y en a qui butent sur une fromi et qui se brisent les deux cuisses dans les hanches. Pitoyable! dit Oklie Dodds en crachant par terre. Mais j'ai jamais vu une belle femme se faire mal en amour.

Elle le regardait encore plus avec des yeux perdus. Elle trouvait plus les mots pour faire sentir son dégoût. Son bout de nez était trop rouge, elle bougeait son col dans tous les sens qui disent non et elle mangeait ses larmes faute de pouvoir parler.

– Allez, vieille! dit Oklie Dodds. Assez de bardibarda. Viens que j'te pique, et qu'on n'en parle plus!

Et quand le foutu sagouin a posé sur elle sa main vivante, Bazelle était si chaude qu'elle savait plus avec quelle porte on ouvre le monde.

17

Quelques jours plus tard, Edius Raquin et Farouche Ferraille Crowley avaient mis leurs pieds à rafrédzir dans l'eau d'un trou rond.

Edius Raquin a dit :

– Oublie la briganderie, fils. Et reste icite. C'est un pays pour toi. C'est un pays platte, la Louisiane. Mais c'est un pays plein de végétation. Avec cent bayous pour t'cacher. Des lacs, des rivières. Et des bons amis qui sommes nous.

Ils se voyaient tous les après-midi et restaient tranquilles à la pêche, tapis dans un arceau de verdure, meilleur moyen de se tenir hors de vue des volontaires de la paroisse, une multitude d'hommes enragés, qui prenaient sans doute un ride sur les tracks asteur, et galopaient au tréfonds de la campagne pour sarcher Vic Vaughn. Sûr qu'on fait pas disparaître un shérif comme on empoche un pourboire.

Sa treizième nuit d'insomnie passée, Bazelle avait vu revenir entre ses jambes le flux de son sang usé. S'abandonnant à la joie d'être délivrée d'une infamie qui la précipitait dans des cauchemars affreux, elle se jeta à deux genoux devant le crucifix de sa chambre et implora le pardon du Seigneur.

Elle l'avait prié sans relâche de ne pas l'abandonner et lui seul pouvait mesurer ce qu'elle avait enduré de remords et de craintes depuis qu'elle avait prêté son ventre à Oklie Dodds. Une intime sensation d'impureté avait poussé la pécheresse à se baigner plusieurs fois par jour. Ce qu'elle avait fait endurer à son linge, elle l'appliquait désormais à son corps, savonnant vigoureusement sa peau jusqu'à la faire blanchir, et que je frotte et que je rince et que je lave, hantée par la peur que la semence du vilain pédleur risquât de l'avoir mise en famille.

La contrition aidant, elle s'était même résolue à faire l'aveu de son écart et, soir après soir, guettait le retour de son cher époux. Or, il se trouva que chaque fois qu'au prix de fermes efforts sur elle-même elle se préparait à affronter les éventuelles conséquences de son inconduite, Edius rentrait tard. Le bonhomme empestait le vinaigre et la boucane plus qu'un pirate de Jean Laffite. Il se foutait dans son lit sans reprendre ses esprits. Et le lendemain, peine perdue. Soleil à peine levé, le vieux cocrodie s'en repartait vers sa rivière. Il était devenu bourru, disait trois mots si c'était pour demander un carré de pain à tremper dans son bol, et témoignait envers sa femme pas plus d'intérêt qu'envers l'horloge. Tout au plus lui reconnaissait-il un don de parole que la comtoise d'Yvetot n'avait pas. Et après quelle heure est-il, vieux Pop Raquin battait sa route. Il restait pas.

Ainsi cantonnée dans un état de femme oubliée, persuadée que la beauté est vaine si personne ne la voit, Bazelle, en soupirant, se dévoua encore plus qu'auparavant aux tâches ménagères. Elle se mit à haler l'ouvrage comme jamais elle n'avait fait.

Elle se méprisa. Elle s'échina. Elle s'éreinta.

Abandonnant l'idée de renseigner son mari sur une infortune somme toute sans lendemain, elle promit à Djeu de confesser sa faute au prêcheur, de faire pénitence, de se consacrer au bonheur de sa fille et de trouver pour Azeline un bon mari comme le sien, qui la tienne en fidélité jusqu'au seuil de sa mort.

Puis, l'abrutissement du labeur prenant le pas sur les émois de son âme, Bazelle s'abîma à cœur perdu sur le présent des jours.

Elle marchait sur une route qu'elle n'aurait pas dû quitter. Elle n'osait même pas s'isoler dans sa chambre pour rêver. Elle ne voulait surtout pas essayer de se rappeler ce qui s'était passé. Dès lors, les élans de sa personne ne lui servant plus d'unité de mesure, elle oublia le parfum de Paris, le châle d'Orissa et la belle robe rouge dans un coin de l'armoire à linge. Par la suite, sa mémoire occulta la gravité même de son péché et, du même coup, s'éteignit la nécessité de la racheter en s'allant contrir devant un prêtre.

On ne peut pas dire qu'elle était heureuse, mais juste elle respirait pour vivre assez.

Et le temps roulait.

Une fois, Pop Raquin et Crowley pagayaient sur la rivière.

Ils allaient feed le grand bronque dans son étable. La rame glissait dans la musique de l'eau. C'était une heure calme avec des brumes de chaleur. Il y avait des fleurs silencieuses autour d'eux, mais la langue du vieux bougue manquait pas d'exercice. Plus fort que lui, il bagoulait, il bagoulait. Une jaserie tellement ininterrompue que Farouche Ferraille était mal en train pour y répondre. Il se contentait de seulement tourner la tête avec un sourire fin. Il guettait le mystère des levées de terre. Les fantômes des cyprès chauves. Il avait la main pas loin de son revolver.

Arrivé en vue de la presqu'île, Edius a fini par se rendre compte qu'il tenait tout le devant du crachoir. Il a dit :

– Oh, boy! Excuse-moi! J'dois avoir trop de silence à rattraper, c'est pour ça, j'connais plus fermer mon claquoir!

Il a résisté bien cinq minutes. Il a halé un gros soupir. Il a retiré son chapeau qui lui étouffait la tête et il a dégoisé encore :

– Tu comprends, garçon, j'suis si content d'avoir un ami pour nous voir et pour charrer!

Il s'a embrouillé dans son discours, la bouche ouverte, pis sa gargane s'est comme coincée au fond de son avalouère. Il avait l'air malade. Sa vie avait l'air arrêtée. Il montrait la rive, les levées de terre. Avec son crâne sans plumes, il paraissait frêle comme un oisillon. Farouche s'est retourné, son pistol au bout de la main, et l'instant d'après ils essuyaient une si sacrée frayeur en entendant le tonnerre rouler sous les sabots d'une suite de cavaliers qu'ils se jetèrent au fond de la barque.

Quand ils relevèrent la tête, le danger était au-dessus d'eux. C'était une dizaine d'hommes mortzivres, des bons-rien armés de fisils qui galopaient sur le pont conduisant au camp de Mom'zelle Grand-Doigt.

La traiteuse, sortie de son habitation à tout courant, avait retardé cette compagnie de braillards excités aussi longtemps qu'elle avait pu. Comme elle avait beaucoup de nerfs, elle avait même commencé à leur faire réciter un psaume pour qu'ils soient en règle avec le Bon Djeu « avant de commencer à tout capoter dans l'habitation sacrée d'une contrôleuse des esprits ».

Certains de la milice avaient déjà mis un genou en terre pour pas contrarier les mauvaises ondes de la lanceuse de Tatailles, mais un brise-nuque du nom de Zaquet-Laverdure a levé sa babiche sur elle pour la ouiper dans le visage. C'disputard-là était de la clique de famille des « Gros Genoux », ceux-là mêmes qu'avaient tourmenté Nonc Rosémond jusqu'à vouloir l'emplumer dans le goudron. C'est dire assez si ce grand brandon, plus grésillant qu'un épi de maïs trempé dans la graisse chaude, avait de mauvaises intentions.

Tout encrèle contre les gens de couleur, il tournait autour de la négrette. Cramponné à la soutadère de son cheval, le vilain bervocheur élevait la poussière sur un rayon d'au moins dix pieds et parlait haut, un vrai braillard, il déblatérait comme ça : « Faut les Noirs restent en arrière des affaires des Blancs et que ce monde-là, la nigraille, y a que le whip ils connaissent. » Alors, Mom'zelle Grand-Doigt a posé ses poings sur ses hanches. Elle a laissé les sacrés maudits ravets fouiller toute la place, même sonder chaque tale d'éronces. Un lapin, une armadille auraient même pas su où cacher leurs petits. Pis quand ces fous furieux sont arrivés devant l'étable où Mom'zelle Grand-Doigt savait ils allaient trouver le grand bronque, elle s'a mordu les joues et s'a mise à couler sur place.

Après, quand même les enragés étaient ressortis bredouilles après avoir fourgaillé dans la grange et gavagné en vain tout son camp, la traiteuse en croyait pas son Dieu possible. Elle est restée sur place, branchée comme un faucon nocturne. Ses œils grands ouverts, elle a regardé les cavaliers s'éloigner à bride abattue. Les jambes de la noiraude tremblaient tellement sous elle qu'elle savait pas si elle allait pas tomber en faillitude. Et même quand la poussière du chemin était retombée sur la racaille, elle avait toujours pas compris le miracle, ni comment Ferraille Crowley s'y était pris pour pousser son étalon dans le fil de la rivière et le faire nager jusqu'au couvert des roseaux sans qu'il bronche.

Bon, mais ce qui comptait, merci, Seigneur, c'est qu'ils étaient sauvés.

Et la bonne vie avait repris son cours.

18

Un aut' jour, Edius Raquin et Farouche Ferraille Crowley s'étaient rejoints pour une partie de pêche. Ils avaient encore mis leurs pieds à rafrédzir dans l'eau du trou rond.

Pour leur bonheur, les deux amis avaient juste besoin d'un coin d'ombre, histoire de pas se brûler au soleil comme des nègres. Pis d'un filet de moonshine pour pas risquer la morosité. Et si l'occasion d'un catfish se présentait, eh bien, ils le cuisaient sur un feu de tourbe et de graminées dont la boucane éloignait les moustiques.

Grâce au vieux Hip, un bétaille qui les avait approchés au point de les faire inséparables, ils tiraient le meilleur parti de la vie. Des heures entières, ils contemplaient le silence. Et l'horloger du ciel veillait sur eux.

Un aut' jeudi encore, un mardi si ça se trouve, Edius Raquin a cligné de l'œil et remonté son bouchon parce que le poisson de vase mordait pas.

Il a dit :

– Avec toutes ces milices, ces enragés qui t'cherchent, encore une chance que tu te sois trouvé en Louisiane, fils. Ici, c'est plein de trous d'eau. Tu peux toujours plonger sous la rivière et respirer avec un roseau. Comme ça, les marais-chercheurs te trouvent pas.

Farouche Ferraille a haussé les épaules. Souvent, pour le décourager de parler, il faisait semblant de pas prêter attention aux mots du cultivateur.

Edius ce coup-ci s'a pas découragé. Il a relancé son bouchon. Il a poursuivi sa jaserie, il a dit :

– L'État de Texas est dangereux, fils. Pis c'est un pays trop gros. Y a trop de sable là-bas. Tout est gros, là-bas. Les polices, les revolvers, ceux qui les tiennent et même les moustiques...

Farouche Ferraille Crowley a chassé la fumée dans ses yeux. Ça le gênait pour guetter. Toujours, il continuait à guetter. Il a soulevé un peu son chapeau du Midouest. Il a répondu :

– Çà! Au Texas, les maringouins sont énormes. Et la mort rase gratis.

Pop Raquin a taquiné son bouchon. Il a laissé passer l'eau sous leurs pieds. Il a dit :

– Au Texas, ils ont les cow-boys, asteur. Des gars marioles qui ont l'habitude de porter des *ten gallons hats*.

L'autre a pas bougé. Il voyait pas venir le Papy, dans quel coin d'humour il voulait le tirer. Il a juste répondu :

– Ben, mon, j'ai un *ten gallons hat,* comme tu peux voir.

– Ah oui, tiens? Et quo faire? s'est étonné le vieux hypocrite.

Farouche a presque souri. Il a cru que Raquin était un peu en farine. Des fois, après boisson, ça arrivait qu'il était cranque.

Il a rétorqué comme ça, en plaisantant :

– Tu connais ça mieux que moi, pardi! Quand tu mets onze gallons d'eau dans ton chapeau et puis tu le mets sur ta tête, ça conserve ta caboche froide.

– Mais y a un gallon de trop..., a dit le vieux. Ça fait l'eau doit couler?

– Des fois. Si le galure est pas bien serré. Mais ça nettoie les oreilles.

– Tu veux dire, ça ôte le sable?

– Le sable, ouiais. Tout ce que t'as de pas propre.

– Tout de même. C'est rien que du sable dans le Texas, quand même.

Farouche commençait à être fatigué.

– Go ahead! Qu'est-ce que tu veux dire, Pop?

– Que puisque t'es icite avec moi, au fin fond d'une rabasilière de la Louisiane, tu pourrais p't'être bien changer de chapeau. Prendre un plus p'tit galure, hein?... Une maniquette en paille de riz à la place de ton parasol en étoffe de feutre, une coiffure de par chez nous, en quêque sorte, qui t'serait bien utile pour le déguisement... Ça, et couper ta barbe. Personne te reconnaîtrait. Et après, tu serais une personne neuve...

Farouche Ferraille a pas répondu. Il a pris prétexte qu'il faisait un soir rouge et tranquille. Le soleil avait allumé ses chandelles derrière les grands copals. Soi-disant, le grand blond était après guetter son coucher derrière l'épais des futaies, mais sûr qu'il pensait à autre chose.

Alors Edius s'a levé doucement. Il a foutu son camp sans faire de tapin. C'était pas une occasion pour jaser plus.

D'ailleurs, le vieux bougue lui-même avait ses humeurs.

A la maison, tiens, il supportait pas qu'on l'interroge sur ses activités. La veille ou le jour d'avant, n'importe, il s'était choué après Azeline quand la caillette s'était risquée à le moquer de trop aimer la pêche au catfish bleu.

Pour le taquiner encore plus gros, l'effrontée était venue sous son bec le renifler :

– Sentirais-tu pas le tabac refroidi, Dad? elle avait demandé. Ou même la chique?

Edius était monté sur ses grands chevaux :

– Oh, tite fille! Sûrement pas! Mais... rappelle-toi, mon cher bébé!... Demande à ta mère, à Tante Nadée, à tout plein de gens! En 62, j'étais gamin, j'ai fait un wish, et c'est plus de trente ans que j'ai pas roulé une cigarette! Exactement depuis que ce fumier de général Butler est venu s'essuyer les pieds devant la maison!

– Justement, quand je t'ai approché hier soir, ça puyait si terrible le camp retranché dans ton haleine que j'ai eu l'impression de croiser une compagnie de vétérans du « Yankee Pelters » après six mois de campagne. Et je me suis dit comme ça : « Tiens! La guerre civile est terminée! Daddy vient de signer l'armistice avec le Nord! »

Sitôt, le vieux bougue avait fait mine de lui valser une tatouille. Il l'avait renvoyée à sa boudinière, voir si par chance il se trouvait pas à la cuisinerie. La petite s'était remise à bourrer la tripe dans la corne de bœuf servant à la confection de la charcuterie et s'était bien gardée d'aggraver la chamaille. C'est que depuis qu'elle avait percé le segret de son Poupa, elle courait, première au rendez-vous, se mettre le nez à plat ventre dans les herbes pour aller contempler son futur.

Par ses manières d'homme traqué, Farouche Ferraille lui paraissait toujours aussi inquiétant, mais il était le garçon le plus séduisant qu'elle eût jamais vu. P't'être bien un peu âgé pour elle, ça la faisait rire un brin. La peau du cou était tannée.

Elle lui donnait bien quarante ans.

Une fois, elle l'avait surpris quand il lavait son corps dans l'eau de la fontaine. Celle qui prend sa source dans le renforcement du bois et qui fait une musique douce.

Ses joues de jeune fille étaient restées allumées comme des lanternes parce qu'elle avait découvert sa racine d'homme, pas plus différente que celle d'un enfant quand il se lave. Elle était toute retournée d'avoir lu si profond en lui sans qu'il le sache ni rien. Et le moment d'après, sa mauvaise conscience s'était transformée en confusion quand le grand blond en costume du premier jour s'était viré dans sa direction pour regagner son camp.

Il était passé si près d'elle qu'elle aurait pu le toucher. Comme la première fois, il avait l'air méfié du moindre bruit. Il s'était immobilisé en passant à sa hauteur. Il sondait les broussailles, prêt à porter la main sur son arme. Vraiment, il avait tout l'air de la fixer. Ses yeux blancs s'étaient gravés sur elle.

Elle avait fait comme les lièvres pour pas se faire tuer par le chasseur. Elle avait regardé ailleurs. Elle s'était mordu les lèvres jusqu'au sang. Mais sure enough, elle avait pas respiré tout le temps qu'il inspectait.

19

Encore une semaine ou deux plus tard, Edius Raquin était assis avec sa ligne au bord du trou rond.

Il s'était posé sur les genoux d'un vieux cype si usé que le tronc ressemblait à un coin de banquette. Farouche Ferraille Crowley se tenait en bas de la pente. Il avait trempé ses pieds à rafrédzir. C'était son habitude pour se sentir bien. Il s'était planté une herbe au coin de la bouche. La pêche l'intéressait plus guère.

La chaleur, ce jour-là, était restée sur le sol malgré l'heure tardive, et, chacun de son côté, les deux amis jonglaient avec leurs idées. Ils se parlaient seulement pour le moonshine et le nécessaire.

Le vieux Hip qui était venu partager leur paresse apparente était gonfle. Il prétendait dormir, la tête entre ses pattes, mais ses nœils gigouillaient vers le haut pour suivre l'approche dans les airs d'une société de frappe-d'abord, des moustiques énervés, avec des dards féroces. C'était un temps vilain avec de nouvelles promesses d'oragans, tous les bétailles étaient dehors, avaient mauvais caractère et s'en prenaient au vaillant monde.

Crowley était d'humeur ennuyante. Il avait retiré son chapeau. Souventes fois, il passait sa main sur ses joues. Il s'énervait pour un rien. Trouvait les heures passaient pas.

– Si encore t'avais seulement rasé ta barbe, finit par grommeler Edius. J't'aurais emmené dans mon habitation. J't'aurais donné des affaires propres. J't'aurais même présenté ma fille. Tiens, voilà! Ma propre fille! Mais non! Au lieu de changer de figure, tu préfères ressembler à un voleur de poules!

Ferraille a relevé la tête dans sa direction. L'idée lui a tiré un sourire.

– Ah? il a dit en malice. Tu m'aurais donné ta fille en mariage, Pop? T'aurais fait ça pour moi?

– Possiblement. Si t'avais enterré ton revolver, fils. Si t'étais venu rabourer la terre.

Farouche Ferraille Crowley s'est retourné. Il a hoché la tête en amertume :

– Cultivateur! Excuse-moi, Pop. J'crois pas ce soit envisageable pour l'instant.

– Quo faire pas?

– P't'être tu t'es rendu compte, vieux, j'ai une odeur comme un gibier. Un mois, deux mois passeront, pis les chasseurs de prime seront de nouveau après moi. Toujours ils finissent par remonter la piste.

– Tonnerre m'écrase! Fous tout ça de côté! Arrête de rouler de place en place et demeure avec nous!

– Tu me proposes une vie pour laquelle je suis pas fait.

– Morfondieu! Si t'aimes pas assez la terre grassée pour la travailler, personne t'oblige! Au moins, y t'reste la vastitude pour chasser! Tu peux piéger... Là! Et là! Et là-bas! T'as la savane, les bois, les levées de terre! Tu peux battre les mèches et les cyprières en compagnie du vieux Hip! C'est un taïaut, il a l'air croche, mais y a pas meilleur bétaille pour le flair. Y te f'ra tirer des siffleurs, des chipaux, des dos-gris, des rats des bois, c'que tu veux... et même les écureuils! Fais ça un an ou deux! T'as l'temps!... Tu seras oublié des polices!... Et j'te donnerai ma fille.

Farouche Ferraille a hoché la tête encore. Il avait l'air afouli après un tel langage. On ne lui avait jamais tendu la main, à part pour le faire tomber. Avec un geste perdu, il essayait d'expliquer son impuissance à parler. Ses avant-bras retombaient le long de son corps.

Soudain, il s'a gratté derrière la nuque :

– Mais, vieux! Vieux!..., il cherchait à comprendre, pourquoi tu veux faire ça?

– Oh, boy, parce que c'est écrit dans ma tête, s'ostinait Edius Raquin. Parce qu'un jour, j'bâtirai la grande habitation dont j't'ai parlé. Et que chaque chose qu'est là, dans le bois, elle a un devoir à faire. Elle est destinée pour une cause. Et toi, fiston, premier servi, t'es destiné! Moi je dis qu' t'es destiné envers nouzautres...

20

Le lendemain, le jour d'après, un autre, tout le terrain que le vieux bougue croyait avoir gagné sur la morosité de son compagnon était comme une savane en friche.

Farouche Ferraille Crowley trempait toujours ses pieds à rafrédzir dans le trou rond mais la mélancolie l'embrunissait chaque fois davantage. Il restait planté des heures sans jaser. Il chacotait une tite branche, parfois faisait rien. Même un drink, il s'en foutait. Et plus souvent qu'à son heure, le vieux Pop Raquin avait l'impression de l'ennuyer avec sa présence.

Une fois tout de même, il était arrivé à sortir son ami des profondeurs de ce grand puits de découragement dans lequel il le voyait sombrer à vue d'œil.

Il l'avait entraîné au bord de la rivière, près d'un filet d'eau grise où il savait qu'on pouvait honorer ce joli bétaille à pinces mordantes appelé l'écrevisse par chez nous, en autres termes anglais : « crawdad » dans les Arkansas, « mudbug » chez les Yankis, et « crayfish » chez les savants.

Tous deux étaient entrés dans l'eau et commençaient à s'amuser ainsi que des gamins, pataugeant les pieds à la trempe et la tête ornée d'un sourire éclatant.

Au bout d'un moment, le vieux bougre s'était écarté vers une rive.

Excité par sa pêche, il marchait sur un fond vaseux sans penser à la bravoure légendaire des écrevisses lorsqu'il jeta un cri amer, le gros pouce du pied mordu par une « ta-taille » bien caparaçonnée. Et pas besoin de rappeler l'histoire de la plus illustre de ces bestioles, qui, voyant arriver sur elle une locomotive lancée à vive allure, préféra vaillamment lever ses pinces et s'attaquer au train plutôt que d'envisager la fuite. Ce qui compte véritablement, c'est que dans la fraction de seconde qui suivit l'exclamation de douleur lancée par Edius dans le dos de Ferraille, ce dernier ait fait volte-face comme un démon en dégainant son arme.

Ployé sur ses jambes, les deux bras tendus vers l'avant pour assurer l'équilibre de son tir, le bandit semblait avoir obéi à un instinct de préservation proche de la folie meurtrière. Il était prêt à faire feu sur un ennemi invisible. Son regard réduit à deux fentes cherchait la cible derrière la silhouette de Pop Raquin.

Ce dernier, frappé de stupeur en découvrant une attitude hors du commun chez un être qu'il croyait avoir suffisamment approché pour le bien connaître, s'essuya le front du revers de la main avant de céder au retour de postillons d'un rire sec et nerveux.

– Hey, boy! s'étrangla-t-il dans sa gorge, range ta pétoire, tes explosifs! La guerre avec les Chérokis aura pas lieu!

Il se pencha dans l'eau pour ramener l'écrevisse et la brandit en l'air. Pour moquer mieux le grand blond, il gloussa même entre l'absence de ses dents :

– Tu vois? Tout l'monde a des ennemis! Même moi, je les nomme!

L'autre était pas de cette humeur-là. Il est remonté sur l'écore du bayou et, une fois ses bottes enfilées, n'a plus quitté des yeux la profondeur du bois. Il sondait l'arrière des cypes comme si quelqu'un se tenait en embuscade derrière le foliage. Même, il était agité par un tremblement musculaire qui l'obligea à croiser ses bras sous ses aisselles.

Dans sa fièvre folle, le grand diable murmurait entre soi-même :

– Ni tranquillité, ni paix pour moi... Je ne me rendormirai jamais !

En voyant combien il était terrassé, Pop Raquin l'avait rejoint à la hâte. Il essaya une fois de plus de lui parler raisonnable.

– Si l'mauvais coyote auquel tu penses avait dû arriver jusqu'à toi, fils – sûr qu'y a longtemps que ce serait fait...

– Ne crois pas cela, Pop, dit Farouche Ferraille Crowley en passant sa main tremblante devant la caverne de ses yeux. Celui auquel je pense ne m'a pas quitté depuis Tucson. Au bout de mon sommeil, à la tombée du jour, il surgira. Il est en route. Il vient. Il est proche de l'endroit où je l'attends le moins. Son ombre me gouverne. Sa présence obscurcit jusqu'au regard de mes amis...

– Un homme comme cil-là dont tu parles ne peut pas exister, fils.

– Il existe ! dit Farouche en se jetant sur ses genoux. Et depuis trop longtemps déjà il boit l'amertume de ne pas me retrouver !

Il pencha soudain son visage halluciné à la rencontre du miroir de l'eau. Ses yeux dansaient sur l'étincelant de la rivière, éclairés comme s'il avait laissé échapper une lanterne au fond du courant. Presque il claquait des dents.

– Il est celui qui me cherche, abdiqua-t-il sourdement. Il est le berger qui me pousse devant lui. Il me rattrapera parce qu'il est de ma race. Parce qu'il est mon accomplissement. Parce que nous sommes soudés l'un à l'autre et que Dieu a lâché sur nous l'ardeur d'une même colère.

– Un homme comme le tien ne peut pas exister, fils, répéta fermement Edius en s'emparant des poignets de Farouche pour les empêcher de trembler.

– Demande au soleil ! Et demande à la pluie, vieux ! Celui dont je parle est infatigable. Il chevauche entre taillis et clairières. Il prend le chemin du serpent sur les rochers. Il remonte les eaux. Il inspecte le ciel. Il se lève, il vide ses tripes, il plante son bivouac en pensant à moi. Et son esprit obsédé par ma mort divague jusqu'à la limite extrême de ses forces !

Echappant à la poigne de Raquin, le grand blond se jeta dans les herbes. Après avoir plaqué son oreille contre le sol pour s'assurer que nul cavalier n'approchait, il se redressa.

Toujours, il tremblait.

– Tu crois que je vois le danger partout où il n'existe pas ? interrogea-t-il le dos obstinément tourné. Hein ? C'est ça ? Tu crois que je l'invente ?

– Non, non, lui répondit Edius, avec dans la voix une certitude moqueuse. Le danger est partout, fils. Tiens, par exemple, il y avait aussi un ou deux petits serpents d'eau dans la rivière où nous étions. Mais ils ne mangent guère qu'une demi-grenouille tous les deux jours.

Le regard de Crowley dériva lentement sur le vieux cocrodie et il détesta le sourire innocent qu'il lut sur son visage.

Edius juta un trait de salive devant lui.

– Mon, j'crois rien n'est à craindre, mon beau, dit-il en essuyant ses lèvres avec le dos de sa main. A part ta crainte.

Crowley se mit en marche, l'air furieux.

– Garde ton amitié, sacré couillon, vilain piège à rats ! bougonna-t-il en se détournant d'Edius qui s'acharnait à le suivre.

– Hey ! Hop ! Aïe ! Comme tu galopes ! Comme tu voyages ! gueulait le vieux Cajun en courant sur ses mollets plus grêles que ceux d'une vire-vire des marécages.

Il était essoufflé malgré toute sa vaillantise.

– Fils de putain! il a fini par ânonner, si tu veux prober la différence d'âge... qui s' fait entre un vieux faiseur de foin et un jeune homme bien corporé... fier de sa force... pas besoin d'être maître d'école pour désigner le winner! C'est toi qui vas gagner!

Trois pas pour un et sa main pour tenir son chapeau, il galopait quand même derrière le grand bandit Crowley.

– Qui tu veux? demanda ce dernier sans s'arrêter. Mais qui tu veux, à la fin?

Il était hors de lui-même.

Edius s'éleva à sa hauteur :

– Ecoute, j'vas te dire quoi. J' comprends bien que tu sois comme un poisson d'eau salée qui peut pas vivre en eau douce. Mais si tu vas te lever et partir d'ici, tu vas marcher jusqu'à la fin du monde.

Le grand bandit Crowley serra ses mâchoires. Il accéléra encore la longueur de ses pas. Cette fois, il s'était mis à courir.

– Ces temps-ci, I guess, nous avons des siècles de retard avec une bonne cuite, s'entêtait le vieux agriculturiste en s'efforçant de refaire le terrain perdu.

Farouche Ferraille Crowley le prit à la sourdine : il s'arrêta net.

– Lâche-toi au Djiable, vieux fou! Et garde ta cuite! jeta-t-il hargneusement. Ta chanson du cœur m'affaiblit chaque jour davantage. Je ne la supporte plus!

Le vieux-t-homme Raquin recula jusqu'au biais d'un arbre. P't'être il avait besoin d'un soutien.

– Sûr ça fait chagrin quand tu dis ça, fils, murmura-t-il avec une fissure d'émotion dans la voix. Et possible que ma compagnie de moulin à sirop suffise pas à l'apaisement de ton âme!

– J' préférerais être en enfer plutôt que là où *vous* êtes.

– Tu te conduis pas comme y faut, fils.

– Ça m'est égal. J'ai une grande affinité pour le mal.

– Même si t'es empli de vilaines manières et bourré de mauditerie, j'veux croire c'est plutôt ton humeur qui s'abîme. Déjà, elle te conduit vers des jours affreux!

L'autre ne répondit pas.

Il était sur le point de s'éloigner comme s'il avait le vent avec lui.

– Hey, une chose encore, garçon! a dit Edius en l'escouant par le pan de son gilet pour l'empêcher de partir. J'apprécierais beaucoup si tu me faisais connaître le nom du malpris qui fait de ta vie une pareille désolation.

– Palestine Northwood, a dit vitement Farouche Ferraille Crowley.

Après trois enjambées, il s'est retourné, gris sous les zieux, défriché, la mine affreuse.

– Je crois bien il tire plus vite que moi.

21

L'homme était long, d'une ossature puissante, mais paraissait raccourci par la fatalité de son infirmité. Il était croche. Bossu, si l'on préfère. Et se tenait à cheval avec une si curieuse assiette que les enfants lui lançaient souvent des pierres au creux des reins, croyant qu'il était ivre.

Natif de Nantucket, frère de tous les marins, à quinze ans à peine, Northwood avait suivi l'apprentissage de ceux qui depuis des siècles s'attellent au plus étrange, au plus grandiose combat qui jamais opposât l'homme à l'animal. Le regard halluciné, il avait été de ceux, un homme de la baleine, qui comme Jonas ou le capitaine Achab ont vécu dans l'intimité des troupeaux de grands cétacés bleus.

Dans les premières années de la chasse, du cap de Bonne-Espérance aux îles Marshall, des Marquises aux Aléoutiennes, Palestine Northwood avait sillonné toutes les mers du globe.

Le novice avait hissé misaine et grand-voile. Brigantine et cacatois. Hunier, trinquette, perruche et perroquet de fougue. Il s'était aguerri à mâchouiller une maigre pitance faite de viande séchée, de biscuits rassis, de riz charançonné et de haricots rouges. Il avait appris à se taire, à se battre et à s'accommoder des cafards que le climat glacial du cap Horn semblait endormir alors que la tiédeur du Pacifique les réveillait plus nombreux que jamais.

Il avait fait escale à Swain et à Gardner, à Chase et à Coffin. Il avait baigné son corps endolori dans les eaux phosphorescentes et chaudes des atolls de Polynésie. Il avait déserté à dix-huit ans son bateau, un trois-mâts carré, le *Holy Hope,* Captain Fix, lors d'une escale aux îles Sandwich. Pendant presque six mois, par vingt degrés de latitude nord et cent cinquante-sept degrés de longitude ouest, il s'était pris d'amour fou pour une indigène, la belle Nouka-Hiva, que la variole avait emportée. Il avait été retrouvé dans un bar d'Honolulu, au printemps suivant, par le maître d'équipage Kérampon. L'âme damnée du Captain Fix l'avait rembarqué de force sur le *Holy Hope.* Ils étaient repartis sur le chemin de mille tempêtes. Ils avaient échappé de justesse durant l'été 71 aux tenailles des glaces polaires lorsqu'elles se refermèrent sur la flotte baleinière du détroit de Béring.

En ce temps-là, comment dire? le bruit de la mer couvrait le vol des années.

Pendant des nuits interminables, Palestine avait connu la voix des vents hurlants succédant à l'attrait des mers ouvertes et à la haine des rats au fond de la cale. Il avait également vécu pendant des semaines entières, ballotté par la tempête, dans le réduit du gaillard d'avant, un endroit si humide, si sombre et si pestilentiel que la vermine y grouillait plus que sur aucun autre navire, attirée par l'huile et le sang des baleines.

Avec ses compagnons de bord, Suédois ou Irlandais, Basques et Portos, réduits à l'état de bétail, il avait haï ses officiers, côtoyé des fils de famille fourvoyés sur la mer et joué du couteau contre des vauriens, afin de protéger sa paillasse si elle était plus sèche que la leur.

Avec ce salaud de Timothy Houssey, natif de New Bedford, il avait appris à aiguiser la pointe des harpons, à ramer sur la baleinière sans se retourner et à fumer six kilos de tabac par an dans sa pipe.

Avec une poignée de Mélanésiens déracinés que le capitaine Jonathan Fix avait affublés de noms tels que Slim, Jack ou Sam, il avait fait six campagnes et la dernière avait duré quatre ans.

Avec une fierté sans pareille, il était surtout devenu harponneur.

Les harponneurs sont des gens importants. De leur adresse dépend le sort de la campagne. Or, il se trouve que dès que Jonathan Fix (qui détestait le matelot Palestine mais, mystérieusement, l'enrôlait dans son équipage depuis plus de quinze ans) eut confié au marin ce poste prépondérant, il s'aperçut qu'aussi loin qu'il remontât dans le cours de sa longue vie de patron de pêche, personne n'avait encore jamais lancé le *temple toggle iron* avec une main aussi sûre.

Propulsé par les muscles secs de Northwood, le fer acéré de ce harpon à tête basculante inventé par un petit barbier de Dartmouth filait vers le cachalot avec une précision et une vélocité telles que ses barbes, profondément incrustées dans la chair de l'animal, ne lui laissaient aucune chance d'en réchapper.

– Baleine au vent! A nous! Hourra! Hourra!

Dès que la vigie avait repéré la baleine, Palestine Northwood s'avançait vers le bastingage.

– Souffle, là... Elle souffle!

La longue silhouette droite du harponneur se dressait au-dessus des épaules de ses équipiers. Un calme étrange habitait tout son corps. Ses yeux gris posés sur l'horizon, il cherchait à déchiffrer l'énigme des vagues.

Le guetteur dans la hune criait encore :

– Saute, là... Elle sau-au-aute!

– A vos pirogues, enfants! cirait le capitaine Fix.

On lançait les baleinières à l'eau. Des bateaux de neuf mètres sur deux, capable de courir sur la crête des vagues et de transporter six hommes dont un officier pour diriger la manœuvre.

– Sonde là... Elle son-on-onde!

La baleine venait de plonger.

Dos au monstre chimérique, respectant la consigne de ne pas se retourner, les rameurs entamaient la poursuite. Palestine Northwood se tenait à la proue de l'embarcation. Mains levées, il glissait au-devant de l'animal, regardait apparaître son front blanchi d'écume et rehaussé d'une tiare de bernacles. Fasciné par la proximité de son corps de « grande vache marine », le harponneur s'avançait au-devant de son sourire menaçant, de ses lèvres tordues.

Soixante-dix tonnes! Elle était là, sa belle amoureuse!

Caressant les vagues, couleur suaire, semblable à une terre mouvante, d'un élan des nageoires elle faisait sauter le couvercle de l'océan vers le ciel.

Une joie sans pareille faisait battre les tempes de Palestine Northwood. Il interpellait sa fiancée des profondeurs : « Salut, ô ma Mieux-Aimée! » Et la follie d'une chanson de marins français montait à ses lèvres :

Nous irons à Valparaiso!
Haul away!
Hé! Oula tchalez!
Où d'autr' y laisseront leurs os!
Hal' matelot!
Hé! Ho! Hiss' hé! Ho!

Au seuil d'un horrible gouffre qui se creusait sous lui, il se sentait devenir plus grand que jamais, plus fort que l'océan qui gronde et plus invulnérable que le rorqual bleu qu'il allait affronter. Il jetait sa lance vers l'abîme infini de la panse huileuse. Plus près du cœur et des poumons. Là où les artères se rejoignent. C'est là qu'il avait piqué. Au centre de « l'endroit de vie ».

Exactement.

Et de ce côté-ci de la mer, Palestine Northwood devenait Dieu Tout-Puissant. C'est lui qui repeignait les vagues avec le sang des cachalots.

Pendant trois années encore, qu'elles fussent grises, bleues ou de Biscaye, il affronta plus de baleines que n'importe quel autre harponneur. On aurait juré que sacrifiant à un rite qui voulait que deux forces s'opposent, l'une accourue de la terre et l'autre surgie des entrailles de l'océan, Dieu envoyait au-devant du harponneur des jouteurs de plus en plus féroces.

Quand l'issue du combat avait une fois de plus donné raison à l'homme sur l'animal et que, tête vers la poupe, amarrée par des cordes, la monstrueuse prise était disposée le long de la coque du navire, Palestine Northwood s'avançait sur le « chaffaud » pour saluer sa dépouille. Depuis la plate-forme de découpage, avant que les écorcheurs ne travaillent avec leurs tranchoirs et leurs pelles coupantes à long manche, il observait un long silence recueilli.

Et puis un jour où la poursuite avait été longue, ce fut la baleine qui triompha.

D'un élan de son épine dorsale, en pleine majesté de sa puissance, une femelle de cent vingt tonnes porta sur son dos la baleinière et les hommes. Haut dans l'air, elle catapulta l'épave démantelée. Imaginez cet insaisissable éclair du temps, les jets furieux de l'animal blessé, les hampes des harpons sautillant à l'oblique, les rameurs, bras déployés dans le ciel orageux, et le bond fantastique de la baleine retombant dans une gerbe d'écume rouge.

A part un baquet à lignes à demi vide et la proue de l'embarcation restée intacte, la mer avait tout avalé. L'équipage et la baleine. Seul elle épargna Palestine Northwood, mais il resta escarcassé dans l'eau glaciale avant qu'un autre navire de la flotte le trouvât, crampé après trois planches vaillantes, qui avaient constitué l'avant de sa barque.

Quand on le hissa, il était croche. Tordu pour de bon. Jamais plus navigua.

Et bossu, il resta. Bossu et méchant.

Ainsi était Palestine Northwood qui poursuivait Farouche Ferraille Crowley sur la terre.

22

Une de ces foutues fins de journée maussades, comme Farouche avait trop bu, il s'a dressé sur la pente du trou rond et il a sorti sa racine entre ses doigts pour faire de l'eau. Tout en faisant wee-wee sur les catfish, les yeux mauvais, il s'en a pris au vieux.

– Qui tu crois de ça, mon cher? il a dit à Edius. Ton projet de m'amarrer avec ta fille est croyable, mais bien formidable aussi.

Pop Raquin a plissé les yeux sur l'outlaw pendant qu'il remontait ses pans.

– Répète un peu ça, s'il te plaît, il a demandé avec une nuance de colère rentrée. Pour bien dire, Farouche, t'as l'air de coire que je t'ai menti?

Crowley s'est approché du cultivateur. Il avait une mauvaise bouche, pas dans le sens de son visage. Il a dit comme ça :

– A force d'être seul, j'ai commencé à jongler, Pop... Une idée qui me revient souvent. Tout c'que tu m'racontes, c'est p't'être juste des charades.

Le menton d'Edius a pris des proportions notables sous son nez. Preuve qu'il bisquait sous l'outrage.

– Qu'est-ce tu veux dire, Ferraille?

– Ta fille. T'en as p't'être pas, mon cher. Ou alors, c'est un rêve.

– J'en ai une awright. C'est la plus belle guêpe d'icite. La plus fine de taille. Et la plus hardie en paroles.

– Alors tout va bien.

– Non. Alors tout va mal. Elle veut pas regarder les hommes comme toi.

Le grand bandit du Texas s'est éclaté de rire sous le nez du vieux Cadjin. Alors Edius s'a levé vitement sur ses mollets de kildi. Il était vexé, forcément. Il a dit, très chocatif :

– J'crois bien que j'vais gone, pour aujourd'hui.

Il a ramassé le fil de sa ligne, l'a bobiné en travers d'une petite branche à deux fourches et a rajouté :

– Il faut bien j' retourne voir ma chère femme si j' veux pas l'affliger. Elle comprend pas si je la néglige.

Il disait ça manière d'asticoter l'autre.

Farouche Ferraille a craché son cigarillo éteint dans l'eau du marais rond. Il a retiré ses pieds de la flotte, enfilé ses bottes. Il a répondu :

– Fume encore une petite cigarette, vieux. Et je te dirai quêque choge.

Pop Raquin a froissé les pliures de son front.

– À condition de pas avoir à la rouler, il a répondu avec l'air ennuyé.

Il pensait à son wish en rapport avec ce fumier de général Butler, un serment plus qu'à moitié parjuré par la faute de son amitié stérile avec un pilleur de banques. Son regard a dérivé sur la construction des nuages.

– D'ici demain, il va mouiller, il a annoncé pour s' revenger. Après ce refroidissement de la terre, ça pourrait bien être l'automne.

Les yeux de Farouche Ferraille l'ont rejoint sur le carré de ciel noir. Une volée de canards-chevaux s'avançait vers le sud. Farouche a fait plier plusieurs fois son bras. Il a tiré de sa poche sa bourse à tabac.

Il a dit :

– Après les derniers orages, j' veux ride away. J'veux pas rester ankylosé dans un fond humide comme ici.

Pop Raquin s'est dressé sur ses pattes. Il était manière contrarié :

– Si tu sors le nez de ce platain, fils, t'es graissé comme un flingot ! Tu vas repartir dans tes tuages ! Et ça finira mal.

– C'est mon cheval bronque qui me fait chagrin, Pop. A force de pas courir, c'est une braise qui s'éteint. Pis il coûte trop cher d'ennuis à Mom'zelle Grand-Doigt.

– C'est pas la vérité, ça ! C'est pas la vérité qu'tu m'dis là !

– La vérité ? dit Crowley. C'est que j'y peux rien. Je suis foncièrement mauvais. C'est ça ma pente. Alors je veux gone avant de commettre l'irréparable.

Le vieux l'a fixé dans ses yeux blancs :

– Des bêtiseries ? T'as des bêtiseries derrière la tête ? il a demandé.

Farouche lui a tendu sa cigarette.

– P't'être plus qu'tu crois. Et avec vouzautres, ça m'plairait pas.

Edius a baissé sa tête. Il a dit, fataliste :

– La vie, c'est un jeu d'ombres et de lumières. Quand je t'ai vu t'arrêter au fond de ce platain, j'ai pensé : « Une main lave l'autre. » Si j'reste avec lui, ce gars-là va se r'dresser. Sûr que j'm'étais trompé.

Il n'a pas pris la cigarette que l'autre lui tendait. Il a reviré sur ses talons et s'est éloigné tout de suite. Il avait une mèche de rancœur allumée au fond de lui. Une difficulté à respirer comme si un gros lutteur de la baraque de foire à Mamou s'était assis sur ses poumons.

Farouche Ferraille ne l'a pas retenu. Il a baissé la tête dans ses épaules qui remontaient.

Il a craché dans le marais rond.

23

A la lune nouvelle, la saison avait commencé à tourner. L'air était plus humide sur l'étendue de la prairie molle. Mais Farouche Ferraille avait toujours pas ride away.

On s'était avancé aux portes de l'automne. Un vol d'oies farouches s'était abattu sur le marais rond. Les deux hommes avaient cessé de se fréquenter. Edius ne venait plus chaque après-midi se radiller au soleil ni partager en bonne ordonnance ses heures de compagnonnage au bord de l'eau.

Plus de moonshine, plus de tabac. Plus de jaserie. Plus de bamboche.

Désemparé par ces moments inhabités, Farouche Ferraille remettait ses enjambées dans celles du vieux. Il refaisait son parcours jusqu'à la ligne du sentier, s'immobilisait là où apparaissait d'habitude le rebond de son chapeau de paille, guettait au-dessus des herbes. Ou bien, comme le chien revient à son vomissement, devenait assez sot pour retourner sur les lieux de leurs temps heureux.

Il s'affalait au bord de la mèche, ôtait ses bottes et mettait ses pieds à rafrédzir. Autrement, c'était pire, il errait jusqu'à la pirogue, s'assoyait sur l'écore du bayou et tirait des caniques de boue séchée dans l'eau. Et s'il garrochait pas, il marchait droit devant lui. C'est ça, il comptait ses pas à rien faire.

Un jour, il avait même oublié d'aller feed son étalon. Il ne portait plus ses éperons. Ça ne l'empêchait pas de guetter, mais il portait plus ses racatchas, p't'être il était trop sédentaire.

Il restait seul, le soir à la brune, faisait son feu, naviguait loin sur les étoiles et passait son temps à vider le ciel avec un baril défoncé.

Parfois, il marchait jusqu'au renforcement du bois où Azeline venait se cacher chaque après-midi. Il restait debout comme un poteau-fanal, planté devant la futaie dont les érables s'empourpraient. Il inspectait le sombre. Jamais il ne s'aventurait plus loin que la première ligne d'arbres.

Jusqu'à cette nuit plus fraîche où, en trois enjambées, il gagna le couvert et se coucha sur le nid qu'avait creusé le corps de la petite Azeline.

Enroulé dans sa couverture, le grand Farouche s'était mis à claquer des dents. Il tremblait d'avoir peur de rester. Il était malade de sa sauvagerie. Il était seul.

Vraiment lonely.

24

De l'autre côté, chez les Raquin, c'était des temps mêlés de violence.

A la piquette du jour, Edius partait aux champs avec son bœuf Dos-Blanc et accomplissait quoi c'était son ouvrage du moment. Il trichait pas avec sa terre. La grafignait pareil qu'avant d'avoir rencontré le grand bandit Crowley. Piochait, récoltait, rentrait le maïs pour faire le couche-couche.

Avec tout l'entêtement dont il était capable, le vieux cultivateur avait décidé de retourner à sa maîtresse délaissée. A la terre, qu'il n'avait jamais cessé d'aimer. Pour le lui prouver, il lui faisait une grande célébration de travail. Il halait en quelques heures la totalité de son ouvrage, crevait son corps dans des efforts répétés, préférait consumer sa chair et sa peau à la tâche plutôt que de repenser un seul instant à son amitié déçue. Il s'acharnait donc, courbé, têtu, bouseux, repassait dans les rangs de maïs, s'enfonçait dans le sol avec toute la volonté qui va, dévouait ses forces au gigantesque accouchement de la terre. Mais si fort qu'était l'orgueil de sa résolution, jamais le solde du contentement de soi n'était au rendez-vous.

Parfois, il épongeait son front trempé de sueur d'un revers de son mouchenez à carreaux. Achalé, il se laissait tomber au coin d'un buisson. Le livre de ses mains ouvert devant lui, il cherchait à en déchiffrer le sens. Il appuyait avec son pouce sur ses paumes talées par le manche de la fourche, prenait doucement des allées de douleur entre les cales. Et puis s'arrêtait de bouger. Morfondieu, explorait le vague, cherchait à comprendre. Se demandait pourquoi Djiable il fallait aller si haut pour capter une infime parcelle de bonheur.

En de telles dispositions, son esprit obsédé divaguait jusqu'au crépuscule. Ni tranquillité, ni paix. La réserve de son insatisfaction était inépuisable. Edius aurait pourtant dû savoir que la peine ne germe pas du sol. Que c'est nous qui engendrons la peine. En décidant de ne plus porter ses pas du côté du trou rond, d'assoiffer le grand blond avec la solitude, c'est à lui-même qu'il imposait une épreuve. Et si l'autre était plus tough que lui, si tout simplement son engagement d'amitié était moins fort que le sien, rien ne disait qu'asteur l'outlaw n'avait pas repris son errance.

C'était compter sans le mystère des êtres.

Farouche Ferraille Crowley était resté vissé au fond du platain. Ses cils n'étaient pas recouverts par la poudre des chemins, ni blanchie par l'écume la bouche de son grand bronque. Pas d'arme au bout du poing, pas de jug au plombeau, pas de passages de gués. Au fond d'un obscur défilé, l'homme aux yeux d'ardoise ne cheminait pas sans force devant qui le chassait.

Au contraire, Crowley-la-légende s'était installé dans des habitudes de swamper, menant la vie rude des coureurs de bois. Il entretenait son linge. Il racmodait ses hardes. Il chassait pour manger.

Comme son désir de sécurité lui interdisait de tirer le moindre coup de feu, chaque matinée était dévouée au piégeage. De plus en plus souvent, il se nourrissait d'un lapin, parfois d'un écureuil, et le vieux Hip était monté d'un cran dans la clique des importances. Il avait un rôle pour la chasse. Un autre pour la garde.

De temps en temps, Farouche Ferraille grimpait sur un arbre pour vendanger au bout des lianes une sorte de vigne sauvage. Il cueillait des guirlandes de graines de socau blanc, dont il tirait un jus au goût savoureux. Il stockait le raisin ainsi amassé dans un vieux baril récupéré sur une île du bayou et envisageait de laisser fermenter sa récolte pour en faire du vin.

Mais l'élan de la journée ne débutait véritablement qu'avec la discrète arrivée d'Azeline.

Annoncée par la piaillerie des geais, la petite s'acheminait par le couvert. Farouche Ferraille épiait sa robe bleue au travers de l'entremêlement des taillis et des fûts. Par glissements et hasards, il s'évertuait à suivre sa progression prudente. Comme en une série de battements d'aile furtifs qui s'accordaient à la vie secrète des oiseaux, la jeune fille gagnait, par envolées et branchages subits, le nid qu'elle s'était construit.

Dès lors qu'elle avait rejoint son poste d'observation, Farouche Ferraille Crowley accomplissait pour elle la mascarade qu'elle semblait attendre de lui. Cédant aux règles de l'étrange jeu né de leurs relations peu orthodoxes, il s'arrangeait pour ne pas sortir du champ de sa vision. Il lui fallait être suffisamment perspicace pour proposer à sa passagère clandestine l'illusion d'un déroulement habituel de ses activités. Il voyait donc à l'avance l'endroit où il se mettrait à tresser une babiche de cuir à trois brins ou confectionnerait une table destinée à improuver son confort.

Avant que les pluies d'automne ne s'installent, il avait mis à sécher de la mousse espagnole tout au long de son camp, ceinturant les fardoches d'une guirlande de crêpe usé comme des guenilles. La barbe à l'espagnole, décomposée par le temps, prenait l'apparence de longs fils noirs et ourlait la nature d'une lugubre atmosphère. Farouche Ferraille Crowley « tillait » le crin végétal, le nettoyait si l'on préfère, l'épurait, le cardait, l'étirait, ressemblait en tous points à quelque patiente araignée occupée à établir le réseau de sa toile.

Jamais, pendant la succession de ces jours mystérieux, il ne donna à croire à sa ravissante embusquée qu'il avait décelé sa présence. Les jeunes gens entretenaient d'étranges rites. Ainsi, Farouche Ferraille avait pris l'habitude de faire des ablutions devant Azeline. Il se campait non loin de la grotte de verdure où s'allongeait sa presque femme et lui donnait le spectacle de ses muscles noueux, de son corps aguerri, de ses parties génitales.

Ensuite, le torse et les fesses encore luisants de la caresse de l'eau, il faisait mine de rebrousser chemin vers son camp.

Pour peu que la jeune fille remuât imperceptiblement, il lui donnait à revivre l'émotion de la crainte. Il pivotait sur lui-même en dégainant. La divette sursautait, réprimait un cri de terreur. Elle n'avait toujours pas pris l'habitude de son revolver braqué dans la direction de son ventre. Elle s'obligeait à rester coite. Fermait les yeux s'il fallait fuir en elle-même. Ou bien s'obligeait à rouvrir graduellement les paupières. Elle voyait alors Farouche revenir avec lenteur et gravité sur ses pas. Il donnait l'impression de revivre un cauchemar. De célébrer une fois de plus la liturgie d'une rencontre virtuelle et sans cesse différée.

Il s'immobilisait devant l'écran végétal et le sondait interminablement, allant jusqu'à poser son regard pointu sur l'oiselle apeurée. Elle se laissait traverser par le pouvoir fascinateur de ses yeux. Elle acceptait maintenant de les rencontrer. Sa chair était saisie par un frisson. Elle se sentait comme poussière et cendre. Puis, doucement, il la quittait. Il adoptait l'attitude de celui qui ne l'avait pas vue. C'est cela, il la contemplait, il lui souriait. Mais il ne la distinguait pas. Et longtemps après son départ, les joues d'Azeline restaient rouges comme des moitiés de grenade.

Le temps passant, leur jeu avec l'invisible devint intolérablement mystique.

Un de ces après-midi brûlants où le soleil refuse de céder au déclin de l'été, Farouche Ferraille prolongea sa toilette plus longtemps qu'à l'accoutumée. Comme il se tournait vers elle, Azeline découvrit l'arc de son pénis dressé vers la lumière. La jeune fille n'avait jamais vu sa racine autrement qu'au repos. Le spectacle de cette rudesse ferme et battante aggrava le désordre de ses sens. Partagée entre attirance et répulsion pour ce dard à l'œil cyclope, pour cet emblème de la vie qui se transmet, elle laissa défiler devant le pays de ses pensées des images où la honte le disputait à l'obscénité. Puis, persuadée que c'était elle la pillarde d'une intimité où n'avaient cours ni le cynisme ni l'abjection, elle sentit monter dans l'arceau de son corps une étrange convulsion de sentiments partagés. Ils allaient de la terreur inspirée par la menace de ce marteau de sang noir jusqu'à la fulgurante envie de le mutiler par le manche. A moins, suggéra une folie intérieure dont la maîtrise lui échappait à mesure que s'enfiévrait son esprit, à moins qu'elle ne se contentât de neutraliser la rusticité arrogante de ce vit congestionné en l'enfermant dans la poigne vibrante de sa menotte, dans la chaleur doucereuse de sa bouche. A moins qu'elle ne conduisît son rut au pas qu'elle aurait choisi, menant l'animal dompté par ses stratagèmes jusqu'à la ruelle de son ventre. Jusqu'à la membrane de son tambour. Et qu'à la devanture de son sexe elle l'apitoie par un effleurement, l'y laissant sur le seuil pour reprendre de nouvelles forces. Qu'il se lève. Qu'il s'enorgueillisse à nouveau. Et que l'homme, enfourchant la courbe de ses flancs comme un collier, la déchire. Qu'il la perce. Qu'il refroidisse son fer dans l'abri révélé de sa source.

Azeline était sur le sentier de l'aigle dans les cieux.

Elle ne put refréner l'ondoiement chatoyant d'une chaleur parfaite qui s'appropriait son propre ventre. Elle céda alors à la plus hasardeuse des attitudes, releva sa jupe sur ses cuisses aux imperceptibles duvets et entreprit de se caresser à petits cercles, en promenant au creux de soi les boucles de son doigt qui montre.

C'est ce jour-là que Ferraille s'approcha au plus près d'elle. C'est la première fois qu'il entendit Azeline gémir de plaisir. C'est le lendemain qu'il sortit son coutelas de sa poche.

Face à la grotte de verdure, utilisant le regard de la pucelle comme une glace sans tain, il rasa à grands traits et coupures les broussailles de sa barbe.

Puis, galopant devant lui à toute éreinte, il alla se poster au ras de l'habitation Raquin, près du jardin de roses cultivé par Bazelle. Et un quart d'heure plus tard à peine, il abordait Edius qui rentournait de ses champs.

– Ça me fait trop zire que nous soyons fâchés, dit-il d'une traite au vieux agriculturiste. Et si tu veux encore m'accepter, j'te donnerai le coup de main pour rabourer tes clos.

Au premier coup d'œil, l'aut' sacré sagouin vit que Farouche Ferraille avait déshabillé son visage de tous ses poils. Il connut ainsi qu'il avait partie gagnée dans c't'affaire de bras de fer au bonheur. Il pensa que l'offrande du sang qui avait coulé des joues du brigand était comme un jour de fête.

Mais il ne proféra pas un mot. Il cracha sa salive dans le trou de boue d'une fissure de la route et attendit le temps qu'il fallait pour que le silence paraisse long.

Farouche Ferraille finit par gigouiller sur ses grandes jambes :

– Autant dire j'suis tombé en amour avec ta fille, vieux ! avoua-t-il. Et j'veux bien essayer de rester.

Pop Raquin pointa un regard du côté de son habitation. La cour était déserte. La façade blanchie de l'écurie en partie masquée par la silhouette des lilas-parasols était étincelante comme du sel. De très loin des bruits affaiblis parvenaient aux deux hommes, des sons trop assoupis pour les inquiéter.

– Oh man ! finit par grommeler Edius entre ses dents, j'suis sûr content que t'aies trouvé d'l'eau sur la lune !... Mais si t'es pas assuré de vouloir vivre icite pour la balance de ta vie, ça sert à rien qu' t'aimes ma fille seulement pour deux, trois jours... Elle voudra pas. Et moi non plus.

– Je resterai, promit Farouche.

– Ça suffit pas encore, répliqua Edius.

Il avait ses yeux mauvais, en bouton de culotte.

– Si tu veux marier Azeline, il faut m'prouver d'abord que t'as du foin dans tes bottes !

Comme le grand cow-boy voyait pas où il voulait

en venir, le vieux bougre s'approcha contre lui. Il tapota avec son index près de la poche de gousset de son gilet, là où Farouche serrait la précieuse montre qui ne le quittait jamais.

– Les aut' prétendus qui se sont déclarés, ma femme Bazelle et mon, on leur d'mandait d'avoir du bien ! Toi, tout c'que j'veux, c'est d'la moralité ! J'veux croire t'es fiable, là ! T'as compris ? Alors j'vais t'mettre à l'épreuve, garçon... Tu vas plus reluquer Azeline derrière sa broussaille pendant un mois. Arrêter trente jours toutes vos macaqueries d'après-midi...

– Tu nous as espionnés ?

Le vieux tigre haussa les épaules.

– Fils de putain, j'ai rien forgé ! C'est pas chrétien, tout vot' micmac...

Farouche Ferraille aurait voulu plaider. Au lieu de ça, Edius s'est mis à crier à pleine tête, il possédait plus la force de son langage :

– Tonnerre des dieux ! Tu la r'vois plus ! J'vais l'éloigner, c'est ça j'ai dit ! Et commence pas à m' chacailler, mister Big Shot !

Edius, son sang s'était retiré de son visage. Pour peu, il aurait pris Crowley à la palette, lui aurait allongé une gnole dans la djieule ou bien fendu le biscuit.

Farouche Ferraille était devenu très pâle. D'une seule pâtée de sa large main, il aurait pu écraser le basset tout maigrechin qui lui dictait sa loi.

Mais quoi ? L'homme chéti soutenait son regard blanc. Dieu faisait banquette avec lui. C'étaient eux qui donnaient la chanson.

Le grand blond a détourné la tête en signe de résignation. Il a laissé un moment ses nerfs se mettre en torpeur. Il s'était mis à reluquer par-dessus la barrière encombrée de vrilles de fleurs, du côté de la lumière blanche et tranquille des bâtiments.

On n'apercevait pas âme qui vive. Rien ne bougeait là-bas, hormis des ombres grises et tamisées.

Les yeux de l'outlaw dérivèrent sur les crevasses du chemin. Il avança une botte devant lui et rabota les graviers du sol avec l'arrondi de son talon.

– Nous deux, Pop, c'est déjà une vieille paire, dit-il sans brusquerie à Edius. Je supporterai pas que tu mettes ma parole en doutance.

Sitôt, Raquin sembla refroidir sa bouillotte :

– Si dans un mois, j'en démords pas, t'es encore à vernailler dans le coin avec les mêmes dispositions, on fera une assemblée de famille, I swear. Et si malgré la séparation, l'amour vous est pas sorti du cœur, p't'être bien alors j'vous laisserai faire un pas vers le mariage.

– Comme tu voudras, vieux, finit par capituler Farouche Ferraille Crowley. Ça que j'admets de toi, c'est pour le respect de notre amitchié.

Edius Raquin s'est radouci en virant des talons.

Il a dit :

– Espère, fils. J'viendrai t'voir dans ton camp à mon heure, quand la terre aura bu ma rancune.

Il a piqué son bœuf Dos-Blanc pour qu'il avance dans la lumière. Et Farouche Ferraille Crowley a entamé sa pénitence.

25

La piste tournait deux fois, puis se perdait derrière l'horizon d'un éboulis de pierres mortes.

Palestine Northwood paraissait piqué sur son cheval. Un long manteau d'officier de marine longeait son corps jusqu'à la tige de ses bottes. Son buste était si escrampé qu'il dansait au rythme imprévisible de sa monture.

Soudain, un serpent à sonnette traversa rapidement la route. A la vue du reptile, l'étalon noir broncha. Les deux mains posées à plat sur les rênes, le cavalier oscilla, puis retrouva miraculeusement son équilibre.

Son visage conserva une expression lisse. A part les yeux ouverts, on pouvait croire que l'homme était mort sous la poussière du chemin. Mais il tenait en selle. Il refusait l'apparence de son trépas. C'était sa façon de vivre. Il avançait.

Ses doigts étaient longs et maigres. Ses ongles pâles, glacés par le petit vent du soir. Il s'éloignait comme une ombre pataude, à contre-jour du ciel congestionné par le soleil déclinant.

Au bout de quelques milles, Palestine Northwood se haussa imperceptiblement sur ses étriers. Ses yeux habitués à fouiller l'immensité marine suivirent la trajectoire d'une flèche de poudre rouge courant sur le sol de la vallée. En observant son tourbillon sans cesse renouvelé par le galop des chevaux de traîne, il apprit que la diligence de Mamou se hâtait vers sa proche destination. Il en déduisit qu'à trente milles plus à l'est, en piquant droit sur l'écran de brume qui embuait le début des vallées, il trouverait le territoire de Bayou Nez Piqué, où se perdait dans le dédale des eaux mêlées la trace de celui qu'il cherchait depuis si longtemps.

Palestine Northwood avait repris espoir deux semaines auparavant, en entendant un ancien marron se vanter du grand tirage qui avait eu lieu à Bayou Saint James.

Il avait fait parler la nigraille au sujet de ce « bon djab blond qui protégeait les carbos contre la

Vigilance ». Il avait payé sa rincée de rhum. Les langues s'étaient dénouées. Dans leur *broken french,* les Couleur racontaient les exploits du pistolero aux cheveux d'ange. Toutes les descriptions concordaient pour faire de lui un prodigieux tireur à l'arme de poing.

Après l'enfer des terres jaunâtres et le couloir désolé des canyons rongés par le vent, le harponneur de Nantucket sentait resurgir en lui son âme d'écorcheur. L'image fugitive de l'océan traversait sa mémoire. Il était secrètement persuadé qu'il touchait au but. Qu'après tous ces mois d'incertitude et de stériles chevauchées, il venait de croiser à nouveau la route du seul être au monde qui lui eût jamais permis de comparer le feu à l'eau, la passion à la haine et l'homme à la baleine.

Persuadé qu'il ne rentrerait pas les cales vides, il était allé secouer les puces à Nonc Rosémond pour tenter d'en savoir davantage. Le vieux nègre avait dit que « le docteur des Noirs » était capable d'emporter l'œil d'une mouche sans même lui ôter ses ailes. Il se signait en parlant de celui dont le cheval enjambait les montagnes. Autant de réponses qui empestaient l'huile, qui réveillaient les eaux du Pacifique.

A l'approche d'un nouvel affrontement, un mélange d'allégresse et d'appréhension secrète commençait à empoisonner le sang du chasseur de primes. Sans cesse il poignait son six-coups pour s'assurer de sa rapidité à dégainer.

Avant de s'endormir, quand venait la nuit sourde qui seule donne des ailes, le bossu de Nantucket repensait à sa jeunesse. Il était emporté par un songe.

Tapie dans l'obscurité mousseuse de la mer, la masse puissante de sa mortelle ennemie, la baleine, prenait brusquement l'aspect d'un taureau marin et le dormeur agité de soubresauts confondait la violence de son assaut avec celle du grand bronque de Crowley, surgi à l'improviste du couvert d'un défilé.

Au tout dernier moment, pour esquiver la charge, l'étalon de Palestine Northwood, son garion noir, se faisait chaloupe, doris, équipé pour la course au grand cétacé. En place de revolver, le bossu tenait en ses poings crispés la hampe d'un harpon. A la vue du javelot à double barbillon, la peau de Farouche Ferraille Crowley devenait lisse. Elle se doublait d'une épaisse couche de graisse qui le mettait à l'abri du fer. Son œil couleur d'ardoise s'adaptait à la vision sous-marine, ses narines trouvaient leur place sur le sommet de son crâne. Il cherchait refuge dans la fosse des eaux profondes.

Et un cri de fureur barbare sortait par ses évents.

Le rêveur, tiré brusquement du sommeil, avait le front mouillé de transpiration. Il conservait en son arrière-bouche la saveur de la mort.

Remontait alors à son esprit égaré la résonance de cette étrange réponse qu'il avait faite autrefois au Captain Fix sur son grabat d'hôpital. C'était en un temps où les médecins donnaient au marin douloureusement brisé dans ses os une petite quinzaine de jours à survivre.

L'officier, venu réconforter son homme d'équipage estropié par la mer, l'avait trouvé occupé à manipuler une arme.

– A quoi te sert, Palestine, d'apprendre à jouer du revolver, puisque tu vas mourir ?

– A jouer du revolver avant de mourir, avait répondu l'agonisant.

Et brandissant devant son regard halluciné

l'arme qu'il soulevait à grand-peine, il vit clairement s'approcher son ennemie du moment.

Madame couleur cendre s'arrêta à quelques pas du chevet du marin. Elle lui sourit tristement. Ils étaient liés comme un couple. Ils s'étaient si souvent fréquentés! On dit que dans la vie en commun c'est le plus faible qui use le plus fort. Et ainsi en fut-il avec Palestine Northwood.

A l'heure de la cueillette, l'homme de Nantucket découragea sa bûchailleuse.

Il lui fallut trouver par la suite tant de vaillance pour remettre son corps en état de marche! Déployer tant de rudesse envers lui-même pour discerner l'éternelle dans la patience du quotidien!

Il avait réappris à se mouvoir avec l'aide de crosses de harpon, calées sous les aisselles. Jour après jour, en silence, en grimace, en chemise, il arpentait la campagne.

Il connaissait tous les chants des oiseaux.

Plus tard, lorsqu'il fut capable de se déplacer sans l'aide de ses cannes, il constata avec amertume qu'une paralysante incapacité à se choisir un nouveau destin l'empêchait de profiter de sa recouvrance miraculeuse. Une lassitude, une inappétence, un dégoût inexplicables lui interdisaient de se fixer le moindre but. « Je sais tirer, se révoltait-il, je tiens à peu près sur mes jambes. Je suis carcassé, il est vrai, d'une bosse mais j'ai mille souvenirs pour accommoder mes rêves. Alors, si Dieu veut bien encore de moi, malgré l'estrompiure que j'ai prise par-derrière, où donc, se lamentait-il, est le ressort supplémentaire qui me manque? »

A force de chercher la réponse autour de lui, il s'aperçut que la moquerie des enfants l'atteignait plus que n'importe quoi.

– Oh, le vieux croche! Oh, l'escarbé!

Les gosses lui jetaient des pierres.

Pour s'élever au-dessus d'eux, il apprit à tenir sur un cheval.

Il se mit en route vers le sud. Pennsylvanie, Virginie, Kentucky. Dans chaque village traversé, l'infirme était raccompagné sous les quolibets, les vexations, parfois les sévices.

A force de qui-vive, rien de surprenant à ce que son caractère s'altérât dangereusement. Son humeur s'embruma d'une préoccupation constante. Elle céda le pas à des sautes imprévisibles.

Devant le jaillissement inattendu de cette violence, ceux qui sur son chemin tentaient parfois de lui manifester quelque compassion finissaient immanquablement par se détourner de sa fréquentation.

Il irradiait trop de rancœur.

Trois cicatrices blanches. Trois cicatrices pour une fourchette enfoncée dans son bras. Palestine n'oubliait pas de quoi les enfants sont capables. Surtout les enfants blonds. Ils étaient les bourreaux de sa laideur.

Un jour qu'il était entré se rafraîchir dans un saloon, il était tombé sur un homme jeune et sûr de sa force. Un loup d'une éclatante beauté qui riait au bras d'une femme. La gaine de son revolver était nouée assez bas sur sa jambe. Leurs regards s'étaient croisés à peine.

Cherchant dans la provocation un ultime remède à son infortune, Palestine Northwood l'avait défié.

Il vit s'arrêter sur lui des yeux brillants, presque lumineux. Il n'eut point le temps de répondre à leur fulgurance. Déjà, la violence accourait sur le visage de l'autre.

Ils avaient dégainé leurs armes en même temps.

La mort était dans les deux camps. Elle ne prenait pas parti. Ni l'un ni l'autre n'avaient tiré.

En ressortant de là, malmené par le pas trébuchant de son cheval qui l'emportait vers le nord, Northwood avait trouvé sa nouvelle raison d'être. Il pouvait partir, maintenant. Et même, il devait partir. Il était persuadé qu'aussi longtemps qu'il galoperait, qu'autant de ravins et de terres humides il mettrait entre lui et le cavalier blond, le destin s'acharnerait quand même à les réunir.

Grimpé sur la hauteur d'une colline qui dominait l'échiquier des champs et des bois, il se retourna vers la rivière. A cinq ou six milles devant lui, il apercevait la trace bleutée des fumées de la petite ville qu'il venait de quitter.

D'abord, il ne bougea pas, ne pensant à rien d'autre qu'à lui. Sa respiration était ample et régulière. Puis, alors qu'il se tenait ainsi, parfaitement immobile, les mains jointes sur le pommeau de sa selle, pour la première fois depuis son infirmité, il sut qu'il avait inventé le silence entre deux êtres qui se haïssent.

Le silence, cette boîte pleine.

Ce soir encore, un calme glacial avait envahi Palestine Northwood. Il s'approchait de son gibier. Il le flairait sans hâte. Il avait chevauché jusqu'à ce que la terre bleue eût fini de boire le fond du soleil. Comme la nuit recouvrait la piste, il provoqua un écart de son cheval et se détourna de la sente.

Il s'enfonça dans les ténèbres humides et mit pied à terre pour se restaurer. Il planta à l'abri d'un rocher le trépied de son feu, s'accroupit près de la flamme et parut s'engourdir.

Au bout d'un long moment, il sortit son coutelas au manche sculpté dans un os de cachalot, une merveille gravée avec une aiguille à voiles, et trancha une portion de lard. C'était tout le régal qu'il s'accordait.

Lorsqu'il eut terminé son repas, il resta plongé dans l'obscurité progressive qui annihilait tout espoir. Son immobilité était parfaite. Ses yeux ternis par la solitude se fermèrent à demi. Il s'apprêtait à aborder une fois de plus cet état comateux précédant le sommeil.

Alors que sa conscience allait s'éteindre, un frisson de refus parcourut ses flancs torves, ondula jusqu'à la naissance de sa nuque soudée.

Il rouvrit les paupières et posa l'étrangeté de son regard sur les bûches incandescentes.

Parfois, sa chasteté forcée le transformait en serviteur fruste de ses propres envies. Harassé par huit heures de chevauchée, il achevait de tuer son corps de bête brute dans un grand froissement de ses mains endurcies. Nul amour de soi-même ne le traversait alors. Juste l'impérieux besoin de fabriquer le plus de faiblesse possible. D'étouffer ses forces sous sa couverture et de sombrer dans le néant.

A ses pieds, le feu s'éteignait.

Il contemplait la semence égarée dans le creux de ses paumes calleuses. Avec des douceurs d'animal envers lui-même, il la léchait pour n'en rien laisser perdre.

La nuit également, il connaissait le chant des oiseaux.

26

Au milieu du mois d'octobre, le maïs d'arrière-saison était moissonné.

Hérissée de gerbes, la terre encore chaude

donna asile aux compagnies de cailles. Embaumées par les fragrances de sassafras, les fins d'après-midi s'enlisèrent dans l'étirement d'une somnolence ensoleillée. Le long des digues et au bord des champs, des fleurs continuèrent à éclore. Elles le faisaient en toute saison. Amaryllis, heleniums, anémones ou vernonias, elles marièrent comme d'habitude leurs couleurs neuves, mêlant leur renouveau éternel au déclin inéluctable du gommier, de l'hickory et de l'érable, pavoisés depuis déjà plus de deux semaines aux couleurs rouge et or de leur désenchantement progressif. En même temps, les ombres s'allongèrent sur le fil des eaux, confirmant la mousse espagnole dans son rôle de magicienne, tandis qu'un léger brouillard embuait la lisière des bois et le fond des vasières d'une mélancolie languissante.

Azeline vivait son premier chagrin d'amour.

Son fiancé des bois ne venait plus aux rendez-vous de sa grotte de verdure. Plusieurs fois de suite, elle s'était postée en vain, le nez dans l'herbe, attendant le cœur battant qu'il paraisse à la porte de sa cabane. Pas de fumée pour rassurer la jeune fille sur sa présence, pas de chien gambadant dans les parages, pas de craquements pour annoncer le retour du chasseur dans la clairière. L'endroit privé de signes semblait abandonné par la vie.

Au bout de trois longs jours d'incertitude, elle fut incapable de résister davantage à la tentation de fouiller le camp. A pas glissés, elle s'aventura donc jusqu'à la cahute, commença par en faire prudemment le tour, puis, ayant risqué un regard par l'entrebâillure de la porte, osa franchir le seuil de la tanière où elle espérait tant trouver les traces de son bien-aimé.

Dès que ses yeux se furent habitués à la pénombre, elle se rendit compte que la place était nette. Que son archange avait décampé.

Plus de nourriture, plus de bols. Point de baquet, de vaisselle, même une quillère. Pas de vêtements ou d'huile pour la lampe. A peine quelques filaments de mousse espagnole éparpillés sur le bat-flanc trahissaient-ils le déménagement du matelas de fortune et, gravées sur l'une des poutres, une série d'encoches pratiquées au couteau tenaient la comptabilité des jours enfuis. Quarante cicatrices. Azeline les compta patiemment avant d'éclater en saglots.

Les yeux brouillés de larmes, étouffée à force d'être vaincue par le doute, elle était sur le point d'écourter sa visite, lorsque sa hanche heurta le coin de la table à trois pattes. Instinctivement, elle porta vers l'avant ses deux bras tendus afin de restaurer l'équilibre du meuble chancelant, celui-là même qu'en deux après-midi de bonheur elle avait vu fabriquer devant elle.

C'est alors qu'elle découvrit la montre.

Posée en évidence au milieu du plateau, elle ne pouvait constituer un oubli. Plutôt un appel. Autant dire un message. A moins qu'il ne s'agît plus cruellement d'un cadeau d'adieu. Mais quelle que fût la raison ou la teneur de cette annonce, s'effraya Azeline, le fait qu'elle lui fût destinée ne signifiait-il pas que celui qu'elle avait coutume d'aller visiter avait fini par débusquer sa présence? Qu'il s'en accommodait? Mieux, qu'il en prenait avantage pour la tourner en ridicule? Qu'il utilisait sa naïve verdeur de jeune oiselle pour modeler à la convenance, à la hauteur de ses propres vices l'étalage de ses émois les plus secrets? Et que pour satisfaire à son amusement personnel, le bel étranger avait tout bonnement cherché à précipiter la pucelle dans les tourments du corps et de l'esprit?

Une vague de réflexions contradictoires assaillit la jeune fille et, bien sûr, la colère et l'amertume étaient les plus fortes. Azeline se sentait gravement humiliée d'avoir été manœuvrée de la sorte. En même temps, alors qu'elle était tentée de donner libre cours à son ressentiment, se dessinait confusément en elle un autre courant, un ressac qui jouait en faveur de l'attitude de son cher manipulateur. Car enfin, jamais l'étranger n'avait ébauché un geste déplacé à son égard. Azeline enfermait de lui une image intacte. Et si dans le déroulement de la mauvaise farce qui les avait réunis elle reconnaissait volontiers avoir tenu le rôle de la dinde, elle se consolait à mesure en pensant qu'elle y faisait aussi figure d'inspiratrice. Du coup, bien qu'elle se reprochât tant d'ingénuité, elle fut secrètement flattée qu'un homme d'une certaine expérience eût éprouvé le besoin de la visiter, de sonder le tumulte de ses sentiments et, somme toute, de lui prêter l'importance d'une femme qu'elle n'était point encore.

Azeline serra le précieux talisman sur son cœur cassé et courut cacher sa peine à la maison.

Elle sanglota trois nuits, apparaissant au lever avec le visage gaufré par les larmes. Bazelle la regardait par en dessous et ne posait pas de questions. Son mari le lui avait interdit. Elle s'échinait sur son ouvrage.

La petite ne s'intéressait plus au courant de la vie. Elle se projetait dans le vague. Elle avait les doigts gourds. Les pensées courtes. Et bien que son Dad ne demandât aucune justification à la rougeur de ses traits infiltrés, elle jugea bon pour faire accroire à la vérité de sa gonflure de paupières de se moucher sans arrêt, sous prétexte d'un mauvais rhume de courant d'air.

Edius la guignait. Il n'était pas sa dupe. Ne

pipait mot quand même. La laissa retourner sur les lieux du camp.

Azeline pénétra à nouveau dans la cabane. Elle scruta chaque pouce du sanctuaire où gagnait la moisissure. Elle se serait neïée dans la rivière si, après avoir scrupuleusement recompté les incisions faites au coutelas dans le bois de la poutre, elle n'avait découvert quatre encoches supplémentaires. Pas assurée de sa trouvaille, elle revint le lendemain et trouva une nouvelle entaille dont la lèvre était blanche.

Dès lors, certaine que son bel amour vivait quelque part à l'abri des proches parages et venait chaque nuit lui témoigner sa présence, Azeline reprit espoir. Sans doute le fugitif était-il contraint par ses poursuivants de se terrer plus profond dans les mèches. Et pour montrer à son amoureux qu'elle avait interprété ses signes, elle déposa sur la table la corolle fraîchement cueillie d'un beau nénuphar blanc.

Le lendemain, la fleur avait disparu, remplacée par une orchidée.

A l'entaille suivante, la petite déposa un bocal de navets de cornichons, aussi des « oreilles de cochon », une sorte de beignet frit en forme d'oreille de porc qu'elle cuisinait fort bien. En réponse à ses friandises, elle obtint une véritable ovation qui avait pris la majesté d'une gerbe de fleurs des champs. Et ainsi de suite, un tendre dialogue s'instaura de nouveau entre eux, prolongé pour Azeline, le soir venu, par le tic-tac de la montre de Crowley.

Etendue sur sa couche, elle écoutait son mécanisme têtu battre à son oreille comme une promesse de voyage. Ciselée sur le dos du boîtier, une locomotive enrobée de fumée sillonnait la prairie. Et doucement gagnée par l'abandon d'un sommeil lourd, la fille d'Edius Raquin sentait pousser en elle les racines de son amour.

Vingt-cinq entailles sculptèrent ainsi les jours.

Puis le matelas de mousse espagnole rejoignit le creux du bat-flanc. Le lendemain, la tonne de bois cerclée était revenue à l'angle de la cabane pour recueillir la pluie de la gouttière. A ces signes avant-coureurs Azeline sut reconnaître que le retour de Farouche Ferraille Crowley était proche. Et elle retrouva son rire clair.

Ainsi l'arbre conserve-t-il son espoir. Une fois coupé, il peut renaître encore. Dès qu'il flaire l'eau, il bourgeonne.

27

A l'avant-jour d'un matin plus clair et plus frais que les autres, Edius attela son wagon.

Son plan était de se rendre à Bayou Nez Piqué, soi-disant pour s'approvisionner chez le groceur, acheter de l'épicerie fine, du sel, un peu de piment enragé, deux, trois babioles, du superflu qui manquait aux femmes pour la cuisinerie et aussi du fil d'Alton qui sert toujours pour amarrer les balles de paille ou refaire à neuf le parcage des cochons.

Il avait proposé à sa tite fille Azeline de l'emmener avec lui. La gosseline s'était pas fait prier. Le temps d'aller porter à la pacanière son message du jour, un cruchon de moonshine et six œufs de basse-cour, elle avait passé sa robe à volants, s'était mistifrisée comme il faut, un grand saut pour monter sur le chariot, et après, hop, les fesses sur la banquette du carrosse à deux seats, elle s'était faufilée auprès de son Dad.

Yi et yaïe! Le vent du ouip avait claqué entre les oreilles du cheval Tit Noir. Tiens bon, hourra, comme un jour de Mardi gras, le père, la fille s'en étaient partis au vrai grand trot.

Le charroi rebondissait sur la caillasse, prenait tout le milieu des manches remplies de reignures et de crevasses. On aurait dit que Raquin retrouvait dans la montée de l'automne l'esprit de ses vingt ans. Il claquait la tchicadence pour relancer sa rosse, tendait le bridon sur la bouche du vieux cheval et l'excitait chaque fois qu'il faisait mine de ralentir le train. Plus secoués qu'une paire de barils, les passagers traînaient derrière eux toute la poudre du chemin et progressaient dans un sérail assourdissant.

Au passage d'un grand trou, le chariot versa même si fort que, cul par-dessus tête, la jeune fille glissa hors de la banquette.

– Pauv' tite poule maigre qui se vanne dans la poussière! s'apitoya Raquin en riant après elle.

– « J'sus tombée sur mon gogo, j'm'ai fait bien mal au dos! » chantonna Azeline en pleurnichant comme un bébé.

Il la hissa back sur son siège et yip et yeah, le fouet siffla à nouveau dans les airs. Azeline s'éclatait de voir son Dad en si bon humour. Lui, le vieux bougue, tchombosait les guides et de temps à autre se détournait de la route pour la dévisager avec un regard couvant.

– Tiens, remarqua-t-il soudain en reluquant son joli profil, mon jeune épi de maïs s'est fait toute belle! Irait-elle pas voir un amoureux?

Courroucée, Azeline haussa les épaules et fixa son père d'une façon si pénétrante qu'il fut incapable d'interpréter la façon aiguë de son regard.

– Hey, babe! taquina-t-il, est-ce que par hasard tu serais encore après jongler à ce grand pendard de Voicy Smith?

Elle ne lui répondit même pas. Pauvre ignorant! Comment pouvait-il poser une question pareille alors que la vie entière de sa proche fille avait basculé par sa faute? Alors qu'elle ne lui demandait plus jamais de la conduire à la messe? Alors qu'elle ne respirait plus, qu'elle ne mangeait plus, qu'elle ne cahotait plus qu'en pensant à son cher amant de cœur, tapi au fond des bois, au protégé de son Popa, justement. A cet homme dont les yeux si sauvages la chaviraient chaque fois qu'ils passaient sur elle.

Elle fixa de nouveau son père, se demandant si le moment était venu de lui dévoiler ce qu'elle connaissait de son segret, s'il n'était pas judicieux de lui faire part de ses propres sentiments à l'égard du fugitif.

Mais le vieux n'était plus au rendez-vous de la connivence. Il jouait cil-là qui garde son attention rivée sur la route. Azeline se réfugia dans la maison de sa tête. Elle commença une tournée dans le creux de ses pensées.

Sûr qu'elle était tombée en amour pour Crowley. N'empêche, si t'as soif, faut pas rêver à un verre d'eau. Le moment venu, la gourmande voulait pour elle toute l'eau du lac. Là-dessus, son instinct de femme était infaillible. Il lui prescrivit donc le silence à propos de ce qu'elle savait et, ce faisant, l'aiguilla vers autant de duplicité que l'eût guidée plus de calcul.

– Après tout! Voicy Smith vaut mieux qu'une jambe écrasée, soupira la belle enfant. Même si sa retardation de parole ne m'enchante pas, autant un bègue dans mon lit que pas de mari du tout!

Pour le compte, c'est le vieux bougre qui resta aussi simple que s'il avait reçu une bûchée sur la tête. Il n'en croyait pas ses oreilles. Quoi? La rebelle rendait les armes alors que c'était lui, son vieux Dad, qui était passé dans son camp?

– Voicy Smith, je m'en sacre! jura-t-il en crachant sur la route. On dirait une bique éduquée qui bredouille son alphabète!

– Je connais, dit la petite en baissant les yeux avec une feinte résignation. Mais si mon Poupa me trouve pas de meilleur parti d'ci la prochaine récolte, la mort dans l'âme, je me résoudrai à le marier.

Pop Raquin paraissait de plus en plus afouli par la manière de ses réponses. Il chercha son crâne sous la paille de son chapeau afin de le gratter une bonne fois.

– Tonnerre m'écrase! s'écria-t-il, j'suis pas fou d'une grande éducation pour les filles, mais avant de te précipiter au cou d'un gars jeune qu'est déjà aussi mort qu'un bois sec, p't'être tu ferais aussi bien de practice un peu de piano avec ta tante Nadée... Hein? Qu'en penses-tu?... La musique, ça sert toujours... et puis ça gagne du temps!

Sur ces paroles-là, Azeline sut qu'elle avait manche faite. Fine perle, elle se détourna pour ne pas avoir à répondre du demi-sourire si confiant en l'avenir qui lui venait naturellement aux lèvres.

– Comme tu veux, Dad. C'est ton qui décides.

Le vieux bougre relança son cheval qui profitait de l'affaire pour musarder.

– Ah, bien, fifille, dit-il mystérieusement, l'destin, ça s'connaît pas... Si ça s'trouve, bientôt se présentera une personne qu'on n'attendait pas. Et même si c'est pas quêqu'un de not'monde, y faudra pas s'étonner. C'qui compte, c'est juste de mettre ensemble les âmes avec les corps. Le reste, c'est de l'air qui passe autour. Du vent sur les moulins. Mon, j'crois à une grande famille humaine. En vie et en longueur.

Ainsi parla Pop Raquin.

Le chemin s'était mis à monter. Tit Noir venait d'avoir un frisson d'échine. Indifférents à son changement d'allure, le père, la fille étaient après jongler chacun dans leur coin. Edius conspirait pour le bien de sa progéniture et la petite se promettait de profiter de sa visite au village pour essayer de savoir pourquoi le grand blond se terrait au fond des bois.

Les deux taiseux firent de la sorte encore plusieurs milles qui les conduisirent à l'autour de Bayou Nez Piqué.

Comme on ne lui fouettait plus la croupe, Tit Noir avait choisi un trot raisonnable.

28

Passé la pancarte qui annonçait mille sept cent quatre âmes, Pop Raquin sembla se réveiller de ses songes.

Emballé dans son soute noir, le vieux cocrodie soudain se redressa et improuva le bouffant de sa cravate par-dessus sa chemise. Il avança son menton sous son nez, signe d'une intense concentration, et demanda à sa fille de baisser les yeux en entrant dans la rue principale du village. Qu'elle ait pas l'air de provoquer les traîneurs qui bervochaient devant le café-bar, chez Babineau.

Ainsi fut fait, mais autant cacher Azeline derrière une liane de mirliton. Une batelée de mauvais coqs les avait vus s'avancer et la silhouette fine et délurée de la pichouette ne passa pas inaperçue aux yeux de la pouillasse.

Parmi les plus enragés, Edius reconnut le carré des frères Pinglette, ceux-là mêmes à qui il avait trois fois refusé une entrevue avec sa fille. Rien d'étonnant après cela, les bras rangés sous les épaules comme des ailes de canard, que les quatre splouques se mettent en rang de basse-cour pour glousser des jalouseries sur leur passage.

Même un d'eux, p't'être bien Pierre, plus effronté que les autres, se prit à tchac tchac et cadencer avec sa botte sur les planches.

Y alla d'un petit couplet qui chantait comme ça :

Azeline a perdu sa rosette
Pas loin de Canny Crick
Et ric et tic-tic
Et puis regarde ici
Et regarde là-bas
Mais elle a perdu sa rosette
D'l'autre bord du Canny Crick!

Crédieu, la fureur! Ça fait Pop Raquin a levé sa babiche sur Pierre, cet enfant de garce.

Même s'il aurait pas pesé plus lourd dans une bataille de mâles qu'un oiseau colibri, le vieux était prêt à frapper pour l'honneur, à saquer un coup de poing sur la dieule du bonaré. A lui faire sauter les dents de devant.

Azeline l'a retenu de faire cette bêtise. Ils ont continué leur route.

– Ah, mais comme ça, tout de même, c'est un peu fort! a dit l'vieux boug', tout énervé. Jamais d'mon vivant, un carencro noir va marier une belle oie farouche!

Sous les quolibets, Edius Raquin, sa tite fille, ils s'éloignaient comme une glorieuse armée.

Après la place de l'église, le monde était meilleur.

Ainsi passèrent-ils devant Thomas Hocquigny, un « gros chien » du pays, un vaillant jeune homme qui valait sept millions de piasses par son père et se pavanait au bras d'une belle mule créole, très fière et très coquette.

– Ça, c'est miss Leola, dit Edius en ôtant son chapeau, un grand plaisir de l'œil.

Emerveillée par l'élégance de cette personne, Azeline se retourna sur la taille de la jolie guêpe, hardiment pincée dans le remous d'une jupe d'indienne. Elle réprima un soupir en jetant un regard sur les rapiéçages cousus au bas de sa propre robe. Elle se consola en se rappelant que ces reprisures constituaient les mémorables cicatrices de ce fameux jour où elle avait galopé à travers les ronces.

Rassurée en constatant qu'à condition qu'elle bougeât sans cesse sa réparation se remarquait pas trop, elle entreprit de poser mille questions à propos de la compagne de monsieur Hocquigny.

Elle la trouvait si belle !

Le vieux se fit tirer l'oreille avant de répondre.

– J'aime pas bien faire le porte-paquet, décréta-t-il. Mettre mon grand nez dans le cambouis des gens je connais pas bien.

– J'répéterai rien, promit la petite. J'suis ainsi dire un grand fermoir à segrets.

Elle lui donna un bec sur la joue pour encourager son vieux, mais toujours il disait rien.

– Oh, please, Dad, supplia-t-elle, allez, cher conteur, fais pas languir ! Pour une fois j'te d'mande un peu de parlementage, rapporte-moi donc l'histoire de cette belle dame !

– Mais, mon bébé, j'veux pas ! finit-il par grognasser, laisse-moi aller !... Miss Leola, la vie qu'elle fait... c'est des exemples pas bons pour toi !

De plus en plus intriguée, Azeline finit par lui escouer le bras pour lui faire donner des pommes.

– Non, non, gamine ! protesta le vieux arbre,

compte pas là-dessus!... Mon, tu m'connais, j'suis pas un monde qui parle dans le dos!... J'fais ma p'tite affaire, tranquille et content. Seul dans mon camp, c'est ça j'préfère... Personne a faim. Ou chaud ou froid!... On vit tout bien! On s'fait pas d'ombre... Et j'peux pas stand la cacasserie.

Comme leur échange tournait en chamaille, chacun est resté cloué sur son seat. Azeline savait bien que c'était plus sage de fermer son bec que d'écharlanter son voisin en revenant à la charge.

Preuve qu'elle avait pas tort, après un morne silence et Tit Noir qui trottait devant, Pop Raquin s'est détourné vers sa fille.

– Qui c'est qu'tu brasses, mon tit zoiseau bleu? il a demandé. Nouzaut va tout de même pas traîner une dispute sur une affaire qui nous regarde pas!

La petite a continué à faire grise mine. Ça, le vieux cocrodie, quand même il avait la peau ferme, il pouvait pas endurer bien longtemps. Il a fini par lâcher :

– Soi-disant que miss Leola serait une qualité de femme pas recommandable, là!

Ensuite, colportant l'écho d'une rumeur tenace qu'il ne faisait pas sienne, Edius finit par raconter ce qu'il savait.

Sans doute pour rabaisser l'éclat d'une beauté si dérangeante dans un village aussi petit, les mauvaises langues ragotaient que cette jolie femme, née Leola d'Ibreville, était la descendante par sa grand-mère d'une de ces quarteronnes issues de l'alliance des Gens de Couleur Libres avec des aristocrates. L'une de ces créatures qui peuvent avoir une proportion de sang noir très variable, et « ont une complexion aussi blanche que bien des hautaines créoles ».

A ce qu'il paraît, lorsqu'elle dansait dans les bals masqués donnés par la noblaille, la grand-mère de miss Leola avait les pieds si joliment tournés que les hommes se battaient pour les lui baiser.

– Soi-disant, s'excita soudain le vieux bougre emporté par son récit, qu'elle était capab' d'une coquetterie tellement supérieure à celle des Blanches que les beaux messieurs l'avaient installée dans des meubles somptueux avec de la vaisselle d'or. Elle a coulé tous ses bons jours dans un palais, comme j'te dis, conclut-il malicieusement. Et elle n'a jamais eu besoin de changer de nom, pardi, vu qu'elle se louait à cil-là qui lui payait ses rideaux !

– Oh, j'comprenstand comment elle vivait, dit finement Azeline. C'était, en somme, une personne bien adroite de sa vie.

– C'était une noceuse, ouitche ! Une putain ! Une biche, si tu préfères, s'emporta Edius. Une pas-bonne qui vivait la nuit !

– Elle avait quand même trouvé une manière différente de gagner de l'argent sans se crever au travail, constata rêveusement la petite.

– Elle a semé le malheur partout autour d'elle ! Y a eu sept duels à ce qu'on dit pour ses zieux ! Et même après qu'il y a eu mort d'homme en deux trois occasions, l'épivardée dont j'te parle arrêtait pas sa ronde... elle encourageait un nouveau galant à lui faire sa cour, croquait tout son argent dans des fêtes ! Si bien qu'à c'gentil jeu-là, plus d'un gros richard a fait banqueroute...

Azeline baissa la tête.

– Et Leola d'Ibreville ? demanda-t-elle au bout d'un moment, est-ce qu'elle aussi a une vie confortable ? Ses pieds mériteraient les mêmes hommages que ceux de sa grand-mère, je trouve !

– Rabaisse ton caquet, p'tite criminelle ! Justement certains bambocheurs d'icite prétendent qu'ils reconnaîtraient miss Leola les yeux fermés ! Rien qu'à la cambrure de ses pieds ! Soi-disant qu'avant de fréquenter le jeune monsieur Hocquigny, elle aurait pratiqué la dévergonde dans le Vieux Carré comme son ancêtre. Commerce des charmes, en autre mot.

Azeline aurait aimé en savoir plus au sujet de Leola d'Ibreville. Mais par anticipation, Edius Raquin lui coupa net le sifflet. Fit même un geste d'impatience avec la main, qu'elle mette un terme à son bougali infernal. Marmonna dans son porte-pipe si les dames de la société du demi-monde l'intéressaient, qu'elle s'adresse donc à sa tante Nadée. Comme couturière et vaillante langue de vipère, la witch de la famille la conduirait plus sûrement que lui aux premières loges de la cancanerie.

Pour Azeline, le manque de nerf qui venait de s'emparer d'Edius Raquin s'expliquait autrement, vu qu'asteur leur ouagon s'apprêtait à passer devant l'office du shérif Vaughn.

Comme ils s'approchaient, ils tombèrent sur un rassemblement de monde excité qui leur barrait presque la route, une bande de djobeurs pas trop propres et toujours à l'affût de cinq piasses qui font vingt pour terminer la semaine.

Edius remarqua Zaquet-Laverdure. Piqué au premier rang, le grand mauvais de la clique des Gros Genoux était après jurer un autre vaurien dans son genre. Ils se querellaient pour une histoire de prime avec des expressions imbattables.

Edius poussa doucement son cheval, obligeant les lofeurs les plus proches à s'écarter devant le poitrail de Tit Noir qui les partageait en deux courants.

Poursuivis par les invectives des uns et des autres, Azeline et Pop Raquin étaient pas extrêmement farauds. Comme ils longeaient la galerie sans oser trop reluquer, ils virent sortir trois adjoints du bureau du shérif. Trois deputies supplémentaires, dressés pour encadrer la milice. C'étaient des jeunes gars résous pour n'importe quel tuage. Ils étaient enfourraillés avec des fisils et paradaient comme des guines, l'étoile de la Loi épinglée sur le devant de leur chemise.

Derrière eux, Azeline reconnut six fois la même affiche. Un placard orné d'une image photographique qui proposait une sacrée reward à cil-là qui ramènerait la tête d'un homme. *Dead or alive,* la petite voyait passer ça qui ressemblait à un cauchemar, le portrait d'un visage halluciné, six fois le même, six fois des yeux clairs qui la fixaient par-derrière une forêt de bras poignant des armes. Au jugé, elle décompta un gang d'une cinquantaine de bonshommes si ça se trouve, une armée de sanguinaires venus là en espoir de toucher la récompense et poussant des clameurs. *Dead or alive!* Azeline était sûre de connaître pour qui cette chasse était destinée. *Dead or alive!* Tous ces macaques voulaient tchuer son bel amour.

Sans échanger un mot, le père et la fille poursuivirent leur chemin. Longtemps, dans la distance, ils entendirent caqueter la rumeur de la foule. Puis à un silence relatif succéda un chapelet d'ordres, deux, trois bagueulements brefs et des exclamations. Une demi-douzaine de coups de feu ouvrit le ciel et alors même que l'écho de leur tonnerre se répercutait à la face des maisons, Azeline rentra instinctivement la tête dans ses épaules. Elle claquait des dents malgré elle.

Edius aurait voulu lancer son attelage sur le côté de la route, mais Tit Noir, rendu ardent par la tiraille des revolvers, s'emportait la bouche pour avancer plus vite. Sa peur giguait dans la coupe blanche de ses yeux. Des ondoiements de nervosité attisaient ses flancs, les répercutaient tendus comme des câbles au piétinement de ses jambes.

Le puissant cheval corcobiait des quatre fers, boltait. Il halait sur son acculoire et son bois de collier, pas loin, si ça continuait, de prendre l'estampic et de partir au galop.

Edius s'était dressé sur ses bottes, avait calé son pied droit et se raidissait sur le bridon pour essayer de maîtriser l'animal. Azeline, à demi retournée vers l'arrière, se tenait cramponnée aux ridelles du ouagon. Elle poussa un cri de terreur en même temps que le sol sembla branler sous l'effet d'une trépidation sourde.

Depuis l'extrémité de la rue, attisé par la follerie des hommes, ivres de magnane et de whisky, un roulement de sabots s'enfla jusqu'à les submerger d'un mascaret de poussière, de chocs sourds et de jurons emportés par la violence du flot. Valdingué par le déferlement de la troupe lancée au galop, leur attelage sembla hésiter sur la direction à prendre, puis le cheval se cabra dans ses agrès et recula en hennissant. Ses yeux fous levés vers le ciel, il égrigna tout le flanc de la voiture contre le mur de la maison la plus proche. Dans une gerbe d'étincelles, un éclatement du bois, le lourd wagon termina sa course à reculons en heurtant un second bâtiment et Tit Noir s'arrêta enfin, l'écume au mors, maîtrisé par la poigne d'un garçon de sang mêlé qui s'était porté à leur secours.

Le visage encore plus sec que d'habitude, le vieux bougre descendit de son chariot, donna la piécette au jeune métis et but un verre d'eau qu'on lui tendait.

Azeline restait assise sur le seat qu'elle avait pas quitté. Elle regardait machinalement passer et repasser au-dessus de sa tête l'insaisissable volettement vert bronze des oiseaux de pluie, une bande d'hirondelles des granges que le tintamarre avait dérangées.

Edius, après avoir fait le tour de sa waguine

pour voir si l'essieu avait pas fait naufrage en cours de collision, a fini par s'assir au ras d'un carré de jardin où potageaient des légumes colorés. Il avait l'air étourdi. Moudu comme un grain. Il a porté avec lenteur ses mains en arrière de ses reins. Il a soupiré, peineux jusque dans ses os.

Une dame bien maisonnière, avec une figure serviable, celle-là même qui lui avait donné à boire, s'est penchée sur sa pâleur extrême.

– Est-ce que je peux vous aider, monsieur ? elle a demandé. Voulez-vous vous reposer ?

Elle montrait sa porte ouverte. Elle habitait juste à côté.

Edius a pas répondu à cette femme. Il est resté avec les yeux vitrés. La bouche ouverte. Il paraissait choqué. Alors la ménagère s'est fait du souci. Elle s'est tournée, embêtée aux entournures, vers ceux qui s'agglutinaient derrière elle, une ribambelle de figures de pot de chambre craqué, des gensses utiles à rien faire.

Elle a dit comme ça :

– C'pauv' bougue est loin d'chez lui. J'ai peur qu'il fasse un coup de sang. C'est chagrinant à voir.

Un grand pélican brun avec un costume à mille raies s'a approché avec un fin sourire. Il a sorti sa montre et tâté le pouls du malhureux. Après une grimace pessimiste à l'attention des badauds, le méticuleux a attendu encore un peu. Il a écouté le cœur du failli avec sa longue oreille. Il s'est redressé avec lenteur et découvert devant le corps.

– Pauv' tite créature, il a dit en se signant. Le Bon Dieu l'a pris ! S'il le veut, il peut en faire un ange !

Aussitôt après, avec le déploiement d'un télescope, il a allongé son bras hors de sa manche. Il tenait un crayon drouète au bout du pouce. En prenant du recul pour accomplir ce geste à la précision infaillible, il a miré en direction d'Edius. Son visage glabre s'est rehaussé d'une dose de mépris.

– Cinq pieds et à peine un pouce, il a diagnostiqué. C'chrétien-là est gros comme un chas d'aiguille! Mais j'peux sûr raccourcir un bon habit en bois de chêne qui s'ra fidèle à ses mesures.

L'homme à tête de pélican avait sorti son calepin et il prenait des notes. C'était ce salop de Narcisse Black O'Connor, l'undertaker des pompes funèbres.

Pour lors, Edius a rouvert un nœil. Ses mâchoires ont fait yak-yak. Il avait l'air de revenir d'un grand mal.

– Qui tu veux dire, Narcisse? il a demandé. Que j'vais crever pour te faire plaisir? Merci boucoup! Va-t'en, bétaille! Tu m'encourages!

Il s'est élevé sur ses jambes en moins que rien, tiens, pour le coup, ça allait mieux. Il a marmonné que c'était trop tôt pour le transporter au paradis ou à l'autre place où il n'y a pas d'hiver. Il a reçu comme une boule d'affection Azeline qui se jetait dans ses bras. La petite s'a mise à éclater en sanglots.

– Daddy! J'ai eu si peur t'allais passer!

– Penses-tu! Personne me découragera de respirer, mon bébé! Pas tant que brille le soleil du Bon Dieu!

Dans l'potager, il a cueilli une fleur pour sa boutonnière. Il a recoiffé son chapeau qu'avait roulé dans la poussière. A redressé son nœud de cravate parti à zac et tendu le poing en l'air pour aider Azeline à remonter sur la waguine. Pis, good bye, Narcisse Black, et mille remerciements! La roue voilée mais la santé prospère, yip et yeah! il s'a reparti en cahotant.

C'est ça qu'on appelle vrai Cajun : quelqu'un pour pleurer ensemble ou s'amuser avec.

Et derrière un homme tel que lui, si proche de la simplicité de vivre, on a tous ri. La rue entière qui s'éclatait.

Une gaieté formidable.

29

Tit Noir s'est arrêté de lui-même devant une maison rose située au bout du village.

De chaque côté d'une allée centrale, un délicieux jardinet étouffé par des buissons d'azalées et de rhododendrons se donnait des airs mystérieux de cabinet de verdure. Azeline a sauté de la haque, poussé la barrière et s'est retournée pour envoyer un bec d'affection vers son père.

– T'attarde pas trop pour tes courses, Dad. Ça me fait du mal jusse à jongler qu'il pourrait t'arriver quêque chose de mauvais sur ton chemin.

– Oh! Tracasse-toi pas de moi, mademoiselle! J'fais seulement ça que j'ai à faire, a promis le vieux bougre. Et je repasse te prendre sitôt j'ai fini mon micmac.

– Surtout te laisse pas entraîner à boire du hombroud avec des soûlards tu connais pas.

– Je serai méfié comme un Nindien, I swear! Et prudent avec le fond de mon verre.

Sur le point de partir, adieu, mignonne, il s'est ravisé à cause d'une idée riante.

– Oh pis, ouiai, babe! il a fait en regardant sa fille avec un sourire sans ses dents, toi de ton côté, surtout oublie pas de dire à Tante Nadée au sujet du piano... Une leçon par semaine si c'est nécessaire! J'pense la difficulté infernale du solfège aidera ma tite poule sauvage à pas avoir le temps de faire visiter ses altières par un imbécile comme Voicy Smith!

Il a fait tourner son ouagon, un grand arc de cercle, et a rebroussé le chemin du bourg.

Chemin trottant, il s'a torchonné son front qui coulait. Il y avait de quoi se foutre en nage rien qu'à jongler après tout le shopping qui l'attendait. Mais les projets bouillaient clair dans sa caboche.

Edius Raquin savait par où commencer sa tournée.

Après s'être bien épousssié pour pas salir, il est entré d'abord chez Alphée Fontelieu, perruquier parisien et artiste capillaire. Ce dernier, son opulente chevelure partagée au milieu par une raie franche comme un coup de sabre, était occupé à superviser le travail plus subalterne de sept garçons coiffeurs officiant sous ses directives.

De peur de déranger dans son sacerdoce ce demi-dieu du fer à friser et des ciseaux sculpteurs, le vieux bougre a cherché des yeux un coin où se caser.

Il s'est avisé de la présence de trois gars fignoleux de leur vêture, des Anglais pour le moins, tous culs amanchés dans des culottes de drap qui attendaient leur tour de coiffure. Bien que ces beaux messieurs en chemise amidonnée eussent des mines intérieures des plus intimidantes, Edius s'a posé sur leur banc.

Quand même dans ses habits de campagne, il avait pas exactement l'air de leur compagnie, il a tout fait pour paraître de leur ressemblance. Il a croisé ses jambes devant lui, comme un quelqu'un qui prend ses habitudes. Pis avec une expression bien concentrée, son chapeau à la main, il a patienté auprès d'eux.

En bon Cajun du bord de l'eau, il avait pas trop

d'argent à dépenser sur le frivole et l'inutile, mais d'être accepté par ces Américains lui causait une joie unique. Dans sa langue de berceau, sans battre une paupière ou craquer un sourire, il se répétait en lui-même : « Merde, bon vieux, j'sais pas si tu te rends compte la chance que tu tiens ! T'es embanché avec des gros richards comme des mules à la même mangeoire. C'est le même oxygène que ces trois-là tu respires. Oh, asteure, tu peux mourir content d'abord ! »

Attendre, c'était pas cher.

Il se trouvait dans une grande boutique peinturée en blanc, où l'odeur de parfum était si sucrée qu'on se mettait malgré soi à faire du miel.

De l'autre côté de la travée, tassé sur une chaise, se touvait un barbeux qui ne disait rien, jusse boucanait la place en tirant sur sa pipe.

Il était face à l'entrée et surveillait la rue. C'était un grand filou, plutôt haillonné, la tête prise sous une casquette de marine, sûrement pas un récolteur.

– Hummm hummm, à force de sécheresse au fond de sa gorge, Pop Raquin s'était mis à toussailler.

Tout en dispensant ses épilations, ses pommades, ses calamistres et ses fumigations à une clientèle subjuguée par sa compétence, Alphée Fontelieu, croyant flairer en Raquin le futur acquéreur d'un postiche, s'était vivement porté au-devant de la clientèle.

– En quoi puis-je vous être agréable, cher monsieur ?

– Mon, voilà c'que j'voudrais..., dit le vieux habitacot.

Il s'était levé. Il avait approché sa bouche puante de l'oreille du friseur et parlait bas, que toute la paroisse entende pas son affaire.

– ... C'est pour acheter une teinture, murmura-t-il. J'veux un produit pour changer la couleur des cheveux...

Les yeux du pommadin déchiffrèrent avec incrédulité la calvitie du vieux bougre.

– Vous n'agissez pas pour vous-même, j'imagine ? constata-t-il, dépité.

– Pas exactement, admit Edius.

Les trois Red-Necks afistolés de belles chemises se tournèrent de son côté. Le dévisagèrent avec ensemble.

Il aurait voulu rentrer sous terre.

Alphée Fontelieu, quant à lui, dédaignant ce chauve de peu d'importance, avait pris le parti de consacrer tous ses soins à son prochain client. Il ouvrit les plis d'une serviette avec un geste de torero et enjoignit au fumeur de pipe de gagner le moelleux d'un fauteuil capitonné.

– Si monsieur veut bien se donner la peine !

L'homme, qui paraissait fourbu, se dressa. Bien qu'il fût bossu derrière les épaules, il était grand et imposait le respect. Il portait à la ceinture une arme apparente.

Sans manifester le moindre intérêt pour ce qui se tramait autour de lui, il se laissa tomber au fond du siège tournant. Il développa ses jambes jusqu'au mur, s'assura dans la glace qu'il pouvait surveiller la porte d'entrée et cala longuement sa bosse contre le dossier rembourré, encorné de deux tiges réglables destinées à lui soutenir la tête.

Le bonhomme Raquin était resté planté comme un clou. Il commençait à devenir piment d'avoir été oublié de la sorte. Convaincu que d'autres seraient tombés en chamaille pour moins que ça, il s'avança derrière le perruquier et avec trois doigts réunis lui picota sur l'épaule :

– Au sujet de cette teinture, je souhaite que vous ayez pas oublié ma question, m'sieu, c'est comme ça.

– Pouvez-vous m'en dire davantage sur la couleur que vous avez choisie ? demanda brièvement le coiffeur.

Il prétendait s'affairer. Il faisait des gestes inattendus et coupait l'air en quatre.

– Ben, mon... j'voudrais du sombre, dit Raquin. Du noir bien jais, avec quèques reflets, si vous préférez.

Après avoir rectifié une patte qui gauchissait sur une pommette voisine, Alphée Fontelieu noua la serviette autour du cou de l'étranger.

Ce dernier retira lui-même sa casquette. En découvrant les rides de son front on devinait quelqu'un qui avait beaucoup flotté, bu quèques filets dans sa vie et ferraillé pas mal.

Le barbier reporta furtivement son attention sur Edius.

– Very well, monsieur, roucoula-t-il en opérant avec féminité une bascule du bassin, nous voulons teindre une chevelure en sombre, mais de quel substrat partons-nous ? Cheveux longs, cheveux gras, cheveux maigres ?

Avec des mots ficelés pareils, Edius était encore plus perdu.

– Je ne vous parle pourtant pas en chinois, feignit de s'étonner Alphée Fontelieu. Juste en français du continent.

Là, le vieux tigre a bien vu qu'on s'foutait de lui devant le parti de Red-Necks qui attendait son tour sur la banquette. Il s'a dit en soi-même : « Ah, mon malin ! Toi, tu tires trop sur la peau du chaoui ! »

Il a fait la gueule douce au jobard, pis il a dit avec une grande insinuation dans le regard :

– J'connais point la belle langue parisienne vu que j'ai juste été élevé dans une grand carreau de savane et de rivières rempli de bétailles à fourrure et de milliers de gibiers... Mais si avec vot' savoir vous cherchez à m'attiner, c'est ennuyant, m'sieu.

Bien sûr, c'est ennuyant... Alors j'frai rien pour vous donner l'occasion de me faire encore plus de misère, et j'irai chercher ça que j'veux ailleurs. P't'être du cirage fera bien l'affaire. Et p't'être aussi je r'viendrai avec trois pouilleux comme moi, vous l'faire partager en cataplasse sur vot' jolie djieule ! C'est mon idée qu'ainsi vous comprendrez mieux c'que les Cajuns ditent !

Alphée a senti que le vieux bougue était choué pour de bon. Il a retiré sa bouilloire hors du feu. La bravoure n'était pas son territoire.

Il a dit comme ça en ciseautant dans les airs :

– Le mieux, c'est encore que vous m'ameniez la personne. Et que vous me laissiez faire mon métier.

– La personne ne peut pas venir, a avoué Pop Raquin. Elle est souffrante.

Il s'était tu. Ses oreilles étaient rouges. Il sentait bien qu'il s'empêtrait.

Mettant à profit cette accalmie, Alphée Fontelieu arrondit un virage brusque autour du siège. Avec des afféteries dans le poignet, il s'en fut quérir sa mousse à raser.

Pop Raquin laissa voyager son regard sur la glace. Il espérait trouver quelque réconfort du côté du client.

Les yeux mi-clos, ce dernier semblait goûter l'extase d'une sorte de mort.

Edius jeta un regard affolé sur le coiffeur qui revenait en chassant de biais avec l'axe de son corps.

– Eh bien, interrogea le figaro, pressé d'en finir, la personne est-elle rousse ? A-t-elle des reflets à plumes du genre « choc aile rouge » ? ou bien sommes-nous sur du gris, tout simplement. Du gris qui ne veut pas dire son âge ?

– C'est quelqu'un qui a une grande clairté dans

ses cheveux, bredouilla Edius de plus en plus mal l'aise. Mon, j'dirais qu'il est blond.

Pop Raquin vit les yeux du marin se river aux siens.

Le coiffeur des élites trempa son blaireau dans la crème à raser et commença à en recouvrir les joues du bossu. Très à son affaire, il tourna soudain son visage du côté des lumières.

– Virgin ! Gentil garçon perdu ! lança-t-il à l'adresse de son plus jeune commis, emmenez monsieur à la caisse... En route, faites-lui donner un flacon de « Nuit mexicaine » !

Pour couper court à l'entretien, le divin barbier leva les yeux au ciel. Dès qu'il eut secoué la présence d'Edius, il parut devenir plus aérien. Après quelque chose qui ressemblait de près à un entrechat, il glissa le long de l'accoudoir du fauteuil et, sans renoncer au génie, entreprit de raser son client avec dextérité.

Lorsqu'un gargouillement d'estomac déchira ses entrailles, il prit l'air sincèrement contrarié.

– C'est nerveux chez moi, minauda-t-il en confidence. Je me noue, hioup ! et c'est comme ça !

Au fil de la lame, il exécuta trois magistraux raclements de coupe-chou. En position de revers, sur une simple rotation du poignet, il procéda à un arrêt sur menton. Débarrassé de toute pesanteur, il commençait à tresser des couronnes à la gloire des rasoirs de Solingen, quand la flatulence reprit à l'improviste son concert d'orgue lisse. Embouteillée à l'entrée de l'œsophage, elle flûta un staccato de notes perlées, puis chuinta en direction du duodénum. A l'écoute de ce météorisme nomade, Alphée récrimina :

– De l'air ! Rien que de l'air ! Je suis ballonné ! C'est ce foutu cul-terreux qui m'a mis à l'envers !

Il ne termina pas sa phrase, n'eut pas l'occasion de faire davantage de mines. Un revolver au travers de la serviette appuyait sa gueule contre la paroi de son estomac.

– Il te reste deux minutes pour me raser sans me couper, annonça Palestine Northwood.

30

Edius avait traversé la rue poussé par la soif.

Son avalouère était séchée par toutes les manigances qu'il avait dû déployer. M'enfin, il était assez fier. Il serrait comme résultat de sa victoire son flacon de teinture au fond de sa poche. Et ça le revigorait.

Il est rentré au salon « Chez Archille ».

Il s'est assis à la bar.

Il a demandé au bougre en arrière du comptoir, il a tapé du plat de sa main, il a dit :

– J'voudrais six bières.

Le serveur a pensé qu'Edius était déjà saucé.

Il a ri pas méchamment. Il a proposé :

– P't'être une *seule* bière unique pour un début, ça serait moins radical.

– Tonnerre des dieux ! C'est six bières j'veux, démordait pas Edius. Six grandes fraides pour être à la hauteur de ma soif.

Ce coup-là, le serveur a cru que le vieux avait pas toute sa boule.

– Pauv' vous ! il a dit doucement. J'veux surtout pas déranger vos habitudes.

Il est allé tirer ses six bières en s'fabriquant un conte que, malhureusement, chaque paroisse rurale a ses estrompiers, ses idiots, ses trembleurs. Et même aussi ses bègues.

Pis justement, voici que Voicy Smith est entré à son tour au salon. Fringant dans son trois-pièces gilet, le matou d'Azeline s'a installé devant une table.

– Ba-ba-ba-bar-tender! il a crié, bo-bo-bo-ttle of booo-ou-ourbon!

Le grand pendard bredouillait beaucoup ses mots, surtout quand il était nerveux ou à l'étrange de son monde.

Il a répété :

– Ba-ba-ba-bartender! Can't you hear me?

– Coming right up, sir! le serveur répond.

Il apparaît au-dessus du comptoir. Vite, il abandonne les bières du vieux débardé et il apporte la bouteille de bourbon à Voicy.

Il s'croit en face d'un Américain, l'imbécile. D'un Yankee bègue, mais d'un Yankee quand même. Il sert le gentleman.

– God-dam!

Voicy Smith allume un gros cigare cubain. Enrobé de fumée bleue, il roule des yeux courroucés et boit son bourbon d'un coup, comme un vrai Cou-Rouge. Il s'est laissé pousser les favoris.

L'autre lui reverse un filet.

Le gaspillard l'avale aussitôt. Et ainsi de suite, à chaque verre, il goddame un juron en nanglais.

Edius, en découvrant le spectacle de ce couillon qui fait semblant de se prendre pour un autre qu'il n'est pas, commence à devenir chaud. Lui qu'a toujours refusé de devenir une partie d'Américain comprend pas qu'on puisse agir comme si on appartenait à un autre pays qu'à celui des vasières.

Il reste un moment à sécher sur place dans son linge, pis enragé d'avoir si soif se dit mais qui j'ai fait pour le Bon Dieu, moi, Seigneur? Nom d'un saque, il lâche la patate. Il fait hummm-hummm dans sa barbe. Il voit toujours pas venir ses bières.

Il dit au serveur :

– Maudit ! Tu crois j'ai le temps ?

Déjà, il paye son compte. Il se lève pour s'en aller. Le barman met vite six bières en face de lui.

Pop Raquin les boit l'une après l'autre. Il les voit même pas passer dans sa gargane. Entre trois et quatre, il prend un peu d'air, il crache la mousse, il dit au bartender :

– Ah, mais ! J'vais pas m'laisser sécher comme un vieux cornichon de navet au fond d'une jarre !...

Il finit quatre, cinq et six.

– Donne-m'en six autres, il dit. J'crois bien j'vais en avoir besoin pour c'qui va suivre...

Comme un vaillant batailleur, il relève ses manches sur ses bras et s'avance en direction de Voicy Smith.

En reconnaissant son presque beau-père, le grand lofeur se trouble de toute sa hauteur. Son aluète part à cent tours dans sa bouche.

Il bégaye :

– J'espère que que que vous êtes pas venu fâché ? Parce que, v-v-v-voyez, j' tra-tra-tra-vaille ma langue ang-ang-ang-anglaise.

Le vieux bougue s'épanouit.

– Sapristi, mais ça, c'est plus fort qu'un Hercule ! Quo faire j's'rais fâché ?

Il prend l'air aussi vert qu'une tite feuille de printemps. Il dit aimablement :

– Oh, mais là, Voicy, là ti m'as ! C'est on a jamais eu de héros, ici, à Bayou Nez Piqué. Des bons-rien qui s'achetaient un drink, ouiai ! Mais pas d'garçon induqué en langue anglaise.

– J'm'ai t-t-t-trouvé un jo-job dans une banque et juste-tement j'bu-bu-bu-vais un filet de whiskey avant d've... ve... ve... nir demain fai-fai-faire chez vous ma Grande Demande.

– Ça s'ra pas la peine de te déranger jusqu'à mon habitation, dit Edius. Nouzaut, dans l'vieux pays chauvage, on préfère que nos filles marient une catégorie de brave monde qu'a toujours parlé le français de la Louisiane.

– Mai... mai... mais... i faut com... com... prendre, Nonc Raquin!... J'j'j'... voulais practice un peu de nanglais jusse av-av-av... avant de partir à La Nou-nou-nou-velle-Orléans... av... av... av... avec Azeline.

– Naturellement. Mais mon, Edius Raquin, j'marierai jamais un carencro noir avec une oie farouche!

Pendant que les deux ferraillaient, le bartender avait porté six autres bières. Il les avait mises sur la table. Ça fait Pop Raquin a bu sept, huit et neuf. Il s'est posé bien d'aplomb sur ses mollets. Il a pris une goulée d'air. Il a craché la mousse. Il a élevé ses poings. Il les a mis en position pour bombarder la margoulette du prétendu de sa fille.

Il lui a marché jusque sous le nez. Il a dit :

– J'voudrais te demander une aut'question, garçon...

– Ouiai, s'il vous plaît.

– Combien de vieux Cajuns comme moi crois-tu ça prendrait pour battre avec un grand « Américain » comme toi?

Voicy Smith savait bien sûr pas qui répondre.

Le vieux bougu' s'a redressé sur ses ergots. Il sourissait tout drôle.

– Ça prendrait treize Cajuns pour battre un Cou-Rouge comme toi! Douze pour le secouer de l'arbre et un pour lui casser le fond du cul à coups de pied après qu'il tombe par terre!

Il a envoyé sa main dans la figure du rougeâtre.

Il a tourné autour de lui si vitement qu'il a eu le temps de lui mettre en plus son pied en arrière.

Il a dit avec une joie chauvage :

– Et si ça part pas une bataille, après c'que j'viens d'faire, je mange mon chapeau!

Il a bombardé une bûchée fantastique sur la mâchoire de Voicy Smith. Après, il s'arrêtait plus d'assauter son adversaire. Un patcharac ici, un patcharac là. Un veux-tu-couri dans le bas du dos. Une dandine dans les côtes. Deux claquées sur sa face de ravet. Et pour faire bonne mesure, une dernière ramasse sur le nez.

La chair a éclaté comme une cerise. L'« Américain » est tombé sur le parquet. Pop Raquin lui a botté le tchu.

Ça fait, après la teinture, c'était une deuxième victoire pour Edius.

Il s'a frotté ses poings qu'étaient grafignés de petites coulures de sang.

Il a marmonné :

– Dieubon! A rien m'aurait pas tenté pou faire eune péché, mais un fou imbécile pareil, il fallait que j'lui fende son biscuit!

Après un moment, il s'est tracassé de savoir si l'ouvrage était bien faite. Il s'a approché de sa victime. Il lui a recollé une poque sur l'oreille. Pis certain que Voicy Smith était endormi en fafade pour dix minutes encore, il a dit avec une subtile pupiliation :

– L'bon monde va au paradis.

Il a bu sérieusement dix, onze, douze. Il a craché la mousse. Il a demandé son compte.

A c't'occasion-là, le bossu est entré.

Il a mis un pied au salon. Il s'est accoudé à la bar. Il a incliné la tête de côté.

Edius a trouvé qu'il avait des narines de jade.

Il a détaillé du regard la capote de marine qui lui

battait les bottes. Il a remarqué les deux boutons dorés qui manquaient sur les épaulettes. Il a flairé le goût de la forêt sur ses épaules et l'odeur du feu de bois sur ses mains calleuses.

Le vieux bougue a dit :

– J'ai eu une idée comme ça, m'sieu, vous avez beaucoup voyagé. Et j'ai senti, j'ai compris à votre sujet plus que je ne saurais dire.

Palestine Northwood a déchiffré le visage du maigrechin avec des yeux creux comme des songes.

Il a répondu :

– Vous êtes la preuve que l'âme de l'homme l'avertit souvent mieux que sept veilleurs en faction sur une colline.

Edius a dit :

– J'ai également vu que la douceur n'était pas sur vos lèvres.

– Vous êtes sur la bonne voie. Quoi d'autre?

– Que le cavalier qui n'a pas de nid s'arrête là où la nuit le surprend.

– Est-ce tout?

– Non. Après deux fois six bières, j'ai connu que vous aviez un segret. Et que je ne devrais rien faire pour chercher à le percer.

Palestine Northwood s'est tourné vers lui.

– Ami, tiens-toi au conseil de ton cœur, car nul ne peut t'être plus fidèle.

– J'sais bien, m'sieu, mais même si la sagesse de se taire est la première nécessité pour la vie de l'homme, j'ai encore une question à vous poser.

Cette fois, Palestine dévisagea avec méfiance la créature chétive et misérable qui voulait prendre connaissance de lui et s'approcher au plus près de son être.

– Je n'ai rien à te montrer, dit le marin en écartant devant lui le demi-cercle de ses longs bras décharnés, même si j'ai beaucoup amassé au cours de mes voyages, même si j'ai bien des fois forniqué avec la mort. Mais tu peux te fier à ce que tu vois aujourd'hui : j'avance avec les mains tendues sous un grand manteau vide.

Le vieux bougue a baissé la tête. Il a marmonné, le corps pris par la poigne d'un froid glacial :

– Sans doute, m'sieu. J'comprends. Et mieux vaut un homme qui cache sa folie qu'un homme qui cache sa sagesse.

Ils restèrent un moment immobiles. Ils s'observèrent.

C'était un peu comme s'ils attendaient la lune, assis tous deux sur la terre et sur la cendre, au bord d'un camp dont le feu, soudain, viendrait de s'éteindre.

Peut-être qu'une sorte d'astre pâle allait se lever entre eux.

Edius pensa à Bazelle. A la vie, forte et battante. Au plaisir de boire et manger. Aux collines, aux escarpements raboteux, au bondissement des cascades argentées. Il était rompu malgré sa volonté de se concentrer sur les merveilles des champs et des clos qu'il avait souventes fois travaillés d'âge en âge. Il garda ses poings fermés sur ses genoux et plongea ses yeux dans ceux du voyageur.

Il savait bien qu'il existe des hommes qui sont vivants. D'autres qui sont morts. Que certains sont vrais. D'autres, imaginés.

Il essaya la prière. L'étranger et lui-même se dévisageaient avec une grande intensité.

Mais quand bien même ils bravèrent le silence, leurs cœurs séchaient dans leurs poitrines. Leurs lèvres restaient arides. Ils touchaient aux portes de la mort.

Et pas un pour aider l'autre.

Pis Edius s'est souvenu que tout ce qui ment a la bouche fermée. Il a frappé aux portes d'airain. Il a envoyé sa parole comme une délivrance. Il est sorti des ténèbres.

Il a dit comme si sa voix le faisait entrer à nouveau dans une ville habitée, il a crié pour ainsi dire :

– Mais, m'sieu, m'sieu ! j'pense qu'une vie heureuse dure un certain nombre de jours ! Alors vous qui tournoyez, retranché des hommes, perdu dans des errances misérables, dites-moi seulement ce que vous tenez enfermé sous votre casquette de marine ?

L'estropié a répondu :

– Une baleine.

– Ça m'étonne qu'à moitié, a répondu Edius. Mon, personne connaît, mais sous mon chapeau, c'est une grande maison blanche. Avec une galdrie.

Le bossu a abaissé ses bras toujours tendus vers Pop Raquin. Il s'est détourné comme s'il renonçait à une petite âme.

Le vieux respirait à nouveau. Merci, Seigneur, le Très-Haut venait de le délivrer de sa défaillance passagère. La barre d'appui sur sa poitrine s'était soudain relâchée. Il respirait plus librement. Pour un rien, il aurait chantonné sa recouvrance.

Il a sorti son dentier de sa poche. Quand il a eu mis toutes ses dents dans sa bouche en même temps, il a fabriqué un sourire content en direction de l'étranger.

– Fameuse journée, m'sieu ! il a dit en rebaissant ses manches.

Il a débagagé de l'endroit en marchant drouète vers la sortie.

Le bossu s'a retourné pour le suivre des yeux.

Ça fait le bartender s'est répété encore une fois que malhureusement chaque paroisse a ses bervocheurs, ses trembleurs, ses bègues et ses estrompiers.

31

Tandis qu'il traversait la place, Edius fit un écart. La bière, ça secouait pas mal dans la coloquinte du vieux bougre. Il se mit à réfléchir en essayant de faire passer son bon sens par la fente de raison qui lui restait. Il avait beau se prendre pour une petite âme sur le chemin de la lumière, il comprenait pas bien pourquoi il se sentait fou comme un serpent à sonnette depuis qu'il avait rencontré Farouche Ferraille Crowley.

Il leva la figure vers les nuages. Pour se remettre les idées d'aplomb, il avait une envie de se mettre un grand coup de tête dans le plafond, mais le ciel était trop haut. Sa trame ressemblait à un drapeau sudiste, déchiré par la mitraille.

Ça fait Pop Raquin a marché deux pas de côté. Ouiai, ça fait il est encore entré dans un salon.

Il s'est amarré à la bar chez Cyprien McCauley. C'est pas grave, j'vas m'acheter un p'tit drink.

Ici, c'était une buvette où vous trouviez des chauvages, des Blancs et des nègres. Une place où personne marquait la différence. Elle était fréquentée par une ripopée de soûlards qui appréciaient le bon temps et surtout une bonne histoire. Rien que des chambranleurs, des bituriers tous en farine. Des gars qui faisaient rang depuis soleil levé devant une bouteille de country-boose.

Edius ne se considérait pas comme un de ces moutons gris qui endeuillent leurs familles en buvant trop. Bien sûr, un ivrogne qui se tiaque devant les enfants ou fait affront au prêcheur parce qu'il est camphré est une déshonorance pour les siens, mais celui qui s'arrête avant l'ostination et la querelle est excusable. Le vieux boug' se promit donc de tremper ses lèvres dans la mousse d'une bière bien fraîche et de foutre son camp sitôt désaltéré.

Il posa les coudes sur le comptoir. Il rentra la tête dans les épaules. Il se secoua d'un rire niais. Il leva deux doigts pour appeler le commis de la bar.

– Two beers, demanda-t-il modestement.

Le piquant de la boisson lui fit reprendre contact avec le monde des vivants. Il emplit ses poumons de cette bonne odeur de tabac ambiante. Il continuait à rigoler dans ses mains comme un fafa. Il pensait vaguement à ce salôt de général Butler. Il se pencha vers le sol sans perdre l'équilibre, il ramassa un mégot à demi calciné et l'alluma.

– Two more beers, ordonna-t-il en dodelinant de la tête.

En essayant d'accommoder, il trouva que les types autour de lui avaient l'allure d'une douzaine d'alligators et de quelques coyotes, tous avec les oreilles à l'envers. Ils charraient de l'air du temps, du prix du coton qui s'vendait pas much et du bonhomme qu'avait remplacé Shérif Vaughn.

L'un des cocodries, avec la tête en bas et une haleine à faire peur, disait à plusieurs coyotes :

– Ma sœur Shelvadine habite à Coulée Salomon, c'est d'là que vient c'fameux Ben Guinée, qu'on a mis en place de Vieux Vic. Elle dit de lui que c'est un vilain bétaille qu'a pas d'défense et guère d'intelligence, même s'il fait l'effet d'une montagne. Au bout de six mois qu'elle l'avait marié, ce lourdaud de Guinée a déchiré la couverte. En autre mot, il a macorné ma tite sœur pour une pas-rien qui passait. Pis c'est un gars, il aime pas bien entendre ronfler les balles à l'autour de son chapeau. J'connais ça f'ra un deputy plus empressé à se peigner les moustaches dans les reflets de ses bottes que d'aller s'faire mesurer chez l'undertaker.

Tous les coyotes la tête en bas s'éclataient de rire. Les coyotes, c'est une espèce qui possède un rire perçant. Ça fait leurs bouches avaient les coins qui tombaient vers le sol. Ça fait Edius a pris peur d'être debout. Il se sentait seul de son sens. Il se voyait comme un chien qui rêve.

Après une grande embardée, il s'est dit faulait qu'il sorte de ce passage, de ce mauvais lieu de perdition. Il a jeté six escalins qui font soixante-quinze sous sur le comptoir. Il a halé ses chines loin de ces putains de coyotes qui continuaient leur chambonhourra en tricotant les pattes en l'air.

Vitement, il s'a reviré du côté de la rue, c'est pas grave, j'vas me donner une deuxième chance.

Il est parti dans un élan. Il s'est foutu la tête dans l'eau de l'abreuvoir. Quand il a vu l'église à peu près drouète, il a fait pirouette dans le bon sens.

Avec misère et humour il s'en a pris à la carcasse de son corps comme si elle lui appartenait pas. Il l'apostrophait. Il tapait sur son estomac comme sur un drum. A coups redoublés, il frappait son garemanger. Il répétait des fois et des fois :

– Avance! Crève! Livre-toi au Bon Dieu, gros vent! T'es au bout de ma patience!

Pis peu à peu, pour éclaircir le brouet qui chaudronnait dans sa pauv' tête partie à la valdrague, il s'est mis à réfléchir.

Des idées surnageaient. Des hoquets d'intention. Des nécessités opiniâtres. Mais l'essentiel de son projet lui était sorti de la mémoire. Balayé par l'oubliance de l'alcool.

– Cré coup de tonnerre, c'est boucoup fort! il s'a dit très tracassé. Qui Djiable je suis donc v'nu faire à Bayou Nez Piqué?

Tout cagou de son amnésie, il a entrepris de voyager trois fois le tour de la place. Il marchait la tête baissée, les mains derrière le dos. Au boute du cinquième viron qu'il pilotait sur le terrain, il a sorti sa racine. Il a couru jeter de l'eau contre un poteau. Il s'a soulagé de mille gallons.

Une fois le bas des reins nettoyé, il planait moins au-dessus de la terre. Il s'est rappelé qu'il devait acheter une musique de bouche, un nharmonica, ça, toujours il s'en souvenait, mais aussi des denrées, des affaires plus secrètes, indispensables pour son plan.

Son plan!

Sacristi! La liste était dans sa poche. Il aurait qu'à la tendre au magasinier en entrant dans son échoppe.

C'est comme ça, il visa clair la porte d'entrée chez Starbrand et manqua de si peu la dernière marche.

– Bonjour, messieurs, dit-il en s'étalant.

Mais personne répondit. Il était pas assez important.

Un quart d'heure plus tard, Vieux Pop Raquin est ressorti avec son shopping. Un fameux paquetage il enfermait dans ses bras.

Il est passé devant Palestine Northwood qui boucanait la rue avec sa pipe.

Il a grommelé au passage de cette personne ennuyante :

– J'suis qu'à moitié surpris de vous r'trouver dans le chemin, m'sieu. Mais j'vous demande pourquoi vous me suivez partout où j'mets les pieds?

– J'étais en train de me poser la même question, vieux. Et j'étais tombé sur la réponse que le palais reconnaît à son goût le gibier.

Edius a haussé les épaules. C'est à peu près tout c'qu'il pouvait faire.

– Là-dessus vous vous trompez, m'sieu, il s'est récrié. J'suis qu'un pauv' vieux homme des bois avec le porte-monnaie raplati et j'vas me cingler la ceinture pendant des mois.

Du moins, ça, c'était pas une menterie. Pop Raquin s'était mis sur la paille.

Il avait fini par traider les articles dont il avait besoin contre des arriérés d'un lot de peaux de bêtes que le boutiquier lui avait pas payé depuis plus d'un an.

Ce salop-là de Nestor Starbrand était un emberneur. Il avait un art commercial de barguiner qui prenait toujours le futur en otage. En autre mot, il reprenait d'une main c'qu'il venait déjà de vendre à mauvais marché avec l'autre.

Bien qu'il fût méfié de cette philosophie malhonnête qui obligeait l'habitant à revenir s'endetter, le vieux bougre avait dû laisser la promesse écrite d'un baril d'patates et d'un sac de farine-maïs à venir sur sa prochaine récolte. Nestor s'y prenait avec une façon chacal de faire des sourires fondants comme des doudoucières. Il vous égossait comme du coton.

Pop Raquin a dégringolé les marches. Il est passé à ras du grand bossu sans lui prêter plus d'attention qu'à un plantage de pommettes à cochon.

Il a quand même trouvé c'était passablement curieux son ouagon l'attendait devant la porte. Encore un peu soûlard, le vieux bougre s'a craqué à rire. Il a jonglé avec l'idée incomprenable que Tit Noir avait dû le suivre dans toute sa bervocherie sans demander conseil.

– J'connais t'es un bon choual, il a dit à l'animal. Mais qui tu fais pour connaître mes heures de sortie, imbécile ?

Sure enough, le choual a pas répondu. Tit Noir était un bétaille sage. Il entretenait son opinion qu'une rosse doit prendre soin de son écurie, de sa litière et du maître qui va avec.

Edius a commencé à charger son chariot. Il a

jeté un coup d'œil vers le ciel. Il a trouvé que les nuages pourpres annoncaient un temps mouillasseux pour demain.

Une fois tirée sa bâche sur la marchandise, il a allongé le pas pour contourner le wagon. Il a grimpé, hop, sur le seat comme s'il avait attrapé la petite vérole planante. Depuis le temps qu'Azeline espérait son Dad, sûr qu'il allait attraper des grands reproches.

Paré pour naviguer sur son embarcation, le vieux bêtiseur a laissé tomber les attelles. Il préférait faire plus confiance à son cheval qu'à lui-même. Après un parlementage où il était question d'une double ration de maïs, le ouagoneur a commandé doucement à sa bête :

– Ça t'f'rait pas rien, Te Frère, de prendre le bon chemin pour aller chez Tante Nadée ?

32

Le lendemain, il est tombé une petite pluie fine. Les feuilles sont devenues luisantes et propres, pis deux heures plus tard, le ciel s'est ouvert profondément et l'averse a pris son galop pour la durée de la semaine. Ça se fait Pop Raquin a voyagé jusqu'au camp où il avait laissé Farouche Ferraille Crowley faire pénitence.

Le vieux avait un sac-à-pite retourné sur les épaules pour se protéger de la mouillure. Une raide redingote tissée dans une plante fibreuse que nouzaut, icite, dans les campagnes de la Louisiane, appellent « baïonnette espagnole ».

A l'intention des personnes avides d'improuver leur inducation, nous peut s'risquer à dire que la pite est cette verdure pointue qui s'tient fièrement drouète comme un sabre de pirate. En autre mot, il s'agit de la feuille du yucca, plus connu sous l'appellation d'agave au Mexique et en Haïti. Bien entrelacé, ce foliage sert à tresser un capot végétal qui protège aussi bien contre la mouillasse qu'un sac en jute.

Avant d'arriver tout à fait au milieu des hautes herbes, Edius Raquin a crié que c'était lui qu'avançait. Il voulait pas risquer d'être tiré par Crowley. C'est que tout bien calculé, plus d'un grand mois s'était écoulé depuis qu'il l'avait pas visité.

Il a trouvé le brigand à l'abri dans sa pacanière. Le grand Farouche était après laver sa vaisselle, même ça lui donnait pas l'air aimable.

Le vieux Hip dormait sous la table. S'est contenté le bétaille de battre le tambour avec sa queue sur le parquet. Le sacré chien estimait sans doute c'était mayère largement suffisante pour célébrer l'entrée de son maître originel dans la cabane.

Après, l'animal a bâillé jusse au fond de son gueuloir. Il avait la langue blanche. Ses yeux de bête courante étaient chagrins. Il était enfermé derrière une barrière.

Farouche Ferraille a poigné par les anses le baquet où il avait rincé les écuelles. Il est allé jeter l'eau grasse pas trop loin de l'entrée. Il est revenu, trempé par l'avalasse qui brouillait la ligne des arbres.

Il a essuyé le fil de son couteau sur sa cuisse. Il a écarté des gouttes de pluie qui goulinaient dessus ses sourcils. Il a désigné le vieux Hip. Il a dit entre ses dents :

– Depuis ce matin j'empêche le taïaut de sortir. Pauv' coquin! Quand il rentourne de chasser au fond du marais, sa peau est si mouillée qu'elle fume. Ça fait il infeste like hell. Maudit djablot! Il pue la pourriture!

Pop Raquin les a regardés tous les deux. Il a bien compris leur misère dans l'humidité du marais.

Il a reconnu à mi-voix :

– C'est une mauvaise journée avec des petits tourbillons de vent, une bourrée glaciale qui vient du nord. La terre se refroidit. Elle ramasse toute l'eau d'en haut.

Il a opiné du chef.

Il a montré les affaires coûtangeuses qu'il avait barguinées la veille, chez Starbrand. Il les avait enfermées dans un balluchon inventé dans un drap noué aux quatre coins. Il a balancé le fardeau bien en évidence sur la table à trois pattes.

Il a dit :

– Il tombe une pluie à faire évader tous les démons, mais sous la nuée se cache un moment idéal pour visiter la maison d'un ami. J'ai une idée qu'on peut s'asseoir, un homme et une femme devant l'âtre, et l'appel d'air fait monter le feu dans la cheminée...

Farouche Ferraille Crowley a prétendu faire pas tellement attention aux parlages du vieux. Il était comme amarré à sa torpeur.

Il a passé sa main dans le crin de ses cheveux embrouillés par une nuit d'insomnie. Il s'a mis à regarder dehors par la porte ouverte. Ses yeux voyageaient doucement sur la trame de l'horizon confondu, se perdaient en un endroit où les nuages et la terre se rejoignaient. Une gouttière s'était formée au-dessus de leurs têtes, crevant d'un coup les feuilles de pacanier entrecroisées pour former un toit. Et la pluie du ciel s'écoulait librement dans la pièce.

Pop Raquin a reniflé l'odeur de moisissure. Lentement, il s'est tourné vers une étagère. Il a vu un plat de fruits corrompus. Un linge, roulé en boule. Et ce poisson gris perle, sourd, avec des mouches sur les yeux.

Il a perçu la façon douceâtre dont la lumière éclairait l'envers de la vie. Elle choisissait le pourrissement. Rancissait le bois, usé comme du velours. Endormait d'une touffeur sournoise l'humus en décomposition.

Par-dedans lui-même, le vieux homme s'est fait l'observation que c'était un moment sans cris d'oiseau. Un de ces fameux brins d'éternité qui détressent la corde du temps, rabotent, réduisent à des escopeaux la barrière de discorde et rassemblent les cœurs partagés.

Sans un regard pour Crowley, il a avancé son menton sous son nez pour réfléchir plus commodément.

Et la durée a passé sous leurs pieds. De l'eau. Encore de l'eau qui faisait son parcours d'eau. Inondait le platain. Jusqu'à leurs pensées, inondait. Allait s'perdre dans le courant. Rejoignait la mer à sa façon. Après être devenue l'eau d'une autre rivière. Leur appartenait plus. Et ainsi de suite, la lenteur du temps accompagnait la chanson de leur amitié retrouvée. Sans qu'ils aient eu besoin de réciter un conte, ils étaient l'arbre et la terre. La patience avait coulé entre eux.

Farouche Ferraille Crowley a relevé la tête. Il a posé ses yeux clairs sur Edius Raquin.

Il a dit enfin, sans retenue :

– Un ami fidèle est un puissant soutien. Vieux, vieux! ce que tu m'as fait découvrir a valeur de trésor.

Edius n'a pas évité son regard. Il a répondu :

– Tel on est, telle est l'amitié qu'on se forge.

Il a ajouté sans détour :

– Va voir ma fille, Azeline. En elle tu trouveras le repos. Elle dénouera ses cheveux et pour toi elle se changera en joie.

Pop Raquin, le vieux homme, a rajusté son sac-à-pite sur sa caboche. Il a sorti son dentier de sa poche. Il a rempli sa bouche avec ses dents. Il a ricané, c'était sa politesse. Il a touché son chapeau comme cil-là qui n'a pas que ça à faire.

– C'matin, j'ai pas grand temps de m'occuper de toi. L'ouvrage m'attend. J'crois bien ma femme va sortir aussi sous peu. Elle me prêtera la main dans un clos éloigné. Ça fait y aura personne à la maison.

Il a fait deux enjambées.

– Voyage, fils. Laisse le déluge devant la porte. Entre.

Il a désigné le balluchon posé sur la table à trois pattes. Il a viré sans dire autre chôge.

Plus tard, quand Farouche Ferraille a défait les nœuds pour comprendre ce qu'il y avait là-dedans, ce trésor, il a trouvé un rasoir, une brique de savon, un peigne fin pour se faire la raie, un miroir pour se regarder.

Pis un costume de gentleman pour faire sa demande.

33

Jusse après midi, Farouche Ferraille Crowley est sorti de l'anse de la forêt. Il a surgi par une prairie qui avançait dans le bois comme une petite baie.

Il a marché jusqu'au boute sur le chemin.

Derrière les arbres, il a vu la petite maison.

Il a dit j'vas marcher à la maison.

Il a marché à la manière d'un voleur de poules.

Farouche Ferraille Crowley a reconnu, malgré la lumière grise, les volets étaient mi-clos. La porte était fermée. Les fleurs étaient silencieuses autour des murs blancs.

Farouche Ferraille Crowley était écorché au milieu de la cour. Il s'demandait c'qu'il brassait là, misère ! Il était sec comme une péniche sans eau. Il a marché trois pas. Il les a marchés à la maison.

Il était habillé d'étoffe raide, alingé dans son soute neuf. Bridé par la cravate. Ses bottes étaient cirées. Pis sa main à tâtons sur sa jambe trouvait même pas de revolver pour protéger sa vie.

Il a marché à la maison.

Farouche a frappé.

Il pensait j'vas faire un vrai naufrage. Il s'sentait mayère souple comme un coin de banquette. Il s'a retourné pour argarder une dernière fois à l'autour de lui.

Il a frappé.

Azeline a ouvert.

Pour lui montrer comme simple c'était, elle a dit la porte était pas barrée.

Azeline, c'était un portrait dans les yeux de Farouche. La vie n'avançait plus. Ça souriait l'un à l'autre et ça ne bougeait pas. Ils étaient, both of them, empralinés comme du candi.

La petite criminelle s'était pimpée. Même du rouge sur ses lèvres. Elle était si belle.

Ça se fait, il a rentré.

Ça se fait, elle lui a donné une tasse de café.

Ça se fait, il lui a fait les yeux doux.

Ça se fait, elle a pas résisté.

Comment écrire une histoire pareille autrement ? Elle lui a fait présent d'un gros bec sur sa bouche. Il a trouvé ça goûtait bon.

Il a murmuré :

– C'est pas mal curieux, c'qui nous arrive là.

Elle se sentait gaie comme une musique. Elle a pouffé derrière sa menotte. Elle a dit :

– Mon, j'trouve pas. J'y étais assez préparée.

– Quel âge avez-vous donc?

Elle lui a dit sans menterie :

– J'ai fait mes grands seize ans.

Elle lui a refait un bô. Ça goûtait meilleur encore. Elle a jeté le souffle de sa bouche dans la sienne. Après, elle a apporté sa langue. Ça se fait la paire des amoureux se soûlaient comme les grives à l'amour.

Farouche a commencé à piquer la mignonne au ventre. Il la mignotait avec sa main. Il cajolait sa grenouille sous ses doigts.

Ça se fait, elle a reculé.

Elle lui a posé son index sur les lèvres. Elle a dit avec des yeux mystérieux :

– Si j'tombe, j'veux tomber dans un lit.

Elle avait préparé son lit.

Ça s'fait qu'il lui a donné l'amour.

O! Ayi! Yaille! Tape pas trop fort, mon cœur fait mal!

Il lui a fait sauter sa rosette.

Après, c'était fait pour eux. Gémissements et gémissements. Ils s'aimaient d'amour doré.

Farouche s'est laissé aller au fond d'elle. Elle a fermé les yeux, qu'il l'emporte où il savait aller.

Parfois, elle tournait la tête. Elle soupirait :

– J'te demande excuse, Farouche, de pas être assez experte.

Si vite elle apprenait, pas besoin de l'adoucir.

L'homme la visitait, débarquait son empreinte sur toutes ses plages de sable fin. Entrait dans son église. Explorait son nichoir. Tapait des reins. Montrait sa force.

Il chuchotait :

– C'est pour t'appeler ma femme, finir nos jours ensemble.

Vingt mille piasses l'auraient pas acheté.

Ils ont tout gaspillé tant qu'ils ont pu.

Ça disait en leur langage de passion : « Homme! Pique-moi encore! Coque-moi! Prends-moi toute! »

Gémissements et gémissements.

Il l'ouvrait. Il la mordait. Il la couvrait.

Elle avait beau lui offrir toutes ses belles affaires, toujours il redemandait.

Elle gémissait.

Allons voir c'qui s'est passé! Toutes les cinq heures de leur vie, ils en auraient voulu trois dans les airs! Pis à la fin, mon amour adieu, le corps usé, la racine en enragée par la friction et le sang, sur le point de dormir, Ferraille a exhalé en rendant les armes :

– Moi, la place j'voudrais mourir, c'est dans les bras de mon p'tit bébé.

Dieubon! On saura jamais. Azeline lui avait soulagé tous ses martyres.

Sitôt poussé un dernier soupir, il s'est englouti dans un sommeil profond. Ses jambes étaient allongées pour la première fois depuis des mois. En ce moment-là, Palestine Northwood aurait pu le capturer aussi commodément qu'une chevrette dans une senne.

Azeline est restée seule avec son grand bonheur. Elle connaissait plus quoi faire, à part respirer la terre. Elle s'est levée sans bruit. Elle a marché à la fenêtre. Elle l'a entrouverte.

Dehors, les oiseaux de pluie faisaient carrousse. Ils joutaient à des jeux. Entrecroisaient leurs lignes.

Elle a doucement monté sa main entre ses cuisses. Elle aimait cette nouvelle odeur qui l'habitait.

Dans sa bouche, sa langue était assoupie. Derrière elle, un homme qui lui appartenait respirait. Dans le potager de Bazelle fanaient les dernières roses.

Son esprit resta dans le jardin de sa mère.

34

Un serpent brûlant pénétra par la bouche entrouverte d'Edius Raquin, s'enfonça dans son gosier comme une torche de feu au fond d'un puits et réveilla le dormeur en sursaut. Le vieux bougre avait soif assez pour boire une source entière.

La veille au soir, Bazelle et lui étaient rentrés des clos à nuit tombée. Ils ne voulaient pas risquer de faire capoter le bonheur de leurs enfants par une arrivée inopinée.

Trois grandes semaines auparavant, Edius avait fait écrire une fausse lettre par Mom'zelle Grand-Doigt, annonçant la venue au pays d'un jeune homme de sa famille, du côté de Nonc Sosthène Desorteille. Une parenté éloignée, mais un bon jeune homme. Une catégorie de neveu issu de germain particulièrement fiable. Un Dego très brun, très bouillant. Un peu italien par sa mère, un orphelin entreprenant pour le business qui avait entendu parler de la beauté d'Azeline et profitait d'une tournée à Mamou pour venir visiter sa parenté.

Avec des « menteries de riz » telles que celles-là, Bazelle avait manifesté quelques doutes. Elle avait bien essayé de poser des questions plus exactes sur les origines du prétendu et sa profession de grand voyageur, mais Edius l'avait envoyée ménager ses affaires. Qu'elle prépare plutôt un trousseau pour sa fille.

Depuis sa fameuse passacaille avec le marchand itinérant Oklie Dodds, Bazelle courbait vite l'échine. Elle n'obliait pas son écart et traînait sa mauvaise conscience comme une patte en bois. Penser qu'elle avait presque rompu la paille de son mariage pour l'histoire d'une belle robe rouge la jetait dans des grands cris amers. La transportait dans des valses tristes, des opéras de désespoir véritable qu'elle se jouait seule, en rase campagne, au coin des routes.

Encore, il lui arrivait de bergonner des plaintes avec sa tite trompe en cuivre. Mais c'était une femme brisée. Jamais plus Bazelle ne se permettait un début de joie en imaginant l'audace d'un homme, la complicité d'un grand amant étendu sur son corps. Même en rêve, elle restait fidèle à la musique existante. Elle travaillait son jardinage et l'herbe pour ses bêtes. Le reste, c'était de la prière, du dormir, du manger pour se tenir en santé. Et un surcroît d'attention pour l'avenir de sa fille.

A quarante ans, elle était devenue une femme morte dans son ventre. Son sang du mois s'était vidé. Ainsi, pensait-elle, vont le feu, la grêle et la chésseresse. Ils sont créés pour le châtiment. Elle était devenue aride comme une friche depuis qu'une partie de rire et de s'exciter lui était devenue étrangère.

Ce matin-là, Edius s'éveilla avec la certitude que l'heure de ce qu'il avait attendu était sonnée. Il descendit du lit sans réveiller sa compagne. Tout de même, en passant machinalement la main sur les cuisses de son épouse, il les trouva étroitement jointes au creux de son ventre. Elles étaient repliées en une posture de défense, ainsi que celles d'un enfant surpris par le sommeil au milieu de ses sanglots.

Edius se fit la réflexion que Bazelle était devenue aiguë comme une épine, mais, trop préoccupé à se lever bien de bonne heure, il ne chercha pas davantage à percer la raison insensible de son tarissement.

Le ciel, uniformément pâle, commençait à devenir lumineux et la piquette du jour, encombrée de nuages, ne tarda pas à faire son apparition à l'est de la maison.

Edius avala un bol de café doux, planta son chapeau sur caput et sortit dans la cour.

Il se fraya un chemin sec au milieu des flaques d'eau stagnante, contourna la clôture en peline et baissa sa course en direction du platain.

L'ombre était encore épaisse, vestige d'une nuit sans lune. Les arbres se dressaient sur son chemin, élevés et hautains, mais le vieux homme les traversait de son regard. Il cherchait la flamme du petit jour.

Alors qu'une chouette, branchée en hauteur, tutubait un chuintement moqueur sur son passage, il envoya en direction de l'oiseau nocturne un jet indigné de caillou. La pierre frappa le fût, rebondit sur la ramée et souleva un froissement d'ailes grises.

Après qu'il se fut arrêté avec une sorte de glissement arrière, Edius entrevit tout contre son visage deux grands yeux effrayés sortis de la profondeur des abîmes. Il perçut le ressac de son sang en direction de son cœur et sentit tanguer le sol noir.

La silhouette d'une vieille ferzé emportée dans un vol chaotique et instable se noya soudain dans la confusion du rideau d'arbres.

Edius se redressa.

Il était empli d'une crainte qui dépassait en contrecoup le simple envol d'un oiseau privé de lumière. Après deux, trois paroles inaudibles dites pour conjurer le sort, il nettoya son esprit de ce signe porteur de présage. S'étant persuadé que la générosité du Seigneur touche avant tout les vivants, il s'obligea à la course.

Edius s'était mis à galoper.

« Cher, cher, se disait-il en trottinant, allons prendre l'exemple de l'espoir dans la certitude d'être vivant. Les seules oreilles qui entendent sont celles qui sont ouvertes. »

Il voyageait donc à toute éreinte, avec la conviction que rien ne pouvait couper la gorge à une destinée irrévocablement dessinée. Sa vieille carcasse étranglée d'émotion, il s'allongeait à grands pas, tirait sur ses jambes. Sa pompe à sang frappait ses tempes avec un joyeux bourdoudoum. C'est ça qu'était plus foutrement fort que tout.

Et le bon temps revenait à sa hauteur. Il roulait sans réserve à ses côtés. Edius se sentait comme un écureuil volant. Aucune raison pour qu'il s'écrase au sol en sautant d'une branche à l'autre.

Avec toute vitesse, il s'avança vers une clairière.

Il aperçut Farouche Ferraille Crowley occupé à faire ses ablutions, à parfaire son rasage dans une glace avec un soin méticuleux.

Tout de suite, le vieux coupa par de maigres

arbustes et, courbé en deux, les joues riflées par les branches, fonça à la course vers son presque gendre.

Il enjamba dans un seul saut un ruisselet né des eaux de l'automne qui traversait le sentier. Il parut inquiet sitôt qu'il eut trouvé le visage du grand brigand. Ses yeux, les plis de sa bouche et de son front n'offraient pas une expression bien définie.

Sans user de formalités pour dire bonjour, sans enfiler quêque gant de précaution pour arrondir les angles, le vieux tourna une figure interrogative vers Farouche.

– Comment ça s'est passé? s'enquit-il.

– Elle a ouvert la porte.

– C'est un début. Mais telle que je connais ma fille Azeline, ça t'a guère avancé.

– J'avais mis le costume neuf.

– Mouais... J'compte pas trop sur l'élégance pour faire plier mon p'tit roseau... Et après?

– Ta fille m'a offert la grègue.

– Bon! T'as bu un coup d'café! C'est pas mauvais pour toi. Et après?... Et après?

– J'lui ai fait les yeux doux.

– Azeline t'aura vu v'nir! Fallait t'grouiller un peu! C'est une fille, elle est plus haute que ton cheval.

– J'ai fait un pacte avec ses yeux. J'ai joué avec les mains de ta fille.

– J'veux bien! Mais t'es pas le premier qui s'est couché sous l'arbre. Jamais elle dégringole.

– J'ai gardé les mains d'Azeline dans les miennes. Je l'ai mirée longtemps contre moi.

– Ah, mais ça, c'est pas un péché.

– Longtemps, on est restés ficelés l'un à l'autre. Sa bouche était tentable.

– Pas de péché, là! T'es pas allé plus loin que Voicy Smith qu'est l'plus avancé de ses prétendus. C'est tout ça t'as fait?

– Non point, dit Ferraille. Je l'ai apprivoisée avec la langueur d'une caresse.

– Ah, mais, dit Edius, ça même n'est pas un péché qui compte... Ça veut pas dire qu'elle t'aime.

– J'voudrais la marier.

– Y a pas de quoi. Y a pas d'péché.

Le vieux était sincèrement désolé. Il a relevé la tête. Il a interrogé en désespoir de cause :

– C'est toutes les friandises, Farouche, t'as été capab' de maniquer avec une femme qui t'a reçu en cheveux dans une maison seule?

– Non. J'ai joué avec ses tétons.

– C'est un peu plus sérieux. Ça commence à être dans la ligne d'un mariage. Mais c'est p't'être pas un mariage. C'est vraiment tout ça t'as fait?

– Et puis l'reste aussi.

Le vieux bougre est devenu mayère attentif.

– Elle a bien voulu?

– Elle a dit encore. Et forcément, l'un encourageant l'autre, ça se fait nouzaut a glissé cinq, six fois sur le sixième commandement.

Edius est devenu rouge comme un grand feu d'incendie.

– Eh bien, ça! il a dit en dissimulant son rayonnement de joie derrière une gravité bien imitée, ça! Tonnerre des dieux, c'est plus pareil! Nous tombons dans une grande honte pour la famille!... Les vieilles coutumes s'en va! Un bonaré qui fait sauter l'ruban d'une fille, ça s'nomme un suborneur! Et y a pas d'Catherine! Le punissement, c'est le shotgun wedding! Le mariage arrangé au fusil!...

Il a r'gardé Farouche Ferraille Crowley avec une façon inoubliable et déshonorée d'homme blessé à mort dans ses convictions, son amour-propre, ses us et croyances. Il a piétiné son chapeau.

Il a dit :

– Si ça s'trouve, malhureux, adroit comme t'es,

tu l'as déjà mise en famille! On n'a que le temps pour réparer! Et c'est un cas d'urgence.

Il a ramassé son galure.

– Direct, j'vas m'plaindre au prêcheur! Mais avant de monter mes grands chevaux, j'ai acheté un gallon de vin rouge pour cinquante sous. Buvons trois, quatre filets pour conclure l'affaire.

Il a tendu la bonbonne à son gendre. Il lui a laissé prendre un peu d'avance et s'est désaltéré.

– Et après, mo couri chez l'curé! En route, j'm'arrête porter la nouvelle à ma femme, à une ou deux habitations pas trop lointaines! J'casse le morceau que le neveu issu d'germain d'mon Nonc Sosthène Desortielle s'est revenu sans prévenir au pays! Qu'à peine descendu de son choual, ce sacré imbécile a embêté ma tite fille avant l'mariage! Qu'il lui a fait avaler une graine de melon doux pendant son sommeil!

– Le neveu issu de germain de ton Nonc Sosthène?

– Parfaitement! Un grand corbeau foncé, brun par sa mère, avec les cheveux noirs d'un Dego. Tiens, fils, étale-toi ça sur la tête! Ta mère est une Grazziali et tu seras né en Italie, du côté de Naples!...

Il lui tendait le flacon de teinture « Nuit mexicaine ». Farouche a regardé la fiole, l'étiquette, la façon mode d'emploi.

Pour lui, au train où marchait le vieux, les choses allaient trop vite.

35

Bonté du monde ! A l'entrée de quelque chose de lugubre qui s'avance, à l'aube d'une folie si meurtrière, les yeux se ferment.

Ainsi, souventes fois, le malheur fait-il l'arrivée de sa malédiction, rapide comme un cercle de lumière aveuglante. Il cloue les êtres au milieu d'un geste inattendu. Il bouleverse la gravité de l'amour, sa grâce naturelle. Il met un ordre différent dans le convenu des habitudes. Il engloutit la raison, il apporte la vision impossible d'un univers transfiguré.

Avec quelles forces lutter, Seigneur Grand ? Personne n'y peut. Les chôges va comme elles doivent aller. Quo faire s'insurger contre la façon inéluctable du destin ? Quant à la prière, ma foi ! Même si sa pratique est de bon usage, le Bon Djeu n'est pas une chaise à dossier vertical qu'on déplie à l'étape pour s'assir à son aise. L'absurde est là, afistolé de neuf par les ruses du Djiable. Il capote l'élan de la passion. Et après le carnage des revolvers, s'il reste quelque chose de la fragilité tenace de l'espèce humaine, une once de bon sens qui ressemble à un germe de vie, s'il reste les ruines d'une maison calcinée, les lamentations d'un vieux homme ou le cœur déchiré d'une fille, nul doute, les vautours s'en chargeront. Les carencros sont là. Ils déchiquettent la nourriture d'autrui. Ils s'élancent lourdement avant de prendre enfin leur vraie hauteur.

Allons maintenant raconter cette histoire en de plus simples mots.

Au matin de ses noces, il était huit heures à peine, Azeline était fraîche.

Toute la maisonnée faisait ruche. Elle bruissait d'un grand nombre de voix de femmes, occupées à frobir le parquet avant de se transformer en cuiseuses de toutes sortes de viandes, d'oiseaux, de gibiers et de poissons. Asteure, le ferraillage des rires et des plaisanteries à double entendu allait son train. Il n'était plus question que de mangeaille, de niam-niam ou de charades sur les niches et charivaris du vieux temps.

Même le soleil pour une fois était du coin. Le vieil astre, éclairant la nuée à rebours, s'était arrangé pour apporter aussi sa signification de bonne humeur.

C'est dire si chez les Raquin, personne n'aurait pu se douter que la haine, la bêtise, la violence franchiraient la ligne de modération et qu'il allait falloir renoncer à tout ce qui ressemblait à un chemin droit vers le bonheur.

Pourtant, Dieu sait! La quinzaine auparavant, le premier signe du mal sort planant sur les personnes avait été donné par le vieux Hip. Exactement quand le foutu chien avait déserté la compagnie de Farouche Ferraille Crowley. Vouzaut a bien entendu, l'affreux bétaille avait foutu son camp avec ses puces.

Le taïaut, malgré l'aspect délapidé de sa course et le peu de lustre de sa fourrure haillonnée, était, comme on sait, un inépuisable compagnon de chasse. Il faisait montre dans les fourrés, les rabasilières d'un odorat infaillible. Il levait l'armadille ou le chaoui cyprière aussi bien que le râle bleu ou la papabotte. Mais, outre son expérience de pistard fin pour le poil et hardi sur la plume, ce fils de putain partageait avec les rats un instinct supplémentaire : celui qui pousse les rongeurs à quitter le navire sitôt que dans la cale s'installe une voie d'eau.

Oh, pas besoin de bêtiser sur les prémonitions du

vieux Hip, mais une fois déjà, qu'on se souvienne, obéissant aux signes des temps, le vilain corniaud, inspiré par son flair de capon, n'avait pas hésité à battre la campagne. A fuir la compagnie d'Edius pour se mettre sous la protection de Farouche Ferraille Crowley dont il entrevoyait l'instinct de fauve comme un meilleur bouclier pour lui-même.

Ce coup-ci encore, à la veille de la malchance, le taïaut avait choisi de chercher appui en frayant avec une autre compagnie.

Séquestré dans la pacanière, Hip montrait depuis déjà plusieurs jours des envies de humer d'autres odeurs et de retourner chien divagant.

La nuit venue, alerté par le boulvari de son sommeil agité, Farouche Ferraille avait cru que le bestiau était gagné par le pésant, qui est plus qu'un ronflement ordinaire. Mais l'homme avait beau grouiller rudement l'animal, comme s'il avait p't'être un mauvais rêve, le corniaud levait les oreilles en grondant. L'instant d'après, c'était tout le contraire. Il se donnait des allures de chiot, rampait au sol, poussait des cris plaintifs. Ou bien soudain, aboyait sur les nerfs.

Crowley, persuadé que le mâtin exprimait l'envie d'escouer ses vieilles pattes rouillées par l'inaction, l'avait délivré du poids de sa chaîne. Découragé par l'humidité, Hip reviendrait sûrement sécher ses rhumatisses à la brune suivante. Au lieu de ça, après un jappement bref, le canin avait détalé sans merci ni adieu. Et malgré que le plein de lune fût passé, oubliard de ses obligations, l'affreux licheur n'avait point réapparu.

Après de vaines recherches, Farouche avait fini par admettre que l'heure n'était plus à des histoires de bétaille manquant. Le programme tracé par Edius Raquin réclamait de sa part un autre soin que la course au corniaud à travers les fordoches.

Appliquant avec scrupules les directives de son futur beau-père, le grand bandit Crowley entreprit de devenir un nouvel homme.

Le plus ardu de sa tâche consista tout d'abord à modifier l'envergure de ses enjambées. Mais à force de prendre la vraie mesure de sa foulée, d'admettre que la liberté de son corps de coureur de savane était plus dans la ligne d'un bison qui charge que dans celle d'un tourneur d'hémistiches, il apprit à refermer graduellement le compas de ses jambes. Il commença, chaque jour une demi-heure, à étrenner des chaussures de ville qui lui mordaient le cou-de-pied jusqu'au rouge. En s'appuyant au bras d'Azeline, en mettant sa joie en elle, il parvint à tenir gracieusement son équilibre sur un sol maisonnier rendu glissant par l'abus du lustrage, à traverser une pièce sans renverser le guéridon de Tante Nadée.

Désormais, il calamistrait ses cheveux noirs, ramenés vers l'arrière. Il les ordonnait avec soin : deux ailes de choucas rayonnant sur les tempes à partir d'un sillon médian. Cette tranchée, baptisée « raie à la napolitaine », devait, elle aussi, sa netteté pointilleuse à l'intervention d'Azeline. La petite en avait dessiné l'ordonnance au cordeau, comme on crée l'effet rectiligne d'un gazon d'ornement.

Grâce à un atlas de géographie élémentaire obligeamment prêté par l'inestimable Tante Nadée qui aimait à s'entremettre, cousin Charles Desorteille, alias Charles Hetore Grazziali par sa mère, dut se familiariser avec la fréquence des éruptions du Vésuve.

Après vingt-quatre heures d'études intensives, il sut que son cône le plus ancien, le Monte di Somma, culmine à mille cent trente-deux mètres, qu'Herculanum, Stabies et Pompéi avaient été englouties en 79 par les cendres du volcan et que les habitants continuaient à cultiver la vigne sur les pentes de la montagne.

Un mercredi, dans l'observance des règles absolue, Bazelle et Edius l'avaient officiellement reçu en leur habitation. Ils avaient organisé une veuille pour permettre devant témoins l'annoncement d'intention du prétendu.

A toutes les personnes présentes, Mom'zelle Grand-Doigt, Jody McBrown le Nindien et un aut'voisin, son nom Armogène Fusillier, venu avec sa femme Joséphine qui comptait pour du beurre, Edius Raquin fit les présentations. Les messieurs, les dames se saluèrent avec des façons cérémonieuses et on trinqua avec un verre, vite, avant que les mains va devenir froides.

Bazelle se sentait bien.

Toujours son souhait aurait été de partager des thés. De recevoir sur des soucoupes. D'avoir une argenterie. Des napperons. Faute de ces ingrédients et accessoires qu'elle ne possédait pas, elle se lança dans un de ces sucres de sourires qui rendent les relations entre voisins si faciles.

Au début de cette soirée d'épreuve, Edius Raquin connut que rien n'était gagné.

Après hummm-hummm et deux trois propos ennuyants où il fut dit que l'or n'achète rien mais que l'âme trouve sa joie dans la miséricorde du Seigneur, la conversation n'arrivait toujours pas à prendre son galop aisé et naturel.

Au contraire, le vieux bougre remarqua des paupières baissées. Des mains jointes qui se froissaient les jointures. Des jambes ramassées sous les chaises.

Il connut donc que le monde était des hypocrites, asteure.

Edius se gratta sur le bord de la tête. Les chôges, hélas, étaient d'une évidence sans bornes. Dans les calculs de ces personnes venues prêter leur grain de sel aux parents d'Azeline afin que ces derniers puissent faire leur meilleur choix, il était clair que « l'issu d'Italien » n'apparaissait pas comme un parti d'une première jeunesse.

Fortunellement, avec un à-propos que Pop Raquin était pas près d'oblier, Mom'zelle Grand-Doigt, contrôleuse des esprits, et entièrement gagnée à sa cause, prit la parole avec une impressionnante limpidité de vues.

En bonne donneuse de conseils, celle dont la sagesse avait maintes fois sondé l'abîme du cœur humain fit donc sa plaidoirie.

Elle clama, elle fit valoir qu'un mari bien destiné au mariage ne se prépare pas sans avoir galopé par le monde et qu'à son avis l'expérience enmagazinée dans les voyages par le proposé d'Azeline compensait largement l'aspect de parchemin de sa peau gravée par le soleil.

– Cil-là est un *husband,* dit la coquine. Il est pétri d'un bon mortier. Pis au moins, Azeline s'ra pas obligée de li mettre eune bridon. Il s'emportera pas dans les brancards pour avoir vu passer sept écureuils jaunes en haut d'un arbre, ni va pas tirer des coups de pied derrière le jupon d'une noceuse ! Il a déjà vu l'meilleur de c'qu'il y avait à voir. Messieurs, mesdames, c'que j'ai goûté maintenant en m'infligeant la lumière de ses yeux, c'est que c'est un homme fiable. Charles Desorteille aimera la terre et ses enfants.

Elle disait ça, Mom'zelle Grand-Doigt, en profitant du départ de Farouche Ferraille Crowley, parti soulager son eau naturelle dans la cour. Edius la trouvait bien rusée. Et Jody McBrown a porté de l'eau au moulin de la noiraude. Jody était un vaillant *sabine,* en autre mot un mélange de Noir et de chauvage, dont l'appellation provient de la rivière baptisée Rio Sabinas par les Espagnols. Il s'a mis à jaser un conte creux sur les biches qui sont en course parce qu'elles ont leurs chaleurs. Jody savait pas bien raconter les histoires. Toujours, il s'emmêlait.

Ça se fait la compagnie riait comme des fous.

Retenus à dîner, arrosés de moonshine et gavés de sauce piquante, les invités tombèrent en accord avec la traiteuse que la soirée avait été bien charrante. Qu'Edius et Bazelle avaient bonne chance de tomber sur un mari du grain de celui qui se présentait à point nommé et si Armogène Fusillier se permit de faire l'observation que la conversation de monsieur Charles était presque trop induquée pour des rapports de famille entre gensses qui n'avaient reçu dans leur enfance qu'un peu d'école, il s'en mordit les doigts. Les autres lui tirèrent la djeule pour sa restriction d'enthousiasme pendant le reste de la soirée. Armogène se faisait pas plus gros qu'un chas d'aiguille. Et en bouquet pour finir, Farouche avait passé son application avec succès en parlant avec fougue du chambardement de feu et de lave de 1872 sur la crête du Vésuve et de la vigueur ambrée du vin campanien, dit lacrima-christi.

A l'unanimité, il avait donc été habilité à faire sa Grande Demande.

Elle avait été acceptée.

Pendant tous ces temps préliminaires, il avait beaucoup plu sur le pays. Il avait mouillé quatorze jours. Ça mouillait dix pouces d'épais tous les demi-heures. Ça avait tout rempli le bayou. On piroguait pour aller de l'un chez l'autre.

Les gens du proche alentour s'étaient habitués à voir circuler le prétendu de la demoiselle Raquin. Chaque jour, le beau surgissait au détour de la forêt. Il s'élançait à l'avant de sa petite fiancée qui courait vers lui sur la route. Ces deux-là ne se quittaient plus. Ils étaient faits l'un pour l'autre. Ils étaient si fort tombés en amour qu'ils n'arrêtaient plus de se donner des chatteries.

Le vieux Hip n'était pas rentré. Cependant, Mom'zelle Grand-Doigt avait bien cru apercevoir le bétaille fumant par un jour où elle cueillait de l'herbe à malo dans une mèche reculée.

Elle avait vu un taïaut d'une maigreur extrême s'approcher en rampant d'une grande statue équestre juchée immobile sous la mouillure de l'averse. Elle avait épié la manière lente dont l'homme inconnu s'était détourné. Comment il avait ouvert des yeux qui dormaient même le jour. La façon raide dont il était descendu de son étalon, coulé dans du bronze.

Mom'zelle Grand-Doigt avait eu beau s'écarquiller les zyeux, le « venant » qu'elle observait n'était identifié dans aucun compartiment de sa mémoire de sorcière. Elle fut soudain traversée par l'idée d'une croyance effrayante. Elle eut l'intuition qu'une force plus maligne que son propre pouvoir l'obligeait à assister à une religion du Diable. Elle aurait voulu virer son gratin, mais la peur disposait de sa volonté, appuyait sur ses jambes.

Elle vit à nouveau la statue descendre avec lenteur de son garion. L'apparition avait répété les mêmes gestes. Comment une telle erreur des sens était-elle possible ? Mom'zelle Grand-Doigt se souvint brusquement d'un cauchemar qu'elle avait fait. « Voilà des mois que je rêve de cette statue », pensa-t-elle. Elle en fut presque soulagée. Le personnage de malédiction qu'elle avait pressenti existait. Derrière ce personnage était ce bossu. « Tout s'explique, dit Mom'zelle Grand-Doigt. Je vais vivre mon rêve et parce que c'est le cas, la malédiction approche. Devons-nous lutter pour toujours ? »

Elle n'avait plus de forces. « Ainsi je me trouve en face d'une large folie », pensa-t-elle. Et tout ce qu'elle pouvait faire, c'était la contempler. Ses paroles même s'effacèrent de sa bouche.

Pour la troisième fois, le grand ébiganché descendit de son cheval. Il était croche et trempe. Sa bosse, prise sous sa mante, déformait sa puissante stature. La capote de drap allongeait sa silhouette de militaire nordiste. Son poignet pâle et osseux s'avançait au-devant de la tête du chien. Le lierre n'en finissait pas de pousser, de s'enrouler autour des bottes du cavalier.

Mom'zelle Grand-Doigt remarqua une lanterne allumée était posée sur le sol. Elle brûlait en plein jour.

Le vilain canin retroussait ses babouines sur des gencives saignées à blanc. La crainte agrandissait ses yeux, hypnotisés vers le ciel. Il tremblait de tous ses membres, il traînait ses flancs pelés. A bout de soumission, il entrait pour ainsi dire dans la terre, « voilà des mois que j'en rêve », pensa la traiteuse des conjas, l'animal développait sa langue pour l'enrouler peureusement autour de la main glacée de son nouveau maître. Il se laissait caresser, prendre sous le manteau et engloutir dedans. Il ressortait la gueule ouverte, le souffle précipité, transporté par la joie immense de son adoption. Il se répandait en gémissements reconnaissants. L'homme dépliait son manteau. Il accueillait une fois encore l'animal, dressé sur ses pattes postérieures et qui cherchait à atteindre la face livide de son dominateur. Mais le taïaut avait beau dépenser sa salive, licher, mouiller, ramoner la palette du grand marin froid, faire tout son beau pour réchauffer d'amitchié les ossailles du rescapé de la mer, la trempure qui le rinçait jusqu'à l'âme toujours verdissait le bronze sur sa face de statue. Il refusait le baume du chien.

Au bout d'un temps qui ressemblait à un an, à un jour, au gouffre d'une pensée vide, Palestine Northwood abandonna le chien au pied d'un rocher.

Il remonta avec lenteur sur son cheval. Ses gestes avaient la nonchalance de celui qui garde le temps et ne le décompte point de la pesanteur de son effort. Etre mort, c'était une chose, ceci c'en était une autre.

Mom'zelle Grand-Doigt ne bougea pas. Elle resta longtemps, réfugiée dans le désert de ses frayeurs.

L'équipage s'éloignait en direction d'un pont jeté sur le bayou, une passée de troncs d'arbres menant à l'autre rive.

Cette arche de fortune, sous les sabots du garion noir, s'était transformée en un alligator d'une taille gigantesque. Il avait tendu son corps d'écailles d'une berge à l'autre. Il avait la tête enterrée dessus un bord, et il avait la queue pliée dans l'autre écore, l'autre bord. Ça aussi, c'était quelque chose qui était en vie et qui ne l'était pas. La lanterne brûlait sa courte flamme. Le taïaut suivait le cavalier. Après lui, le cocodrie redevenait une branche morte.

Mom'zelle Grand-Doigt se sentait sans bouche, sans yeux et sans oreilles. Elle sentait s'enfuir un bon temps comme on n'en respirerait plus. Elle se sentait incapable de dominer la réalité. « Allez, au revoir, au revoir », murmura-t-elle à l'intention de l'apparition qui s'éloignait, porteuse d'une énergie sans couleur.

Elle se secoua.

Elle vivait.

Une fourmi traversait sa main.

Il lui sembla que l'immense nuage sombre qui obscurcissait le ciel depuis tant de jours remontait d'un degré. Une sorte de lumière pauvre apparut qui ressemblait à l'espoir.

Elle contemplait l'uniformité de la pluie. Elle écoutait la terre s'emplir de l'eau ruisselante, les sources joignant les sources, une armée à la solde du ciel. Un langage obscur lui commandait de quitter le marais où elle se trouvait.

Au loin, elle entendit siffler un chien.

36

Le cœur de Palestine Northwood, rescapé des profondeurs marines, était plus compliqué que tout.

Ses pensées étaient plus vastes que la mer. Ses desseins plus grands que l'abîme. Il avait le visage buriné de patience. Au fond de ses yeux mal ouverts, le temps qui n'est pas se perdait en échos interminables.

Trois semaines auparavant, au retour de Bayou Nez Piqué, il avait pisté Edius et sa fille, suivant le cahot de leur ouagon à distance, comme le guetteur posté dans la hune.

Le vieux l'avait mené drouète devant sa ferme. Ça se fait, à pied d'œuvre pour observer les allées et venues, Palestine était entré à couvert dans le sous-bois.

Confiant qu'avec lenteur ses yeux lui apporteraient fatalement la réponse à ce qu'il cherchait, il s'était installé sur un promontoire. Juché sur ce haut, la difformité de son épaule calée comme il faut sur du moussu, il s'était choisi un veilloir derrière le fût d'un chêne. Il s'était occupé les mains à racler une écorce avec son couteau. Il travaillait avec adresse, chacotant la branche avec l'application de cil-là qui a devant soi des heures de loisir à revendre. Et preuve que not' vie est quêque fois magique comme un jeu d'enfant, à peine il avait eu fini de façonner une cuiller pour sa soupe qu'il avait vu passer Farouche Ferraille Crowley devant lui.

Il faisait un petit temps mouillasseux, bien sombre.

Tout de même, en découvrant les cheveux noirs et lustrés de ce dernier, sa manière bien atriquée de porter son costume, Palestine avait dû s'y reprendre à deux fois avant de reconnaître en lui le grand bandit du Texas.

Le faraud à bottines qui tenait délicatement dans son poing un bouquet de fleurs du jour s'écartait avec précaution des flaques de boue. Il n'avait rien à voir avec l'homme résou, altier et cruel peinturé sur les avis de recherche ou les affiches portant reward.

Cieux! Rien de Farouche n'était plus là. Except le lac de ses yeux.

Passé l'effet de surprise du déguisement, ma foi, une grande heure avait coulé sous la chênière sans que le chasseur de primes eût bougé.

Après réfléchir, il s'était bien gardé de tenir informé de sa découverte la milice armée de Bayou Nez Piqué. Il savait trop que les hommes du nouveau shérif Ben Guinée étaient des chiens fous et cupides, enragés après rouler leur galop sur tous les mauvais chemins de la région.

Palestine Northwood avait donc décidé de préserver jalousement son projet de capturer seul le grand bandit Crowley.

Souventes fois, il enfilait une mitaine pour réchauffer sa main gauche et s'exerçait à dégainer son revolver. Il caressait l'idée d'aller jusqu'au bout d'un duel avec son opponent. Il aurait voulu présenter devant le court-marshall un cas de mort en légitime défense, un tuage loyal contre un homme plein de vigueur et d'animosité.

Or, voilà justement qu'à propos de Crowley surgissait à l'improviste une curieuse interrogation, un changement de personnalité si incomprenable chez un outlaw de sa trempe, que cette transformation originait un profond découragement chez son poursuivant. Parce qu'enfin ! On peut toujours guimbler sur n'importe quel sujet, c'est vrai. Mais autant brasser une sauce avec un couteau porte-malheur que d'essayer de comprendre comment un pilleur de banques aussi tough que Ferraille s'était résolu à ressembler à un faquin de gravure de mode !

Pourtant, j'dis pas, en pays cadjin, nouzaut a l'habitude. Il est de notoriété publique qu'il se présente des événements si peu croyables qu'ils vont interboliser pendant des années les témoins de leur exagération.

Pour exempler un cas, laissons charrer l'histoire de l'homme qui savait gonfler l'eau.

Sans rire, écoutez ça.

Au lieu-dit Coulée Saint Joseph se trouvait une confluence de manches bourbeuses, de reignures et de crevasses. A six pieds trois pouces environ de ce croisson de routes s'élançait la bandaison d'un rocher aux proportions athlétiques et tandis que, sur simple caprice de la nature, le minéral dardait son magma vers le ciel, à sa base se pressait plus modestement un éboulis de pierres lisses et oblongues.

Réunies par les hasards de l'érosion, ces deux concrétions aux formes opposées mais juxtaposables ressemblaient à s'y méprendre aux organes génitaux d'un homme en pleine forme.

Face à la roideur de ce lingam d'intérêt strictement cadjin, un sauvage chéroquois de la paroisse, récemment converti à la cause du Bon Dieu, avait pris l'habitude de s'arrêter. Il crachait sur les pierres d'en bas avec le projet d'arroser son jardin. Personne se rappelle la figure de c'Nindien, comment qu'il était. Il y a si longtemps déjà, son nom, la couleur de ses plumes se sont perdus. Mais l'histoire reste.

Deux fois par jour donc (c'est pour vous montrer si l'ostination était joliment ancrée dans les idées du brave), le Cherokee était après envoyer un crachat sur les foutues pierres. Il crachait au bon endroit. Tant qu'à la fin sa salive a fait monter une rivière. Une rivière que l'eau coule partout, il paraît. Et les légumes poussent spontanément à l'autour.

Vous me direz des charades pareilles, c'est tout de même des raretés.

Ou alors, c'est le rocher était catholique.

Palestine ne croyait pas à ces contes. A la rigueur, il jonglait après l'idée qu'un crack-shot de la qualité de gâchette de Crowley avait pu tomber en amour. Ça, awright. Mais quo faire le djablot ne portait-il plus d'arme à sa ceinture? Hein? Saute crapaud! Mille dieux! Nom d'un saque! Personne n'aurait pu renseigner. C'était proche étrange une affaire pareille. D'autant qu'avec toutes les mortalités qu'il trimbalait sur sa conscience, ce fils de putain espérait quand même pas soudain la Loi allait l'absoudre!

En autre part, à vernailler dans la campagne sans son six-coups, un caractère aussi exposé que lui, sans cesse recherché par les constables, les milices et la Loi, devait se sentir nu comme un enfant ! A la portée du premier shooting venu ! Ou alors il était devenu cranque, simplement désireux d'éteindre le soleil derrière lui. « C'est ça qu'arrive, pensait l'ancien coureur des mers du Groenland, la baleine Crowley recherche sa crévation par mort violente. »

Les jours suivants, Palestine Northwood était toujours tapi dans le taillis ainsi qu'un grand pique-bois. Appuyé sur une jambe, les yeux chagrins tournés vers le chemin, il ne bougeait guère. Son cheval devenait du bronze.

Le temps était retourné à cette terre d'où il était tiré. Le temps avait fabriqué de la pluie, des ondées, des couvées de brume, un revenez-y de soleil, et, parfois, relançait de méchants jolis chants d'oiseau.

Le temps était un sortilège qui rendait incrédule. Il prenait le sentier du navire en haute mer, il insufflait au marin de Nantucket une âme languissante et perplexe. Et bien que trois longues semaines se fussent déjà écoulées depuis qu'il avait repéré le souffle de son Léviathan, le harponneur tournait toujours autour de sa proie, sans se résoudre à fondre sur elle.

A un moment, trompé par la manière prudente dont Farouche empruntait le couvert des caches végétales, il avait même perdu de vue l'ombre mouvante de celui qu'il chassait.

Acharné à retrouver sa trace, il avait fini par apercevoir le fugitif au bras de la fille Raquin. Il avait donc suivi les amoureux.

Et depuis qu'il était devenu familier de leurs rendez-vous, au milieu de jours interminables, à la tombée de la brune, embusqué derrière les îles de bois, les fourrés, les taillis, l'escrampé pénétrait attentivement les voies secrètes de Farouche Ferraille Crowley. Il assistait aux œuvres et aux transformations qui faisaient de celui-ci un nouvel homme.

Au hasard de ses camps, trempé par la pluie, percé de douleurs jusqu'à l'os, Palestine Northwood était le témoin impuissant de la mutation de son ennemi le plus intime, de l'abandon de sa barbarie, de la défaillance de son instinct de survie.

Cent fois, il avait tenu le grand bandit Crowley au bout de sa mire, cent fois il avait failli lui expédier le vol noir d'une balle entre les yeux.

Lorsqu'il s'apprêtait à tirer, une voix s'élevait derrière l'épaule du bossu. Elle lui commandait de surseoir à son geste. De chercher à comprendre, avant d'effacer une vie à jamais, si un homme qui perd l'instinct de violence ne gagne pas au même moment la grâce d'une valeur inestimable.

Palestine haussait les épaules. Il n'avait jamais vécu que dans la familiarité des blessures incurables. Pour lui, l'homme-cible était déjà partie de l'autre monde.

Alors, la voix derrière Palestine se taisait. Elle laissait l'estropié écouter la musique de l'eau.

Azeline apparaissait au bout de la manche. La jeunette apportait son rire, sa grâce. Elle éveillait l'aurore. Elle chantait. Elle jouait.

Le justicier, le vilain boscoyo, haussait à nouveau les épaules. Il avait un geste d'humeur. « Tais-toi, ma voix! Seule la fournaise éprouve la trempe de l'acier! »

Au même moment, vaincu par une exaltante délivrance, il ressentait la relativité de ce qu'il venait d'énoncer. Toute notre intelligence et la structure du monde qui fait sa boule chaque printemps conspirent à sanctifier le contraire de la destruction et de l'oubli. N'est-ce point une bonne raison pour se rendre et espérer?

A quelques pas seulement de Palestine Northwood, l'homme et la femme dont il pilotait le destin faisaient l'amour à demi nus.

Le chant mélodieux des oiseaux était dans les rameaux. Allongé sur la berge, tout contre le murmure du bayou, le mal foutu guettait le moment où le torse noueux de Farouche Ferraille Crowley se fondrait avec la blancheur étrange, silencieuse, ralentie du corps de sa compagne.

Par vingt degrés de latitude nord et cent cinquante-sept degrés de latitude ouest, l'esprit exalté du navigateur se transportait alors en un pays lointain.

Fantôme de bois mort, encalminé par la touffeur des îles Sandwich, la proue du *Holy Hope* déchirait lentement le tulle de brume de la rade. Tandis qu'entre misaine et grand mât les huniers malmenés par les aboiements du maître Kérampon déployaient en vain le tirant des voiles afin d'essayer d'apprivoiser ce souffle de brise seul capable de rendre au trois-mâts carré ses allures d'oiseau blanc, le matelot Palestine reposait au fond d'une case. Le corps huilé, les muscles lisses, à demi étendu sur une natte, l'âme dispose, il lavait et relavait au fil d'une aiguière les paumes de ses mains qu'il voulait rafraîchir.

Il attendait l'amour.

Fille d'un roi, la belle Nouka-Hiva baisait ses paupières et lui offrait l'accueil de ses flancs si fertiles.

Mon Dieu! En ce temps-là, comme il était aisé de passer imperceptiblement derrière le rideau de la nuit! Comme la vérité était légère et chantante!

Comme elle était facile à approcher, la pureté des indigènes, au sortir du babil de leurs bouches enfantines ! Et comme, malgré le poids de toutes ces années nauséabondes, il était encore palpable, épicé, à peine atténué au fond de la gorge, le plaisir simple de fumer une pipe partagée avec les autres hommes de l'archipel, en regardant s'éteindre le ciel sanglant de l'océan !

Rappel lointain d'une vie antérieure, le rire d'Azeline cascadait sous les ombrages, se terminait par des mots si ténus que le souvenir s'éloignait. Palestine cessait de marcher vers la cendre de la lune. Le regard du marin tombait sur le mystère d'un bois tordu et poussé tout en nœuds. Il se frappait la tempe avec le poing. Il se détestait à jamais.

Le déroulement de ce qui est perdu et tout ce qui se voit n'est-il pas ainsi fait qu'il trouble celui qui l'a appris ?

Une lassitude inattendue paralysait le doigt du tueur sur la détente de son arme. Sincèrement, son crâne vide lui commandait de s'extirper de la situation.

Palestine Northwood baissait la tête. Soudain, il suspendait son geste de mort. Il muselait son revolver dans sa gaine.

Revenu à la solitude de son camp, environné des ténèbres et du cri des oiseaux nocturnes, il s'en voulait.

La grâce ?

Il soupesait sa cartouchière. Qu'y a-t-il de plus lourd que le plomb ? Il jetait rageusement une branche sur le feu. Il repensait à la jeune fille. Vieux fou ! Ne donne jamais à l'eau un passage, Northwood ! Nouka-Hiva était morte. Azeline creusait sa source devant elle.

En d'autres occasions, il aurait suffi d'apparaître à la saignée d'un chemin et de braquer sur Crowley son arme pour le réduire en esclavage. Toucher la prime et le ramener en travers d'une mule, poings liés, jusqu'en une ville où la justice des hommes l'aurait pendu haut et court.

Pourtant, passaient les jours. L'homme de la baleine ne commettait rien d'irrémédiable.

Le visage sec comme du bois, la peau collée sur ses os, le soir à son bivouac, le harponneur de Nantucket, irrité sans mesure, poursuivait le cours de son obsession. Devant l'écran de ses paupières closes, la rage de l'océan brisait son ressac devant lui.

Il serrait ses poings froids sous son manteau de marine. Le voici qui se disait avec désespoir : « Où donc est l'accomplissement de ma quête si rien ne me résiste ? Dieu ! Comment accéder à cet endroit lointain et mystérieux où complote et m'attend la force de mon ennemi si le chemin s'arrête ? Dieu qui juge et Dieu qui oublie, tire-moi du filet d'impuissance qu'on a tendu devant mes pas ! Si plus personne ne fuit à l'approche de mon galop, adieu, le froid de mes os ! J'ai perdu ma couronne ! Que va-t-il advenir de moi, si je ne chemine plus courbé et sans forces, les yeux défaillants de doute et l'esprit affamé du danger de la mort ? Ou alors, rends-moi un cœur pur, efface de mon esprit toute idée de revanche et de meurtre ! Restaure en mon corps brisé l'ordonnance de ma jeunesse, brise cette bosse et qu'ils dansent à leur tour, les os que tu broyas ! »

Tandis qu'il adressait ces prières vers le ciel, il se jetait à genoux. Misérable, il se traînait sur le sol.

Une nuit, alors que son sommeil ressemblait à une agonie, Palestine s'a dressé sur sa couche.

Dans la tiédeur de la couverture, il a palpé sa racine alourdie d'un mauvais sang qui épaississait dans ses veines. Les tempes battantes, éreinté par la malchance de ses cauchemars, il s'est élevé d'un seul élan. Ses gestes étaient vifs. Ils ne lui appartenaient plus.

De son sac de marin qui lui servait ordinairement d'orier il a sorti un pantalon rouge, gansé sur le profil. Un habit d'apparat que lui avait légué Captain Jonathan Fix sur son lit de mort. Une culotte qu'il n'avait jamais mise. Un drap d'uniforme qu'il ne comptait pas enfiler sur ses longues jambes avant le jour de son propre enterrement. L'étoffe en était froissée. Le capitaine Fix avait été un homme de courte taille. Mais l'habit rouge valait largement assez pour ce que Palestine comptait entreprendre. Et même en admettant que ces chausses frisassent le ridicule en pavillonnant la brise à mi-mollet, la recherche d'élégance dont elles témoignaient, leur rareté sous de telles latitudes et un peu de savon que Palestine comptait utiliser pour se frictionner sous les bras feraient mieux passer l'odeur de transpiration du sous-vêtement douteux dont ne se séparait jamais le marin.

A tâtons, le grand bossu des banquises avait rasé ses joues et époussié sa casquette d'inscrit maritime. Son esprit le transportait à nouveau sur une natte, dans la touffeur du climat des îles Sandwich. Il avait sanglé sa sourtadère sur son coursier. Une main grabée sur le plombeau, il s'était hissé sur la selle. Il avait laissé le feu et les cendres mourir au milieu du marais. Sans se retourner, il avait chevauché jusqu'à la ville.

Bon. A l'autour de l'église de Bayou Nez Piqué, tout dormait dans les rues.

Passé le salon Chez Archille, le cavalier unique avait tourné dans un étroit passage.

Hors du chemin public, il s'était arrêté en face d'une tite habitation cachée derrière des clayons. Une boîte blanche, allongée comme un plumier sous la lune et coquette avec ça, frisée de rideaux roses.

Salut ! En frappant aux carreaux où il savait qu'habitaient deux femmes de mauvaise vie, une catin, Rae, et l'autre, Louison, Palestine Northwood, comme une personne atteinte d'oubliance de l'heure tardive, a fait un sourire affamé aux deux visages dessinés derrière la fenêtre.

– On est fermées.

– Ouiai. Mais peut-on pas ouvrère ce qui est barré ?

– Trop tard. L'ouvrage est lâché, a dit Rae. Moan, today, j'ai fini avec refrédzir les brandons des bonshommes.

– Et mon, a soupiré Louison, j'peux pas ouvrère la porte sans la clé. Même si j'ai pas sommeil, la clé est dans la poche à Rae.

Palestine a montré son argent. Une bouteille de gin.

Il a fait des grands gestes.

Les deux pas-bonnes se sont argardées.

– Tous les bétailles font l'même bruit, a dit Louison qu'était bonne fille au cœur large. Ce soir, on peut bien encore casser un œuf de plus !

Deux secondes après, par exception, les doors étaient après s'ouvrère doucement.

Quand les bitches ou putains ont vu que le client était croche, Rae a dessiné un sourire gourmand sous sa frange :

– Un bossu, c'est pour nous deux. C'est sûr, ça porte chance.

– C'est ça, a dit Louison. Entrez dans not'

même lit, m'sieu. Faites-y un saut, et après on vous renvoie.

– Ça va.

Palestine a tout de suite distribué l'argent. Un bref éclat bleu était apparu dans le regard de Rae.

Elle se souleva un peu sur la pointe de ses mules et se colla contre lui. Elle disposa ses mains croisées comme une soucoupe pour cerner les contours de son sexe. Elle l'embrassa calmement, en le regardant, et il sentit son pénis s'ouvrir large comme une fleur de jojoba entre les doigts refermés de la fille.

Elle pouffa de rire. Elle dit :

– Il faut baisser la lumière. Dis, surtout, ne va pas pleurer dans le noir.

Elle éclata d'une sorte de hoquet vulgaire. Palestine sentit son sang faire un bond vers l'avant, pis ses nerfs se détendirent comme des fantômes vers l'avenir.

Il s'approcha de Rae et posa sa main glacée sur ses épaules.

– Trop froid? demanda-t-il.

– Non. C'est seulement ta main, dit la fille.

Palestine a dit :

– Je me serais senti criminel de vous laisser seules toute cette nuit.

– Je ne sais pas ce que vous avez de spécial, a murmuré Louison en ouvrant son peignoir sur ses seins, mais je me sens déjà bien avec vous.

Il a détourné d'elle son regard d'étranger à ce monde.

Il a suggéré :

– Je peux garder mes vêtements, si vous le souhaitez.

Les deux fouignes s'entre-regardèrent avec étonnement.

Rae a décidé qu'on boirait le café sur le lit parce que c'était plus confortable.

Palestine en est arrivé au point où il a fallu retirer ses vêtements. La langue de Louison est venue se glisser dans sa bouche comme un morceau de verre en fusion.

Il a monté dans le lit.

Le lit était étroit. C'était pas une place idéale pour se rencontrer à plusieurs.

Louison a baissé la lampe comme un clair de lune.

Rae a ouvert ses cuisses. Elle a dit :

– Commencez par où vous voudrez.

Louison a opiné.

– Ouiai, c'est comme ça. Nouzaut aime pas les affaires embrouillées. Vous voyagerez déjà avec Rae et après, mon, j'prendrai la locomotive en marche.

– C'est très généreux de votre part, a reconnu le bancroche.

Il a jeté son grand froid sur la fille la plus proche.

Il a commencé à coquer.

L'une était grosse, avec des seins qui ne tenaient dans aucune main, et c'était Rae. L'autre était plus âgée. Elle avait conservé de la finesse sur les traits de sa figure mais maintenant, elle était marquée sous les yeux. Son ventre était froissé. La raison de la défaite d'un corps, c'est si tous les jours on casse les œufs comme à Pâques.

Avec tous les tours de dévergonde qu'elles avaient dans leur sac, Rae et Louison étaient bonnes balayeuses. Plusieurs fois, elles ont fait tendre son corps à Palestine comme un pont au-dessus de l'abîme. Elles l'ont fait viendre par-dessus des tas de batailles. Le marin était bien armé. Il battait méchant fort. Mais ses orteils et la plante de ses pieds étaient toujours des galets froids.

Pour remédier à cette glace qui leur faisait claquer les dents, les deux épivardées s'y sont mises ensemble. Elles ont recommencé à le frotter. Seigneur, il y en a des morceaux dans un homme! Et à force de lui procurer des plaisirs fous, de le nicher dans des seins épais, d'éprouver son endurance sur des parois lisses, quand même, il a fini par respirer court. Son discours était égaré.

Devant la pâleur de son teint, les biches ou putains se sont arrêtées. Parce que tout était bu. Une gêne étrange s'est installée entre eux trois.

Le marin de Nantucket s'est penché vers en avant. Il tenait sa face entre ses longues mains osseuses. Peut-être il pleurait des larmes sèches.

– Fantastique, a murmuré Louison, qu'est-ce qui se passe chez toi, honey? Détends-toi un peu.

– Oui, a surenchéri Rae. Raconte-moi c'que se passe. Et pis c'est bizarre, la manière que tu te réchauffes jamais.

Louison a frotté ses avant-bras. Elle recommençait à avoir la chair de poule. Elle a dit :

– T'es quand même à part! On a soufflé le chaud sur toi, on t'a apporté un éléphant dedans le cœur, on t'a fait voyager jusqu'à la braise et pour remercier l'ouvrage, toi, t'as l'air d'un noyé...

– T'as foutrement raison, Louise! Couah! J'en ai marre de c'zombi, a dit Rae. Il a l'air raide d'une façon illimitée.

Elle a escoué Palestine par l'oreille.

– Fais-nous un signe, merde!... Dis-nous au moins si c'était pire avant d'entrer ici.

Rae s'a penchée hors du lit. Ses fesses étaient d'une blancheur extrême. Elle a relevé la mèche de la lampe à coloïe. Une lumière dorée baignait désormais le dos décharné du marin et les deux filles regardaient fixement le tatouage de ses épaules.

Sur sa bosse elles ont découvert une île. Une île cerclée de vagues et plantée de pommetiers remplis de pommettes mûres. Un serpent les mangeait.

– Un serpent sur une île, a dit Louison. La pomme est rouge. Mais la fable est pas claire! Y a toujours une honte cachée dedans un panier d'linge sale!

Au moins trois minutes se sont écoulées.

Rae a tendu la main vers un sandwich. Elle a dit qu'elle avait faim. Que même avant de mourir, c'est ça qu'elle ferait : manger un sandwich avec la salade. Elle a commencé à manger le sandwich. Elle fixait l'île et elle avait retrouvé sa tristesse.

Louison avait le visage encore empourpré, les lèvres légèrement boursouflées. Elle aurait aimé que la situation soit différente. Elle a passé sa main sous la fesse nue de celui qui les payait d'ingratitude. Avec l'insinuation de son index relevé, elle a fait ça qu'il fallait pour le réveiller. Elle lui a caressé doucement sa rose du cul. Et ça, il le désirait. Sûr de sûr.

Elle a dit pour l'encourager :

– Moi aussi j'ai la poisse. Soi-disant ça s'corrige.

Palestine ne répondit pas. Il donnait l'impression d'avoir un bâillon devant la bouche. En même temps que Louison continuait à lui prodiguer du bien-être avec son doigt qui bougeait, elle se demandait encore combien de temps il supporterait la présente chaleur sans émettre le moindre son.

– J'te fais pas mal, j'ai pas d'ongle, dit-elle pour entendre le propre son de sa voix.

Elle pensait à un verre d'eau.

C'est à ce moment qu'elle se rendit compte que

quelque chose d'insolite était sur le point d'arriver. Le sommet en cratère de l'île déserte s'était mis à palpiter et la mer était agitée. Palestine donnait l'impression d'avoir des cordes dans ses poignets. Ses bras étaient tendus et sa peau commençait à bourlinguer sur les vagues avec un drôle de tremblement. C'était une impression désagréable, un peu comme si l'homme cherchait à empêcher que quelque chose d'explosif ne fasse éruption.

Rae a avalé sa salive. Sa dernière bouchée de pain. Elle savait que tout doit avoir une fin. Elle a achevé de consommer les dernières secondes d'attente qu'il lui restait. Elle a constaté avec un drôle de goût dans la bouche :

– Tu sais quoi, Louison, je crois, cette nuit, on s'est trompées de corps.

Alors, dedans la mer, y a venu comme un ragan. Palestine s'est mis à bûchailler les filles. Il tapait à l'aveugle. Rae, son front a éclaté. Louison en a pris tout autant. La boucle de la ceinture cinglait sur les bouches.

Quand le marin de Nantucket a quitté la chambre, la lampe éclairait du sang sur les murs. Il a laissé échapper sur le parquet un instrument servant à inciser. L'acier d'une paire de ciseaux, peut-être.

C'est pas comme ça qu'il faut s'y prendre pour racmoder la misère. Palestine Northwood nageait dans les pantalons rouges du capitaine Fix. Il est reparti au fond de la forêt.

Chemin faisant, il a pas seulement regardé ses mains.

Et puis, seul, pendant des jours sans nombre – était-ce parce qu'il s'était placé en dehors de toute loi humaine? –, il resta planté sur son cheval. Il était enclé dans un engourdissement extrême. Il ne prenait plus de nourriture. Il oubliait le goût des sources. Amoindri et perclus dans ses os, il se sentait sans le moindre germe de vie.

Quand il vit s'avancer au-devant de lui un chien proche de sa propre misère, il écarta imperceptiblement les écailles de ses lèvres gercées avec le tranchant de ses dents.

Il murmura pour lui-même :

– Quelqu'un!

Il descendit trois fois de cheval. Il ouvrit les pans de son manteau à cette parcelle de vie. Il n'eut de cesse que l'animal lui eût léché les mains. Et le cœur, réchauffé.

Et c'est comme ça, ce fameux jour, que Mom'zelle Grand-Doigt avait pu s'illusionner que le pont sur le bayou était devenu un crocodile.

Pour nous, c'était possible.

37

Au matin de ses noces, comme il a déjà été dit, il était huit heures à peine, Azeline avait le teint frais et la taille bien prise.

Alingée dans sa robe blanche, elle était méchant jolie. À pas comptés, elle est allée faire confesse.

Contrairement aux usages, un prêtre d'une autre paroisse avait pris la place du chapelain de Bayou Nez Piqué. Il a reçu la pénitente à l'abri des oreilles. Les murailles étaient boucoup minces en c'temps-là.

Ça se fait vers neuf heures, Azeline s'est agenouillée sur la paille de la grange au côté d'un très vieux homme qu'elle connaissait pas. Les bras entrouverts pour capter la miséricorde du Tout-Puissant, elle l'avait trouvé enfermé avec les bêtes comme dans une crèche. Il était après prier avec beaucoup de piété.

Pas trop loin de la mangeoire à Tit Noir, la fille de Pop Raquin a commencé à s'accuser avec une grande sincérité.

Ainsi qu'il est naturel dès qu'on aborde ces tentatives d'épouillage de l'âme, l'énoncé des fautes qu'elle avait commises allait en grossissant.

Après l'aveu bien anodin du péché de gourmandise, elle a admis à voix basse qu'elle avait parfois erré hors du chemin de la vérité. Elle a parlé de son égoïsme et reconnu son effronterie, souventes fois déployée à défier le regard des jeunes hommes.

– Pardon, mon père, ça va toujours pareil, dès j'vois un de ces coqs qui restent à loaf tout l'temps dans leurs belles bretelles, j'joue à fouiller ses yeux. Et c'est pas bien honnête, je sais. J'allume un grand feu dans sa cervelle.

Après le silence d'une lutte immense, elle a promis de ne point cacher les secrets de son corps corruptible. Elle a dit qu'elle souhaitait en régler avec Dieu le poids, le nombre et la mesure. Pis le moment venu, elle a hésité à s'accuser bien franchement du péché de sexe.

Elle s'est arrêtée de parler. Elle était move. Quand on joue ça, on pleure toujours.

En l'entendant sangloter, le vieux prêtre s'a bien gardé d'intervenir. A force d'accorder sa consolation, il savait d'expérience qu'un souffle peut ôter l'envie de confier sa vie.

Une terreur soudaine et partagée s'est emparée du confesseur et de sa repentante. Devant l'inconnu du voyage qui les attendait, ils étaient guère plus rassurés que deux petits êtres blottis ensemble dans une nuit où le passage des hyènes et le sifflement des reptiles leur étaient réservés. Ailleurs, pour les justes, le monde entier brillait d'une lumière étincelante.

Le vieux prêtre a dit :

– Ma fille, c'est vous qui portez la charge de nous. Vous seule avez le pouvoir de rallumer la claireté.

La petite a mordu ses lèvres. Elle est entrée en soi-même.

– Depuis quelques mois, j'avais fait un pacte avec mes yeux de ne plus regarder aucun prétendu, a-t-elle fini par murmurer. Mais cil-là que je vous demande de marier aujourd'hui... ce bel homme avec des yeux gris comme une passée de nuages... dès que je l'ai vu... j'ai voulu graver son corps sur les paumes de mes mains...

Elle disait cela avec des joues empourprées. Les yeux fouillants, elle s'était détournée vivement vers le prêcheur.

Elle a ajouté avec une grande fièvre :

– Ah, père! père! même si j'vous parais folle, verte et naïve, pardonnez! J'l'ai aimé en un jour. Et l'lendemain, c'était pire!

Dans son élan du moment, elle tenait serré le poignet du curé dans sa griffe. Elle escouait presque son bras.

Avec sa chevelure pendante, ses rides de mansuétude autour du front, le curé Tobie Lefort la laissait faire.

– Disez-moi si vous avez « glissé », ma fille, dit-il simplement. Aussi combien de fois le serpent a mordu. Et à quelle hauteur, s'il vous plaît?

Azeline égrenait à nouveau son rosaire sans déblater. Les mots nouaient dans sa gorge. Ils étaient mayère trop étouffants pour pouvoir passer son bec doux.

En percevant son combat pour la vérité, le chapelain a souri.

– Awright. Tout va bien, il a murmuré pour encourager sa confessionneuse.

– J'ai eu la malchance plusieurs fois, Azeline a dit d'une voix tremblante.

Il faut répéter : l'abbé Tobie Lefort était un homme de Dieu qui savait prendre les silences des jeunes gens pour des aveux.

– Go ahead, mon enfant. Comptez vos pas jusqu'à moi. Vous blanchirez votre faute.

– Le serpent a consumé ma chair et ma peau, dit Azeline. Ce sont des mains d'homme qui m'ont façonnée.

Même si c'était des temps durs, elle se sentait comme une âme qui paye son compte au Seigneur en disant cela.

Le prêcheur l'a relevée après contrition. Il lui a dit qu'elle était lavée comme un linge de sacristie. Il lui a recommandé de demander la grâce et le bonheur.

Après Azeline, son fiancé.

Les choses se firent honnêtement. Elles étaient dans l'ordre.

Le grand Ferraille était à deux genoux sur le sol nu. Quand le serviteur du Bon Dieu lui a commandé d'étaler ses péchés, il s'est tendu comme un arc. Il n'oubliait pas le nom ni les derniers yeux de ceux qu'il avait tchués.

– Mon Dieu, dit-il en s'abîmant dans la prière, faut-il aller si haut pour être heureux ?

Le grand bandit Crowley laissa son esprit obsédé divaguer. Il s'accusa de tous les tirages qu'il avait commis. Et ne cacha pas que son tourment était devant lui sans relâche.

Après qu'il eut affranchi Ferraille de tout le sang versé, le prêtre est ressorti de la grange. Sa bouche était collée.

Il est allé prier sous un arbre.

Derrière son dos courbé par la misère du monde, toute la maisonnée faisait ruche.

Les habitantes d'autour du bayou, Mom'zelle Grand-Doigt, sa petite sœur Jasoline Bee, une autre ménagère, son nom était Luckette, elle halait l'ouvrage mieux qu'un bonhomme, et cette dinde de femme à Armogène Fusillier, Joséphine, elle comptait toujours pour du beurre, étaient venues prêter la main à Bazelle.

La cuisinerie regorgeait d'odeurs.

Parfois, Edius passait la tête ou cherchait à espionner par une craque du mur en bousillage. Il lorgnait le festin en train de se mijoter dans les casseroles. Dès que son œil inquisiteur apparaissait par la fente, le ramtcha, la parlange, la jaserie des commères s'arrêtait.

Bazelle, les mains occupées à pétrir, mirait par-dessus son épaule :

– Qu'est-ce que tu cherches ici, vieux cheval? J'veux personne alentour dans mes jambes.

– Ben mais... j'suis v'nu quérir quêque soutien de nourriture pour aller avec mon café doux...

– T'as sûr besoin de rien, vieux hypocrite. Même un os à jeter, tu n'auras point!

– Ah, mais, tout c'qui me manque pour finir mon bol, ça serait une tite pièce de boudin et deux ou trois bons gratons du pain de maïs!

Elle fondait sur lui avec sa quiller ou son rouleau levés pour le taper. Elle l'aurait enfariné si ça s'trouve, un nuage de poudre blanche dans les zieux.

– Au, va-t'en! Va te cacher!

Le vilain bougre battait en retraite. Il riait sous cape. Il allait quand même pas s'aronder avec sa vieille un jour de famille.

Infatigable, il parcourait si bien l'habitation en tous sens pour veiller à la bonne ordonnance des personnes ou des objets que depuis les galdries jusse au grenier les parquets branlaient sous ses bottes. Dans son ardeur, tant de pas cloutés pour presque rien, il était fol. Sans cesse, il marchait deux fois sur la même place pour faire le même ouvrage.

Au milieu de la matinée, les premiers invités commencèrent à monter le chemin. Ils s'annonçaient par des éclats de voix, des exagérations de plaisanteries. « Yeah! Yeah! », ils poussaillaient des cris pour encourager l'attelage comme si grimper la pente du jardin, c'était les monts Appalaches.

Pour mieux nous comprendre, il convient de savoir qu'un Cadjin qui vient marier la fille d'un voisin s'avance vers l'habitation de ce dernier avec un esprit de gaieté, des idées riantes, une franche bonne humeur et un vrai plaisir de boire et de manger.

Les couples arrivaient pour la plupart dans des ouagines pas trop lourdes. Les plus gros chiens, fiers de leur argent, montraient des épouses harnachées dans des toilettes coûtangeuses. Ils voyageaient dans un *hakney-carriage* – une voiture de louage en autre mot. Mais à part deux, trois m'as-tu-vu de c'bord-là, chacun avait fait signe bien volontiers. Les gensses étaient jusse fiers et contents de se voir en une bonne occasion et de faire une belle noce d'une belle paire. C'est dire qu'except qu'ils s'étaient trempé le tchu dans un baquet d'eau savonneuse, ils étaient restés tels qu'en eux-mêmes.

Le hangar était déjà rempli avec trois boguets et une couple de barouches. Ça faisait les haques ou les wagons qu'arrivaient plus tardivement dételaient dans la cour.

Tout le monde se connaissait. Tout le monde était ami, même si les habitations étaient lointaines. Souvent les filles avaient partagé l'enfance, mâché des doudous, des cailloux de sucre, en attendant que les grandes personnes aient fini de danser le *reel* ou le *one-step* jusqu'au petit jour.

Edius venait faire l'accueil. Les hommes célibataires sautaient de leur choual et se dépoussiaient en buvant un verre de moonshine ou « alcohol de maison ». Pendant cette occupation pour étancher la soif, ils promettaient qu'ils ne seraient ni soûls, ni audacieux avant la fin du jour.

C'était une sacrée belle fête en préparation.

A onze heures tapantes, Charles Hetore Grazziali-Desorteille a marié Azeline Mae Raquin devant le Bon Dieu.

Il lui a promis de lui faire une bonne vie, de subvenir à ses besoins, de fonder une grande famille et, cap'tain voyage ton flague! il lui a passé la lalliance consacrant leur union. L'affaire, escamotée rondement, avait eu lieu autour d'une messe célébrée au pas de charge dans une petite chapelle espagnole retrouvée depuis peu au fond de la brousse.

Longtemps, les herbes, les fordoches, les lianages avaient dissimulé la bâtisse sous une tache verte. Jusqu'à cinq ou six ans passés, elle croulait à demi, bousculée par la poussée d'une légion d'arbres. Dans son avancement progressif, le genou d'un cyprès s'était même chargé de capoter le bois vermoulu de ses basses portes. Après, dans sa brutalité naturelle, le feuillu ne s'était pas contenté de rester sur le seuil. Il avait planté les grands doigts de ses racines dans l'autel.

La hache du bûcheron Ambroise Rougeau avait sauvé le tabernacle in extremis. Il avait fait un tas avec la drigaille épaillée tout partout sur les dalles du chœur. Et, après bien nettoyé la place, le taillis débroussaillé, Ambroise et ses trois garçons avaient remplacé par des neufs les bardeaux ou merains pourris ou fendus. Ils avaient rendu sa charpente et son toit couvert en tuiles de bois à la tite maison du Bon Dieu.

Ça se fait aujourd'hui on pouvait s'y marier à son aise. La cloche égrenait sa musique ordinaire. C'était plus les zozos qui sifflaient le sacerdoce.

Tout de même, l'église était vraiment blottie dans un coin reculé. Et la messe du curé Tobie Lefort, il fallait se relever dès qu'on s'était agenouillé, ressemblait à une course. Son latin filait en train d'enfer.

Silence, les femmes! C'était la volonté du père de la fiancée qu'il en fût pratiqué ainsi. Pop Raquin souhaitait une cérémonie avec toute vitesse. Ma foi! Il avait la réputation d'un homme qui tenait beaucoup à la paix. Personne autour d'icite pour y faire objection.

Et pis aussi, il se cancanait dans les rangs des personnes que si le vieux avait la tête rouge, c'était pour faciliter les affaires de son gendre italien. Elles l'appelaient vers la Ville. C'était beaucoup d'argent à gagner.

Le marié, justement, d'après les rapports du vaillant monde qui l'avait approché, était un grand bel homme pas très charrant, avec des cheveux à reflets corbeau, comme on n'en voyait guère par la paroisse.

A propos de son apparence, quelques femmes d'expérience hochaient la tête sous leur garde-soleil et faisaient une bouche prudente comme lorsqu'il est fait mention d'une chose doutable. Ou bien, elles adoptaient un petit sourire en coin. Chacune avait son idée. P't'être bien, sûrement, qu'un glissage des corps avait pu avoir lieu avant le mariage. Et les tout derniers avis étaient que les tourtereaux s'étaient déboutonnés une fois de trop en arrière d'une tale d'éronces.

Joséphine Fusillier, la fouine à Armogène, dont l'ventre était en cailloutis et qui crevait de jalouserie dès qu'il était question d'enfanter, avait carrément franchi un cran dans le mal-faire. Elle avait forgé une p'tite chanson qui emboîtait sa rime avec le mot tête, un couplet qui disait : « La fille a fait erreur dans ses calculs, pauv' petite bête! »

Trois malicieux ont pris à rire. Les autres haussaient les épaules. Une telle éventualité n'était pas faite pour décourager l'assemblée. L'insinuation de Joséphine, ça partait dans la mer. Après tout, attraper un enfant par le bas du ventre n'était pas le plus triste de l'histoire humaine.

Le futur serait témoin!

Peu à peu, Edius lâchait ses nerfs raides. Les choses se mettaient en place telles qu'il les avait imaginées.

En pleine église, alors que sa fille Azeline venait de prononcer le oui qui la faisait entrer avec son cher mari dans le pays commun des nuits calmes et tièdes, dans l'habitude conjugale des journées chaudes et doucementes, le vieux bougre avait tourné son visage avec ferveur vers la hauteur de la nef. Il fixait une majestueuse coulée de soleil. Soudain allumée, elle flambait neuf derrière le vitrail. Edius reconnut ce signe radieux comme une bénédiction du Vieux d'en haut.

Sur ses genoux, en silence, pendant le reste de la cérémonie, il garda la main de Bazelle bien enfermée dans la sienne.

L'âme et la persévérance les tenaient unis en un grand calme intérieur.

Et le bon temps roulait.

38

Pop Raquin était joyeux et de bonnaire. Il avait mis toutes ses dents dans sa bouche. Sourissez et tout le monde vous aime !

Il s'a tourné vers son ami Benny Macliche. Il lui a donné un coup de tape sur l'épaule.

Il a dit avec un sourire contagieux :

– Benny, voilà bientôt le temps de sortir ta « boîte d'air » et de nous donner avec ta manière une jolie valse triste.

Benny était un grand accordéoniste. Il était né dans une cabane à Bayou Lalumière. Il avait lease sa terre pour apprendre les notes du solfège. Il était si very well known qu'il jouait des bals ici et là-bas autour de la Louisiane. C'était un artiste naturel. Ça veut dire, il se tuait à faire partout sa même musique cadjin.

L'accordéon, faire chanter et danser, composer une mélodie forte et éclatante, était une affaire qui mangeait sa santé. A force de jamais s'élever toute la nuit de son banc ou de sa chaise, Benny Macliche se fabriquait du lard. C'était un homme trop nourri, un mataupin. Il pesait bien deux cent quarante livres.

Il soupirait parfois avec grand sérieux :

– J'veux faire ma musique malgré qu'ça va m'tuer.

Personne entendait ses lamentations. Et dans les halls de danse, il osait pas faire une intermission, dire aux baleurs : j'sens que j'rengraisse, j'vas dehors m'dégourdir les jambes. Ainsi était Benny Macliche. Il se faisait mourir au plaisir.

Chaque fois, le conte d'une vie est une farce.

Dans la cour de l'habitation Raquin était dressée une table immense. Elle était constituée de planches posées sur des tréteaux. Une buvette s'était formée autour de son long chemin de nappes, une buvette où vous alliez trouver des Blancs, des chauvages, des nègres et toute qualité de peau moitié-moitié.

Autour de la magnane et du whisky, ça faisait pas la différence.

Un Krump, un Robicheau, un Waguespack, un Ortego valaient un Israël, un Landrenette ou un McGee. Catholiques ou baptistes, Bavarois ou Loudunais de Poitou, les gensses qui étaient là étaient jusse un bon peu de Cadjins.

Pour s'égrandir au-dessus de la foule des bervocheurs, Edius était monté sur une chaise. A la main il tenait son verre de vin.

Il a bu un filet. Encore un autre filet. Il se sentait un peu tiaque. La terre tournait sous les pieds des évités.

– Hummm-hummm, le vieux bougre s'a éclairci.

Il a dit :

– En attendant que le gros Benny aille quérir son accordéon, c'qui risque d'être assez long vu que j'li ai caché son instrument dans le rebord du puits, j'aimerais à tout respect que j'dois aux dames faire taire les ragots qui peuvent courir sur la pureté de ma p'tite Azeline.

Il a toisé du côté des commères. Il savait all right d'où venait la médisance. Son regard fouillant s'a posé sur le nez de Joséphine. A c'moment-là, la mule à Armogène Fusillier comptait pas pour du beurre. Pop Raquin a ôté son chapeau du dimanche, s'a découvert devant elle, bonjour, madame fameuse langue de vipère.

En agissant de la sorte, ce coquin d'Edius savait ça lui prendrait pas longtemps avant que tous rient avec lui.

Il a gazouillé joliment :

– Si mon p'tit zéphyr, mon joli gazon, ma tite fleurette se marie aujourd'hui, c'est pas parce qu'elle est embêtée, madame... ou alors c'est récent, à peine sec.

Azeline était devenue rouge comme une crête. Elle s'a réfugiée dans les bras de son nouveau mari. Ça se fait le grand matou italien a montré son poing à Edius. Pas étonnant si un Dego pas habitué au répertoire des « petits tours » de la paroisse trouvait le vieux partait trop dans des niches enrageantes et même mortifiantes.

Pour se rattraper, manyère mettre les rieurs encore plus entre gilet et peau, Edius a commencé à raconter un de ces petits contes creux dont les Cadjins sont friands pour toute occasion. Une histoire simple qu'il avait entendue dans la shoppe chez Starbrand.

Ça disait dans son langage :

« Y avait un bon-rien, on l'appelait Toutou. Un jour, il était pris de boisson. Un étranger a discuté avec lui.

« – J'sus tracassé, il a dit. Ma mère est en famille!

« Et l'bougre a dit :

« – Mais c'est beau, ça! Et pourquoi t'es tracassé?

« – Y a qu'mon Pap' est mort deux ans passés, et Mam' a proche quatre-vingts ans! »

A l'écoute de la plaisanterie, tout le vaillant monde amassé autour de la chaise s'est escoué de rire. Une vague qui gagnait jusse aux enfants occupés à déchirer à belles dents un cuissot d'poule-caille sous la table.

Pendant qu'il rebuvait un filet, Edius Raquin a laissé à Ambroise Rougeau sa liberté de raconter quêques niches de sa façon. Une, comme celle de ce salop qu'avait introduit soixante poules dans une demeure dont les occupants étaient absentés pour la journée. L'autre, celle d'un pauv' Noir, on lui avait démonté sa charrette et remontée pièce par pièce dans sa maison.

Pis quand il a jugé que c'était enough, Pop Raquin a élevé les bras au-dessus de sa cagouette pour faire taire les bavards.

– Hummm-hummm, encore une fois il s'a éclairci.

Un grand silence s'a creusé par politesse et respect du vieux.

Pop Raquin a dit avec une voix étranglée d'émotion :

– Merci boucoup boucoup à mussieu Armogène Fusillier... à toi, Narcisse McGee, à m'sieu Waguespack, parti asteure se r'poser sous un arbre... à tous ceux qui sont là... Et pareil avec toi, Jody McBrown, Théodore Robicheau, et avec toi également, Cyprien Lamusé... Mes amis, j'vas vous dire la franche vérité : merci d'être de la party... Parce que vouzaut est not' monde... On est contents de vous avoir icite...

Il a contemplé son auditoire avec un transport d'humeur où se mêlaient la vacuité du soûlard et les vieilles manières de vivre.

Après salué son auditoire avec une grâce de dignitaire et rétabli son équilibre un peu précaire à une si haute altitude, il a repris la parole comme ceci :

– En dernier mot, pour compléter un discours que n'importe qui pourrait comprendre tout le long de la grande rivière Illinois jusqu'á La Nouvelle-Orléans, j'suis fier de pouvoir dire que si vous aimez le boudin chaud, mangez-en ! C'est un fameux jour pour ça ! Mon gendre et ma fille vous accueillent... Et si vous aimez la bière, elle manque pas non plus...

Après une telle annonce qui lui valut l'encouragement de plusieurs hourras et un long crépitement des mains, Edius sortit de sa poche un écrin pas trop gros. Il en ouvrit le couvercle en velours avec cérémonie pendant que les figures se tournaient, attentives, vers ses gestes.

Edius a murmuré avec religion :

– La musique, mes amis, c'est la voix de l'âme ! La musique à bouche principalement. Le harmonica !

Et pis, one-two, one-two-three ! Profitant que le gros Benny Macliche avait toujours les mains occupées à chercher sa boîte d'accordéon, le vieux bougre a donné le beat avec ce tapage du pied qui est si nécessaire aux musiciens pour garder leur temps. Ça fait il a lancé une valse de cinquante sous. *La Colinda* elle se nomme.

Bâtards sauvages ou Cadjins adoptés, icite tout le monde connaît ses paroles comme elle va :

Allons danser, Colinda,
Danser collé, Colinda
Pour fâcher les vieilles femmes !

Ça se fait les baleurs se sont précipités sur les filles, les épouses.

Ça se fait a commencé à prendre un sacré bal de maison.

Juste accompagné par le frottement des cuillers, le son de la musique de bouche d'Edius Raquin avait une couleur de vérité unique. Mélancolique et charmante à l'oreille.

Sur la terre buvante, le soleil avait dressé ses picots. D'un coup, il mordait like hell.

Pour Azeline, transportée tout en blanc dans les bras puissants de Ferraille, était venu le temps des mots doux et ses doigts follaient dans la nuque de son époux. Avec la lumière, avec l'ombre, ses yeux tournés en ferveur, éblouis par l'amour et brouillés par le vin, un peu, cherchaient les siens.

Elle murmurait :

– J'te souhaite du bon temps, Farouche, et que t'as un tas de bonheur, mon époux. J'ai mis des jolis draps qui sentent bon, bien propres.

Farouche, beaucoup concentré sur la danse, ostinait à garder une façon bien tournante et appliquée de poser ses pieds en mesure sur le parquet. Le corps en perdition, parfois, il allongeait son pas malgré lui. Azeline se moquait de son écart avec une feinte violence dans la voix. Elle disait en approchant son bec de son oreille : « Sûrement pas, monsieur Crowley ! Sûrement pas ! » Elle tempérait son courroux d'une lueur caressante au fond des prunelles, elle reprenait son cavalier en main. Elle lui bridait fermement la nuque. Elle imprimait le rythme. Elle commandait en sourdine : « Un, deux, trois ! Un, deux, trois ! La valse, monsieur l'Italien, pas la cavalerie ! »

Vitement, sans chercher à se dégager de cette étreinte qui lui fabriquait une joie rayonnante, il se détournait vers elle, la poitrine battante.

– Je demande apologie, miss.

– Madame, le corrigeait-elle.

Un instant, ils giguaient les yeux clos. Elle l'enfermait dans mille tours et remous de sa robe. Un, deux, trois. Un, deux, trois. Il sentait le parfum de son corps en sueur comme la tiédeur d'un lit. Un animal furieux vivait en lui. C'était donc cela, le bonheur ?

Soudain, il rouvrait les paupières. Il disait avec des précautions défensives au coin de la bouche :

– Ma parfaite, sans toi où aurais-je appris la sagesse ?

– La sagesse, Farouche? interrogeait la caillette.

Ecervelée, moqueuse, son catogan à demi défait, elle se renversait en arrière. Toute pareille à un piège, elle se cambrait, lèvres entrouvertes. Elle exhalait un souffle délicieux. Ou bien prise d'une suffocante tendresse, elle logeait étroitement ses hanches rebondies tout contre les siennes, demandait avec envie, un rien canaille aussi :

– M'aimerais-tu si j'étais flétrie et sèche?

Il baissait sur elle ses yeux d'ardoise attisés d'une flamme rapide. Sans essuyer ses lèvres où se mêlaient l'odeur âcre de sa transpiration et le halètement de son souffle, il l'embrassait.

Il disait :

– Tu peux dépendre sur moi, p'tite criminelle. J'vas t'fabriquer un beau pitit!

Le grand bandit roidissait sous la poussée frémissante du ventre de son aimée.

Son affaire était drouète en l'air.

Et pour les filles autour des amoureux, celles à McGee, à Alcée Labauve, n'importe si les garçons Labranche descendaient d'un Allemand nommé Zweig, n'importe si Jody McBrown était issu d'Indiens Attakapas. Elles enroulaient la valse tout pareil. Les mots étaient beaux, remplis de vitalité. Les chansons envoyaient des messages de paix.

Même Bazelle était au bal. Une des premières sur le plancher. Si personne était disponible, elle dansait toute seule. Elle se suffisait.

Et le bon temps roulait.

39

Le bal de maison avait encore grossi. Les farces étaient belles et la musique excitante. Les couples de danseurs touchaient le cœur du plaisir et de la joie. Même les vieux s'amusaient. Cloués-assis par la misère de l'âge, embanchés malgré eux sur l'autour du parquet, ils avaient gardé cette fière habitude de turluter les airs connus avec la bouche.

Par le petit bout de la bretelle, le gros Benny Macliche avait fini par récupérer son bien chromatique, pas loin du fond de la citerne. Pour rattraper son absence, il faisait le clown ou payasse avec sa boîte à air. Il haranguait la foule des danseurs, baguelait en apprêtant ses trilles. Ses mains rondes sur les touches étaient courantes comme de l'eau.

– Tiens! il annonçait, mon vas jouer une valse pour le gang de Bayou Nez Piqué!... A moins que vous préfériez j'commence par *les Filles à Bainglaise qui boit comme des trous et roule comme baril...*

Les uns, les autres lui répondaient par leurs préférences, toutes sortes de titres de chansons.

– *La Bataille à coups d'chapeau!*

– Non! *Le Two-Step de Lafayette!*

– *Saute-crapaud! Saute-crapaud!*

– *Grande Prairie! Madam Young! Chère Baillole!*

Ça se fait pour les mettre d'accord, gros Macliche entamait *la Valse de Geydan.*

A ses côtés d'accordéoniste figurait un joueur de violon. Alfred Hymel était son vrai nom. Sur la place de Bayou Nez Piqué tout l'bon monde l'avait surnommé « Bois-Sec », en l'honneur de sa crasse. C'était un homme pas méchant. Il reconnaissait volontiers qu'il appréciait pas trop de se tremper dans le savon. En réalité, p't'être il était affublé de ce sobriquet parce qu'à soixante-huit ans il continuyait à ressembler à une vilaine badine de repousse sur un rosier.

Il était mince et élingué. Ses cheveux étaient épais, buissonneux, couleur aussi pruneau que ceux du récent mari italien de la fille d'Edius Raquin. Mais alors bien mal assaisonné d'odeurs. Maldieu, qu'il puyait, Alfred Hymel!

Pourtant sa musique était traditionnelle et sa manière de jouer méchant distinguée. Pour exempler, c'était un de ces musiciens capables de vous parler pendant des heures de la volute, du cou, du cordier, de la touche ou du chevalet de son violon avec une fameuse érudition.

Quand il rencontrait des personnes assez curieuses des mystères de la lutherie pour lui poser plus avant des questions, Hymel Bois-Sec montait sur une estrade. Il adressait son speech en français. Des fois en anglais. Tout partout où il allait, il finissait son message de la même façon.

Il disait : « Je considère que l'oration savante que j'viens d'avoir l'honneur de vous présenter est sans objet s'il n'est pas répété avec force et croyance qu'un violon, ça n'a pas de son quand ça n'a point d'âme. En autres mots, même si vous me voyez avec la langue sale, barbeux et salop comme je suis, j'ai une conviction profonde et respectable, il faut la partager : l'âme, messieurs-dames, c'est le réel de nos ancêtres. »

A la manière d'un ciboire pour la messe, il élevait alors au-dessus de sa tête hirsute son tit instrument en bois d'érable pour le faire adorer.

Accompagné par l'archet, il le faisait joliment voyager dans les airs, avec un infini respect. Et après, chôge qui ne manquait jamais d'arriver, c'était aux gens d'applaudir.

Même monsieur Armogène Fusillier, qui se clamait premier esprit libre de la paroisse et fervent liseur de livres, avait coutume de reconnaître que Bois-Sec était induqué musical.

Macliche, en parlons pas, était respectueux de son savoir, conscient que pour lui, l'avenir c'était seulement tricoter des valses pas chères. Des gigues qui cassent la gueule à vingt pas. Ça, et lâcher sur les notes des grands cris amers, comme veut la musique traditionnelle des Cadjins.

Comme résultat de cet engazonnement de deux herbes distinctes, Benny et Bois-Sec étaient une sacrée paire d'amis. Avec Basile, un fils Labranche désigné pour battre au triangle, ou « p'tits fers », ces trois-là faisaient une triplette mal-aisée à battre.

Après l'excès de mangeaille, l'abus des piments enragés liés à la sauce piquante, et bien boire par là-d'ssus, le ton de voix des noceurs s'était boucoup élevé, rendu nettement plus aigu dans l'éclat des rires.

L'estomac des convives était full up avec le gombo filé, cuit à petit feu dans son jus. Plusieurs sortes de gombos. Gombo poule et gombo zherbes. Gombo chevrette et toues qualités de volailles. Gombo bien salé, poivré, pimenté. Bien saupoudré avec les feuilles de sassafras desséchées et pulvérisées.

O, tit monde ! Le bon temps aussi peut tuer.

A force de chambranler, les plus pintocheurs dodelinaient de la tête, étaient en grande gueule sans raison, une bouteille dans la poche, par peur de manquer. Ils suivaient les murs, les piquets à tâtons. La cravate était défaite, le gilet mouillé de partout. C'était chagrinant à voir.

Edius était fâché contre ceux-là qui savaient pas se tenir. C'était comme si on avait trompé sa confiance.

Il galopait de l'un à l'autre.

– Toi! Oh, toi, Klump! Et toi, McGee, fils de putain! Vous êtes juste de la ripopette de gueux!

Les convives moquaient après lui. Ils avaient plus toute leur tête. L'équilibre non plus. Armogène Fusillier, d'habitude si convenable, rendait son riz, six gousses d'ail hachées et une pinte d'eau sur ses chaussures.

Plus loin, à l'écart d'une étable, comme la vache et l'ours lient amitié, Omérine, l'épouse de Cyprien Lamusé, avait fourché sa langue dans la bouche du poilu fils à Robicheau. Ailleurs, comme le lion mange la paille du bœuf, c'était monsieur Waguespack fourguaillant sous les jupons à Jasoline Bee.

La négrette, Edius avait déjà étudié le cas, faisait des blancs d'œil à la lune pendant que le bonhomme fricotait, s'affairait sur elle en respirant de plus en plus fort. Elle tenait la montre en or du commerçant dans sa menotte, tic-tac, tic-tac, le temps filait entre ses doigts, et lui, tu crois c'est d'lair qu'elle avait sur le ventre? il la pillait de tout son poids avec sa main qui gratte. Avec sa main large et l'reste aussi.

C'était trop voir ou trop entendre pour Pop Raquin. Le vieux habitacot allait de trambalisement en grande surprise.

Le Nindien Jody McBrown, derrière lui, gardait son flegme. Flanqué par le curé Tobie Lefort, il suivait le vieux bougre dans sa quête de redresseur des consciences. Il lui faisait des explications avec sa belle voix grave.

Il disait :

– Tu n'y peux rien, Edius. C'est comme ça que ça s'fait. Des fois, on boit trop pour notre bonheur et le bonheur de nos familles.

– Amen, échotait le vieux prêtre en portant la main à sa bouche.

A son tour, il courait de l'une à l'autre. Toutes femmes plongées dans la luxure, en positions déshonorables, il les apostrophait durement.

– Maux de tête, absinthe de honte ! Demain vous serez frileuses et craintives devant vos maris, vos enfants qui vous guettent !

Il relevait les fronts crispés par la jouissance, souillés de mauvaise salive. S'approchait du feu écrit sur les visages. Mais bien qu'il essayât de tout son mieux de prodiguer les paroles de Celui d'En Haut, le vieux vicaire entamait une partie trop difficile à battre.

Même s'il revenait à la bonté et à la douceur et les mettait sur ses lèvres, ni esprit de sagesse ni conseil de modération n'auraient su arrêter ce grand chambonhourra de population.

Tobie Lefort a compris vite qu'il levait un bâton sur la mer.

– Amertume de l'âme, voilà où mène le vin qu'on boit avec excès, par passion et par défi..., il a soupiré.

Et sur son passage les jeunes gens continuaient à se donner des becs, les buissons abritaient toujours la soûlerie des uns ou l'inconvenance des autres. C'était un soir, chacun dévorait la chair de son voisin.

Edius lui-même avait fini par céder à l'appel de la bouteille. Tous les temps en temps, il s'assisait pour regarder la fête. Il se posait sur un chicot, sur un banc. Sortait sa musique de bouche, soufflait l'harmonica et donnait la musère avec sa botte.

Il se rappelait que le mariage lui avait coûté dix peaux de fouine pour le whiskey, cinq peaux de rat-de-bois, deux peaux de bêtes puyantes pour le vin et dix-sept écorces ou coquilles ou carapaces de petites tortues cous barrés pour entretenir les musiciens. Ça, plus la promesse écrite d'un baril d'patates et d'un sac de farine-maïs qu'il avait fallu lâcher à Starbrand, foutu son of a bitch, c'était beaucoup d'argent. Il aurait pas dû guimbler sur la prochaine récolte. Il s'en voulait. Il était soûl à presque tomber sur le parterre.

L'Indien Jody McBrown avait croisé ses bras musculeux où scintillaient deux anneaux d'or ancrés profond dans ses chairs. La sagesse des Attakapas lui soufflait que sans doute l'été avait été trop dur avec les assauts de ses sept auragans. La mentalité des résidents avait mal résisté aux éclairs, à la foudre. Maintenant que la colère sèche s'était apaisée, transformée en une douce averse alternée de soleil, la peur, soudain libérée du changement des saisons, courait à la folie sur le platain.

– Ainsi va les hommes, les femmes de ce pays, dit-il à Mom'zelle Grand-Doigt. Quand leur esprit tourbillonne et prend contagion, ils oublient que le principe de toute œuvre, c'est la raison.

La jolie carbo leva les yeux vers Jody. Elle se tenait tendrement appuyée contre lui, arrêtée sur ses jambes par un chagrin mortel.

Le chauvage laissa monter un soupir :

– Le camarade profite d'un ami pour lui ravir sa femme. Il n'a plus de nid, cède à la grossièreté de ses désirs, il gémit et va à la dérive.

– Aie pitié de nous, Maître Dieu du Monde, dit la traiteuse des esprits, et à l'heure de la mort, s'il te plaît, distribue ton héritage!

Elle avait devant les yeux la proximité d'un grand malheur pour elle-même.

Quant au curé Tobie Lefort, lorsqu'il vit enfin que rien ne pouvait être rattrapé par le verbe, il resta la main levée.

Il traversa la route, mit le pied sur le chemin et marcha jusqu'à l'anse du bois où s'avançait la chute du jour.

Il regarda les derniers rayons du soleil incendier les halliers de la forêt. Sa main était toujours suspendue en l'air.

Il finit par s'agenouiller devant une borne à la limite d'un champ et tourna le dos à la ripaille, au naufrage, de peur que ses yeux ne voient, que ses oreilles n'entendent, que son cœur ne comprenne qu'il priait dans la nuit.

Il s'abîma longtemps dans son affliction. Il égrenait des prières où le chuchotis de ses lèvres faisait mourir le méchant.

Mais sa colère n'était pas apaisée. Sa main resta levée.

Et lorsqu'il vit s'avancer au-devant de lui un grand spectre lugubre, au visage morne, suivi d'un chien famélique, il ne fut pas surpris.

Il sut que dans la bosse du cavalier étaient entravées cent mille petites âmes, en proie à de terribles frayeurs.

Le cheval ployait sous son fardeau, enfermé par la tenaille des jambes de son maître comme dans une prison sans verrous. Le chien était de leur dépendance. Aucune lumière du ciel n'aurait eu assez de force pour les éclairer, pas même l'éclat étincelant des premières étoiles.

Le cavalier sans regard mit pied à terre. Il étendit devant lui le pouvoir de ses mains pâles. Au pied d'un fagot, une masse de feu s'alluma d'elle-même.

Telle une onde inutile s'écoule, Tobie Lefort consumait ses dernières prières.

Le bossu lui fit un signe pour l'inviter à venir se chauffer près de lui. Le chien s'était couché contre ses bottes. Tout doucement, dans l'affreux de son pelage taché de boue, le bétaille tremblait.

Sous le sombre voile de l'oubli, le vieux homme sentit qu'il tombait à son tour malade d'une peur ridicule.

Tandis qu'il s'avançait au-devant de Palestine Northwood, le feu prenait une ardeur nouvelle.

40

Mom'zelle Grand-Doigt dansait sur place.

Juste, elle faisait bouger ses hanches. Elle sentait le poids tiède de ses propres seins bondissants. Comme des provisions de fruits, ils appuyaient doucement sur son corps un peu las. Ses yeux étaient voilés de tristesse.

De loin, elle adressa un sourire à l'Indien Jody McBrown. Peut-être la regardait-il ? Peut-être se trouvait-elle dans son champ de vision ?

Il était assis sous un arbre.

Avec cet Indien-là, vous ne saviez jamais où son esprit le transportait.

Mom'zelle Grand-Doigt dansait sur place. Elle pensait, tiens, comme ça, que le plus près qu'elle se fût jamais approchée de la mer, c'était en rêve. Elle se mit à sourire. Elle balançait sur place. Et un peu, elle tournait sur elle-même.

Elle pensait ce serait féroce.

Quoi ? Qui vous étonne ? C'est trop vous dire ?

Au moment où montent les ombres, c'était prévu ! Ne part pas de la musique qui veut.

Ce sera féroce ! C'est à faire. Le malheur approche. Le malheur va. Il est un écho se répercutant au creux des chemins. Il est un galop, une course invisible.

Des cavaliers approchent.

Mom'zelle Grand-Doigt rêvait à une peau blanche et tendre. En dansant sur place, seulement ses pieds nus bougeaient, elle pensait : j'ai peur de voir mourir des enfants.

La peur, en effet, n'est rien d'autre.

Au début, arien.

La fête était toujours paisible. Ou presque.

Les choses allaient simplement un train de routine.

Allons dire la gaieté était belle.

A part une batelée de chansons un peu lestes au cours desquelles le gros Macliche avait pas pu s'empêcher de faire des petites remarques amusantes ou comiques sur le croupion « en pain perdu » d'une tite catin de la clique de famille Labauve, chacun trouvait son plaisir dans la musique.

Un bon peu de Cadjins étaient pris en ouarlalingue, un quart de maris avait fini par admettre qu'une fois l'soleil se couchait, on distinguait moins la couleur du linge déballé hors des valises. Et le reste de la société giguait avec une grande vigueur dans les jarrets.

Les femmes aimaient danser. Même si ça n'était pas la seule façon de se distraire pour beaucoup d'entre elles, c'était une partie de vivre.

Pour le reste, un gros mariage était toujours considéré comme une bonne distraction. Combien de fois passées avait-on pas raconté des histoires de macornage à double pirouette, où ça se pratiquait, sans malice, de manger chacun le dessert de son voisin sous les arbres, l'été?

Les types enlevaient comme ça leurs frocs, leurs ceinturons, couraient après mignote et revenaient une heure après, plus sages que bigoudis. Et quand arrivait l'automne, pardi, c'était le seul temps de pluie où les gâteaux se mangeaient en intérieur. Ça faisait pas de différence.

Cette fois encore, constatons, le fournil, le plancher des charrettes et les balles de paille des granges étaient rendus bien dangereux. Pop Raquin lui-même, avant de succomber à l'appel du bouteillon, avait dénoncé haut et fort l'usage de la luxure dans certains coins sombres.

Un de ses tout derniers avis lucides avait même été de vitupérer contre un glissage de femmes qui redoublait dans le nhangar. Les filles à Labauve, pas dernières servies.

Juste avant de faire patatras sur son tchu, le vieux boug' avait trouvé le temps de dire que « si un bordel aurait v'nu, il aurait crevé d'faim avec la concurrence ».

Et puis la tronche comme en extase, il s'était signé. Il avait fermé ses yeux sur les étoiles.

– Merci, Seigneur, j'ai bien sommeil. Allons-nous donc faire un bon p'tit nap.

Bon. Mais franchement, c'était guère plus d'une demi-douzaine de couples qui s'trompaient de mains dans l'obscurité. Et l'heure était quand même plutôt à l'amusement qu'à la méfiance.

Bazelle, l'épouse du vieux bougre Raquin, s'était remise à danser seule sur le plancher.

D'où il était placé, dissimulé derrière un îlot d'arbres, Palestine Northwood, le bossu de Nantucket, avait déplié sa lunette télescopique de marine. Il observait attentivement les gestes ouverts de cette femme inconnue de lui. Le marin glacé percevait sa solitude particulière. Elle était sur une île.

Elle avait dénoué ses cheveux. Elle avait décidé de donner un *floor-show*. Elle avait ôté ses chaussures et ses bas seulement. Elle avait pris un verre de bière rempli, l'avait posé sur sa tête.

C'était un curieux moment, tout au bord de l'abîme.

Bazelle a commencé à danser toute seule. Elle avait des jambes très blanches dans la lunette de Palestine Northwood. De temps en temps, le verre mouillait dans ses cheveux grisonnant par mèches. Elle poussait des cris amers. Des rires sans suite. Elle tapait dans ses mains. Elle s'amusait sans joie.

Les hommes autour d'elle s'étaient rendu compte de sa détresse.

Edius ronflait sous un arbre.

– Un manque d'amour comme ça est capable de faire mourir, a constaté Cyprien Lamusé en se penchant à l'oreille d'Ambroise Rougeau.

– Mon j'crois pas, a répond le bûcheron. Bazelle envoie des clins d'œil vers la forêt. Voilà tout. C'est la preuve, elle a un feeling pour celui qui viendra par le chemin.

– Ah, mais pauv'! J'crois qu'tu confonds avec la simplicité des arbres, a rétorqué Lamusé. C'est une femme, observe le relâchement de son corps. Elle a tout désarmé.

– P't'être, après tout. Mais, vieux, même avec un abandon, tu ne peux pas faire une cause générale. L'âge de Bazelle n'a sûr rien à voir à l'affaire...

Comme pour donner raison à Ambroise Rougeau, le Cadien Zacharie Lafleur, qui avec ses cent deux ans était le doyen de la paroisse, a commencé à défroisser sa carcasse.

Le vieux avait élevé quatorze enfants dans son temps, dont douze étaient en bonne santé. En entendant jouer *Boitine boiteuse*, une vieille ritournelle originaire du Québec, il s'a déplié comme une tite herbe farouche.

Ah, mais, justement! Il s'a incliné bien poliment devant dame Raquin. Il avait son chapeau à la main.

Il bredouillait, on sentait ça s'réveillait, ça grouillait dans ses vieux sens oubliés, il bredouillait :

– Cet air-là, j'veux pas manquer. C'est le dernier que j'ai dansé avec ma défunte.

Avec Bazelle, ils ont balé trois tours sans que le vieux cheval se casse.

Zacharie Lafleur est ressorti de l'épreuve épanoui comme une orchidée de boutonnière. Quand l'oxygène est remonté dans ses poumons, il a répété pour lui, pour les boutons de rose à s'ouvrir au printemps :

– Ben mais!... si c'est comme ça, j'irai au bal tous les samedis pour escouer mes vieilles guiboles! J'crois mon, j'pourrais danser jusqu'à pas d'heure sans sentir mes douleurs. J'danserai jusqu'à cent quatre-vingt-douze ans!

Ça se fait Bazelle était mal partie. Elle avait déjà si mal à ses pieds.

41

Mom'zelle Grand-Doigt avait un don de double sens.

Au bout d'un long moment très sensuel, elle eut l'impression certaine que c'était la dernière fois elle lançait des cailloux dans la mare de ses pensées les plus secrètes.

Elle s'est arrêtée de danser.

Elle sentait naître en elle une sorte d'accélération. Oh, croyez bien, elle détestait l'idée de devoir lutter contre cette tendance nouvelle à se débarrasser de tout ce qu'elle chérissait le plus. Normalement, il y avait sur cette terre de la place, du temps pour tout le monde. Mais la hâte était en elle. Il était trop tard pour qu'elle s'en corrigeât. Mom'zelle Grand-Doigt éprouvait le besoin de faire le tour de ce qu'elle avait apprécié le plus au monde.

Elle pensa donc qu'elle avait aimé l'odeur des endroits où elle avait habité, certains objets familiers. La manière dont la lumière les éclaire, la façon dont la lumière éclaire ces odeurs.

Elle avait aussi aimé, compliquée comme le travail des abeilles, l'imagination de certaines mains lorsqu'elles avaient glissé entre ses cuisses. Alvéoles et cercles. Cercles et piqûres de feu, des doigts aux postures infinies qui finissaient toujours par la faire mourir en vol. Au moment de s'ouvrir comme un foulard, tant pis, elle hurlait le nom de sa mère. Peut-être pour demander une permission? Après qu'elle avait crié sous le poids de son amant, elle sortait du chapeau du prestidigitateur. Salauds, les hommes! Après madras, c'était souvent blanche colombe.

Elle se redressa. Elle se demanda ce qu'elle aurait répondu si quelqu'un avait surgi à ses côtés, lui avait demandé à brûle-pourpoint : « Vous aimez le roi de pique? » Elle aurait répondu oui. Et si quelqu'un avait ajouté : « On couche ensemble? » Elle aurait répondu oui.

C'était l'instinct de sa vie qui parlait.

Mom'zelle Grand-Doigt avait un don de double sens.

La contrôleuse des esprits savait déjà que ce qui se préparait serait féroce.

Quoi? Qui vous révolte? Qui a dit que le Bon Dieu conduit à la justice?

Au banquet des chairs humaines, un vol de vautours se précipite.

Le train d'une troupe de chevaux lancés au galop s'approche. Le bruit cadencé des sabots pilote l'éclat des pierres sur le chemin.

Trente cavaliers, la bouche chaude et l'écume au creux des reins, sont étroitement liés par la chaîne des ténèbres.

Plusieurs serrent la babiche de cuir de leur fouet autour de leur poing noué. Certains en veulent à la « nigraille ». Ce sont des emplumeurs de Noirs venus pour s'revenger, des pas-rien issus de la Vigilance. Des revolvers pendent à leurs ceintures. Des fisils sont gainés en travers des arçons. La plupart d'entre eux, on le sent, sont prêts à mettre habits bas pour se battre.

Les autres, regroupés autour du shérif Ben Guinée, sont de jeunes deputies. Ils ont l'étoile sur la chemise. Mais leur motif est de profiter du cassage de bal pour surprendre le grand bandit Crowley au milieu de la fête. P't'être l'abattre sans avoir à l'défier. L'idée, c'est jusse de ramener son corps de bête brute à Bayou Nez Piqué. D'entrer en ville en le tirant derrière un cheval, ses racatchas griffant la poussière, son corps empoussié et sanglant, sillonnant un chemin ivre comme celui d'un taureau emporté dans la sciure de l'arène.

Et qu'importe la bravoure du geste. Qu'importe si le tueur aura fait son shooting en prenant la vie de Crowley par traîtrise, en arrière des épaules.

Plus tard, les langues se dénouant donneront de toute façon la renommée à celui qui aura accompli ce geste unique.

On célébrera le champion, reconnaissant que

c'est lui le premier à avoir éteint la lumière. Que sa main, son œil ont visé l'homme le plus rapide des quatre comtés. Et la démarche arrondie, la mine modeste, jusqu'à la fin de ses jours il pourra se pavaner dans la rue avec ses pouces passés aux entournures du gilet.

Mais pour le présent, fi du bavard qui se vante en son for intérieur, du fourbe qui a pour projet d'infliger la mort sans risquer sa propre vie.

Ecorcheurs d'hommes ou faillis chiens, ils sont trente cavaliers et s'apprêtent à encercler la ferme Raquin.

42

A travers l'œilleton de sa lunette, Palestine balaye les contours de la fête.

Il localise Farouche Ferraille Crowley. Il amène l'optique jusqu'à un point de netteté. Il capte dans la circonférence du verre grossissant son visage énergique, estompé par les branches. Il suit la nouvelle démarche et l'accoutrement de celui qu'il a connu allongé comme un fauve.

Amèrement, il constate l'absence de toute arme au long de sa cuisse. Pas même un coutelas emmanché dans la tige de sa bottine. Et ces cheveux de cirage! Et ce gilet de faraud, comme s'il sortait d'une vitrine! Et toujours ce sourire d'extase! Ces insoutenables gracieuses manières, ces façons quotidiennes de prêter la main, de cuire les aliments pendant que la dinde à Armogène Fusillier ou les autres ménagères continuent à s'affairer. Plus que tout, l'injustice de ces éclats de rire! On se croirait devant une pièce de théâtre.

Palestine garde l'œil rivé au verre de sa lunette.

Il continue à regarder pousser les êtres comme dans une serre immense. Il inspecte la nuque gracieusement inclinée de la mariée. A contre-jour d'une lampe, il appesantit son regard sur la promesse duveteuse du frisotis de ses cheveux dorés, cabriolant sur le col. Elle se tourne vers la lumière. Il s'attarde sur les yeux de la jeune femme. Ils sont très beaux. Très bleus. Ce sont ceux d'une personne heureuse. Il déteste l'expression que les femmes peuvent avoir sur le visage.

Palestine Northwood pense à Farouche Ferraille Crowley.

Il s'adresse à lui. Pour un peu, il ferait cinq milles au galop pour aller gueuler au fond d'un bois :

– Sauve-toi! Sauve-toi de ce mariage! De cette fin misérable, enfermé dans l'arceau tendre des bras d'une femme!

Il lance un coup de pied en direction du chien qui le suit avec son amitié tenace. Il envoie l'animal coucher en hurlant sur le côté. Jugeant qu'il s'est trompé de victime, il reprend le cours de sa harangue intérieure.

Il s'adresse à celui qu'il met au rang de la baleine. Il pense, il invective. Il subit d'étranges moments et parcourt un rêve éveillé. Une chaloupe l'abandonne sur une terre déserte. Elle s'éloigne sur les flots et viendra le reprendre s'il arrive à convaincre l'autre moitié de lui-même de reprendre le chemin.

Le chasseur médite sur le bonheur dévergondé qu'il a sous les yeux. Abomination de l'amour. Il supplie celui qui ne l'entend pas. Il radote au fond d'un gosier où il faut bien casser la glace : « Repars ! Galope ! Car mon espoir, c'est toi ! J'ai besoin que tu sois invincible. Que tu tires plus vite que moi. Que ton garion franchisse les défilés, les montagnes et aborde le désert où je perdrai ta trace ! Ici, tu n'es plus rien. Et je ne me sens plus le pouvoir, l'envie de t'assassiner ! Où sont les sentiers du vieux temps ? Tes desseins meurtriers ? La colère de tes yeux ? Vois ! Je détourne ma face de la perversité du bonheur qui t'entoure. Vois ce curé qui bredouille d'interminables prières. Cette garce qui prend tes lèvres et affaiblit ton esprit de révolte. Vois ce vieillard qui t'a passé les chaînes de la parenté. Vois comme je les hais pour le partage qu'ils se sont fait de toi ! »

Seul l'espoir du malheur le tient éveillé.

La chaloupe sort du creux de la vague et vient le rechercher.

Il voyage jusqu'à la ferme Raquin.

Curieusement, l'orchestre a commencé à envoyer une nouvelle danse entraînante : *la Marche du mariage.*

On l'avait oubliée jusqu'alors.

La coutume veut, c'est comme ça, que le jeune marié soit tenu à l'écart. Symboliquement, pour une période de plusieurs danses, les aut' baleurs sont les rois de sa jeune épouse. Ils en disposent dans leurs bras.

Chacun gigue avec la jeune femme, lui fait faire un tit tour de polka-valse et après au suivant, le baleur laisse quand c'est fini un billet ou deux, trois piasses dans la coiffe de la mariée.

Alors, pensez-vous, titalala, tilalère, le gros Macliche a entonné comme une boisson forte :

Tu m'as pris dans les bras
D'mon papa et d'ma maman
Et tu m'as promis d'l'amitié
Jusqu'au jour de ma mort

Et Alfred Hymel, la tête un peu penchée, a ajouté comme y s'doit :

Y en a qu'a parlé
Y en a d'aut' qu'a bavardé
Pour essayer d'casser un ménage
Que nous et vous, on aime toujours...

Du fait de cette coutume, Farouche Ferraille Crowley s'est trouvé entraîné à l'écart par monsieur Waguespack et par la femme Israël.

L'Alsacien, ses sourcils en friche, la commère ashkénaze, ses yeux délavés, ont trouvé l'excuse de lui faire connaître quêques histoires hors de la paroisse.

Ils l'ont fait s'assir tranquillement à la maison, dans la salle.

Là, loin du tapage, madame Israël a dit qu'il était bon de se retrouver entre amis. Elle a commencé à employer son langage de naissance. Elle s'exprimait avec des mots âpres et profonds, tirés du yiddish, un parler haut-allemand pratiqué en Europe orientale. Mussieu Waguespack opinait. Par bribes, il saisissait des expressions, proches de son ancien patois alsacien. Madame Israël avait pris le chat de la maison sur ses genoux. Elle portait un châle à franges sur ses épaules. Ses paupières étaient luisantes d'un fard mauve et ses yeux allongés bougeaient, vifs comme des truites arc-en-ciel. Elle évoquait des épisodes nés sur les terres sablonneuses, entre Danube et Puszta, des lambeaux de vie hongroise, remplis d'îlots de bonheur et de tristesse infinie.

La main de Farouche était posée autour d'un verre de magnane. Par politesse, il gardait l'oreille pendue à ces contes qui chantaient les roues du voyage, la mélancolie de l'exil et le linceul de la mémoire.

En même temps, d'une façon irraisonnée, il se sentait nerveux. Ses jambes tressautaient sous la table. Il nourrissait un mauvais pressentiment d'avoir eu à quitter Azeline.

43

Le temps est un accomplissement. Le présent se dévide. Le futur n'est presque rien. Trente secondes peut-être? C'est bien possible.

Nous sommes sans défense.

Un lapin est passé en courant.

Il a sauté la saignée d'un chemin ouvert sur la nuit, comme un album éclairé par la lune.

Aux alentours immédiats de la ferme, les trente cavaliers viennent de faire halte. Leurs chevaux, rendus ardents par la poussaille de la course, corcobient sur place. Les hommes eux-mêmes sont excités comme des chaudières. Ils sont effrayants et lâches à la fois. Tous dévoreurs d'entrailles. Assassins de nègres et d'enfants. Possédés par des desseins instables.

Les naseaux de leurs bronques exhalent un souffle enflammé. Le tressaillement incessant des étalons, leurs paturons énervés, l'onde agitée de leurs robes baies communiquent à ceux qui les montent une impatience étrange, les rendent tributaires d'un élan sans cesse contrarié par le feu des éperons, par la morsure des brides. C'est un peu comme si tout raisonnement, serait-ce la parole la plus furtive, s'était éteint dans la cervelle de ces revengeurs d'occasion. Pressés de donner une claquée à tout ce monde qui s'amuse sans eux, ils creusent une fosse pour combler leur haine de margoteaux.

De leurs yeux de coyotes apeurés, ils cherchent, fût-elle souillée, la consolation d'un regard. Le sceau apposé par un chef. Un cri, un geste, un ordre fruste, quelque chose comme un signal qui les délivrerait en une fois de leurs craintes et justifierait leur barbarie comme une nécessité impérieuse.

Bien sûr, ils tiennent la mort pour amie. Ils ont besoin du sang mêlé à la boue. Mais ils ne sont sûrs de rien.

Même leur cruauté tient à un fil. Ils y rêvent à moitié, fantômes gris, dissimulés dans l'ombre.

Les chevaux renâclent sur place et l'accordéon-bal couvre le piétinement des fers.

Dans l'habitation Raquin où il se trouve maintenant à écouter les sornettes à monsieur Waguespack, des histoires de cigognes, Farouche Ferraille Crowley a levé la tête. Il lui a semblé entendre un mauvais sérail, peut-être un martèlement. Mais la porte s'est ouverte et refermée aussitôt. C'est Bazelle, qui vient d'entrer dans la pièce. Elle est d'une pâleur extrême.

Farouche Ferraille la dévisage.

Dehors, encore, il perçoit comme un lointain remue-ménage.

Sur ses pieds nus, Bazelle a fait le tour de la salle en glissant. Elle a une tournure de petite fille.

Elle passe la main devant les yeux inquisiteurs du grand Farouche. Elle ébouriffe avec une mansuétude inquiète les mèches sombres qui encombrent le devant de son front têtu.

Tant pis pour Waguespack, pour la femme Israël qui sont autour de la table et écouteront ses paroles, elle va. Elle met son visage contre celui de Ferraille :

– Ecoutez, mussieu l'gendre italien, j'sais qui vous êtes ! Vous êtes l'engeance du péché et la race du mensonge. Ni deuxième cousin, ni issu de germain ! Mais j'ai compris vous aimiez sincèrement ma tite fille. Et réciproquement, Azeline vous chérit claire et tendre. Alors la seule chose je vous demande, si la colère de Dieu siffle aux quatre coins de la terre et vous rattrape ici, jurez-moi vous ferez tout pour épargner sa vie ! Vous prendrez vos grands pistols et vous virerez vot' bord, mister Crowley !

Elle le tient dans ses yeux. Elle s'a mise à parler le nanglais. Jamais une chose pareille lui est arrivée.

She says :

– I don't like men ! I hate their guts !

Ses yeux sont fixes et endurcis. Bazelle est d'un autre monde. Elle répète entre ses dents :

– You, bastard ! You swear God you will leave my daughter alone !

Crowley lève sa grande main sur son cœur :

– I promise ! he says. Si le temps tourne mal, je saute à cheval. Je pars à l'aut' pays !... Ici, never return !

Bazelle refroidit ses yeux et ses mâchoires serrées.

Elle lui sourit bizarre. Elle a confiance. Elle lui caresse la tête comme une bénédiction.

Sans un mot ajouté, elle part se mettre au calme dans la fraideur de sa chambre.

Là-bas, elle ouvre l'armoire. Pour la première fois depuis longtemps, elle contemple l'effet que la robe rouge offerte par Oklie Dodds fait sur sa peau. Elle s'essence derrière les oreilles avec le parfum de chèvrefeuille. Elle pique la broche en émeraude à l'échancrure de son décolleté.

Elle se dit c'est comme ça j'aurais pu être : une grande belle femme, haute comme un cype de pin.

Elle se jette sur son lit et pleure pour en vouloir un peu à quelqu'un de responsable.

She says, she repeats :

– I hate men! I hate their guts!

Elle repense qu'avec Farouche Ferraille Crowley l'affaire est close.

Jamais ces deux-là se sont revus.

44

Dans le centre de sa grande lunette télescopique de marine, Palestine Northwood surveille la racaille. Le Grand Revenu des Océans est le seul à se rendre compte que déjà personne n'est plus maître du vent. Ne peut le retenir. L'imminence de la tempête fait battre son cœur.

Il ne quitte pas du regard le moindre geste des cavaliers. Il épie la tension de leurs mains crispées sur les brides, la pression du mors tuméfiant la bouche des chevaux.

Convaincu qu'on s'élance au-devant d'un tuage, que d'ici peu la destinée d'une douzaine d'hommes, de femmes et de jolis enfants, choisis au hasard de la foule, basculera injustement vers le néant, il garde plus particulièrement son attention fixée sur deux visages à l'ossature grossie par la lunette.

Un, c'est celui du shérif Ben Guinée, avec ses

moustaches de dompteur de lion. L'autre, celui de ce sacré garçon un peu bègue, à qui le vieux bougre Raquin a foutu deux, trois claquées et une bonne ramasse sur sa face de ravet, le jour qu'il était tiaque au salon Chez Archille.

Palestine fait sérieux son ouvrage de guetteur. Il a passé une paire de mitaines pour réchauffer ses mains. Sans cesse, il revient aux deux hommes. Il s'appesantit sur l'étrange de leurs pommettes enfiévrées, sur les sursauts de leurs montures, dansant entre grisaille et lumière.

Si le curé Tobie Lefort l'interroge sur ce qu'il distingue à travers sa longue-vue dorée, le marin se détourne à peine. Entre ses dents, c'est plutôt lui qui poserait des questions.

Une fois, il demande comme ça à Lefort :

– Le Bonjeu est tout partout, père?

– Mais certainement, mon enfant.

Tobie Lefort épelle les grains de son rosaire. Il sanctifie le nom du Seigneur. Il est son vicaire.

– Vous êtes bien sûr, il est Djeu tout partout?

Encore un grain pour le prêtre, encore un Pater pour le Tout-Puissant. Le curé ne donnera pas prise à la doutance. C'est sa foi. Il marque la route. Il dresse des jalons. Il met en place des bornes.

– Djeu est au paradis. Sur la terre. Dans l'église. Sur la rue. Il est partout.

– Alors, père! si ça vous est possible de prendre un raccourci, hésitez pas! Vite, galopez jusqu'au ciel! Dites à Lui d'En Haut de surtout pas oublier la tite maison qui nous fait face... Je la vois déjà comme si elle était pleine d'agneaux à égorger!

Le curé Lefort s'a arrêté de prier. Il a regardé le grand marin froid. Il a murmuré :

– Dieubon! Il faut arrêter ça.

Il a osé toucher de sa main vivante le visage maigre de Palestine Northwood.

Il a dit d'une voix gentille :

– Va, j'sais bien qui vous êtes! Et j'ai grand peur de glacer en restant à vos côtés! Mais tant pis, prenez tout ce que je possède qui est ma misérable vie. Et venez en aide à tous ces malheureux!

Palestine Northwood a dévisagé le vieux homme. Ses yeux dormants se sont baignés d'un lit de larmes.

Il a dit :

– La vieillesse est votre honneur mais vous n'avez pas grand-chose à m'offrir, Tobie Lefort.

Il a haussé les épaules.

Il a craché par terre.

45

Et puis cette fois, c'est fait.

Mom'zelle Grand-Doigt ferme les yeux.

Les femmes ont crié. Ils sont entrés dans la cour.

Yeah! Yeah! Au galop, partout la poussière! La pouillasse a surgi du noir, la ronde des cavaliers a dominé l'estrade.

Au début, le gros Macliche, son acolyte, le violonier Alfred Hymel, ont cru à un de ces charivaris comme il s'en produit en certaines occasions. Avec l'archet, la boîte d'air et le frottement des tits fers, ils ont continué à maintenir une musique ferme et excitante. Ils donnaient le beat, ils lâchaient des cris en jouant. Le bal d'accordéon-violon battait son plein. Personne n'avait compris asteure que les choses allaient tourner mal.

Follement, sans se rendre compte de la menace qui les exposait, les gens de la noce continuaient à rire. A respirer. A aimer le goût des viandes. Et à toucher la peau de leurs amis.

La première frayeur passée, les jeunes avaient même repris la fête, continuaient à rouler naturel. Les rires fusaient. Le vieux danseur Zacharie Lafleur donnait une démonstration de one-step avec Azeline. C'était une image joli méchant à contempler.

Autour du couple, le monde faisait rang, clapait ferme dans les mains. Toute une batelée hilare, penchée entre les épaules des uns des autres pour argarder un centenaire pareil à Zacharie prendre des mines de séducteur effronté. Tonnerre des dieux! A peine croyab'! Parfois, ce sacré vieux bamboche frisait l'inconvenance! Il était empressé à tresser les compliments d'un grand parlementage tout en reluquant bien rude le corsage de la demoiselle du jour!

Pardi, cette fois, c'était bien le cas de le dire : un galop pour les Noirs, un galop pour les Blancs, sure enough, la noce à Azeline approchait l'réel de nos ancêtres.

C'est ce moment a choisi Voicy Smith pour apparaître dans la lumière.

46

Et ça s'est fait méchant féroce.

Quoi? Qui vous étonne? Encore maintenant, c'est trop vous dire?

Au moment où monte la défaillance des âmes, où les êtres subissent l'inéluctable nécessité de leur demain, c'était prévu! Ne part pas de la musique qui veut!

Ça a commencé par jeter un couteau après la face d'un fils Babineau. Le garçon regardait la nuit. Ça lui a coupé l'nez. Il a saigné quelques gouttes de sang. Après un étonnement, il a tourné sa figure vers les danseurs qui continuaient leur amusement sans rien voir. La chanson qui était dans les airs s'appelait *L'arbre est dans ses feuilles*. C'était une vieille complainte mouvante en provenance du Québec.

Le fils Babineau a vu une grosse plaque rouge humide sur sa main, malheur à cet homme-là, le reste de sa vie se vidait en saccades, le couteau était planté dans l'œil, ça s'en allait, c'était horrible.

Il a gueulé : « Papa! » avec son coude en l'air, comme ça.

Un enfant s'est mis à rire, il est tombé en faillitude dans le fond d'un wagon. Et à c'moment-là, les premières balles ont passé.

Un grand tuage d'hommes à commencé.

C'est plus tard, le lendemain matin, l'Indien Jody McBrown a été retrouvé à onze lieues de l'habitation Raquin.

Il avait couru pieds nus toute cette distance. Sa bouche était entrouverte. Sa langue râpeuse et desséchée avançait et reculait entre ses dents, comme celle d'un renard forcé par la meute. Il avait une estafilade en travers de la joue. Il avait revêtu une redingote de cérémonie sur sa peau brune. Except l'arceau de ses côtes, soulevées par l'essoufflement, il ne bougeait pas.

Il était assis sous un cyprès, prostré, le cou bizarrement vissé à angle droit. Il donnait l'impression de regarder en direction de l'allée de gravier au bord de laquelle il avait fait halte. C'était une allée propre et ratissée, conduisant à la propriété d'un riche planteur nommé Wentworth.

Dans la distance vaporeuse, Jody McBrown pouvait passer pour un hobo, un vagabond, s'intéressant à l'harmonie de la grande habitation blanche au fronton soutenu par des colonnes majestueuses. En réalité, ses yeux étaient fixés sur les veines gonflées de ses propres mains. Son bras gauche était crispé sur un ballot, une couverture enroulée, contenant quelque chose qui avait le volume approximatif d'un gros chat.

Le soleil commençait juste à se lever derrière la foule frissonnante, étrangement vivante d'une haie d'érables rouges située en lisière de la pelouse de mussieu Wentworth.

Ouiai, à contre-jour de la lumière, une dizaine de vétérans plantés de travers, comme les dents d'une vieille personne, commençaient à dessiner une imitation de sourire dans les gencives saignantes d'un sentier dont les méandres conduisaient à l'autre face du bâtiment, vers la roseraie.

L'air frais, tramé par la brume, respirait l'équilibre d'un beau pays calme.

Un jeune nègre, son nom était Négus United States, avait fini par débusquer l'Indien sous son arbre. Il l'avait trouvé dans sa posture cassée. Ça lui avait fait lâcher son sarcloir tout neuf. Ou plutôt, non, les deux bougres s'étaient fait mutuellement si peur que l'homme de couleur libre s'était mis à trembler. Il escouait son sac de jute où il avait cueilli des herbes à cabri.

L'Indien s'est levé. Avec une figure impassible, il s'est mis à tourner au pied du tronc d'arbre.

Ses habits étaient haillonnés par sa course en travers des ronces. Le blanc de ses yeux était incrusté avec des filets de sang. Son haleine empestait l'alcool. La doublure de ses vêtements était imprégnée de cette caractéristique odeur de peur qui trahit cil-là qui a fui pour sauver sa peau.

United States lui a demandé s'il avait soif. Il a dit non. Alors s'il voulait dormir ou manger. Il a dit encore non.

United States a grondé :

– Non et non, ça fait toujours non. Ça fait la preuve d'une grand perte de joie de vivre.

Et là, well, il y avait un autre vieux nègre qui s'est approché. Il était appelé le vieux nèg-métayer. Il 'tait resté longtemps sur la propriété de monsieur Wentworth. Le Blanc avait placé sa confiance en c'vieux nèg-là. C'était un nèg qui détenait toutes les clés de la propriété. Jack Lipscomb, il se nommait.

En tant que contremaître responsab' de la plantation, ce fameux Jack Lipscomb a suivi le Nindien qui tournait dans les herbes sa ronde à n'en plus finir. Le vieux nèg-métayer se trouvait à l'extérieur du cercle, ça fait il n'arrivait pas à accorder ses pas. Il trottait presque.

Tout de même, de temps à autre il interrogeait :

– Chauvage ! Oh ! Chauvage ! Dis-moi qui tu brasses si loin d'chez toi ?

Jody pas répond.

Li vieux métayer dit :

– Oh, man, parle !... Sinon ça mène à rien.

Mais Jody pas répond.

Il a fait un geste ennuyé pour secouer les demandes du vieillard.

Son esprit était encore si plein d'un fatras de mots, de pensées et d'images violentes qu'il ne savait pas exactement en quel lieu il se trouvait. Où il allait. Il savait même pas s'il se dirigeait vers quelque part. Il dessinait son rond autour du tronc de l'arbre, ça n'allait pas loin.

Vieux Lipscomb a posé doucement la noireté de

sa main sur l'épaule de Jody. Il a fait un smile au Nindien, comme pour médiciner un cas de maladie qui rempirait :

– Et ousque t'es parti? il a demandé. Dis-moan seulement si j'peux t'arranger ça?

– Maldieu, si vous saviez! a gémi le grand Attakapas. Préparez vot' jardin quand j'vas dire ça qu'j'ai vu!

Li nèg-métayer l'a encouragé :

– C'est bon ça, chauvage! Y faut parler!... Le meilleur pour toi, c'est fendre la branche qui t'a pris pareil comme dans un piège.

Mais Jody encore a pas répond.

Après un silence étiré et beaucoup de pas tous les deux côte à côte, il a marmonné quand même :

– Quand j'pense y a eu des enfants pour regarder ça! Non mais comment j'peux oblier une misère pareille, moi? La nuit au moins m'empêchait de penser à toutes ces égorgeries... Si le soleil se rallume, comment j'peux oblier ça qu'est laid comme les sept péchés capitaux?

Il était dans un désarroi profond. Il n'avait plus à sa disposition qu'une seule énergie. Marcher en toupie. Il dégoulinait, tremblant de sueur. Il poumonait. Il branlait de tous les bouts. L'orage était sur sa peau. Il répétait, il répétait. Il épelait. Tout saccadé. A gauche. A droite. Un manège. C'était lourd. C'était trop lourd. Il s'était fait trop mal. Il pouvait plus porter seul. Il escouait sa tête parce que c'était trop difficile.

– Misère Dieu! se permit à nouveau United States en voyant Jody reprendre son cercle infernal, quand tu dis non, ça fait toujours non.

Cette constatation sembla occasionner chez ce jeune homme simple un grand dérangement. United States était un Noir sensible et il se rendait compte l'autre menait une lutte terrible. Il était écrasé comme ça. Sous le pied du démon pour ainsi dire.

Le front crispé, United States se pencha machinalement sur le chemin pour ramasser son sarcloir qu'il avait laissé échapper tout à l'heure.

Dès qu'il eut serré l'instrument tranchant dans son poing, Jody McBrown s'arrêta de tourner.

Il fixa un moment la lame recourbée avec des yeux afoulis et après branler la tête avec un mal fou furieux, il graba à l'improviste la joue du vieux nèg-métayer dans sa main libre.

Il froissait le portrait de Jack Lipscomb avec une grande poigne. Formidable! Formidable! Rac! rac! à grands coups d'ongles, il lui enfonçait la peau, il lui déformait la goule, il sondait les prunelles exorbitées du vieux Noir avec le regard fixe d'un désespoir d'outre-monde, avec une force comme on n'en peut pas imaginer de plus déchirante pour essayer d'alerter la compassion d'un frère humain.

Maque! Il faut croire c'est pas tout! Le Nindien Jody McBrown était parti en furie mystique. Il s'était mis à ânonner des parties de phrases, des aboyis du bout du ventre, des convulsions syllabiques, babils d'enfant, bredis bredas, coulures de salive, des hoquets qui lui montaient sans qu'il fût maître de sa pensée.

Il avait lâché les joues du nèg-métayer mais repartait en sursauts. Après une ou deux déconnades incomprenables, sans lâcher sa couverture serrée contre lui, il a murmuré dans la montée de ses larmes, elles jetaient encore plus de rouge dans la saignée de ses yeux, deux, trois mots hachés comme boules, encore à la page des nerfs, pis d'un coup, lâché du col, délivré, en palpitant, en pleurant, il a bredouillé :

– Mais pauv'! Pauv' toi! J'vais t'dire quelque

chose tellement affreux, tellement loin, tellement profond et à part dans la cruauté de l'homme, que même tandis que j'y pense, là, j'trouve pas trois mots pour t'expliquer !

D'un coup, il a ouvert la couverte enroulée. Il s'est baissé pour poser délicatement au sol ce qu'elle contenait dans ses plis.

Et pour les deux Noirs agenouillés qu'auraient seulement espéré voir quelque chose de sanglant comme quêque partie de chien, c'était la tête avec les yeux grands ouverts de Mom'zelle Grand-Doigt, il leur montrait, Jody McBrown.

Le visage de la contrôleuse des esprits était lisse de toute terreur. Il était en l'état où l'avait moissonné Zaquet-Laverdure avec son coupe-coupe. Il défiait la Vigilance.

– Après ça, comment tu crois les choses sont forts ? a demandé Jody McBrown à Jack Lipscomb.

Une tremblure insupportable lui faisait claquer sa paupière gauche comme un volet.

Nèg-métayer pas répond.

– Et toi, United States ? Quel refuge ?

Jeune nèg, simple carbo, pas répond.

Personne pas répond.

Et l'Bon Djeu, tant pis si beaucoup s'en étonnent, le Bon Djeu non plus, pas répond.

47

Nouzaut a rendu compte la manière dont les choses se sont passées pour l'Indien Jody McBrown.

Ajoutons à ce cas si chagrinant à raconter un

détail bien éclairant. Un secret que personne ne détenait alentour et qui allait avec la vérité des cœurs.

Depuis dix ans et plus, Jody servait de mari à Mom'zelle Grand-Doigt. Se pliant volontiers au souhait pieux de la traiteuse, il avait même acheté deux alliances chez l'horloger. Les avait fait graver. Qu'elles aient bien leurs initiales.

Pour le respect des apparences, chacun restait dans son camp. Les maisons étaient séparées de quelques milles. Mais l'amitchié habitait sur les deux rives.

Pour exempler, imaginons l'envie du corps penchait d'un côté, vite, le plus affamé des amants s'en allait trouver l'autre. Et ça, c'étaient les passe-temps de l'après-minuit.

En piroguant sur la rivière étoilée, c'était toujours la certitude de trouver des bras, un ventre et un rire soyeux pour accueillir cil ou celle-là qui jonglait à la tendresse. Et p'tit brin par p'tit brin, la douceur des ciels avait fini par faire de leur amour un gros tas.

C'est ça qu'existait et j'voulais que vous sachiez.

Pour le reste, on peut bavarder.

48

D'ailleurs, j'aimerais pas qu'on vous raconte les choses tout de travers. Maintenant, comme j'ai dit, vient des temps durs. Ceux qui précèdent ma naissance.

Je m'écarterai donc pas de la vérité.

Retour au féroce! Au sang qui rouge. A la chair qui mâche. A l'intestin qui vide.
La morale, j'm'en ballotte!

Comme m'a rapporté le vieux Jody McBrown bien des années plus tard, en évoquant le carnage le plus spectaculaire dont *la Sentinelle de Mamou* ait jamais eu à rendre compte avant ou même après 1893, mon grand-père, Edius Raquin, avait eu son cœur, sa vaillance, le tréfonds de sa pureté labourés à vif par le tuage.

Douze morts des deux sexes. Trois enfants piétinés. Les événements l'avaient fourgaillé jusqu'à l'os.

Dès lors, chaque fois il voyait un homme lire une gazette, se fier à l'objectivité d'un article de journaliste, le vieux bougu' clamait alentour : « Mensonges! Mensonges! Je me rote quand j'vois ça! Ils écrivent c'qu'ils veulent dans leur grande page! Ils m'écœurent à force! Ils font mine de voir des jonquilles, des zoiseaux-papillons et mon j'repense qu'à leurs saloperies! J'ai vu du sang partout! Des vengeurs, d'la racaille et du crime! »

Il prenait une sacrée colère. Une fureur maousse qui traduisait aussi son inflexible volonté de vouloir anéantir la renommée d'assassin sans merci entretenue autour du nom de Farouche Ferraille Crowley par les gazetiers et les chroniqueurs du début de siècle.

Oh, je ne cherche pas à faire reluire nos malheurs! Pas plus à nettoyer la table, à faire semblant que mon père n'allait pas être pendant presque vingt ans le plus fieffé expert en pillage de banques de tout le sud des Etats-Unis.

Il le serait.

Et aussi l'un des plus faridondants flambeurs autour d'un tapis vert. Les quatre as dans la poche de son gilet, s'il vous plaît. Et avec ça, une veine insolente. Mais pour en revenir à Pop Raquin, à son aversion viscérale pour les plumitifs, j'crois bien j'partage rétrospectivement ses saintes colères.

En cette fin du XIXe siècle, les polices des campagnes étaient sûrement retors, goulus sur les primes. Les journalistes les encourageaient. Ils étaient morves.

Well, j'vais pas chercher dans les démêlés de justice à débobiner le pour du contre ! Mais soyons assez libres pour dire que chaque fois le grand Ferraille passait à la caisse, ouvrait un coffre-fort avec ses deux colts Frontier poignés dans chaque main, qu'il rageait les zébrures de ses balles contre un mur ou finissait recta par planter un plomb de Winchester 30/30 dans l'cubitus d'un employé aux écritures, allez, manège, la calomnie de la société repartait pour faire du foin ! Ça ragotait à toute volière. Sa tête mise à prix. Les manchettes à la une. Fanfare !

Avec leur duplex Edison, ils avaient pas de mal à agrandir le cercle d'infamie. Jusqu'à Denver, Colorado. Jusqu'à Bismarck, s'il fallait. Un coup de morse dans le poignet du télégraphiste, et le Grand Bandit Crowley devenait l'assassin du siècle !

Non mais d'un culot ! Jusqu'à Bismarck ! Ch'ais pas si vous mesurez l'exagère ? Bismarck ! Une ville par là-haut, dans le nord du Nord. Au Dakota !

Edius Raquin ne se faisait pas d'illusions. Il savait bien que son gendre était no angel. Mais y avait manière et manière d'écrire les faits. De les rendre plus ou moins légendaires ou seulement bric-à-brac.

A c'qu'il paraît, ça qu'il aimait par-dessus tout, mon grand-père, c'est quand la prose du rédacteur prenait des envolées. Quand elle donnait sa juste hauteur à des faits d'armes qui méritaient leur réputation de prodiges.

C'était donc pas forcément à la chose écrite il s'en prenait, l'vieux bougre, quand il lisait un « papier-nouvelles ». Plutôt à cette odeur faisandée qui dénaturait la noblesse de l'encre. La rendait, pour cause de style médiocre, si noire et si suspecte.

Parce que l'encre, tonnerre des dieux! L'encre en pleins et en déliés, son choix de caractères, **Chicago, Venice, New York, Genova,** sa brisure des lettres, descriptives ou nerveuses, on a beau dire, restait gravée dans les souvenirs. Elle faisait son chemin d'encre. Elle était imprimée dans les livres et les consciences. C'est ça il avait compris, le vieux cocodrie.

Vers la fin de son existence, justement, Pop Raquin s'était mis à la lecture. Il prisait principalement les sujets aventureux. Les romanciers. Il croyait à la science de l'invention.

Preuve de sa logique extrême, c'est seulement lorsque les histoires étaient exaltantes, écrites avec une langue imagée, que leurs péripéties l'enflammaient. Il voulait, il exigeait que la plume de l'écrivain tienne ses héros soigneusement éloignés de la pesanteur d'un quotidien de peu d'envergure.

– Ah mais!... j'aime bien une bonne exagération, il avait l'habitude de dire.

Peu de temps avant de mourir, il abordait parfois Jody McBrown au croisson des chemins qui liaient leurs propriétés. Les deux compères étaient déjà vieux en c'temps-là. Sauf que Jody était chacoté dans un bois pour devenir centenaire.

C'était p't'être 1916, j'imagine. Il y a quatre ans à peine.

Le tit boug' Edius, lui, était déjà en délabre.

Bancal usé. Posé traviole sur des tchuisses d'oiseau-colibri. C'étaient ses derniers soleils. Il saluait, bonjour, bonjour. Il frottait sa canne sur les cailloux et demandait à son vieil ami, avec une nuance de respect :

– Dis moi, Nindien, ça au moins, c'roman d'Alexander Cowie, c'est tout inventé, n'est-ce pas? Cet orphelin malheureux? Cette tuberculose galopante? Ce chagrin qui coule sans arrêt? Cette guimauve? Personne a jamais été aussi emmerdé que sur ces pages, tu trouves pas?

Il se grattait la tête. S'en voulait de ce moment de faiblesse inexplicable.

Il revirait son ossaille en disant :

– J'parie, c'est juste pour écraser l'lecteur sous les larmes! Faire vendre le papier!

Il levait les bras, ses nerfs pleins de doigts :

– Fou! Fou qui se donne aux histoires!

1916 était une fin d'année bien cruelle pour Pop Raquin. Pour se soutenir en vie, il ne buvait plus qu'un petit jug de lait caillé. C'est toute la nourriture qu'il supportait. Il sentait le boulier-compteur vider ses dernières tringles. Mais il avait quand même achevé son grand dessein. Sa maison blanche avec une galdrie. Il pouvait être fier de regarder son walley.

Et forcément, il jonglait toujours à deux choses : premièrement retrouver son petit-fils (il avait une vague idée que j'existais quelque part) et deuzio continuer à restaurer la réputation de Farouche Ferraille Crowley.

L'ancêtre a jamais lâché sur ces projets-là.

D'mon côté, j'vas donc m'acharner à être bien scrupuleux, vraiment exact, méticuleux pour que vous m'fassiez crédit. Que vous n'alliez pas croire tout le prêchi-prêcha déversé sur mon père. Les ignominies que l'mauvais monde a accumulées contre lui, après le capotage de son mariage avec Azeline.

Par-dessus tout, si vous passez en Louisiane, tenez-vous loin de la racole! N'allez pas vous rassasier de ce junk qui brille et clinque au soleil. Ou croire tout c'sheet de badges et d'images que vous épingleront sur le revers une ripopée de guides mexicains, payés à main d'or, pour vous faire visiter les rendez-vous des tueries du passé.

Paquets de cartes truquées, lanières de toutes les couleurs, pièces de monnaie percées en leur centre par une balle du Grand Bandit Crowley! Tu parles! Foutaises! Y a plus d'boutiques malhonnêtes entre Wichita Falls et Jefferson City que d'eau creuse dans toute la Louisiane! Ça c'est du piège! Take my word! Des ordures! On vous bargainera la photo jaunassée d'un outlaw qui représente tout sauf Ferraille. Un figurant en peau de zébu, un méchant rouquin sans cils, prêt à poser avec une carabine de panoplie pour être vendu six sous sur une carte postale!

D'ailleurs, à supposer que vous soyez de la bonne race de ceux qui sont vraiment friands de la vérité, apprenez il n'en existe qu'une. Celle qui sort encore par bribes de la bouche à mémoire lente de Jody McBrown.

Jody McBrown, vous m'avez bien entendu. Ce chauvage est le seul homme survivant du tuage vers lequel le bon monde peut se tourner. Messager formidable.

Un homme que je respecte. Pour lequel je m'userais jusqu'à l'os.

Tout le reste est flan. Pure enflure. N'existe pas.

Aujourd'hui, l'Indien n'est pas jeune, mais le mille-pattes dans sa grande gueule où vous voyez bouger les dents est encore vert. Faut pas s'fier de l'aspect. Sur son visage aussi modelé qu'une terre grassée il est capable faire remonter le passé comme des bulles.

Souvent, c'est ardu. Il se force. Il lutte méchant. Il veut faire rebrousser les images.

C'est là qu'il faut surtout pas lâcher.

– Tu viens m'voir! il hurle. Tu viens m'voir!

Il s'étrangle. Il est comme étouffé par un nœud.

Il gueule :

– Vous pouvez bien crever! Je me rappelle arien!

Il se tait.

Le mépris.

Jody McBrown, c'est un méprisant.

Pour celui qui arrive à l'apprivoiser, après seulement six sortes de whisky, l'Attakapas se souviendra déjà mieux des détails.

L'esprit délié, il racontera comment de temps à autre Ferraille donnait un sac d'or fin à une famille pauvre. Aussi la façon généreuse qu'il avait d'expédier régulièrement dans les fontes d'un desperado nommé Sanchez le reste de son butin à mon grand-père Raquin. L'Indien dit c'est grâce à l'audace des pillages d'Arkansas et d'Oklahoma si l'vieux bougre a pu dresser sa foutue maison blanche, celle avec une galderie. Celle qui est jusse derrière not' dos, asteure. Sa façade judicieusement exposée au soleil. Avec des colonnes grecques, une grande pelouse, et cette majestique allée de cyprès, toute conforme à l'obsession rectiligne de ses jours.

Après douze marques d'alcohol de grain, Jody saura aussi évoquer des épisodes cocasses. La manière dont Farouche a fui, comme ça, en courant sur le toit d'un bordel-pagode, habillé en

Chinois, toujours poursuivi par son ombre, par ce fameux Palestine Northwood, son ennemi intime. Tous deux avaient des nattes. Ils avaient fini par se ressembler.

Jody tend sa main vers la bouteille. Il est exalté. Il se monte.

D'un coup, ah! L'feu au tchu! Ça l'prend! Il se mouche dans ses doigts. Il mouche du sang. Il saigne toujours tellement du nez. Des yeux aussi.

Il vous regarde. Il boit. Il exige d'un geste que vous fassiez aussi bien que lui. Celui qui n'aurait plus soif, ah, mais, il lui fendrait le biscuit sur-le-champ, en long, avec son restant de tomahawk.

Par contre, pour les mieux corporés d'entre vous, capables de rouler dans leur gorge plus de whisky que la rivière Mississippi peut en conduire à la mer, le vieux chef attakapas retrouvera l'éclat de sa jeunesse. Il vous dévoilera que si Edius Raquin a creusé sa vallée, c'est pas pareil qu'une ostination.

D'après Jody, c'est même sans commune mesure! On touche autre chose, il insiste. Ça ressemble à rien de comprenable. On touche la légende du Midouest, il radote.

Après quatorze ou quinze qualités de booze, s'il reste encore une minute de lumière au chauvage, il commencera à entrer dans une sorte de délire. Des mots sans suite. Bribes ou pointillés. Et jamais écoutables. Mais vous croirez comprendre comment cet homme bon, mon père, est resté râlant, cinq heures appuyé sur un coude, personne pour lui prêter le moindre secours. Sa tête était renversée sur un rocher.

Avant de retourner à sa léthargie définitive, Jody McBrown dit toujours :

– C'est que cinq litres de sang, un bonhomme! On s'aperçoit de ça toujours trop tard.

Il dit mon père est mort « inaperçu ». Il veut dire on n'a jamais retrouvé son corps. Ses yeux rougis vont vers le vague. S'attardent.

Et puis il continue. Il fait signe de venir. Qu'il faut qu'on s'approche. Un renvoi d'alcool remonte dans sa bouche.

Il lève un doigt. Il arrête le temps. Il bloque le mystère.

Il dit :

– L'après-midi même, Farouche Ferraille Crowley avait eu son fameux duel avec Palestine Northwood. Cinq balles chacun avant de tomber. Quand ils ont tiré l'un su' l'aut' pour s'bûchailler, ils étaient pleins de haine et d'estime. Ils ont vu la lumière.

Une fois, comme il avait pu parler plus longtemps qu'à l'accoutumée, le grand Attakapas m'a appris qu'ils avaient coulé tout leur sang côte à côte. Le désert d'Arizona les a bus en entier par un soir de juillet 1912.

Ils s'étaient traînés dans la même grotte.

Vous êtes interloqués? Vous souriez que j'invente? Vous me toisez méfiants? Ça me fâche!

J'vous vois! J'vous imagine! Le jeune homme se met en valeur! Il exploite le prodige de son père! Il fait bouillir la bouillotte! Mais c'est tout le contraire! Je force tout! Je vous refoule! J'veux pas vous voir! Je suis tranquille comme je suis, moi. J'ai pas besoin de personne.

Ni vous, ni rien. Ni pitié. Ni estime.

Ma vie, c'est à croire ou à laisser.

Vous me rendrez justice qu'il est trop tard pour vous de rebrousser les vents du nord, trop tard pour revenir aux éventails de l'été. Ecouter des zozotages d'oiseaux au soleil qui blondit. Et, beau du beau, moucher des larmes de quatre sous en s'plantant du cul sur une chaise bourrée, pendant qu'au nid l'an neuf se confectionne une nouvelle nature et le renouveau de l'oisillon.

Ou alors, tout ferme, séance tenante. Je ne dis plus mèche. Il n'y a plus rien à lire. J'arrête le bouquin sous une véranda. Ou devant une orangeade. Ou le lendemain de la mort de Bazelle. Je fais exactement c'qui me passe par la tête.

Je me mets à l'ombre dans un fauteuil à bascule. Je regarde l'Amérique qu'Edius Raquin m'a laissée en héritage. J'ai des hectares de pelouse, vous savez! Je suis propriétaire, moi. Sauf respect que j'vous dois, je vous emmerde, messieurs-dames.

On est en 1920.

C'est que c'est exorbitant, les voyages! Le mien passe par l'Europe. Par la guerre. Par la Grande Guerre. J'ai écopé de la médaille militaire. La celle avec palmes.

J'ai droit au repos, il me semble! Non? Vous ne trouvez pas? Perdre une jambe aux shrapnels à Jaulny-Rembercourt, pays de Lorraine, c'est quand même pas cadjin tous les jours. Excusez! Ça porte aux malaises.

Avec Jody McBrown, depuis que je suis rentré au bercail, on fait jouer un peu de phono doucement et sur un air de ragtime, la cire gratouille. Il radote.

Jody maintenant, c'est un très vieil Indien chauve. Je le tutoie sans ses plumes. C'est la familiarité. Son visage est absent. Il approche sa bouche contre mon oreille. Mais c'est bien lui qui est sourd. Moi, c'est unijambiste.

Un peu de magnane, et il radote. Toujours la même chose, le même sillon.

Il est rayé, Jody McBrown.

L'autre fois, j'étais à l'ombre sur une chaise. J'ai vu passer un paon, au fond de la pelouse. Et j'ai jonglé avec l'idée qu'à propos d'une aventure aussi mouvementée que la nôtre, le feeling aussi avait justement son rôle à jouer.

Ce ne serait pas plus mal, non? Si vous saviez par avance les gens qui vont être happés vers la sortie. Idem, ceux qui vont rester jusqu'au bout dans les pages.

Siffloteurs. Loustics. Inculbutables. Race des choisis.

Une clique de personnes avec une tite ancre dans la poche.

Pour ça, j'ai eu envie de rassurer.

En dévoilant par exemple que plus tard, c'est Jim, on m'appellera, ou que le grand Farouche Ferraille Crowley a pas fait que souffler d'l'air sur le ventre de ma mère, j'avance de trois pas jusqu'au bord du futur.

Question de confiance, il me semble.

La vie nous traite déjà si mal. Nous oblige à tâtons. On s'traîne d'un meuble vers l'autre. On écarquille assez pour entrouvrir l'avenir!

Tandis que là, c'est clair! Voilà les nouvelles!...

Je vous montre la lune.

J'ai une patte en bois par blessure de guerre et je ne suis même pas encore né. *Yet, I was not even born!*

Je suis tout frais, têtard à l'envers, fin comme une tite aiguille dans l'fond de ma mère.

Azeline est enceinte. Je suis son vairon. Elle vit ses derniers instants de bonheur.

Le spectacle de la noce est là, joyeux.

Elle, debout sur le parquet de danse, essaye de tempérer l'ardeur du centenaire Zacharie Lafleur, son humour un peu lubrique. Elle cadence joliment une polka.

Elle pense à Farouche. A un grand garçon blond qui lui a juré qu'elle avait la peau douce. Qui lui a fait vingt-sept fois l'amour. Qui l'a assise sur son sexe dressé. Il voulait lui parler d'un truc très important. Il a jeté tout au fond d'elle des colliers de perles.

Elle dessine un sourire éternel. La Joconde de Léonard, à côté de ma maman, c'est du wee-wee de vin aigre à siroter dans une pantoufle. Azeline est belle à boire et à manger.

C'est ce moment a choisi Voicy Smith pour apparaître dans la lumière.

Ainsi va l'histoire. Elle repart avec l'élan de ses propres mots...

Nouzaut avons pas le choix, revenons back en arrière.

49

Voicy Smith a apparu dans le cercle de la lumière...

Quand il a été à bic à blanc, l'ancien prétendu d'Azeline s'est avancé vers la buvette. Personne ne l'y avait invité. Il a fait un signe désinvolte à l'intention de Pop Raquin qui venait de rouvrir un œil.

Le gros de la troupe des cavaliers se tenait dans l'ombre. Ils attendaient, acadiaques, un signe pour mettre pied à terre. Leurs étalons boltaient.

Plus loin, dans l'ombre d'un portail, Edius avait repéré tout de suite la stature menaçante d'un autre foutu pionconque, un danger, celui-là, Zaquet-Laverdure, de la clique des Gros Genoux.

Le tueur de Nonc Rosémond était déjà sauté de son choual. Il avait pas l'air dans son état normal. Sous les soies drues de ses sourcils, ses yeux de goret étaient beaucoup approchés.

Elégant dans son soute, un habit noir sur une chemise à fleurs, Voicy portait une ceinture d'armes en travers de ses hanches. Le doude s'a servi une rasade d'eau-de-vie de maison sans qu'on la lui eût proposée. Il a dit en toisant Raquin :

– Pas besoin de parler le nanglais, vieux, pour s'apercevoir que tu m'as pas gardé ta fille!

Au saut, il a sifflé son verre et porté son regard arrogant sur la jeune mariée. Il avait pas bégayé pour une fois.

Pis sans demander la permission ni rien à personne, il a pris la jeune captive par la taille, contre lui bien serrée, et l'a entraînée dans la danse.

– Tu t'rappelles, tite catin, il lui soufflait dans la gorge, c'est moi, j'suis ton prétendu number one!

Avec une grande faim, il tenait ses lèvres pressées contre celles d'Azeline. Comme il découvrait personne dans les yeux de la fille, pas le moindre signe de son existence, il s'énervait. Il avait déjà beaucoup bu. Chaque fois qu'il se reculait, il posait son regard sur ses seins.

Il déparlait. Il disait :

– Fais donc pas semblant d'rêver comme une aveugle! Je m'souviens, va! Je m'souviens! A douze ans, j't'ai embrassée. J't'ai montré ma verge! C'jour-là, t'étais morte au croupion!

Il giguait le step sur le parquet et relançait la cadence comme si l'Djiable avait été son moteur.

Hymel, le violonier, avait peine à suivre. Les doigts de Macliche, on voyait plus passer sur les touches. L'accordéon s'emballait. Les notes aiguës prenaient l'estampic.

Pop Raquin s'a avancé au-devant de Voicy Smith. Il sentait bien que le drôle et ses maraisbouleurs étaient venus pour casser la fête.

Prendre le bal à eux. Eteindre les lumières et, après, tracasser les femmes une à une, la main sous les cottes, comme ils voudraient. C'est ça ils ont dit entre eux.

L'vieux boug' a d'abord essayé la persuasion. Il a tapoté l'épaule du méchant jaloux pour essayer de le calmer.

Il a dit comme s'il tenait pas compte de son agissement de butor.

– Comment les affaires, là-bas, Voicy? Ton emploi à La Nouvelle-Orléans? La banque, comment elle va?

– Oh, assez bien, m'sieu Raquin.

– Tout est correcte, hein, Voicy?

– Mais ouiais. Vous aussi, j'pense, tout est correcte. Except vot' fille!

Pop Raquin a tout de suite remarqué le grand élingué était plus bègue. Plus il penchait vers la violence, plus ses mots devenaient nets. Et pis quand bien même il dansait, serrait Azeline comme un paquet lui appartenant, le vieux sentait son regard chafouin guetter la traînaille, la basse classe aux ordres de Zaquet-Laverdure. Des gens qui n'avaient pas de contrôle. Les plus dangereux d'un échantillon de maudits prêts à tous les tuages.

Edius s'a retourné back pour joindre Zaquet.

Le malfaicteur attendait le vieux bougre avec un sourire de provocation. Il l'a hélé comme ça, en pointant derrière lui ses rôquelaures, ses vauriens, ses bonarés, tous reconnaissables à leurs hauts chapeaux noirs, à leurs foulards rouges :

– Rien à boire pour mes amis? J'ai pas la réception j'expectais. Ou alors t'es pas heureux d'voir mon, Edius? Tu m'traites comme un pas-là!

Pop Raquin s'est contenté de l'argarder comme un gros chevreuil. Il éventait bien le projet du maudit bully, sa façon qu'il avait de chercher la moindre chance ou occasion de faire prendre une chicane en vraie bataille.

C'était des temps, ça aimait se battre.

Le vieux cocodrie a commencé par lui opposer un sourire avec toutes ses dents. Pis après, en douce, les a retirées, les a glissées dans sa poche, vu qu'il aurait pas parié four bits sur une fin d'soirée tranquille.

Voicy continuait à danser comme mad avec Azeline. Il la serrait dans sa transpiration. Il était échauffé. Il avait un troupeau de bisons qui grouillait au long de sa racine.

– Dans l'fond, Edius, a plaisanté Zaquet tout à coup, tu connais sûrement pas quoi décider quand le lit est pas encore fait!

– Ah, non, a répondu Edius, ça j'connais pas.

– Dans c'cas tu pourrais p't'être appeler le marié à la rescousse de sa malheureuse femme! Qu'il la laisse partager sa chaleur avec Voicy. Sinon encore une valse, la petite catin pourra plus respirer!

Avec ces moqueries, le vieux se sentait trap comme au fond d'une savane.

Il a dit quand même :

– Mon, si j'suis sûr embêté, c'est qu'mon gendre est parti. Sans ça les chôges auraient pas c't'odeur de cochon avec des culottes en bas!

– Ah mais! a dit Zaquet, si tu penses ta fille est ennuyée injustement, harassée par un homme contre son gré, t'as moyen de te retourner. La Loi est dans ton camp. Tu peux mettre une charge contre nous auprès du shérif Ben Guinée!

En continuissant à écharlenter de la sorte, le mauvais bouleur a désigné le marshall et ses deputies.

Tout le gang de la police était en train de prendre position autour de l'habitation. Les polices avaient poigné leurs armes. Edius a mesuré que Farouche avait aucune chance de sortir vivant de cette chaudière.

Maintenant, le vieux aurait donné son chapeau à brûler que Voicy Smith était venu espionner les parages. Que par chance, il avait tombé arrière le bandit Crowley. Qu'il l'avait p't'être même pisté jusqu'à un rendez-vous avec Azeline. Que le goguelu était sûrement resté rincer ses yeux derrière une tale d'éronce. Qu'il avait été témoin de la manière ces deux-là buvaient l'paradis jusqu'à la tombée du serein. Avaient une manière personnelle de verser l'eau de pluie dans la tonne, de s'éclaircir le teint, les taches de rousseur et de commencer les enfants. Qu'il avait jugé son amour avec la belle, pillé. Et que, par pure jalouserie d'éconduit, pauv' fool d'amour, il avait couri dénoncer Farouche à sa batelée de mauvais garniments.

Zaquet-Laverdure, en voyant caler le chéti habitacot, considérant qu'il était pâle, mal en position, a recommencé à picocher après lui :

– Tiens, mais! il a fait, j'ai l'impression que mon vieil ami Edius a gomboo tout son dîner de travers aujourd'hui! Nouzaut qui croyait ça va être un sacré party à l'habitation Raquin! Eh ben, non, tout l'contraire! Mon constate qu'icite se trouveraient plutôt que des vilains-tristes!

– C'est possible, Zaquet, mais veille donc à pas les transformer en vilains fâchés.

– Y a pire que ce que tu dis, Edius. Et j'te conseille pas d'essayer de nous rencontrer sur ce terrain. Sinon, on pourrait bien devenir des vilains vilains !

– Mon, un vilain enragé, j'pourrais faire ! dit le vieux bougre. Il avait peur d'arien.

Pour se donner encore plus de nerf, il s'a planté au ras du Nindien Jody McBrown qui s'trouvait à ses côtés. Faut pas bêtiser avec les Attakapas. Quand ils se fâchent, ça prend une foule pour les arrêter.

Pour montrer qu'il se laissait pas si tellement impressionner par un chauvage, Zaquet-Laverdure a fait signe à deux de ses hommes. Les ingrandjins ont aussitôt empoigné la dinde à Armogène Fusillier, une fille Labauve, et hop, les mains posées ferme sur le tchu des bassettes, ils sont partis à danser aussi fort avec elles que Voicy avec Azeline.

Par soudain dégoût d'existence, le vieux bougre Edius s'est senti crochir à vue d'œil. Impossible de se refaire. Il s'est demandé, Bon Dieu, quelle longueur de pas en plus il lui faudrait franchir. Cette fois, il se sentait tomber feuble.

Une pleine envie de vomir a escoué toutes ses tripes. Il a rendu son garemanger.

– T'es un rat, Zaquet ! il a tout de même gueulé, entre deux vomissements effroyables.

Il pouvait plus. Il avait la respire court. Reniflait sa morve. Râlait à quatre pattes. Donnait tout à la terre, ses poumons, sa lessive d'estomac, des flots d'anciennes gâteries. Gibiers, ragoûts, liquides. C'était atroce pour lui. Régurgies en tas, en hoquets, même de la viande franchement charogne, il recrachait des brisures par convulsions, il se recroquevillait. Ce qu'il avait aimé le plus lui ressortait sous une forme avilie de la boyauderie, de la gargane, même du nez. Il essuyait ses doigts sur l'herbe avec un discours égaré.

Les autres se fendaient la gueule, s'esclaffaient. Tu parles, il était beau, l'dîneur!

Il a fini par renvoyer tout. Restait que la bile. Du fondant. Du glué. De l'humide.

Il était épuisé mais il était pas mouru.

– T'es un cochon! il misérait dans son glaire.

Il montrait son poing après Laverdure. Il clamait à hurle-gueule :

– T'es qu'un héron, Zaquet! Un mauvais taïaut oreilles basses! Un chaoui des basses classes! Une viande de mulet!

– Viande de mulet? j'entends all righ?

– Ouiais! Viande de mulet brûlée!! Y a pas d'nom pour dire quel salop tu représentes!

– Fou-couillon, ça, si c'est pas une insulte et une attaque!

Des mots pareils, c'était mortel.

Maintenant, dans la lunette de Palestine Northwood, c'était clair, les hommes étaient partis pour s'argumenter. Les premiers coups de poing sont partis à valser dans les œils. Après sont venus les coups de pied. C'est personne qui a sorti son revolver. Mais ça a fini par douze fusils.

Et maintenant, surgi de nulle part, lancé par un félon, le fils Babineau a pris un couteau dans son œil. Un gosse, six ans à peine, a hurlé de rire. Et les premières balles ont passé.

Un grand tuage d'hommes a commencé.

50

J'ai parlé de douze fusils.

Pop Raquin s'a pas laissé effrayer par les armes. Il pesait pas lourd. Il était léger comme un petit paquet d'esquelette. Mais quand il relevait ses deux bras comme des bâtons, il aurait pu soulever la terre ! Il grimaçait, il clinquait de partout quand il faisait son effort. Mais c'était un freluquet d'os terrible. Cet homme, à part le tuer, les vilains vilains pouvaient rien contre lui. Il en a pris deux, il les a claqués l'un contre l'autre. Ils ont fait des gouttes de sang.

Dans le même élan, pour bien montrer Edius c'était un tit homme que jamais, jamais personne a pu prendre le dessus de lui, il a marché sur Zaquet, il lui a lâché un coup de poing sur l'oreille. Une grosse poque chargée comme une cartouche, une vire-tape qui l'a étourdi pour vingt secondes.

Et après, forcément, ça s'est fait comme d'un coup ! Les faillis chiens, les fraiseurs, les gabarots sont sortis de partout. Ça hurlait à pleine tête des beugleries. Une jupe se levait au cul. Un homme éclatait un œil sous la lanière d'une babiche. Les femmes criaient ici, là-bas. Elles glapissaient, cachées derrière les tables à la renverse. Ça partait pour se battre aux armes de tous les côtés à la fois. Bligé. Les pas-rien labouraient la cour, taillaient les danseurs, les douleurs aboyaient, un grand encerclement se dessinait.

Ça, c'était comme c'était.

C'est le moment que Farouche Ferraille a choisi pour sauter dehors en éclatant la fenêtre. Le pistolet qu'il avait trouvé dans la poche de mussieu

Waguespack lui a ouvert un chemin. Il a chapigné dans le nez, la bouche du premier deputy qui s'trouvait de ce bord-là. Fou sauvage, rempli de coupures, du verre dans les cheveux, Farouche s'est jeté sur un deuxième, l'a fait couler à grands coups de talon, ses chaussures de ville plein la coyoche. Ben Guinée s'est retourné, c'était un rapide tireur, mais sitôt il a voulu shell sur le fugitif, la mort est venue labourer ses côtes. L'air en lui a été soufflé comme un vent qui s'efface. Le sang vidait. Le dompteur de lion pensait vaguement au gâchis de sa moustache. Etendu sur le dos, il percevait encore des couleurs, des chemises rayées, des bottes qui émiettaient de la boue sur ses yeux vitrés, en sautant par-dessus lui.

Le temps à peine de redroitir sa jambe gauche, il avait mouru.

Pop Raquin courait. Il avait l'idée fixe d'aller chercher son flingot. Au moins trois fois des balles ont ronflé sur le côté de lui. On fait ring en ricochant sur de la tôle. Toujours il virait son gratin. Il vançait. Il regrichait en faisant des crochets. Galopait. Voyageait plus loin. Et, miracle, au lieu d'être shot down, plus il s'approchait de l'habitation, plus il était étonné de constater que les hommes de Ben Guinée qu'il croisait étaient cloués au sol. Ils étaient effarouchés comme des gros bestiaux. Certains avaient même les mains posées sur les oreilles pour se protéger, allons savoir de trop quoi. Un feu d'arme automatique était tombé du ciel comme un bombardement, une avalasse de balles venues du fin fond de la brunante.

Là-bas, à la corne du bois.

Pop Raquin s'est dit que Djiab ou Bon Djeu, cil-là qu'avait délégué une pareille qualité de tireur était foutrement d'la partie.

Déjà Ferraille avait disparu, miraculeusement sauvé par cette aide inattendue. Il courait en direction d'Azeline.

Tout en armant son carabine pour viser sur les pouillasses qui continuaient à faire des bêtises, Palestine Northwood se tournait de temps en temps vers le prêtre Tobie Lefort. A voir, il donnait froid comme un marbre à tombeau.

Le marin du Groenland accomplissait sans plaisir ni déshonorance son duty qui était de faucher des vies. Une fois, il a demandé en lâchant un nouveau coup de feu sur les hommes de Ben Guinée :

– Père! A la veille d'un jugement où le destin d'une poignée de créatures innocentes risque si gros, une question me vient. Est-ce donc Dieu qui a fait la mort?

Tobie Lefort pas répondu.

Palestine Northwood a rechargé sa Winchester, calibre 30/30. Ses nerfs faisaient des cordes.

– Faut-il en déduire que votre Dieu se réjouit de la perte des vivants? il a encore demandé.

A cette question non plus pas de réponse. Curé Lefort pas répondu.

Ça a resté un bout de temps.

Palestine continuait à shell sur les constables à Ben Guinée. Il a blessé un ou deux, là-bas. Il a tué un cheval là-bas aussi. Pis il a fini par se retourner sur le curé.

– Oh, mais, il a soupiré. A la fin, Lefort, j'te regarde... Tu sers à rien, même pas à lâcher un œuf par terre.

Ça fait c'était trop. Palestine Northwood a ouvert son manteau et écarté ses grands bras.

Ça fait vieux curé Tobie Lefort a glacé.

Et septième mort, après le fils Babineau, il a tombé.

Il avait quatre-vingt-huit ans.

51

Ce maudit puyant de Voicy Smith avait entraîné Azeline comme un bouclier pour sa protection. Ils étaient accroupis tous deux derrière la carcasse d'une fouleuse ou machine à pousser le foin dans l'emballeuse.

Farouche Ferraille a tué encore un homme en travers de son chemin. Après, il s'est trouvé en face de Voicy. Il marchait à lui avec une lenteur extrême.

Le faraud s'est élevé.

Au début, il a voulu faire beau. Il a dit sans chuter sur les mots :

– J'aimerais pas rouler comme vous, Crowley! Avoir toutes ces mortalités sur la conscience!

Farouche volait doucement vers lui, comme un oiseau noir.

Voicy a été saisi par la peur. Ses oreilles brûlaient de honte. Il écoutait son sang battre comme si c'étaient des cloches et des chaînes. Son ventre était mouillé comme un mouchoir de rhume. Il s'est senti gagné par une terrible retardation de parole.

Il a bégayé :

– J'ai sûr fai-fai-fait c'qui fau-au-au-lait pas... et il est ddddo-dommage v-v-vous et moi nous soyyyons ja-ja jamais rencontrés... Si nous n'n'nous étions ren-ren-ren-contrés, p'têt' serions-nous dev'nus bon-bon-bons zamis...

Pendant ce temps-là émietté par les mots, Farouche approchait. Il poussait l'air devant lui avec autant de simplicité que celui qui va ouvrir la porte de sa cuisine. Il rentrait chez lui.

Voicy Smith a encore bafouillé :

– U-u-u-une fois j'ai presqu'eu qu'eu envie

d'm'arrrrêter... On s's's'rait invités à boire un coup et l'l'l'temps passant, aurions nous fi-fi-fini p't'être par cha-cha-cha-rrer d'connai-ssan-ssan-ces co co co communes... Co co co comment va Untel? Des trucs, comme ça.

Crowley avait des yeux d'eau creuse. Il noyait sans pitié une portée de quinze petits chats au fond d'un puits. Il pensait, il allait s'approprier les bottes du bègue. Aussi ses éperons mexicains et son rutilant revolver avec du nickel.

Ça fait l'autre avait beau tenir Azeline embrassée au plus près de lui pour protéger sa carcasse, Farouche a pas hésité.

Il a vu passer trois pouces de front et il a tiré deux fois. C'était bien mieux de finir sans bargainer. Les pelotes des balles ont frisé la chevelure de la pichouette mais le type a explosé en plein élan. Il a viré de l'œil avec une moitié de tête emportée. C'est comme ça la vie s'en allait dans ces jours-là.

Quand Azeline s'est détournée pour s'élancer vers Farouche, toutes les petites fleurs imprimées sur la chemise de Voicy avaient déteint sur son corsage blanc.

Farouche l'a reçue tendrement dans ses bras.

Elle a chuchoté à son oreille :

– Farouche, mon bel amour, quand un homme expire, où donc est-il?

Sans répondre, il lui a accordé un long bec et l'a dévisagée.

C'était la couleur d'un adieu.

– Cesse de me fixer, dit-elle.

Raquin passait. Il galopait. Il faisait son grand pas. Les odeurs, la tripotée générale, il s'en foutait. Ça râlait par-ci, par-là. Des hommes sautaient à pieds joints. Piétinaient des corps qui tendaient des bras pour qu'on les sauve. Au lieu de ça, Edius passait. Il allait à la vole. Il avait les anges au derrière. Il aurait voulu qu'on l'laisse un peu souffler. Mais c'était pas comme ça que ça se dessinait.

Un barbu. Un petit binoclard, monsieur Waguespack nez dans le cacatoir, des frisettes, une fillette perdue, Edius passait. Il voyait tout. Il enregistrait tout. Mais il était fait pour passer. Il était en espoir pour tenir son putain de fisil. C'est se r'venger et se défendre il était après. Sauver sa famille, son habitation, ses bétailles, son butin.

Arien d'aut'.

Quand il a poussé à toute allure la porte de sa chambre où était pendu son flingot, il s'est arrêté sur le seuil. La scène en face de lui était trop neuve.

Il a levé d'abord son regard sur le vide de plafond pour s'assurer qu'il était réveillé. Il s'est frotté l'œil avec son poing. Peut-être il était rentré par mégarde dans un rêve et que, minute après minute, il allait être capable de recommencer à siffler frais comme une mésange.

Dans les ombres noires de la pièce, étirées par l'or de la lumière d'une lampe à huile, ce qu'il distinguait était pourtant réel. C'était fort à admettre, mais garce folle! c'était pas illusion ou n'importe quelle menterie.

Le vieux bougre inclina la tête pour mieux se faire un avis.

Allongée devant lui, sur le lit, drapée dans une belle robe rouge, Bazelle, sa femme, était endormie. De tout près, on entendait son gros souffle. Ses joues étaient peintes, son front lisse. Ses longs cheveux étaient brossés. Elle semblait avoir été surprise au milieu d'une conversation pas trop sérieuse. La réussite de son beau visage, c'est qu'elle souriait, paupières closes, vers le meilleur de la vie.

Oh, mon Dieu, dire qu'Edius se souvenait même pas depuis quand elle avait eu cet air de tranquillité peint sur le visage!

Sur la pointe des pieds, par peur de troubler un moment si enviable, le vieux bougue décrocha doucement son fisil du râtelier et s'apprêta à retourner dans la fournaise du combat.

Sur le point de quitter la pièce, il fut frappé par la douce odeur de chèvrefeuille qui flottait autour de l'endormie. Il revint sur ses pas et se pencha sur Bazelle. Comme il allait passer le flair de son nez sur l'essence qui environnait sa gorge de femme, il s'avisa de ce qu'elle tenait entre ses mains refermées... C'était pire que n'importe quoi d'autre qui aurait pu l'embêter pour de bon.

De l'argent. Des billets. Trois cents dollahs. Un gros tas de piasses, Bazelle, elle grabait. Cieux! Et une broche en émeraude.

D'où c'est qu'ça venait?

Dehors, c'était pas pire. Sauf que ça continuyait. Les fisils ronflaient au-dessus des têtes des enfants. Les malfaisants, affairés à leur carnage, crochaient des gosses sous les sabots de leurs chevaux. Décapitaient. Eborgnaient. Partout, ça tiraillait. On se tuait à la carabine. Pop Raquin s'était mis à faire le coup de feu.

Oubliard de ce qu'il venait de voir, avec toute la haine qui va, il a épaulé son vieux flingot. Ses balles ronflaient dans l'air. Un jeune batailleur a tout vu quand un de ses copains s'est fait frapper par une balle en plein front. Ça sortait de partout. Des profondeurs naturelles, ça sortait, cette averse mortelle. Là, là! Cyprien Lamusé a pris un projectile dans la gorge. Mussieu Armogène Fusillier brûlait vif et mortzivre dans la paille de la grange. On peut continuer comme ça. Fallait pas y aller voir. C'était comme une égorgerie collective. Chacun voyait des atrocités différentes.

C'est juste Farouche Ferraille Crowley, j'veux vous raconter.

Lui. Et c'foutu drôle de mort debout. L'fameux marin du Nantucket.

52

Silencieux comme une pierre, Farouche Ferraille Crowley s'est laissé tomber du califourchon d'une haute branche. A coups de crosse, il a crévé un cavalier. Il li a tiré une balle dans sa nuque. Il a capturé son bronque. C'était un bel animal. Il avait enfilé les bottes de Voicy. Portait ses racatchas, sa ceinture d'armes.

Azeline est sortie de derrière le chêne où elle se tenait cachée. Elle a posé sa main sur la botte de son époux.

Crowley avait retrouvé dans son regard la hardiesse de ceux qui partent en pays inhabité.

Il l'a prise en croupe et ils se sont éloignés de la tuerie Raquin.

Comme pour prendre repos, Azeline a posé son profil contre la tige du large dos de son époux. Elle s'est laissé bercer un peu avec le pas du cheval. Ils avançaient à couvert. Sans savoir, ils se rapprochaient de l'îlot d'arbres où était tapi Palestine Northwood.

En sentant contre sa joue les muscles de Farouche, la pichouette a pensé tiens, c'est drôle après tout, la seule chose dont je me souviens de lui avoir jamais parlé, c'est de son corps.

Elle a prononcé autre chose que ce qu'elle pensait. Elle a murmuré :

– Crowley, Crowley! La violence n'est pas faite pour la race de la femme.

Ses mainettes ont doucement caressé ses pectoraux.

Farouche Ferraille s'est à demi détourné. Il a jeté un coup d'œil du côté de la bataille. Ses yeux c'était comme un loup. Des deux côtés, les forces de police se rassemblaient pour une chasse à l'homme.

– Le Bon Djeu a jugé j'm'étais arrêté depuis déjà trop longtemps sur ce platain, a-t-il dit soudain. Il a envoyé l'épée à ma poursuite.

Tout autour d'eux, dans les buissons, grouillait un étincelant fouillis d'hommes, une meute à ras de sol, avançant avec prudence, flairant chaque coin des alentours de la ferme pour retrouver la trace du grand bandit.

Soudain, Crowley s'est dégagé de l'emprise d'Azeline. Il l'a obligée à sauter à terre. Penché du haut de sa monture, il a regardé les yeux de son épouse.

Il a prononcé avec grande amertume dans la voix :

– « Un homme poursuivi pour meurtre fuira jusqu'à sa tombe. Ne le touche pas. » C'est ce que dit la Bible dans sa grande sagesse.

– Tu peux aller aussi loin que tu veux, Farouche. Je t'ai gravé sur la paume de mes mains.

Maintenant, la racaille approchait en contrebas de la butte. On entendait broncher leurs chevaux au passage des souches.

Palestine Northwood s'était approché des deux amants sans le moindre bruit. « Maintenant, répétait-il en veillant à la sécurité du couple, maintenant, sacrait-il en suivant le mouvement des chasseurs qui battaient les fourrés, il faut qu'il s'en aille. Qu'il parte sans elle. Sinon, les autres vont me le prendre et le tirer aussi facilement qu'un écureuil. »

Farouche a dit encore à sa femme après un bec :

– O ma parfaite ! O Azeline, ma bien-aimée ! Tout est maintenant terminé. Mille pierres précieuses formaient le sable de ton sexe ! Mais ne compte plus jamais me revoir.

Palestine Northwood a levé son carabine. Il a pensé la vraie manière de pas perdre un gibier qui était le sien était de l'effaroucher. Le marin de Nantucket a lâché son coup de feu. Il voulait que l'grand Crowley croie que c'était tout de suite le début de la chasse.

Azeline a fermé les yeux. La balle avait ronflé près de leurs têtes réunies derrière l'arbre.

Farouche a piqué des deux. Disparu dans la nuit. Effacé pour toujours.

Palestine a rebaissé son carabine. Il a donné un coup de pied en direction du taïaut qui rampait à ses pieds. Il a sauté sur son cheval.

– Saque-toi de mon chemin, vilain bétaille ! ordonna-t-il à l'animal. Va-t'en retrouver tes planteurs de fèves ! C'est là que tu appartiens...

Le chien n'a rien fait pour suivre le grand garion noir qui s'élançait au galop. L'instinct du vieux Hip savait déjà qu'Edius l'accueillerait. Il resterait pas seul.

Pis le sol a brusquement tremblé, martelé par le déboulé d'un galop. Une demi-douzaine de deputies sont passés, dressés sur leurs étriers. Ils étaient enragés.

Ainsi a recommencé la chasse.

Dix minutes s'écoulèrent. Longues. Et sans penser.

Azeline entendit qu'on halait trois coups de feu au fond des rabasilières.

Vingt-cinq minutes s'écoulèrent avant qu'ils ne reviennent. Ils cheminaient sur des chevaux crottés par la boue des vasières. Les bronques étaient fourbus. En passant devant la fille, ils étaient toujours six deputies all right mais trois avaient la tête en bas, le corps jeté en travers de la selle.

Azeline a essuyé son visage avec le plat de sa main. Elle s'est lentement détachée des ténèbres. Bon, et maintenant quoi d'autre?

Toujours plus loin, les grains mystérieux de la vie vous entraînaient.

Elle s'est mise à se hâter en direction de la ferme, vers la lumière qu'elle distinguait, dansant au travers des ramures.

Ses pieds battaient la sente. Elle ne sentait ni épines ni ronces. Elle répétait simplement : « Oh! Prends garde à toi, mon époux! Prends garde à toi! »

Elle se serait volontiers jetée au sol pour pleurer, mais une voix urgente lui soufflait de courir sans s'arrêter, de rejoindre les siens, là où se trouvait le nid. Elle avait la conviction d'emporter en elle la preuve de son amour. Un trésor, un enfant. Elle répétait les mains posées sur son ventre : « Jaspe, saphir, escarboucle, émeraude, un trésor, un enfant. » En courant elle répétait : « Dieu me fera voir ceux qui te guettent. » Toujours elle répétait.

Ses yeux brouillés de larmes, elle avançait au-devant de la lueur d'un incendie. Au milieu de son trajet, elle fut prise d'une frayeur si intense que ses dents s'entre-choquèrent.

En tendant l'oreille, elle entendait monter au-devant d'elle, par la sente, un froissement de pas précipités. Quelqu'un qui détalait à perdre haleine.

Elle examina ses mains vides. Elle leva son

visage. Elle essaya de s'accrocher à l'image familière de la lune. Je suis une petite fille. J'ai un peu peur du noir. C'est comme lorsque j'avais huit ans et que j'aimais me promener dans la forêt vierge. Je ne pense plus à autre chose.

L'homme s'approchait.

A l'écoute de son halètement, la bouche d'Azeline devint un désert. Elle n'avait plus d'eau.

Lorsqu'elle reconnut à sa stature qu'il s'agissait de l'Indien Jody McBrown, elle s'apaisa. Elle se dit qu'elle allait bientôt pouvoir le questionner et savoir ce qui allait mal en bas. Si la maison brûlait.

Lorsqu'elle fut sur le point de lui adresser la parole, parce que l'Indien était arrivé à sa hauteur, ses lèvres restèrent closes. Sa chair fut saisie par un frisson.

Jody n'avait jamais été ce qu'il était aujourd'hui.

Il a croisé son chemin sans la regarder. Sans la voir.

Les jambes à son cou, il était aspiré. Il pleurait du sang. Il portait sous son bras un paquet.

C'était un homme, jusqu'à l'usure de sa vie il pourrait jamais se débarrasser d'une personne morte.

Un yard, encore un yard. Un mille, encore un mille. Un an, encore un an. Un siècle, ou cent millions d'étés brûlants. Je n'en sais rien. Il allait courir, tu vas pas croire, jusqu'à la fin du monde.

On était au milieu de l'automne.

53

Bix Blind Cotton s'est toujours vanté de m'avoir trouvé dans une poubelle, du côté de Saratoga Street. A cent yards près, il ne savait plus où exactement. Il soutenait mordicus que j'étais le bébé louisianais qui a inventé le ragtime dès 1894, avant Tom Turpin, tellement je déchirais le chiffon de ma voix en gueulant au milieu des immondices.

A l'époque où je suis né, Bixie traversait des nuits opaques. Il était déjà aveugle. D'une façon âpre et intense, il beuglait des mélopées primitives, sorties du rythme des mailloches des constructeurs du chemin de fer. Il s'accompagnait sur une guitare à douze cordes et avec quelques descendants d'esclaves de son espèce se produisait dans un barrelhouse du quartier réservé, à un jet de salive du bordel de Willie Piazza. Quand il en avait fini avec la mélancolie, il buvait régulièrement le piano du bar en attisant sa tuberculose avec des cigares et du gin.

A la fin du siècle passé, La Nouvelle-Orléans ne faisait pas figure de ville respectable.

Depuis l'arrivée massive des émigrés italiens, la Mafia y régnait en maître. La police se décomposait. On dénombrait une bonne centaine de maisons de jeu, quelque chose comme huit cents saloons et un bon millier de prostituées faisaient les beaux jours d'un secteur bien délimité entre Basin Street et le vieux marché français.

Je grandissais assez régulièrement. A part une foulure de la cheville, j'avais fêté mes huit ans sans encombre. Et même, après la célébration de cet anniversaire mouvementé, au cours duquel je connus la gloire universelle en buvant deux verres de gin, je peux me flatter d'avoir traversé convenablement la vie misérable de la famille de personnes de couleur qui m'avait recueilli. Je veux dire, je me débrouillais assez bien pour manger tous les jours.

J'avais vite compris le mode d'emploi du district surpeuplé où nous habitions. Il existait des lopins de terre promise sur lesquels les gens ramassaient facilement des montagnes d'argent et des lieux de déceptions à l'horizon desquels seul le soleil levant peut apporter un semblant de consolation.

Entre les dorures des bordels de Bourbon Street et les entrepôts des docks de Rivergate, je savais quel choix était le bon pour un type un peu dégourdi cherchant à s'amuser. Par la porte entrouverte des beuglants (dans quelle fumée! dans quelle puanteur!), j'entendais souvent des fous rires aidés par l'alcool. J'entrevoyais les corps nus des filles venues de la campagne. Des garces pas trop mal tournées. J'épiais le moment où le passement de leur corsage glisserait sur l'épaule et les ruades qu'il leur faudrait donner pour se débarrasser des mains entreprenantes.

J'ai vu une fois une sorte de géante tudesque, le front mordu par une mousse de cheveux rouges, seulement moulée dans sa petite chemise en dentelle. En bas noirs, la silhouette prise par le rayon d'une lumière vive, elle improvisait des poses devant une rangée de babouins énervés, en maillot de corps sale. Elle leur faisait des simagrées avec sa bouche. Elle embrassait ses propres épaules en suggérant le plaisir. Des subterfuges, comme j'ai compris plus tard, pour que les gars ne s'éloignent pas.

Sous les applaudissements, les sifflets, les quolibets, elle chantonnait une tyrolienne. Elle s'était mise à rapprocher comme un soufflet d'accordéon les joues de ses gros nichons. Elle les musiquait dans les deux sens, pour faire sortir ce tas de rustiques de leur motte de terre.

– C'est pas des raisins verts, elle leur disait pour les agacer. Et vous êtes pas en train de regarder un coucher de soleil derrière une colline de Schweinfurt après votre journée finie !

Devant la lenteur de leur mise en route, elle leur montra même ses fesses d'un arrondi prodigieux. Elle avait aussi un grain de beauté sur sa hanche et elle sous-entendait que quelque chose de beaucoup plus attrayant les attendait ailleurs. Toujours les balourds mâchonnaient sur place, avec des rires incertains, un vrai troupeau de bêtes puantes, mais aucun d'entre eux ne se décidait à emporter un souvenir inoubliable de sa soirée franconienne.

Moi, je m'étais accroupi derrière les jambes des gars. J'aurais voulu voir l'endroit où les cuisses de la grande biche s'attachaient à son ventre. Et même si vous ne me croyez pas, ce qui m'intéressait, c'était de savoir scientifiquement une fois pour toutes comment la chair des femmes s'arrondissait derrière les poils.

Je me souviens, la transpiration coulait sous les aisselles de l'Allemande. Il faisait si foutrement chaud et humide, ces soirs-là !

C'est vous dire si même un enfant en pleine croissance était vite transporté en enfer. Le sexe était la réalisation d'un espoir confus. Vous aviez beau être précédé par l'idée de la peur, vous répéter en longeant les rues violemment éclairées que la police allait arriver dans les parages, redouter les carrefours jonchés de détritus, vous continuiez, malgré vos intentions de rentrer vous coucher, à marcher jusqu'à l'aube dans l'odeur de beignet, d'okra ou de saucisse grillée.

54

La Ville était une grosse putain en paillettes. Elle dormait sur le ventre. Elle se couchait sur vous.

Bien sûr, le reste du temps, la religion était dans les églises. Le chœur des fidèles chantait des gospels, lançait des imprécations. Les prêtres, sentinelles du Grand Justicier, travaillaient à l'aboutissement de la nouvelle mentalité américaine. Mais du côté des taudis de Dumaine Street, nous n'étions pas dupes.

Quand le pasteur nous demandait : « Avez-vous eu de mauvaises pensées? », nous, les enfants du ghetto, faisions réponse sans passer par son ministère. Nous baissions la tête.

A Dieu qui est partout nous disions sans hésiter : « Oui, Seigneur, nous avons une envie de faire le mal par minute. Des années de servitude ont détruit tous nos rêves. » Et pas besoin d'être politicien ou de savoir lire son nom dans *l'Athénée louisianais* pour s'apercevoir que ceux qui faisaient confiance au Sauveur et se contentaient de prières avaient de moins bonnes dentures que les salauds qui menaient les filles dans leurs lits.

Ainsi était Storyville.

Pourtant, j'estime que j'étais un cas à part. Comment expliquer autrement cette faculté d'adaptation qui allait si bien avec les circonstances? Cette intime conviction que, même si vous n'êtes pas placé tout de suite sous l'attraction d'une bonne étoile, pas besoin de désespérer? Il suffit de rester fidèle à une certaine idée fausse qu'on se fait de soi-même.

Certains y perdaient leur patience ou leur raison. Les plus fous chantaient l'alcool. Les plus malins jouaient du couteau.

Les gangsters italiens portaient des chaussures blanches. Moi, je m'étais fabriqué un petit violon avec une boîte à cigares. J'écoutais les oiseaux. J'accompagnais les parades, les défilés, les chars. J'étais devenu copain avec un portier napolitain. Je fredonnais *Jesus walks with me.*

Bixie disait que j'étais un gosse avec le sens de l'orientation.

Il m'emmenait chaque dimanche en pèlerinage devant une taverne de Saratoga Street. Il m'expliquait qu'il n'y avait pas si longtemps, ici même, se dressait une palissade. Des planches clouées sur des planches. Il mimait le geste de taper dans le vide avec un marteau. A tâtons, il palpait la texture rugueuse du mur crépi. Il faisait quelques pas en suivant la façade du bar récemment construit. Il dessinait sur sa face sombre et luisante son sourire éternel. Ses yeux laiteux d'aveugle parcouraient avidement le ciel. Il s'arrêtait à l'angle de l'édifice. Il levait un doigt pour pérorer. Il prétendait qu'autrefois, derrière l'alignement à claire-voie de la clôture, se trouvaient des terrains vagues et que sur cette portion de territoire mal définie des poubelles s'empilaient, où l'on jetait les enfants indésirables.

Il prétendait qu'il m'avait trouvé emmailloté dans un châle d'Orissa. Une belle pièce d'étoffe indienne, ma foi, avec des franges, dont il avait fait cadeau à sa femme.

Il disait :

– Jimmy, petit Blanc, ta mère n'a pas voulu de toi. C'est une bonne raison pour devenir musicien.

Je lui envoyais un coup de pied dans les chevilles.

Je n'aimais pas qu'on parle du grand mystère de ma naissance.

Bixie était un salaud d'inventeur nègre. Il chantait toutes les contradictions de sa chienne de vie. La transe et la passion étaient ses recours. Même l'hystérie, si c'était nécessaire. Massif, il dansait en rond dans la poussière pendant des heures. Il prévenait les Blancs qui passaient près de lui dans la rue que les temps étaient proches. Il leur annonçait qu'une nouvelle musique était en train de naître.

Bix Blind Cotton était un provocateur. Avec sa faconde, il était capable de broder tellement de fables qu'il n'y avait pas lieu de croire!

De toute façon, à ce stade alambiqué de ses explications sur le glorieux destin des *marching bands,* Bixie était invariablement pris par une soif inextinguible.

Nous mettions le cap sur la taverne. Je le guidais jusqu'au comptoir. Il me hissait sur un tabouret. Il me demandait ce que je désirais consommer.

Je claironnais invariablement la même chose :

– Un sandwich aux oignons, Uncle Bix. Avec une double tranche de pain de mie, s'il te plaît.

Il ne tenait aucun compte de ma réponse.

Au contraire, tandis que j'exprimais mon désir, son visage couleur d'ébène se voilait d'une sincère indignation intérieure. Il optait d'office pour deux *stouts* bien fraîches et les expédiait l'une après l'autre au fond de son propre gosier, avant d'en commander une troisième.

– C'est la qualité de la bière qui nourrit, Jim, disait-il. En aucun cas les oignons.

55

En deux ou trois occasions, parce que Bixie oubliait de rentrer pendant plusieurs jours consécutifs ou bien tout simplement parce qu'il était trop ivre pour ôter ses chaussures avant de se jeter sur le matelas, il m'est arrivé d'avoir faim.

J'ai troqué le chapeau melon de Bix Blind Cotton contre une soupe aux huîtres et donné ses bretelles à damiers à la femme du coiffeur, en échange d'une tartine de miel pendant une semaine.

Plus tard, j'ai bazardé son perroquet vénézuélien pour six bouteilles de bière. C'était pour vivre. Je n'éprouve aucun remords. J'ai toujours été élevé par des pauvres. Je ne m'en plains pas. C'est à leur contact que j'ai appris la certitude qu'un enfant doit toujours aborder les dames avec un sourire pitoyable. Il en tire beaucoup de douceur en retour, beaucoup de succès pour lui-même. Et ainsi en alla-t-il avec Sally Providence, la propre femme de vieux Bix.

Elle m'embrassait pour le plaisir de contempler mon expression cafardeuse.

Aux alentours de douze ans, j'avais commencé à lui adresser dans le privé des yeux si tristes qu'un soir elle oublia de cuisiner son jambalaya.

Elle dégrafa son corsage sans rien dire. Elle avait des seins d'un petit modèle. Allongés mais dodus. Comme des poires de début de saison, quand les fruits sont sur l'arbre, avec toute leur eau sous une peau neuve.

Sally avait trente ans. Les choses étaient simples et mystérieuses. Je me contentais de sourire le plus douloureusement possible et elle me montrait ses seins. Tant pis si le bœuf haché et les piments doux attachaient dans la marmite. Seule comptait entre nous l'étrange rencontre de nos yeux brûlants.

Nous étions enchaînés par l'oubli du temps.

Pendant deux années interminables, dès que s'éteignait la clarté du jour, j'avais envie de pleurer. Je me glissais derrière Sally Providence. Je fixais sans rien dire le balancement de ses hanches, le léger renflement de son ventre.

Elle se retournait. Elle soupirait. Elle se penchait pour ramasser la cuillère qu'elle venait de laisser échapper par mégarde. Je lorgnais du côté de son décolleté et aussitôt après, dans mon cœur, trois mille mondes de joie s'éclairaient à la fois.

Sally ne laissait rien paraître de ses pensées ou de ses scrupules. Elle se redressait avec lenteur.

Elle me faisait signe de m'asseoir en face d'elle, dans l'unique fauteuil à bascule que nous possédions. Elle dégrafait son corsage sans rien dire. Nous passions des heures longues et énigmatiques à nous contempler l'un et l'autre. Le jour tombait sur l'absence de Bix, parti étancher sa soif intarissable dans les ruelles obscures de Storyville.

Si je fermais les paupières pour mieux m'abandonner à l'invasion progressive de ma passivité sensuelle, je sentais Sally Providence s'approcher de moi. D'abord, son souffle m'effleurait la joue. Il butinait les ailes de mon nez. Puis plus rien d'autre ne se posait sur moi pendant d'interminables secondes. Cette femme savait rendre le silence inexplicable.

J'aimais ses lèvres charnues sur les miennes. Et

le goût épicé de sa salive. Je détestais le lait qu'elle m'obligeait à boire ensuite.

– Il faut te développer, disait-elle en refermant son caraco. Prendre des forces, là. Et là.

Attentive, elle tâtait mes cuisses. Posait sa main à plat sur mon ventre.

– Tu devrais aussi te baigner plus souvent. Il faut faire couler l'eau sur ta peau.

La terre entière était repeinte par ses soins. Des couleurs, une matière chatoyante, des sensations inexplicables.

– Tout va bien, Jimmy?

Je rouvrais les yeux. Je remontais du fond d'un puits où j'entendais battre le rythme syncopé de mélodies insoupçonnées.

Je lui disais, je la suppliais :

– Chante, Sally. Chante ce qui balance tes jambes.

Etait-ce timidité? Elle commençait toujours à exprimer la musique de son âme avec une intonation enrayée. Sa voix était gutturale et douce à la fois. La langue anglaise attachait, retenait ou faisait glisser son parler sur les consonances créoles ou francisées.

Elle désarticulait les mots, escamotait les syllabes faibles, s'approchait de la cadence, les yeux hermétiquement clos.

Dressée sur l'arbre de ses longues cuisses, statuaire, les fesses hautes et rondes, elle tournait encore un peu autour d'un rythme ancestral venu sans qu'elle le sût d'un chant bornou du Nigeria.

Avant, arrière. Avant, arrière. Son ventre, ses nichons entraient ou sortaient de l'air, soudain passé à l'état liquide.

La respiration par les bronches n'avait plus de sens. Tout ce qui nous entourait était submergé par un limon d'une étrange fécondité. Après quelques effets vocaux obsédants, passés par le crible d'un instinct à l'état brut, elle décalait l'accent sur les battements faibles.

Elle les syncopait.

Elle abordait les notes bleues avec la puissance de sa voix de contralto. Sally devenait l'ogresse de ses propres sens. Elle traînait les pieds. Elle se brûlait la cervelle. Elle exprimait la souffrance humaine. Chant d'abandon et de désespoir. Qu'importait si au fond d'elle-même elle savait qu'elle était l'objet d'un violent désir de ma part.

Recueillie et majestueuse, elle écartait le péché.

Je la revois, enrobée de la fumée de sa cigarette, ses pouces, soudain démesurés, claquant contre la blancheur striée de ses paumes. Bon voyage, Sally, elle m'ouvrait le ventre avec la pointe de ses seins.

Je sentais ma défense s'affaiblir à mesure du tremblement intérieur de ses lèvres. La douceur de ses cuisses était nourrissante. La pièce était vide. Je riais. Je devenais celui qui est un autre, légèrement au-dessus du sol, j'étais probablement en train de voler. La chaleur frappait mon visage. Je transpirais du plomb. Sa peau tendue frottait, entretenait les pliures de sa longue robe drapée, et toujours les accents toniques s'amplifiaient jusqu'à devenir une pure idée triomphante de la musique.

Grâce à la femme de Bix Blind Cotton j'assistais à la naissance du blues sans comprendre encore sa motivation profonde.

56

Sally surveillait mon développement.

Elle n'avait qu'à bouger n'importe quelle partie d'elle-même et l'air puant que nous respirions dans notre taudis nauséabond devenait vivifiant. Les cafards couraient sur le sol battu pour se planquer à l'abri de la tuyauterie. Ils n'avaient plus aucune raison de craquer sous nos pieds quand nous reculions brusquement contre un mur pour nous embrasser. Derrière l'évier, un ciel bleu. Une mer d'émeraude. Dans mes reins, une étrange sensation de chaleur.

J'aimais la foule et la frénésie des Noirs. Ils étaient ma façon de sentir.

L'envie de devenir moi aussi un inventeur hardi et imprévu commençait à sourdre dans mes veines. Je me débrouillais assez bien au *washboard*, une planche à laver en zinc que je grattais avec les dés à coudre de Sally. J'allais écouter Big Bill Broonzy et Lonnie Johnson, aussi Texas Alexander et ce dingo de Smokey Hogg.

A la veille du Mardi gras, l'excitation s'emparait de mes jambes et de mes nerfs.

Un vieil homme noir, un banjo, une colombe posée sur une boîte à violon et la fête démarrait. Il y avait de belles nuits à passer avec des inconnus aux dents incrustées de diamants, avec des inventeurs de rythme tapant sur des soupières, avec des jeteurs de cris d'une somptueuse inspiration, avec des génies fous frappant dans un métal pur.

Je rentrais de plus en plus tard.

En de rares occasions, Sally Providence s'approchait de la fenêtre. Elle observait la tension du ciel d'orage au-dessus des toits de tôle et son regard se nuançait d'un léger voile de regret.

Elle se retournait, surprenant mes yeux posés sur elle. Elle me disait parfois :

– Je n'ai jamais rien vu d'aussi beau que toi, Jimmy. Tu me fais passer des heures heureuses. Et quand tu dors, ta peau paraît encore plus blanche! Je suis fière de toi.

Si je n'avais pas été là, je me demande encore jusqu'à aujourd'hui si elle n'aurait pas cherché à fuir le trou pestilentiel dans lequel la retenait prisonnière son union avec Bixie. Pourquoi l'avait-elle épousé? L'aimait-elle sincèrement?

Elle répondait avec sa voix pleine et vivante que Bix Cotton n'avait pas toujours fermé les yeux sur le monde. Elle continuait à se dévouer à ses tâches ménagères. Parfois, elle faisait irruption dans le débarras qui servait de coin toilette.

Elle tombait sur Bix, les pieds écartés, hoquetant des vomissures dans la vieille baignoire rouillée. Il dégueulait sa bière dans ses mains et sur les murs. La nausée lui tordait les tripes.

Le visage de Sally restait inconnaissable.

Même dans ces moments-là, ses doigts étaient prêts à explorer n'importe quelle intimité. Elle troussait sa robe sur ses cuisses et soutenait la tête de l'ivrogne. Bixie s'excusait en éclaboussant les jambes de sa femme. Il implorait qu'on le pardonne. Et elle commençait à nettoyer ses saloperies.

Plus tard, bien que je sois devenu presque un adolescent, j'ai pris mon temps. J'ai marché à mon pas. Je dormais à même le sol. Je coinçais mes livres entre deux briques ramassées dans un chantier. J'aimais les filles avec les cheveux étalés sur leurs épaules.

Je n'ai jamais senti à quel âge j'avais quitté l'enfance.

A quatorze ans, j'avais tout essayé. J'avais même braillé la politique. Avec cette conclusion, toutefois, que le discours d'un sénateur du Mississippi méritait moins le détour que la manière lente et sensuelle du blues urbain.

En ville, la fatalité de la pauvreté avait beaucoup de prise sur la musique. Elle pesait.

C'était une drôle de vie si on va par là.

A quinze ans, j'ai fait l'amour avec Sally Providence dans le lit de son mari qui était consentant.

Est-ce à dire pour autant que Bixie Blind Cotton n'aurait jamais dû m'élever comme son propre fils? Qu'il avait réchauffé un serpent de race blanche en le laissant boire le fond de ses bouteilles? Franchement, je ne le pense pas. Nous nous aimions bien tous les trois. Nous vivions en bonne intelligence.

Le jour de l'accouchement, j'ai vu un homme heureux.

Bixie avait mis une cravate de couleur, des chaussettes à rayures et ses chaussures en croco. Il était fier de moi.

Sally avait attrapé un bébé de huit livres entre les cuisses. Le gosse était trop gros pour sortir sans qu'on l'aide. Alors Bix Blind Cotton a dit : « O Lord, faites-les venir tous! Il n'y a qu'un bon air de fanfare qui puisse délivrer ma Sally de ce petit salopard! »

Un orchestre de Congo Square est arrivé sur les lieux.

L'alcool a coulé généreusement. Les trépignements, les cris, les syncopes et des hurlements de chaleur détrempaient la pièce. On n'entendait plus gueuler Sally.

Elle passait pourtant un mauvais moment. Elle mordait ses draps. Elle pinçait, elle tordait la peau de mon abdomen à chacune des contractions qui la submergeaient. Son visage, soudé par la douleur, était en nage. La main miséricordieuse d'une voisine essuyait son front. Sally s'essayait à sourire.

Elle m'agrippait la peau du ventre. La contraction s'approchait. Ses yeux fuyaient la lumière.

Ses tempes, noircies par l'effort, s'irriguaient d'un entrelacs de plusieurs serpentins de veines que je ne lui connaissais pas. En armant l'épaisseur de son cou d'une tension nouvelle, elle produisait une poussée surhumaine avec tous ses muscles. Vous pensiez qu'une énergie pareille aurait dû être capable d'expulser n'importe quel corps étranger hors d'elle-même, mais pas ce petit sac de viande qui était un peu de moi et beaucoup d'elle.

Le nageur refusait de respirer le jour.

Sally s'étouffait, s'acharnait à montrer le chemin.

Elle ouvrait plus grandes les parois de son corps, redessinait le fond de sa grotte. Et ainsi pendant deux longues heures, Sally indiqua-t-elle le conduit qui s'évasait vers la lumière.

Les musiciens avaient beau s'époumoner, la clarinette broder des ornements et des arabesques sonores, le trombone glisser un contre-chant coquin, la créature vivante tournait le dos à l'auditoire.

Sally cherchait maintenant avec angoisse à se débarrasser du paquet. Elle ne pensait plus enfant. Elle pensait fardeau. Punition. Délivrance.

Elle se battait.

Une inertie malveillante lui dérobait le restant de son énergie vitale. Elle aurait voulu respirer. Elle ouvrait la bouche pour gober l'air. La musique refermait les murs. Elle reconnut *Oh didn't the ramble* et perdit connaissance.

Lorsqu'elle revint à elle, le fléau de la balance s'inclinait en sa défaveur. Cette fois, elle recommença la lutte pour son propre salut. Une vie contre une autre. Elle échangeait.

A trente-quatre ans, Sally aimait l'espoir. C'était pitié de la voir tendre l'arc de son dos et, narines pincées, retomber sans force. Les femmes avaient du sang plein les mains. Les autres tapaient la cadence. Au moment où l'enfant est venu, l'orchestre entamait *Maple leaf rag*.

Quand les matrones ont fait comprendre à l'assistance que la mère était morte, il a suffi de ralentir le tempo.

Les musiciens ont opté pour un air compassé et lent, réservé d'habitude aux enterrements. Ceux qui tapaient sur des mâchoires de cheval, des bambous, ont mis le bourdon de leurs voix au service des lamentations.

Je me suis levé.

Il restait, dans la pièce sombre et surchargée d'odeurs, une guitare sèche pour raconter le malheur, un break de la voix commune scandé par le battement des pieds sur le sol et l'envol d'une voix de femme, une voix ample, avec une grande variété d'inflexions, fidèle reflet du fardeau de la mort.

J'étais père.

Le lendemain, Bixie m'expliqua qu'il avait désormais toutes les raisons de boire.

Il prit sa guitare et commença à aller partout où l'on voulait bien de lui. Il chantait la malchance qui nous avait frappés.

L'année suivante, sur l'autre rive du lac Pontchartrain, il devint prêcheur. Il disait en tournant son sourire figé vers le ciel que le véritable voyageur est celui qui ne sait pas où il va.

A la croisée des chemins, sur les places, il s'arrêtait pour psalmodier le combat du Bien contre le Mal. Persuadé que l'intégrité du monde passe par le salut de l'âme, il mourut de tuberculose à l'entrée de l'hiver.

Ainsi ai-je rencontré pendant mes jeunes années plus de poètes stoïques qui m'ont offert des rêves colorés que je n'en ai vu depuis que je suis en état d'assommer un bœuf avec mes poings.

57

Bien sûr, je n'arriverai à rien sans vous.

Pour le moins, il faut que vous admettiez que nous sommes tous au fond d'une marmite.

Disons qu'une main tient une grande louche au-dessus de nos vies et la plonge dans le brouet pour nous faire tourner autour du soleil.

Jody McBrown raconte qu'après le tuage Raquin, les survivants de cette noce sanglante et les quelques vaillants Nez Piqué de la paroisse qui tenaient encore sur leurs pattes se sont retrouvés comme à tâtons. Le malheur, soudain, leur avait soudé les yeux. En avait fait des aveugles, à ce qu'il paraît. Même des muets pour certains.

Ils ont tout réappris. Principalement, le son de leur voix haute. Soi-disant, un souffle, une expiration, un halètement, sortis sans prévenir de derrière le pavillon de leurs oreilles, les faisaient sursauter.

Au début, entre personnes, ça s'mêlait pas un tas.

Certains, allons dire d'une clique de famille plus épargnée que les autres, se rassemblaient sans un mot autour d'un camarade qui avait viré de l'œil. Ils chuchotaient. Ils murmuraient. Au lieu de faire des reparties vives, ils inclinaient la tête. Ils tchiquaient le violon brisé du défunt Hymel.

D'autres, plus loin, trouvaient la fillette à monsieur Arceneau, six ans à peine, écrasée sous le sabot d'un cheval. Sa mainette poignait encore sa poupée rigoularde, un « bébel » avec une tête de simple d'esprit. La petite l'appelait « Jean-Sot ». Tout l'monde y s'en souvenait.

Ils repartaient à la valdrague, avec un air dubitatif de galline. Ils faisaient le tour des murs de la cour ainsi qu'un poulailler. Grillageaient en rond sous l'effet du mal sort. Revenaient se forger un avis. Picoraient leurs étonnements en enjambant lentement les morts.

– Tiens, madame McGee! J'l'aurais crue plus courte.

Comme des gelinottes, j'ai dit, ils caquetaient, gloussaient, piaulaient. Ils étraquaient des souvenirs sans repos ni trêve. Cacassaient en délabre. Trop débranchés pour exprimer franchement la surprise, l'affliction ou le dégoûtement.

A la piquette du jour, un p'tit soleil frisant a commencé à forger les formes. Le carnage était étalé sur le sol. Le trépas, gelé sur la taie glacée des yeux ou étalé raide sur les membres, prenait plus franchement sa couleur de jaunisse.

D'un autre côté, grâce à son art de chimiste, la mort semblait avoir brossé les visages. Elle avait effacé les rictus de la haine, les crispations de la souffrance. D'impalpables sourires, des airs apaisés, une certitude patiente de se frayer un passage

vers quelque part naissaient sur le visage de ces hommes, de ces femmes, de ces enfants lointains.
Vitement, les vivants s'empressaient d'aller quérir des draps, des étoffes pour couvrir leurs corps estropiés.

Pop Raquin s'a buté dans sa fille qu'arrivait tout courant dans la cour.
Il a dit :
– Ton mari?
Elle a répond :
– Il a pris les manches et grands chemins. Les milices ont shell à coups de fisil les marais alentour jusse pour faire des trous dans l'eau creuse.
Le vieux Cadjin a paru soulagé.
– Awright, il a fait.
Pis une ombre a glissé sur son front. L'instant d'après, c'est pour une autre cause il était sincèrement ennuyé.
– Et... sur mon? rien? Il a pas demandé si j'étais sauvé? Dis? Des fois... avant de tourner bride... mon gendre a pas guetté si j'étais pas shot down?
Elle a répond :
– Si fait, Dad. Et voici ses paroles vraies : « Ton père m'a fait connaître une parfaite justice. Il m'a rendu le souffle vital. »
Comme ça, well and good. Edius a commencé à moins faire une pauv' figure. Il a baissé les yeux sur le sol.
– Ton Farouche, j'aurais tant voulu le mettre au rang de mon propre fils...
– Il a disputé qu'il n'était pas digne de tels espoirs. Il te demande de lui pardonner.
– Pardonner?
L'homme chéti a élevé son regard, cambré sa tite taille.
– Qui j'suis d'assez fort pour accorder ça qui est

l'amour suprême? il a interrogé. Est-ce que j'ai déjà pas assez de micmac avec moi-même?

Ça, qu'il a dit.

Il a regardé autour de lui les cadavres. Et les carencros ou vautours venus tourner dans le ciel.

Ni le soleil ni la mort peuvent se regarder en face.

Il a fermé ses yeux, noyé sa figure dans son mouchenez.

En ces jours, en ces temps, Edius était mat. Il était trop afouli pour bouger. Il savatait au milieu des ruines de sa grange. Les heures passaient sur des cendres et de la fumée noires. Les mules étaient dehors. Le bœuf aussi. Tit Noir avait roussi dans l'incendie. Brûlé en charbon. Il était carcasse.

Morfondieu! Quand le vieux bougre a rencontré Bazelle occupée à récupérer de la drigaille au milieu des ruines fumantes, il s'a souvenu d'un seul coup de la robe rouge elle portait. Le paquet de piasses aussi, qu'elle grabait entre ses doigts.

Il a soufflé :

– Bazelle, comment t'as sauvé autant d'argent?

– J'ai arrêté de dépenser plus vite que tu continuais de boire, figure-toi, vieux cheval! Jamais une tite épingle pour mes cheveux! Jamais de caraco en soie. C'est pour ça.

Edius a jonglé après sa réponse. Il a trouvé pour une fois les mots de son épouse ne le menaient pas assez proche de la vérité.

– Tonnerre des dieux! Et la robe? il a fait. Hein...? La robe? La broche? Le châle, la bijouterie?... Et tout c'sent-bon qui t'essençait la peau comme une pas-rien?

Sa femme s'est piquée drouète devant lui

comme un manche de chauvelle. Pas un seul remuement. Elle est restée absente un moment comme si elle surveillait une mouche sur le mur. Après une attente d'au moins deux minutes, le vieux avait perdu toutes ses feuilles. Elle s'a remise à ratisser les cendres.

Il a parti plus loin.

Il a resté muet longuement, des pas et des pas avant qu'il reparle. Personne entendait ses lamentations. Il allait pleurer aux arbres. Dix jours, il a pleuré aux arbres. Près du trou rond. C'fameux endroit bon à pêcher le catfish, ce sacré coin d'amitié perdue, ayoù tu pouvais mettre ta coyote ou tes pieds à rafrédzir.

Une partie de vivre était partie d'Edius Raquin.

58

Pour évoquer les miettes de cette vie-là, que j'ai glanées peu à peu, une envie me prend de faire camper vouzaut, comme si les jours étaient distribués au présent.

Vous avez le droit de penser que l'artifice d'un tel faux-semblant est simplement destiné à renforcer l'éclairage de ces moments sombres et chagrinants. Je préfère vous avouer mon envie profonde qui est de raconter comment chez l'homme renaît l'espoir.

J'aime les gens, figurez-vous.

J'ai appris à les regarder bouger avec sympathie. La compassion pour les êtres, je jure, est une façon d'existence guère plus contraignante qu'une habitude de lavage des mains après manger.

Peut-être suis-je attaché à cette idée parce que j'ai été moi-même si longtemps en quête d'une famille ? Possible.

En fait, je ne suis pas trop fou de guimbler sur la vraie raison qui m'a poussé vers mes semblables. C'est une époque où nous étions plusieurs en moi sur le même radeau. Nous cherchions principalement à flotter sur la grand mer.

J'ai passé de belles nuits avec des gars que je ne connaissais pas. Tout en étoiles. On buvait. On s'embrassait. On se soûlait. Tonnerre m'écrase ! Ah, les cuites énormes ! On se quittait avec des sanglots.

Et quand c'était devenir friend avec des femmes... quelle affaire ! Après des mollets, des cuisses... tout barbouillait dans mon cœur... Une tendresse ou une excitation au fond d'un ventre chaud, c'était pire encore. J'avais un mal fou à partir !

Mes blondes pleuraient, elles pleuraient. Elles s'éclataient de chagrin en me bombardant de leurs plaintes. « Mais quoi ! J't'ai électé pour ta p'tite gueule, bercé sur mon ventre, et toi, vilain mangeur de poulets, tu vas poursuivre ailleurs tes accroires d'amour ! »

Ou alors, enragées, elles me tiraient par les cheveux : « J't'ai créché, loustic ! J't'ai sorti de la débine ! J'ai torché ta gamine. Je lui ai acheté une jolie robe ! »

C'est vrai, il y avait Maple ! Ma jolie princesse. Mon trésor, mon petit pompon à protéger. Vous ai-je dit que je l'avais appelée Maple Leaf, qui signifie « Feuille d'érable », en souvenir du dernier ragtime que Sally Providence, sa défunte mère, avait écouté avant de rendre son souffle ?

Mon enfant et moi avons vécu des scènes de rupture interminables. Les larmes n'en finissaient pas de couler. Personne n'imagine jusqu'à quels paroxysmes peut mener le comble de l'affliction. Parfois, je jure, les sanglots allaient chercher bien creux dans les cœurs cassés. Au détour de passes plus belliqueuses, j'ai même vu sortir des armes tranchantes des tiroirs : hachoirs, fourchettes, couteaux à désosser. Et nous avons dû nous baisser en deux, trois occasions pour éviter des trajectoires qui eussent été mortelles ou éborgnantes.

Avec un grand courage pour son âge, Maple prenait la décision de sacrifier la robe qu'on lui avait offerte. Elle la déchirait de haut en bas. Sous aucun prétexte elle n'aurait voulu que cette étoffe pesât son poids de chantage et d'organdi dans le marchandage de nos sentiments. Maple était une reine. On n'achète pas les reines.

Après cette ultime démonstration de notre souverain détachement envers les contingences matérielles, nous faisions notre balluchon. Les belles amoureuses ou les simples femmes maisonnières qui m'avaient gagé leur ventre pour une ou deux nuits pleuraient encore davantage.

Les plus sentimentales se figeaient. Tétanisées au pied du lit ou submergées par un insupportable accablement, elles acceptaient sur elles de rejeter le blâme :

– Excuse-moi. Je t'avais si mal jugé!

Je les consolais.

Souvent elles nous offraient une petite enveloppe pour continuer la route. On rebuvait un filet de gin.

Mais je m'arrachais quand même.

Il m'arrivait trop de trucs de mistoufle. Poisse. Guigne infernale. Ça m'fendait le cœur de pas me ranger chez ceux qui m'ouvraient leur porte.

Mais c'est ma famille mienne je cherchais. La juste mienne. Quelque part, elle existait.

Les autres, celles de passage et de rapiéçage, retournaient aux p'tits zozos. Aux oubliettes. Maple essuyait une larme. Je l'embrassais vite. Elle glissait sa menotte dans mon poing noué.

Elle disait :

– Viens, Jim.

Elle m'avait appelé par mon prénom dès qu'elle avait su parler.

– Viens, Jim, on va jouer au papa, à la maman.

On reprenait notre valise. On repartait plus loin faire des essais d'adoption.

Maple! Une petite gosse comme ça!

J'en revenais pas. Je la buvais des lèvres. Je la couvrais de caresses. Gamine du blues! Je la chérissais pour son nez épaté. Elle me coupait le souffle!

Bref, on repartait s'faire accueillir ailleurs. On marchait. Si c'était soir sans lune, on butait dans le noir. On faisait inlassablement le tour des îlets de la Ville. Parfois, nos explorations duraient plusieurs jours sans succès.

– T'en fais pas, Jim, consolait Maple. On sera toujours au moins deux pour dormir ce soir.

J'avais trop de buée devant les yeux. Sur les trottoirs, je tamponnais dans les personnes.

Et puis le lendemain, on finissait par dégoter quelqu'un qui avait trouvé une nouvelle raison de nous aimer.

Alors, on essayait.

59

Mais parlons Raquin maintenant.

J'vous ai dit je voulais enfermer le passé dans un mur de présent. Vous raconter surtout comment, chez l'homme élu, renaît l'espoir quoi qu'il advienne.

Ecoutez ça.

La marmite, toujours là. Toute pleine. Encore bouillante. La main d'En Haut aussi. Elle cuisine avec sa louche, et que je te touille, et que je t'agite.

Tout est bien écrit dans le Livre. Les jours tournent autour du soleil.

Chez les Raquin, au début, pourtant, c'est pas fameux. Les ciels passants de l'hiver ont beau être peints en clair, les heures s'étirent. Les forces s'étiolent. Elles vont à la godille.

L'humidité en permanente suspension, les passages de nuées, les alternances de pluie ont pourtant cédé la place à une étonnante douceur.

On n'est pas ferme sur ses pieds. Quo faire dormir, boire et manger, se mettre trois pour escouer un arbre, si l'esprit de gaieté vous a déserté ?

L'idée du geste est avant tout dans la mayère.

A la ferme, c'est pourtant comme à l'accoutumée. On se lève à la pointe de l'aube. L'envie d'évacuer la mauvaise salive de la nuit vous prend. Dehors il fait tendre et tranquille. On descend le perron de son habitation sans savoir où on va. On crache son épaisseur de bouche devant soi. On jette son eau de pisse contre un mur. Les ouaouarons de la fin de la nuit, en autre mot les grenouilles-taureaux, beuglent encore dans les vasières. Elles sont tout partout sous les feuilles.

Ou bien, c'est pas comme ça le matin débute. On se penche dans un fauteuil en se protégeant les yeux de la promesse de la lumière. La journée s'annonce belle et claire. Et le ciel nettoie son bleu. Il balaye devant la porte avec un tit vent d'ouest.

Et si c'était déjà un signe, le présent qui vient vivant?

Une autre fois, les femmes, admettons, sont enfermées dans la maison. Elles sont assises face à face. Elles défont un vieux chandail.

Une tire sur la laine qui vient. L'autre mouline. Elle fait sa pelote.

Les deux s'arrêtent dans leur ouvrage mais c'est rare. Ou alors, c'est pour goûter un plaisir pervers de rêver.

Dans la laverie, derrière la cloison de bousillage, une goutte sans cesse répétée persécute une bassine. Elle tombe dans de l'eau. Posé sur la table, un chat noir se lèche derrière l'oreille. Les gens évitent de se regarder. On verra bien. La vie a sans doute un sens caché.

Bazelle dit :

– On devrait p't'être ouvrir une fenêtre?

Azeline répond :

– Oui. C'est bien ça. Il fait déjà boucoup chaud pour la saison.

Elle se tripote une mèche de cheveux.

Pop Raquin se lève.

Il se rend à la porte et l'entrebâille. Avec son senti de vieux habitacot des marais, il explore, il hume le vent léger. Il y a quelque chose dans l'air. Du pollen, peut-être.

Il éternue.

60

Souventes fois, Azeline aimerait pouvoir poser la main de quelqu'un d'aimant sur son ventre.

Elle est en train de m'inventer. Elle sait qu'une semence lève dans son par-dedans. Je suis contre elle maintenant. Nous avançons deux. Je bats. Je nage pour l'endormir.

Elle ne me quitte plus. Elle retient son souffle. Elle m'écoute.

J'en profite pour vous avouer qu'aujourd'hui encore, je repense à ce réseau compliqué de canaux, de veines, de passages, de cloisons et d'obstacles à vaincre, par lesquels nous passons avant d'être capables de gonfler nos joues et de mouiller nos linges.

Et j'aime ma mère.

On est encore loin des sueurs du printemps, et déjà Azeline montre bien qu'elle attend un petit.

Un jour sec, Edius lève la tête.

C'est la fin de l'hiver. C'est bleu, bleu, bleu.

Accordant certains rapports, le grand bandit Farouche Ferraille Crowley n'est pas mort. Même, il est rudement vivant.

Il est dit, répété, amplifié qu'on le voit partout à la fois. Son cheval, ou bronque, est blanc albinos à longue queue. Il est à demi dressé. Il emporte son cavalier plus vite que les tourbillons de poussière. Et comme résultat de tout ça les apparitions sont pas naturelles.

Le djablot au colt nickelé a surgi masqué. Il vient de piller sa première banque. Là-bas, au grand Texas, du côté d'Abilene.

L'esprit d'Edius commence à flotter vers des pays où les maringouins sont énormes. Les pistolets six fois dangereux. Et où les juges circulent jamais sans plusieurs brassées de corde pour prendre un homme.

C'est dans le courant de cette période-là le vieux bougre, en guettant la rondeur melon que prend le ventre de sa fille, considère qu'une tite plante de printemps en train de pousser neuve dans sa maison doit s'acheminer naturellement vers un besoin immortel d'amour pour aujourd'hui et pour demain.

Il galope au fond du platain. Il croise ses mains. Il fixe le regard en l'air sans prêter garde au tic-tac d'un pic-vert à tête écarlate.

Lancé sur ses genoux, le vieux interpelle :

– Dieubon, là-haut ! Not'Seigneur ! Faites-nous grâce ! Un semblant d'bonheur, il me semble, on mérite ! J'me compte bon catholique, y m'semble ! On s'décarcasse pour. Quand même ! C'est pas une petite chose, cette envie de continuer qu'est chevillée à not' corps !... Malgré la vilainie. Malgré tout qu'a cassé chez nos êtres les plus chers !...

En clamant ainsi sa détresse, il fait allusion à l'étrange maladie qui avale Bazelle toute vive. Lui prend ses dernières forces. Son dernier plaisir de respirer. La consume d'un brûlement peu ordinaire. En même temps, la rend pâlotte comme suaire.

Outre que l'épouse de Pop Raquin a reçu mal ce fameux coup d'entre-deux-âges, la malheureuse couve une santé biscornue dans sa tête affaiblie. Elle se plaint de douleurs affreux le long de ses tempes. Elle montre les endroits. Elle soulève ses mèches grises sur les parties battantes. Là, là! Et aussi là. Sa douleur, c'est pitoyable. Elle grince avec ses dents.

Quand elle revient à un état d'apaisement, c'est une autre prison qui ferme en elle.

Bazelle aussi déraisonne.

Son dérangement d'esprit la pousse à sortir de sa poche de tablier le petit clairon qu'elle y tient caché. A bergonner ouvertement devant sa famille. Elle joue de la trompe de cuivre et ne va jamais plus loin que l'entrée de son jardin. Les rosiers abandonnés font comme ils veulent. Ils remontent dans tous les sens. Mêlent leurs convulsions d'épines et de rejets rougeâtres.

De plus en plus souvent, Edius la surprend à s'absenter. Elle regarde du côté de la porte. Ses lèvres sont fines comme un trait.

– Tu veux sortir, ma mie? il demande.

Elle contemple la porte. La clenche en bois tourné. C'est tout.

– Il faudra bien que j'me décide à y aller, elle finit par soupirer.

A table, Raquin trempe son quignon, seul. Il racle sa soupe. Mangeaille. Chipote sur les mies de pain.

Il pense à son valley.

Jody McBrown m'a dit cent fois c'était l'idée de la terre qui le soutenait encore sous les bras.

Un matin, Edius s'élève de bonne heure.

Il galope jusqu'à l'extrême du platain. Il ferme un œil. Il repère le centre. Le niveau. L'alignement. Le milieu du milieu. Il arpente le terrain. N'importe les roseaux, il fait son chemin drouète au cordeau. Jamais il contourne.

Il finit par grimper sur un arbre. Un chêne un peu élancé.

D'là-haut : « J'vas pas m'laisser faire », y dit.

Il guette la nature qui s'éveille.

« J'vas gratter là-dessus. J'vas faire un valley. J'défourraillerai la terre. Un grand carreau. Je la rendrai travaillante. Facile à vivre. C'qu'on a perdu, j'vas l'refaire. Et la maison plus grande. »

Il redescend de son haussoir. Le pied par terre, il insiste :

« Notoirement plus grande, la baraque. Avec une galdrie. Et blanche comme une colombe du ciel. »

Là-dessus, qu'est-ce que le vieux bougre entend résonner à ses oreilles? Un bruit de jappement comme c'est pas permis d'aboyer. Surtout pour la catégorie de bétaille infidèle qui cherche à se faire admettre pour un chien affectueux.

Tonnerre des dieux! V'la l'vieux Hip qui refait sa soumission d'animal domestique.

Il lèche. Il serpillière. Bave.

Edius le tape sur la truffe et puis l'embrasse.

Une preuve encore s'il est besoin que l'avenir, ça s'passe d'avance.

61

A propos d'Edius, je n'ose pas dire soyez gringalet et vous vivrez avec la vigueur d'un géant. Mais plus le vaillant planteur rapetasse sur lui-même, à peine aussi épais qu'un pluvier mouillé, et plus il puise en son caractère l'énergie de ce qu'il entreprend. Plus de fissures en lui. Plus de doutance. Il va.

Il va vite. Il vient loin. Il ne s'arrête pas à

l'ombre d'un cype sous prétexte d'oiseau moqueur de bois qui chante. De chaoui qui passe avec des baies sauvages plein les joues. Il poursuit sa quête incessante des matériaux. Calcule l'argent qu'il va falloir amasser. Il réfléchit son plan. Il mûrit son secret.

Hier, un grand cavalier pruneau comme un Maure lui a donné rendez-vous à la pacanière. Sanchez, il se nomme. Il est mexicain.

Il est né du côté de Ciudad Juarez, en face d'El Paso. Le vieux bougre fait celui qui suit bien la géographie des lieux. Son esprit voyage ailleurs. Il se faufile entre contre-boutant et arbalétrier, entre faîtage et épaulement. L'autre continue à l'instruire de son état civil. Il a six gosses. C'est son affaire. Les muchachos sont restés cachés dans un village avec sa femme, pas trop loin de la source du Rio Grande del Norte. Ouiai, go ahead. A son âge, le vieux a tout vu. Il écoute tout ce qu'on veut. L'essentiel est que Sanchez vienne de la part du grand Farouche, dont il est un éloigné lieutenant. Il a sorti des fontes de son cheval un sac d'or fin. Il donne rendez-vous dans trois mois. Il dit que les banques sont pleines d'or.

Edius dit bon. Y a qu'à prendre.

Edius reste sur place et laisse sa mule au soleil. Il pense qu'il n'y a que les montagnes on ne reçoit pas sur la tête.

Il fait couler la poudre précieuse entre ses doigts. Il n'en croit pas ses yeux. Il va devenir une personne dépensière.

Pour la construction de l'habitation, pour l'ambition de ses projets, il va voir encore plus grandiose. Encore plus opéra.

Il réfléchit son plan. Son esprit obsédé divague jusqu'au crépuscule.

Il rentre à la brunante.

Dans son lit, les yeux ouverts sur la découpe de la fenêtre, il tourne comme un crabe sur le dos. Bazelle sourit aux ombres qu'elle voit danser sur les murs. Quand c'est pas des fi-follets ou des giraumonts-patates elle entrevoit, elle geint. Elle a sa tête qui lui fait un mal de fer chaud.

Pop Raquin se lève le premier. A partir de là, le soleil tourne les aiguilles du temps à une allure pas ordinaire.

Le vieux court à son platain. Il se met petit à petit au travail. Arrache tout c'qui gêne au libre passage. Il coupe. Il déterre. Il endure. Il bascule. Il sarcle. Il avance.

Il calme : « J'tiens mon boute! J'vas pas l'lâcher! »

Tout y passe. Les herbes à coquin, les herbes contre la gale, les fièvres, tout ce résidu d'herbe à malo, de plantain qui pousse dans les mèches.

Le plus dur, c'est l'herbe à bâtons. Ou pire, les chicots racineux comme des dents de sagesse, qu'il faut capoter à l'arraché, greyés par des cordes à la mule.

Le vieux Hip reste étendu à l'ombre. Il comprend pas une agitation pareille. Le taïaut a de plus en plus tendance à se désintéresser des choses autour de lui. Il tape de l'œil. Somnole. S'éloigne.

Edius transpire son sang, son eau. Il trempe de coule. Dégouline. Sacre le nom du Bon Dieu. Gratigné, coupé, il mène son combat farouche. C'est pas civilisé. Il en vient quand même à bout. Rien n'est fait pour rester.

Et sitôt le soir abordé, il se lamente : « Comme le jour tarde à revenir! »

Après deux semaines de ce chainfourrah, il va faire encore mieux. Il s'absente plusieurs jours. Il pousse jusqu'à un canton plus écarté. Il voyage vers Mamou faire ses courses, déposer son or fin chez une banque. Il veut pas laisser son argent dans un endroit connu du genre Bayou Nez Piqué. Qu'on puisse nasiller sur son entreprise.

Il est à Mamou. Il achète un nouveau cheval. Un bon équipement de machinerie. Une belle charrue à avant-train avec un soc tranchant à tourne-oreille. Il défourraille la terre. L'effardoche de ses impuretés.

Parfois il braille avec une idée fixe. Et s'il engageait un commis? Il pourrait louer un homme aussi bas que quarante-cinq sous par jour pour piocher. Quatre bras et la nourriture qui va avec, est-ce que ça sentirait trop l'argent pour les gens du pays?

Au lieu de ça, le vieux trime pour deux. Il hale son cuir. Tant pis si c'est trop dur.

Il est soutenu par une idée que l'éternel est caché dans les sillons du quotidien.

Il hale.

62

Une fois, Azeline fait le chemin jusqu'à Bayou Nez Piqué.

Elle passe huit jours chez sa tante Nadée. Elle aime se retrouver dans le calme de cette maisonnette tapie derrière des buissons dont l'épaisseur mystérieuse et la vivante fraîcheur jettent en elle des soirs de rêve.

Elle se sent protégée par l'aspect ciré des plafonds, par l'opacité insonore des tentures de velours, par les précautions prises pour bien fermer les auvents avant de s'aller coucher.

Le domaine réservé à Azeline est fait d'une chambre sourde au premier étage. Un endroit où elle dort longtemps. Où elle ose à peine remuer de peur de faire grincer le sommier. Où elle se sent protégée depuis que, tendre enfant, elle a pris l'habitude de venir passer ses vacances d'hiver au fond du lit trop haut, trop enfermé sur lui-même pour que nul enchanteur ne se risquât jamais à gravir l'à-pic torsadé du baldaquin.

C'est au fond de cette alcôve qu'elle a appris à déchiffrer ses premiers livres. Qu'elle a étouffé des fous rires en découvrant comment Tante Nadée oblige son crâne chauve à vivre au fond d'une perruque. Et qu'elle a constaté que les veuves solitaires ont la tête si pleine de songes qu'elles en caquettent durant leur sommeil.

Azeline adore Tante Nadée. Elle suppose que la sorcière de la famille n'a pas toujours approché le degré de sainteté qu'on lui prête maintenant. C'est une minuscule femme aux yeux pointus, au passé impénétrable. Elle a encore, s'il le faut, le regard fixé sur la réalité des choses.

Souvent elle répète que son vieux mari, Nonc Sosthène, est mort heureux parce qu'il n'a jamais rien su. Elle prononce d'une voix égale :

– Non, mais que veux-tu? Il fallait bien faire quelque chose! Sinon, je n'aurais pas eu d'autres souvenirs que celui d'avoir beaucoup bâillé.

– Tu bâillais, Tante Nadée?

– A mon avis, plutôt moins qu'une autre. Sosthène était gentil. Mais j'avais tout de même trente ans de moins que lui. C'est dur à réparer.

– Tu aurais pu faire du tricot ?

– Il faut compter les mailles. L'angora me faisait tousser.

– Mais alors tu devais t'ennuyer à mourir ?

– C'est un peu ça. Tout compte fait, je me suis aperçue que je n'avais plus de goût pour rien. Plus de désir. Plus d'ambition ou d'espérance. J'étais juste carpe à domicile.

A ce stade des explications, Tante Nadée devient pensive. Et puis, une étrange lueur prend feu derrière ses prunelles. Elle sourit au fond de ses yeux en boutons de bottine. C'est le moment où elle devient witch de la famille. Il faut assister à ça. Une drôle de flamme inquiétante elle cultive.

Elle finit par dire à voix haute :

– Quel phénomène étrange m'a retourné les idées ? Je l'ignore. Mais une vérité est là, qui est indéniable. J'ai acheté une pipe neuve à ton oncle et je suis beaucoup sortie la nuit.

Azeline est arrivée depuis seulement trois jours. Elle est venue en disant à Tante Nadée qu'elle veut confectionner avec son aide de couturière un lot de robes plus commodes à porter dans son état de femme enceinte.

En fait, sans faire part de son désarroi à quiconque, la pichouette a pensé que c'est le seul moyen de s'élever le moral.

Depuis peu, elle chagrine, mouronne et pleurnichote chaque soir. La vue misérable de sa moman, qui déparle et bat la breloque, c'est la moitié de ses rêves d'enfance qui s'envolent. Elle s'enfonce dans le sorrow.

Un matin ennuyant, sans réfléchir, elle entre en coup de vent dans la salle à manger qui sert d'atelier. Elle trouve Tante Nadée la bouche pleine d'épingles.

La couturière est agenouillée devant une personne en cours d'essayage. Une jeune femme aux épaules à l'arrondi parfait, à la silhouette impudiquement découpée à contre-jour de la fenêtre sur jardin, à la taille prise dans le bouillon d'une robe en voile et lamé.

En découvrant dans l'embrasure de la porte une petite paysanne de seize ans, en casaquin et bonnet de toile bleue, la cliente au lieu de s'offusquer jette un cri de ravissement.

Elle dit en riant :

– Tu es bien drôle, va!

Anéantie de honte, Azeline se cache dans ses mains. Elle vient de reconnaître Leola d'Ibreville en personne.

Elle balbutie ce qui lui vient à l'esprit et qui ne pèse pas lourd.

– Je vous demande pardon, madame. Je suis si confuse...

– Oh, tu sais, réplique la jolie mule créole, ne te mets donc pas martel en tête!... Nous, les femmes, c'est à peu de chose près toujours la même chose : nous sommes des hanches un peu trop lourdes posées sur des jambes pas assez longues!

Leola d'Ibreville tire une ou deux bouffées du cigare qu'elle fumait pour tromper l'ennui de cette séance de couture, puis le confie au coin d'un cendrier avec une expression résignée.

Elle tend son bras droit légèrement de côté afin de faciliter la tâche de Nadée. La couturière lui enfile une manche et l'essaie.

Usant du pouvoir de sa voix chantante, la créole dit à la jeune fille :

– Je te connais, tu sais. Je te connais beaucoup.

Azeline découvre deux grands yeux bruns, d'une remarquable douceur. Une bouche moqueuse et sensuelle.

– Je parierais deux bouffées de cigare que c'est toi la fameuse « petite nièce » ?

– C'est Azeline, all right, renseigne Tante Nadée. C'est la fille de mon beau-frère. Elle s'est laissé « embêter ». Et voilà où elle en est.

La maîtresse du jeune monsieur Hocquigny pose ses mains sur ses hanches. Elle souligne la circonférence de sa taille si fine et cintre sa robe pour juger de l'effet.

Azeline porte machinalement ses mains à son ventre. Elle voudrait s'échapper de la pièce. Elle fait un pas de côté.

Leola d'Ibreville la rattrape d'une inflexion plus nette de la voix :

– Eh bien ! mais ne te sauve donc pas comme un moineau effarouché ! Avance plutôt un peu en face, que je te voie dans la lumière.

Azeline fait ce qu'on lui demande. Elle se sent si pivoine de la tournure que les choses prennent. Elle baisse le col.

– Tu es ravissante ! Quel joli teint ! Et comme tu es bien tournée ! Les pieds mignons, les attaches fines... Des beaux cheveux bien lourds... Approche encore, s'il te plaît ! Viens plus près... Je veux toucher ta peau !

Elle lui relève le menton. La dévisage. Caresse sa joue. Et puis, tout naturellement, les yeux rieurs de la créole effleurent les flancs où rôde la vie.

– Les filles jeunes ont grand tort de se laisser mettre en famille par le premier venu ! soupire-t-elle. Ta tante Nadée a eu raison de me confier son embarras...

Elle s'interrompt un moment. Confie son image à la glace. Comme si elle redoutait quelque nuage trop noir qui ferait fuir sa chère effarouchée, elle s'adresse à la belle enfant dans un reflet. Elle dit sur le ton du plus grand naturel :

– Je crois que ton mari est une sorte de hors-la-loi ?

– Il est mon mari, réplique Azeline.

Elle a parlé vif, avec une grande fermeté.

– Gentille petite dinde ! s'exclame Leola d'Ibreville. Voilà que tu te défends bec et ongles ! On n'écrase pas le monde avec des mots !

Elle ne paraît pas fâchée. Elle demande en feignant de prêter plus attention à l'effet profond du décolleté qui dessine ses seins qu'à la conversation :

– Que feras-tu le jour où ton époux sera tombé dans l'embuscade d'un shérif ? Qui prendra soin de toi lorsqu'il se balancera au bout d'une corde ?

– Je ne me révolterai pas, dit Azeline. Je sais qu'il lui sera demandé compte de sa vie.

Dans un froissement d'étoffe, Tante Nadée aide le temps à couler plus librement.

– Faites l'ourlet un peu plus bas, décrète madame d'Ibreville. Et je veux une pince un peu plus accentuée de ce côté-ci de l'épaulette.

– Bien, madame.

Les bras glacés le long du corps, Azeline dépérit. Elle ne sait plus d'où souffle la vie. Pourquoi Nadée ne prend-elle pas sa défense ?

Leola d'Ibreville semble se souvenir brusquement de la présence de la jeune fille à ses côtés.

– L'eau est faite pour couler, petite catin ! N'oublie pas ce que je te dis aujourd'hui : tu as trop d'avenir en ville pour rester gâcher tes chances dans vos campagnes...

Madame d'Ibreville met fin à l'essayage. Sans gêne, sans pudeur, elle fait glisser la robe à ses pieds. Elle enjambe la mousse et la soie. Elle reprend son cigare au bord du cendrier.

Azeline fixe malgré elle le buste nu de cette femme qui veut son bien et en même temps la persécute. Elle pose son regard à l'endroit où les chairs s'attendrissent. Pense à ses propres pudeurs cachées. A ces coins de corps qu'on ne montre jamais. A ces transparences d'une finesse de soie. A ces défilés aux moiteurs subtiles, légèrement bleuis par le réseau des veines.

Azeline pense à la subtilité de la chair. Aux boutons de sa propre gorge. A la chaleur de la peau caressée par la lumière. Elle sait déjà qu'il y a cent façons d'aimer. Elle les voudrait toutes essayer. Elle sait qu'elle attend l'amour depuis qu'elle est petite.

Elle pense :

– Je t'aime. Je t'aime.

Maintenant qu'elle n'a plus personne, à qui donc s'adresse-t-elle exactement ?

Qui a ouvert la fenêtre entre-temps ? Pourquoi la lumière du jardin est-elle si triomphante qu'elle célèbre la volupté du réveil ?

Azeline touche le grain de sa peau.

Dix-sept ans pour être mère, c'est jeune. C'est cruel si l'on a tout perdu.

La voix de Leola d'Ibreville la fait sursauter.

– Dis-moi, Azeline, interroge-t-elle soudain, est-ce que tu aimes les hommes au moins ?

La fille de Bazelle lève les yeux. Elle pense à toutes ces années qui ont coulé sans une mauvaise pensée. Elle se rappelle toutefois une conversation lointaine avec sa mère. Cette dernière lui décrivait des jours faciles. Des boutiques rutilantes de parures. Lorsqu'elle parlait de la Ville, elle avait les yeux si brillants.

Madame d'Ibreville suit du regard le combat que la petite mène contre les soupirs. Elle a un haussement de l'épaule gauche qui met en valeur l'arrondi de sa chair. Elle murmure presque :

– Tu n'es pas obligée de me faire réponse. Pourtant sache. Ce sont les amants qui font le soleil sur les rideaux. Comment ne pas apprendre à les apprivoiser?

La pichouette se rappellera toute sa vie cette secousse honteuse. C'est la première fois qu'on viole brutalement sa virginité d'esprit. Plus tard, initiée aux violences de l'amour, elle se souviendra que tout a commencé par ce questionnaire de honte.

Pourquoi répond-elle alors comme si elle n'avait jamais eu des candeurs de fille cloîtrée? Quelle arrogance la pousse à agir comme si elle avait déjà purgé l'abjection des humiliations et des odeurs des hommes?

Elle dit fermement :

– Oui, madame. J'aime écouter l'afflux du sang quand il vient.

Leola d'Ibreville reçoit sa réponse avec un sourire charmeur.

Elle ajoute, comme si c'était de peu d'importance :

– A la demande de ta chère tante Nadée, j'ai préparé une lettre pour toi. Elle te recommande auprès de l'un de mes proches amis à La Nouvelle-Orléans. C'est un homme d'expérience. Il est en position de pouvoir aider une personne dans l'embarras.

Azeline jette un coup d'œil en direction de l'enveloppe bleue posée sur la table. Elle s'en empare. Elle l'élève jusqu'à son visage sans perdre madame d'Ibreville du regard. Elle ne la veut plus perdre. Le papier a une odeur d'œillet.

Une écriture allongée a écrit sur le billet : « A l'attention de Monsieur le Docteur Foff. Entrepreneur de Spectacles. 17, Bourbon Street. La Nouvelle-Orléans. »

Azeline reste piquée sur place.

Une minute ou toute la vie, quelle importance?

De ses yeux émerveillés elle contemple l'élégance aguicheuse de sa bienfaitrice. Elle se prend à l'aimer pour sa seule beauté.

– Merci, dit-elle avec une courte révérence.

Elle n'a plus guère de voix.

63

Je vous parle maintenant d'une époque où Bix Blind Cotton reposait dans le cimetière de Pearl River depuis au moins déjà trois ans.

J'habitais avec ma fille un taudis situé derrière Burgundy Street. Maple Leaf, « Feuille d'érable », constituait toujours mon unique famille. Elle était aussi la seule preuve au monde qu'à la fin c'est la vie qui triomphe.

Elle était une enfant facile à vivre, rieuse après chaque tasse de lait. La moindre de ses reparties, lorsqu'elle s'octroyait le toupet de juger quelqu'un, était d'une étonnante justesse de vue. Ses foucades avaient la coloration acide d'un humour aveuglant. Elle mettait les rieurs dans son camp. Elle étalait ses interlocuteurs pour le compte. Quant aux rechigneurs qui s'avisaient de ne pas rabaisser leur caquet, ils s'exposaient à se voir tout simplement étroner la figure avec des mots sales, cueillis sans se baisser dans le ruisseau.

Malpe n'a jamais cru un seul instant qu'une grande personne sans envergure puisse faire reculer une fillette de trois ans et demi ayant fait ses classes sur le Vieux Carré. Elle n'a donc jamais été impressionnée par la vue d'une redingote ou la « noblaille » d'un aristocrate. Elle m'encourageait à gagner notre bataille.

C'est comme ça notre affaire allait dans le vieux temps.

Elle et moi formions un couple indéniable. On nous connaissait dans le quartier. En n'importe quel beuglant où le père, Jimmy, s'octroyait une bière fraîche, la fille, Maple, suçait son pouce. Elle écoutait.

Je partageais le taudis d'un immeuble insalubre avec ce vaurien de Percy Joplin.

Un grand noiret, Smokey Black Fuller, s'était joint à nous. Il défendait avec conviction l'intégration de ses frères de race dans la société. L'hypocrisie à propos de la couleur le jetait dans des états dangereux. Il prenait un rasoir dans sa poche. Il circulait avec. Il aurait pu tuer dans ces moments-là. Il clamait partout que c'est trop dégueulasse si tu fais semblant les Noirs a le droit civique autant qu'un Blanc, et par-derrière tu dis que tu es no *nigger lover*.

Une fois, pour affirmer publiquement ses convictions, il était allé peindre une grande barre noire en travers de la façade d'une belle hôtel fraîchement peinturée blanche pour montrer sa différence. Les polices avaient essayé de faire tenir le nègre en prison, mais il gueulait trop fort, écartait ses barreaux, avalait des cuillers. L'administration avait fini par le faire relâcher pour conformer avec les temps qui étaient au *bussing* obligatoire.

En dehors de son acharnement à faire triompher son idée d'une cause juste, Smokey Black Fuller avait déjà tenu sa place dans plusieurs orchestres. Il croyait la musique pouvait aider largement à déchirer le préjugé de la noireté.

Ses douze valises éventrées et plusieurs sacs de linge étaient arrivés un beau matin. Il était accompagné d'une femme en forme de statue bambara, avec seulement une robe de coton sur la peau. Cette furie répondait au nom donné de Bessie Tornado Jackson.

Nous faisions la cuisine, la musique et l'amour dans un espace à peine plus vaste que la surface occupée par nos trois paillasses et le matelas de Maple Leaf. Faute d'un quatrième couchage, Bessie Tornado faisait la navette sur nos oreillers.

Elle préférait être l'enjeu de tout le monde plutôt que d'appartenir à la routine d'une seule personne. Elle était née en Géorgie. Elle avait une voix âpre et poignante. Tellement rocailleuse, mais terriblement belle, que nous étions persuadés d'avoir mis la main sur la plus grande chanteuse de blues campagnard de tout le Vieux Carré.

A cette époque-là, les Noirs n'avaient à leur disposition que des instruments qu'ils avaient bricolés eux-mêmes. J'étais quant à moi juste un petit gars qui soufflait dans un peigne recouvert de papier de soie. Je jouais dans un *spasm band.*

J'avais en tête un sacré proverbe eskimo. Une phrase sans bluff qui dit, écoutez bien, qu'à force d'espérer une fleur, on la fait naître.

Et ainsi en usions-nous avec la musique.

Elle était au bout de nos doigts et dans le souffle de nos poumons. Elle serait ce que nous allions en faire.

Mon copain Percy Joplin grattait des notes brèves sur des banjos fabriqués avec des boîtes de fromage rondes. Smokey pinçait des cordes à linge, tendues sur des contrebasses faites de moitiés de tonneau ou de bassines renversées. Mais le résultat était à cent coudées au-dessus de nos espérances. De mémoire et d'oreille, Percy et ses solistes à la noix, « ses fakers », comme il nous appelait, accomplissaient un grand bond en direction de la franchise et de l'humour. Nous propagions le vent.

Bessie disait que nous étions tous des types qui l'aiguisaient bougrement.

64

J'ai connu un vétéran qui s'appelait Chocolate Roll Mulligan.

Et c'est lui qui m'a mis les lèvres à la trompette.

Un soir, cette saloperie de Crumbs, qui s'intitulait notre imprésario, nous l'avait ramené à la maison sans prévenir.

Je répugne à vous décrire qui était Crumbs. C'était un nain sur talons avec des cravates à pois. Cent fois, il avait allumé la fureur dans mes veines. Il était vraiment le plus sale entremetteur que j'aie jamais connu. Il aurait vendu les dents de lait de n'importe quel enfant en bas âge contre une seule bouteille de whiskey. Mais il avait su développer un flair exceptionnel pour la musique. Je jure que son odorat le guidait infailliblement du côté des sonorités nouvelles et même si j'ai horreur de lui reconnaître le moindre mérite, je dois le créditer de la superbe découverte qu'il fit en la personne de Chocolate Roll Mulligan.

Il était allé dénicher le vieux dans Perdido, à quelques blocs de la gare de Basin Street, juste derrière le cimetière de Saint Louis.

Lorsque Crumbs avait franchi le seuil de sa baraque avec, fanfaronnait-il, l'intention de bouleverser une destinée, Chocolate Roll Mulligan n'avait pas bougé de sa chaise.

Il avait continué à échanger librement ses puces avec celles d'un chien jaune, qui avait fini par lui ressembler.

Leurs yeux enfiévrés par quelque chose de cafardeux qui allait bientôt ressembler au blues, l'homme et l'animal étaient assez connus dans leur quartier. Ils montaient chaque soir sur une estrade et faisaient pleurer la rue entière.

Chocolate Roll Mulligan envoyait l'air de ses poumons dans un cuivre de cavalerie qui datait de la guerre confédérée. Il avait une façon modeste et un peu dissonante de jouer, mais il fonçait avec vaillance sur les notes aiguës. Il les tenait avec un tremblement des lèvres que personne n'arrivait à atteindre. Même les petits malins qui s'étaient fait limer les incisives pour essayer de l'égaler.

Chocolate était un vieux bonhomme qui n'avait plus de dents.

Ce salop de Crumbs lui a fait faire un dentier. Cet escroc de Crumbs lui a offert une trompette. Cet enfoiré de Crumbs l'a mis à la tête de l'orchestre.

Il a eu du succès.

La voix de Bessie Tornado Jackson a fait le reste.

Crumbs se frottait les mains. Avec le pourcentage qu'il s'octroyait sur le dos du Chocolate Blue Band, il était en mesure de se consacrer pleinement à sa passion du black-jack et à l'extension de sa garde-robe.

Quand nous n'avions pas d'engagement, notre moral s'effondrait.

Une existence morne et emplie d'alcool s'instaurait. Nous étions assis par terre et nous faisions circuler une bouteille.

Lorsqu'elle était vide, c'était au tour de l'un

d'entre nous de sortir dans la rue et de se débrouiller pour en ramener une autre. Chacun son tour. Chacun son trick pour se procurer le sacré liquide. Une fois, Percy Joplin est revenu avec la mâchoire cassée. Pendant deux mois il a gratté son banjo avec un mouchoir noué autour de la tête.

Tandis que nous buvions, Maple jouait obstinément sur son matelas avec sa très riche collection. Un bon millier de boutons de culotte qu'elle avait récoltés dans les bars, au péril de ses doigts, en circulant à quatre pattes entre les chaussures des ivrognes.

Souvent, derrière les vitres graisseuses de notre nouvelle piaule, j'essayais d'apercevoir le vide.

Je dessinais un petit rond de propreté dans la crasse. Vache de vue on avait sur les murs de brique, les escaliers métalliques et le linge qui séchait. Ça me tuait de vivre comme ça. Dans les villes, il faut admettre sans cesse de nouvelles humiliations. Des trucs comme étouffer de chaleur, les poumons cuits aux gros oignons frits. Ou dormir les uns rangés au-dessus des autres et respirer à l'étuvée. Oh, c'est pas des vies, j'me disais. Jamais voir le ciel, les étoiles, les oiseaux.

Sur le verre à demi opacifié par la crasse urbaine, j'agrandissais mon rond de propreté avec la corne de mon mouchoir. Je me penchais, un rien découragé. J'aurais voulu apercevoir la mer ouverte au moins une fois. Montrer à Maple que les bateaux ont pas des jambes.

J'essayais de transformer la conversation de mes compagnons pour qu'elle ne plonge pas au-dessous d'un niveau excellent. Je m'flanquais à l'eau avec l'œil vif. Quelquefois, mes copains étaient contents de la façon alerte dont j'utilisais mon intelligence.

Une fois, j'ai planté le fanion de la liberté tout en haut d'un but inatteignable. J'ai commencé à parler de l'idée bienfaisante que je me faisais de la nature. Le gin me prêtait un sacré coup de main pour me faire entendre. L'entretien se prolongeait. Les idées se faisaient plus profondes. Plus passionnées. Chacun participait, donnait son opinion sur la campagne.

La verdure, le coton, les arbres, c'était pourtant pas un sujet qu'on évoquait souvent entre nous.

J'étais heureux parce que nous prenions tous, avec des voix pâteuses, le sentier de ce style de bonne vieille soirée où vous pouvez vous acheter des fantasmes pour pas cher. Vous endormir calme après ça, en repensant aux vivifiantes paroles qui ont été échangées.

Vous avez déjà vécu ce genre de réunion, j'imagine? D'un coup, chaque élément est à la bonne place parce que tout le monde s'est lâché en même temps. C'est une fusion en quelque sorte. Elle rend les yeux meilleurs. J'étais content, vous ne pouvez pas savoir, en constatant que dans le fond, le cafard, la bêtise font la plupart du temps leur apparition parce que le monde a peur de lui-même.

Y s'fait pas assez confiance.

Et puis je ne sais plus quel imbécile s'est remis à parler de la Ville. Et tout a été cassé.

Les visages se sont figés. Abâtardis.

– Ça s'rait marrant si y avait des lapins dans les rues, en a profité pour dire Smokey Black Fuller en grattant sa peau noire entre les parties.

– Non, ça s'rait juste con, a rétorqué Maple. Aussi con que si tu t'prenais pour un bonhomme de neige.

Elle aimait pas non plus les imbéciles.

Elle a regardé par la fenêtre.

Les réverbères à gaz étaient allumés en plein jour.

J'avais hérité, par tirage au sort, de la trompette de cavalerie de Chocolate Roll Mulligan.

Son ancien propriétaire, après m'avoir assuré qu'elle avait sonné la charge à Gettysburg en 63, commença à m'inculquer la façon d'apprivoiser sa sonorité primitive.

En moins de trois mois, Chocolate s'avéra capable de me fabriquer une bonne bouche en forme de giberne. Il disait que j'avais une configuration des joues plus caverneuse que la moyenne des musiciens de race blanche et pour m'apprendre les premiers rudiments de son art, il m'offrit généreusement d'aller habiter chez sa mère.

D'ici peu, j'essaierai de faire comprendre en quel piège insidieux Vieux Chocolate Mulligan m'avait enlisé en me poussant à accepter l'hospitalité de Maman Kaputt.

Pour le moment je me contenterai de relater par le menu les conditions de ma reddition.

Un jour, avec l'œil luisant de celui qui est excité par la perspective d'une idée neuve, le vieux sagouin fait irruption dans notre volière quotidienne.

Il ouvre la porte. Il reluque la cage. Il gaffe deux secondes. Son pantalon est ligoté par une ficelle. Je revois la scène comme si c'était aujourd'hui.

Il commence par mettre un index devant la bouche. Il assure le secret. Il méprise Percy Joplin qui se nettoie les pieds dans une bassine. Il enjambe Smokey Black Fuller qui, racine au vent, cascade sur le ventre nu de Bessie Tornado en poussant de grands cris d'animal. Il n'entend rien.

Il ignore l'envolée lyrique de l'arpège sexuel. Il ne voit pas que le monde halète, fornique, dièze, dérape, câline et se pâme à ses pieds. Il va à son idée fixe.

Il se penche sur Maple.

– Bouiou... bouiou... bouiou!

Il lui caresse le crépu de la tête. Avec des accents juponiers de nourrice sur lieu, il lui flûte sous le nez :

– Nonc Chocolate a acheté des doudoux pour sa jolie p'tite fleur Maple!

La gosse le toise. Elle est toiseuse pour ce genre de chausse-trappe. Elle renifle. Because la puanteur extrême, elle fronce le devant de sa mignonne trombinette.

Elle dit :

– Ça c'est louche. J'ai pas d'anniversaire avant l'année prochaine.

Elle prend le paquet. Goûte un bonbon.

Connaisseuse, elle admet volontiers :

– Remarque ça va me calmer pour un bout de temps.

– Régale-toi, voilà!

Satisfait de son ambassade, Vieux Chocolate me tire déjà par la manche.

Dans l'obscurité, on trouve l'escalier. L'immeuble est infesté de cafards. Mulligan écarte des nuées d'enfants. Derrière sa route, on lui tire la langue. On lui dit qu'il pue l'asticot.

Il se retourne en fumant du tabac :

– Que j'en prenne un. J'l'assomme! J'lui fais boire mon estomac!

Les enfants, ça les impressionne. On se cramponne à la rampe. C'est plein de gosses noirs à tous les étages. Depuis l'en haut, n'importe lequel est capable de lancer un paquet de merde sur nouzaut. On aurait l'air zèbres. C'est un quartier j'aimerais pas voir une grande scène de bataille. Je laisse Mulligan faire l'extérieur. J'me jure bien de plus jamais prendre un escalier avec lui.

Une fois dans la rue, il se racle la gorge avant de me parler. Il est plein de gros mucus. Les amygdales meublées de grumeaux. Mouchures inavouables. Il m'entraîne. Il est sourire, on peut pas dire le contraire. Il brûle d'affection, de ferveur.

Dès qu'on est tranquilles dans un coin, pas loin d'une palissade, il sort de sa poche un flacon. Du gin. Malheur, malheur! Moi, naïf, j'crois que c'est le grand secret! Pas du tout. On boit. Il escamote.

Il aborde. Il me dit :

– Dans l'temps, j'avais trois femmes. Elles sont mortes, elles sont devenues vertes ou elles ont pas pu rester. D'autres sont venues. Elles se plaisaient pas. Mais c'est pas l'propos! Ça, on s'en fout! C'est pas notre affaire. C'qui nous intéresse, toi et moi, c'est que j'suis resté seul avec ma pauv' maman.

J'estime mal le pour du contre de son raisonnement. Je parlemente un peu. Je fais remarquer :

– Moi, j'ai même pas d'mère.

Il triomphe. Il s'illumine. Il devient magnifique.

– Justement, il s'honore. J't'en offre une! Gratis! Je te partage la mienne à l'amiable!

J'en suis flan. Corde au cou. Couic! Il me tire par le bras. On reboit un coup de gin.

– Tu verras, Jimmy, il me promet en affichant le pur désintéressement d'un vendeur de billets de loterie, cette ancienne femme splendide est âgée... Mais tu sais, fils! elle porte en elle une vertu plus utile à ton épanouissement et à celui de ta petite fille que n'importe quelle autre : *elle sera ta famille!*

Chocolate Roll Mulligan avait beau être crasseux

et puer de la langue, il s'y entendait mieux que quiconque pour vous faire visiter l'amour.

Il était capable malgré sa schlinguerie de se faire paillette. Or et reflet. Verroterie à alouette. Dérouleur de tapis. Fakir. Ma déchirure secrète, marque de l'orphelin, ne lui avait pas échappé. Il connaissait mes points faibles. J'avais la viande à bout.

On s'est mis à marcher. Un quartier plus tranquille. Des maisons bien rangées sous les saules.

Il m'a pris par l'oreille. Il a laissé sa main germer lentement sur mon épaule. Il m'a souri. Le vieux constrictor s'est enroulé. Le cœur à poil, il s'est déshabillé d'affection. Avec les yeux, il me promettait une vie de puce au milieu des siens :

– Viens habiter chez ma mère, petit. Elle a sa maison juste de l'autre côté de ma cour. Tu feras aussi connaissance avec mon chien. Je serai ton père pour t'apprendre le métier de la trompette et tu seras le petit-fils de maman pour guider ses pas vers la lumière...

J'étais peut-être à contre-courant ? J'ai dit oui.

Il faut souvent une infinie patience pour retrouver le chemin de sa maison. Mais sans doute parce que je suis de la confrérie de ceux qui ont réussi le tour de force de se poser en plusieurs fois sur la bonne branche, je refuse de croire au hasard. Et pas question d'être découragé. Ne pas posséder de famille vous apprend simplement à sillonner un monde où chaque gorgée de bière, chaque portion de viande ou de riz vous approche de la sortie.

J'ai mâché interminablement de tout petits morceaux de pain. J'ai soufflé ma vie dans ma trompette. Maple dormait à mes pieds.

J'aimerais bien, moi, retrouver le nom de tous les gens que j'ai oubliés. Il y a des années, je restais au lit pour me taper une bonne gueule de bois.

L'alcool était ma nourriture avant d'avoir compris que j'étais fait pour souffler dans une trompette. C'était le malheur, la solitude qui me rongeaient.

Parfois, une mouche m'empêchait de vivre toute la matinée en se posant sur mon front. Je ne me souvenais pas de l'endroit où j'avais été traîner entre Southern Railroad et Storyville. Ni comment, en quels bras, j'avais bien pu finir ma nuit. Pourquoi j'étais rentré chez Maman Kaputt sans perdre ma trompette plutôt que d'aller débarder deux, trois cargos au Passage Cruise Terminal.

Le whisky déversait sa mousson tropicale sur ma cervelle. Ses averses continues arrosaient convenablement la musique neuve qui me courait déjà dans la tête.

Quand j'étais trop violent, mes excès rebutaient les femmes. Et ainsi va cette histoire, pleine de tumultes, de blessures et de haltes.

Seigneur! Les bâtards de ma catégorie viennent de si loin qu'il leur faut une vraie dose de déraison pour arriver jusqu'où je suis, et s'asseoir sur un banc à la campagne.

66

Un matin fait de gravité, Bazelle Raquin prend une expression de mépris froid et impersonnel. Elle se plante devant son jardin où elle n'a pas réapparu depuis deux mois.

Elle a ses mains sur ses hanches. Elle incline la tête. Elle observe le gâchis de ses rosiers confondus dans des entrecroisements inextricables. Autrefois si bien soignés.

En inspectant par-ci, par-là la promesse des

fleurs en bouton, son expression change imperceptiblement.

Au bout d'un certain temps, une coulure attentive, heureuse et douce envahit son visage et lisse ses joues. Sous la poussée tranquille d'un fin sourire, apparaît au fond de ses prunelles sombres l'architecture d'un bel arc-en-ciel traversant. Une lumière d'espoir à plusieurs valeurs de couleurs qui viendrait effacer les visons folles et fugitives de son regard habituel.

Brusquement, elle se dirige vers la maison. Il va arriver quelque chose. Elle revient avec une hâte infinie. Après un court instant d'hésitation, elle sort de la poche de son tablier un sécateur.

Elle va à genoux. Elle se relève. Elle se penche. Elle taille. Démêle. Laisse tout derrière son passage en ordre parfait. Arc-boutée. Haletante. Précipitée. Elle fait l'ouvrage. Insistante. Coupe à trois nœuds. Relève les branches. Le sécateur ouvre ses mâchoires. Bazelle juge. Elle évalue. Les griffures, tant pis. Elle ira jusqu'au bout. Et des efforts, c'est rien ! Les yeux immobiles sur le moment du tranchant. Vifs, dès qu'il faut juger plus loin. Ce brin-là, d'où il vient ? Elle relève la tête. J'en ai pour dix minutes, elle pense. Elle en prend six de plus. Elle ramasse toutes les brindilles, les va porter sur un tas. Les brûle avec des feuilles mortes.

La main crispée à son râteau, elle rassemble les derniers rejets coupés qui salivent leur reste de sève. Les pousse au feu.

Puis ses yeux lâchent les flammes. Reviennent aux humains.

Elle regarde la maison. Aperçoit sans surprise le visage d'Azeline encadré par le fenestron de la cuisine.

Viens un peu ici. Elle lui fait signe.

Dès que la fille est sortie sur le pas de la porte, elle lui dit :

– Suis-moi. C'est mon jour d'urgence. Allons-nous dans ma chambre.

Une fois à l'obscurité, en ce refuge de lieu où le temps est suspendu depuis que Bazelle a arrêté le balancier de l'horloge, elle ôte son tablier sale.

Elle dit :

– Bientôt mes forces s'en vont. Pour moi, j'sens, c'est l'heure du qui. Sitôt mon départ, tiens-toi prête à faire voyage vers la Ville. Quelqu'un j'ai entretenu de la situation viendra te chercher. J'ai tout forgé pour toi.

Comme la pichouette s'apprête à caqueter, qu'elle a des larmes gênantes et prêtes à venir, Bazelle la regarde dur, avec réflexion, un peu nerveuse. Ses yeux brûlent. Elle tient gauchement mais ferme et chaude dans sa main celle de sa fille.

Elle dit tout de go :

– J'pense ta destinée est là-bas, à La Nouvelle-Orléans. Comme elle aurait dû être pour moi... J'aimerais que tu fasses à ma place tout c'que j'ai pas su entreprendre. Porter des toilettes. Mettre du crayon-lèvres. Rire au champagne. Aimer les hommes pour leur argent. Jamais pencher pour la cigarette qui pend canaille au coin de leurs lèvres. Ni pour la chique, infâmes salauds! qu'ils font danser dans la gâchure de leurs dents. Ni faiblir sous l'avalanche des promesses de rien qu'ils tiennent jamais... Des caracos! Des bagues en or! Aller danser un step, une valse au « fais-dodo »! Tu parles! Oh, Azeline, Azeline!... Sois pas écorchée par les faux serments, les sourires de début, ton corps emporté par les caresses!... Déteste les hommes, petite!... C'est mon will! Sinon tu chanteras toujours pareil, comme avec la saleté d'amant qui a joué sur ton ventre et maintenant s'est allé!

La petite se rebiffe. Elle bouge la tête à gauche, à droite. Elle est si effrayée par le parler criminel de sa propre mère qu'elle écarquille les yeux.

Cette dernière soutient le regard de sa fille.

– Tu es choquée? Je t'ai observée tous ces temps. Malgré l'enfant qui est dans ton ventre, les compliments sur ta beauté te donnent des idées d'orgueil. Tu n'es pas génisse ou agnelle faite pour reproduire. Profite plutôt de cette beauté le Seigneur a cru bon de t'allouer. Sois serpent, ma fille. C'est toi qui piques. Je veux que ce soit toi!

Azeline se raidit.

Chez elle, point d'abandon. Elle se sent honteuse et gênée. Elle n'est nullement préparée au futur que sa mère lui dessine. En même temps, elle pense à la lettre de madame d'Ibreville qu'elle détient précieusement dans sa chambrette.

Elle visite les yeux fixes de Bazelle, ses mouvements. Elle est stupéfaite et triste de ce qu'elle rencontre. Elle fouille. Elle trouve un air sournois. Un tel éloignement. Un tel endurcissement. Elle n'ose pas l'embrasser. Elle s'approche toutefois pour la serrer contre elle. La réconforter sur son cœur. Sur le point de lui ouvrir ses bras, elle suspend son geste. Elle découvre un froid glacial, elle a la vision d'une fosse escarpée où sa mère est enterrée, inaccessible et lointaine.

– Mom! Mom! gémit-elle, incrédule.

Elle saisit son visage entre ses mains. Elle voudrait la retrouver une seule fois encore. Elle la fixe dans les yeux. Elle cherche du connu. Elle reste seule.

– Mommie! Comment tu peux déparler de la sorte!

Elle s'éloigne avec horreur. Elle coiffe sa main sur son ventre. Elle a toujours su que je serais un garçon. Elle hurle presque au visage de Bazelle :

– Regarde! Ecoute! Lui, le petit homme, il est

là! Il va pousser, croyant que tout le monde lui doit une vie!

– Chère sotte! Ta p'tite chanson n'a pas de rime! Tu ne sais pas ce que c'est qu'un enfant! Sans cesse, tu le verras identique sans l'avoir vu grandir! Un jour, tu seras lasse... un peu fanée... Peut-être seras-tu seulement sur le point de le devenir... Tu verras s'avancer un autre séducteur, semblable à ceux qui t'auront piétinée hier. Il te fera compliment comme les autres, et toi, pauvre dinde! incapable de porter un jugement sur chaque changement de sa personne, tu ne reconnaîtras même pas celui que tu auras enfanté!

Azeline s'éloigne à nouveau. Ses paroles se nouent au fond de sa gorge. Tant de larmes jaillissent. Tant de douleur l'étouffe.

Incrédule, elle regarde la chambre sombre, aux poutres vernies de saleté. Le portrait de Nonc Sosthène. Cette femme immobile, sa mère, dont la vie fut irréprochable.

– Personne ne te reconnaîtrait, murmure-t-elle à bout de forces.

Le regard désespéré des deux femmes se croise.

Bazelle est soudain devenue vieille. Ses lèvres se mettent à s'agiter. Elles semblent prononcer des mots silencieux.

– Il va bien falloir que j'y aille, prononce-t-elle fiévreusement.

Mais ce n'est pas encore tout. Une sorte d'agitation la saisit aux membres. Elle se déplace avec raideur. Elle va jusqu'à l'arrière du lit. Elle ouvre la cache située dans le creux du bousillage, démasque une craque entre deux soliveaux.

Elle se tourne vers Azeline et lui remet les trois cents piasses qu'elle a économisées brin à brin. Aussi sa broche en émeraude, offerte par Oklie Dodds.

Elle lui dit durement :

– Tiens, prends ça. Tâche de pas le jeter au premier qui en aura envie.

Bazelle court aussi jusqu'à l'armoire.

Elle en tire la robe rouge et le châle d'Orissa.

– C'est pour toi, dit-elle. C'est la peau du serpent. C'est la peau que je te donne. Ne t'en sépare jamais !

Quand Azeline prend l'étoffe dans sa main, elle sent qu'elle vient de céder à quelque chose de plus fort que sa résolution. Elle commence à se voir elle-même avec effroi.

Elle recule en trébuchant. Elle se dirige vers la porte et l'ouvre d'un coup brusque sur le couloir.

Elle n'entend aucun bruit dans la maison, sauf les insectes.

Sans qu'elle puisse lutter contre sa faiblesse, il lui vient à la bouche une envie de confiture de pêche. La paix ne s'obtient pas comme ça.

Elle ferme ses poings. Elle se retourne. Elle serre la robe contre elle.

Elle évalue la distance infinie jusqu'à sa mère, et, sois lente à donner ta réponse, au prix d'une chute interminable dans le vide, court se jeter à son cou.

67

Jody McBrown dit qu'il faut respecter les morts pour eux-mêmes. Il prétend que le meilleur moyen est de ne pas se mêler de leurs affaires.

J'ai tout autant qu'un autre le respect des morts mais je pense qu'il aurait été possible de maintenir Bazelle en vie. Elle attendait seulement d'être délivrée par le secours de la parole. Ce secours que les gens savent si mal prodiguer autour d'eux – un regard, un toucher, un sourire, une prévenance –, elle l'a trop attendu. C'est épuisant d'essayer de distinguer la lumière au travers de la vitre, surtout si vous la nettoyez chaque samedi. Bazelle a pansé les bêtes, elle a soigné les gens. Elle a frappé au carreau. Voilà tout, mais c'est gigantesque.

Dites-moi seulement si ça ne mérite pas une fin juste ?

Tout le monde l'aimait. Elle n'était pas seule. Mais c'est le défaut de ce pays : l'amour, le temps, les choses, ça dure trop longtemps. Le livre de Bazelle était ouvert à tous et personne n'a été foutu de marquer la bonne page. C'est l'oubliance qui l'a précipitée hors des limites de la raison.

Elle a quitté les vivants sans tapage. Elle a préparé la soupe pour plusieurs jours, qu'ils n'aient pas à la faire.

Elle est allée se coucher tôt comme celle qui sait que demain sera une journée rude. Au fond de son lit, elle a entendu la pluie qui commençait sur le toit, sur les arbres. Une mouillasse qui s'est espacée presque aussitôt.

A son flanc droit, Edius dormait, éreinté par sa tâche. Bazelle lui a demandé pardon de le quitter brusque. Elle l'a embrassé dans son sommeil.

Adieu toujours et à jamais.

A son réveil elle a pris le chemin de la rivière.

Elle s'est arrêtée un moment sur l'écore. Elle a vu passer un cygne. Elle se tenait devant cette anse où l'onde était creuse. Où le reflet tourbillonnait dans un remous qui va vers le grand fond. C'était l'endroit dans le passé où l'avait repêchée Oklie Dodds.

Bazelle avait une lumière sauvage au fond de ses yeux. Un regard qui n'a peur de rien. Pourtant elle ressentait un froid dans son dos. Elle essaya de se laisser aller. Elle devait penser et agir juste comme si elle accomplissait une petite besogne de chaque jour. « Ils vont dire que je n'avais plus ma tête », pensa-t-elle avec une expression malade.

Elle a dit : « Faut que j'y aille. Seigneur, je viens. »

Son visage s'était un peu creusé durant la nuit. La chair comme enfoncée autour des arêtes du nez, des orbites et des joues.

Elle a marché à l'eau dans toute sa maigreur acharnée.

Elle avait empli ses poches avec de lourdes pierres.

Elle a marché à l'eau froide et courante.

A quiconque je dénie le droit de juger ou de reconnaître ce qui est la folie et ce qui ne l'est point. Tuez de ma part l'enfant de putain qui tranche avec autorité sur le sujet. Merci et, par la même occasion, tuez-le deux fois si c'est un des médecins qui se permettent de décrypter les images, les souvenirs et les significations inconscientes de nos conduites. Ils ne sont jamais réductibles à une logique de boîte à outils.

Bazelle est allée à l'eau creuse.

Elle s'est perdue dans le remous-qui-tourne, engloutie avec une poignée de feuilles passantes.

Elle a coulé ses cheveux comme un fourrage ondulant. Ses bras paraissaient blancs, pliés à la saignée, d'une longueur inutile.

Le visage suffoqué, elle a flotté un moment sur l'ensablure verte et douce, lisse et épaisse de l'herbe et du limon. Ses habits l'ont clouée au pic d'une branche, juste entre deux nappées de vase.

Ça se fait, à la surface de l'eau, y avait sept petits

cercles noirs qui tournaient comme des yeux agrandis par la peur.

On dit qu'on souffre toujours quand on fouille la malle des anciens voyages. Edius et Azeline ont épaillé les souvenirs de Bazelle jusqu'à ne plus être capables de bouger leur langue. Ils avaient revu les détails de toute une vie.

Le vieux bougrue a fini par décharger sa misère en plongeant ses hoquets dans son mouchenez :

– Oh mais ça ! mais ça ! Mille bisons m'écrasent ! J'viens de t'le dire ! J'le répète !... J'veux plus me regarder en face ! J'ai ma part dans c'malheur. Toujours à courir dans la poussière, j'l'ai trop abandonnée ! Je l'ai laissée dériver avec une affection sans racines apparentes. Et puis j'me demande si elle était pas faite pour d'autres bras. Bazelle était une demoiselle... C'est ça, la vérité vraie. Ça, j'aurais dû comprendre au lieu de la marier. Et après, j'ai pas vu lézarder la fêlure... s'ouvrir la béance qui laisse passer la solitude. Tit monde éteint !... J'ai cru j'faisais de mon mieux et j'étais comme un bœuf plongé jusqu'aux poumons dans la mare !

La voix d'Edius s'est atténuée. Sa bouche continuait à être mâchonnante. Après un moment irrésolu, un filet de salive a cousu ses deux lèvres. Il s'a tu.

A force de veiller, le père, la fille, leurs yeux, tout était sec. Ils étaient tranchés en deux. Même l'arrivée de Narcisse Black O'Connor, l'undertaker des pompes funèbres, venu clouer le couvercle de la défunte, les laissa sans paroles.

Ça, voyant revenir par la fenêtre le soleil par degrés, Edius a repris courage. Il a repensé à son ouvrage.

– Nom d'un saque ! Il s'est dit. Il faut bien manger le sacrifice des morts !

Il a fait un signe à Narcisse Black O'Connor. Avec l'aide du grand pélican, il a porté la défunte au boute du jardin.

Il a placé sa chère femme au ras de la tombe de son propre père, Télesphore Raquin, enfermé sous une pierre gravée, étroite des épaules.

Le vieux bougre a commencé à creuser la fosse.

Il l'a creusée six pieds de creux, dans la propriété, comme je viens de dire, parce qu'il y avait pas de mortuaire alentour l'habitation.

Narcisse O'Connor l'accompagnait dans son effort. Pop Raquin lui a laissé dégager une bonne partie du trou. Même si c'était incomprenable à exprimer, il pouvait pas voir en peinture son portrait de profiteur des morts.

Comme les deux hommes allaient creusant, le croque-mort s'arrêta de piocher un instant. Il parut jongler avec une idée forte et hocha la tête avec un air de circonstance attristé.

Après chassé la suée de son front de moquechou, il commença justement à faire part à Edius de ce qu'il lui en coûterait pour prix de ses services. Le maudit grand élingué de fossoyeur-pélican n'omettait aucun détail, revenait sur chaque vis de la boîte mortuaire – longueur et section –, sur chaque poignée de terre piquetée. Sa liste infaillible et tarifée tenait compte de l'éloignement, du déplacement et de la dureté du sol, de l'enfouissement du cercueil à deux cordes et de la déclamation du psaume, lu dans le texte en latin. Lorsqu'il fut à bout de salive et de parlure, environné de cent mouches qui pipaient à l'abreuvoir de ses gouttes de transpiration, le vilain marchand d'ossailles tira la longueur de son crayon en plein soleil. Il nota son dû sur une feuille pleine de chiffres en colonnes et, signée Narcisse Black O'Connor, tendit la facture au veuf.

Le vieux bougre a posé sa pelle. Il était devenu plus rutilant qu'un piment.

Il a bredouillé :

– Et ousque t'es parti, Narcisse? J'vas te battre avec le bâton en fer!

Sans avertissement, il a commencé à torgnoler l'homme en queue-de-pie, à lui abîmer le tchu à grande force de veux-tu-couri et à lui sacrer une volée pour qu'il aille poser son envergure de corbeau chez un autre malhureux.

Il a fait ça, l'vieux.

Il a grogné un long bout d'temps. Exactement jusqu'au passage d'un oiseau bleu.

Tonnerre des dieux! Puisque la perte de son épouse était irréparable, c'était l'début d'une nouvelle ère.

Edius a repris sa chauvelle ou pelle à pleines mains. Il s'a craché dans l'creux des paumes et, de nouveau bien résou, s'est démené comme y faut pour terminer la fosse.

A midi, la sépulture était faite. Edius a élevé la tête et vu passer un vol d'oies farouches en partance pour le Canada. Elles annonçaient la venue du printemps.

Il a embrassé sa fille. Il a r'pleuré un grand peu, vidé toutes les larmes il a pu encore trouver en lui.

Après, pas question d'écraser l'vieux bougre ou de le critiquer de façon mortifiante, il s'est offert un repas simple, croquant comme une friandise. Il a mangé des patates cuites dans la cendre, des gratons avec du pain de maïs et bu une cruche de bière créole.

Il avait enterré sa chère femme, et il s'a revenu du côté des vivants.

68

Depuis que Maple et moi nous étions installés chez les Mulligan, l'ordre était rétabli. Je me remontais à toute pompe. Pour toutes les épreuves, j'étais prêt.

Maman Kaputt était une haute femme dont le grand âge n'avait pas brisé l'élan de la taille. Elle était bonne avec nous. Elle aimait la pureté des enfants. Elle possédait encore des cheveux en abondance, malgré ses grands quatre-vingt-dix-huit ans.

Son visage sombre était immobile. Ses pommettes saillantes sous une peau mate, plissée et presque grise, donnaient l'impression de se trouver en face de quelque statue taillée dans du grès.

Contrairement aux vieillards qui inspirent généralement crainte et répulsion aux jeunes enfants, Maple aimait rouler des becs sur ses joues. Elle partageait sa compagnie. Je crois qu'elle l'appréciait pour son mutisme, derrière lequel se dissimulait une infinie disponibilité.

Maple avait converti Maman Kaputt au culte des boutons. L'une aidant l'autre, elles avaient entrepris de les enfiler, centaine par centaine très exactement, sur des fils et d'en décorer le plafond de la baraque.

Maman Kaputt était de ces rares personnes totalement délivrées du sentiment d'urgence. Elle diffusait autour d'elle une atmosphère paisible et sa quiétude se communiquait insensiblement à ceux qui la côtoyaient. Elle les irradiait à leur insu d'autant de légèreté, de pondération et de détachement que s'ils avaient habité au milieu d'une plaine, sans maisons, sans voisinage, un bel endroit plat comme le paradis, sans même de neige, de vice ou un brin de vent.

C'était rare de la voir regarder un instant hors d'elle-même. Elle était plongée dans ses pensées, mais lorsqu'elle s'en évadait avec un lumineux sourire, elle vous transmettait un grand encouragement à vivre.

Maman Kaputt se déplaçait peu. Elle vivait en permanence assise sur sa chaise cannée, les mains posées à plat sur les genoux. A demi tournée vers la porte entrouverte, elle surveillait la course du soleil traversant la cour. Ses yeux embusqués derrière le reflet de ses lunettes d'acier, à la minute près, elle connaissait l'heure en observant l'ombre d'un vieux tamaris au tronc labouré par la griffure des chats. Maple, émerveillée par tant de science et d'exactitude, n'en finissait pas de lui poser des colles sur le déroulement insensible du temps.

– Midi moins cinq, répondait la vieille. Mets la soupe à chauffer.

En fait, pour commencer à vivre, Maman Kaputt attendait toute la journée le retour de la nuit.

Moi, je fréquentais quotidiennement la bauge dépourvue de tout mobilier mais infestée de vermine de ce vieux philosophe de Chocolate Roll Mulligan.

Comme je l'ai dit, c'est lui le sacré pédagogue qui m'a mis la bouche à la trompette.

Il avait la gueule la plus puante de la Louisiane et des antipodes. A soixante-six ans, sa langue était tartinée avec un enduit saburral sans comparaison possible avec quelque chose de pire.

Il ne mangeait que de l'oignon et asséchait des rizières de gin. La vue du savon, son utilisation l'effrayaient sincèrement. Une éponge ou une baignoire le faisaient grimper à une échelle de pompier ou sur n'importe quoi de suffisamment élevé pour être hors d'eau. Il n'y avait que son chien jaune et sans nom pour oser approcher avec un museau confiant l'épaisseur schlinguante d'un aussi exceptionnel remugle.

Bien entendu, on peut épiloguer sur la connerie affectueuse des chiens de compagnie trouvés, mais, pour l'instant, je suis plus franchement intéressé par l'envie qui me démange de vous faire saisir une bribe de l'enseignement de ce fameux Chocolate Roll Mulligan.

Ouiais. Ce qui compte, comprenez bien, est cet irréfutable principe de base que le vieux négro avait trouvé le temps de m'inculquer entre quelques notes moulées, tenues, sculptées, phrasées dans l'embouchure d'une trompette de jazz.

Je me souviens d'un jour où lui et moi venions d'échanger convenablement, entre cornet et trombone, une série de notes cafardeuses. Poignantes et rieuses à la fois. L'écume était dans nos têtes. Peut-être aussi la poussée de l'alcool. *Like a rash.* Mais, plus radieux que n'importe quelle découverte scientifique, se lisait dans nos regards égarés l'espoir d'avoir tracé une brèche syncopée vers le blues.

Nous allions vers un tempo neuf.

Il balançait encore dans nos tympans, dans nos cervelles et notre sang.

Roll Mulligan a paru satisfait de l'odeur de son gin. Il a rebouché le flacon, laissé monter jusqu'à ses papilles infestées une flatulence de confort et s'a tourné vers moi :

– Jim, j'vas te donner quêques conseils venus

d'En Haut, il a dit. Deux trois versets de l'Ecclésiaste, si ça t'fait rien. C'est l'genre de truc pointu qui convient pour conclure la fin de not'leçon d'aujourd'hui.

Il s'a concentré. Sa face était luisante et son coup d'œil sournois. Il a prononcé de mémoire quelques aphorismes bredouilleux et approximatifs, adaptés à une direction qui allait dans le sens de ses projets du moment.

– Vois-tu, Jim, a-t-il pontifié en se gonflant du torse, « celui qui glorifie sa mère est comme quelqu'un qui amasse un trésor... C'est une honte pour les enfants qu'une mère méprisée ou livrée à elle-même »...

Ayant guetté sur mon visage abasourdi un cillement, un souffle, une infime marque d'intérêt qui pût être interprétée comme le début d'une approbation, le vieux clairon a paru déçu par mon apathie momentanée.

– J'aime ma mère plus que moi-même, tu sais ! il a bredouillé en détrempant d'une mouillure d'émotion les cordes de sa voix éraillée.

Il a laissé filer l'effet. Rendu du mou. Un peu.

Il a lu une nuance de doute dans mon regard. Je ne savais pas trop. Je chavirais. J'avais la tête au brouillard.

Il est allé chercher jusqu'en son abdomen sa respiration, bien plus profondément que de coutume.

Le verbe haut, la pupille dilatée, il a entamé avec fougue les accents d'un discours moraliste. Suprême salingue ! Je ne savais plus ! N'importe quel hurleur public aurait été disqualifié ! Il s'y prenait avec des grands airs d'honnêteté... Il faisait tout ! Il jargonnait sur son tonneau ! Le doigt en l'air ! Trompe à salive ! Il hésitait pas sur les détours. Sa mère. Les étoiles. Vous comprendrez, vous comprendrez, les étoiles ! J'avais plus de forces. Plus d'émotion. Sa mère était partout. Mais sa mère, vous n'avez pas idée! A tous les coins de phrase elle apparaissait.

Emphatique, gesticulant, pendant un grand mois, à l'issue de chaque leçon, Chocolate Roll Mulligan a fendu son palais de bafouilleux pervers.

Il grinçotait. Piaulait. S'élançait sur les mots. Il revenait à leur substance, tout éploré. Ou bien s'illuminait le tour de la bouche. Ricanait. Horreur. La glotte! Ah, quelle jaunure sur les canines! Quel tartre! Je le regardais plus. Il attendait. J'étais ailleurs? Ça fait rien. Un peu près, il reprenait du poil. Se remettait au boniment. Bouchées doubles, il rappliquait.

Toujours sa mère.

Les journées passaient parfois sans qu'on claironne ou cornette ou trombone. Il avait oublié.

J'étais triste. Désemparé. Il évaluait parfaitement le mal qu'il me causait. Il me trempait comme du pain dans sa soupe à l'oignon. Que je sois plus tendre. Plus à sa portée de cuillère.

Le lendemain, il approchait. Goguette, joyeux, musard, bonasse. Il pivotait, rampait. Coulait autour de moi. Faisait gros chat ou bien mangouste.

Coquet-monstre, à la fin, il asseyait son tchcu sur un tonneau. Signe de musique, il poussait une note admirable dans son cornet. Miiiiii!

Il disait :

– Aujourd'hui pourrait bien être placé sous l'signe d'une bonne leçon! J'vois v'nir un bond vers l'avant!

Et puis, plus surineur qu'un assassin des basfonds, repartait fort à son verbiage.

J'estime il était mayère capable de vous tenir en

parlementage mieux qu'un professionnel du discours. Il me faisait penser à un raconteur des contes des esclaves. Il aurait pu transmettre n'importe quelle légende, saint Nicolas, Bouki et Lapin, ou l'histoire des Chetimachas indiens avec les Acadiens. Malgré sa respire bien courte, il ronflait l'air dans sa gorge embuée par les morvures. Cent fois, il m'a postillonné droit à l'œil, mimique et tout. Il marchait à l'éloquence. Tenez, à peu près ceci, il disait :

– Jim ! cher fils !... Cher disciple... Mon frère ! Tu m'es témoin que j'ai fait pour toi et ta descendance ce qu'aucun être au monde n'aurait consenti à te prodiguer !... J'ai partagé en trois le trésor de ma mère ! Cette femme qui est la merveille des merveilles, je l'ai faite vôtre. Elle est devenue votre nourrissière autant qu'elle est restée la mienne...

Je fermais les poings. J'avais renoncé à toute argumentation.

Le jour d'après, il reprenait la corde. Quel soulagement ! Le vent avait tourné à l'enseignement ! Quelle exaltation ! Ah, le malotru ! La bouche à toupet ! Le rusé salaud ! Je grimpais à vue d'œil ! On soufflait du cornet, du trombone. Des fois pendant quatre heures. Cinq.

On jouait des notes bleues qui racontaient le malheur. La misère. La joie. Les larmes. Ah ! c'était une drôle d'impression, ces progrès que je faisais ! Je donnais mon jus. Je lui devais une belle chandelle. J'embouchais juste. Des notes si denses. Si compactes.

D'attaque, voilà ! Au plaisir ! Au plaisir ! On vrillait. On détachait. Je me foutais à vif. Troisième degré, septième degré de la gamme tonale. L'accord à la tonique. A la dominante. Un coup de gin. Et j'comprenais.

Après l'effort du *growl,* cette modulation âpre

qui donne une idée de la jungle, nous faisions un détour. Mulligan nous emmenait sur les docks ou dans des impasses. On se repliait dans les hasards de la musique, on se croyait libres et vlan, partout, c'était fait, sa mère était toujours là. Il remettait la converse sur le tapis. Maman Kaputt à tous les carrefours ! Droite. Regard sur vous. Lunettes métalliques. Chapeau sur la tête. L'air qui ne passe plus ! Cloison bouchée ! Ça suffit ! Au secours ! La fièvre ! J'étouffe ! Je m'assieds ! Cent fois la même image au même endroit. Le malheur décalqué qui s'abat sur la vaillante gentillesse ! Il finissait par m'avoir. Vieil oiseau. Il me becquetait les yeux. La mousse. La cervelle. J'avais plus de raison d'exister. Y avait plus que des Mulligan à tous les coins de rue. Il fallait leur tenir le crachoir. Leur laver les fesses. Leur tenir la bassine !

Sachant combien j'admirais sa trompette, son talent pour hausser les notes bleues, lui, vieille boîte à vents, à gaz, à puanteur, continuait son discours de personne alcoolique dans le même sens.

Il martelait avec emphase, vieux poivrot à sang froid :

– Jimmy ! Sais-tu qu'il est dit dans les psaumes : « Mon fils, viens en aide à ta mère dans sa vieillesse ! Ne lui fais pas de peine pendant sa vie ! Même si son esprit faiblit, sois indulgent ! Ne la méprise pas, toi qui es en pleine forme ! »

Si son masque à arnaque était enfilé, Chocolate ne pouvait plus s'arrêter. Il haranguait. Il entamait en fait un discours dont la teneur et les modulations de théâtre n'avaient pas d'autre enjeu que celui de me convaincre d'assumer les nuits blanches de Maman Kaputt.

Je ne vous laisserai pas longtemps sur votre faim et vous en ferai savoir davantage sur ce chapitre dès que possible, mais avant d'entamer le cycle infernal des grands périls par moi encourus, permettez que j'en finisse une bonne fois avec la description du harcèlement que ce foutu rongeur de doute m'imposait.

Ah, c'est atroce, subir un accablement pareil! Il me montait dans le bide, carrément. Genre alibi altruiste. Il me troussait dans la cervelle. Une scie. Un acharnement de scalpel. Une liturgie de chirurgien. Une fixité de vue à vous faire bramer comme un âne. Un bombardement de sentiments jamais subi, alternance de jours doux et de labyrinthes fantastiques. Je fermais fort les yeux. Il me rattrapait par le torride du si bémol. Il me dégoulinait.

La trompette, le gin, le jus de malice, sa vieille mère et les étoiles, j'étais farci par son micmac. Sa bouche à fiel jutait par mes oreilles.

De quoi vous dégoûter d'entreprendre une famille.

Un jour où j'avais envie de me foutre en l'air, Chocolate Roll Mulligan a jugé que j'étais mûr pour le grand saut. Il a fait une grimace à sa bouteille de gin, pensant qu'elle était vide.

– Ce soir, il faut que je sorte, Jimmy, il a dit. J'ai un engagement avec un orchestre. Des gars de Chicago qui sont à la pointe du progrès. J'crois qu'il y a beaucoup à apprendre avec leur beat. Et c'est leur savoir que je veux aller leur dérober... Pour te le rapporter tout neuf, fils. Pour te l'inculquer.

Comme je baissais la tête et que je subissais sa loi, son ignoble chantage, il enfonça douloureusement sa large paume dans un repli de son estomac.

Géant par le foie, il s'octroya la félonie d'un rugissement de douleur.

– Aaaah! fit-il avec amertume, le côlon! L'iléon!

Le gros sac! La boyauderie! Les aigreurs! Là, j't'en dis pas davantage! Je ferai pas long feu!

Longtemps, après cette douleur inventée, Vieux Chocolate Roll Mulligan m'a observé avec autant d'amour dans le regard que lorsqu'il était sur le point de refiler une puce grattante à son chien jaune qui n'avait pas de nom.

Il a fini par murmurer :

– Cette nuit, je te confie ma maman, Jimmy Trompette. Prends bien soin de la vieille dame.

Il a laissé s'écouler quelques instants. Il a déplacé loin de moi l'axe de son visage fuyant. Il a reluqué la rue. Il s'est attardé par-dessus mon épaule, de l'autre côté du mur de la cour. Des adolescents libres gambadaient en riant. Se saluaient avec des gestes de la main levée.

Chocolate Roll Mulligan a craché dans la poussière.

Ses yeux de franche canaille étaient des cibles jaunes autour de ses pupilles. Embués par un glacis qui avait l'aspect des larmes mais n'était jamais que le bord des larmes, ils s'écarquillaient sur le vague.

Il m'a demandé abruptement :

– Dis-moi franchement, Jim : est-ce que je peux te déléguer plus grande, plus aveugle confiance?

Moule à merde! il a vu que j'étais glu.

J'ai promis ce qu'il a voulu pour me dépêtrer.

Je n'avais pas la moindre idée dont une mère fonctionne.

Voilà bien le coup de magie insurmontable!

Depuis que le répugnant loustic avait inventé la permission de s'élancer dans le noir, ma vie s'était transformée.

Soleil couché, l'ignoble disparu roulait son tangage dans la fange des ruelles. Il allait à joujoute! L'affreux lubrique se requinquait. Il grognait de joie. Il phosphorait dans la tombée du soir.

Pantalon en godille, il s'éloignait. Il allait retrouver la ribambelle de ses anciens camarades de vice, la lèche haletante des bonnes femmes interlopes. Rien l'empêchait. Il s'amusait au risque des maladies vénériennes. Il trouvait, pour mieux cramoisir ses étreintes, des rebuts d'humanité capables de respirer les bouffées de son irrespirable odeur. Il multipliait passes et galipettes dans une arrière-taule où les radeuses désaffectées prenaient leur retraite. Il n'y avait rien pour le rebuter.

Moi, j'avais mon programme interstellaire.

Jusqu'à la tombée du crépuscule, la mère de Mulligan gardait la fixité de son regard ancrée sur le tamaris. Patiente, elle attendait que l'arbre eût perdu son ombre.

Dès que s'installait au-dessus de nos têtes l'immensité mystérieuse de la nuit étoilée, dès que les taudis de Perdido avaient effacé le contour de leurs sournois abords, j'allais m'asseoir sur le banc du fond de la cour.

Et c'était l'heure de Maman Kaputt.

La vieille dame émergeait de sa cabane. Bien qu'elle fût handicapée par un rhumatisme de la hanche, elle accourait bien haute. Elle béquillait jusqu'à moi. Elle se hâtait pour me rejoindre.

– Bonsoir, monsieur l'ingénieur, me disait-elle. Avez-vous sorti quelques bonnes notes aujourd'hui?

– Oui, Maman Kaputt. Chocolate a dit que mes lèvres fouillaient mieux le souffle de ma bouche.

– Bien. Bien, disait-elle.

Elle coiffait sur ses cheveux un extravagant chapeau de feutre constellé de verroterie, décoré de coquillages, de pinces de crustacés, et agrémenté de quelques boutons prêtés par Maple.

Elle me consultait du regard :

– Est-ce que mon diadème de voyage est posé droit, au moins? demandait-elle.

C'était sa manière de suggérer une sorte de départ.

Maman Kaputt n'en était plus à l'âge où l'on compte les retours de printemps avec des dizaines. Ce qui l'intéressait, c'était le tic-tac fantastique de l'univers.

Elle était une personne qui aurait voulu se perdre. Elle était grave avec les projets qu'elle formait. Son idée fixe consistait à vouloir terminer la course de sa vie inutile sur Altaïr.

Vous me demanderez : pourquoi Altaïr? J'ai longtemps partagé votre étonnement à ce sujet. Après tout, cette étoile de type spectral A 5 n'a jamais défrayé la chronique astrologique. Son éclat relatif lui vaut un zéro virgule neuf sur l'échelle de la magnitude, chiffre plutôt modeste dès lors qu'on le compare à la grandeur de Polaire, qui, elle-même, va chercher dans les deux virgule un – une supériorité relative dont il n'y a pas lieu non plus de faire des gorges chaudes.

Il me semble, voyez-vous, que l'intérêt d'Altaïr est ailleurs. J'avancerai même la théorie qui consiste à penser que son mystère indéniable réside uniquement dans le charme harmonique de son euphonie flatteuse. Al-taïr, Al-taïr. Les sons sont agréablement combinés. Un peu comme dans hétaïre. Hétaïre : courtisane d'un rang social assez élevé. Je mettrais ma main au feu que c'est le premier mot qui soit venu à l'esprit tordu de Chocolate Roll Mulligan, le fameux premier soir où la vieille dame a regardé le ciel avec ravissement et a demandé à son fils si, humainement, l'on pouvait envisager de se fixer sur une étoile.

– Certainement, a répondu le gros vent. Il n'y a pas de contradiction biologique.

Et je vous fiche mon billet qu'il a commencé à décrire les prairies d'un paysage de rêve, la paresse lénifiante des fleuves côtiers et l'hospitalité des indigènes avec autant d'aplomb qu'il en savait mettre au service de ses pseudo-connaissances bibliques.

C'qu'il y a de sûr, le chevalier des galaxies, c'est qu'en rotant toutes les nuits, le cul mis à plat sur un banc, les boyaux tranquilles noués autour de la taille, il avait fini par fabriquer des songes à sa vieille maman.

Au début, les étoiles, ça leur passait le temps gentiment. Par la suite, la déglingue est venue. Discrète, en espadrilles.

La vérité, c'est que Maman Kaputt avec son grand âge avait un mal fou pour aller à la ronfle. Elle a commencé par arcaner en douce. Elle voulait conserver son fiston de plus en plus tard sur le banc. Pardi ! C'était confort ! On s'occupait d'elle. Elle n'avait plus la hantise de ces cuisantes insomnies qui vous tiennent en vadrouille sur le lit, vous approchent sans cesse de l'idée de la mort.

Maman Kaputt prolongeait les entretiens. Elle posait des questions. Elle affichait une voix calme.

Chocolate avait eu la faiblesse de prendre l'habitude de lui raconter chaque soir une histoire pour l'endormir. Oh, du joli! Du tendre! Du chimérique! De la camelote à rubans comme on en donne aux gosses pour les envoyer au dodo sans faire de casse! La vieille dame souriait à l'immensité.

Avec Altaïr, Chocolate était persuadé qu'il venait d'inventer le somnifère du bonheur, le laudanum à paroles. La potion la moins chère de toute la pharmacopée mondiale. Son effet calmant était impressionnant. Maman Kaputt écoutait avec grand intérêt dès qu'on lui parlait des étoiles.

Il y eut une longue période d'incubation pendant laquelle les choses se passèrent vraiment bien au fond de cette cour proche de la gare de Basin Street.

La maman, le fiston discutaient dans l'optimisme. Après une ou deux descriptions de cascades en eau d'aluminium, une excursion risquée sur le flanc d'un chapelet de montagnes roses et une promenade épanouissante sous les ombrages des magnifiques plantations de fleurs en papier crépon, la sacro-sainte balade dans les années-lumière aurait continué son train-train de fête votive si Chocolate, victime de sa faconde habituelle, n'avait pas voulu familiariser sa mère avec les mœurs des indigènes.

Au début, on aurait pu croire qu'il s'en tirerait à son avantage.

– Là-bas, énonçait-il comme un prophète inspiré, sur l'étoile élue, pays des droits du citoyen et de l'égalité des chances, depuis des siècles, on attend la venue d'une reine à la peau d'ébène et à l'expérience pleine de sagesse.

– Ah, tiens? s'intéressa immédiatement la vieille dame. Quel âge aura-t-elle donc quand j'aurai fait mes cent ans?

– Le même âge que toi, Mam. A son arrivée, elle découvrira dans la vallée des prières une colonne flamboyante. C'est en suivant le cours de ce soleil inoffensif qu'elle trouvera les marches de son palais. Le peuple d'Altaïr est sculpteur d'idoles. Il sait que le jour où se posera sur sa terre celle qu'il attend, le pays de la soif se changera en sources. Il offrira à sa souveraine des cantiques, le bonheur de la vie éternelle et une couronne de joie.

Rompu par tant d'inventivité, Chocolate Roll Mulligan avait laissé sa voix s'éteindre progressivement. Une subtile puanteur flottait autour de lui.

C'était une belle nuit claire, et, non loin du cimetière de Saint Louis, un silence paisible enveloppait toute chose.

En vertu d'un phénomène d'identification, Maman Kaputt s'était endormie. Elle conservait dessiné sur le visage le trait imperceptible d'un sourire confiant.

Qui touche à la poix s'englue.

Le lendemain, Chocolate eut infiniment tort de faire allusion à la considération quasi mystique dont jouissaient les gens de couleur auprès du pacifique peuple d'Altaïr.

Désormais, la soirée s'éternisait. Chaque fois qu'elle foulait en rêve le sol de son nouveau domaine, Maman Kaputt, diadème en tête, se prenait pour la reine promise.

Prisonnier des ténèbres où il s'était jeté, l'infortuné Mulligan dut se résoudre à adopter d'odieux subterfuges pour écourter les divagations courroucées de sa mère.

Comme elle réclamait trop son royaume, il mit la vieille à la boisson.

Il lui raconta un nouveau conte à la lumière duquel il ressortait clairement de l'examen des faits que les êtres humains qui vivent sur terre devenaient aquatiques. Dès lors, quiconque envisageait d'entreprendre un voyage galactique acceptait d'aborder la difficulté de son transfert moléculaire. Il lui fallait impérativement neutraliser l'eau de sa constitution physiologique originelle en la renforçant par une forte dose d'alcool. Joignant à cette théorie encore chancelante l'exagération d'un verbe jamais pris en défaut, il versait à sa maman un généreux verre de gin. Elle l'absorbait les yeux clos. Cul sec, avec la dévotion mystique due à un élixir.

Passé onze heures, il remontait la vieille recta au bercail. Un peu ronde s'il fallait. Tant pis! Il la couchait après lui avoir donné un dernier petit caillou de sucre trempé dans du raide.

Chocolate Roll Mulligan n'était pas un mauvais fils.

Lui aussi, en un sens, avait pris l'habitude de voyager. Chaque soir il entreprenait de tracer des routes imaginaires sur les cartes du ciel. Dans le même temps, les vapes fusaient dans la tête de Maman Kaputt.

Dans le noir de sa chambre, elle travaillait du polochon.

Une fois, il était bien minuit sonné, elle avait mieux résisté au dosage de sa « potion ». Les yeux perdus quelque part entre la constellation du Grand Chien et celle de la Lyre, elle demanda au prix d'un cruel instant de mélancolie :

– Est-ce que tu crois qu'un jour, mon fils, tu seras assez riche pour m'emmener tout en haut?

Elle montrait le chemin des étoiles.

Chocolate la regarda avec effroi. Soudain, il se sentait dans la peau de celui qui est foudroyé par une inéluctable nécessité du devoir. Sur eux s'étendait une lourde nuit. Ils étaient à la charge d'eux-mêmes.

Chocolate Roll Mulligan baissa la tête. Il savait que sa mère déclinait. Souvent, à ce sujet, des terreurs inattendues l'assaillaient.

Comment faire entrer la vieille dame le plus doucement possible dans le gras du ciel tendre?

Acculé à ses derniers retranchements, Chocolate s'est mis à boire avec plus de sérieux qu'avant. Il restait terré chez lui. Il n'osait plus penser sans son chien. Concours de puces et de puanteur. Le gagnant était incertain.

C'est dans ces conditions de marasme absolu que l'imprésario Crumbs l'avait débusqué au fond de son trou puant.

Crumbs lui avait acheté des dents, une trompette et une réputation.

Crumbs lui avait présenté Percy Joplin, Smokey Black Fuller et Bessie Tornado Jackson.

Crumbs lui avait aussi glissé que j'étais un orphelin doublé d'un fils-père méritant.

Foireuse engeance! Fouteur de troubles! Fripouille à talonnettes! C'est comme ça cette saleté de nain a su communiquer à Mulligan l'idée de me recueillir chez lui avec Maple.

Convenablement présenté à sa mère, j'étais devenu sans le savoir un jeune homme industrieux, scientifique et induqué, avec fonction d'ingénieur. C'est pour ça elle nous soignait à la soupe aux oignons, la génaire! C'est pour ça qu'il m'enseignait le cornet, le vieux rongeur! Il était allé bavasser à Kaputt qu'il échangeait des plans extrêmement coûtangeux contre de la musique au pair.

Franchement, des trucs comme ça, allez pressentir!

Pour en revenir à Maman Kaputt, elle commençait à bouillir doucement de la chaudière.

Au début, je lui avais inculqué l'idée qu'il nous fallait simuler les vols dans l'immensité pour être sûrs qu'elle supporterait le choc du voyage. C'est qu'un pareil envol demandait une robustesse de constitution qu'elle n'avait peut-être plus.

– Quand commence-t-on les épreuves? m'avait-elle aussitôt demandé.

– Mardi. C'est pleine lune, avais-je répondu à tout hasard.

On s'était donné rendez-vous sur le banc pour la première fois...

Elle était consciente de la difficulté de l'entreprise. Mais elle se sentait encore joueuse comme un jeune chat. Nous n'avions donc aucune raison de ne pas passer par la lune.

C'était p't'être de retomber en enfance qui faisait ça. Elle avait besoin d'un raconteur d'histoires. C'est comme ça je payais mon loyer, ma pitance et mon apprentissage.

On se tenait par la main, côte à côte, et on entreprenait le plus délicat des voyages. C'était pas une petite audace, notre affaire! C'était de la folle entreprise. Chaque nuit, la grande difficulté nous retraversait. Je me donnais à fond. Sa fièvre me gagnait. Il fallait retrouver la route impossible, remettre les mains à plat sur la barre, cap vers le haut, affronter les trous noirs, les précipices galactiques, renouer avec notre sortilège. Fermer les yeux. Se faire confiance mutuellement. Etre sûrs que pendant que l'un parlait de Sirius, l'autre ne faisait pas la pose sur Orion ou une excursion omnibus dans la proche banlieue de Cassiopée.

On était deux pour le voyage. Pas de folle agitation. Pas de trémoussement. Nous nagions en pleine musique des esprits. On voguait au pot. A l'estime. Nous nous efforcions de suivre le cap indiqué par la carte du ciel. Quelquefois, on était trop étourdis par le manque d'oxygène. On avait des coups de bambou. On se reposait une minute, comme ça, écroulés dans notre train pour les étoiles. Je lui disais : Courage ! Ne vous en faites pas ! Nous n'en sommes encore qu'aux répétitions !

On repartait doucement. On se serrait l'un contre l'autre. Epaule contre épaule, nous ébauchions un lent balancement. Avant et arrière, nous prenions de la vitesse. Notre engin interplanétaire nous entraînait entre filantes, errantes, sifflantes, luisantes, sporades et nébulaires. Surtout, ne pas se perdre !

Mulligan nous avait mis en garde. Il voulait retrouver sa mère en bon état. Même si nous nous écartions de la route qu'il avait tracée, il voulait que nous soyons de retour pour le petit déjeuner. Tu parles ! Vieux salingue ! Pendant que je faisais l'éclaireur des randonnées transgalactiques, lui se la coulait pépère. Il jazzotait à la bière dans un bar. Il avait regagné le perchoir de ses soirées de beuverie ! Un bordel à l'angle de Saint Louis Street et de Bourbon Street ! Ah, je le payais chèrement, mon apprentissage !

Maman Kaputt me rappelait à l'ordre.

– Jim, vous n'êtes plus attentif. Nous déclinons de plusieurs degrés.

– Ma foi, Maman Kaputt, vous avez raison ! Sans doute une légère erreur consécutive à une déficience temporaire de notre héliomètre.

– Oui, admettait la vieille dame. Et soyez vigilant, je vous prie, le curseur de l'astrolabe n'est pas fiable non plus.

Dès que nous entamions une ascension droite, que nous approchions un corps céleste aux rebonds imprévisibles, à l'attraction inattendue, aux effervescences inconnues ou que nous escortions une comète à la thermogénie suspecte, Maman Kaputt me serrait la main jusqu'au sang.

– J'ai un peu peur, avouait-elle. Rentrons pour ce soir. La soupe est chaude.

D'un coup de reins, j'inclinais la pente du banc dans le sens de la descente.

Maman Kaputt détestait ce moment critique pendant lequel nous faisions notre approche de la terre ferme. Elle s'inquiétait au sujet du rayonnement. D'une odeur de brûlé. Je déployais la mâchoire de nos freins puissants. Je faisais signe à Maple d'aller sortir la soupe du feu avant qu'elle n'attache tout à fait. Une forte odeur d'oignons carbonisés gâchait l'atterrissage.

Nous retombions doucement dans la cour. Nous rouvrions graduellement les yeux avec un ensemble parfait.

– Prête ?

– Prête !

Nous étions de retour à La Nouvelle-Orléans.

Je raccompagnais Maman Kaputt jusqu'à l'entrée de sa maison. Elle retirait son diadème de voyage sidéral.

Elle réfléchissait un moment.

– Pourvu que je sois capable de supporter la traversée quand le moment sera vraiment venu, disait-elle avec appréhension.

– Non mais, ça va durer jusqu'à quand ces conneries ? interrogeait Maple.

Le visage réduit par la colère, serrée dans les plis de son châle d'Orissa, seul héritage laissé par Sally Providence, elle nous attendait sur le seuil de la cabane. Une odeur de tabac flottait autour d'elle.

– Tu fumes, maintenant ?

– Non, je vieillis à vue d'œil.

Avec elle on avait toujours des réponses claires.

– Conduisez-moi à ma chambre, Jim, demandait la vieille dame.

Je la bordais.

– Ces temps-ci, je me sens assez fatiguée par le changement de gravité, me confiait-elle.

– C'est naturel, Maman Kaputt.

Elle fermait ses paupières lourdes.

– Vous ne direz pas à mon fils que je me suis sentie fatiguée, n'est-ce pas ? Ne le mettez surtout au courant de rien.

Elle se dressait sur un coude :

– Est-ce que les plans avancent, monsieur l'ingénieur ?

Point de réponse. Je me retirais sur la pointe des pieds.

– Je me demande si les magnolias pousseront sur Altaïr, s'inquiétait encore la centenaire.

Elle s'endormait sans bouger.

Il était deux heures du matin. Exténué, je lapais ma soupe carbonisée.

Maple s'approchait de moi en bâillant. Elle me montrait un bouton en verre qui était sa plus récente découverte.

– Mon pauv' papa, disait-elle, je me demande si nous avons mérité la gloire.

Et, à cinq ans des poussières, elle allumait sa dernière cigarette de la nuit.

70

Depuis la mort de Bazelle, Edius Raquin regardait ses mains. Il les considérait comme des rouages usagés. Des engins qui servaient qu'au travail.

Il marchait les heures. Il galopait les pierres. Il allait son chemin.

Il parlait seul.

Il parlait au pin qui brille. Au ragondin qui bouffe ses jacinthes d'eau. Au cygne, au héron qui passent.

D'attaque et voilà ! Urgence absolue ! Il se fendait d'un demi-sourire et regardait derrière lui une touffe d'herbe. Plein centre il visait ! C'est là qu'il planterait la grande maison blanche avec sa galdrie. A partir de la semaine suivante. Sanchez allait apporter encore plus d'or.

Toujours, le vieux cocodric frottait ses mains pour les adoucir.

Quelquefois, il avançait jusqu'au cimetière. Enfin, disons jusqu'à c't'abri de lilas-parasols au boute du jardin. Ce mortuaire de famille où reposaient les siens.

Les tombes lui semblaient calmes et heureuses. Il les étudiait avec une grande attention.

Un peu à l'écart, il avait enfoncé sous six pieds de creux une boîte en chêne contenant la dépouille de son vieux Hip.

Le taïaut avait mérité son coin. Couché sur le flanc, il avait tendu la patte et, good bye, farewell, avait pris congé de Pop Raquin avant de virer de l'œil. Edius, au moment ultime, s'était détourné. Sur son âme un nué était descendu.

« Oh ! quoi, tu vas manquer la chasse ! » il avait dit, cœur cassé.

Il avait serré la patte de son chien. Il avait scellé plus étroitement leur pacte au moment de la délivrance.

Maintenant, Edius parlait seul. Pour ça, la solitude est pas résistible.

Il pensait les bétailles se trompent jamais en

amitchié. Même si Hip avait tourné plusieurs fois autour d'un nouveau maître, il lui pardonnait volontiers ses errances.

Quand Jody McBrown lui faisait la remarque de son infidélité, le vieux lâchait son ouvrage du moment. Il plaidait pour l'animal :

– Dis-moi, Nindien! Que peut chercher le miséreux, à part de l'eau et rien?

Edius étudiait les tombes avec ostination. Plusieurs fois chacune. Toujours, il faisait le tour et le contre-tour.

Quand son esprit vagabondait, il avait l'imagination des visages du passé. Il était repris par son demi-sourire. Il frottait ses mains.

« La terre », il finissait par dire.

Parfait, il trouvait pas que le voisinage avec la mort soit triste ou ébranlant. A sa fréquentation, il s'aguerrissait. Elle donnait ce détachement qui est notre dernier recours et politesse.

Il parlait. Il travaillait. Il se souvenait.

Il demi-souriait. Il frottait ses mains usées. Il les adoucissait.

La terre. Il prononçait le nom de la terre. Il halait son ouvrage.

Il se souvenait atroce.

Pis qu'un jour il se souvenait, une haque, une charrette était entrée dans la cour. C'était quand?

L'été précédent? Y avait deux ans? Il travaillait.

L'homme debout sur le marchepied de son attelage était un marchand ambulant, en autre mot un pédleur. Un grand djablot peinturé comme un clown. Edius l'avait connu une fois. Oklie Dodds, il s'appelait. C'est bien ça même. Il rôdait autour de la ferme. Il était toujours après rouler les grands chemins.

Il avait entré sa haque dans la cour.

Il avait sauté au sol. Il coiffait un haut chapeau, il pointait son nez rigolo et sa cravate à zic et zac.

Avec un fouettement de la langue, il avait demandé si les dames de la maison avaient pas besoin de rubans, de dentelles ou de capelines, parce qu'avant de repartir pour la Ville il liquidait son affaire. Autant dire tout était donné. Sacrifié au plus bas prix coûtant.

Edius lui a dit sa femme était justement morte. C'était pas le moment d'ennuyer.

Comme résultat de cette nouvelle, Oklie Dodds avait paru foudroyé et chagrin. Quelquefois, la mort des autres, c'est trop impossible.

Machinalement, le grand tinguelingue avait tendu la main, si vous préférez, présenté un *handshake* de condoléances au veuf. Il avait demandé ensuite à remiser son chariot dans la cour pour la nuit. Jusqu'à tard, il avait ferraillé, gigaillé, toussaillé dans sa haque. Il avait remué ses affaires.

A la piquette du jour, quand il était ressorti, les paupières gonflées, pour faire son chemin plus loin, il s'était trouvé en face d'Azeline.

La pichouette avait plié la robe rouge dans sa valise mais ressemblait deux gouttes d'eau comme sa maman. Mêmes yeux et la lourdeur du chignon. C'était à ne pas s'y tromper. Elle portait le grand châle d'Orissa, jeté sur ses épaules. Elle l'avait épinglé avec la tite broche en émeraude.

Ça, voyant la beauté de la jeune fille, Oklie-Doddlie, par émotion, en avait avalé sa salive par le trou va-de-travers. Il s'était mis à tousser, escoué comme cil-là qui va créver. Rouge et mûr, il pleurait pire que s'il venait de respirer une botte entière d'oignons créoles.

La belle enfant attendait. Elle patientait, une mainette posée sur son ventre rond. Sa valise, ses paraphernalies, ses artifailles, son balluchon étaient posés à ses pieds.

Elle s'armait de patience, quoi.

Quand l'élingué a eu fini sa toussaille, Azeline a dit ferme et résolue :

– Si vous allez à La Nouvelle-Orléans, emmenez-moi, s'il vous plaît. Ma maman m'a promis vous le feriez.

Oklie Dodds lui a ramassé ses affaires, les a portées au fond de la haque.

Il a dit gentiment :

– Mon p'tit bébé, vous z'êtes si mignonne ! J'prendrai soin de vous comme de ma presque fille... I swear God !

– Alors, sans vous commander, halez vos chines au plus pressé, m'sieu Dodds ! Après les grandes malchances qui se sont abattues sur cette famille, si mon Dad pointe son nez et voit ça qui s'prépare et qui ressemble à une fuite, il pourrait devenir chicailleur...

– Nous lui tiendrons tête, mon enfant...

– Ah là là ! Vous avez pas idée, m'sieu Dodds ! Compliquez pas l'malheur ! Popa, y pourrait bien détruire un bonhomme comme vous avec une tape... et si ça suffisait pas, y pourrait sortir son fils !

Dodds voulait montrer qu'il gardait beaucoup de nerf devant la tournure de la situation. Il attelait sans hâte excessive son cheval de tire.

– Allez ! Allez, m'sieu Dodds ! l'encourageait la petite. Traînez pas sur les bridons ! Fouettez vot'rosse, qu'elle recule dans les brancards ! Greyez-la vite ! Sinon pour vous rattraper, mon papa, c'est les pelotes de son vieux carabine il va vous viser au derrière!

– Pensez donc! répliquait Dodds avec un vrai dédain de citadin. C'est moi qui d'une pichenette pourrais cabrioler le pauvre agriculteur nez dans son purin!

– Eh bien, bonne santé, monsieur Dodds! J'vous aurai prévenu! Mon Papy, y peut mirer si fin avec un flingot qu'il perce l'œil d'un papillon en plein vol!

– Maintenant, c'est du comique! J'vais bientôt rigoler! s'amusait le pédleur. Si vous avez peur de lui, allez plutôt m'attendre en haut du chemin, mam'zelle... Au croisson des routes, on va s'rejoindre. Le cheval sera bientôt tout harnaché. J'en ai pour cinq minutes à peine...

Oklie Dodds n'en prit pas plus que deux.

En haut du carrefour, derrière la butte, soudain il s'est mis à flamber un remue-ménage, une bacchanale, un bardi-barda comme si y avait proche soixante-dix poules en train de danser sur la batterie d'un tambour. Ça a commencé à rouler des fracas et à crier à pleine tête. Après la vocifération, le sérail et un premier tirage de fusil, c'est devenu timbré-fou.

L'attelage d'Oklie Dodds a apparu galopant les pattes en huit dans la poussière. La guerre était derrière lui.

A peine si le foutu ouagon a ralenti en passant devant Azeline, s'arrêter pas question, une main s'est tendue, à elle de la saisir.

La voix d'Oklie Dodds était inconnaissable.

– Go on, babe! Jump! Si le vieux me cravate, je suis comme abattu!

Azeline s'est accrochée au passage. Hisse! Toute la cabane sur roues branlait. Oscillait. Chavirait trop. Trois quarts au-dessus du sol, la haque tremblait. Les affaires à la traîne frottaient des étincelles en rebondissant sur la route. Dinguaient d'un bord l'autre.

Derrière, ça canardait. Des balles ronflaient sur la toiture, ricochaient dans les cintres, se perdaient heureusement dans l'épaisseur des tissus, des robes, des capes et des manteaux.

– Mon Dad est un type superbe! s'exaltait la fille Raquin. Il a été conforme jusqu'au bout! J'suis vraiment folle quitter un pareil soutien!

La charrette avait passé la crête. Brusquement hors de vue du tireur, elle poursuivait son train d'enfer. S'enfonçait vers l'inconnu. Bon voiturage!

Le soir tombé, comme ils avaient randonné toute la journée dans des rudes conditions, Azeline, le corps tanné par les heurts, les cahots du chemin, sentit durcir son ventre.

Elle poussa une plainte, hala un gros soupir, ferma les yeux et laissa partir sa tête à la renverse sur l'épaule de son compagnon de voyage.

Au bout d'un mille, la sentant devenir dolente, Oklie Dodds en profita pour poser sa main sur son genou. Pas de gaspillage d'une minute. Il avait fait ça malement. Avec mauvaise intention. L'imbécile vaniteux, sans douter une minute de sa bonne fortune, s'était figuré qu'elle flanchait pour un homme.

La nuit était tombée.

Obéissant à son instinct de vil séducteur des chemins, il commença à gigouiller doucement ses doigts. Oh, imperceptible. On pouvait d'abord prendre ce remuement ou gratouillis pour une marque d'affection. Ou plus naïvement tout de même, pour le résultat des chocs, la secousse des roues quand elles sautaient les nids-de-poule, embarquaient les ornières. Oklie Dodds avait envie de chanter.

– Tracassez-vous pas, souffla-t-il à sa voisine comme la promesse d'un grand projet. J'vais bientôt m'arrêter.

C'est bizarre, c'qui lui arrivait. Dans sa cervelle à vif, une méchante voix le poussait vers l'irréparable... Allez, allez, s'excitait manyère malgré lui l'élingué des grands chemins, j'l'embrasse... j'lui touche son petit sein! C'est chaud! Elle bout! Y a personne! Elle et moi! J'arrête tout. J'la plaque au sol. Elle bouge. Elle se débat. Je l'écrase! Je lui mets mon genou entre ses cuisses! Elle crie... Qui l'entend? D'abord, elle geint, après elle miaule... Telle mère, telle fille. Et l'histoire qu'elle soit en famille, baste! ça n'arrête rien chez les filles! Elles tortillent, s'échauffent, demandent, aubadent, élargissent, font la place tout pareil! Allez, c'est dit! Il fait noir comme au fond d'un puits. Je monte la nénette! Je lui arrache tout. Je vois pas sa figure. J'y vais!

C'est curieux la vilainie qui s'tramait là. Le marchand-charrette s'était pourtant fait la leçon tout au long du voyage. Sa langue manquait pas d'exercice. Même si le reste de son corps réclamait, il s'était juré de laisser la petite en paix à cause du souvenir de Bazelle.

– Quelque chose qui ne va pas? demanda-t-il en accentuant la caresse de sa main.

Il resta la bouche ouverte, cloué devant celle d'un revolver que pointait Azeline sur ses côtes.

– Enlevez vos sales pattes! Ne me touchez pas, monsieur Dodds! Et jurez Dieu vous n'essayerez rien sur moi, articula la fille d'Edius Raquin.

– Excuse, miss. Oubliez la briganderie.

D'un coup, tout son mauvais sang venait de lâcher dans le corps du marchand. Il se recula prudemment. Sa main ôtée, il murmura :

– J'comprends pas la follerie qui m'a pris. J'vois qu'une seule explication, ajouta-t-il. C'est l'amour je vouais à votre chère maman... Vous voyez, c'châle vous portez contre vous, c'était un signe entre elle et moi. Une robe rouge aussi, j'lui avais offerte. J'étais en amour avec elle. Et deux, trois fois, elle m'a laissé faire... C'est vrai par rapport à vot' papa, j'suis passé par la porte en arrière.

Le temps avait mangé les arbres. Le cheval trébuchait. L'enfance d'Azeline venait de s'arrêter.

A jamais.

– Autant faire halte ici, monsieur Dodds. Vous allumerez un feu. Je dormirai sur vot' lit et vous resterez dehors sur une couverte. C'est comme ça j'veux.

C'est comme ça ils ont fait. Non loin d'une grange habitée par des oiseaux.

C'est comme ça ils ont recommencé chaque soir à l'étape, près d'un bois de séquoias ou pas trop loin d'une majestueuse rivière.

C'est comme ça ils ont voyagé.

Oklie Dodds avait l'air de rien. Il était soulagé. Plus rien d'équivoque. Ils buvaient doucement leur café.

Chemin faisant, le repenti abordait mille sujets. Il éclairait la route avec ses paroles. Sur le banc du ouagon, Azeline pouvait se laisser engourdir par le sommeil avec toute confiance. Sa tête reposait sur une épaule. La voix du pédleur en *hack* parlait de la mer, des steamboats qui remontaient le fleuve. Si la petite gardait les yeux ouverts, il se donnait un air plus savant. Il évoquait des coquillages dont les piliers immergés des lagunes sont recouverts. Il expliquait gravement qu'ils attiraient les petits poissons qui eux-mêmes attiraient les gros. Des rougets, des mérous, des capitaines et des tarpons.

En passant devant les sept cellules du célèbre palais de justice-prison de Donaldsonville, Azeline pensa à Farouche Ferraille Crowley. Elle était sans nouvelles de son cher mari depuis bientôt sept mois et il faisait très chaud ce jour-là. Les fenêtres étaient ouvertes. On pouvait entendre les gens manger et bavarder à leur aise. Toute la rue sentait une odeur de viande pimentée et de pommes de terre.

Ses chaussures délacées aux pieds, Azeline souriait. Elle prêtait l'oreille au souffle rude et inégal du vieux cheval de tire. Il lui sembla, dans le couloir d'une rue plus étroite, qu'elle écoutait une myriade de voix. Elle entendit une femme parler à une autre « des bêtes à Virgin Palonnier qui s'étaient encore sauvées. – Tu vois, répondit sa commère (elle était à l'étage, penchée à son balcon), si tu commences à faire l'aimable, tu passeras toute ta sainte journée à galoper dans les champs ». Puis les voix se perdirent dans la distance et d'autres bruits leur succédèrent, des appels, des martelages sur du métal et une sorte de raclement obstiné, produit par la régularité mécanique d'une machine impossible à identifier.

Si Azeline avait dû décrire son état mental, elle aurait été amenée à dire que c'est l'ébriété d'un rêve éveillé qui la dominait. Rien de ce qu'elle éprouvait ou de ce qu'elle percevait ne correspondait à autre chose qu'à une sorte de frustration larvée. Elle avait la sensation et l'extrême désagrément d'être une présence parmi les autres qui ne signifiait pas nécessairement qu'elle existât pour eux. Elle était autre. Même pas en vue.

Elle frissonna, la bouche sèche.

Tassée sur son siège, petite, les yeux baissés, elle attendit de retrouver son calme intérieur. Elle dut produire un effort intense afin de canaliser son désarroi et bien qu'elle étreignît contre elle ses bras pliés, elle constata que son cœur battait follement. Elle crut qu'elle courait.

Elle leva la tête.

Il lui sembla voir glisser entre les fûts des arbres l'entrée d'une sorte de caverne sombre, du modèle et du degré de mystère de celles qu'elle avait connues lorsqu'elle était enfant. Elle y laissa errer ses yeux aussi longtemps que le passage de la charrette le lui permit.

Elle entendit alors la voix de canard de Dodds qui lui parlait avec douceur. Elle lui rendit son sourire sans savoir ce qu'il venait de lui dire. Elle laissa ses yeux dans les siens jusqu'à ce qu'ils retrouvent graduellement le bruissement des insectes et de nouveaux éclats de voix venus des plantations de canne à sucre.

Ils traversèrent une route ombragée, coupèrent devant Belle Alliance, construite selon Oklie Dodds dans les années 46 ou 50 par un Hollandais nommé Koch, une demeure splendide, résultat d'un harmonieux mélange de style de la Renaissance grecque et du baroque espagnol, à la vision plus carrée.

Plus tard, dans la journée, ils avaient quitté depuis longtemps l'endroit où le Mississippi enfante le bayou Lafourche et s'enfoncèrent en direction d'une zone de pluie. Une mouillure d'orage brillait devant eux, inscrite sur le fond d'un horizon gris comme un crépuscule de décembre, et ils s'apprêtèrent à passer une vilaine nuit avec cet orage dans l'air. Ils étaient deux personnes contre le mauvais temps.

C'est comme ça ils ont voyagé.

Petit à petit, Azeline retrouvait sa gaieté, son insouciance de jeune personne abordant le devenir de la vie. Son visage bruni par le soleil était encadré de cheveux sauvagement ébouriffés. Elle riait, elle avait perdu son impression de sang noir. Elle n'était plus malade. Il n'était plus question de son corps. Elle approchait de ce qu'elle avait choisi. Elle ne s'était jamais sentie aussi forte.

Un après-midi où le soleil était lourd sur les épaules, tandis qu'ils abordaient la rampe d'une côte assez rude, ils mirent pied à terre pour soulager la rosse. Le vent qui soufflait dans le nez des voyageurs leur apporta une fade odeur de mort.

En contrebas, dans la prairie, une bande de vautours tournoyaient. Ils faisaient quelques pas, le simulacre d'une course malhabile, et se posaient un peu plus loin. Ils dévoraient et charognaient en bataillant les entrailles d'une demi-douzaine de brebis. Azeline sortit son lourd revolver de son sac et tira en direction des oiseaux pour les éloigner.

– Ils reviendront, quoi qu'il arrive, dit Oklie Dodds avec fatalisme. A la fin, nous serons tous partagés entre ciel et terre.

– Je sais cela, répondit la petite. Et aussi qu'on meurt quand on a assez vécu.

L'espace d'un instant, il égara malgré lui la vivacité de son regard sur les seins gracieux de la demoiselle qui gonflaient l'étoffe de sa robe simple.

– Alors pourquoi gâcher des munitions sur ces sales bestiaux, miss? s'enquit-il.

– Pour me souvenir que j'étais en vie le jour où je suis passée devant eux.

– Intéressant, dit Dodds.

Il rattrapa sa haque, se hissa à l'intérieur et en ressortit avec un appareil photographique et son trépied. Il tira un cliché d'Azeline et les vautours étaient dans le fond de l'image.

– Voilà un autre moyen de figer le temps, dit le pédleur.

– Aujourd'hui est une si bonne journée, dit Azeline, que j'aimerais aussi que vous m'appreniez à siffler.

C'est comme ça ils ont voyagé.

La nuit venue, au bivouac, elle regardait s'élancer le feu. Après un frugal repas, elle se retirait dans le wagon et se déshabillait. Elle entendait les pas d'Oklie Dodds marteler régulièrement le sol.

Un soir, il n'y tint plus et frappa à la porte de la haque.

– On n'ouvre pas, dit Azeline. Et c'est toujours l'histoire de ce gros revolver chargé.

Elle perçut un temps d'hésitation et tenta de retenir la progression de la porte qui s'entrebâillait sous la poussée de l'homme.

– Vous ne pouvez pas entrer ici, répéta-t-elle. Parce que je n'aimerais pas avoir à vous tuer.

Le lendemain, ils se hissèrent sur le banc du ouagon et fouette cheval, l'attelage s'ébranla comme à l'habitude.

– Pas besoin de faire une figure en mastic, dit Azeline. Notre amitié est sauve.

C'est comme ça ils ont voyagé.

Il lui arrivait fréquemment de siffler comme un garçon. Le visage prudent, elle avait essayé sa première cigarette. Elle avait exigé qu'on achetât du thé. Pour le moment, elle n'essayait pas de maîtriser son audace.

Le soir, avant de sombrer dans le sommeil, elle répétait : il va m'arriver quelque chose et j'aurai le dernier mot. Il va m'arriver quelque chose. Et j'aurai le dernier mot.

Elle se réveillait sereine et dispose.

Evidemment, en évoquant les ornières pleines d'eau, ce visage de petite femme tourné bravement vers la lumière d'une éclaircie et les accents haut perchés de cet homme qui appuyait parfois sur son estomac à l'endroit où ça lui faisait mal, j'ai l'air de tourner les pages d'un vieil album de photos jaunassées par le temps. En rapportant les propos tenus par Oklie Dodds, j'évoque d'ailleurs les échos d'une voix lointaine. Une voix éteinte, c'est bien possible. Nous nous plaçons il y a vingt-quatre ans. Pensez, Oklie Doddlie s'adressait à une jeune fille de dix-sept ans à peine passés.

Ça se fait ils arrivèrent devant La Nouvelle-Orléans par une horrible nuit pluvieuse.

Azeline avait revêtu sa belle robe rouge. Tante Nadée avait dû lâcher toute l'ampleur requise sur les hanches de la future maman, mais l'avisée couturière n'en avait pas moins préservé la silhouette élancée du modèle et su ménager l'audace d'un plongeon coquin sur la rondeur d'une gorge parfaite.

La rouée avait donné un trait de cayon-rouge à ses lèvres. Elle fit révérence à Oklie Dodds lorsque ce dernier lui offrit un bibi-canotier en paille d'Italie sur le devant duquel affleurait la trame mouchetée d'une voilette.

Comme ils entraient en ville, elle demanda au pédleur de la déposer sur une place. Elle le quitta sur une simple poignée de main. Elle n'aimait pas les adieux.

Le magasinier ambulant fit signe qu'il la comprenait parfaitement. Il hocha la tête.

– Ma foi, chacun d'entre nous a un point de vue

défini sur les choses. Ainsi, moi, je n'ai jamais voulu posséder la moindre maison. D'ailleurs, à part cette envie insatiable et physique de posséder le corps des femmes, je crois bien que je n'ai jamais rien eu en propre, admit-il en caressant son ulcère qui le faisait cruellement souffrir. Ça a été, je concède, une curieuse vie. Je rencontrais le ventre d'une blonde, je m'y abritais et j'étais chez moi... pour dix minutes. Après, le tour du propriétaire. Et hop, c'était fini... J'ai toujours rendu les clés.

– Moi, je sais où aller, dit Azeline.

Elle s'enfonça dans la nuit.

Elle a marché dans les rues encombrées. Elle a trouvé un numéro elle cherchait. Le 17, Bourbon Street. Une fontaine rouge derrière un perroquet s'allumait par intermittence sur la façade.

Elle a traversé un petit espace découvert où dégringolait l'eau d'une gouttière devant la porte.

L'hôtel était complet. Sur une pancarte, c'était marqué l'hôtel était complet, c'est pas des blagues.

Avant de pénétrer dans le hall, Azeline a hésité l'espace de quelques secondes. N'étaient ses bagages et ce bel enfant rond qu'elle pavoisait haut sur le ventre, elle se persuada qu'elle avait une allure de reine.

Sans accorder le moindre regard au larbin, elle est passée devant un voiturier en costume d'amiral qui tenait la porte d'entrée aux habitués.

Elle s'est dirigée avec détermination vers un bellâtre aux épaules avantageuses. Elle l'avait aussitôt repéré. Il faisait le faraud, calé près du plâtre d'une statue du dieu Eros. Plus elle s'approchait de lui, plus elle acquérait la certitude qu'il était le genre de bel animal avec certainement un bon quart de moins de présence d'esprit que l'éclat de son sourire le laissait sous-entendre.

D'une voix aimable et bien informée, presque – salut, je n'ai pas envie de vous faire perdre votre temps mais j'ai vu de la lumière –, elle s'adressa donc à ce magnifique mulâtre en habit. Elle traça un coucher de soleil dans ses yeux et lui sourit en même temps. Elle lui demanda aussi, avec ce qu'il fallait de vulgarité dans la voix, jugeait-elle, si elle pouvait être reçue par monsieur Foff, à c'qu'il paraît, il était directeur.

Le métis jeta un coup d'œil critique à sa parturiance et lui fit signe d'abandonner ses bagages sous un escalier. En marchant comme un élastique devant elle, il lui fit traverser des salles à la lumière tamisée. La musique hurlait pour passionner la foule des danseurs. Des gens excités étaient agglutinés devant des tapis verts. Tout un nouveau monde avec des bagues, des pochettes, rubis, saphirs, soie, montres en or, même des guêtres, était penché en avant comme pour garder un grand secret.

Bienvenue en enfer! Nous ne saurons jamais ce qui s'est dit. Grâce à sa lettre, ma mère fut immédiatement introduite auprès de monsieur Foff.

Elle est entrée dans son bureau.

Avant de se retirer sur la pointe des pieds, le sang-mêlé a eu l'occasion d'entendre que le Grand Boss blanc demandait à la jolie marmousette, au moins pour un début, de se déshabiller de son chapeau.

Dans mes rêves, il y a souvent un petit trou. Les larmes montent et me réveillent.

71

Un jour, il est devenu évident pour chacun d'entre nous et même les voisins que Maman Kaputt prenait le chemin du cimetière Saint Louis. Même si on ne peut jamais dire formellement c'est pour demain, elle avait perdu du poids dans des proportions alarmantes. Elle ne nourrissait plus sa maigreur d'échalas que de légumes verts et, sans avoir besoin de se servir des mots, elle nous noyait dans ses yeux, agrandis par la douleur.

Maple n'avait plus envie de l'embrasser. A cause d'un instinct, d'une odeur. Elle reculait pour respirer.

Quand la peau de Maman Kaputt est devenue d'un blanc d'os derrière les oreilles, j'ai demandé à Chocolate Roll Mulligan de vouloir bien traverser la cour. L'affreux gros vent avait perdu l'habitude de le faire depuis plusieurs semaines.

Une fois coincé dans la baraque, je l'ai interrogé clairement afin de sonder ses intentions. Savoir s'il voulait regarder mourir sa mère qu'il aimait tant avec le jaune de l'œil sec, ou bien essayer un petit quelque chose pour lui offrir une fin heureuse.

– Tout en œuvre ! Tout en œuvre ! Tentons l'impossible ! il s'écrie.

Le voilà qui s'assied à un bon mètre de la table, qui tire sa bouteille de gin de sa poche. Il se gratte le menton pensivement. Il hoche la tête avec perplexité. Culot sans précédent ! Il s'adresse à moi comme s'il n'était concerné que de manière indirecte :

– Qu'est-ce que je peux bien faire pour *vous* ? il se demande.

– Pour nous ?

Je rugis.

Je me souviens, je me suis appuyé contre le mur et j'ai commencé à rire. J'aurais aussi bien pu pleurer. Ou frapper la gueule de Chocolate Mulligan jusqu'à un degré de destruction voulu. L'abîmer jusqu'à ce que le sang lui sorte du nez. Et de la bouche où les dents étaient fausses. Et shooter dans ses intestins. J'aurais pu.

Mais j'ai ri. J'ai ri. Ah, là, immédiat, j'ai su que rire.

Et puis, comme c'est toujours avec le temps, la haine commence lentement à réduire. Elle fait place à la consternation. Maple et moi nous consultons du regard. La négrette écarquille ses mirettes. Elle a l'air de penser que le gros escroc de la paillette à malice est passé hors des limites de la raison.

Chocolate Roll Mulligan répète :

– Qu'est-ce que je peux bien faire pour vous?

Il met net les choses. Exactement comme si tout le boulot à faire sur sa foutue mère nous incombait. Ah, pas volontaire pour un poil, lui. Ailleurs! Un autre monde. Il ne se bile pas du tout.

La vieille dame finit par remarquer la présence de son fils. Elle lui sourit. Elle ne quitte plus son diadème de voyage ces temps derniers.

Avec une curiosité brûlante, elle demande au fruit de ses entrailles :

– J'ai idée pour partir là-bas qu'aucun train ne suffira. Est-ce qu'il ne faudrait pas trouver un autre moyen de locomotion rapide? Plus qu'un avion, j'imagine... Un wagon qui s'appuierait sur le feu?

Chocolate est de plus en plus évasif. Il se consume sur place, démuni comme celui qui n'a pas de narines pour respirer l'air, pas d'oreilles pour entendre, pas de doigts pour toucher et presque plus de langue pour lamper sa bouteille.

Seigneur! Vers qui se tourner? A tout hasard, il consulte le ciel et s'aperçoit que la nuit tombe.

– Ch'ais pas bien comment me r'muer, Mom. Appréhender cette affaire à bras-le-corps, murmure-t-il en prenant l'infini ténébreux à témoin de son œuvre morte. J'peux toujours me renseigner auprès du docteur Foff...

A ma connaissance, le docteur Foff, d'extravagante réputation, est un ancien médecin-avorteur. Depuis plus de vingt ans, il est manager du Parrot Fountain, un bordel de solide renommée situé sur Bourbon Street. Il règne aussi sur les jeux et tient en sa poigne potelée d'ecclésiastique les lieux et les gens qui, dans Storyville, ont un rapport avec le vice ou la débauche. Cet homme à la rondeur joviale veille, c'est bien connu, avec des doigts manucurés, à la satisfaction d'une clientèle aux exigences tarifées.

En une occasion placée sous le signe de la confidence, Chocolate Roll Mulligan m'a révélé les rapports privilégiés qu'il entretient avec l'ancien médicastre pour lui avoir confié, en deux ou trois occasions, le soin d'exorciser les putrescences de ses gonococcies répétitives.

– Le docteur Foff vit dans la proximité des astres, susurre hypocritement l'affreux sac à pets.

Après cette réflexion à double entendu, il met en route un sourire retors et évoque, non sans une arrière-pensée salace, la beauté confondante des pensionnaires du médecin.

– Demande-lui un tuyau. Oublie pas. J'voudrais connaître le fond des choses scientifiques, insiste Maman Kaputt en mandatant son fils.

Oh, je vois d'ici l'entrevue feutrée des deux compères! L'absinthe (dont il est grand adepte) coule goutte à goutte sur le sucre du bon docteur Foff. Mulligan est au whiskey. Leur conciliabule a lieu dans le hall, sous les grandes pales du ventilateur argenté du Parrot Fountain! Vilaine paire d'érotomanes décatis, penchés l'un vers l'autre du fond de leurs fauteuils de rotin. Ils ricanent, complaisants, chichiteux avec les demoiselles du comptoir.

Entre deux considérations sur l'hygiène corporelle et le suivi gynécologique dans les maisons closes, le charlatan du stéthoscope fournit au cornettiste deux, trois indications sur les ouvrages de base qu'il devrait consulter.

L'autre paillasse se rue sur la page d'un traité. Il se renseigne à perdre haleine sur les systèmes du monde. Le Pythagore, le Ptolémée, le Copernic et même l'Isaac Newton. Il les apprend par cœur. Il se torture la ciboule. Il a un mal fou à emmagasiner ces vocables barbares, à humecter l'éponge de sa cervelle ramollie.

Et puis c'est fait! Un mardi, comme ça, l'air important, à table, il les cite enfin de mémoire. Il se laisse emporter. Il mentionne évidemment l'épisode de la pomme. Il réinvente brièvement pour sa mère la gravitation universelle.

Ah, merveille! La vieille dame coucoule d'extase. Elle se remplit comme un flacon vide. Elle est en lait. Elle sourit.

Tycho Brahé, Galilée, Kepler, Le Verrier! Une telle érudition chez son fils! Un pareil intérêt pour la science! Ah! se promener dans le ciel aussi commodément que dans un parc et jardin de Garden District! C'est tout juste si l'ancêtre n'entonne pas *Yankee Doodle.*

Mulligan jabote. Plastronne. Peaufine. Hasarde quelques détails.

L'instant d'après, il s'avance sur des chiffres, à la décimale près. Abside, apogée, rayon vecteur, élongation, il n'épargne rien. Il atteint le degré supérieur de la rengorge, du doctoral et de l'esbroufe.

Ses yeux croisent les miens au-dessus de la nappe de cotonnade. Je le perce! Je le débusque! Il en zozote! Il en cafouille! Je peux jurer que son savoir n'est que de l'assimilé rudimentaire. Une sorte d'appris temporaire, mis au service de son projet de vie dissolue.

Justement! Permettez! Voilà qui me ramène à moi, à ma condition d'esclave des nuits blanches! A mon obligation de grimper soir après soir sur Altaïr et de déblayer, en pionnier, le terrain de la curiosité. Parce qu'enfin! la vieille dame ne se laisse pas trimbaler là-haut, dans les sortilèges, les cratères, les caillasses et les vallées heureuses, pour de simples nèfles! Elle n'échange pas sa confiance contre des haricots germés. Elle veut savoir. Elle ferme les yeux, c'est la règle du jeu. Mais elle exige du précis. Pas de l'inhalation anodine. Gaffe à la moindre ignorance! Oulà! je suis passé au torchon. Que je ne me rappelle pas ce que j'ai dit la veille, et elle me pile les ongles au marteau!

– Vérifiez vos informations, elle morigène. Vous jetez la confusion dans mon esprit.

La nuit, c'est ma claque, cette étoile! Les questions pleuvent. Tout du concret. Les soins de beauté, la fivolité des mœurs, l'architecture, la monnaie. J'ai tout sur les bras! Je ne vois pas rose. Le moindre monticule crée des tracas affreux. Faune, flore, poireaux, myrte, locoums! C'est à moi qu'il incombe! Danse du ventre, bamboula, polka, colinda, matchiche, pourquoi pas? Imaginez les responsabilités! Le nord, le sud, sur mon banc, je bats fort la campagne. J'accumule. Je deviens maniaque. Eprouvante sature! Dès que je ne suis plus méticuleux, j'entends des soupirs. Je ne coupe à rien. Pas d'incartades. De chemins des écoliers. J'ai tout en charge! Le teint de peau des habitants, leurs habitudes de politesse, la préséance dans les banquets. Si c'était tout! La manière dont on tient son verre lorsqu'on boit de « l'eau d'éclipse ». Et j'en oublie, bien sûr, brumes et grands desseins, prospective et politique. Tenez! Le froid, le gel, la pluie, le vent, le ciel avec ses boucans, tout devient du pain sur la planche!

C'est dire assez si j'attends la relève.

Je fixe Chocolate en plein front. Il sent venir le vent du courroux. Rentre un peu les épaules.

Je lui pose à brûle-pourpoint la question qui me taraude :

– Le temps passe, Mulligan. Quand m'emmèneras-tu le soir avec toi? J'ai tant besoin de respirer! De jouer un peu du cornet avec les autres. Hein?... Joplin, Fuller? Tornado? Que sont-ils devenus? Les notes! La musique! Vois ma déconfiture! Je veux sortir! Pas de masque!... Je rêve aussi d'un gros derrière!

Les regards se sont braqués sur moi comme si soudain la maison crépitait sous les flammes. Mulligan spécialement me dévisage au travers d'un géant brasier :

– Fils! Fils! déclame-t-il douloureusement, comment peux-tu envisager un seul instant d'abandonner *ta* mère?

Une immense lassitude gonfle le bas de sa hure. Lui remodèle cent bajoues annexes, cisèle, gougeote des rigoles de découragement, de dégoût, de tristesse.

– Voici! s'écrie-t-il. Le filet s'est rompu et je lis l'ingratitude dans tes yeux! Ne mangeons-nous plus ensemble le pain des douleurs?

Devant l'abus, je reste flan.

Chocolate verse un verre de punch-cherry à sa vieille maman et claque dans ses mains le signal du départ.

Nous nous levons de table. Il oublie de poser sa fourchette, la conserve, enfermée dans son poing. Nous nous quittons avec brusquerie. Il déhotte, chaloupe. S'éloigne sans saluer good night. Il a sa foutue fourchette qui le poursuit au creux de la main.

De loin, je le vois la glisser dans sa poche.

Sac à foin! Bac à graisse! Une idée me passe dans la ciboule. Je cours remuer sa paillasse. Je trouve un atlas du ciel glissé sous son chien jaune. Une carte astrométrique. Aussi un annuaire de mécanique céleste.

D'un coup, c'est trop! Ses manigances commencent à me détruire sérieusement le système nerveux. Je lui confisque toute sa science.

Les jours d'après, perfide et cauteleux, je pose, arrosées au jus de vice, quelques questions sur l'uranographie. J'étale mon savoir à propos de quatre ou cinq distances planétaires de base. Chocolate hoche tristement du chef. Se méprenant sur la nature de son abattement, sa vieille maman se penche vers lui.

– P't'être bien j'aimerais songer à t'acheter aussi une petite baraque sur Altaïr, avec vue sur Andromède, ou même la couronne boréale..., elle lui fait part.

C'est que de son côté, mis à part son énergie déclinante, elle commence bigrement à se mettre aux tourbillons de Descartes, l'astronaute.

– Autre chose, murmure-t-elle en attirant son fiston et en me désignant du menton. « Ton ingénieur » n'est pas fameux. Il ne me soumet toujours pas les plans. Je ne suis pas sûre de sa qualification. Et certaines nuits, je me suis rendu compte qu'il *déclinait* sur notre trajectoire.

Chocolate Roll Mulligan s'est redressé.

Il s'adresse à moi. A l'écoute de son halètement

poussif de remorqueur, je tends l'oreille. J'attends de voir jusqu'où il s'élancera.

– Oulà! Ça va se passer mal! il crie. Décliner, c'est des coups à rater Altaïr! Vous frisez l'astre, vous le manquez et vous errez dans le vide pour l'éternité!

Le foireux beugle. Il allume sa boule à neuf lampes. Se fâche à toute lumière.

– Je m'oblige à ne pas avoir le cœur dur avec toi, Jimmy! menace-t-il, mais n'y r'viens pas!

Il palpite. Sa bedaine à poches cornemuses s'étrécit, regonfle.

– Ah, mais! il hurle. Ma mère en premier! Sinon, j'te coupe les vivres! Itou, la morpionne! Plus de cibiches! Et nib pour l'apprentissage du cornet! J'te ferai plus jamais l'don de la moindre note de musique!

Je décide ce sera tout pour ce soir-là.

Qu'il se taise, je le calme d'une claquée un peu appuyée. J'attrape le vilain sournois, je l'empoigne par le col, le pivote dans le sens de la marche, en avant!

Il a beau tousser énorme, me dire en courotant sous la brutalité de la poussaille :

– Chutttt! En douceur, fils!... La réprimande est bidon! Entendons-nous bien! Tout marche au respect! A l'estime!

Je le mène à la rue, je le jetterais direct à l'égout si l'écoulement de la ville existait dans nos parages. Je le relâche loin du domicile, qu'il s'étale, avec un coup de ramponneau dans les fesses, sans lui laisser le temps de dire outch.

– Housse à vents! Gros ventracon!

A genoux dans le caniveau, il étend ses bras en croix. Il me maudit. En même temps, on sent qu'il peut pas s'arracher du furieux qui l'étrangle. A coups de reins, comme un guéridon, il se remet sur ses pattes. Branle un moment.

Ses yeux roulent. Il montre le poing.

– T'oublies que j't'ai sauvé! Ingrat! Fils ingrat!

Il s'éloigne, clopine quelques pas. Il marmonne :

– Taper celui qui vous a tendu la main! Porter la main sur son père!

De loin encore il tend le poing. Il ameute les personnes. Les voisins. Tout c'qui dort à moitié.

– Vengeance! il crie. Vengeance!

Ce soir-là, en l'absence de Chocolate, chacun se mure dans sa bouderie. Se réfugie dans ses braises. Les regards couvent. La suspicion charbonne. Personne n'a l'idée d'aller sur Altaïr.

Maman Kaputt serre ses bras d'insecte orthoptère contre sa maigre poitrine. Elle ne me voit plus. Ou, ce qui revient au pire, elle m'a assez vu.

Mort, le capitaine des mots! L'inventeur des transes! Le berger des extases! A la soute! Au rancart! A la ferraille! Adieu, poignants souvenirs! Je ne suis plus l'ingénieur à prestige.

Radié. Destitué. Ignoré.

Quel saut dans l'ingratitude!

Je fais les cent pas. Je ronge au malheur. Danger! Micmacs! Croquemitaine! Mante religieuse! Je lorgne du côté de la vieille. C'est fait, elle mandibule. Elle complote. Je sens qu'il est temps de reprendre la route. Pour Maple, pour moi. Plus se faire déchirer la figure au charme. A la trompette. Aux mots charlatans. Vite! Partir! Jouer la décanille. Flûter plus loin sur les chemins.

Je regarde en direction de Maple.

Elle me fait signe, viens là. Elle me prend dans un coin. Elle a allumé une cigarette d'énervement. Elle fait demi-tour dès que je la rejoins. Elle désigne le bas de la rue mal éclairée. Elle déclare avec gravité :

– Oublie pas nous sommes notre propre famille, Jim. Pourquoi accepter les mauvais côtés de celle des autres qui nous présentent la leur comme si elle nous appartenait ?

Je lui dis qu'elle est une enfant prodige et que je veux désormais la tenir éloignée des Noëls abandonnés.

Je la prends dans mes bras. Ma petite pelote. Mon angora. Gentille enfant. Je la couvre de baisers voraces.

Je lui dis :

– Ce qu'il te faut, c'est une jeune maman.

Elle acquiesce, môme-bijou. Le visage en chiffon, elle répond :

– T'as mis le doigt dessus, Jim. Pour toi aussi, c'est une mère de notre âge il nous faut. Kaputt, c'est fini ! Elle est dans une situation désespérée. Elle rend nos jours trop guenilles et honteux.

– Je vais chercher du travail. On s'en ira dès que possible, je te le promets.

Elle fait des yeux terribles.

– Y faut pas tarder, elle proclame. Demain, ce sera l'aumône. On sera raplatis. Et pis j'en ai marre de l'oignon... Je préfère cent fois que ces gens-là ne nous aiment plus en une seule fois !

Avec solennité, elle jure qu'elle va nous trouver un lit propre, un appartement coquet et une personne heureuse.

Elle rentre à la baraque, tite mouche, et elle commence à ranger ses boutons.

72

Maintenant, à Basin Street, régnait un curieux climat.

Chacun d'entre nous œuvrait dans le sens de l'hypocrisie séraphique. Nous étions devenus des anges à trois ailes. Plus de rancune visible. Chacun avait remisé sous son lit la mâchoire de crocodile qui lui aurait permis de mordre et d'arracher un bras à l'imprudent faisant mine de rompre la trêve.

Des journées silencieuses, lénifiantes, presque languides donnaient l'illusion d'une passagère accalmie, d'un essoufflement des passions, accusé par l'immobilité dentelée du tamaris, seul arbrisseau capturé au piège de la cour éclaboussée de lumière qui eût jamais consenti à confier son destin végétal à la castine d'un sol dont la blancheur était stérile.

L'arbre psalmodiait le silence du temps. Son impalpable avancement. Point de contours en plein midi et la suite des heures, décomptée selon la simple mesure de l'étirement de sa branche maîtresse, il mettait la projection de son ombre grêle mais directionnelle au service de gens d'apparence détendue, pas du tout pressés, bien que leurs nerfs les tiennent tendus comme ressorts, affairés comme en ruche, dès qu'ils avaient tourné le coin d'un meuble.

Ils vaquaient, enfermés dans leurs préoccupations du moment. Ils se décernaient parfois de furtifs sourires à l'occasion du franchissement d'une porte ou si la géographie de leurs pas les précipitait inéluctablement l'un au-devant de l'autre. Rencontres ou frôlements fortuits, personne, à part Chocolate Roll Mulligan, n'essayait de se rendre aguichant.

Ni moi, ni Maple n'étions d'humeur ou de race à tomber dans ses pouilleux guets-apens. Il se frottait au passage du chambranle ? Il puait contre moi ? Il aurait pu puer dix fois plus. Je ne tiquais pas. Quant à la mutine enfant, point de tripotage lubrique sous son menton. Point de bonbons pour l'apprivoiser. Elle s'envolait, la mignonne divine. Elle glissait sous les bras de l'ivrogne. Futtt ! Partie !

Dès quatre heures de l'après-midi, Maple Leaf enfilait sa plus jolie robe. Elle jetait sur ses épaules son châle d'Orissa. Malgré la chaleur naissante, elle trottait les rues, poussait la porte des cabarets, raflait trois boutons dans un bar et pipait un œil curieux dans chaque endroit en vogue. Elle butinait les quartiers parfumés au café brûlot, humait l'odeur de cannelle, pénétrait sous un patio fleuri dans l'espoir de recruter l'oiseau rare.

Elle voulait mettre la main sur une femme honnête mais dont la sexualité lourde fasse l'affaire de son papa. Parfois, en dévisageant une belle mule créole qui balançait ouvertement ses promesses, elle fronçait son nez épaté. La négrette connaissait trop le jeu des femmes avec les hommes. Les corps qui ne se fatiguent qu'à l'aurore. Dans le nouveau foyer qu'elle envisageait, formelle, elle ne se contenterait pas d'entendre les gémissements des grandes personnes sans pouvoir s'endormir. Deviner par les portes entrouvertes les ébats libertins, les bas-ventres montés aux fesses, les entassements, les roulades, les vides, les éclatements, la remonte en force et les rires sous cape à chaque retombée des cloches, elle avait déjà fait le tour de cette question-là.

Maple, dans son immense sagesse, cherchait aussi une mère qui vaille pour elle-même.

En préalable à toute ébauche de conversation avec une inconnue, elle donnait à savoir que les propositions qu'elle s'apprêtait à faire prendraient valeur de décret uniquement dans un cas d'adoption définitive. Maple Leaf aurait aimé parler mariage.

A celles qui acceptaient de l'écouter elle montrait la propreté de ses ongles, la bonne tenue de ses vêtements. Elle riait pour montrer la blancheur de ses dents. Faisait valoir la roseur de sa langue, signe d'excellente santé. Elle disait qu'elle ne savait même plus quand elle avait pleuré la dernière fois et qu'elle était obéissante si on la traitait avec justice. Elle vantait ensuite les qualités physiques de son père, son endurance au lit, sa grande égalité de caractère et son immense talent de musicien de jazz.

Elle ajoutait sans insistance que son père était un Blanc.

– Ça l'empêche pas d'être un homme, elle concluait, farouche.

De mon côté, j'avais renoué avec mes anciens copains, Percy Joplin et Smokey Black Fuller. J'avais appris de leur bouche qu'ils travaillaient toujours avec Chocolate Roll Mulligan. La traîtrise du vieux chacal ne faisait plus de doute. Il s'était bien gardé de me le faire savoir et m'avait remisé à la garderie de sa mère.

L'orchestre, rebaptisé New Chocolate Blue Band, se produisait tous les soirs à la Comtesse, chez Willie Piazza, et la paye était plutôt bonne.

Bessie Tornado Jackson avait laissé tomber les garçons pour une boîte qui s'appelait l'Aberdeen. Elle y faisait un malheur avec les accents de sa voix rauque et s'apprêtait à partir pour affronter la scène à Chicago. C'est elle qui m'introduisit auprès de Bud Scott et Ed Garland, aux côtés desquels j'allais bientôt trouver ma renommée.

Maman Kaputt avait réfléchi un peu dans son coin. A sa demande, une bibliothécaire de la paroisse était venue lui rendre visite à plusieurs reprises.

Pour se déplacer jusqu'à l'étoile de sa dernière demeure et vivre entre ses fidèles sujets le reste de son âge, la vioque n'avait pas tardé à envisager l'usage d'un véhicule à trait rapide, dont il était justement fait mention dans un livre intitulé *De la Terre à la Lune*. Un ouvrage d'un certain Français, nommé Jules Verne.

Au moins à deux reprises, elle parla de l'auteur à son fils, gros tas moulé, qui ventripotait devant lui sans la voir. Elle lui décrivit également l'aspect d'obus qu'adoptait l'engin interplanétaire afin de mieux fendre l'espace.

– Ça n'existe pas! répondit Mulligan excédé.

Il commençait à devenir sombre et ombrageux.

– Ça s'appelle une fusée, répliquait Maman Kaputt.

– Ça n'existe *que* dans les livres français, s'obstinait Chocolate Roll Mulligan.

– Ouiais, mais ça peut s'construire, argumentait la reine d'Altaïr.

On aurait pu croire c'était là son dernier mot. Qu'elle allait rendre son bavoir au Sauveur dans la nuit. Encore une fois, on aurait bien eu tort.

Dès le lendemain, elle revenait à la charge.

Un matin, devant le monde assemblé, la reine a même annoncé la grande nouvelle. Le conducteur-machiniste du projectile à navigation aérienne de ce monsieur Jules Verne s'appelait Michel Ardan. C'était lui, l'homme intrépide, qui pouvait mieux que nul autre livrer les plans de l'engin balistique.

Elle a demandé publiquement à son fils de faire parvenir un courrier séance tenante à « Michel Ardan, éditions Hetzel, France ».

Mulligan était à bout de viande. Pour restaurer son crédit, il a marmonné :

– D'accord, Mommie, je flanche ! Je vais tremper ma plume dans l'encre à écrire. C'que je veux, c'est ton bonheur et ta santé. Je s'rai moi-même très honoré d'être le fils d'une reine aussi importante que toi.

Pendant une grande heure studieuse, il écrivit un texte assoiffant. Sa bouteille de gin une fois vidée, il signa son nom et cacheta l'enveloppe.

– Take my word, Mom ! promit-il à sa mère, dès qu'on aura reçu réponse de ce monsieur, plus de mauvaises pensées dans cette maison ! Je passerai moi-même à l'exécution des plans.

Il me tendit l'enveloppe avec un certain mépris afin que je la jette à la poste. Il fit un signe affectueux à sa vieille maman et pour la laisser sous le charme et la domination d'un fils dévoué commença à nettoyer la vaisselle.

Cédant à l'effet de cet accomplissement miraculeux, le menton de Maman Kaputt s'avança graduellement, jusqu'à venir taper l'ubac de son nez. C'était le signe d'un espoir insensé.

Le soir tombé, elle imposa qu'on installe sa chaise dehors. Elle voulait se retremper dans le mystère ésotérique de l'empire céleste. Une fois nichée sous l'arche des ténèbres, tête levée vers les frontières indéchiffrables, elle ne marcha pas dans ma combine qui visait à lui faire prendre une heure de repos. Elle ne se coucha pas de la nuit. Elle voyagea seule jusqu'à l'aube, enroulée dans une couverture.

– C'est magnifique! s'écria-t-elle en regardant l'œuf sanglant du soleil s'élever au-dessus du coquetier de la cheminée d'en face.

Et pour nous faire bien comprendre qu'elle était toujours vivante, elle ajouta :

– Je recommencerai demain!

Ses yeux étaient bordés de rouge. Elle souriait faiblement. Elle ne mangeait plus rien. Pas même une pelure d'oignon frais.

Une nuit, accablé de fatigue, alors que je dormais profondément, je m'éveillai en sursaut. En étendant la main vers ma droite, je ne trouvai pas comme à l'accoutumée le corps chaud de Maple lové contre le mien.

Il était près de deux heures du matin et la fée de mon cœur n'était toujours pas rentrée au bercail.

Je partis en cavalant par les rues. Tant pis pour Maman Kaputt qui restait seule au milieu de la cour, la tête levée vers son royaume.

Maple! Ma seule possession! Ma toute belle disparue! C'était pas du rêve! C'était la catastrophe. Tout barbouillait dans ma tête. Il faisait une belle nuit. Tout en étoiles!

J'aurais jamais dû laisser mon poussin prendre l'habitude de toute cette liberté. La mare était trop grande! Petite femme! Mon bébé avec ses menus mignons traits! Avec ses jupes. Ses jupes si courtes. Ses pattes rigolotes. Je pensais à mille satyres dans ces rues enfiévrées. Hurleurs, avaleurs de sabres, amateurs de vice. *New Orleans! The land of rats!* Des docks abandonnés aux ordures! Une ville excitante comme une putain des îles. Maquillée dès le soir. Jamais blasée. Peinte aux yeux. Chaude au cul. Ayant tout vu. Peste. Fièvre jaune. Malaria. Ouragans. Fléaux obligatoires. Divines quarteronnes. Tambours de Congo Square. Torture. Esclavage. Vaudou. Emigrés italiens. Gobant tout.

J'avale! J'engame! Je digère! Encore! Des asticots, des nobles, des Français, des Espagnols, des Anglais, des Amerlos-Yankis, donnez, donnez! J'en veux plus! Une ville unique, question prodiges. De Pontchartain au marché français. Jouant au fleuve jusque dans les rues. Immenses flots bigarrés. Steamboats de carton. Des cris. Des rires. Des meurtres. Trompette et caisse. La musique piaule! C'est du sabbat! Derrières dansants! Cohue qui coule. Des lueurs jaunes. Des lumières vertes. Banjo s'envole! Gratte gratte gratte! Comme tu t'enroues! A la tousse! A la fièvre! A la radote! Au papabot! Aux singes qui grouillent dans les têtes! Les veines de Storyville sont pleines du sang des vaincus. Ici, quartier réservé! Je vois encore de la place! Criez pour la pirogue! Quelques Allemands, s'il vous plaît! Un contingent d'Irlandais. Et puis, entrez, Mafia! Quatre-vingts maisons de jeu. Opéra français ou spasm-bands, la dame est langoureuse. Toujours à la transe. Les baisers, tu pâmoises. Les roulées, bagarres, querelles en tout genre. Tu saignes à la palette, tu vides au caniveau. C'est rien. C'est la nuit comme elle est ici. Avance! Plus loin, les ovations. Des clameurs là. Pour qui? Furie joyeuse. Vous êtes happés, soulevés, emmenés. On vocifère partout. Quelle emmêle! Les nègres, les cymbales, les épices. Oh, Maple, mon trésor! Ma petite clé pour m'ouvrir! J'étais malheureux! Qu'est-ce que j'avais fait là? La laisser partir, comme ça. Au lieu de la préserver comme un joyau.

Maintenant, j'étais à pied d'œuvre, j'abordais le périmètre des rues vraiment chaudes.

Burgundy Street. Saint Peter Street. Dauphine Street.

Après deux ou trois barrelhouses et une dizaine de bars, personne savait. Personne n'avait vu. Ça me renversait. Ça me coupait les jambes. J'ai pris l'affaire au sérieux.

Je me suis mis à marcher vite. Les yeux baissés. Ma petite démone avait besoin de moi. J'allais pas m'avachir. J'étais pris par mes réflexions. Le nez dans un bol. Je respirais ma guigne. Je m'avançais, somnambule. Je ne voyais personne. Je cherchais un coin d'espoir dans ma tête, hébété.

Je pensais que, pour une fois, Chocolate Roll Mulligan pouvait servir à quelque chose.

Après boire et baiser, il galopait comme j'ai déjà dit jusqu'à un bordel à dorures, la Comtesse, chez Willie Piazza. Je vibure là-bas. J'y vais. J'y rentre. Un bruit d'enfer. La musique m'emporte dans les airs. C'est plein de monde à craquer.

Je bouscule. Je m'emballe. J'envoie dinguer les couples au passage. Pas contents? J'aimerais voir! Teigneux. Prêt à chercher des crosses. A riocher ou tanner le cuir. N'importe. J'avance.

Et d'un coup, là! devant moi! Elle me crève les yeux! Elle ouvre les bras. Elle fait des signes. La rage aux dents, elle envoie un coup de pied dans les chevilles d'un frisé. Elle déplace le corps robuste d'un homme de quarante ans. Qu'il lui livre passage. Elle tricote. Avance entre les danseurs qui frottent les pieds. Se lance. Escarpolette. Hop! Dans les airs! Je la soulève. Je la sens plume. Je l'embrasse! Je la repose. Ah! comme je l'adore!

– Cent ans que je t'attends! elle me dit. Tu tombes à pic!

Elle me regarde. Je l'amuse jusqu'à l'éclat de rire. Elle farce. Elle se fend la pipe.

– T'as eu peur, vieux Jimmy?

Elle se tourne vers quelqu'un, une ombre, une transparence.

Elle dit :

– Vous voyez comme il est affectueux... Eh

bien, c'est pareil avec tout le monde! Plus fort que lui! Tout au bonheur, il donne! Entre terre et ciel, il faut qu'il aime!

Je néglige la personne à laquelle elle s'adresse. Je m'agenouille devant mon petit piquant d'amourette. Je la bisouille sur ses doigts. Ses mains passent dans mes cheveux. Ah! j'veux rien voir. Je ferme les yeux et je savoure. Sa menotte me rassure. Et j'entends sa voix qui gazouille. Elle me relève de force. Elle dit quoi?

Elle dit, calme comme un petit coin d'herbe avec des oiseaux tout autour :

– Papa Jim, retourne-toi, s'il te plaît. J'te présente ta femme pour toujours.

Je volte-face. Tout d'un bloc. Je regarde bien trop haut.

Une personne translucide s'incline devant moi. Elle joint les mains. Elle plisse les yeux.

Elle dit :

– Haïe!

En japonais.

Elle a une voix du ciel. Elle a des pieds invisibles. Trop menus pour qu'un salaud envisage seulement de marcher dessus. C'est une assez jolie prise.

La petite Maple rit. Elle est heureuse. Quelle exaltation! La joie! Le bonheur! Son œuvre!

Le reste de l'existence tient parfois à un regard. La Japonaise et moi nous dévisageons pour la première fois. Elle est très belle. Un sourire froid flotte sur des dents brillantes. Ses yeux ourlés par la bride diagonale de ses paupières m'envoient un éclat ténébreux et chaud. Ses lèvres sont sèches. Ses attaches fines évoquent la fragilité des anses de tasse en porcelaine.

Je lui dis pour rire :

– Vous au moins, vous êtes le genre de fille qu'on ne peut pas laisser tomber!

Ses avant-bras nus, doux et pâles émergent des

manches évasées d'une longue tunique croisée, serrée à la taille par une ceinture. Derrière elle brillent mille lumières diffuses.

Et puis d'un coup, c'est terminé, l'étourdissement. Au moment où je vais me rattraper, lui faire compliment sur son teint, ses ancêtres, sur le port d'Edo, sur le Fuji-Yama, sur les ombres et sur les mirages, les projecteurs s'éteignent et plongent la salle dans un creux noir, impénétrable. Les voix, la musique se taisent autour de nous.

Par les portes ouvertes sur la rue se dessinent des guirlandes lointaines, le rayonnement chaleureux d'un monde vague s'étend à l'infini. Des éclats de voix, un tohu-bohu amortis continuent à faire de Storyville une planète à part. Nous sommes dans l'obscurité et la main de Maple se glisse dans la mienne.

Le rond d'un projecteur braqué vers la scène se rallume. Les applaudissements, les cris, les sifflets se libèrent aussitôt. Ils saluent, ils acclament, ils plébiscitent la bouille humble et avide de reconnaissance d'un négro polisson.

Je la fixe. Je reçois une claque sur le nez. Je crois avoir des visions. Là! Bleutée, sa tronche! L'affreux, le clown, l'inventeur! Le sac à vents! A pueur molle! Ah, c'est atroce comme jalousie! Il montre son cornet à la foule! On l'acclame! C'est lui! Ah, l'ignoble cauchemar! Cette vie à tâtons! Mulligan, en face de moi! Prêt à être adulé. Soulevé par la foule. Adorateurs du ragtime. Narquois, il commence à jeter un rythme à deux temps dans son tube. Une phrase mélodique courte. Quelque chose de chantant et d'aisément mémorisable. Un air qu'il m'a fait travailler cent fois! Autant me planter un couteau dans la cuisse, me trancher la fémorale! C'est fait! Tous les projecteurs se rallument à la fois et illuminent la salle, le public. Vivats! Vivats! Je brouille d'amertume.

Cet enfoiré de Chocolate Roll Mulligan vient d'emboucher sa trompe. Il met sa peau de cuivre devant ses babouines. Il renifle, dandine, glaviote un peu. Son pied bouge. Un, deux, un, deux! Et croyez, croyez pas, au milieu de la foule qui se presse, il me regarde dans les yeux.

Il ne voit que moi.

Coucou, il fait signe. Il postillonne. Il trempe. Il mouille. Je sens sa puanteur monter. La main de Maple a beau me serrer pour me ramener près d'elle, je vois progresser sur le visage de mon tortionnaire son immense joie de me faire de la peine. Je vois monter sa jubilation. Il la tient, sa vengeance! Il va souffler de la musique aussi longue que des flammes de cracheur de feu! Tout au pétrole, son talent de fakir dresseur! Il tourne autour du thème qu'il envisage. A la mangouste! A l'assassin! Au chat gros dos! Il me défile doucement le programme. La dominante, la sous-dominante et la tonique. Ah! Il est au jus! Il me manipule! Ah! Il va pouvoir me faire mal! Rancuneux! Jaloux! Dégueulasse! Je savais par avance tout ce qu'il allait me faire déferler par la gueule.

Je me suis détourné machinalement vers la Japonaise. Elle n'avait pas bougé. Elle n'avait pas changé d'expression. Elle avait toujours sa lueur qui m'ébouissait en plein dans les yeux.

– *What is your name?* a-t-elle demandé.

Elle avait pris une voix au jasmin.

J'ai souri vert.

– J'ai pas de nom, j'ai répondu. Je m'appelle personne! Jim Nobody, si ça vous chante!

Je ressentais un grand début d'exaltation. Les muscles de mes bras devenaient douloureux. Ils se nouaient et tout mon corps devenait dur. J'aurais pu sauter un palier, prendre un virage sans ralentir, me recevoir sur le palier du dessous, encore trois étages sans ralentir, courir en arrivant en bas et massacrer n'importe quel enfant de salaud qui m'aurait empêché d'écouter le jazz.

J'ai gueulé, je voulais qu'elle me foute la paix :

– J'ai pas d'aut' nom, j'vous dis!... Et, s'il vous plaît, me faites pas chier, madame! C'est pas le moment!

J'étais secoué. J'étais injuste. Vous êtes drôles si vous m'en voulez!

Cette femme a beaucoup compté pour moi. Comment prévoir aujourd'hui que les corbeaux becquetteront dans un quart d'heure le foie du chat? le gentil minet qui lèche votre assiette avant de traverser la rue et de se faire écraser par un cheval au galop?

Je lui ai tourné le dos.

J'ai fait face à Mulligan. L'affreux crachat a compris qu'à moi tout seul j'étais cent mille personnes debout pour l'applaudir.

Et j'ai attendu parce que je savais qu'il allait jouer comme un dieu.

Il a commencé à improviser une composition personnelle. Autour de lui, une clarinette tenue par un type qui s'appelait Walter Waterspoon n'a pas tardé à venir rôder. Elle reniflait le langage universel et profond exprimé par le vieux musicien.

Maple a fait ses yeux terribles.

– Après tout le mal que je me suis donné! elle a fulminé.

C'était la première fois qu'elle shootait dans son père. Elle a shooté au tibia. A l'os. Elle a osé le faire.

Je me suis retrouvé sur une seule jambe et je tournais sur place. La Japonaise sanglotait. Ses yeux étaient posés sur moi avec autant de tristesse que si elle voyait la côte s'éloigner.

Maple a dit :

– Nos valises sont déjà chez elle. Si tu veux me trouver, c'est là que j'habite. Chez ma nouvelle mère. Elle s'appelle Tokyo-Rose.

Je les ai laissées partir.

Mulligan a peuté distinctement dans son froc. Il a transformé ses joues en besaces. Face au mur, il a levé encore plus haut son cul. Il a jeté sa musique. Vieux matou, il marquait son territoire haut et dru. La clarinette acceptait la couleur de son sexe. Comme une chatte en course, excitée par le ruissellement sonore et inventif, elle commençait à broder. A se rouler sur le dos. Elle surpiquait graduellement son excitation, un fil d'ornements dont la couleur encourageait le béat, l'élevait vers un splendide jardin. Un banjo, Percy Joplin, une batterie ou une caisse claire jouée avec les mains de Smokey Black Fuller se joignaient aux deux autres musiciens.

Ah, ne vivre que de ferveurs! Moi, j'étais déjà parti dans les notes bleues! C'était la magie irrésistible. Quand la cire fond au creux des oreilles.

Ici, sous le cristal des lustres, l'amour, l'alcool et la danse faisaient bon ménage. Au-dessus de la foule, des cuivres faisaient leur apparition. Les femmes dansaient, s'ouvraient comme des éventails. C'était l'envol. Cent mille notes sorties de douzaines de tuyaux, de tubulures genre serpentins, de grandes oreilles au teint de cuivre qui chauffaient des jours de gloire.

Une formation rivale, une autre aussitôt après venaient jouer dans la rue. Juste en face des portes ouvertes à cause de la chaleur, elles surajoutaient leurs variations, leurs arrangements extrêmement entrecroisés, leurs dissonances.

Chocolate Roll Mulligan ne soufflait pas dans son cornet pour un club de petites natures. Son phrasé court, sa sonorité bien timbrée, son jeu sautillant ouvraient une brèche dans les hurlements de l'énorme troupeau en pagaille.

Dehors, on dansait aussi. On forniquait. On vomissait sur l'asphalte graisseux. Une grande troussée générale soulevait l'assemblée. Les trépignements, les rires, les syncopes déchiraient la musique. L'air ronflait de démesure et de beuglements fous. C'était à l'orchestre qui jouerait le plus vite. Grand pugilat ! A quelques rues de là, Jean Le Baptiste, Tony Jackson et Ferdinand Joseph La Menthe se partageaient d'autres saloons, d'autres barrelhouses, d'autres honky-tonks.

L'air torride était brassé d'odeurs vivantes, renouvelées par le mouvement tournoyant des badauds massés sur les trottoirs. Le ragtime éclatait, vibrait, grondait sa respiration populaire, ponctuée par les roulades des sifflets des flics, accourus pour un meurtre. Grand torrent magique : Storyville inondait jusqu'au ruisseau.

Chocolate Roll Mulligan contemplait le banquet de sa messe avec un ventre énorme. Le pancrace en sueur échancrait sa chemise sur ses seins pendants. Il coulait, infusait, macérait de partout. Il flottait sur la houle. On entendait tout près son gros souffle. Il était presque beau, penché dans un demi-sourire. On n'a plus d'exemple d'une puissance comme la sienne.

C'était des temps les dieux étaient soûls perdus et têtes en mélasse. Ils n'étaient point papillons. Cavalaient la queue du Diable. Lampionnaient du vitriol, des alcools infâmes. Ils étaient salpêtre, soufre et charbon. Ils poissaient. Pas de coiffeurs. De soins de beauté. C'étaient des nénesses de couleur noire pas loin des évangiles, mais terre et ondes, ils approchaient, les poches vides, du grand espoir de l'homme libre.

Non, je rigole pas, ils sont tous morts dans la misère.

73

J'aime guetter les bruits.

Souvent, dans la chambre voisine de la mienne, ma fille prononce en rêve quelques mots rapides. Vers deux heures du matin, c'est Tokyo-Rose qui traverse le salon et s'approche de moi, une bougie à la main.

Elle se penche sur ma bouche et y dépose le pétale de ses lèvres. Le bonheur s'inscrit fugitivement sur son visage asiatique. Elle s'envole sans bruit dans son kimono. Elle va laver soigneusement son corps de porcelaine dans le cabinet de toilette. Je sais qu'elle reviendra me voir plus tard. Brièvement. Jamais elle ne manque de le faire.

Elle demande à voix douce :

– Jimmy Trompette? Est-ce que tu souhaites le secours de mon corps pour délasser le tien?

Si je ne réponds pas, elle prend délicatement mon sexe entre ses doigts si fins. Picore avec sa bouche.

– Tu préfères jouer à mourir-souffrir?

J'ai le droit de répondre ce que je veux.

– Ben non. Laisse le petit chat tranquille. Ce soir je préfère m'endormir en pensant à la neige sur les montagnes du Fouji-San.

Elle admet tout à fait ce point de vue. Elle me reconnaît le droit de flotter au-dessus de souvenirs sans rivages ou de me taper seul dans le noir une gueule de bois si douloureuse que je lui parle d'aller finir ma vie dans un ciel inachevé.

Tokyo-Rose est prostituée.

Non, je mens. Je suis dindon ! Je suis jaloux.

Je minimise l'absolue beauté de ses imaginations étranges. Je masque la férocité d'âme, la vision d'un monde implacable qui se cachent derrière ses pommettes saillantes, le teint crémeux de ses traits si fins et la profondeur captivante de ses yeux de serpent.

Ni hétaïre, ni femme galante, ni dame d'agrément, ni simple fleur d'amour, et surtout pas goton, morue, garce ou cocotte, elle n'est pas non plus gouvernante de joie, même si cette définition conviendrait déjà mieux à son état.

Elle est, elle est une prêtresse. Derrière elle, je traîne mes quilles aux visions folles. Elle a choisi d'exercer un sacerdoce. Par convenance. Par éthique. Par bravoure. Par désespoir d'approcher d'elle-même.

Elle écoute la sexualité des hommes de passage sans émettre de jugement. Elle aide, elle se prosterne, elle adule, elle réprime, elle châtie ceux qui lui demandent de mettre son corps au service du leur.

Elle dit que nous attendons tous à notre étage.

Parfois, si l'amant qu'elle a accepté d'ensemencer dans le champ de ses propres illusions et de conduire jusqu'à la moisson de son plaisir est riche d'éternité et de suffisamment d'argent, elle ne rentre pas de la nuit. Elle me demande la permission. Elle me regarde droit dans les yeux. Elle me dit combien elle va gagner. Elle me tient avec des sourires.

Sa compagnie est très recherchée pour la manière dont elle sait introduire un rêve doré dans l'attente banale des aurores terrestres. Elle commence par de doux baisers. Par de mystérieuses conversations. Par d'imperceptibles attouchements.

Comme un ange de l'enfer, elle transporte plus haut le flot laiteux des desseins coutumiers. Elle transcende ce qui n'est que prosaïques pensées chez les mâles échauffés s'apprêtant au coït de routine.

Elle rit.

D'un effacement des hanches, d'une esquive de ses parois utérines, elle brise et interrompt l'élan du mâle qui va casser ses bois, se précipiter trop vite au-devant du vide.

Elle se moque : « Vingt secondes d'oubli ! Quel fou saurait se contenter d'un jardin aux allées aussi courtes ? »

L'art de Tokyo-Rose consiste à conduire, à diriger le gouvernail du corps, à le faire oublier. A estomper ce qui n'est après tout que l'illusion d'un faible plaisir chimique. A faire descendre à ses compagnons des marches si hautes que celui qui subit ses caresses et s'essouffle en étincelles graduellement accepte la majestueuse lenteur d'une femme qui le vainc. Domptée, la force sauvage ! On ne marchande pas le temps.

Aux oreilles du voyageur consentant échote doucement la voix qui tient les rênes. Un cristal qui est trop lointain pour exister, mais dont la netteté persuasive lui fait admettre la façon dont il sombre : « Homme, avance. Bouge au-devant de ta solitude renaissante. Sème le temps. Tu peux le distancer. Ne prête pas attention à ton propre manège. Oublie-toi. Accepte. Pas de raccourci, s'il vous plaît. Pas de regret. Pas de remords. Et pas d'ajouts non plus. Je ne suis pas sûre de votre main sur ma poitrine. Elle bouge trop délicatement. Elle n'est pas assez égoïste. Elle est adjacente. Elle se perd. Elle vous perd. Revenez au centre. Là. Oui, là où je peux te tutoyer. Au fond de la chaleur du ventre. Un brasier. Brûle-toi. Encore! Plus! Je veux des cendres! C'est bien!... C'est mieux ainsi. Tu vois... Nous ne sommes rien. Nous sommes peut-être sur le chemin du néant. J'éclaire le chemin mais il n'y a rien avant. Nous ne savons pas ce qui viendra derrière. Peut-être ne vais-je pas t'accorder le sursis du futur. Allez! Barre-toi!... »

Et Tokyo-Rose se lève. Déserte la couche. Elle va laver son corps. Elle a tellement besoin de le faire.

L'autre jour, je l'ai prise dans mes bras. Son buste fluet me semblait si cassant! Je la tenais avec les égards dus à une figurine de Saxe. C'était un vrai grand rendez-vous. Je devenais intenable à cause de ces amants tout autour!

Je lui ai fait une sortie sur la spiritualité. Je lui ai dit que j'étais au supplice. A Tantale. Que rien ne pouvait nous mettre plus ensemble que si elle quittait la galanterie. J'ai fait une proposition qu'on pourrait peut-être changer d'endroit. Je la sentais toute bécotante. Moi, j'avais la bouche en mouillettes. Je pensais qu'on allait s'amuser ensemble. Je lui ai dit qu'il fallait se rendre les destins favorables. Que j'étais prêt à lui usiner un enfant.

Elle m'a regardé avec méchanceté.

Elle a lancé :

– Pauvre pigeon!

J'ai eu l'intuition qu'elle traversait un moment de folie.

Une autre fois, elle s'est élancée dans mes bras. Elle pesait le poids d'une fillette de douze ans. Elle pleurait. Elle m'a soufflé à l'oreille :

– Tienne! Tienne jusqu'à la fin des temps!

Parfois, elle s'étend auprès de moi. Elle touche

mes veines de la pointe acérée de ses ongles. Elle griffe mes artères délicates.

Elle va border Maple. Elle l'embrasse. Je les entends étouffer des fous rires.

La porte de la chambre se rouvre. Tokyo-Rose est pâle comme après une longue course devant soi. Elle passe le long du lit et me pince l'avant-bras. Je fabrique un sourire à toute vitesse. Je plaque ma main sur son tout petit ventre.

Elle murmure :

– La lumière de mon âme est parfaite. C'est elle que je veux te donner.

Elle repart dehors avec une détermination farouche. C'est la grande féerie mystique qui la reprend. Elle s'en va guetter le passage inquiet des séducteurs de la nuit.

Tokyo-Rose a été mariée.

Elle a quitté sans remords l'île de Honshu pour suivre son mari, un commerçant venu s'installer en Amérique. Elle a abandonné sans scrupules cet époux brutal pour se mettre au service des autres hommes.

Elle n'en a jamais aimé aucun. Elle a toujours déguisé son emportement.

Souvent, lorsque je songe à elle, je me pends à moi-même. Je pense qu'il faudrait qu'elle trouve quelqu'un d'assez fort pour lui dire d'arrêter le massacre. En d'autres occasions, l'attente me rend fou. Je touche à la finitude. J'ai des pieds de poulet. Je piète, j'erre à deux pattes sur la terre mouillée d'un cauchemar sans fin. Ou alors, les yeux grands ouverts, je scrute l'ombre paisible du rideau qui ondule dans le rai d'un clair de lune.

Tokyo-Rose rentre. Sa tunique est mouillée.

– Tu es allée sur l'herbe?

Elle penche sur ma détresse son visage énigmatique. Elle passe au travers de la lumière bleutée. Elle s'évapore dans le fantomatique espace.

Elle murmure :

– Méfie-toi, Jimmy. Tu cherches de l'or et tu trouveras des rats.

Elle va se laver. Elle a tellement toujours besoin de se laver.

Au fil de fer! Au tesson de bouteille! A l'hémorragie! Souvent j'ai envie de me pendre, de me trancher les veines, d'avaler des clous pour en finir.

Je me lance dans la rue. J'ai un couteau dans ma poche. Je la cherche. Je ne vois plus qu'elle aux carrefours. Je suis ravagé de jalousie. D'imagination perverse. C'est trop fort pour ma santé. J'ai des visions. Je me jette à la bière.

Je cours jusqu'à l'Aberdeen où se trouve Bessie Tornado Jackson. Je lui explique mes embrouilles. C'est trop opaque. Tornado, elle, veut des détails. Tout de suite! Tout de suite!

– Crache!

– J'en peux plus!

– Ouais, okay. To gain raison, la terre est plate!

Pour m'agacer, elle chantonne :

Moi j'vois plus dans moi quoi moi j'vas faire
Y a plus personne dedans l'pays qui veut m'aimer...

Le pétrin je raconte. Je me donne un mal de chien pour m'en sortir.

Elle dit :

– Oh, j'en suis sûre.

Elle émet un fouettement désabusé avec sa grosse langue rose contre son palais.

Elle dit :

– Tchi! T'as pas bonne mine! C'est pas bien tu

te fais des martyres à cause d'une fille! J'veux que tu m'promis d'aller rigoler avec une autre femme!

Elle dit avec un geste d'excuse qui lui fait remonter l'épaule :

– Hélas, Dieu! Moan j'peux plus t'aimer, cher! Tu peux vraiment plus faire bardi-barda sur mon cul, Jimmy! Ça ne plairait pas à Freddy. C'est lui mon nègre. C'est l'homme qui me rentre. Nos affaires sont suspendues à la tringle dans la même penderie.

Elle s'aperçoit que j'ai amené mon cornet. Je lui explique qu'il ne me quitte jamais.

Elle dit :

– Hi! Aïe! p'tit Blanc! c'est p't'être pas du chagrin t'as rempli dans la tête? Tu vois pas ce serait d'la musique?

Elle se déhanche. Elle me regarde, malicieuse. Elle balance ses hanches entre mes jambes. Elle fait venir un petit soleil de temps en temps.

– T'es pas malade, elle dit. Je sais compter, man. Trois!

Elle couraille jusqu'à l'estrade. Elle met ses bras autour du cou de Freddy Kappard. Elle lui bâillonne la bouche avec ses lèvres. Elle lui a si fermement enfoncé sa langue dans la bouche que le joueur de cornet peut même pas la recracher. Elle se détache quand elle veut. Elle a tellement appuyé, son menton a venu vert.

Freddy Kappard demande, surpris :

– Quoi tu prends, ma négresse?

Tornado dit à Freddy Kappard :

– Mo couri pour vous ché! S'il te plaît, mo appelé! Parce qu'un enfant pleure, il a du malheur.

Elle lui parle à l'oreille. Il me regarde et fait la grimace. Tornado lui répète que je vaux un type en or et que ça tombe bien, il est mort de soif. Elle me dit de commander une bière pour Freddy Kappard.

Freddy passe devant moi. Il marmonne :

– Pas plus d'un quart d'heure, vu? Sinon mo fou vous dihors sans arien qu'ène paire chaussettes.

Et je joue un peu avec les types qui sont là. Johnny Dodds à la clarinette. Bud Scott au banjo. Ed Garland à la basse.

Je lâche les pédales.

Quand c'est fini, peut-être que j'ai rêvé? Je descends de l'estrade. Les gens applaudissent. Kappard me fait un clin d'œil.

Il dit en passant :

– Le Bon Dieu t'aimera.

Je rentre à la maison à petits pas. Toute la nuit, la lumière reste allumée dans ma tête.

Parfois, Tokyo-Rose laisse glisser la soie de son kimono et dénude son corps.

Elle dit :

– Je suis belle. Je suis parfaite.

Un mercredi, il est tard, elle me regarde avec un sourire cruel. Elle élève la bougie à hauteur de mes yeux. Elle demande :

– Tu sais ce que j'ai dit à un gros type qui massait sa graisse sur mon ventre, cet après-midi?

Je la consulte du regard. Je souffle dans mon cornet une note en guise de réponse. Un *la* mineur.

Elle ne s'en contente pas.

– Non, pas ça, dit-elle. Ce n'est pas ce que j'ai dit à ce gros porc!

Elle évoque un autre sujet. Elle fait mine d'oublier. Elle dit qu'elle est passée devant Loyola University qui a été fondée il y a onze ans maintenant, en 1904, par les pères jésuites. Elle fait celle qui trouve que le teint de Maple éclaircit beaucoup ces temps-ci. Je lui dis que Maple n'a pas besoin de changer de couleur de peau pour être gracieuse comme un oiseau de fleurs. Elle répond que ça ne l'empêche pas de rêver à une université où les Noirs pourront accéder. Elle me demande si j'ai trouvé du travail. Je réponds que pas encore. Peut-être à l'Aberdeen.

Elle regarde de mon côté avec tristesse. Elle soulève le drap, prélude à un gros-baiser-bon-dodo :

– Le coq reste souvent sous l'oreiller, constate-t-elle.

– C'est parce que tu ne m'aimes pas. C'est parce que tu fais le commerce des hommes.

Elle soupire.

– Tu trouves que trop de mains sont venues de tous les coins de l'univers pour toucher mon corps, c'est ça?

Je lui dis sans plaisanter qu'un jour j'aurai cent ans. Je serai bien débarrassé de ma sexualité.

– Alors tu n'es pas heureux avec moi? demande-t-elle soudain.

Elle paraît affolée.

Je serre contre moi son corps fragile.

Je lui dis que je l'aime.

Maple passe la tête par la porte de sa chambre et donne son grain de sel.

– Jim aime tout ce qui vit.

– Ton père ne m'intéresse plus, répond sérieusement Tokyo-Rose. Je voudrais être mariée au gouverneur.

Elle et moi, nous sommes dans le rêve. Nous passons entre les lézardes de nos chagrins. Pourtant, qui qu'il advienne, l'après-midi du jeudi est sacré. Nous sortons dans la rue. Nous marchons. Elle se cramponne à mon bras comme une dame.

Elle me raconte qu'elle a semé les flics hier soir. Elle effleure ma cuisse. Elle pose sa main sur mon sexe en pleine rue. Elle me dévisage. C'est une façon de me dire qu'elle me rend la vie.

– Je ne te la demande pas pour moi-même, dit-elle.

Elle reprend sa conversation interrompue la veille. Elle demande :

– Au fait?... Tu sais ce que j'ai dit à ce gros poussah qui poussait des cris d'enfant?

– Pas la moindre idée.

– Je lui ai dit qu'il était un pauvre gros morveux qui se déversait à flots dans le ventre de sa mère! Je lui ai dit : « Vous ne savez même pas que c'est le Seigneur qui a mis en scène tout cela. Que tout est organisé! Votre mort. Votre plaisir. Vous n'êtes rien! Vous ne choisissez rien! Il ne se passe rien. Je ne suis pas moi. Et vous n'êtes pas vous. Même votre argent n'existe pas! Nous sommes dans un monde qu'une épée de lumière sépare. »

– Et qu'a répondu le pauvre type?

– Je l'ai obligé à venir danser encore deux fois sur mon ventre. Je voulais qu'il soit vide. Alors, je l'ai jeté dehors. Et je n'ai pas pris ses dollars.

Ainsi était Tokyo-Rose.

Souvent, quand elle rentrait tard, elle soufflait la bougie. Elle regagnait sa natte. Elle essayait faiblement de me dire bonne nuit.

Elle disait :

– Je crois bien qu'une sacrée pluie tombera sur ma tombe.

Elle se lavait sans cesse.

Je crois qu'elle m'aimait.

74

Maple était heureuse.

Elle ne se rendait compte de rien. Elle croyait que sa mère accompagnait les étrangers dans la ville. Qu'elle les guidait et les rabattait sur les barrelhouses.

– Maman Rose connaît les rues comme sa poche, se vantait la petite. Hier, elle m'a donné rendez-vous dans une maison de thé, du côté de Prytania Street. J'ai goûté à des gâteaux anglais. Des gentlemen nous regardaient avec envie. Et après, nous avons pris le tramway jusqu'à Carollton.

Tokyo-Rose était aussi présente dans nos existences que faire se pouvait. Elle apprenait à lire à Maple. Cette dernière, comme pour célébrer un équilibre retrouvé, liquidait sa collection de mercière. Elle allait d'un honky-tonk à l'autre, inventoriait d'un œil aigu les vestes, les braguettes des ivrognes et proposait ici ou là de recoudre un bouton. Elle avait toujours dans sa mallette la nuance de nacre qui s'harmonisait le mieux avec l'étoffe. Elle s'acquittait consciencieusement de son travail de couturière. Elle facturait sa tâche à l'unité, demandait un supplément pour les reprisures ou consolidations et se constituait ainsi un petit pécule d'argent de poche réservé à l'achat de son tabac.

Un jour, j'étais dans un bar, un troquet sombre et minuscule. Il pouvait bien être cinq heures de l'après-midi. A moins que ce ne fût cinq heures dix. Franchement, je n'ai pas l'intention de vous énerver avec ça.

C'était une époque où une demi-heure de plus

ou de moins au cadran de ma vie n'offrait aucun caractère de péripétie. J'étais le genre de gars livré à lui-même qui est capable de s'occuper pendant toute une soirée, simplement en essayant gentiment de retourner un dé sur le chiffre six.

Quatre. Trois. Un. Quatre. Deux. Et cinq.

Malgré une patience inusable, je crois que j'étais en train de ruminer des idées plutôt mélancoliques.

Tenez, ça fait des années que j'y pense. Quand on se sent un peu seul, on devient invisible.

J'ai levé la tête vers le barman avec l'idée de lui demander de me tirer une nouvelle stout. Si ma mémoire est bonne, cette bière aurait dû être la quatrième de la soirée à me passer son faux col autour de la langue. Mais encore une fois, là n'est pas le problème. Le problème était que le barman me regardait, mais il ne me voyait pas.

Je n'existais pas pour lui.

J'ai eu recours à un geste autoritaire. J'ai claqué sèchement des doigts pour qu'il accommode sur moi. J'ai renversé mon verre avec l'intention de le casser. J'ai culbuté un tabouret. Je lui ai souri. Et je suis entré dans son monde. Il s'est demandé si j'étais ivre.

Sur le point de me servir, le barman, dont le nom aurait bien pu être Sam, à moins que ce ne fût Slim, m'adressa un signe tournoyant du poignet. C'était un larbin avec les commissures de lèvres les plus pessimistes que j'aie jamais vues. Ses yeux s'incurvaient vers le bas. Il gardait constamment le silence. Il me sembla toutefois distinguer qu'une ébauche d'humanité dégelait le glacis de son visage. A peu de chose près, il souriait à son tour. Un comportement aussi événementiel m'encouragea à me retourner. Je le fis avec lenteur, glissant sur le rond de toile cirée usée et lisse de mon siège haut perché.

En face de moi se redressait un petit homme courtois, dont les épaules trempées témoignaient de la solide averse tombant sur la ville. Tandis que je le dévisageais avec incrédulité, il me tendit une main nerveuse, secoua la mienne et dit qu'il me félicitait.

Dès qu'il m'eut expliqué pourquoi, je sus que j'étais en train de vivre l'un des moments de joie les plus intenses de mon existence.

C'était fait.

Fletcher Allen, le manager de l'Aberdeen, venait de m'engager comme second cornet. Mon rôle se bornerait à assurer le contre-chant, à être le faire-valoir des sonorités de Freddy Kappard, mais l'encouragement était de taille. Il venait de la part d'un type qui avait été professionnel à seize ans et qui lui-même avait joué sur les riverboats, sous la direction d'un crack comme Fate Marable.

Nous avons bu du champagne. Bud Scott et Ed Garland sont également venus arroser l'événement. Bessie Tornado Jackson et Freddy Kappard m'ont annoncé sous le sceau de la confidence que d'ici quelques mois ils partiraient pour Chicago. La place de premier cornet serait libre.

On était le 7 mai 1915, exactement. C'était, par pure coïncidence, le vendredi de mes vingt et un ans.

Quoi? Vous souriez? Vous faites des calculs? Vous vous dites : un bébé trouvé, comment peut-on savoir s'il n'était pas né de la veille? Voilà les êtres! Je vous déteste! Puisqu'on en parle, sachez que sur le plan légal, le jour et l'heure exacts de ma naissance avaient été déterminés sur simple arbitrage de Bix Blind Cotton.

L'aveugle, je devrais dire mon premier père, avait, dans sa grande déraison, décidé que j'étais venu au monde avec un châle sur les épaules à l'endroit – Saratoga Street – et à l'heure – approximativement trois heures du matin – où mes braillements de nouveau-né avaient dirigé ses pas vers un amoncellement de poubelles.

Il n'oubliait pas qu'il avait dû soulever le couvercle de l'une d'elles pour me permettre de voir le jour. Que j'étais englué dans un placenta de jambalaya, le nez, les oreilles empiffrés d'un reste d'huîtres et de gros haricots, tourbillonnant la main dans un geste de colère pour m'en débarrasser. Devant Dieu, il avait donc accompli les gestes de ma délivrance. Torché ma fente encombrée d'un bon peu de caca, désassemblé mon torse d'un cordon de ferraille, grand ressort de matelas qui m'emprisonnait aux restes d'un vieux costard, et m'avait forlancé, braillard et vivant, du tranchant de quinze couteaux sans manche et d'une soupière hors d'état. Si c'était pas donner les fers, ça! Si c'était pas aller au forceps! Faire de l'obstétrique de terrain! Minçalors! Il me semble! Bien mal embouché le faquin d'état civil qui aurait contesté la validité de l'acte médical! Un sauvetage en terrain vague que Bix Blind Cotton et sa vaillante épouse Sally Providence n'ont d'ailleurs jamais cessé d'évoquer entre eux que comme « une sorte d'accouchement grabuge ».

En tout cas, ce fameux 7 mai 1915, les journaux du jour titraient sur le naufrage du paquebot anglais *Lusitania*, torpillé par un sous-marin allemand U 20 à quelques milles marins au large du cap Old Head of Kinsale, sur la côte sud-est de l'Irlande. Je m'en souviens parce qu'au coin de Saint Ann Street et de Burgundy Street j'avais acheté une botte de roses afin de les offrir à Tokyo-Rose. La fleuriste avait enveloppé le bouquet dans la une de l'édition du soir.

Tandis que je courais dans les rues pour annoncer à mes femmes la nouvelle de mon engagement, la foule commençait à se rassembler près des kiosques à journaux. Les visages étaient défaits. Parmi les mille deux cents victimes du naufrage se trouvaient cent dix-huit de nos compatriotes. Le président Woodrow Wilson protestait énergiquement, en se fondant sur « le droit des citoyens des pays neutres à utiliser n'importe quel bateau, même ceux des pays en guerre ».

C'était la première fois que j'entendais parler d'une bataille abominable qui faisait rage là-bas, en Europe, et enterrait des millions d'hommes. Une photo représentait des soldats français, debout dans une tranchée à Souain. Ils attendaient le prochain assaut vers les lignes allemandes. Il était aussi fait mention de la cote 119, en Artois, et de trois mille trois cent soixante-cinq canons légers du côté français. Le reste de la feuille en ma possession avait été trempé par l'humidité des fleurs et s'était déchiré.

Une fois de plus, je ressentais une violente exaltation. Mes muscles se raidissaient dans mes bras. J'ai couru. Je me sentais capable de faire tout le chemin jusqu'à Conti Street où nous habitions sans reprendre souffle, de grimper nos trois étages et de parler sans m'arrêter. J'enfonçai la porte plus que je ne l'ouvris et suspendis ma veste au portemanteau dans un même élan.

Derrière moi, un léger pas fit craquer le parquet.

– Bonjour, papa Jim Trompette! Bon anniversaire!

Maple avait cousu un magnifique patchwork de boutons sur un coussin et me l'offrait, visiblement fière de son œuvre. T et R entrelaçaient J and T.

Involontairement, alors que je me baissais pour l'embrasser, je reculai la tête. Précédée par la senteur lourde et douceâtre d'un parfum écœurant, Tokyo-Rose venait de s'encadrer dans le couloir d'entrée. Je compris immédiatement la situation. Une fois de plus, quelque chose d'étranger était en train de se glisser entre nous. Elle était sur le point de partir vers un rendez-vous.

Son comportement provocateur me fit songer d'abord à mettre un terme brutal à ce jeu avec la cruauté. A la taper. A la battre. A la torgnoler. Les mots se précipitaient dans ma bouche. Je parlai à la fois du naufrage du paquebot torpillé et de mon contrat chez Fletcher Allen. Je mêlai l'horreur de la guerre et la saveur de ma victoire. J'étais un peu ivre, je crois. Tokyo-Rose affichait un curieux sourire. Mes paroles résonnaient, étranges et sombres. Elles correspondaient aux ténèbres de ma propre poitrine. Je me disais comment peut-elle m'aimer si elle se moque de moi en un moment si grave ?

Elle a fait un pas en avant. Elle avait le regard vide et lointain. J'ai eu la sensation d'un danger qui approchait de son terme. De quelque chose qui se corrompait en elle. Va comme ça ! Elle était prise ! Se délitait. Comme sur la mer une tempête soudaine doit venir. Tout allait s'envoler ! Capoter au loin ! Balayé ! C'était l'énorme de la vague du fond qui venait et jouait subit ! C'était sa poigne furieuse qui arracherait la digue fragile sur le point de se rompre !

Tokyo-Rose tourna vers moi un regard agrandi par l'égarement. Elle venait de mordre sa lèvre inférieure. Elle inclina la nuque. Elle ferma un poing, le long de son corps, comme si elle puisait en elle un dernier sursaut. Une infime résistance à l'encerclement. La certitude m'envahit, si je n'agissais pas, si je ne volais pas à son secours, qu'elle allait abandonner la lutte, accepter définitivement la pente – cet état de dédoublement de sa personnalité, ce somnambulisme avilissant que nous avions vécus ainsi qu'une lente combustion. Comme la destruction de son propre cœur.

Elle a progressé mécaniquement en direction de la sortie. Je l'ai accompagnée jusqu'à la porte. J'ai fait attention de ne pas la toucher. Je me suis demandé une dernière fois si je l'aimais jusqu'à la folie ou si j'étais gouverné par elle.

Mes nerfs s'étaient mis à bouger, vivants comme des cordes, au fond de mes muscles. Sans que j'eusse vraiment pris le temps de mesurer la conséquence d'un tel acte, j'ai frappé Tokyo-Rose au visage. Je l'ai fait avec une grande sauvagerie. Avec un voile rouge devant les yeux. Un peu comme si elle méritait la mort, ce trépas voluptueux qu'elle évoquait si souvent à propos de l'amour. Sa tête a porté violemment contre le mur. Elle s'est arrêtée de bouger un moment. Elle était de dos. Elle a glissé lentement jusqu'au sol en laissant une traînée pourpre sur le papier peint. Elle est restée immobile, les membres rassemblés en arrière de son corps. J'ai pensé aux ailes repliées d'un oiseau mort.

Maple a porté la main devant sa bouche.

– She is dead... Tokyo's dead! a murmuré la petite fille.

Elle m'a foudroyé avec ses yeux terribles :

– Tokyo-Rose a pas eu peur, a-t-elle triomphé.

J'ai lâché le bouquet de roses que je tenais toujours de la main gauche. Tokyo-Rose s'est détournée lentement. J'ai entrevu entre les mèches défaites et ensanglantées de sa coiffure savante un regard ardent et un visage d'adolescente noyé dans un sourire farouche. J'ai capté en un instant mille pensées secrètes qu'elle n'arriverait jamais à me transmettre. Sa lèvre inférieure s'est mise à trembler. Je l'ai aidée à se redresser sur ses jambes. Les yeux soudain brouillés de larmes, elle s'est enfuie, puis s'est immédiatement arrêtée, certaine que j'étais celui qu'elle cherchait depuis longtemps, puis continua sa marche précipitée et cependant se retourna encore. Elle se dirigea vers chez nous. Vers notre coin. Vers la profondeur de l'appartement, m'encourageant presque à la suivre, à la rattraper. C'était ce jeu éternel de la crainte et du désir. De la passion et de la honte.

J'étais tremblant en l'embrassant, coincée contre le chambranle de la porte de notre chambre. De son index, elle a effleuré l'intérieur de ma cuisse. J'ai sursauté.

Subtile accompagnatrice, infaillible devineresse, Tokyo-Rose m'a dévisagé. Elle a plaqué sur ma bouche le plus doux baiser qu'elle m'eût jamais donné avec ses lèvres pâles.

– Jim, maintenant que tu as la musique, nous allons pouvoir effacer un peu de cette souffrance. Tu m'aideras, n'est-ce pas?

– Que va-t-il se passer?

Elle a donné un coup de poing sur ma poitrine, puis elle a tenu sa tête pressée contre mon épaule.

Elle s'est abandonnée.

– Jim, a-t-elle dit, si tu deviens le meilleur trompettiste de Storyville, j'irai affronter le fond de ma caverne. Le temps de marcher dans la rue aura cessé pour toujours.

J'ai dévisagé cette femme étrange. Gorge de neige. Gorge de froid.

– Si je suis le lion à la maison, est-ce que je pourrai me fier à la douceur de tes lèvres?

Elle a levé son visage vers le mien :

– Je jure que je m'abandonnerai à toi jusqu'à ce point infime où la lumière ressemble à une mort acceptée. Et ton nom vivra éternellement.

– Que veux-tu dire?

– J'aimerais que tu me fasses un enfant.

Maple avait ramassé les fleurs éparses.

Sans nous consulter, elle commença à les ordonner dans un vase.

75

J'ai passé mon temps à aimer Tokyo-Rose avec plénitude.

Au milieu du jour, elle levait souvent sur moi ses yeux attisés de ferveur mystique. Son minois aux pommettes saillantes n'exprimait aucune hâte. Aucune émotion.

Elle disait dans un souffle :

– Console mon cœur. L'amour est une fleur de juillet. Elle s'ouvre au mois d'avril.

Elle m'entraînait sur notre couche. Elle ôtait ma chemise. Elle dégrafait mon pantalon.

Elle se penchait sur mon ventre.

Elle le peignait avec le merveilleux reflet noir de ses longs cheveux. Elle y dessinait une envie, puis commençait à meurtrir mes chairs en les pinçant. Elle s'y prenait d'abord avec douceur, comme on tente une ruse nouvelle. Elle m'abandonnait sur un coup de griffe.

Elle ordonnait avec une curiosité hardie :

– Aïe! A l'instant, j'ai envie que le coq soit sur le lit!

Je la saisissais. Je retournais son corps frêle sur les draps froissés. Je disposais d'elle. Elle m'offrait toute sa vie, toutes ses heures, tout son être.

Au début de notre union, son visage exprimait presque toujours une nuance de crainte et de refus. Comme si mes doigts touchaient à des chairs douloureuses.

Même avec des précautions délicates, elle mourait entre mes bras. Puis, d'un coup, elle se pâmait. Elle ouvrait ses paumes. Elle encourageait ma force à prendre son élan.

Elle exigeait, suspendue à son existence triomphante :

– Ouvre-moi ! Je te donne le pouvoir ! Mon corps, mon esprit veulent que tu me fasses un enfant.

Elle malmenait nos sexes avec la violence de quelqu'un qui se tue.

Après les spasmes de son long déchirement, je prenais ses mains si délicates, si froides entre les miennes. Je les couvrais de baisers.

Elle paraissait émue. Radieuse. Elle faisait un geste de la tête, mais si léger, si vague, si discret qu'il avait besoin de l'appui de la parole pour qu'on sache qu'il vous était destiné.

Elle murmurait :

– Viens. Viens plus près.

Elle attendait.

– Tu me promets de ne pas te moquer ?

– Oui. Je le jure.

Elle me regardait sans rien dire. Je contemplais l'harmonie de ses traits. Son corps blanc, d'une candeur, d'une cruauté de neige éternelle.

Elle devenait sérieuse comme un juge.

Elle disait :

– Cette fois, en faisant l'amour, je crois que j'ai été belle comme la forme conique parfaite du volcan de Honshu.

Et l'été a brûlé. Et l'automne a souri. Et l'hiver a pleuré.

Maple savait lire le journal.

O man ! Dieu sait si je suis monté jusqu'à la branche en l'air ! J'ai attrapé Tokyo-Rose.

Je me suis frayé un passage dans la musique.

J'ai remplacé Freddy Kappard dès qu'il est parti jouer à Chicago avec un créole nommé Jimmy Noone.

Jimmy Noone représentait une sensibilité à part. C'était un clarinettiste qui stupéfiait par sa mobilité, son élégance, sa préciosité. Au cri il préférait la virtuosité technique. De nombreux musiciens de La Nouvelle-Orléans étaient tentés par Chicago à cette époque. C'est là-bas que les choses du jazz bougeaient.

Sur la scène de l'Aberdeen, nous ne nous en sortions pas mal. La formation avait changé. C'est Walter Waterspoon qui tenait la clarinette. C'est lui qui brodait ses arabesques sur le contrechant ravageur, brouillé ou coquin, glissé par le trombone.

Le trombone, justement, était confié aux joues d'Honore Dutrey, un magnifique musicien qui nous a accompagnés jusqu'à ce qu'il rejoigne King Oliver.

J'avoue que la venue de Waterspoon dans notre orchestre m'avait surpris. C'est de sa bouche que j'appris la déroute du New Chocolate Blue Band. Elle avait eu lieu après la défection inattendue de Roll Mulligan lui-même.

Un beau soir, le vieux sac à pets n'avait plus réapparu. Willie Piazza avait mis un certain temps avant de le remplacer. Sans doute espérait-il confusément son retour.

Quinze jours après sa disparition, Chocolate avait fait irruption dans le bureau de Willie. Il était entré sans s'annoncer. Il ressemblait à ces vieux tigres qui viennent de sauter une fois de trop au travers d'un cerceau enflammé. Il sentait le roussi, détestait les cages et les dompteurs et louchait de ressentiment à l'encontre de l'humanité entière. Il s'était assis comme chez lui sur le bras d'un fauteuil.

Le vieux Satan était enragé de soif. Il avait les

yeux fragiles. Il les protégeait des éclatements du jour. Il avait descendu d'une seule ingurgitation la moitié de la bouteille de scotch placée sur le buvard du patron. Il s'était relevé presque illico. Tout flambait dans son moteur. Il tâtait les murs pour les suivre. Il ramponnait dans toutes les portes. Bing, bang. Il cognait, insensible à la douleur physique. Il grognait :

– Jusqu'à maintenant, j'ai manqué de courage! Ah, mais maintenant, on va voir l'œuvre!

Il avait décidé depuis cinq minutes de se consacrer au salut de sa mère, « personne âgée mais à la beauté inaltérable », dont la santé s'était récemment détériorée de façon alarmante.

A ce stade de leur conversation, Willie Piazza était encore persuadé qu'il était le seul homme capable de sauver la situation. Il avait arrondi la bouche dans l'espoir insensé de prendre la parole. Chocolate l'avait bâillonné d'un geste.

Le contrat? Le pouvoir de l'argent? Son immense talent? Son ouvrage de trompinette? Aux quatre cents diables! Qu'on s'en torche! Qu'on s'en confétise! Il avait d'autres carnavals à jouer! Plus loin! Plus fort! Autrement exaltants!

Afin de mettre un terme à l'entrevue, il avait salué comique. Ôté son chapeau claque cousu d'un phare acétylène pour éclairer la nuit. Embryon d'œil magique. Il avait refermé doucement la porte sur lui. Et tourne-cul à la renommée, avait largué les amarres. Good bye, music! Plus qu'une chose l'intéressait : pouvoir parler d'expériences célestes vécues.

D'après le récit de Waterspoon, il avait réuni sa famille dans la cour. Le chien sans nom. Sa maman. Ils avaient déménagé à la cloche de bois. Comme ça. Sur charrette à brancards. Les ustensiles, tout. Affaire à profiter tant que la vieillarde avait encore assez de forces dans les jambes pour faire la route. Une dizaine de voyages effectués à la piquette du jour. Sans prévenir le voisinage. Un beau matin, pfuitt, le tamaris s'était retrouvé tout seul avec son ombre.

Toujours d'après Waterspoon, Mulligan avait transféré sa nouvelle tanière dans un entrepôt situé au fin fond des docks. A ce qu'il paraît, tous survivants, chien jaune compris, couchaient sur des matelas, à même le sol. On partageait les cancrelats. La saumure. L'indigence. Le dur et les rogatons. On n'en était plus à barguigner le quota des puces par habitant. Elles avaient libre accès. Faute de chair, la vieille maman était la plus épargnée.

Une fois, par hasard de rencontre, Waterspoon s'était retrouvé nez à nez avec Mulligan. Aussi son chien sans nom.

Aimable, Walter. Un peu efféminé :

– Bonjour à vous !

Vous n'imaginez pas ! Ah, la panique ! La déroute extrême !

Les mâchoires fermées à un point ! Le gros boyau à chapeau acétylène portait un lot de planches sur son épaule. Il souffrait le diable de la chaleur et de la courbature. Ses yeux étaient jaune fou. En voyant son ancien clarinettiste qui devenait liant, il avait eu un réflexe de peur. Fuir plus loin ! Wwwrrrttt, était reparti, toton à vibure, béquillant sur ses jambons, vite, vite, le clébard derrière, il ne voulait pas parler. Lier conversation. Rien. Surtout pas la musique. La musique avait vécu. Chaque heure comptait. Il avait claqué net la porte d'un hangar à la binette de son suivant. Fermé à verrou. Clété trois fois. Barré tout, qu'on voie rien. Pas d'interstices. Point de lumière. Vlam, vlam. On entendait des coups de mailloche. De la râpe. Un peu de gouge ou ciseau. Du marteau sur des clous.

Un va-et-vient de scie. Des craquements. Sa tâche, ses travaux étaient si mystérieux que personne ne savait exactement à quoi il consacrait son temps. Même si le soleil chauffait d'enfer, on entendait l'activité.

L'histoire m'avait intrigué.

J'avais tout raconté chez nous. Tokyo-Rose m'avait regardé avec un rien de lassitude.

– C'est le passé, Jim. La vie est pleine de petites âmes qui cherchent leur chemin.

J'ai remarqué alors que la fenêtre de notre salon était tendue d'un grand rideau noué. Ces derniers temps, Tokyo-Rose avait un regard dolent, doué par moments d'une étrange fluidité. Ou alors elle donnait une impression de détachement. Elle rêvait, les yeux perdus dans le vague, le dos de ses mains abandonné sur un coussin posé sur ses genoux. Ou bien encore, elle tenait la main de la petite Maple, lui souriait tendrement.

Toutes deux avaient pris l'habitude de chuchoter entre elles. J'étais l'objet d'une sorte d'exclusion qui m'irritait inconsciemment.

– Non, non, Maple. Laisse, finissait par dire Tokyo-Rose à l'issue de l'un de ces nombreux conciliabules. J'y vais moi-même.

Dans un frottement d'étoffe, elle marchait à pas menus jusqu'à la cuisine en tenant son flanc tiède, revenait en croquant un fruit de couleur invariablement rouge.

Un jour, je la surpris à soupirer. Elle était au creux d'un songe tendre, réfugiée au fond d'un fauteuil. Captive d'un véritable état de langueur.

En découvrant que je venais d'être le témoin de cette marque de faiblesse, elle cacha son visage dans un coussin.

– Bon! Ça va, intervint aussitôt la voix bien timbrée de Maple. Nous avons tenu notre secret le plus longtemps possible. Mais autant que tu le saches, Jim, nous attendons un bébé.

Quelle époque bénie! Tokyo-Rose restait si patiente! Je m'inquiétais. Je passais ma main sur son front. Elle se tenait droite et tendue contre le dossier de sa chaise. Elle respirait calmement. Elle prenait Maple par la menotte.

Elles partaient à la promenade. Deux ombrelles.

Elles se mettaient au lit. Deux chemises de nuit.

Nous étions trois à veiller jalousement sur le petit territoire de liberté que la vie venait de nous concéder.

– Personne n'entrera, soufflait Tokyo-Rose.

– Oh çà! échotait Maple, personne n'entrera.

Je jetais un coup d'œil par la fenêtre, du côté de la silhouette des arbres plus denses. Le soleil descendait plus bas que les maisons d'en face et la lune naissante se donnait des airs de faucille. Une petite mandoline sous la main d'un enfant égrenait quelques bulles de musique. Le cri d'un oiseau de nuit perçait la distance. Je fermais le rideau. Je veillais à ne pas faire de bruit. Je marchais sur la pointe des pieds. Je partais à mon travail.

J'embrassais ma toute-femme. Un souffle. J'effleurais la main de Maple. Je n'avais pas recours à la parole.

Dehors, la rue était harnachée d'or et d'argent.

Nous avons conservé Honore Dutrey au trombone, jusqu'au printemps. En mai, il a été remplacé par Melrose Fast. Dorénavant, c'était John Saint-Cyr qui faisait tousser le banjo et Babby Dodds qui frappait la batterie.

Par bonds et glissements successifs, le ragtime commençait à trouver une composition plus personnelle. L'instrument le plus clair, le cornet, avait à charge de jouer la mélodie. J'aimais lutter pied à pied contre les entrelacs tressés par la clarinette de Walter Waterspoon. Il avait une sonorité rude, proche du bois, et une technique instrumentale assez limitée, mais son vibrato était très personnel. J'aurais pu le reconnaître entre mille.

La clientèle de l'Aberdeen était fidèle et chaleureuse. Les soirs de fête, la salle faisait une consommation prodigieuse de bruits de toutes sortes et cette fameuse nuit, pour se faire entendre au milieu d'une belle joute musicale qui venait d'éclater au milieu des trépignements du public, il a fallu beaucoup d'énergie à Little Negus Fishing pour attirer mon attention.

Negus était un négrillon à la démarche traînante, flottant dans une salopette de son défunt père coupée à hauteur du genou. Nous l'aimions à cause de ses bretelles rouges et de son adresse à manier les *wood-blocks,* des tronçons de bois de différentes essences sur lesquels, expert à la manipulation des badines, il exprimait avec habileté un rythme et des sonorités personnels. Au passage, j'en profiterai pour dire que Baby Dodds, notre batteur, était l'idole de ce gosse ingénieux. Et c'est bel et bien Negus qui lui permit de personnaliser son travail de percussion en ajoutant à son instrument un certain nombre d'accessoires comme ces fameuses *cow-bells* qui firent son succès.

Pour en revenir à Negus, sentant qu'il me tire vers le bas, grippe le revers de mon pantalon, secoue, je commence à trouver son comportement étrange. Il est agité. Les deux bras en l'air. Il parle. Il hurle. Vocifère. Vibrionne sa langue rose et étalée. Expectore une salive d'inondation. Mouillé lui-même de la tête aux godasses. Trempé jusqu'à l'os. Pire que s'il avait nagé la traversée du grand Mississippi.

Le vacarme à chaque table festoie ses éclats de rire. Le jazz-band éclate ses cuivres. Je conque ma main ouverte derrière l'oreille. Je n'entends pas ce que me dit le putain de gosse. Pas une broquille. Des miettes. Il se dévisse. Il rehurle. Il rosit sa grande gueule à tout va.

Je fais signe à Waterspoon que je passe la main. Je saute de l'estrade. Je me penche vers le possédé. Il me secoue. Il m'alerte. Que je le suive. Tout de suite! Tout abandonné! Il s'étouffe. Il a couru. Il est hors d'haleine. Le message vient de loin. Il est impératif. Il est vital. On ne remet pas en question un appel à l'aide. Coups de pied. Coups de poing. L'enfant me bourre. Me tire. M'avance devant lui. Allez, allez! Je quitte.

Nous godassons sur des pieds. Perçons la forêt noire des danseurs. Coupe-coupe. Negus écarte. Hanches à lianes. Camisoles bambagines. Seins en doucette. Ambiance sonnaille. Cœurs verroterie. Ça mousse sous les aisselles. Bascules à ventres. Fesses à gondoles. Ça féconde. Ça poisse. Ça visque. C'est sexe. Des centaines de corps à traverser. Tout à la brousse, je m'inquiète quand même.

– Qu'est-ce qui se passe? En réponse, Negus

pleure. Verse des larmes énormes. L'âme et puis tout. Cambouis inconsolable. Y a pas de remède. Le poupard en salopette montre les mains au ciel. Pathétique. Y a pas d'histoire! C'est moi qu'il faut! Maman Kaputt est mourante! Elle me réclame! Elle me veut! Elle a besoin de ma présence! Appelle mes soins! A l'aide! Au désespoir! Il faut l'aider à quitter. Elle crie après moi. Perd ses esprits. Elle geint. Déraille. Déparle. Se désespère. Ah, si l'ingénieur!... L'instant d'après, elle est prostrée. Elle fixe. Elle est éblouie. Son fils Mulligan pleure. Et ainsi va le tableau brossé par Negus Fishing. C'est pas de la nouvelle énorme?

C'est.

Je sors derrière l'enfant. Trouve une nuit comme un four. La pluie, des cordes. Personne dehors. Circonstances pires et plus tragiques encore, un flux du ciel tombe et crépite. La ville est sous la foudre! Un orage d'une rare violence. Zigzags au magnésium. On avance. On ne voit rien. Défigurés toutes les huit secondes par des éclairs maousses. Le nez qui part en ombre chinoise jusqu'aux oreilles et revient s'éteindre comme un mégot au-dessus de la bouche. Des grands nuages violets qui restent en suspens et sitôt après s'escamotent. Negus me prend par la main. Il crie qu'on va jusqu'au quai Canal Street. Qu'on s'dépêche! C'est vie ou mort! Bon, on s'emballe. On couraille. On flaque dans les bénitiers d'eau. On bouse, on s'engouffre dans la nocturne glissade. J'entends des craquements d'immeubles. Moi, en plus, retourné profond par la mauvaise nouvelle. La tête en feu malgré l'averse. Douteux malgré tout. Plein les genoux. Flairant le piège et l'avanie. Ce foutu Mulligan. J'aurais dû gaffer sa reprise de frénésie. Waterspoon m'avait prédit assez. Pourtant, je cours. J'y vais! A bout de patience!

Je me raplatis dans une flaque. Partout, je gode. Les cheveux serpillent. Touffent. Etoupent. Le vertige m'emporte. La pluie pluite. Le caniveau canivelle. J'ai l'arrière-pensée de me renfourner profond dans la mélasse.

On arrive. On est dedans. On est jusqu'aux genoux. Barboteux. On n'est déjà plus existants. Epuisés. A tordre. Ahuris. La porte d'un hangar est ouverte.

Chocolate en surgit.

– T'es v'nu! T'es v'nu! A boire! Viens, mon Jim. Embrasse-moi!

Il m'entraîne dans les entrailles de sa grotte. D'abord je ne distingue rien et puis, graduellement, par lampes à colloïe et jets acétylène, j'entrevois, je devine le chantier.

Là, devant moi, chevillé, soudé, étayé, calé, dressé, haut comme un moulin, s'élève un obus de bois, pointe tournée vers le ciel. Sur son flanc, une rampe, un escalier progressif conduit en douce déclivité jusqu'à une porte entrebâillée.

– Scientifique! clame l'ancien cornettiste. Rigoureusement conforme!

J'en reste bille. Il hennit de plaisir.

– Mieux que ce Verne! hurle-t-il. Cent fois mieux que lui! L'engin est maritime... et stellaire à la fois!

Je m'essuie le front. Je titube de fatigue. Je distingue une ligne de flottaison matérialisée au goudron. Des hublots. Un gouvernail. Des ailerons. Des tuyaux métalliques répartis sur le pourtour supérieur de l'engin.

Mulligan suit mon regard.

– Les échappements, me confie-t-il avant que sa voix ne soit couverte par le roulement du tonnerre qui redouble. Et quelle nuit, n'est-ce pas? glapit-il, emporté par un accès d'enthousiasme.

Il montre la voûte noirâtre, zébrée, surtendue d'archivolts.

– Vois cette force électromotrice! s'extasie-t-il. Vois tout ce carburant qui roule et descend sur la terre! Vois comme les autorités d'En Haut y mettent du cœur pour m'aider dans ma tâche!

Il pue jusqu'à moi et s'approche. Il me confie à l'oreille :

– Dieu lui-même est intrigué par mon invention!

J'en grelotte dans mon jus. Clapote. Il en profite.

– Quoi? s'étonne Mulligan. Tu n'as rien compris?

Negus Fishing se marre. Il plonge un doigt ramoneur dans son nez. Ecouville. Hérissonne.

Chocolate bougonne.

Il coursote jusqu'à une caisse de whisky. Il en extrait une bouteille. Il fait un signe à son grouillot en salopette-overalls et lui désigne l'emballage.

– Vite, Negus! Du trot! De l'enlevé! Monte-moi la boisson dans la soute avant. A droite du conducteur.

Il se redresse. Débouchonne le flacon avec les dents.

– Toi, tu vas m'aider, Jim. Confiance. Confiance. C'est l'embarquement.

– Ta mère? je m'inquiète.

– La reine? Formidable! Je n'ai jamais vu quelqu'un d'aussi fort. Hier, elle était morte. Aujourd'hui, devant l'imminence de l'escampette, elle est gazelle!

Il s'approche une nouvelle fois en confidence. Pue ce qu'il faut. Asperge.

– Figure-toi, elle a voulu grimper seule dans notre fusée. Sans aide. Seulement avec l'appui moral des trompettes. J'ai soufflé une charge de cavalerie et elle s'est élevée sur la rampe. A l'arraché! Sans effort apparent. Par la géante échelle!... Depuis, elle est dans l'habitacle. Elle flaire. Elle suppute. Elle attend. Elle campe sur son siège. Elle visse son diadème. Elle a changé les pinces de crabe contre des antennes de homard. Elle prétend que c'est plus tactile. Le clebs est à ses pieds. Y bouge pas. Tremble pour ses puces, l'imbécile!... Des fois que j'en voudrais pas. Trop de bouches à nourrir. C'est un chien, il a peur du lest.

– Vous emmenez de la nourriture?

– Beaucoup. Enorme! Une fortune! Des légumes. Oignons. Maïs. Et du gin. Des plantes vertes aussi. Espèces à feuilles larges. Pour respirer au-dessus de l'oxygène, quand il viendra à manquer. Une carabine à détruire les requins. Et une canne à pêche pour faire un peu de maquereau.

J'envisage de prendre congé.

– Tu ne visites pas?

– Non.

Je lui demande de saluer sa mère de ma part. Il tourne à la violasserie. Devient fumasse. Exprime un veto formel. Il rote, par supplément.

– Pas question de me laisser tomber maintenant, fils. Ce serait de l'assassinat! La reine vit ses dernières heures. Un départ ajourné lui serait fatal.

Il m'entraîne devant l'orage, à la porte du hangar, et inspecte le ciel empli d'un étrange fluide électrique.

– Que reste-t-il à faire? bredouillé-je.

– Le plus délicat, grimace l'astronaute. Le plein de carburant.

Aussitôt je comprends que nous retombons dans la grande perspective célèbre. Que les fleurs à nouveau embaument la charognerie, la puanteur, le gouffre à merde de son jardin perdu. Je le regarde avec des yeux égarés. Je le secoue comme pommettes en saison.

Il se dégage. Ruine ma colère d'un seul regard.

– Simple geste scientifique, pérore-t-il. Nous allons capturer les éclairs.

L'orage continue à lancer ses beuglées fusantes. Ça jaillit tout près de nous. Des étincelles. Une gerbe.

Les yeux du vieux s'allument.

– Ça va être le moment, susurre-t-il. Le grand moment.

Il me tend un sac de jute. Lui-même s'empare d'un autre réceptacle de même nature. Il surveille la foudre qui roule sur le hangar et brusquement déverse sa fontaine de lumière.

Plus rapide à la course qu'un enfant de dix ans, le lard énorme s'est lancé au-devant du feu qui roule. Avant qu'il ne creuse la terre de sa brûlure, téméraire, givré, habité, il entrouvre devant l'éclair les lèvres de son sac! Pas de sens commun! Hop! Le héros des tonnerres enferme la denture de lumière crépitante dans l'étranglement de sa gibecière de fortune. Sa chemise est mordue, lacérée au passage. Le bide, il efface. Son pantalon n'a plus qu'une jambe, il est brûlé, roussi, tombe, se relève plus fort que dix tempêtes.

Il rit. Il crie. Il vocifère :

– C'est dans la famille de se faire frapper par les éclairs! P'pa a été flambé sur la joue. Ça l'a ébréché jusqu'aux gencives! Il est resté mort deux jours dans le jardin.

Il surveille dans le proche avenir du ciel une succession d'illuminations et d'échos retentissants qui ne sont pas pour nous. Il est déçu.

Il se ranime. Un autre éclair.

– Çui-là va tout fricasser!

Il y court.

Battement de pieds. Déchassé. Dégagement. Entrechat. Jeté battu. Et pour finir, glissé.

Il l'enferme, il l'ensaque. Et de deux !

Il se tourne vers moi.

– A toi ! L'autre, là ! Le beau ! Dans ta carnassière, je le veux ! *Thunder power !*

Et vous n'avez jamais rencontré quelqu'un d'aussi sérieux.

Quinze fois, on va au brasier. Moulinets. Ecarts. Voltes et ronds de jambe. On risque nos vies. On en réchappe. On ouvre et on referme nos besaces. Des éclairs partout ! Il en passe des milliers d'autres. Des brisures tombées du ciel. On en loupe ! Je me fais engueuler. De temps en temps, cymbales ! On est secoués comme des marmites. Poussés sur le derrière. Le pied pris par une crevasse. Tenus en l'air par un hoquet de soubresaut. Voltés vifs ! Ou la main dans la main, soudés autogènes, Mulligan et moi, brasés par le grand chalumeau de la nature, on tétanise, liés comme une ferronnerie ambulante. On saccade. On claquote. On se mord la langue. On se reconnaît plus. On se détache. On flageole. On divague. C'est jamais fini, les tambours reprennent leur boum. Negus Fishing s'en mêle pas. Quand la fournaise grésillante s'éloigne enfin, Mulligan reste encore un peu sur place. C'est pas une personne à perdre une miette de quelque chose.

Et puis la pluie se jette sur nous. Elle nettoie tout. Ravine.

L'amiral aux foudres abandonne le terrain à regret :

– On a rempli dix sacs, il évalue. Ça devrait suffire pour nous élever au-dessus des Bermudes. *Thunder power !* il répète.

D'un coup, devant les terres grises, les fondrières du no man's land qui glissent en pente douce jusqu'aux berges du fleuve, je me sens un peu égaré. Faible derrière les genoux.

– Allez! Allez! Tous à la salle des machines! tranche le maître d'œuvre.

Je l'aide à charger dans la soute son carburant utopique. Nous gravissons un escalier en colimaçon. Nous débouchons dans la cabine.

– Partie habitable. Couchettes superposées, annonce brièvement l'inventeur.

Charmant intérieur. Du coquet. Du féminin. Un peu de velours. Une glace. Les parois incurvées sont papiétées de propre. Motifs à palmiers. Moulures en cuive. Tringles et rideaux aux deux hublots. Une patère. Un parapluie. Un réchaud. Une houppette. La Bible.

– Grand fini d'art! fait apprécier Mulligan en me précédant dans le corps de la fusée.

Il tâte la porte du sas au passage :

– Bonnes ferrures. Les poignées, les gonds valent une fortune.

Plus loin, des cadrans, des fils, une barre de navire. Nous passons respectueusement devant le poste de pilotage, son siège de barbier.

– Le cannage est neuf. Ensemble monté sur socle girant. Appui-tête incurvé. Tige mobile. Emboîtage de la boîte crânienne. La nuque de l'astronaute est maintenue fermement. Notez les coussinets rembourrés afin d'éviter les ecchymoses en cas d'accélération trop brusque ou de cabrade de l'engin.

Le gros bonnet de l'astrophysique passe devant moi comme si c'était toujours délicat de montrer des choses sérieuses aux gens du commun.

Sans égards particuliers, il m'enjambe. Il a chaussé des socques, enfilé un peignoir vert et mauve. Nous contournons un alambic, installé contre la paroi à des fins mystérieuses de production de vapeur ou de distillation frauduleuse. Vlap, valp. Il traîne des pieds.

– Toutes les énergies sont en double, se vante-t-il. Nous sommes à rames et à aubes, à voiles et à thermo-énergie. Les parois des hublots sont souvent triples. Celui-ci est à vision grossissante.

Il en profite pour jeter un coup d'œil sur le devenir du ciel. L'orage caracole sa suie au-delà du fleuve, chassé par le vent du sud.

– Vite, s'écrie le pionnier des espaces, la voûte dilate! Les nuages fuient! C'est le moment de la largue!

Je relève la tête. Je me cogne. Un œuf.

Je tourne la joue. Je m'entige dans une manette. Une borgne.

Chocolate hausse les épaules avec mépris.

– Au laboratoire! soupire-t-il.

Il fait un faux départ. Se ravise. Me fixe.

Il brasse l'air vicié d'un geste impérial. Glisse un pet dans son reste de culotte.

– Au fait, Jim, dit-il solennellement, et il désigne le fruit de ses habiletés de cerveau, l'ensemble de l'appareillage, pas un mot de certaines choses à quiconque, jamais!

Suivi par Negus, il s'éloigne déjà par le conduit d'un tunnel de verdure. Je m'échine derrière eux. Des plantes partout. Une odeur fade de terreau. Arbrisseaux sur tuteur. Toutes espèces représentées. Azalées, rhododendrons, camélias, magnolias, un olivier doux, deux « giraumonts-confiture » et un « à cou » pour grimper sur espalier.

Je carambole. Cogne. Suis le mur de branchages et de lianes.

Là-bas, loin devant moi, la voix de Mulligan se perd sous le couvert des feuillages :

– Ici, la citerne ! devant nous, les appartements de la reine !

J'obéis aux méandres du labyrinthe. Je me soumets. Tiens, de l'eau saumâtre ! Du marécage ! Quelques iris jaunes. Des nénuphars. Un amas végétal. Je suis en rêve ! J'hallucine ! Ici tout s'évanouit ! Devient vapeur et illusion. La peste, les péchés, les pays inconnus, la barbarie, l'ordre, les civilisations anciennes, nous avons tout dompté ! Mulligan a réinventé le verre d'eau. Il a vaincu deux mille ans de guerre ! C'est aussi simple que ça. Sa force est annihilante. Il a arrêté toutes les armées. Dompté toutes les vilenies. Nous sommes là *par amour*. C'est à vous ficeler le souffle ! Moi qui me demandais ce que je faisais dans la crotte ! Au fond des bois puants ! Au débouché de plusieurs catalpas et de quelques plants de canne à sucre ! Hourra ! La chose est claire ! Elle est tranchée ! Le monde sera jugé par les simples et les enfants ! Je n'ai encore jamais imaginé quelque chose d'aussi beau. Des oisillons s'envolent d'un nid de papier mâché. Je tombe sur de la vraie terre, un pied de tabac à ses débuts, un cageot de patates douces en germe. Piments. Citrons. Robinier. Saule. Menthe. Héliotrope. Je cours devant moi. Je finis le périple.

Grassette jaune, roses indigotiers et même du vulgaire attrape-mouches, la sente de verdure serpente jusqu'au fond de l'obus.

Nous émergeons devant une grotte confortable.

J'aperçois dans l'ombre les yeux de Mulligan qui me guettent au creux de sa face d'omelette.

Il exprime sa gravité du moment avec une voix contenue, inconnue, éraillée :

– C'est bizarre, tu trouves pas, Jim, quand on voit ça ? On doute de pas grand-chose, hein ?

Je le regarde intensément.

Il baisse la tête. Il se gratte. Une puce.

Il dit encore :

– Pour réussir un voyage, il suffit de se mettre loin de l'idéal des personnes sérieuses. Ça prend un peu de temps. Mais c'est ça que j'ai compris.

Au fond de la crèche se tient la reine.

Maman Kaputt est en habits de cour. Manteau brillanté de strass, évoquant le brocart. Sceptre en jonc, levier à faire pencher le monde. Diadème et escarboucles. Et un plein de bijoux. Trois sautoirs de boutons, vestiges des cadeaux de Maple. Allez encore réfléchir. La souveraine d'Altaïr paraît soulevée dans les airs. Rangée sur étagère. Elle est artifaillée à bandelettes. Maintenue. Momifiée. Grise. Maquillée à la bouche. Plumes de paon cousues derrière les épaules. Le chien sans nom dort à ses pieds.

Plongeon.

Je m'incline :

– Madame !

Je m'agenouille sous la poussée bourrue de l'amiral des féeries.

– Du respect, il m'intime.

– Majesté.

Je révérence.

– Plus bas !

Mulligan me raplatit jusqu'au sol.

Maman Kaputt sourit. Parfaitement. Du fond du coma. Elle fait un bruit de bouchon. Elle me remet. Elle s'irrigue. Elle réfléchit au fait de ne pas se pousser de travers et, du fond de son fauteuil, s'incline vers moi. Raide comme un arbre. Elle tombe dans mes bras. On prend un petit temps. Au toucher, elle est rêche comme un tronc sec. Je la tiens étroitement enlacée.

L'effet que je lui fais !

– Ah, monsieur l'ingénieur, elle ânonne. Il me

faut des fleurs. Beaucoup de fleurs. C'est ce que je respire le mieux!

Vieille jacasse, elle murmure, inintelligible :

– Je suis trouble par les yeux.

Mulligan me la désigne avec solennité. Ses pupilles sont embuées de larmes :

– Ta mère! il fait. Je t'avais prévenu!

Je remets doucement Maman Kaputt en place. Vieille icône au fond de sa niche. Je la cale. Coussins, vêtements, madras. Qu'elle tienne. Je bourre le siège. J'étaye. Je ligote. Je sangle.

Je m'approche de son visage en papyrus. Je souffle pour elle seule :

– Vous verrez... vous ferez votre trou au ciel.

Elle ferme les yeux et les rouvre pour bien montrer qu'elle a compris.

– Avec ma canne, elle dit.

Elle se lèche les lèvres. Elle a un petit frisson dans l'échine. Je jure qu'elle me fait un clin d'œil.

Tout le reste, ce qui est advenu après, j'ai pas bien envie de vous raconter.

Ou alors, comme ça. En va-vite. Des images.

Mulligan qui enfile un bonnet de pilote. Pose des lunettes de vitesse sur son front.

Sa phrase :

– Faut y aller! Le ciel est pas ouvert pour des siècles!

Cet autre rugissement :

– Tous à la manœuvre! La main d'ssus! Ho hisse!

Avec Negus, on a creusé les reins. On a poussé l'obus sur ses roulettes. Comment? L'immense bataille! Allez savoir! La terre résiste. La grande barrique interstellaire frémit un peu sur son socle. On met tout notre sang. On s'arrache au treuil. On palanque. On rappelle. On tire. On pouce. On s'arc-boute comme des portants d'église. Le négrillon et moi, on aurait décollé n'importe quelles deux cents tonnes pour les arracher au sol. On l'aurait fait.

Oh, très grande lenteur. Tortue. Effort testudinaire. Nous progressons infime.

En barriquant, l'obus a dégouliné comme une patate jusqu'au Mississippi boueux. Il a plongé, après une dévalade apocalyptique. Gerbe maousse et verticale. Blanc d'écume. Eclaboussure à cataracte. L'engin bucentaure a plongé dans le lit du fleuve, est remonté doucement, par ses propres moyens.

A mi-surface, hésitant dans l'entre-deux-eaux, le dos nautique du spationef a billé un peu sur place. A fini par se caler d'aplomb. S'est mis à flotter sur sa jauge. Une tête a passé du capot d'ouverture, faramineux astronaute marin.

La grande voix de Mulligan a barri sous la nuit étoilée :

– Jim ! Jim ! Maman est morte !

Après un silence, il a cherché où ça le menait. Il a regardé du côté des poussières d'étoiles. Tous ces champs à glaner.

Il ajouté :

– Je s'rai oiseau tout seul...

La sagesse sort du clown.

L'engin s'en allait au fil du courant. Goûtait au gros bouillon. Déviait vers le large du fleuve.

Mulligan avait sorti les avirons. Souquait galère vers Altaïr.

Avec Negus, on l'a suivi un moment à la course et brusquement, après un tas de sable, le quai s'est interrompu, tronçonné net. Moignon d'adieux devant l'immensité clapotante du fleuve. On est restés seuls dans l'obscurité qui effaçait la peur et la distance. On était bouclés derrière une invisible barrière.

La voix de Mulligan a gueulé une dernière phrase emportée par le flot, un morceau de chair vivante, une sorte d'encouragement d'homme soûl :

– Les filles ont des nichons!

C'était ça qu'il fallait dire, ben tiens, pardi!

Des fois, je suis bien heureux de ne plus avoir rien à vous raconter dans la bouche. Les pages doivent tourner vite.

Sous la poussée d'un vent d'oubli.

77

Au moins, il y a quand même ceci de sûr : parce que j'ai appris par follerie d'amour à connaître la superficie du Japon, trois cent soixante-dix mille kilomètres carrés, et l'altitude du Fuji-Yama, trois mille sept cent soixante-seize mètres, je ne me considérerai plus jamais avec orgueil comme le propriétaire d'un bonheur exclusif.

Je ne compte pas m'étendre avec complaisance sur l'épilogue de mon étrange liaison avec Tokyo-Rose mais je tiens à en relater les faits.

Elle avait mis au monde un fils. Notre fils. Nous l'avions appelé Shôwa, qui signifie « Ere de brillante harmonie ». Elle accomplissait ses obligations de mère avec des gestes soigneux, empreints d'une infinie tendresse.

Pour moi, grande transe ! Ce petit turlupin faisait merveille sur ma personne. Mes réveils étaient limpides! Ils ont été des splendeurs pendant trois mois! Je ne jurais que par la perspective d'un jour nouveau. Je chantais à la toilette! Je sifflais au rasage! Je bidonnais le ventre à table! Tokyo-Rose avait peine à me calmer. Maple accourait à la rescousse. Faisait les yeux terribles :

– Jim! Tu vas indisposer les voisins avec tes éclats de voix! Déjà une chance qu'ils nous supportent!

Les voisins?... Nous avions des voisins? Je n'en avais cure! M'en balayais partout. Qu'ils restent avec leurs idées sur nous. J'étais si agréablement seul. Roulé dans l'égoïsme. Nous, on était tribu à part. On mijotait dans l'élevage. Dans l'heure des tétées. Shôwa se donnait un mal de rage pour tirer sa part de lait. Je disais à Tokyo-Rose :

– T'as pas de seins! Mais t'as pas d'seins!...

Et j'entendais dans ma tête intérieure la grande voix de Mulligan rugir quelque part sur la ligne déferlante des océans, sur le lac étoilé du firmament : « Les femmes ont des nichons! »

D'un horizon l'autre, je revenais au mien.

On était dans les langes. Dans les frayeurs du petit rot. Il l'avait fait? Pas sûr. Et la bulle? La bulle qui crapulait au coin de ses lèvres, hein? Est-ce que ça n'était pas mauvais signe?

L'après-midi, euphorie! Tout le monde à plat ventre sur le sol. Le dieu Shôwa poussait son caca hors de lui. Expulsait avec vigueur la matière. Triomphe! Ah, la belle selle dorée! Quelle récompense! Et ces progrès à vue d'œil! Mince, tu as entendu? Areuh, areuh, en plus soutenu. En japonais! J'étais gaga.

Shôwa poussait comme un jardin d'agrément.

En cultivant son gosse, Tokyo-Rose me donnait souvent l'impression de faire naître une fleur entre ses doigts. Un bouquet. Elle avait un don pour aider les feuilles tendres à se dérouler dans le sens de la lumière. Le bonheur fulminant était là, vous dis-je! Il n'y avait plus qu'à s'élancer. Sommes-nous pas idiots quand nous grimpons au mât!

Je vais vous dire vite, à la fin, Tokyo-Rose aussi connaissait des moments de fièvre. Elle élevait parfois le gosse au-dessus de sa tête. Notre joli morceau de viande rose.

Elle disait à propos de Shôwa :

– Jim, ce petit corps est ton corps ! C'est toi qui l'habites. Autant que tu t'y habitues.

Elle me tendait l'enfant pour que je l'embrasse. Elle me faisait remarquer :

– Il n'a pas voulu de mes yeux. Il a préféré les tiens. Tes perçants yeux d'ardoise.

Elle réfléchissait :

– Il sera deux fois plus méchant que nous deux réunis. Il lui faudra bien ça pour résister.

Elle devenait soudain mélancolique. Un nuage sur la plaine.

Elle murmurait :

– Il faut être fort comme un dragon.

Elle revenait à nous :

– Promène ton doigt sur la joue du bébé, ordonnait-elle. Vois comme elle est ferme !

Elle m'apprenait à goûter la douceur de sa peau si neuve, à le porter dans mes bras, à étayer la fragilité dansante de sa nuque de poupon. A le renifler pour en bien connaître l'odeur intime.

Tokyo-Rose nous contemplait. Le père et le fils.

Elle disait :

– Moi aussi je suis en lui. Regarde bien. N'oublie jamais. Je suis à l'intérieur. Perdue tout au fond de son être et de sa chair. Dissimulée dans les plis de son caractère à venir.

– Je ne te distingue pas encore. Il a tellement l'air d'un garçon !

– Tu chercheras. Je suis quelque part là-dedans.

Nous déposions l'enfant dans son panier.

Elle me regardait en faisant glisser son kimono le long de ses hanches juqu'au plancher. Son visage conservait le même calme, la même immobilité qu'au premier jour.

– Est-ce que je suis belle encore?

– Si parfaite!

Elle souriait. Ses yeux restaient doux sous la frange de ses cils, bien qu'ils s'irisassent de temps à autre de brèves facettes de lumière froide.

– J'étais faite pour être née dans la grande famille des Fujiwara, disait-elle. Mon père m'aurait alliée à un membre de la famille impériale. J'aurais été puissante et cruelle envers les hommes. Au lieu de cela, je suis devenue matérielle et dépendante.

Elle soupirait. Elle m'entourait le cou de ses bras. Elle posait sa main sur mon ventre. L'instinct! Les femelles savent! En cinq, six grattouillements, elle ouvrait le judas.

– Où est le coq? demandait-elle.

Encore une fois, elle m'avait eu. Elle se lovait dans notre couche.

Elle était secouée d'un frisson :

– Brrr, à Honshu, le volcan est couvert de neige mais tout au long de la roue, les cerisiers sont en fleur.

Je me glissais près d'elle. Elle avait capté toute la fraîcheur du lit.

– Je vais essayer d'être tout en haut avant vous, soufflait-elle.

J'ignorais qu'elle remplissait la mission de sa vie.

Hors, voici ce que les forces du temps qui passe m'ont inculqué : vous croyez avoir trouvé une main, un rire et une bonne moitié de vous-même et, soudain, vous pensez à des centaines de draps froissés. C'est à peu près tout ce qu'il vous reste de ces heures étincelantes passées, étendu et calme, aux côtés de votre bien-aimée.

Un petit matin pas plus gris que les autres, alors que je rentrais au bercail comme un cheval fourbu, je poussai la porte devant moi et trouvai la pièce plongée dans la pénombre. J'étais très étonné de ne pas trouver Tokyo-Rose en train de guetter mon retour. Elle avait pris l'habitude de rester étendue sans dormir la plus grande partie de la nuit. Elle rattrapait son sommeil dans l'après-midi.

Un homme au nez écrasé, avec un feutre et une cigarette allumée au coin de la bouche, se tenait assis sur le rebord de notre lit. Il respirait tranquillement en laissant son regard posé sur le rideau à peine tiré. La fumée semblait dessiner un rire convulsif devant son visage asiatique.

– Je suis monsieur Akira Kakurisumimoto, déclina-t-il sans bouger.

– Très honoré...

– Inutile de chercher Tokyo-Rose, dit-il en coupant court à mon regard circulaire. Elle ne reviendra plus.

– Qu'est-il arrivé? Un accident?

– Pas le moindre souci! Tout est bien! Fameuse journée!

– En quel lieu se trouve-t-elle?

– Ici. Ailleurs. J'ai des visions de boissons fortes. J'imagine des luxures.

Monsieur Kakurisumimoto se détourna imperceptiblement et me décerna un sourire estompé :

– Quinze distingués clients attendaient Tokyo-Rose, cher ami! En son absence, comment dire? Ces gentlemen respiraient mal... Songez que je connais au moins deux hommes respectables, d'une richesse extrême, qui sont restés chastes pendant plus d'un an! Ils imploraient les cheveux, la plante des pieds, les supplices de Tokyo-Rose. Et cependant ils n'ont pas gaspillé un seul geste en direction d'une autre femme ! Je ne vous raconte pas des bricoles ! C'est un cas du monde actuel ! Un banquier ! Un roi de la canne à sucre ! Ils ont jeûné devant leurs bank-notes. La Bourse, l'opium ne leur faisaient rien. Ils voulaient seulement qu'elle reprenne son passionnant travail sur leur corps... Sur leur intelligence, disent-ils.

Chacun son sac plein. J'aurais volontiers cassé une barre de fer sur la nuque de monsieur Kakurisumimoto. Je trouvais sa voix sucrée-salée. Obsédante comme le retour d'une mouche.

La fumée du tabac permettait au petit homme en costume de marquer son territoire. Le pli de son pantalon tranchait l'air. Il remuait imperceptiblement ses doigts de pied dans la gaine vernie de ses chaussures.

Il vous donnait l'impression qu'il eût été malvenu de l'approcher plus près que son rideau de fumée. Traverser les spirales, se risquer au-delà de la lente volute bleue enroulée autour de ses frêles épaules se serait avéré scabreux. Voire mortel. Pour lui, c'était un jeu. A eux seuls, ses yeux furtifs et coulissants l'annonçaient. Ils vous invitaient presque.

– Elle peut leur demander deux mille dollars pour la nuit ! apprécia l'homme à la cigarette en revenant aux adulateurs de Tokyo-Rose. Je n'ai jamais rencontré une courtisane aussi accomplie dans les choses du sexe que cette veuve !

– Elle n'est pas veuve. Son mari est commerçant près d'ici.

– Il ne l'est plus.

– Vous mentez !

– Il a vendu sa femme.

– Vous mentez ! Vous mentez !

– Gros buveur. Il y a trop de choses à expliquer.

– Très bien! Qu'est-il devenu?

Monsieur Kakurisumimoto plissa les yeux comme à l'évocation d'un souvenir indélébile :

– Quand la police a découvert son corps, il était couvert de vomi et de sang. Il a fallu le nettoyer au jet d'eau.

L'homme au complet-veston attendit un instant, retint sa respiration et ajouta en relâchant sa sangle abdominale :

– Deux balles derrière la nuque. Il ne faut jamais s'occuper de ce qui se passe à la table des maîtres!

J'étais un grand type avec une force de bœuf.

Je m'avançai en direction du petit homme avec l'intention de le secouer rudement. Avant que j'eusse été capable de seulement l'approcher, l'espace entre lui et moi se réduisit de moitié et fut balayé par une fulgurance. Je sentis que sa main froide effleurait mes doigts, mon poignet tourna sur lui-même, je glissai gauchement sur le côté, mon épaule fut baignée d'une irradiante douleur, je basculai lourdement vers l'avant, mes nerfs, mes muscles s'étirèrent comme de la vulgaire pâte à tarte et ma tête toucha rudement le sol.

– Vous voyez, dit monsieur Kakurisumimoto en se rasseyant avec un faible sourire. C'est seulement ma main.

Je restai un long moment accroupi, ployant l'arc de mon dos pour en soulager la douleur.

– Tokyo-Rose avait supplié qu'on lui accorde une année de liberté, afin de goûter le miel d'une autre vie. Notre organisation lui a volontiers ouvert la cage. Tokyo-Rose est un rossignol exceptionnel. La pureté de son chant ne justifiait-elle pas qu'un vœu lui fût accordé? Elle a eu le bel enfant qu'elle souhaitait. Mais maintenant, le sablier est vide. Dix jours supplémentaires se sont même écoulés. Je suis venu la chercher parce qu'elle n'était toujours pas revenue de sa propre initiative... Là-bas, ils sont si fâchés ! J'ai peur pour elle... Beaucoup de travail harassant l'attend pour rembourser sa dette !

Je me dressai sur mes jambes. Seulement alors, je me rendis compte de la présence derrière moi d'un colosse mafflu. Une fois réussie ma culbute, pensez ! j'aurais dû foutre le camp comme n'importe qui. Au lieu de cela, je m'attardai à regarder la brute. Son aspect était décourageant. Corps lisse. Ventre pansu. Et une bestialité têtue de lutteur sumo.

– Celui-ci s'appelle Nabunaga, dit l'homme au chapeau. Il est l'un des cinq frères de Tokyo-Rose. Il répond de la conduite de sa sœur sur sa propre vie. Nabunaga n'aimerait pas être en faute. Il est très attaché à la couleur du ciel. Lui-même a des enfants encore très jeunes à élever.

Nabunaga tenait un sabre.

Je fermai les yeux.

Perdre Tokyo-Rose était pour moi une façon inattendue de m'avancer vers la maturité. J'avais cru entrer dans une rivière pour y apprendre à nager. Au lieu de cela, mes poumons s'emplissaient d'eau. Son niveau grimpait dans mes bronches. Et plus j'avançais, moins j'avais envie de me noyer dans moi-même.

– Tant pis pour la fille, m'entendis-je dire à intelligible voix. Mais laissez-moi au moins l'enfant.

Akira Kakurisumimoto écrasa sa cigarette sur le sol.

– Tu peux garder l'enfant, répliqua-t-il en jetant un regard discret vers ses chaussures.

Il grimaça à la vue de la poussière qui en ternissait le poli.

Il pointa l'index dans ma direction :

– Si tu donnes un coup de chiffon là-dessus, je te laisserai l'adresse de la nourrice qui s'occupe de ton fils et Nabunaga va rentrer son sabre.

Je m'agenouillai devant l'homme de l'Organisation. Avec une de mes chaussettes, je redonnai un vif éclat à ses vernis.

– Tu as bien fait d'agir ainsi, apprécia le petit homme quand j'eus complété mon ouvrage.

Je relevai le front et il tenait un parabellum braqué sur ma tempe.

Il alluma une autre cigarette. La fumée se mit à ricaner à nouveau devant ses yeux intelligents. Je crois qu'il n'était pas encore très fixé sur mon compte.

Un frisson me parcourut le dos.

– Vous n'entendrez plus jamais parler de moi, m'écriai-je. Tokyo-Rose n'a jamais été qu'un amusement entre deux autres femmes.

– C'est ce qu'elle a prétendu en rentrant à la maison, dit monsieur Kakurisumimoto. Quand elle a vu combien tout le monde était fâché, elle a éclaté en sanglots. Elle a déversé son fiel à ton égard. Elle a dit que tu avais toujours eu le mépris de son corps. Qu'elle avait passé une année détestable.

Une lueur de joie méchante traversa les yeux du petit homme au chapeau de feutre.

– Ha ! exprima-t-il de façon gutturale.

– Ha ! échota Nabunaga avec une pointe d'amusement dans la voix.

– Ha, ha ! je ris à mon tour.

Ainsi, alors qu'elle m'avait témoigné jusqu'au bout son attachement, Tokyo-Rose m'enseigna-t-elle que, dans le maelström de la vie, un homme peut se trouver obligé d'adopter un compromis entre la justice et le jugement.

Les Japonais sont sortis de ma vie en me laissant une enveloppe bourrée de fric et l'adresse où je pourrais trouver Shôwa. Cela prouve qu'il n'est jamais trop tard pour apprendre à mentir. L'eau s'était retirée de mes poumons.

Mais qu'est-ce que ça veut bien dire, respirer?

78

Dans les profondeurs de mon âme, je crois que j'ai toujours vécu avec la sensation d'être un exclu. De ne trouver ni mon centre, ni ma protection. Ni mon amour.

Evidemment, après que Tokyo-Rose eut disparu de ma vie, le syndrome de la solitude ne fit que s'accentuer.

Les chambres d'hôtel exiguës devinrent mes véritables refuges. Entre quatre murs visibles, j'assemblais plus facilement le puzzle de mon existence insignifiante. Il me suffisait de monter un escalier, de regarder le vide d'une fenêtre, de contempler deux chaises, une table et un pot à eau pour continuer à respirer. Maple en avait marre de se trouver en face de moi sans que je m'aperçoive de sa présence.

Mon imagination surexcitée me poussait souvent au-devant du rêve. Je fermais les yeux et je faisais naître une montagne. Ou bien, comme Mulligan, j'aspirais à faire du monde entier un songe, une forme aérienne dominant la réalité insipide de l'existence. En fait, j'abordais l'époque d'un sacré cafard. Je buvais plus que ma soif.

Shôwa menait à côté de nous une vie de fleur ouverte. Il se bâfrait de lait. Il tirait sa vitalité de tétons énormes, appartenant à madame Dimanche, nourrice sur lieu.

Cette dernière portait toujours des corsages béants de couleurs vives, taillés dans tous les caleçons et autres vieilles blouses de sa famille. Elle avait élevé sous elle quatorze enfants dont huit négrillons sortis de son propre ventre.

Je la logeais dans la chambre d'hôtel située en face de la mienne. Maple préférait dormir au pied de mon lit. Elle avait repiqué au matelas sur le sol. A l'emblème du dénuement.

C'était elle la plus malheureuse. Souvent, dans la journée, elle assurait la garde de Shôwa.

– J'en ai assez, Jim, disait-elle. Un jour, j'vais te plaquer. J'ai pas eu le temps d'être fille et déjà, je me suis retrouvée mère.

P'tite môme! Ma jolie douce! Elle cherchait un appui, des lumières. Partout des trous noirs. C'est moche. Tu tombes et tu tombes. J'avais beau lire dans ses yeux une sorte de déchirement qu'elle secouait bravement pour me pousser dehors au travail, je n'arrivais pas à surmonter le désordre, le chaos, le vide.

Quand je rentrais de l'Aberdeen, les enfants étaient au lit et moi, j'apprenais la froideur de mes draps.

En général, au bout de huit jours dans la même chambre d'hôtel, j'avais l'impression que mon corps se couvrait de poils et qu'une bête était en train de se cacher en moi.

Je déménageais. Nous changions de taule.

Nous errions dans les rues. Toute la smala suivait. Shôwa dans les bras de madame Dimanche, et Maple qui faisait le chien de berger. Passait des uns à l'autre. Finissait par glisser sa main dans la mienne.

Parfois nous faisions notre entrée à la nuit tombée dans une pension de famille. Je nous inscrivais sur le registre. Je considérais les gens qui nous dévisageaient comme d'innombrables ennemis. J'avais envie de rouer de coups des inconnus qui ne me voulaient rien.

Quand je mettais le nez dehors, l'immensité étrangère du monde accourait et tentait de me dévorer. Vite, je cherchais une nouvelle chambre d'hôtel. Une autre fenêtre. Un nouveau pot à eau. Que restait-il de mon corps? J'étais comme une pelote qui se défaisait rapidement. J'avais maigri. Maple répétait sans cesse que lorsque mon regard gris bleu se posait sur les autres, glacé, méfiant, inquisiteur, elle savait que nous allions être chassés du paradis terrestre. Qu'elle ne pouvait compter que sur son savoir-faire et son inspiration de manipulatrice pour arriver à nous recaser sous un toit dans les meilleurs délais.

– Sauf avec les femmes. Alors, là! tu sais t'y prendre, Jim.

Terreur et désir, j'ai joué au vaincu. Essayé tout. Les dames au plume. La bandaison. Les petites combines. Plongeon d'en haut. Traîner l'alcool. Voir bouger le sol. La fume abjecte. Casser le bonhomme, qu'on en finisse! Honte et douleur, mes chères maquerelles! Un petit hors-d'œuvre, une toilette. L'endroit, l'envers, pas de discussion. Bonjour, madame. C'est sans surprise. Gardez voilette, habitude prise!

En ces temps de faux miel, une fleur en valait une autre. Et chaque pute avait sa lune. Parfois, erreur! Un cul pas neuf! Oh, le vilain velours! Vous attendrez bien un brin? La bougie est éteinte. Haut les hanches, s'il vous plaît! Qu'à nous deux, on s'amuse! Chaque branche a ses touffes. Chaque catin ses fortunes!

Ces nuits-là, Maple soupirait. Elle roulait son

matelas et s'en allait coucher chez Shôwa. De temps en temps, j'en paillardais une plus longtemps. Thérèse-Josèphe, une Cadjin, je l'ai gardée trois semaines avec moi. Elle mangeait des tartines. C'est moi qui lui étalais son miel.

Une autre est venue après. Dolorès ou Maria quelque chose. Mexicaine, elle disait. Dame de pique, valet de cœur. Passé, présent, retour d'affection : elle interrogeait les cartes. Tarots, elle voyait des guerres. Pendule, elle annonçait des voyages. Dégustait du café. Lecture en plein marc, me promettait des millions de dollars.

Et puis un jour je lui ai collé une beigne.

Finish, l'avenir. Elle s'en battait.

Pendant tous ces mois découpés dans un vélin jaune, je me sentais une tête de fourmi. Je n'avais plus de limites. Plus d'ombre. Je ne comprenais même plus pourquoi un adulte doit se laver ou prendre la parole. A part souffler le blues dans mon cornet, je ne savais guère comment on s'exprime autrement qu'au travers de trois petites notes bleues d'urgence.

Une nuit, l'Aberdeen devait faire relâche. Je m'étais mis au lit de bonne heure. Je ne me sentais pas bien. J'étais tiède dans mon jus.

Alors qu'un sommeil agité m'engloutissait, j'ai vu se dresser devant moi un monstre horrible. En fait, il était debout derrière la porte, mais il était tout de même visible. Il martelait ses flancs, sortait des trompettes, des coulisses de trombone, des dièses et des clés de fa de la poche de son ventre de wallaby féminin. C'était un monstre monté sur deux vieux jambons postérieurs immangeables. Il couchait ses oreilles de lapin en poussant des glapissements abominables. J'ai pensé : « Ce sacré truc à poils va réveiller les enfants, il faut que je le fasse taire. Il va renverser la porte, l'éjecter de ses gonds et faire du scandale ou m'étrangler devant les mioches. » J'étais persuadé que c'était un monstre en état d'ivresse. J'ai sorti de ma poche, comme si c'était naturel, un fusil de chasse à douze canons sciés et j'ai déchargé les bourres de chevrotine en une seule fois sur cette créature qui dépassait les limites.

J'avais la tête en feu. Maple est entrée dans la chambre. Elle avait très peur de s'approcher de moi. Elle m'a dit :

– Jim ! Qu'est-ce que c'est que tout ce trafic ? Tu tapes sur le mur, tu casses ta lampe. Tu vas réveiller Shôwa. Et moi, si tu es dans cet état, je ne sais vraiment pas par quel bout il faut te prendre...

Je lui ai répondu sérieusement que nous ne pouvions pas rester dans un hôtel où les monstres vous sautaient dessus en pleine nuit avec autant d'agilité que n'importe quels kangourous. Ceux-là, contrairement à leur réputation végétarienne, vous serraient la gorge. Ils témoignaient sous leurs manteaux d'hiver d'une nature fondamentalement mauvaise et intolérable sous nos latitudes.

Maple a paru réfléchir. Elle a poussé sur sa langue et entrouvert sa bouche. Elle a fait apparaître le bouton de manteau qu'elle suçait chaque soir avant de s'endormir. Il commençait à être poli sur les bords.

Elle a dit qu'elle pensait sincèrement que j'étais victime d'une maladie.

Je lui ai répondu :

– Heureusement que nous avions toute cette chevrotine. Je crois que je n'ai pas raté ce salaud de monstre.

Maple m'a tourné le dos. Sa chemise d'homme était coincée dans la raie de ses fesses. Elle a traîné les pieds comme des mottes de beurre. Elle a claqué la porte derrière elle. C'était à nouveau l'obscurité.

Le lendemain, Maple m'a expliqué qu'elle était revenue cinq minutes plus tard dans ma chambre pour tenter de m'expliquer que ma terreur du moment ne s'étayait sur rien de solide. Elle voulait que je sache que le wallaby est plus petit que le kangourou, mais il était déjà trop tard. Je m'étais rendormi sur-le-champ.

Un grand calme d'explorateur qui vient de descendre son premier herbivore australien de grande taille était peint sur mon visage. Il paraît que je m'étais mis à ressembler à un enfant.

Pour ce qui me concerne, en fermant les yeux, je me souviens seulement d'avoir éprouvé le besoin harcelant d'aller chercher quelles forces mystérieuses je pouvais encore espérer tirer de ma fièvre.

Sonder plus loin, j'aurais voulu. Une idée fixe.

Et puis, chimère après vision, grâce au lâché, au quitté-prise, à la musique, changement profond, il m'est arrivé de rétablir une sorte d'harmonie intérieure. De regagner du terrain. De dissiper dans la rue cet impalpable brouillard installé entre moi et les autres. Les bruits, les odeurs, une lumière plus dense pénétraient mes sens endoloris. Je pensais gentiment aux choses. J'envisageais une possibilité de salut.

Quelque chose était imminent. Quelque chose allait m'arriver.

Et c'est précisément poussé par l'instinct de cette curiosité sourde envers mon propre talent qu'à force de creuser cette interminable sape en moi-même je suis devenu l'un des meilleurs cornets de La Nouvelle-Orléans.

Signe de croix!

Mille grâces rendues! Merci, mon Dieu!

La musique vous sauve, mémoire de l'âme! Sol ré la mi! Mille preuves exactes! Tournez les pages, la partition. Culbute au poil! Œuvre de tout! Le jazz est fou! Rythme et syncope. Grande occasion! La joie balance! Orphéon noir, on allait voir! Le cuivre en bouche. Stridence accourt et doubles croches. Birth and rebirth. Ça souffle au vent. J'ai aboyé dans ma trompette. Le vibrant de l'art! On allait voir, ça c'était clair! J'allais aux tripes!

Et j'étais né : Jimmy Trompette.

79

Cent mille raisons me poussent à conserver la robe rouge d'Oklie Dodds.

Gansée de paillettes, elle est comme une tache de sang perdue par le ventre des femmes de ma famille d'origine et je ne me sépare jamais de sa forme obscène. Roulée en boule, je la tiens enfermée, jetée n'importe comment, maltraitée, au fond de mon sac de cuir, cousu à la forme de mon cornet.

La première fois que j'ai vu ce tissu écarlate, il dansait sur le corps de ma mère. Recoupée au-dessus du genou, la mousseline rouge léguée à Azeline par Bazelle ouvrait et refermait sa corolle sur le tempo d'un « two beat ».

C'était cette fameuse nuit, à l'Aberdeen, où tous les habitués du Vieux Carré faisaient un fleuve autour de moi et où les amis aussi étaient là pour me faire un cortège. Ils venaient de m'élire « roi du cornet ». J'avais vingt-quatre ans et des lèvres capables d'expédier une sonorité frémissante et tendre dans la trompette si le blues était dans mes joues ou au contraire d'entonner *Just Gone* avec assez d'impétuosité pour retrouver le vieil élan des marching bands de mon enfance.

Rue Bourbon, l'alcool échauffait les corps, affolait les têtes, et l'on ne se coucherait qu'au petit jour, intoxiqué par la fumée des tabacs cubains, épuisé par la boisson, la danse, la musique violente des jazz-bands.

En ce jour d'anniversaire, Walter Waterspoon rugissait à la clarinette, Melrose Fast coulissait son humeur enjouée, John Saint Cyr avançait par toux sèches sur son banjo, Bill Johnson segonnait sur sa basse, Baby Dodds percutait sa caisse et Lilian Haldin, au piano, tenait les temps forts de la rythmique dans sa main gauche. Elle ne savait pas encore qu'elle serait la femme de Louis Armstrong. Je lui ai fait un sacré clin d'œil. Comment ne pas aimer une fille qui avait eu le culot de plaquer Beethoven pour *Marbel's Dream*?

J'avais un goût inné pour les improvisations et, comme d'habitude, nous nous acheminions vers un discours à trois voix. Rien que du sage, avec des alternances pour les chorus et un parcours dessiné d'avance. Le cornet s'en tiendrait au thème, la seconde voix serait celle de la clarinette et le trombone se bornerait à poser les basses. Mais ce soir-là, j'avais envie de monter plus haut. J'ai giflé le calme de l'interlude en balançant une octave par-dessus toutes les autres, j'avais une volonté aveugle de passer et je le fis avec un changement de régime dans le rythme.

J'ai vu dans les yeux craquelés de Vieux Waterspoon que j'avais été brutal. Il fit gonfler sa joue avec sa langue en signe de contrariété parce qu'il préférait toujours installer un climat de mélancolie presque douloureuse plutôt qu'une sonorité chaude et tendue.

Le tempo devint plus rapide. Amusé, Baby Dodds glissait caresse, frottait balais. En attente sur sa caisse claire. Ce type-là avait des élastiques entre les doigts. Mais un cheval-braise poussait derrière moi, et personne n'y pouvait rien, la clarinette s'est serrée sous mes coups furieux pour me laisser improviser.

Ce soir, j'avais le jazz dans la bouche.

J'ai rencontré les yeux de cette femme en rouge.

Seigneur, je jure que je ne savais pas qui elle était, sinon j'aurais couru vite et loin sur mes chaussures blanches !

Et même plus tard dans la nuit, chaque fois que je me renseignais, personne n'était capable au juste de me dire son nom.

Sugar Horatio Poopoo, serveur préposé à sa table, a gagné deux dollars. Diplômé de la rue, de l'université des taudis, il était pas gourde. Il avait l'oreille.

Il est venu me glisser son rapport. La belle dame langoureuse était danger. Fleur de malheur, même vénéneuse. Elle s'appelait Lilly Mae. C'était une enragée poule de luxe de chez monsieur Foff. Elle faisait dans le gratin. Experte en viande humaine. Y allez pas, m'sieu Jim ! L'envoûtement, attention ! Je vous aurai dit, c'est turpitude. Elle est magique, anthropophage. Elle mange les vieux, elle les mastique. Si ça lui chante, elle croque aux jeunes. Juste un passage. Elle pleure après. Elle est toquée. Elle passe les cimes !

Sugar est parti. Grand tablier. Service appelle. Whisky au huit ! Un brunch au 12. Le 12 là-bas ? Oui, table du fond.

La croqueuse rouge riait au lustre.

Des yeux! Des charmes! J'étais détruit! Dieu, mon salut! Qu'elle était belle!

Elle avait de longues jambes gainées de bas noirs. Elle regardait le liquide de son verre. Elle poussait un gros soupir.

A mon avis, elle s'apprêtait à aborder la quarantaine, mais c'était une femme risque-tout. Vous pouviez comprendre que ses yeux aux paupières ourlées de fard ne cherchaient plus le ciel. Ils ne l'avaient pas trouvé. Et ses lèvres redessinées, tendues vers tout ce qui se goûte, saignaient comme une blessure.

Casquée de cheveux noirs, elle se contentait d'être une jolie femme vulgaire. Elle était du genre de celles qui crânent et affectent la gaieté aussi longtemps qu'il y a des hommes pour les dévisager. Il est vrai qu'on vit, qu'on est ému, qu'on aime ou qu'on est séduit par le regard.

De temps à autre, Lilly Mae avait sa façon à elle de contempler ses ongles, de baisser la tête, de se réfugier à l'horizon de ses pensées secrètes. Vous sentiez son absence. Une sorte d'obscurité éteignait les reflets dans ses yeux, sa bouchc restait en suspens sur un demi-sourire. Et puis elle revenait doucement dans la salle.

En général, elle passait par son verre.

Elle buvait sans avoir soif. Elle n'avait d'ailleurs envie de rien. Elle accomplissait les gestes. Elle bougeait comme les autres filles voyantes, mais elle avait le blues. Elle l'exprimait en dansant. Elle bougeait triste et bien. Elle était si incomparable. C'était une silhouette longiligne dans la foule, saccadée et intermittente. Inaccessible comme cette Edna Purviance, l'actrice des productions en cinématographe muet. Elle passait son film devant mes yeux.

A force de rencontrer son regard, elle me sourit.

Je soulevai mon melon à la verticale. Je battais les nuages ! Dandine sur le côté. Trois pas en canard, un haussement des épaules rieur comme une excuse. Je lui en donnai comme Charlot. *The Vagabond* vous salue bien. Qu'elle comprenne !

Elle répondit d'un signe de tête.

Je jouais *son* blues et elle me donnait de plus en plus souvent rendez-vous dans les airs. Elle se servait pour danser des bras d'un homme riche, un gros type habillé dans du neuf, perdu de champagne français, qui confondait son cigare et ses lunettes.

Le commerçant lui disait :

– Mon nom est Zacharie Orpington.

Elle faisait celle qui s'intéressait à son cas :

– Vous êtes un chouette mec, Zac.

Le dodu sortait toute la brioche. Il rutilait de séduction.

– Je vends des casseroles, il confiait comme s'il n'avait jamais raconté cela à personne. Même à ses meilleurs amis.

– Ah ! se concentrait Lilly Mae en battant des paupières. Est-ce que vous faites aussi les soupières ?

– Non. Mais je ne vends qu'aux grossistes.

Lilly Mae renonçait. Autour d'une piste de danse, il y a des hommes qui méritent plus la sciure que les animaux dans un cirque.

Elle foutait le camp au plafond encrépusculé. Cent mille étoiles filantes sortaient d'une boule à facettes de verre biseauté.

La vie passe ! Il suffit souvent d'un esprit vagabond pour s'assurer d'un doute. Lilly Mae fermait les yeux, s'étourdissait. Elle avait le souci constant de sa fraîcheur, de l'éclat de ses dents, de chaque parcelle de son corps.

Les joues bien drôles, éclatant de rire à la moindre balourdise de son cavalier, elle s'écartait du gros serin dès que ce dernier ouvrait la bouche pour formuler le tout-venant des compliments habituels.

L'autre malgracieux croyait approcher de la réussite. Sûr de son laissez-passer, il essaya même en une ou deux occasions de fourvoyer ses galoperies de grosses pattes sur les seins de la fragile.

A tout fracas, elle lui entonca la chanson de l'écumeur de corsages :

– Allez-y! J'me gêne plus! Non, mais prenez tout! Monsieur me ramasse y a un quart d'heure et pose déjà ses grands pieds sur les meubles!

Elle faisait celle qui était blessée en son plus sensible.

– Vous marchez à la dynamite, elle jugeait. On creuse pas les petites femmes comme on ouvre une carrière!

– Vraiment? s'étonnait le commerçant, l'esprit poussé par ce besoin impérieux de connaître la vérité qui saisit parfois les ivrognes. Pourtant, j'aimerais savoir jusqu'à quel degré de folie vous vous oubliez, le moment venu... Dites donc, est-ce que vous miaulez quand le ventre vous mouille? Est-ce que vous ébouillantez?

Elle faisait mine de lui donner un soufflet. Il rentrait peureusement sa face écarlate entre ses épaules.

– Vous êtes fâchée si vite?

– Ah, je veux! s'esclaffait Lilly Mae. Une honnête femme! Se faire prendre pour une casserole!

Le grassouillet tournait piteux. Allait à la déroute :

– Mon frère Bill m'avait dit que ce genre d'évocations démarrait bien la soirée... Dites, vous n'allez pas vous renfrogner! Je payerai ce qu'il faut! Ma femme est loin! Tout est permis! On va pas s'embêter!... Un peu de paillardise attise les sens!

– Encore un coup comme ça et je vous lâche pour de bon!

L'ivrogne en goguette se penchait sur elle. Marchait penaud sur le parquet.

– Oh, risette, miss Lilly Mae! Je mérite pas d'être traité si méchant... Comment vous me pardonnerez?

– En étant gentil.

Avec sa feinte pudibonderie de marchande d'amour, elle l'avait attisé bien mieux qu'autrement. L'éconduit se taisait un instant. Puissant au garrot, il ruminait sa prochaine charge.

La doucette faisait semblant de surveiller son rouge à lèvres, sa carnation, dans un petit miroir en sautoir. Elle croisait son regard avec le mien.

Le marchand lui tapotait le poignet pour attirer son regard. Il entrebâillait son portefeuille sous la table, laissait entrevoir des liasses de billets de banque :

– Alors, c'est conclu? Vous garderez un bas, n'est-ce pas? Nous ferons tout par moitié!

Il versait du champagne. Elle lui répondait :

– Nous verrons ça si vous n'êtes pas trop rude. Vous devez avoir une complexion si sanguine, si emportée, que vous me faites peur à voir.

Il posait sa patte sur la sienne. Elle réprimait un mouvement de retrait.

– Je serai d'un calme de lac, d'une douceur de crème, promettait l'entreprenant.

– Dans ce cas, chaque aujourd'hui son heure! Faites-moi danser d'abord, voulez-vous?

Elle tournait un blues dans les bras de l'obèse.

Elle était en location. Tarifée pour séduire, pour dégourdir les serrures. Remontée pour trois heures de causerie. Quelques audaces de mains. Mettre le noceur au soupirail. Et si quelque chose se réveillait chez le congestif, une sorte d'ouragan castagnette, alors, elle lui prendrait une bonne pincée de billets verts en plus. Elle irait jusqu'aux draps.

Elle posa sa jolie main sur l'épaule d'Orpington.

Elle s'occupait de lui. Elle s'occupait de l'arrière-pensée. Souhaitait pas qu'il boive trop. Elle faisait la gentille. L'amenait à aveuglement. Pichenette sur ses bajoues. C'était offert! Je connaissais trop son genre de femme. Elle tisonnait, c'en était honte. Le gros bonhomme arrivait à tout cœur. Ces chichis! Elle l'avait installé sur une balançoire. Il ne sentait pas venir le ridicule.

Parfois, en bluesant au plus près, sa remonte d'estomac plaquée contre les seins provocants de la fille en mousseline rouge, Orpington perdait sa route. Le cerveau hagard, il s'égarait, c'est humain, dans des supputations érotiques qui lui dévoraient l'équilibre. Toute cette tension, ces visions de jambes écartées, d'assouvissements charnels inaboutis, il finissait par être éreinté. Il s'endormait presque sur l'épaule de sa cavalière. Lâchait la gouverne.

Il lui montait même sur les pieds.

– Ah, mince! c'que t'es lourd, Huttington!

– Orpington, il corrigeait.

Il voulait pas qu'on l'écorche.

Il faisait trois petits tours attentifs et confessait :

– Moi qui aurais tant voulu être sensible et nerveux! Ma femme dit que je pèse de la fonte.

– Et tu crois que c'est une femme heureuse?

– Heureuse! Heureuse! La vie c'est pas tout fredaine!

Comme Lilly Mae lui battait plutôt froid, il essayait de s'avancer autrement :

– Attention ! Je m'entends ! Ophélia a tout ce qu'il lui faut à la maison... Un buffet-glacière de ménage. Un cosy. Une montre-bracelet en or contrôlé. Le confort... Et sa chatte persane.

Lilly Mae dévisageait le gros commerçant. Saisie par un accès de réalisme, elle se disait qu'à défaut de passer quelques heures joyeuses, du moins elle pouvait espérer tirer le meilleur parti des munificences de son compte en banque.

La nuit s'avançait. Elle commença donc à emballer son Orpington à des fins de cure naturelle.

Elle fit briller ses yeux.

Elle entreprit de planter sa science dans son cou. Elle crachota par-ci, par-là, entre chair et faux col, des bécots furtifs, des mots fondants à son oreille. Elle l'amusa avec ses sables chauds.

De temps en temps, il osait écraser ses lèvres mafflues et enfantines sur sa joue. Elle se pâmait :

– Oh, mon Zac ! mon gros Zac, espèce de fou !

Et ainsi de suite, de petits cris chaque fois qu'il approchait son haleine. Lui, surexcité, pinaclant de bonheur, allait à jouvence. Tentait des figures en dansant. S'élevait au-dessus du commun. De la chiure. Montait à la corde, au balcon. Prêt à la sérénade. A la dévotion. Souriait.

Quand elle lui passa la main dans les cheveux, il avoua :

– J'ai le cœur battant !

Il la serra avec une violence accrue contre lui. Elle exhala un soupir qui n'était nullement feint. Il se méprit à nouveau sur l'effet instantané de son charme. Tout compte fait, elle allait peut-être avoir une attaque d'hystérie ou s'évanouir ! Il mesura son regard à ceux des autres mâles. Il pavanait sur ses tiges, souple comme un coffre-fort. Paon sur ses guêtres. Rose au bouton. Il était fier, le florissant. Il était prêt à payer sa fortune !

Mais Lilly Mae était ailleurs. Tout était saisi d'avance ! Le secret se trouvait pris entre nous.

De temps en temps, elle m'interrogeait dans les airs.

Par tunnel spécial, elle me faisait venir. Elle sentait que je n'étais pas une bête à s'enfuir. Elle profitait de son attrait surnaturel. Elle était maudite ! J'étais maudit ! Elle était traversée par le rythme. Depuis la piste, elle respirait deux interminables secondes avec moi et je changeais de note. Elle vivait pour la peau brillante de ma trompette.

Et moi, je voulais lui enlever sa robe rouge.

80

Je l'ai rattrapée dans la rue.

Lilly Mae riait en s'apprêtant à monter dans un taxi. J'ai allongé ma jambe devant moi, je lui ai barré le chemin et je lui ai demandé de me suivre. Fou rire extrême. Elle a fusé en me regardant.

L'injure exprès.

– T'as pas d'sous ! elle m'a dit. Juste ta petite gueule. T'as pas de pépètes !

Le fou rire lui remontait les jupes. Arrière, l'agressivité. Elle se tordait. Enjôlerie félonne. On pouvait pas l'approcher tellement elle se sortait l'air des poumons.

– Toi, t'es trop beau ! elle me disait. Mais regarde !

Elle montrait du doigt son gros trois-pièces gilet qui l'attendait dans le caniveau, portière ouverte.

– Qu'est-ce que je fais de lui? Hein? M'sieu Huttington! Toutes ses casseroles!

Le casserolier pendait la gueule :

– Pas Huttington, c'est Orpington.

– Pareil au même! Qu'est-ce que je vais brasser avec vous si j'viens pas?

Orpington avait la main sur ses sous. Il s'efforçait de rester un prodige de respect humain. Il était sur fond de réverbère. A contre-jour, il était détouré en vert blafard par la lumière. Espèce imprévisible, il disposait tous ses bank-notes. Il était lisse comme du vernis. Peint sur toile comme un joueur de poker. Genre partie décisive avec un full aux as servi plein les mains.

– Mille dollars, a blindé Orpington.

– Deux mille baisers, j'ai suivi. Et six boutons de culotte.

Lilly Mae a recommencé à flûter dans l'aigu. Elle était tortillante dans ses trois rangées de perles! La taille souple, jambe pliée, elle se marrait.

– La vie est un tissu de coups de poignard, m'sieu Hurtington, elle a commencé...

– Pas Hurtington, Lilly. Orpington.

– Ça revient au même, m'sieu... J'crois quand même que je vais partir avec le garçon. C'est peut-être qu'un feu de joie. Mais ses yeux m'ont mis la paille à l'envers.

Orpington avait l'air de lécher la poussière.

– Ah! il en est baba! elle hoquetait en désignant le roi de la marmite. Sûr que j'vais filer mes bas!

Elle s'est reprise d'un seul coup. Rattrapée à la corde. L'instinct qui faisait ça. Les yeux calés sur les miens. Petits.

Elle a dit où? Bon Dieu, elle a voulu savoir où. Dans quel pieu, dans quel bouge, dans quel paradis.

Elle voulait une réponse.

– J'attends que tu t'expliques, elle m'a dit. Que m'sieu Zacharie Orpington soit fixé, tout de même ! Qu'il sache pourquoi sa soirée est foutue, non ?

– Pas Orpington, a murmuré Zac. Orvington.

Orvington, vous lisez bien ! Et quel panorama, la vie ! Maintenant, c'était l'ustensilier en braisières, cassolettes et cocottes en tout genre qui avait oublié son vrai patronyme.

Là, Lilly Mae a failli cracher.

Elle était ivre.

Je déteste les femmes prises de boisson. Mais je voulais lui enlever sa robe rouge. Alors j'ai frappé le type qui lui tenait la porte ouverte. Un direct un peu sec au visage. J'avais des poings lourds comme des marteaux. Une énorme envie de cogner qui appuyait derrière mes épaules. Une force venue de loin.

J'ai senti éclater le visage du gars. Ses dents qui s'entrechoquaient sous la violence du bombardement. Et j'ai poussé la fille dans le taxi. On s'est assis sur la banquette arrière et la voiture s'en est allée avec lenteur.

– Cou-ah ! On est des dieux ! s'est émerveillée Lilly Mae en se régalant de mes mauvaises manières. Et on n'a même pas volé l'argent !

A force de rire, elle m'avait pris la main.

On s'est regardés de près pour la première fois. On s'est noyés tout au fond l'un de l'autre. Isolés. Brûlants. Dites donc, ça faisait un sacré effet.

La voiture roulait dans la nuit. Elle suivait le chemin féerique des lumières.

On se tenait toujours par la main. On s'est embrassés longuement. C'était la première fois que je songeais à dire à quelqu'un que je l'aimais.

Elle a dû ressentir quelque chose d'approchant.

Elle a posé son index sur ma bouche pour m'empêcher de parler. Elle m'a serré deux fois la main comme un signal.

Chacun s'est retourné de son côté de la vitre. Chacun affectait de regarder défiler par la fenêtre la carcasse voyante de la ville, chacun contemplait le reflet de l'autre. Nous avons échangé un sourire et continué à scruter l'obscurité au travers de notre propre image.

J'ai senti que Lilly Mae s'éloignait. Je veux dire, la vie avait l'air merveilleuse pour elle mais sans doute elle pressentait le prix à payer. Je savais moi aussi que cette soirée était un événement. Qu'il nous faudrait à l'un comme à l'autre peu de temps pour nous faire à l'idée d'une force irrésistible et qu'elle nous pousserait vers la folie ou vers la mort.

Je me suis retourné brusquement. Elle attendait mon regard. Elle me fixait droit dans les yeux. Sans brisure. Sans cassure. Avec une vraie terreur. Et plus on essayait de comprendre pourquoi on était là, moins les choses semblaient faciles.

J'ai cherché désespérément quelque chose à dire. Un truc costaud. Une phrase qui se tienne. J'étais collé. C'était horrible. Pourtant, je portais mon vrai corps. Lilly Mae n'avait plus l'air très en forme. Elle a retiré sa main de la mienne et nous étions séparés sur la banquette.

J'ai baissé la tête.

– Bon, mais moi, ça me semble assez bizarre d'être avec toi, j'ai murmuré.

Elle m'a fixé sérieusement. Elle paraissait complètement déconcertée.

– Moi, c'est exactement la même chose, elle a fini par dire. J'ai l'impression que tu es la dernière personne avec qui je devrais me trouver ce soir.

Il y a eu un siècle de silence. C'est si rare d'avoir le souffle coupé pendant cent ans.

On s'est retrouvés debout et immobiles devant la porte de ma piaule.

Ni elle ni moi n'avions envie de parler.

Tout ce que nous entreprenions tenait à un fil.

J'avais le nez collé à la plaque émaillée vissée à l'huisserie.

– Chambre numéro 7, j'ai fini par lire à voix haute.

– Alors, c'est pas grave, elle a répondu.

Elle est entrée bravement la première. Elle s'était mise à siffler. Elle sifflait comme un voyou.

Vous savez comment c'est, bien sûr. Moi je ne pensais qu'à retrouver la chaleur de son corps.

81

Une fois au lit, nos corps ont commencé à prendre forme.

Elle a touché mon torse dépourvu de système pileux. Je sentais dans mon for intime que cette femme était en train de se métamorphoser en quelque chose d'inimaginable. Elle avait une manière d'exister que je n'avais jamais abordée. Que je ne savais pas trop comment prendre.

En même temps, je lui en voulais d'être dans l'état d'irresponsabilité dans lequel elle se trouvait.

Elle a levé les yeux sur moi. Elle m'a surpris à regarder ses seins. Je n'osais pas la toucher.

– Nous ne sommes pas des inconnus, ai-je murmuré.

J'aurais été incapable d'en dire plus. Je ne

comprenais pas pourquoi j'avais prononcé cette phrase. Je ne faisais qu'exprimer un mystère qui venait de me traverser.

De manière très inattendue, elle a pouffé de rire. Elle gardait mal sa salive dans la bouche. C'est parce qu'elle riait encore pour un rien. Elle avait absorbé trop d'alcool. Ou bien ça l'arrangeait de paraître ivre. Elle a dit qu'elle n'avait jamais baisé un type qui lui rappelait quelqu'un à ce point. Elle éprouvait un grand besoin de tout saccager.

Une porte s'est fermée entre nous.

– Tes yeux, elle a dit. Couleur ardoise.

J'ai regardé battre son ventre. J'ai glissé ma main doucement entre ses cuisses.

Elle a frémi comme si elle regardait le soleil s'enfoncer dans l'océan. Elle a mordu sa lèvre inférieure.

– Est-ce qu'il ne vaudrait pas mieux éteindre la lumière? a-t-elle demandé. On gaspille l'électricité.

– Oui.

– J'y vais, dit-elle en se levant.

Sa robe rouge était une chiffonnade à ses pieds. Elle l'a enjambée et elle a couru jusqu'au bouton électrique.

Là, pour une raison qui m'échappe encore, elle s'est arrêtée. Je fixais son dos allongé. Ses fesses fermes.

– Tu sais, dit-elle sans se retourner, je n'ai pas eu la vie drôle.

– Je crois que je comprends un peu.

– C'est gentil. La compréhension, c'est ce qui me manque le plus.

Elle a cherché des yeux quelque chose sur l'étagère.

– La compréhension et un peu de café, a-t-elle ajouté.

– Du café? Mais j'en ai.

J'étais sur le point de me lever à mon tour pour le préparer.

– Non. Laisse-moi m'occuper de ça. Je fais très bien le café. C'est ma spécialité. Dans mon village, on m'appelait la reine de la grègue.

– La grègue? Qu'est-ce que ça peut bien vouloir dire?

– C'est un café très fort, servi très chaud. C'est le café à la manière cadjin. Une boisson bien populaire. On peut mettre du sucre pour l'adoucir. Ou bien du moonshine pour le renforcer. Ça, c'est si on est un bervocheur porté sur le gobelet.

Elle avait mis de l'eau à chauffer. Elle s'était accroupie près du sol.

Je lui ai demandé pour la taquiner :

– Alors comme ça, tu viens de par là-bas, chez ces croquants cadiens? Les Mouton, les Martin, les Jules et les Platte-Choux?

– Je viens de chez nous. De chez des gens fiers. Paroisse Bayou Nez Piqué.

– Te fâche pas! J'veux pas faire une bataille de chats! Mais tu sais comment c'est. On dit par ici : « Le Cadien connaît arien. Il a pas reçu d'inducation. »

Elle s'est empourprée de colère. Elle a pris à son tour un accent ravageur. Elle m'a dit :

– Oouiai, m'sieu, ça c'est correct. Demande à mon Noir, y t' dira comme on est bêtes! Si qu'on tombe à l'eau, on fait ploupe!

J'ai étouffé un fou rire. Elle a paru ulcérée par ma logique absurde. Bouillir et déborder.

– Go ahead, cher bébé, elle a dit. Monte sur ton bicycle, tu nous insulteras plus vite!

– Très bien! Alors pourquoi faites-vous exprès de parler « drôle » aux Américains?

– Mouan, j'vas vous dire, Mussieu Philologue! J'suis bien fière de ma langue de berceau! Même si j'ai appris à parler votre saloperie d'langue anglaise, j'trouve qu'il faut bien avoir du cœur pour s'en servir!

Après un instant de réflexion, elle a esquissé un sourire de moquerie sur elle-même.

– Je sais, ça n'a plus de sens. C'était il y a si longtemps.

Elle ajouta avec dérision dans son français perdu :

– C'était quand les vieux temps roulaient. Mon Pop me protégeait encore avec son carabine.

– Quel âge as-tu?

Elle n'a pas répondu. Elle s'est retournée. Elle m'a regardé avec son mauvais rire et j'avais l'impression qu'il y avait quelqu'un de nouveau, niché à l'intérieur d'elle.

– Trente-deux ans, elle a dit en perdant sa salive. Tu veux bien?

J'ai opiné. Elle ne me quittait pas des yeux.

– Et puis, non! revendiqua-t-elle précipitamment. J'ai mes grands quarante ans, voilà! Bientôt une vieille femme!

Elle s'affaira à la préparation du café. D'instinct, elle trouvait les affaires à leur place.

– J'avais un père formidable, murmura-t-elle soudain. Tu l'aurais vu, à la pêche, il ramenait des catfish bleus six fois comme ton bras.

– Est-ce que tu n'exagères pas un peu?

– Non. C'était lui. Toujours, il exagérait pour pas voir la vie de trop près comme elle est faite.

Elle était revenue s'installer au bord du lit. Elle m'avait tendu une tasse de café brûlant. Elle avait un sourire tendre et apaisé. Comme elle avait posé sa paume pour entourer sa tasse, elle caressait ma nuque avec une main chaude et douce. On ressemblait plus à une famille unie qu'à des gens venus sur les draps pour faire du linge sale.

Lilly Mae a dit :

– On avait une tite maison perdue au fond des

bois et des vasières. T'aurais vu ça! Joli petit monde! Quatre planches sur pilotis, une grange, un cheval, trois poules, j'sais pas si tu vois le genre?

– Si, si. Mais je ne suis pas trop fou de ces histoires-là.

– T'as toujours habité la ville?

– Ben oui. On choisit pas sa poubelle.

– Et tes parents? Parle-moi de tes parents.

– Oh, question pères et mères, j'ai eu c'qu'il me fallait. Je me plains pas. Et puis j'ai mes enfants.

– T'as fait des mioches?

– Un jaune et une verte.

– Une fille, un garçon?... Vite! Où ils sont? Je voudrais les voir!

– Ils dorment dans la chambre d'en face.

Elle s'est tue, pensive. Elle avait un goût pour le passé.

Elle a dit en balançant la tête :

– Mon Pop, je crois bien c'était un vieux un peu « craqué ». Il faisait celui qui allait transformer les hautes herbes du marécage en une belle vallée fertile. Il disait qu'un jour il allait planter là-dessus une grande habitation blanche. Avec une galderie tout autour. Et que ça serait plein de mioches en train de faire des galipettes sur la pelouse. Je crois bien que c'est lui qui était le plus jeune de nous tous...

Je lui ai décerné un sourire.

– Tu viens de mettre le doigt dessus, Lilly!... La terre est pleine de vieux héros qui s'habillent en enfants. Des types stoïques qui croient que l'époque est aux arbres, à la trompette ou à la science. Ils jouent toute leur vie avec une chansonnette. Ils donnent pas d'explications.

– T'as connu quelqu'un dans ce genre de catégorie?

J'ai pensé à Mulligan, forcément. J'ai opiné du chef.

– J'ai connu une fois une sorte de père, il voulait voir les étoiles avec ses yeux. Sans aucune longue-vue pour rapprocher. La lune. Marcher sur sa bouche.

– Et alors, qu'est-ce qu'il a fait?

– Ben, il est parti. J'suis sans nouvelles.

Lilly Mae a éloigné ses yeux dans le vague.

– C'est moche, elle a dit. Vraiment moche.

J'ai haussé les épaules.

– Quêquefois c'est gai. Quêquefois, c'est triste.

Elle a siroté son jus à petites lapées. Elle s'était mise à verser des larmes silencieuses.

– Ah! elle a fait, cédant brusquement à la fatigue, j'ai la trouille de quelque chose mais je ne sais pas encore de quoi.

Je l'avais attirée contre moi. Sa tête reposait sur mon épaule.

– Je sens les battements de ton cœur, elle a dit. J'écoute la passée de ton sang.

Elle a fini sa tasse. Elle s'est penchée pour la déposer par terre. Elle avait les fesses blanches. Une rondeur boréale. Elle est revenue se blottir.

Elle a dit :

– Tu sais, avant d'arriver chez ce salaud de monsieur Foff, j'étais pas une catin perdue. Il a commencé par m'ôter mon chapeau. Et après il m'a clouée au mur comme un trophée.

La pluie tombait sur son adolescence.

Elle a murmuré :

– Après tout, on pourrait être mort...

Moi, j'avais commencé à la caresser doucement à petits cercles tout au bout de son triangle. Elle laissait faire. Elle s'écartait. J'ouvrais vers sa rosée humide.

Lilly Mae a répété :

– Mon père est vraiment la seule personne que j'aurais voulu emmener dans ma poche. Et toi?

J'ai fixé son regard. J'ai perçu son envie. J'ai reconnu de loin le fabuleux brasier qui s'allumait en elle et nous réunissait.

– Moi? Je me surprends à espérer.

Lentement, plus précise image, elle avança ses lèvres contre les miennes. Ouvrit ma bouche avec la sienne. Son eau, l'amertume alcoolisée de sa salive, filtrait peu à peu, s'insinuait sous ma langue. M'envahissait comme un fiel qui coupe la lucidité.

– Qu'arrivera-t-il demain?

J'ai examiné ses pupilles dilatées. J'ai aperçu malgré moi par-dessus son épaule la tache pourpre de sa robe, éclaboussant le sol à la manière d'une jonchée de roses, faites pour symboliser nos noces.

Elle a reculé son visage. Pris le mien entre ses mains.

– Toute la soirée, j'ai voulu m'en aller, je le jure! souffla-t-elle. Ce sont tes yeux. Tu as les mêmes yeux que lui... Mais maintenant, je m'en fous pas mal. Je peux résister!

J'ai éteint la lumière et j'ai laissé mes mains s'émerveiller au milieu de l'inconnu. J'ai fouillé Lilly Mae comme on fouille une maison. Je me suis précipité sur elle. Je me suis promené en ses allées comme en plein soleil. Je me piquais à ses ronces. Je me nourrissais d'eau et de lait à la fraîcheur de ses cavernes. J'étais sans conteste le premier habitant de ses mondes. Ses cuisses, ses seins exprimaient la forme, le mouvement, la couleur, et je me sentais la force des désespérés. Je me nouais à ses jambes, je buvais, j'écrasais, je déchirais. Non seulement nous faisions l'amour mais nous nous parlions, nous hurlions sans cesse. Par peur de nous perdre. Elle répétait : pardonne-moi, pardonne-moi. Nous voulions réagir contre cette curieuse certitude d'un encerclement dont nous étions la propre cause. Nous allions dans des endroits merveilleux. Elle m'entraînait. Elle m'attendait. Elle me précédait. Je la retenais. Elle riait le long d'une allée en fleurs.

– C'était donc ça? demandait-elle.

Une douceur exténuante envahissait ma nuque et mes membres. Elle aussi abandonnait la lutte parce qu'elle se sentait à bout de forces. Tout était si lourd à porter, soudain.

Je guettais son retour avec tous mes organes surexcités. Pourquoi aime-t-on? Je percevais le battement syncopé de ses flancs. Je baisais son front humide et brûlant. Elle mourait à côté de moi. Faible. Poussée au dernier soupir. Puisqu'elle était morte, j'en voulais encore. Frémissant, rugueux, raide, forcené, je revenais dans son vide. Dans son ventre durci. J'avançais encore une fois dans sa grotte. Dans ce tombeau où j'ignorais qu'autrefois, infime poisson, j'avais nagé. Je poussais plus loin mon dard. J'étais loin. J'étais bien. J'étais seul. J'étais fou. L'oubli prenait nos corps. Superbes amants, nous étions des défunts.

Je me suis endormi, cramponné au torse de cette femme que j'aurais tant voulu rendre chaste.

Le bonheur est une chose terrible à supporter, à conquérir.

Lilly Mae a relevé la tête. Elle m'a tiré de mon sommeil.

Elle m'a dit d'une voix angoissée :

– Va sur le palier et remplis une cuvette d'eau fraîche. Avant de dormir, je voudrais que tu me laves.

C'était fou, mais on l'a fait.

Wraoum! Wraoum! Ah, j'étais taupe! J'étais mort de trouille! Je m'en souviens comme hier. Les obus défilaient. L'artillerie préparait son billard. Eventrait au 105. Réinventait le terrain. Pour nous, grenadiers-voltigeurs, rabotait la campagne. Qu'on coure dans les copeaux. Qu'on gymnastique pas sur du sec quand on allait gicler hors des tranchées.

Minutieux artilleurs arrosant la plaine de Thiancourt! Les canonniers étaient poètes et paysans. A l'ouest, labouraient la verdeur des prés curieusement intacts. Plus à l'est, revenaient sur les entonnoirs. Approfondissaient des trous déjà faits. Cadence tir rapide. Pointage-minute. Affûts bronze noir. Le 105 long sortait son tube. Manœuvrait depuis le plateau de Seiche-prey-Régneville. Acier spécial trempé. Quart de tour à la poignée. Introduction du projectile dans la chambre. Vradaboum, un départ vrombissait. T d'encastrage. Verrouillage simultané. Détente à anneau. La pièce reculait. Affolait les servants. Grondait colère. Soufflait chaleur. Extracteur. Bloc de culasse à charnière. Ramdam pour guerre inoxydable. Convergence. Soulèvement. Pierraille.

Les grosses pièces allongeaient le tir. Les projectiles excavaient, affouillaient, taraudaient. Branlaient le terrain en tout sens.

Cinq mille obus vissaient en l'air. Passaient sirène. Ronflaient parade. Mugissaient rondelets au-dessus de nos têtes. Sifflaient boston. Faisaient de la trajectoire. Marchaient à la hausse. Et encore un de lâché, les criminels! Wraoum! Tombaient là-bas sur les ouvrages, les casemates. Embrasaient la position « Michel ». Albochie écrabouillée sous l'avalanche. Pilonnaient le bidasse vert, le Fritz enterré. Planqué en souris. Cul rentré sous son casque. Frère de désillusion.

Chez eux aussi, ça mutinait. Les déserteurs couraient les fermes. Descendaient des trains amenés vers le front. Trissaient, ribambelles entières. Au diable les sornettes!

Buveurs de sang, les pangermanistes montaient à la propagande. Enflammaient par discours. Freytag Loringhofen à Berlin. Le comte Witztum à Dresde. Le 22 août, on savait, trois divisions de Fridolins avaient refusé de marcher à l'attaque. Chez nous pareil. Les Français étaient moral à zéro. Ecrivaient à leurs fiancées qu'ils connaissaient plus qu'une patrie. La Paix, elle s'appelait. On avait vu des grivetons des deux camps échanger de la vodka, du tabac et du lard. Même les huiles, képis-accordéons d'Etat-Major, casquettes à raideur phénoménale, imperméables en courants d'air, rêvaient plus que d'en finir.

Moi, je r'gardais passer la fonte. Toute cette quincaille de saccage. Ces explosions qui répétaient. A quoi rimait ce déboulinage? Cette mise à sac et en cratères?

Nous, la plèbe, la grivetaille, la fantasserie, la viande à mouches, en rang d'oignons, on attendait notre tour, planqués termites dans le dédale des tranchées. La 123e était mélange imprévisible. Née d'une poignée de Français miraculés d'une compagnie décimée, et de nous autres, les « Sammies », comme les poilus nous appelaient.

Quand le lieutenant abaisserait son bras, emboîté d'un grand sabre, on attaquerait au fer chaud. On rentrerait dans la danse. Au flingot, à la grenade, on ferait trois pas sur le parapet. Après, faudrait courir. Sus à Ludendorff! Chacun pour soi. S'élancer interminable. Deux fois déjà, j'avais fait le parcours. Evité l'averse. La mitraille qui piochait. Trous à pointure 11, 47. Chaque fantassin son numéro de tombola. Jeu de hasard. Y avait pas beaucoup de gagnants qui s'aplatissaient dans la tranchée adverse. Prenaient bail pour engouffrer les rations froides.

Et trois jours après, valse à l'envers, grenades à manche, c'était le Boche qui menait le contre-bal, rattaquait du pied droit.

On galopait dans l'autre sens. Entravés dans nos panoplies sac à dos. Trente kilos qui bidonnaient sur les épaules. On aurait bien tout jeté pour détaler plus vite. Les pruneaux nous rattrapaient dans les reins. Sciaient les leggins à la mitrailleuse. Von Gallwitz reprenait le cimetière qu'on venait de gagner à Pershing.

Ah c'était pas possible, un front si ravageur!

Depuis le 6 août, Foch était maréchal de France. Les généraux américains Cameron, Dickmann et Liggett étaient entrés dans Saint-Mihiel.

Mais aujourd'hui, calendrier du 12 septembre 1918, c'était notre tour de jaillir. Direction Jaulny-Rembercourt.

Un capitaine est passé, vif-argent. Emportées barouf, ses bonnes paroles sont parties pour toujours vers le rendez-vous de l'Histoire. Au passage, j'ai attrapé « juste guerre » et « mort solennelle ». C'était un officier de grandes funérailles. Après « ... heureux les épis mûrs et les blés moissonnés », il est reparti vibure, floquant dans ses bottes un peu vastes.

On est redevenus de la menue paille.

En attendant, on attendait.

En sifflotant, on sifflait de la gnôle.

J'étais coude à coude avec un affectueux Français. Ficelle, on le sobriquait. Edgar Janvrin s'écrivait son juste nom.

Dans le civil, il était serveur de petits déjeuners au lit dans un palace. Retour de perm, il avait préféré faire un remplacement chez son patron, plutôt que d'aller embrasser sa famille. Il me racontait des adultères. Des femmes chic avec petits chapeaux, poudre et eau de Cologne « Patria », grandes bottes en box-kid noir. Des gandins peignés « à l'embusqué ». La taille prise dans de beaux complets-jaquettes. Cousus cheviotte tout laine. Et ma chouère, flanelle de Chine pour l'été! Ou alors du drap *corskrew*, mais façon supérieure. Des culottes ajustées, rayures sur fond gris ou marine. Paris-pommes-frites s'ennuyait guère.

– Il faut bien de tout pour faire un monde, philosophait Ficelle. Et même des ministères!

Il était genre pas rancunier. Sa femme, à ce qu'il paraît, le faisait cocu comme un dix-cors.

Quand il me parlait comme à lui-même, il s'enflammait. Il rutilait. Il avait un féroce don d'évocation. Je voyais Paris-coton flotter dans la brume, les nuitards de l'arrière courir au cotillon. Les spectacles faire leur plein d'insouciance : Sacha Guitry, Maurice Chevalier, Mistinguett. Les va-t-en-guerre de l'embuscaille montaient au frou-frou Moulin-Rouge, tâtaient aux gambettes extasiantes, effeuillaient des culottes friponnes!

Avec Ficelle, tout était farce. Rien qu'au bagout, il arrivait à vous faire danser du linge fin sur les fils barbelés.

Plus que dix minutes de frise à l'âme avant de s'élancer...

Je jette un coup d'œil du côté de la bleusaille arrivée en renfort cette nuit. Une section, tout au bout du boyau. Flambant neufs, les engagés, sous leurs assiettes à soupe, le casque anglais.

Ah, les beaux jours! Tout est dans l'ordre! Les vivants marchent parmi les morts. Des cadavres jonchent les parapets. Pas loin devant moi, un pied chaussé de son brodequin dépasse de la tranchée. Tout à l'heure, je regardais l'unique épreuve photographique existante de ma mère et un poilu s'est arrêté devant le croquenot. Il a marmonné, pensif :

– Tiens, sacré Truchaud! Y fera pas la vendange.

A ses chaussettes étranges, il avait reconnu son copain. Laine tricot russe. Dessins losangés. Couleurs variées.

Je me suis replongé dans l'étude attentive de la photo jaunie. Format 9 × 12. Emoussée sur les bords. Celle qu'avait faite le pédleur Oklie Dodds sur son appareil Folding, chambre légère. Le long de cet étroit chemin conduisant à La Nouvelle-Orléans.

Une jolie friponne me faisait un sourire gredin du bout de ses dix-sept ans. Un nœud de satin Liberty dans les cheveux, elle tenait un gros revolver à la main. Derrière elle s'élevait lourdement une horde de charognards.

Curieux portrait d'une jeune fille, prémonitoirement assiégée par l'appétit de ses ennemis! La seule chose qui me restât d'elle. Et aussi cette robe rouge, dérisoires talismans, tels que me les avait remis monsieur Foff après que je fus allé au foin. Au scandale. Au boxon Parrot Fountain. Cassant la binette du personnel musclé. Dix heures du matin! Renversant chaises et barrages. Grimpant à quatre fers les étages.

Je vous trouve l'air préoccupé? Je m'en fous bien! Je reviendrai. J'irai rechercher votre sympathie plus tard.

Je me doute un peu vous allez me croire du

genre rageur. Me prendre pour un foutu gigoteur. Faiseur de boucan pour pas lourd. Ou, carrément, chercheur d'embrouilles.

Vouloir à toute force ouvrir une maison close, déjà! Folle entreprise.

Parrot Foutain, je tambourine.

On vient reluquer. On entrebâille. On a bien tort.

Je me trouve aux mailles avec le gardien. J'esquive. Derrière lui, du substantiel. Le physionomiste apparaît. Je rassemble mes énergies. D'un seul coup, c'est plus moi. Feinte ici. Franc violent. Je savate en deux fois. Je m'acharne à la culotte. Je lui tords les attributs. On tourne ensemble. Il grimace. L'autre revient. Nous sommes plusieurs. Je les claque partout. Rampant à genoux. Je les mords au cul. Ça les finit. Ça les emporte. Je les balance à la rue. Je referme la lourde porte derrière moi. Une fois grillagés dehors, ils cognent aux carreaux. Hey! Qui c'est, celui-là? Preneur d'assaut des bobinards! Un excentrique? Un radadeur en rut? Un obsédé du Toboso? Puisqu'on vous dit qu'elle est close! Vous avez vu l'heure? Consulté les pendules? Faut-il appeler la police? Je m'en fous bien, je vous ai dit!

Par les vitres, ils suivent ma progression. Ils me hurlent leur poing dans la figure. Me perdent de vue en haut de l'escalier.

Quelle raison donner à mon trafalgar? J'étais obsédé positif. Pourquoi courir le long des miroirs, des dorures, une hache de pompier à la main? Prêt à la zigouille. Faisant jaillir toute la volière. Piailler les pensionnaires. Putes dans tous leurs émois. Prises au saut du sommeil. Epuisées par le stupre de la nuit. Regimbant que c'était des abus. Je vous présente mes excuses. Claquant les récalcitrantes, deux, trois garçons d'étage, un client attardé. J'étais pas pacifique. Chambre après chambre.

Sortez, volaille! « Où est Lilly Mae? Où est Lilly Mae? » Bramant dans les étages.

Pourquoi tant de colère bleue? Pourquoi tout bousculer sur mon passage? Louf et dingo sur mes charbons! Qu'est-ce qui me prenait encore la tête? Tordait mon estomac d'une acidité maligne?

En quinze mots pour faire le blot, je vous récapitule! Ecoutez ça! Deux heures avant, fini les mamours, vous vous rappelez? tout était succulent!

Quand j'imagine, j'en balbutie! Fatalité! Suffit d'un geste!

Je dors... Bon!

Amant comblé, filant vers l'azur, je suis à la ronfle. Jambes repliées. Absent fœtal.

D'ailleurs, pour cause de sommeil lourd, permettez si je tâtonne. Je me fie aux hypothèses... Lilly Mae me regarde dormir. Splendide matin. Au travers du rideau, le jour naissant envoie son mot de passe sur mon front dégagé. Bonheur tout crin. On ne discute pas. Lilly sourit. Caresse mes cheveux. Je me retourne en grognassant.

Maintenant, Lilly Mae est poussée par la curiosité d'aller voir les enfants dans la pièce voisine. Se lève en douce. Catimini. Vêtue à peine, elle franchit la frontière du palier. Pieds nus avance sur la gondole du parquet. Pénètre dans le sanctuaire de mes enfants nés de plusieurs lits.

Au début, tout va bien. Lilly Mae embrasse le petit Shôwa, étalé raide à la pioncette. A côté de lui, madame Dimanche, excellente laitière, est dans ses pis. Elle rêve.

Mais pas Maple.

Maple est factionnaire. Elle veille à la marmaille. Tite femme! Et là, grabuge inopiné! Sables mouvants! On s'enfonce dans du mou. Les yeux terribles, elle aborde l'étrangère. Qui c'est, cette pouffiasse?

Lilly se retourne. Tristesse des jours! En moins que rien, elle reconnaît sur les épaules de la petite le châle d'Orissa. Elle suffoque. Respire mal. Elle secoue Maple. D'où elle tient ça?

D'un nœud d'anguille, la négrote glisse entre ses doigts. Elle carapate. Va hors d'atteinte. Elle dit :

– Non mais! Je tiens ça de famille! Je l'ai pas volé!

Maple saute sur une table. Maintenant c'est elle qui domine.

Lilly Mae lui demande :

– Dis-moi seulement d'où tu tiens ce châle.

– De mon papa Jim et je t'emmerde! Tu vois là, le sang, cette petite tache? Jamais partie! C'était son lange d'enfant-poubelle.

Azeline comprend tout. Elle se rappelle la pire chose au monde. Elle revoit son accouchement sous le lustre à cabochons. Parrot Fountain. Sur un divan. A la va-vite. Murmures et murmures. Toutes les « madames » penchées sur elle. Sous-maîtresses et dresseuses. Arrivage de demoiselle. La chair fraîche, elles accourent. Leola d'Ibreville surgie par enchantement. Ma chère enfant. On lui tapotait les paupières, le front avec un mouchoir d'une blancheur de lune. Pinces hémostatiques. On la bourrait de coton. Les mains sanglantes du docteur Foff. Mes yeux gris. C'est un garçon. Et l'abandon. Plus d'énergie. Elle se cramponnait à son fils. Puis ce réveil, beaucoup plus tard. Des bouquets de fleurs qui l'avalaient tout entière. Des tas de gens gentils, penchés à son chevet. Le visage des filles. Monsieur Foff si attentif. Les sbires de monsieur Foff. Si vigilants. Champagne. Dressage. C'était l'avis de tout le monde. Azeline se réveillait trois, quatre fois dans la nuit.

Et quand ses mains se furent réchauffées, dernier arrêt sur le chemin de sa mauvaise vie, elle avait eu ce rêve étrange : son doigt, attaché au doigt de son enfant par une ficelle interminable. La certitude qu'un jour il suffirait de tirer sur le lien pour le faire revenir.

Elle pleure. Elle sanglote sans retenue devant Maple.

– Dis donc, ça va mal, apprécie la fillette. Je m'y connais en chagrin, t'es au bord des abîmes!...

Lilly s'agenouille devant l'enfant. Embrasse sa frimousse de négrote. Elle se tient plus d'émotion. La gamine veut pas se sentir gagnée à l'effusion. Elle garde l'œil sec. Elle danse un moment sur le fil de la défaillance. Elle sort une cigarette de sa poche.

– J'peux pas m'permettre, elle se morigène.

Lilly Mae supplie l'enfant de lui donner le châle.

Maple hausse les épaules. Elle est trop dans les affaires pour céder.

– C'est une loque mais j'y tiens.

Elle veut dix dollars. Trois paquets de cigarettes. Lilly Mae lui dit :

– Attends. Je reviens tout de suite.

Elle regagne notre chambre. Elle rafle ses affaires. Son sac.

Elle donne vingt dollars à Maple.

Elle s'enfuit.

Vous voyez, des fois, ça sert à rien de mettre trois sucres dans son café.

Vous êtes là, quand même? Vous recollez? J'aime pas bien qu'on se débine. Cinq minutes après, bien sûr, c'est la porte de ma chambre qui boume contre le mur.

Regardons les choses en face.

Pendant des années, j'avais attendu que Maple

Leaf grandisse et maintenant qu'elle l'avait fait, c'était pour l'entendre me dire la vérité cruelle.

Elle se tenait devant moi, les yeux terribles. Les poings sur les hanches.

– Franchement, Jim, tu crois que c'est drôle pour une métisse de huit ans à peine d'être née d'un fils-père orphelin, d'une mère morte en couches et en plus de se faire voler son châle par une pouffiasse ?

Je ne savais plus quoi répondre.

Terre d'enfant à défendre ! Voilà bien pourquoi j'enfonçais les portes !

Dix heures du matin, comme j'ai eu l'honneur de vous dire. Je me présente aux grilles du Parrot Fountain. Je fais irruption, monte au donjon. M'enferme dans le bureau du médecin-directeur. Rien ne me résistait. J'étais sauvage. Les nerfs tordus. Je saccadais. J'étais demi fou. Je voulais retrouver la trace de celle que j'appelais encore Lilly Mae.

Je reverrai toujours la scène. Pauvre de moi ! Emeutier naïf ! Tout à ma peine. Les ailes furieuses. Une belle oie blanche !

Le bon docteur Foff était installé dans ses lambris, dans son stuc. Poufs et statues gréco-romaines.

Gris sur les tempes, respectable à regarder, le vieux maquereau respirait son calme.

Il était occupé à préparer son verre d'absinthe. Un sucre, posé sur une cuiller à trous.

– Lilly Mae, hein ?... a-t-il dit avec une sorte d'onction.

Il a suspendu les gestes de ses mains potelées.

– Oh, alors, comme ça, c'est vous le jeune homme ?

Il m'a fait signe de m'asseoir. Il me considérait avec méfiance, curiosité, un bon brin de frousse aussi. Il m'avait entendu naviguer en zigzag, pugiler son personnel, renverser le mobilier sur mon passage.

– Je ne veux pas que cette conversation tourne mal, a-t-il murmuré en préalable. Ce qui vous est arrivé n'est après tout que le fait du destin. A chacun d'entre nous il échoit un rôle. Je m'acquitterai donc de celui d'initiateur et de messager. Et je tiens à ce que vous sachiez qu'à mon âge le ciel n'a plus de nuages. Je ne les vois plus.

– Racontez-moi Lilly Mae, dis-je. Je ne vous ferai pas de mal.

– La première fois que j'ai vu votre maman, commença-t-il rêveusement, elle s'appelait Azeline... C'était une robuste fille de campagne. Et j'avais tout à lui apprendre...

Il m'a raconté par le détail. Il avait mission de le faire. Ma mère le lui avait demandé le matin même. Elle avait quitté le Parrot Fountain avec toutes ses affaires. Elle ne lui avait pas laissé la moindre indication sur ses intentions de vivre ou de mourir.

– Cette fille était née dans les branches d'un pommier, s'avisa Foff. Elle finira dans la voie des égarées.

Il a glissé le cliché sous mes yeux. Il m'a décrit les circonstances dans lesquelles cette prise de vue avait été faite.

– Savez-vous que jusqu'à sa mort cet Oklie Dodds est resté un fidèle client de votre maman? Vers la fin, il était plutôt devenu son souffre-douleur. Je crois qu'elle lui en voulait de son état de santé déficient. Je pense que Dodds était l'unique personne qui la rapprochât de son passé.

L'ancien médecin a commencé à faire tomber un infime filet d'eau sur le sucre. L'absinthe se troublait à mesure.

– Lilly Mae est une femme extrêmement séduisante. Sa beauté la tiendra en vie. Elle a encore quinze ans devant elle. Je parie qu'elle s'en servira jusqu'au bout.

Foff a chassé la cuiller du sommet du verre. Il a remué le liquide alcoolisé et vert. Il a trempé ses lèvres dans l'élixir d'armoise. Il s'est recueilli un moment comme pour apprécier la nocivité de son breuvage. C'était impressionnant de le voir mesurer soigneusement chacun des actes de sa vie.

– Le coup monstrueux pour les dames, a-t-il murmuré en guise de conclusion, c'est quand les clients ne bandent plus.

Il a sorti la robe, roulée en boule au fond de son tiroir, et l'a jetée vers moi. J'ai plongé mon visage dans ses plis.

J'ai demandé à Dieu de m'extirper de la terre des vivants.

Le soir même, exaucé, j'ai rencontré Brian McCauley.

J'étais soûl, il était sergent recruteur. Il se tenait devant une affiche. L'Oncle Sam y était dessiné sous son grand chapeau étoilé. L'Amérique à cheveux blancs me pointait du doigt. Gardait, vieille canaille, un œil à demi fermé.

– Lis ça! m'a ordonné le sergent McCauley.

Il m'avait soulevé de terre par la peau du cou. Après la fréquentation d'une dizaine de bars, j'avais perdu le sens de la verticalité. Une partie de mon acuité visuelle aussi.

Le sergent m'a mâché le travail.

Sur l'affiche, c'était écrit : *I want you for U.S. Army. Nearest recruiting station.*

J'ai pris l'air enchanté sous ma cuite.

– Au poil! j'ai fait. Merci pour l'aide sociale!

Le vil guerroyeur a commencé à me parler de la gloire.

– Tu voyageras. Tu prendras du galon. De l'assurance.

Il m'a traîné dans un barrelhouse. Enjôlé à la bière. J'avançais dans sa main. Je commençais lentement à venir bouffer du Hun.

Déjà enroulé dans les plis du drapeau trois couleurs, je lui ai confié que la seule chose au monde qui m'intéressait était de mourir. Il a juré sur ses médailles et ses blessures qu'il allait s'employer à m'aider de toutes ses forces.

Il m'a dit :

– Signe là, en bas. Tu seras en première ligne.

La plume en l'air, j'hésitai une dernière fois. Le sergent McCauley s'est avisé que la fibre était au plus sensible :

– Je m'y connais assez dans les hommes, murmura-t-il en m'encourageant à la confidence. Je suis presque sûr que tu sors d'un tintouin.

J'ai eu un grand étouffement. Je lui ai avoué que j'avais fait l'affreux du pire. La galipette incestueuse.

– Ah, le p'tit sale ! a fait le sergent McCauley. Joli fumier ! Petit pied de vache ! Y a pas de Catherine ! Faut que je te racole ! Vertes et pas mûres, tu vas en voir ! Dressage au pas, t'as pas fini ! Compte sur moi pour te faire oublier l'ouverture de ta mère !

On a encore lampé une ou deux pintes à la régalade.

Dès que j'ai été général à l'abreuvoir, j'ai paraphé, j'ai daté. J'étais fait.

Et depuis ce temps, enfer à bombes, cascade de feu, un ciel plein de démons me foudroie.

Vous dire si j'ai vu du pays ? Depuis quatre mois, je croque-note entre Meuse et Argonne. Le sergent McCauley me porte volontaire d'office pour tous les coups durs. Il dit que je suis à l'épreuve des balles.

Quand il me voit revenir d'une mission, l'œil

hébété, la jambe lourde, crevassé de boue jusqu'aux yeux, il me dit :

– T'es encore là, vilain biscuit ? A façon que les balles se détournent de toi, c'est pas catholique.

Même le Diable a son chagrin, ses échecs.

Je suis in-mourable.

83

Le pire avec moi, c'est que, depuis peu, je me suis remis à la vie.

Rien de tel comme l'habitude du trépas pour vous recaler au net. Une fois, après une attaque, j'ai vu un merle. Un putain d'oiseau-nègre qui jazzait avec un bec jaune d'une grande justesse.

– Belle journée, j'ai dit à l'oiseau. Compte tes doigts. On est tous là.

J'ai commencé à lui siffler un contre-chant. Je suis resté un grand quart d'heure devant lui. Appuyé au flingot.

– Merci, j'ai salué. A demain, l'espoir ! Faut que je file à l'appel.

Sur le chemin du retour vers ma compagnie, je me suis mis à respirer plus large. J'étais miné par une envie d'ailleurs. De cravate du dimanche. D'un grand canotier blanc. Du blues et des notes bleues.

Wraoum ! Wraoum ! Ce 12 septembre, je vous rappelle, j'étais mort de trouille. Plus ça tremblotait dans les airs, jutait, récurait, expirait jeune autour de moi, plus je rêvais à ma trompette.

Et puis va ! A la grâce de Dieu ! La fureur quotidienne repartait.

– Vive l'Homme! comme turlutait Ficelle. A l'Homme!...

Il élevait sa main blanche comme une colombe de paix dans les airs. Il dessinait un envol au-dessus de nous. Suivait des yeux son oiseau de rêve, s'interrompait brusquo dans son geste et redescendait dans la mouscaille.

– L'Homme! il répétait malgré tout.

Il tâtait sa capote. Sous l'épaisseur du drap il palpait le plastron de sécurité que sa mère lui avait offert. Modèle à trente-cinq francs. Une sorte de cotte de mailles sur laquelle les balles des Huns devaient s'écraser comme du mastic. Un assemblage en fil de fer qui ne protégeait pas mieux qu'une feuille de carton.

– J'y crois, il me disait.

Fraternel, il débouchait son flacon à essence anticadavérique, coût dix-huit francs. J'en versais religieusement quelques gouttes sur mon mouchoir. C'était vendu pour protéger les bonshommes de guerre contre les miasmes délétères du champ de bataille.

– Merci, Ficelle.

– T'occupe. Toi et moi on est vissés frangins. Tu verras, c'est pour la guerre et pour la vie. On va gagner.

Plus le temps passait, trottait sur les aiguilles, plus il devenait fébrile.

– T'as pensé à serrer tes lacets? il me demandait.

– Oui.

– Avec la boue, faut faire gaffe. Qu'un godillot t'arnaque à la traîne, et tu deviens cible à la mitraille.

Les godasses, c'était sa hantise, Ficelle.

– Plus que trois minutes, annonçait la voix du sergent McCauley.

On se remontait le futal. Rappropriait le barda.

Les grenades ici. Le fusil prêt pour la sottise. Vissez les baïonnettes! C'était toujours la même scène. La harangue. La surexcitation. Le froc mouillé d'audace. Les sous-offs, le pied sur l'échelle. L'œil à la montre. Le revolver amorcé sur son chien. Sifflet entre les lèvres. L'ultime coup de raide pour franchir le mur des balles d'un coup d'aile. Entrer au paradis sans frapper. Ou au contraire l'abattement. Rond comme queue de pelle, mais péteux de se sacrifier pour l'amour d'une boîte de haricots. On attendait l'heure de perdre sa vie, d'avaler sa chique. On se regardait étrangement.

– Moi, j'suis venu pour mourir, j'essayais de me réconforter. Alors je vais sûrement trouver ce que je cherche.

Le casque et la tête basculants. On était crémeux dans nos tripes.

A part le sergent McCauley, putain d'Irlandais, dites-moi, qui n'en avait pas plein les bottes?

J'ai tourné ma gueule suante vers la sienne. Il était trois mecs à ma droite. Tendu comme un ressort. Ready pour la carambole. Son nez de boxeur ajoutait à sa hargne. La connerie en bandoulière, il me sentait en permanence. A la renifle, il m'avait. Il m'a regardé. Il m'avait promis une belle guerre. Je l'avais.

– Alors mon jazz? il m'a hélé, gouailleur, comment va ta petite trompette? Jimmy les couilles en cuivre. Tâche voir à pas rater le chorus!

Ça risquait pas. Pendant ce temps-là, wrawraoum! Les bouches à feu pilonnaient davantage. Dernier feu d'artifice, les 305 montés sur rails envoyaient la braise. Déchiraient à l'étincelle. Eclataient. Vidaient. Epluchaient le fantassin. Ecaillaient la rognure. Ecorchaient du viscère. En face, ça devait bidocher sanglant. Pagailler dans les ruines. Position trois fois reprise. Autant de fois reconquise. Discipline. Alignement. Reculade. Charge. Tir. Salve. Débordement. Retraite. A la soûlerie ! A la panique ! Debout, les morts ! Les zouaves, les tirailleurs. Au Sénégal ! Aux petits chasseurs ! A l'embrochage ! Maintenant notre tour, la relève ! Les tout neufs, les proprets, les « Ricains ». A la morfle ! A la contre-offensive ! On allait les voir à l'œuvre, les jolis casques plats.

Sergent McCauley est venu vite fait jusqu'à moi. La haine était peinte sur sa face de bouledogue.

Il a dit :

– Baiser sa mère, mon petit soldat, c'est pas commun. Tu mérites une foutue punition.

– J'vais courir à la baïonnette, sergent. Le Bon Dieu fera sûrement le reste.

Il m'a tendu sa gourde, une deuxième ration de schnaps.

– Tiens, p'tit ! Tu y as droit. J'suis bon catholique. Mais j'veux pas te r'voir.

Et sur le point de partir :

– Est-ce qu'au moins t'as la chiasse ?

J'étais patraque à la colique. Mais j'avais ma fierté. Même j'avais pris mes précautions. Suprême méfiance du déshonneur. J'avais bourré mon froc arrière. Tout tapissé papier journal. Je m'étais rendu étanche à l'écume de dysenterie. Trouillasse du grand vacarme.

C'est que trois jours avant, cette purée maudite de sergent McCauley m'avait prévenu. Je buvais mon jus au bivouac. Il passe près de moi. Renverse mon quart.

– Trompette, j'te cause !

– Bonjour, sergent !

– Au garde-à-vous !

Je me mets au fixe.

Il me mesurait, espèce d'enflure. Maîtrise de soi. Sûr de son fait. De sa gradaille. De l'ancienneté.

Sa terrine à bouledogue a chassé sur le côté. L'œil était petit. Vif aux aguets.

– Today, mauvais. Tiens mon conseil. Ecole du feu ! A la mitraille ! Y aura des pertes. J'vois du grabuge. Mais si tu r'viens, j'préviens d'une chose : je veux voir ton froc. Si t'as pas chié.

– Je chierai pas, sergent. Je penserai à votre amabilité. Tout c'que je vous dois. M'avoir pris avec vous. Fait signer l'enrôlement. Partir pour la bataille.

– J'te trouve pas ingrat, soldat Trompette !...

Il a regardé en biais. Personne était proche pour l'esgourde.

– Que je te rappelle ! Tu suppliais. Quand on s'est vus au fond de ce bar.

– C'est vrai, sergent, je voulais faire couic. Prendre un couteau. Trancher tout ça. La carotide. Courir la mort. Clamser facile.

– Aujourd'hui, c'est ta vraie chance, boy !

Bizarrement, les canons s'étaient tus. J'ai revu l'image du merle noir. Ma trompette qui brillait. J'ai dit au sergent :

– Putain de bourdon ! Le soir de notre rencontre, j'étais si soûl ! Flambé hagard !

– J'te rappelle notre contrat. Moi, je fournis les coups durs et toi, tu t'exposes.

– Oui, sergent !

– C'est la loi du Seigneur ! C'est pas moi qui ai baisé ma mère.

– C'est pas moi qui chierai dans mon froc.

Le sergent McCauley a pris du recul.

– Franchement, Jim, si tu te tiens sec aujourd'hui, les Allemands ont perdu la guerre.

Un coup de sifflet, on est partis !

Le quart de raide me tournait mal dans l'estomac. La terre empestait les cadavres. Les barbelés déchiraient une perspective rase. Plus d'arbres, à part des troncs qui prenaient des allures de pieux. Des milliers de pals prêts au grand sacrifice. A la boucherie.

De l'autre côté de ce remuement, les lignes allemandes. Le calque était repris. Encore des barbelés. Des mines sournoises tapies dans la gadoue. Des hommes enterrés. Tenant par les boutons des vareuses. Par la tige des bottes, par l'enroulis des molletières.

Partout où l'œil se posait au travers des jumelles la même désolation. Des troncs éclatés par la mitraille. Repeints par les projections de boue. Attaque aux shrapnels. Au *minenwerfer.* Plus de vie. Même pas d'insectes. L'endroit était trop intenable. Moi je me criais : « Vivement qu'on s'tue ! » Jusqu'à maintenant, ça m'avait profité. Je cavalais avec les copains. Ficelle qui détalait. Imprenable aux balles. Protégé par son armure carton bouilli. McCauley rugissant après la bleusaille clouée au sol par une mitrailleuse : « Forward ! » On trébuchait. On repartait. La gueule cracheuse des armes automatiques découpait un rang entier. Bouger, c'était mourir. Les gars rendaient leur fusil en le jetant en l'air. S'aplatissaient dans la disloque. Je m'embarquais au petit bonheur. Je gardais du jus dans mes mollets. Je voyais le parapet adverse devant moi. Les frisures barbelées. Importants abattis, mêlés de fils de fer. Grenade, grenade. Je mordais à l'attaque, affreux ! J'entendais la voix de McCauley derrière la fumée noire : « Pour un bond de cinquante mètres, en avant, en avant ! » Je passais miracle au milieu de tous les couloirs à balles. Pas une égratignure. Rien que la boule en feu, les oreilles rabattues par l'action. En clopinant dans du terrain pas facile, j'entrevoyais sur ma droite le hameau de Tautecourt, grande bâtisse allongée. Plus loin, l'attaque se généralisait. Des chars F.T. français ferraillaient sur le devant. Et la fantassaille galopante se ruait derrière les boucliers mécaniques. Progressait au plus près du blindage. Moi, voltigeur, je voltigeais. Je dérapais. Fonçais. Dératais. Ah, pas de doute! J'étais résolu. J'étais dopé pour la bagarre. Une tranchée devant moi! Je saute! J'enfile un boyau déserté par les Fritz. Une casemate renforcée par des sacs de terre. Je balance une grenade. Ça gicle, pierres et fumée. Trois casques de *Feldgrau* qui roulent. Je me reconnais plus. Je suis féroce à pas croire. Je rampe le long d'un goulot privé de sa mitrailleuse. Et puis nez à nez, à l'entrée d'un « puits-caverne », je me trouve en face d'un *Feldwebel*. Il a perdu son revolver. Il est blond, sans son casque. On doit avoir le même âge. Il a ramassé le fusil d'un mort. Il fonce sur moi à l'arme blanche. La mort est dans ses yeux. Je me dis, mon vieux, c'est fait! Au moins, ce sera fini. C'était facile! Je vais à l'embroche. J'aurai expié. Et puis du tout. Je tire au flingot. La balle s'écrase ailleurs. Le Fridolin continue sur l'élan, s'est instinctivement baissé et vient se larder sur ma baïonnette. C'est lui qui s'empale. Chevrote dans l'aigu. Me pèse sur les bras. Lourd comme un crime. Une responsabilité féroce. J'en veux pas! Je me débarrasse. Dégage ma lame cruciforme de sa tripaille. Je sens sa chaleur de corps. Une odeur fade de boyauderie. Vous n'allez pas croire, pas le moindre petit haut-le-cœur. Le Fritz gargouille. Il a la tête près du sol. Le nez enfoncé dans le piétinement des godillots et des bottes. Il gémit. Il secoue ses os. Je lève mon fusil-baïonnette dans les hauteurs. Avec élan j'enfonce ma lardoire dans son dos. Qu'il meure encore! Qu'il en finisse avec. Il gigue sur place. Lentement se recroqueville. Emet encore des trémoussements. Ah, tant pis, je l'envase. L'embouse horrible. A la bouillasse. Jusqu'à la nuque. Il mangera plus son pain. Il bandera plus sur les fillettes. Je suis à vif! Je vois des égouts! Des rats! De la merde dans un cornet! Les titres des journaux! Je me redresse. Je pense à Maple toute chaude contre mon cœur. A nos adieux. Son air sérieux. « Quand tu feras la guerre, Jim, pense pas à moi. Jamais! Ça te distrairait de ce que t'as à faire. » On s'était embrassés, misère, comme jamais. « T'es con! Pourquoi tu pars? – Pour réparer. – Réparer comment? Tu me fais mal au ventre! » Je la regarde. Elle me conquiert. Je déluge dans les larmes. Elle garde sa dignité. Elle bouffe sa marmelade. « T'abandonnes tes enfants, elle dit. Voilà c'que tu fais! – Tu comprendras plus tard. Tu diras j'avais un chouette papa! » Là, elle a haussé les épaules. Soupiré comme à l'entracte au cinéma, quand elle s'attendait à voir une belle histoire d'amour. « Vivre, c'est pas souffrir », elle a dit en mâchant sa tartine. Elle frissonnait de colère dans sa robe à six sous. Maple Leaf, ma petite pépite. Mon or à moi. « Pense! elle avait dit. Même tuer une poule, c'est déjà si difficile! »

Ah, j'étais beau dans mon trou, avec mon *Feldwebel* et ma conscience. J'étais servi fort! J'entendais la voix de Maple me répéter distinctement. « Reste ici, Jim. Y va pas! Dimanche, Edna Purviance passe au Star. La guerre, c'est de la camelote! Tu vas juste échanger un péché contre un crime. »

J'ai levé la tête au-dessus du parapet. J'ai vu des shrapnels valdinguer leurs fumées, leurs éclats dans les nuages gris, tisonnés par les flammes.

Le temps soudain était une horloge folle. Tout était remis en question. Je ne pensais plus qu'à m'en sortir! Je regardais cet aujourd'hui absurde, ravagé ciel et terre, et je n'aurais pas continué pour un empire. Même si le reste des jours serait pour toujours opaque.

J'ai jeté mon flingot loin de moi, défait mes cartouchières. J'ai enlevé mon casque par la même occasion. J'ai ressenti une grande sensation de légèreté. Un fameux bien-être. J'ai fait un rétablissement pour me hisser sur la crête du parapet. Une fois en haut, j'ai vu que nos troupes avançaient en direction du bois de Grande-Fontaine. Le village de Xammes était à l'ouest. J'ai rebroussé chemin en direction de nos lignes. J'avais mis les mains dans mes poches. Je sifflais un ragtime. J'ai commencé à marcher comme Charlot, à la fin du film. Et je me suis dit : « Tu rentres. Edna Purviance a une sacrée carrière devant elle. Il faut surtout pas rater ça. »

Et puis, d'un coup, il y a eu cette explosion à ma gauche. Et cette explosion plus près. La terre s'est soulevée avec légèreté. C'était une émotion au ralenti de mourir aux shrapnels. Je sentais pas mes jambes. Merde, je pouvais pas me plaindre. Ça aurait pu marcher. Je tanguais. Je roulais. J'essayais de me rehisser. Pourtant, je souffrais pas affreux. J'étais exalté ! Enroulé dans les plis du trois-couleurs ! Frangé comme un drapeau pour conscription ! Brodé patriote ! Et après, pensez donc ! Grande guirlande ! Superbe andouille ! Tranche à canon !

Je me suis évanoui.

84

Jusqu'à ce que je rouvre les yeux sur le blanc très pur d'un plafond d'hôpital, des corbeaux se sont envolés dans tous mes rêves. Des corbeaux-carencros. Avec des yeux de mouette. Une cruauté d'avenir. Et de la viande plein les becs.

J'ai tout de suite lu dans les yeux de la personne qui remontait mon drap que j'étais différent de l'homme que j'avais été. Ce genre de chose se sent à la simple lumière du regard.

La situation d'égarement et de confusion mentale dans laquelle je me trouvais a duré suffisamment longtemps pour que je cherche un appui. J'ai trouvé une main. Du sexe féminin. La seule forme de soulagement que j'ai été capable d'inventer, ç'a été de refermer les paupières.

Chaque fois que je resurgissais de mon état d'hébétude, j'essayais de me persuader que j'étais un nain. Je me sentais confusément de leur catégorie. Et je souhaitais qu'ils fussent à même de vivre moins longtemps que quiconque.

Si je rouvrais pour un court instant les paupières, je trouvais un regard prometteur de vie. Je retournais précipitamment dans le noir. Fermais les yeux. Je n'étais pas sûr de vouloir participer de nouveau à la grande ronde des gens vivants. Etre de ce monde incrimine l'obligation de l'espoir. Pour le moment, je considérais cette perspective comme un attentat sur ma personne. J'avais retrouvé ma tête de fourmi, comme au temps du bon vieux cafard urbain, juste avant de rencontrer Tokyo-Rose.

Parfois, après une piqûre, je me sentais emporté dans un bal de lumières. Direction septième ciel. Je me disais, gaffe ! Etre heureux n'est pas très bon signe. C'est que le malheur a raté le coche. Il arrivera par le suivant. Je marchais à la morphine. A la narcose. A la chimère. Au nébuleux. A l'aboulique.

Toujours, dans les coups de délire ou d'embrouille, la main était là. M'aidait à brailler. Me remettait à ma place. J'étais sous un regard.

Dans mon cas, il devait évidemment s'agir de celui d'une princesse blonde. Ou bien d'une amazone. Elle avait un carquois et des flèches. Elle m'épiait jusqu'à ce que les ombres dans la pièce soient à bout de forces. Toujours dans le voisinage, elle me faisait d'autres piqûres. Me prodiguait des soins. Lavait mon bocal. M'encourageait à la pissette.

Servitude et contact, j'étais son enfant. Son nain qu'elle arrosait. Sa plante numéro 14. Près de la fenêtre en entrant. Je grandissais par rafales. Elle voulait créer des événements heureux dont je ne voulais pas. Respirer une fleur. Révolte et haine! Je voulais frapper toute la terre. Je refusais de rétablir le lien. Personne ne m'habiterait plus jamais!

Jusqu'à ce que j'aie envie de bâtir un monde meilleur autour de moi, je me suis endormi avec des calmants. Je ne sombrais jamais dans le sommeil sans avoir mentalement coupé les ongles de mes doigts de pied.

La situation a pris tellement de temps à mijoter! Il a fallu que la reine des amazones complote. Qu'elle en arrive à me donner l'envie des mots. Je ne savais pas son nom. Ni à quoi elle ressemblait, au début. Je refusais toujours d'ouvrir les yeux. De m'alimenter.

Il ne faut pas s'offenser que les autres nous cachent la vérité, puisque nous nous la cachons si souvent à nous-mêmes. Je ne voulais pas voir la manche à air du côté de ma patte droite. Indubitablement, j'étais unijambiste.

Un jour de soleil, l'amazone est devenue Cora Snexschneider. Une grande blonde un peu cheval, du genre fraîche et plantée. Elle avait les yeux bleus. Des pensées saines, des mains fermes et actives. Toujours elle respirait la bonne humeur.

Un mardi, je crois bien, elle est allée à la fenêtre. Elle a dit :

– Tu parles d'un hiver précoce ! Il y a déjà des fleurs aux carreaux.

Elle m'a tendu un journal.

J'ai lu que c'était début novembre. Charlie Chaplin fêtait à sa façon la fin toute proche de la guerre. Il avait tourné une farce burlesque à propos d'une médiocre recrue qui faisait des prisonniers en série et perturbait la routine sanglante de l'administration militaire.

– Est-ce qu'Edna Purviance joue dans le film ?

– Je crois, dit Cora Snexschneider. Et bientôt, si vous apprenez vite à vous servir de votre paire de béquilles, nous sortirons en ville. Je vous emmènerai voir *Charlot soldat*.

Elle a tenu parole.

Les événements roulaient à vive allure. Le 8 novembre, les plénipotentiaires allemands conduits par Erzberger ont rencontré Foch à Rethondes. Le 9, l'armée a abandonné le Kaiser. L'armistice s'est signé le 11 à l'aube. A la Chambre des députés, Clemenceau, évoquant les morts et les combattants, pouvait s'écrier sans farce : « Grâce à eux, la France, hier soldat de Dieu, aujourd'hui soldat de l'humanité, sera toujours le soldat de l'idéal. » Le 13, j'ai été décoré de la croix de guerre avec palmes. Le 17, j'ai appris la mort de Ficelle. Lacets cassés. Embourbé sous mitraille. Le 20, j'ai reçu une lettre de Maple par l'entremise de la Croix-Rouge. « Mon cher Papa Jim, bien que Shôwa et moi-même soyons des enfants de plusieurs lits entièrement livrés à eux-mêmes, nous t'aimons comme du sucre candi. Madame Dimanche assure l'essentiel de notre subsistance et nous couchons avec ses huit enfants. Tu ignores sans doute qu'elle va donner le jour à un nouveau bébé que nous appellerons Jambo. Shôwa, malgré ses bientôt deux ans, fait la gueule. Nous avons beau lui expliquer que ce sera chacun sa mamelle, il ne veut rien entendre. Il pleure en disant qu'il veut bien partager le lait de madame Dimanche avec ce Jambo qui viendra, à condition de ne pas le rencontrer. Nous sommes aussi heureux qu'il est imaginable de l'être sans toi. Moi, je sors beaucoup. A huit ans, bientôt neuf, je fréquente les magasins et je chaparde ce qui brille. J'envisage d'être une grande voleuse pour plus tard. Ma nouvelle collection de broches s'agrandit. Je te quitte avec le grand espoir de te serrer bientôt dans mes bras. Tout le monde ici me dit que courage, Maple, ça va viende. Ta fille dévouée, Maple Leaf. » Le 21, les dernières troupes allemandes ont évacué l'Alsace-Lorraine. Le 25, Pétain est entré dans Strasbourg. Le 27, dès que j'ai su béquiller d'aplomb, Cora Snexschneider m'a emmené au cinéma.

J'ai enfilé mon uniforme de sortie et affiché ma médaille. Mon infirmière a plié avec un grand soin de repasseuse la jambe droite de mon pantalon. Elle l'a fixée avec une épingle de sûreté. En route pour le cinéma Star, je devais faire vite pour la suivre. Ploup, ploup! Je ressautais sur mes baguettes. A tire-d'aile, en ramant, nous nous sommes installés devant *Shoulder Arms*.

Je ne me souviens pas de ce film capital. Le pianiste accompagnateur était très bon. J'ai vu défiler les actualités Pathé dans les yeux de Cora Snexschneider. Après les réclames pour la machine à écrire Typo, modèle pour officiers ministériels, au milieu de l'attraction, je l'ai embrassée sur la bouche. Elle avait un goût de café fort. Passé l'entracte, ma main galopait entre ses cuisses. La vie était à sa place. A l'endroit d'où elle n'aurait jamais dû s'éloigner.

Mademoiselle Snexschneider me laissait faire.
– J'te raconterai Edna Purviance, a-t-elle murmuré dans le clair-obscur.
Elle était de ces personnes infirmières dont le cœur est orienté au sud. Pendant que je potageais dans son jardin, elle regardait le film pour nous deux. Eclairé par les images, son sourire était paisible. Je dirais même indélébile. Le bonheur est une chose terrible à supporter.
En ces jours et en ces temps, voilà comment m'a guéri cette fière Alsacienne.

Le lendemain soir, permission de sortie exceptionnelle, elle m'a invité à dîner chez elle. J'avais apporté une bouteille de schnaps.
Elle m'a assis sur le lit. Calé avec des oreillers. Elle a levé les yeux sur moi. On a trinqué à ma convalescence. On s'est posés lèvres à lèvres. On a commencé à se pétrir de caresses.
– Ouille! elle a crié.
Elle suçotait son doigt. Elle s'était piquée avec ma décoration. Elle a examiné curieusement sa main.
– Ma ligne de vie est courte! elle s'est écriée avec son foutu accent. Nom te Tieu!
Ça ne faisait pas une vraie conversation. On s'est rapprochés. J'étais enfermé dans ses bras costauds. Elle avait seulement des idées saines. Elle a fait tous les gestes pour me libérer des soucis matériels. Elle était comme une poule sur son poussin. Pas nerveuse pour un clou. Et sur toutes les boutonnières, maestria. A poil, enfant! Elle me dégrafait. Débretellait. Débraguettait. Elle poussait des cris voluptueux. Elle a ouvert ses cuisses pour me recevoir, dès que je suis tombé sur le côté. Une force d'enfer. Elle m'a colleté comme un paquet. Haussé sur le devant de sa scène. A la trémousse.

A la glousse. Brandi dans les airs comme un nouveau-né !

– C'est une magnifique cicatrice ! elle disait. Bienvenue à Bischwiller !

Son pays de naissance.

Elle me rebondissait sur son ventre. M'introduisait à sa guise. Tout le trombone ! Elle coulissait jusqu'à l'octave. Elle jouait du bonhomme.

J'ai essayé de river mon attention sur une poêle à frire qui grésillait pendant ce temps sur le feu. Mais pas question d'éteindre les œufs. Cora remplissait nos bouches avec le souffle de son foutu désir.

Son corps était plaisant à regarder. Elle avait les chevilles épaisses. Une force encourageante dans les épaules. Sa poitrine tenait du bouclier. Je coulais comme une chiffe folle. Poupée lancée en l'air. Rattrapée dans l'ouverture. Ah, c'était bilboquet ! Elle se tenait grande ouverte et c'était tout droit. Elle avait dû croquer du jeune soldat. Retaper pas mal d'invalides. Fait une guerre exemplaire. Tout droit, j'vous dis. Jamais vu un sexe d'une simplicité pareille. La goulue palanquait. On pouvait pas se tromper. A la hisse, elle pâmait, envoyait mon derrière au plafond.

– Tu jouis ! Tu t'en payes !

Elle m'étranglait à chaque retombée.

Les œufs ont brûlé. Fallait s'y attendre. L'huile a flambé. J'avais gagné un bon mètre au creux d'elle. J'avançais. Je voyais pas le fond. J'étais têtu parce que je voulais connaître la suite. Casemate spacieuse comme une maison à deux étages. J'étais encore loin du grenier.

– Attends ! elle a fait.

J'atteignais les combles. Elle a paru réfléchir.

Elle a bougé pour elle-même. Bien être dans l'axe du fourniment.

– Je ne suis pas loin du gouffre, elle a prévenu.

Tout organisme vivant a ses limites.

– Maintenant! elle a hurlé. Compagnie... chargez!

J'ai gagné bataille pour tous mes potes. Toute la 123e qui s'engouffrait derrière moi. Edgar Janvrin au premier rang, sergent McCauley dernier servi! Ah, visez un peu l'arc de triomphe! Ce boyau à hurler de bonheur! Par contorsions, une seule jambe à l'appui, je dépassais toutes les forces humaines! Ah, la guerre! la guerre était gagnée!

Et la maison aurait pu flamber si la voisine n'avait pas frappé à la porte.

– Mademoiselle Snexschneider! Mademoiselle Snexschneider!

Cieux! le beau turbin! Caché derrière les contours de fumée bleue, on ne voyait plus rien de notre amour. On s'est dressés nus et jambons sur le lit. A un moment ou à un autre, nous sommes tous sans défense. Cora s'est mise à pleurer.

– C'est la première fois que je rate mes œufs au plat! elle sanglotait en soulevant ses épaules de jeteuse de poids.

Qui? Qui n'a pas eu de ces aveuglements où on ne sait plus ce qu'il faut faire?

C'est la voisine qui est venue éteindre le feu.

85

Seigneur! Comme je vous l'ai déjà dit, les bâtards de ma sorte viennent de si loin qu'il leur faut une vraie dose de déraison pour arriver jusqu'où je suis et s'asseoir sur un banc à la campagne.

Tenez, je me souviens du jour où l'automobile de cette ordure de Fats Appleton s'est arrêtée devant la grille monumentale du domaine Raquin.

Le gros détective de l'agence Pinkerton s'est extirpé le premier, son ventre plissait sur le volant. Il a contourné le capot en s'essuyant le front. La poussière retombait à peine sur le chemin.

Il a ouvert ma portière et a bredouillé respectueusement que l'essentiel était de faire plaisir au client. Il avait tenu à ce que j'arrive avant le coucher du soleil pour pouvoir contempler l'embrasement des érables et des chênes, prêts à accueillir l'automne.

N'étais-je pas en train de contempler une pure merveille? Il désignait avec sa main grassouillette la façade immaculée d'une grande propriété, inscrite dans la perspective végétale d'un parc magnifiquement dessiné.

J'ai empoigné l'étui de cuir contenant mon cornet et ma valise à deux soufflets. Il m'a tendu la main pour m'aider à m'extirper du siège. Je me débrouille plutôt mieux qu'avant avec cette sacrée jambe de bois.

Appleton a dessiné dans sa bouffissure un sourire de gros bébé. Il m'a tendu une enveloppe faisant état de ses derniers menus frais. Il a spécifié que le cabinet d'avocats Flint & Gallows qui représentait les intérêts de mon défunt grand-père Raquin s'était mis en rapport avec l'agence. Ces messieurs s'étaient montrés d'une exquise correction, allant jusqu'à solder la « petite » prime prévue en cas de succès complet dans l'accomplissement de sa mission.

L'affreux chacal faisait évidemment allusion aux honoraires exorbitants qu'il avait soutirés aux hommes de loi mandatés par Edius pour veiller à la bonne exécution de ses dispositions testamentaires.

Pop Raquin était mort en 1916.

Trois ans déjà que ce gros lard me courait après.

Trois ans qu'il musardait à mes basques pour me retrouver. Trois ans qu'il se gobergeait à mes frais, pour mettre la main sur l'unique héritier de la fortune d'Edius Raquin.

Un soir de septembre, alors que je profitais des derniers rayons du soleil couchant dans la cour de l'hôpital, l'ombre démesurée de cette saucisse de privé assermenté s'était allongée devant moi. Posté en observation, l'investigateur de la Pinkerton présentait son tarin, à demi penché derrière le fût d'un marronnier.

J'avais sûrement l'allure nostalgique. Un peu percluse à l'âme. J'étais dans ma pantoufle du pied gauche en drap feutré, occupé à siroter une tasse de tilleul obligatoire. Drapé confort dans ma robe de chambre à brandebourgs de cachemire – cadeau de Snexchneider –, je lisais quelques versets de l'Ecclésiaste, oui, môssieu, en souvenir du cher vieux Mulligan.

Autant qu'il m'en souvienne, je ne m'égorgeais pas de rire. J'étais simplement perdu dans mes pensées. J'étais emporté loin. Du côté de Basin Street. A l'heure du tamaris. Les yeux attachés sur le vague. Je laissais venir la caracole dans ma tête. Je passais le mouchoir sur mes souvenirs.

D'un coup, vous savez comme est le songe des scènes du passé, je revoyais nette et claire la babouine affreuse du gros vent. Mulligan avait embouché soigneusement sa trompette. Clairon sur pattes, il venait d'en tirer sa note préférée. Un mi, à la sonorité parfaite.

Il m'avait demandé :

– Au fait, Jim? Sais-tu pourquoi la Bible est c'fameux livre de la sagesse?

Sans attendre ma réponse, il avait poursuivi son idée :

– J'ai remarqué c'est l'seul bouquin tu peux lire à l'endroit comme à l'envers! Les Proverbes, tiens! C'est des habits, tu peux toujours les retourner. C'est ça la grande invention de la Bible! Elle permet toujours à l'homme de dire oui à n'importe quel non. Et l'voyageur qui s'embarque sur son fleuve est jamais perdu! Forcément!... Y sait pas où il va.

– Ah, mais ça, avais-je dit, ne pas savoir où on va... est-ce que ce n'est justement pas la définition du voyage?

C'était le moment qu'avait choisi le gros homme pour faire deux pas en avant, se découvrir devant moi, porter haut et cérémonieusement son chapeau d'été en tussor simili soie au-dessus du crâne et balayer les airs d'un salut parfaitement au point.

Je fis les lèvres en rond. Contemplai ses bacchantes. La brillance de ses fontanelles lustrées, son air de canaille fieffée et son sourire rongeur de doute. Tandis qu'il s'évertuait à dissimuler derrière son dos la fumée d'une pipe hygiénique en bruyère premier choix, nous échangeâmes rapidement une escadrille de phrases qui volaient à peu près comme ceci :

– Monsieur, je vous cherche.

– Vous m'avez trouvé, monsieur.

– Alors faites vos bagages. Départ pour l'Amérique! Nous embarquerons au Havre.

– En crèverions-nous d'envie que nous ne le pourrions pas.

– Tout est réservé. Vous êtes en première classe.

– Tout est annulé. Je suis simple soldat.

– Ne comptez pas l'argent, vous en avez beaucoup.

– Pas un fifrelin. Voyez ceci. Ça fait dix balles en tout.

– Tenez, monsieur ! Que je vous offre ! Prenez du substantiel ! Du répondant ! De l'argent, vous en avez ! En voilà !

Il s'amusait de moi. Il me tendit une liasse. C'était du deux mille dollars.

Devant ma stupéfaction, aggravée d'une quinte de toux, cet homme engageant et cauteleux ajouta en me tendant gravement la main :

– C'est un honneur pour moi, monsieur, de vous révéler votre véritable identité. Désormais, vous êtes Jim Crowley. Et moi, c'est Appleton. Fats Appleton pour vous servir.

D'apprendre chaud comme ça que j'avais une famille, c'était de l'Houdini ! Vrai tour de magie blanche. Les élastiques acrobates ! Les œufs équilibristes ! Changer de l'eau en vin ! Gagner à reversi !

Je rassemblai mes dernières vigueurs. Et au premier pas, en avant valse, dépompé d'un coup, je tournai de l'œil.

Deux mois plus tard, à la croisée des routes, devant l'habitation Raquin, Fats Appleton et moi-même nous servîmes à chacun un au revoir des plus compassés. Nous nous quittâmes sans regret. Nous ne nous aimions pas. J'imagine qu'il ne suffit pas de rêver devant la porte entrouverte d'un placard empli de putois pour avoir envie de s'y précipiter. Le gros bonhomme essaya deux, trois fois de déployer sa splendide humeur. De jouer au crocket sur le pont-promenade. De me proposer des placements mirifiques. D'investir dans « l'huile » qu'on venait de découvrir à New Iberia. Il disait que le pétrole était le plus fantastique moyen de faire fructifier l'argent qui m'attendait en dépôt dans un coffre de banque à Eunice. Pourriture fieffée! Je savais lire dans un homme. Celui-ci sentait trop le jus de malice pour que je lui accorde un semblant d'amitié.

Tandis que le détective entamait la manœuvre d'un demi-tour pétaradant avec son véhicule, empestant l'air si pur, je franchis la grille et m'enfonçai dans la fraîcheur du sous-bois.

Un pilon, un pas. Un pilon, un pas. J'allais au-devant de moi-même. Par manque d'exercice, j'avais pris du poids depuis que j'étais incomplet. J'avais atteint l'âge de marcher pesamment.

Une fois ressorti de la voûte majestueuse de l'allée de chênes, il faisait un tel calme à la tombée du soir. Même la rumeur des voix chaudes des femmes noires que je croisais, leurs yeux grands ouverts, leurs bras écartés n'auraient su m'empêcher de voir le ciel teinté de mauve.

Je claudiquais. Je sentais monter en moi un désir violent d'on ne sait quoi. C'était sans doute cela la vie.

La seule personne qui m'attendît en haut de la monumentale envolée de marches conduisant au péristyle paraissait morte.

C'était un vieil Indien Attakapas avec les bras raides. Sa peau avait une couleur de cendre.

Il était assis au fond d'une berceuse, un fauteuil à bascule usagé. En me voyant approcher dans la brume du soir, le tremblement de sa main s'était arrêté car il savait déjà que j'étais l'enfant qui rentre au bercail. Doucement, des larmes de sang empruntèrent les striures de son visage immobile.

Je me suis arrêté au pied de l'escalier et je l'ai salué.

Jody McBrown, le Nindien, a simplement dit :

– Que la vieillesse soit la maison des enfances retrouvées.

Il m'a désigné un siège proche du sien.

– Assieds-toi à mes côtés, Jim. Je t'attends depuis si longtemps qu'même mon cheval a mangé les poteaux. Mais l'espoir est toujours vainqueur. Je vais te parler de ton père. Et avant ton père, je vais te parler de ton grand-père.

Une lampe venait de s'allumer, commandée de l'intérieur de la maison. Sur le mur, les ombres palpitantes des phalènes tournoyaient, grandes comme des oiseaux.

Jody McBrown a scruté les ténèbres qui gagnaient. Il a attendu un peu. Il éprouvait le besoin de forger son récit avec la complicité de la nuit. Il a tendu la main en direction d'un flacon de moonshine. Il a bu un long filet au goulot et m'a tendu la bouteille. Il a halé un fameux soupir. Il a marmonné que depuis la mort d'Edius le puits s'était creusé profond. Il allait falloir tirer longtemps sur la corde. L'eau pure était si loin.

Jody McBrown a commencé à parler comme ceci :

– Ici, considère, Jim, est un pays plate, la Louisiane. Un pays rempli de végétation tropicale. Avec cent bayous. Des lacs. Des rivières. La force est au regard et à l'arbre.

Je me suis assis près du vieil Attakapas et, jour après jour, il a entrouvert pour moi une boîte au contenu invisible.

Elle était pleine de rages et de silences.

La plupart du temps, nos conversations sont sans réelle importance. On peut toujours trouver à jaser mayère à propos du niam-niam, des chaouis ou d'un coin de manche qui devient bourbeux. Ce qu'il y a d'important, c'est que Jody soit toujours là.

Il y a des fois où ce que nous avons à nous dire se passe le matin. Et il y en a d'autres où le soir déguise le vide. Nous nous jetons plus facilement dans l'inconnu. Le vieux a des yeux à peine fendus, mais fouillants. Ils saignent chaque fois qu'il se risque à maintenir la chanson du cœur.

Jody McBrown est ma mémoire. Jody McBrown sait qu'il va mourir. Jody McBrown lit les yeux grands ouverts le livre de la sagesse.

Souvent, il répète :

– L'arbre est ma leçon. Il est fait pour la hache.

Devant la malveillance, Jody McBrown pleure du sang. Il cherche à me prodiguer la force de ses derniers jours.

Il dit, il dit des phrases qui n'ont de sens que pour lui. Il répète inlassablement :

– C'était il y a longtemps. Les fusils sont partis seuls. Même Edius Raquin n'a pu les retenir. Dès qu'il a eu fini de construire l'habitation, il a commencé à trouver la mort désirable. Après le décès de sa femme, pas une seule vieille danse n'est jamais revenue sur sa musique de bouche.

Hier, j'ai trouvé l'harmonica au fond d'un tiroir.

Regardez autour de vous! Le passé n'est que le miroir dans lequel le présent se regarde.

Un autre jour encore, Jody McBrown pleure du sang. Il passe sa langue sur ses lèvres desséchées. Il dit :

– Ton père! C'était un assassin sans merci parce qu'il avait perdu l'espoir. C'est le malsort qui a fait le grand tuage Raquin!

Le Nindien boit à grands traits son moonshine. Il a un smile. Des idées lui traversent la tête. Il a du mal à s'exprimer. Il attend. Et puis d'un seul coup, lumière! Il gargarise sa gorge.

– Farouche Ferraille Crowley était sanguinaire. Trente-deux hommes au cimetière.

Si Jody a la force, il fouille creux. Il me raconte comment mon père a affronté la chaleur étouffante des déserts, la précarité des éboulis, le lit des rivières glaciales et la solitude des montagnes.

– Well. C'était kind of an outlaw, Jim, il a pillé les armes à la main infiniment plus de banques que tu ne posséderas jamais de chaussures blanches du pied gauche !

Au prix d'une lutte acharnée, Jody McBrown cherche ses mots. Le silence est emporté par la chaleur morte d'un après-midi brûlant.

Les mois succèdent aux jours.

Jody McBrown ratiocine interminable. Il balbutie. Hésite. Arque plus sur les phrases. Parfois, je n'en peux plus de l'écouter. Jody McBrown est un vieux Nindien soûlographe. Jody McBrown est un disque usé.

Et puis, voilà comme c'est le fond des choses, des envies viennent et c'est moi qui le supplie de parler. Vite encore quelque chose. Encore une histoire avant que tu meures !

Jody reste immobile comme une grosse tortue. Celles qu'ont trois rangs sur l'écorce. C'est vilain, ça, ouai ! Quand il pleure son sang, c'est vilain ! Et puis, soudain, Jody se dérate. Allonge jusqu'à sa bouteille. Laisse sa cervelle boire un filet. Irrigue au moonshine. Rien à redire, il essaye. D'une voix d'ailleurs, il me raconte des trucs incomprenables, je ne réponds rien. Je ronfle. Il est rayé.

Ou bien je pense à mon père. Je ressens un grand début d'exaltation. C'est terrible, ça ! Aussitôt, je convulsionne dans une grande furie ! Tout mon corps devient dur. Quand je me mets en rogne, je saccade. Je bute.

En vérité, c'est seulement le masque de la mort qui poussait Farouche à fuir sans cesse plus avant. Toujours le spectre du grand marin de Nantucket qui avançait. Avec sa froideur d'ossaille. Attaché après lui.

A peine venait-il de s'installer au creux d'un refuge précaire, de gagner le réconfort d'un feu de bûches, que les courants prémonitoires de ses terreurs secrètes rappliquaient. L'autre totem était après lui. Un galop derrière une porte, un coyote qui gémissait sa hargne, le regard d'un étranger reflétant sa propre peur et il se lançait à nouveau sur la piste.

Toujours le chasseur de primes refaisait la distance creusée par le fugitif. Encore et encore, il remontait patiemment la piste et flairait son gibier. Etape après chevauchée, bivouac après tempête, insomnie après cauchemar, Farouche Ferraille lui cédait le terrain et, guetteur exténué, voyait s'allumer dans la distance bleutée de son imagination le feu de camp de son ennemi.

Le Nindien dit que Palestine Northwood l'avait relégué aux confins d'une solitude extrême. Pendant des mois entiers, les gens s'écartaient de lui. Il restait seul. La sonorité même des mots désertait l'écho de sa bouche. Jody McBrown m'a raconté, par crainte d'oublier l'usage de la parole, il s'obligeait à gober une phrase au vol. N'importe quoi qui passait à portée de sa pauvre tête. Le sermon d'un curé par la porte d'une église ouverte. N'importe quoi. Et peu importait le contenu.

Sa chemise en loques, ses yeux hagards, il emportait sa phrase comme un voleur de troncs. Roulait dans la campagne en répétant par exemple : « O notre bouclier, Seigneur! O notre bouclier, Seigneur! » Il bassinait sa phrase en chevauchant. Inlassablement. Jusqu'à en perdre le sens. Les mots grelottaient comme des violons cassés.

« O bouclier, notre Seigneur! » C'était fait! Il avait tout perdu. La matière était si déformée qu'il ne la reconnaissait plus : « Otre noclier bouseigne! »

Tout perdu. Atroce. Du rien.

Une fois, du côté de Wichita Falls, il arriva que le grand bronque albinos trébucha sur la pente d'un éboulis. Farouche aurait bien voulu l'insulter. Au lieu de sacrer un juron qui l'aurait contenté, il ne trouva que sécheresse au fond de son gosier et, plus effrayant que tout, la certitude qu'un grand vide s'était installé dans sa cervelle.

Fureur! C'est inouï! Plusieurs fois, il frôle les mots.

Il cherche à se rendre maître de la vacuité rebelle. Mais il reste en l'air. Comme ça. Sur du rien! L'évidence est criante. Sa mémoire est effacée comme une carte de géographie.

Un grand désarroi s'empare du hors-la-loi. Il enlève son cheval de terre. Cabre sa monture au-dessus d'un ravin. Tant pis s'il flaire la proximité de Palestine, il avance jusqu'à l'extrême bord du canyon. Il veut crier son propre nom.

Mais cela aussi, même si ça cogne dans sa tête, il l'a oublié.

Ne sachant plus comment il se nomme, il reste un long moment sur place. Il contemple machinalement l'étroit défilé d'où s'élève, à une demi-heure de galop, un panache de poudre. La course du cavalier lancé sur sa piste.

Acculé au désespoir, il interprète tout au pire. Autant se laisser rattraper. Se battre en duel avec son poursuivant que de continuer le cours d'une existence vaine.

Farouche va abandonner la partie. Soudain, quelque chose passe. Rapproche. Revient. Un mot! Il a la révélation bouleversante qu'il garde un dernier mot enfoui au fond de son esprit. C'est encore plus fort. Il cabre. Voilà comme il est! Le mot! C'est cela! « Azeline! » Le seul vocable au monde. Le nom de l'unique femme qu'il a jamais aimée!

D'un seul élan, il est en selle. Plus chaud que tous les démons de l'enfer, il reprend son errance.

Palestine Northwood est derrière lui. Il gagne du terrain. Farouche rit. Il est rivé à la sonorité du prénom de ma mère. Il crie. Il hurle. Domine tout, même le sérail des sabots de son grand bronque jetés sur la caillasse. Il articule chaque syllabe avec un acharnement surnaturel. Il mène son étalon vers les hauteurs. Il côtoie hardiment les précipices. Maintenant, il met pied à terre. Il attend l'Autre. Il attend Palestine.

C'est comme ça, en duel pour casser leurs entraves, les deux hommes se sont bûchaillés. Ont vidé côte à côte le sang de leurs corps. Ils remerciaient le destin de les avoir délivrés.

Et tandis qu'au bord de la fosse le Bon Dieu arrachait leur vie, mon père, dans un sursaut, avait pris le droit chemin.

Azeline, son dernier mot.

Aujourd'hui où je vous ai raconté cette histoire, je suis heureux. Dans quelques semaines, je dois rejoindre King Oliver à Chicago pour jouer dans l'orchestre de Bill Johnson, mais quelque importance que revête pour moi cet engagement prestigieux, je ne retrouverai pas mes amis du Royal Garden Café avant de m'être assuré de votre amitié. La question est plus importante que la réponse.

Il n'y a pas d'amour sans question.

J'ai un verre de gin à la main. Je suis à l'ombre d'une galerie blanche. Ma jambe amputée, souvenir de la guerre, ne me fait presque plus souffrir.

Devant moi, il y a une grande pelouse verte. Trois enfants que j'ai faits jouent avec un ballon. Maple Leaf, « Feuille d'érable », parce que j'ai aimé Sally Providence. Shôwa, « Ere de brillante harmonie », avec les yeux bridés de Tokyo-Rose. Et, bien campé sur ses mollets, ce sacré « Bière d'Alsace », en souvenir de Cora Snexschneider.

Voilà.

Les enfants disparaissent à l'appel d'une voix aigrelette. Maple a cueilli « Bière d'Alsace » dans ses bras. Ils tournent en courant le coin de l'habitation Raquin.

A part un jeune chat qui joue avec une ficelle sous le ciel bleu, l'apparence de la vie, en cette douce journée du printemps 1920, est d'une immobilité parfaite.

Je descends l'escalier. Le boitement fait le rythme. Je vais jusqu'à ce beau bouquet de lilas parasols qui borde les tombes de mes ancêtres. Les arbres! Le parfum des fleurs. Les abeilles en habit caramel!

Qu'est-ce que l'homme? A qui sert-il? Quel est son bien? Quel est son mal? Je prends une bouffée d'air à plusieurs reprises. Je sais seulement qu'il me reste encore quelque chose à vous dire. Mais je n'arrive pas à me souvenir quoi exactement.

Et le bon temps roulera.

DU MÊME AUTEUR

ROMANS :

A BULLETINS ROUGES, Gallimard, 1973.
BILLY-ZE-KICK, Gallimard, 1974, Mazarine, 1980, Folio, 1985.
MISTER LOVE, Denoël, 1977.
TYPHON GAZOLINE, Jean Goujon, 1978.
BLOODY MARY, Mazarine, 1979, Le Livre de Poche, 1982 (Prix Fictions 1979 et Prix Mystère de la critique).
GROOM, Mazarine, 1980, Gallimard, 1981.
CANICULE, Mazarine, 1982, Le Livre de Poche, 1983.
LA VIE RIPOLIN, Mazarine, 1986, Le Livre de Poche, 1987 (Grand Prix du roman de la Société des gens de lettres, 1986).

En collaboration avec Dan Franck :

LA DAME DE BERLIN, (*les aventures de Boro, reporter-photographe*, tome 1), Fayard/Balland, 1987, Presses Pocket, 1989.
LE TEMPS DES CERISES, Fayard, 1991.

NOUVELLES :

PATCHWORK, Mazarine, 1983 (Prix des Deux-Magots 1983).
BABY BOOM, Mazarine, 1985 (Prix Goncourt de la nouvelle 1986), Le Livre de Poche, 1987.
DIX-HUIT TENTATIVES POUR DEVENIR UN SAINT, Payot, 1989.

ALBUMS :

BLOODY MARY, dessins de Jean Teulé, Glénat, 1983 (Prix de la Critique à Angoulême).
CRIME-CLUB, photographies de Gérard Rondeau, La Manufacture, 1985.

Dans Le Livre de Poche

Extraits du catalogue

Jean Vautrin

Bloody Mary 5625

Bâtiment A - Bâtiment C - Bâtiments à lettre. Des cubes. Des alvéoles par où les gens passent la tête comme des guêpes. C'est là, au vingt-huitième étage, que s'ennuie Bloody Mary, la « foldingue », femme de l'officier de police Sam Schneider, un poulet exemplaire qui vous fait froid dans le dos. Il y a aussi Locomotive-Baba N'Doula, laveur de carreaux, qui monte et descend le long de la façade, et Grandvallet, le petit loubard, qui grenade à tout va. D'autres aussi... Tout un monde d'asociaux que Jean Vautrin, alias le cinéaste Jean Herman, met magnifiquement en scène. Violent, drôle, féroce, écrit dans une langue explosive, forte et drue, ce roman, qui est le reflet d'un coin de notre univers contemporain, est, dans son genre, une réussite totale.

Prix Fictions 1979 et Prix Mystère de la critique.

Baby Boom 6231

C'est dans un monde angoissant que Jean Vautrin nous entraîne à la suite de ses personnages qui entreprennent la plus difficile des escalades : se hisser sur le toit du bonheur.

Jusqu'où iront ces Américains qui, à force de vouloir un enfant, adoptent un bébé de chiffon ? Pourquoi le petit Henri brûle-t-il tant de posséder « l'eau chaude » ? Qui est le pogo aux yeux rouges ? Vers quel voyage au bout de l'exigence s'enfonce ce milliardaire qui traverse l'Orénoque pour aller vers son père ?

Où est le bonheur ? Qu'est-ce que c'est ? Faut-il manger des bonbons ? Forniquer contre argent ? Pisser dans une bouteille ? Où se faire photographier tous les jours de sa vie devant Constantinople ?

Prix Goncourt de la nouvelle, 1986.

La Vie Ripolin 6394

Il était une fois une maison. Dans cette maison, une famille : Charlie et sa femme, Victoire, dite Samothrace, leurs trois enfants et leur chat. Charlie-rebelle, Charlie qui souffre et se révolte. A cause de Benjamin, son petit garçon autistique, et de son père, mal aimé, mal traité. La nuit, Charlie s'évade dans des rêves sucrés. Le jour, quand souffle « le grand chinook du désespoir » et qu'il perd carrément la boule, il s'enfuit au volant de sa voiture. D'un train d'enfer, il roule vers n'importe où...

Qui est Charlie ? D'où vient-il ? Les clefs de cette histoire sont cachées dans le passé. Un passé que Jean Vautrin fait revivre avec puissance, avec drôlerie, avec violence. L'Occupation, la guerre d'Algérie, les années 50 ressurgissent comme autant de blessures où le tragique côtoie le burlesque.

La Vie Ripolin, un roman autobiographique qui mêle le scintillement du rêve et les éclats brisés de la réalité dans un éternel présent.

Grand Prix du roman de la Société des Gens de Lettres, 1986.

Le Livre de Poche Biblio

Extrait du catalogue

Sherwood ANDERSON
Pauvre Blanc

Guillaume APOLLINAIRE
L'Hérésiarque et Cie

Miguel Angel ASTURIAS
Le Pape vert

James BALDWIN
Harlem Quartet

Djuna BARNES
La Passion

Adolfo BIOY CASARES
Journal de la guerre au cochon

Karen BLIXEN
Sept contes gothiques

Mikhail BOULGAKOV
La Garde blanche
Le Maître et Marguerite
J'ai tué
Les Œufs fatidiques

Ivan BOUNINE
Les Allées sombres

André BRETON
Anthologie de l'humour noir
Arcane 17

Erskine CALDWELL
Les Braves Gens du Tennessee

Italo CALVINO
Le Vicomte pourfendu

Elias CANETTI
Histoire d'une jeunesse (1905-1921) - *La langue sauvée*
Histoire d'une vie (1921-1931) - *Le flambeau dans l'oreille*
Histoire d'une vie (1931-1937) - *Jeux de regard*
Les Voix de Marrakech
Le Témoin auriculaire

Raymond CARVER
Les Vitamines du bonheur
Parlez-moi d'amour
Tais-toi, je t'en prie

Camillo José CELA
Le Joli Crime du carabinier

Blaise CENDRARS
Rhum

Varlam CHALAMOV
La Nuit
Quai de l'enfer

Jacques CHARDONNE
Les Destinées sentimentales
L'Amour c'est beaucoup plus que l'amour

Jerome CHARYN
Frog

Bruce CHATWIN
Le Chant des pistes

Hugo CLAUS
Honte

Joseph CONRAD
et Ford MADOX FORD
L'Aventure

René CREVEL
La Mort difficile
Mon corps et moi

Alfred DÖBLIN
Le Tigre bleu
L'Empoisonnement

Iouri DOMBROVSKI
La Faculté de l'inutile

Lawrence DURRELL
Cefalù

Friedrich DURRENMATT
La Panne
La Visite de la vieille dame
La Mission

Paula FOX
Pauvre Georges !

Jean GIONO
Mort d'un personnage
Le Serpent d'étoiles

Lars GUSTAFSSON
La Mort d'un apiculteur

Knut HAMSUN
La Faim
Esclaves de l'amour

Hermann HESSE
Rosshalde
L'Enfance d'un magicien
Le Dernier Été de Klingsor

Bohumil HRABAL
Moi qui ai servi le roi d'Angleterre

Henry JAMES
Roderick Hudson
Le Coupe d'or
Le Tour d'écrou

Ernst JÜNGER
Jardins et routes
(Journal I, 1939-1940)
Premier journal parisien
(Journal II, 1941-1943)
Second journal parisien
(Journal III, 1943-1945)
La Cabane dans la vigne
(Journal IV, 1945-1948)
Héliopolis
Abeilles de verre
Orages d'acier

Ismaïl KADARÉ
Avril brisé
Qui a ramené Doruntine ?
Le Général de l'armée morte
Invitation à un concert officiel
La Niche de la honte

Franz KAFKA
Journal

Yasunari KAWABATA
Les Belles Endormies
Pays de neige
La Danseuse d'Izu
Le Lac
Kyôto
Le Grondement de la montagne
Le Maître ou le tournoi de go

Andrzeij KUSNIEWICZ
L'État d'apesanteur

Pär LAGERKVIST
Barabbas

LAO SHE
Le Pousse-pousse

D.H. LAWRENCE
Le Serpent à plumes

Primo LEVI
Lilith
Le Fabricant de miroirs

Sinclair LEWIS
Babbitt

LUXUN
Histoire d'AQ : Véridique biographie

Carson McCULLERS
Le cœur est un chasseur solitaire
Reflets dans un œil d'or
La Ballade du café triste
L'Horloge sans aiguilles
Frankie Addams

Naguib MAHFOUZ
Impasse des deux palais
Le Palais du désir
Le Jardin du passé

Thomas MANN
Le Docteur Faustus

Katherine MANSFIELD
La Journée de Mr. Reginald Peacock

Henry MILLER
Un diable au paradis
Le Colosse de Maroussi
Max et les phagocytes

Vladimir NABOKOV
Ada ou l'ardeur

Anaïs NIN
Journal 1 - *1931-1934*
Journal 2 - *1934-1939*
Journal 3 - *1939-1944*
Journal 4 - *1944-1947*

Joyce Carol OATES
Le Pays des merveilles

Edna O'BRIEN
Un cœur fanatique
Une rose dans le cœur

PA KIN
Famille

Mervyn PEAKE
Titus d'Enfer

Robert PENN WARREN
Les Fous du roi

Leo PERUTZ
La Neige de saint Pierre
La Troisième Balle
La Nuit sous le pont de pierre
Turlupin

Luigi PIRANDELLO
La Dernière Séquence

Ezra POUND
Les Cantos

Augusto ROA BASTOS
Moi, le Suprême

Raymond ROUSSEL
Impressions d'Afrique

Salman RUSHDIE
Les Enfants de minuit

Arthur SCHNITZLER
Vienne au crépuscule
Une jeunesse viennoise
Le Lieutenant Gustel

Leonardo SCIASCIA
Œil de chèvre
La Sorcière et le Capitaine
Monsieur le Député

Isaac Bashevis SINGER
Shosha
Le Blasphémateur
Le Manoir
Le Domaine

André SINIAVSKI
Bonne nuit !
George STEINER
Le Transport de A. H.
Andrzej SZCZYPIORSKI
La jolie Madame Seidenman
Alexandre VIALATTE
La Dame du Job
La Maison du joueur de flûte
Thornton WILDER
Le Pont du roi Saint-Louis
Mr. North

Virginia WOOLF
Orlando
Les Vagues
Mrs. Dalloway
La Promenade au phare
La Chambre de Jacob
Années
Entre les actes
Flush
Instants de vie

IMPRIMÉ EN FRANCE PAR BRODARD ET TAUPIN
Usine de La Flèche (Sarthe).
LIBRAIRIE GÉNÉRALE FRANÇAISE - 6, rue Pierre-Sarrazin - 75006 Paris.
ISBN : 2 - 253 - 05782 - 7 ⊕ 30/7307/9